사랑의 가설

The Love Hypothesis

사랑의 가설

앨리 헤이즐우드 장편소설
허형은 옮김

황금시간
Golden Time

스템STEM(과학 · 기술 · 공학 · 수학 분야 — 옮긴이) 계열에 종사하는
내 여자들, 케이트와 케이티, 하툰, 마르에게.
고난을 이기고 별에 이르기를Per aspera ad aspera.

가설 「가 : 설」

명사. 추후 조사의 시발점으로, 한정된 증거를 토대로 제시한 가정 또는 설명.

예문: 접근 가능한 정보와 현시점까지 수집된 데이터를 바탕으로 내가 세운 가설은,
나는 사랑과 거리를 둘수록 더 잘 산다는 것이다.

올리브는 솔직히 박사과정을 밟을지 말지 아직 결심이 서지 않았다.

과학에 애정이 식어서 그런 건 아니었다(과학은 무척 좋아했으니까. 좋아하는 정도가 아니라 사랑했다. 과학은 올리브에게 인생의 전부였다). 여기저기에서 경고 신호가 울려서도 아니었다. 남들한테 인정도 못 받고 월급은 간신히 먹고살 정도만 받으면서 주 80시간 근무하는 생활에 몇 년을 바치는 게 정신건강에 전혀 도움이 안 되리라는 건 누가 말해주지 않아도 아주 잘 알았다. 미미한 지식 한 조각 알아내고자 분젠 버너 앞에서 밤을 새는 삶은 행복으로 가는 길이 결코 아니라는 것도 잘 알았다. 불규칙하게 간간이 쉬면서 약간 상한 베이글로 끼니를 때워가며 연구에 몸과 정신을 바치는 건 현명한 선택이 아니라는 것도.

다 알고는 있지만 그런 게 걱정되지는 않았다. 아니, 아주 조금은 걱정되지만 그 정도는 감당할 수 있었다. 영혼까지 쪽 빨아먹는다는 최고로 악명 높은 지옥(즉, 박사과정)에 올리브가 선뜻 투신하지 못하게 발목 잡는 건 다른 것이었다. 적어도 스탠퍼드대학 생물학부 박사과정에 자리가 나 면접 보러 오라는 연락을 받기 전까지는, 그리고 면접을 보러 가서 '그 남자'와 마주치기 전까지는 그 무언가가 발목을 잡았더랬다.

끝내 이름을 알아내지 못한 그 남자.

제일 처음 발견한 화장실에 눈에 뵈는 것 없는 상태로 허둥지둥 들어갔다가 마주친 남자.

올리브에게 "궁금해서 그러는데, 내 화장실에서 울고 있는 특별한 이유라도 있어요?"라고 물은 남자.

올리브는 비명을 꽥 질렀다. 눈물이 줄줄 나는 와중에 눈을 떠보려고 했지만 간신히 눈꺼풀을 조금 올리는 정도로 그쳤다. 시야 전체가 가물가물했다. 보이는 거라고는 흐릿한 윤곽뿐이었다. 키가 훌쩍 크고 머리칼은 짙은 색에 검은 옷을 입고 있으며, 또… 아니다. 이 정도가 다였다.

"저는… 여기, 여자 화장실 아니에요?" 올리브가 더듬대며 물었다.

반응이 없었다. 침묵이 이어졌다. 그러더니, "아니에요." 저음의 목소리가 대답했다. 아주 낮은 목소리였다. 동굴에서 울리는 것 같은, 귀가 흐물흐물 녹는 중저음.

"확실해요?"

"네."

"진짜요?"

"꽤 확실해요, 내 랩실에 딸린 화장실이니까."

앗. 그럼 할 말이 없네. "죄송해요. 혹시 급해서 그러는 거면…." 올리브는 소변기 쪽, 아니면 소변기가 있다고 생각되는 쪽을 가리켰다. 눈을 감고 있는데도 따가웠고, 타는 것 같은 쓰라림을 가라앉히려고 눈을 더 꽉 감았다. 소매로 뺨을 닦으려고 했지만, 입고 있는 랩원피스 소재가 싸구려 거친 천이라 순면의 반만큼도 수분을 흡수하지 못했다. 아, 찢어지게 가난한 삶의 기쁨이란.

"이 시약만 버리면 돼요." 남자가 이렇게 말했지만, 움직이는 소리는 들리지 않았다. 올리브가 싱크대를 막고 있어서 머뭇거리는지도 몰랐다. 아니면 올리브를 사이코 살인마로 의심해서 캠퍼스 경찰을 부를까 고민하느라 그런지도 모르고. 그렇게 되면 박사의 꿈도 신속히 짓밟히겠군, 안 그래? "여기는 화장실로 이용하지 않아요. 그냥 폐시약이나 세제 버리는 용도로 쓰지."

"아, 죄송해요. 저는 그것도 모르고…." 생각을 안 하고 뛰어드니 모를 수밖에. 좀처럼 못 버리는 나쁜 버릇이자 저주였다.

"괜찮아요?" 남자는 키가 보통 큰 게 아닌 것 같았다. 목소리가 올리브의 머리 한 3미터 위에서 들려오는 것 같았다.

"네. 왜 물으시죠?"

"울고 있잖아요. 내 화장실에서."

"아, 우는 거 아니에요. 그러니까, 울고 있기는 한데 그냥 눈물이에요. 무슨 말인지 아시죠?"

"모르겠는데요."

올리브는 한숨을 푹 내쉬며 타일 벽에 몸을 기댔다. "콘택트 렌즈 때문에 그래요. 유효기간 지난 지 좀 됐는데, 애초에 별로 좋은 제품도 아니었거든요. 꼈다 하면 눈이 어찌나 아픈지. 그래서 뺐더니…." 그러면서 어깨를 으쓱해 보였다. 그가 있는 방향에 대고 그랬다고는 장담할 수 없었다. "시간이 걸리지만 결국 나아지긴 해요."

"유효기간이 지난 렌즈를 꼈다고요?" 그가 억울한 일을 당한 듯한 목소리로 대꾸했다.

"아주 조금 지났어요."

"'아주 조금'이 며칠인데요?"

"몰라요. 한 몇 년?"

"뭐라고요?" 자음이 유독 고막을 두들기는 듯 정확한 발음이었다. 쨍하다고 할까. 듣기 좋은 소리였다.

"겨우 2년인데요, 뭘."

"겨우 2년?"

"괜찮아요. 원래 유효기간은 나약한 사람들이나 매달리는 거예요."

바람이 푹 빠지는 소리가 들렸다. 코웃음 비슷한 소리. "내 화장실에 모르는 사람이 들어와 울고 있는 상황을 방지하려고 유효기간이 있는 거겠죠."

자기가 스탠퍼드대 학장이 아닌 바에야 '내 화장실'이라는 표현은 그만 써야 하지 않을까.

"괜찮아요." 올리브가 손사래를 치며 말했다. 불타듯 쓰리지만 않았더라면 눈알도 굴렸을 텐데. "쓰라린 건 몇 분 있으면 가라앉아요."

"그럼 전에도 이런 적 있다는 얘기예요?"

올리브가 미간을 찌푸렸다. "어떤 적이요?"

"유효기간 지난 렌즈 끼는 거요."

"당연하죠. 콘택트렌즈가 얼마나 비싼데요."

"우리 눈도 비싸요."

흠. 좋은 지적이군. "잠깐, 우리 만난 적 있어요? 혹시 어제저녁에 박사과정 지원생들이 모인 저녁 식사에 참석하지 않았어요?"

"아뇨."

"안 갔다고요?"

"그런 자리에 잘 안 가서."

"공짜 음식을 주는데도요?"

"억지 대화를 감수할 만큼 탐나지는 않아요."

다이어트 중인가보다 싶었다. 왜냐하면, 세상에 어떤 박사과정생이 이런 말을 한단 말인가? 그가 박사과정생인 건 확실했다. 오만하고 상대방 깔보는 말투가 빼도 박도 못할 증거였다. 박사과정생은 하나같이 그렇다. 시간당 90센트 받으면서 과학의 이름으로 초파리를 학살하는 특혜 같지도 않은 특혜를 누린다고 해서 자기들이 남보다 훨씬 잘났다고 여기는 족속. 음울하고 캄캄한 대학원이라는 지옥도에서도 피라미드의 맨 밑단에 위치하는 존재들이라, 자기들이 최고라고 스스로 세뇌하지 않으면 버틸 수가 없는 것이다. 올리브가 임상심리학자는 아니지만, 딱 봐도 그건 교과서적인 방어기제였다.

"박사과정 면접 보러 온 거예요?" 그가 물었다.

"맞아요. 내년 생물학부 신규요." 맙소사, 눈이 타들어가는 것 같네. "그쪽은요?" 올리브는 손바닥으로 양 눈을 꾹 누르며 물었다.

"저요?"

"여기 다닌 지 얼마나 됐어요?"

"여기요?" 잠시 침묵이 이어졌다. "6년. 어림잡아."

"아. 그럼 곧 졸업이겠네요?"

"그게….”

그가 머뭇거리는 걸 알아챈 올리브는 즉시 죄책감이 들었다. "아, 대답 안 해도 돼요. 대학원 제1 규칙을 어겼네요. 절대로 논문 일정을 묻지 말라.”

또 한 번 침묵이 내려앉았다. 이번엔 한 박자 더. "그렇군요.”

"미안해요." 올리브는 상대방이 보였으면 했다. 그러잖아도 사회생활이란 게 쉽지 않은데 눈으로 포착할 비언어 신호도 없이 소통하는 건 너무 고난이도였다. "명절 때 부모님에 빙의할 생각은 없었어요.”

그러자 그가 가볍게 웃었다. "빙의하려고 해도 안 될걸요."

"아." 올리브가 씩 웃었다. "부모님이 사람 미치게 만드는 타입인가 보죠?"

"명절 때는 더하고요."

"미국이 영연방을 떠난 대가를 톡톡히 치르는 거예요." 올리브가 대충 여기겠다 싶은 쪽으로 손을 불쑥 내밀었다. "그건 그렇고, 올리브라고 해요. '올리브 나무' 할 때 올리브." 폐용액 처리기에 대고 자기소개한 건가 싶을 때쯤 그가 한 발짝 다가오는 소리가 들렸다. 올리브의 손을 감싼 그의 손은 건조하고 따스한 데다 엄청나게 커서 올리브의 주먹을 다 감쌀 수 있을 것 같았다. 모든 게 큰 남자인가 보다, 싶었다. 키도, 손도, 음성도.

그런데 그게 별로 거슬리지 않았다.

"미국인이 아니에요?" 그가 물었다.

"캐나다인이에요. 저기요, 혹시 합격자 선정위원회에 아는 분 있으면 제가 콘택트렌즈 실수한 얘기 하지 말아줄래요? 별로 똑똑하지 않은 지원자라는 인상을 줄 수 있으니까."

"설마 그런 인상을 주겠어요?" 그가 무감정한 투로 비꼬았다.

안구만 멀쩡했다면 그를 째려봤을 것이다. 째려보는 시늉은 그럭저럭한 것 같았다. 그가 웃음을 터뜨린 걸 보면. 작은 헛웃음에 가까웠지만, 웃은 건 확실했다. 올리브는 왠지 그 웃음이 마음에 들었다.

그가 손을 놓았고, 그제야 올리브는 자신이 그의 손을 꼭 붙들고 있었음을 깨달았다. 이크.

"합격하면 여기 다닐 거예요?" 그가 물었다.

올리브는 어깨를 으쓱했다. "떨어질지도 모르죠." 그렇지만 면접을 본 교수인 아슬란 박사와 죽이 아주 잘 맞긴 했다. 덕분에 평소보다 말도 덜 더듬고 발음도 평소보다 또박또박 할 수 있었다. 게다가 올리브의 GRE 점수와 성적 평점도 만점에 가까웠다. 사생활이 없는 게 이럴 때는 확실히 도움이 됐다.

"그럼 합격하면 등록할 거예요?"

안 하면 바보짓일 것이다. 어쨌든 스탠퍼드대 아닌가, 세계 최고 수준의 생물학부가 있는. 아니, 그건 피가 얼어붙도록 두려운 진실을 감추기 위해 올리브가 자기 자신에게 댄 핑계였다.

그 진실이란, 솔직히 박사과정 진학 자체에 결심이 서지 않는다는 것이고.

"어… 아마 그렇겠죠. 근데, 탁월한 직업 선택과 인생 망치는 선택의 구분 선이 좀 흐릿해지고 있어서요."

"망치는 길로 마음이 기우나봐요." 미소를 머금은 듯한 목소리로 그가 대꾸했다.

"아니에요. 아니, 그게 아니라… 그냥….."

"그냥 뭐요?"

올리브는 입술을 깨물었다. "내가 실력이 안 되면 어떡하죠?" 그리고 불쑥 이렇게 말해버렸다. 아, 맙소사, 나는 도대체 왜 가장 깊숙이 숨겨둔 두려움을 얼굴도 모르는 '화장실남'에게 털어놓고 있는 걸까? 게다가 털어봤자 무슨 소용이람? 친구나 지인들에게 이런 의구심을 털어놓을 때마다 다들 자동응답기처럼 무의미한, 정해진 대답만 할 뿐이었다. 괜찮을 거야. 잘할 수 있어. 너라면 잘할 거라고 믿어. 어차피 이 남자도 똑같은 대답을 하겠지.

봐라, 이제.

곧 나올 거야.

당장이라도….

"왜 하고 싶은데요?"

으응? "하다니… 뭘요?"

"박사 학위 따는 거요. 그러고 싶은 이유가 뭔데요?"

올리브는 큼큼 목을 가다듬고 대답했다. "저는 천성이 탐구심이 강한데, 대학원은 그런 기질을 발휘하기에 이상적인 환경이잖아요. 박사과정을 마치면 다른 분야에도 두루 활용할 수 있는 중요한 스킬을 배울…."

콧방귀 소리가 들려왔다.

올리브가 얼굴을 구겼다. "왜요?"

"면접 대비용 자료집에서 보고 외운 구절 말고요. 본인이 박사과정을 밟고 싶은 이유가 뭐예요?"

"사실인걸요." 올리브가 다소 기죽은 목소리로 우겼다. "연구 스킬을 더욱 가다듬어서…."

"혹시 이거 아니면 뭐 할지 몰라서 그래요?"

"아니요."

"민간 연구직에 취직 못 해서?"

"아뇨… 그쪽에는 지원도 안 했어요."

"흠." 커다랗고 흐릿한 형체가 옆으로 성큼 다가오더니 뭔가를 싱크대에 쏟아버렸다. 유제놀(정향유의 주성분인 액체로 국소진통제나 소독제로도 이용된다—옮긴이) 냄새가 살짝 끼쳐왔고, 세탁 세제 냄새와 깨끗한 남자 몸 냄새도 났다. 묘하게 기분 좋은 조합이었다.

"민간 기업에서 허용하는 것보다 더 자유롭게 연구하고 싶어서요."

"학계에서도 그런 자유는 별로 못 누려요." 생각보다 가까이서 목소리가 들려왔다. 조금 전 다가왔다가 물러서지 않은 모양이었다. "말도 안 되게 심한 경쟁을 하면서 알아서 자기 연구 지원금을 따내야 하죠. 9시 출근, 5시 퇴근 일자리는 그나마 연봉도 괜찮고 주말에 쉴 수나 있지."

올리브가 미간을 찌푸렸다. "박사과정 포기하게 만들려고 이러는 거예요? 혹시 유효기간 지난 렌즈 끼는 사람한테 특별히 반감 있어요?"

"그런 건 아니고."

이번에도 미소가 묻어난 목소리였다.

"그건 어쩌다 한 번 저지른 실수라고 생각할게요."

"맨날 끼는데요. 여태까지는 끼어도 이렇게…."

"그럼 어쩌다 여러 번 하는 실수요." 그가 한숨 섞어 대꾸하더니 말을 이었다. "요는 이거예요. 그쪽이 실력이 되는지 어떤지 나는 전혀 모르지만, 그건 자신에게 던져야 할 질문이 아니에요. 학계는 죽어라 노력해도 열매는 거의 못 얻는 분야예요. 중요한 건 박사과정을 밟으려는 이유가 충분한가예요. 그래서 묻는데, 왜 박사가 되려고 하는 거죠, 올리브?"

올리브는 잠시 고민했다. 이어서 조금 더 고민했고, 그걸로 모자라 더 생각을 해봤다. 이윽고 신중히 말을 골라 대답했다. "한 가지 의문이 있어서요. 연구해볼 만한 구체적인 의문이요. 반드시 답을 찾고 싶은 의문." 자, 이게 내 대답이다. "내가 안 하면 다른 누구도 답을 찾지 못할 것 같은 의문."

"의문이라고요?"

주변 공기가 움직였다. 그가 싱크대에 몸을 기댄 것 같았다.

"맞아요." 입 안이 바싹 말랐다. "나한텐 굉장히 중요한 문제예요. 그런데… 나 말고 다른 누구도 해내지 못할 것 같아요. 왜냐하면 여태 아무도 못 해냈으니까. 또…." 나쁜 일이 일어났으니까. 그 일이 다시 일어나지 않게 내가 할 수 있는 일은 다 하고 싶으니까.

모르는 사람 옆에서, 감은 눈꺼풀이 드리운 새카만 암막 뒤에서 떠올리기에는 너무 무거운 생각이었다. 그래서 눈을 살며시 떴다. 시야가 여전히 흐릿하지만 타는 듯한 쓰라림은 거의 다 가셔 있었다. 그 남자가 올리브를 빤히 바라보고 있었다. 비록 윤곽은 불분명하지만 존재감은 확실했고, 올리브가 말을 잇기를 참을성 있게 기다리고 있었다.

"나한테 중요한 일이에요." 올리브가 재차 말했다. "내가 하고 싶은 연구 말이에요." 올리브는 이제 겨우 스물세 살에, 세상에 혼자였다. 출근 안 하는 주말이나 괜찮은 연봉 따위 원하지 않았다. 원하는 건 시간을 거슬러 가는 것이었다. 덜 외로워지는 것이었다. 그런데 그건 불가능하니, 자신이 바로잡을 수 있는 것을 바로잡는 것으로 만족할 작정이었다.

남자는 고개만 끄덕이고 아무 대꾸도 하지 않더니 몸을 펴고 문 쪽으로 몇 걸음 옮겼다. 가려는 것 같았다.

"내 대답이 박사과정 진학할 이유로 충분한가요?" 올리브가 그의 등에 대고 외쳤다. 그의 인정을 절실히 바라는 자신의 말투가 몹시 거슬렸다. 혹시 내가 실존적 위기 같은 것에 빠졌나 싶었다.

그가 걸음을 멈추고 뒤돌아보았다. "최고의 이유예요."

미소를 짓고 있는 것 같았다. 아니면 미소 비슷한 것.

"좋은 결과가 있기를 바라요, 올리브."

"고마워요."

그가 문간에서 반쯤 나갔을 때 올리브가 다시 입을 열었다.

"어쩌면 내년에 또 볼 수도 있겠네요." 얼굴이 조금 달아오른 채 허둥지둥 말을 쏟아냈다. "제가 합격하면요. 그리고 그쪽도 졸업 아직 안 하고."

"그럴지도 모르죠." 이런 대답이 들려왔다.

그러더니 '그 남자'는 사라졌다. 이름도 못 알아냈는데. 몇 주 후 스탠퍼드대 생물학부가 박사과정에 등록하지 않겠느냐고 연락해왔을 때 올리브는 냉큼 수락했다. 조금의 주저함도 없이.

1장

가설: A(다소 곤란한 상황)와 B(감당 못할 대가가 따를 엉망진창 상황)라는
선택지가 주어지면 나는 꼭 B를 고르고 만다.

2년 11개월 후

변명을 좀 하자면, 상대방도 키스를 별로 거부하는 것 같지
않았다.

적응하는 데 시간이 좀 걸리기는 했지만, 갑작스러운 상황임
을 고려하면 십분 이해됐다. 어색하고 심기 불편하며 어쩐지 괴
로운 그 몇 초 동안 올리브는 그의 입술에 자기 입술을 힘껏 뭉
개는 동시에 그의 얼굴 높이에 자기 입을 갖다 대느라 까치발
을 한 채 한껏 몸을 늘여야 했다. 이렇게까지 키가 클 필요가 있
어? 키스가 아니라 어설픈 박치기처럼 보였을 것이다. 올리브
는 이 연출 장면이 그럴싸해 보이지 않을까봐 점점 초조해졌다.
조금 전 안이 이리로 오는 걸 분명히 봤는데, 이 꼴을 보면 올리
브와 키스남이 데이트하는 사이가 아님을 곧바로 알아챌 것 같
았다.

그런데 괴롭도록 천천히 몇 초가 흐른 후 키스가 조금… 달
라졌다. 남자가 날카롭게 숨을 들이마시더니 고개를 약간 숙였

고, 덕분에 올리브는 바오밥나무를 타는 다람쥐의 모양새에서 벗어날 수 있었다. 게다가 그는 큼지막한 데다 에어컨 바람에 서늘해진 복도에서 기분 좋게 따스하게 느껴지는 두 손으로 올리브의 허리를 감싸기까지 했다. 그 손이 몇 센티미터 미끄러져 올라가더니 흉곽을 감싸고서 올리브의 몸을 자기 몸에 바짝 끌어당겼다. 너무 가깝지도, 너무 멀지도 않게.

딱 적당히.

키스라기보다 긴 입술 맞춤에 가까웠지만 썩 괜찮았고, 그 몇 분 새 머릿속에서 여러 가지가 지워졌다. 자기가 웬 모르는 남자에게 달라붙어 있다는 사실마저. 자신이 "키스해도 돼요?"라고 다급하게 속삭여 묻자마자 그에게 입술을 갖다 댔다는 사실도. 애초에 이 자작극을 꾸민 게 세상에서 제일 친한 친구인 안을 속이려는 의도에서였다는 것도.

하지만 괜찮은 키스란 원래 그런 법 아닌가. 여러 가지를 까맣게 잊게 만든다. 올리브는 널찍하고 단단하며, 눌러도 좀처럼 들어가지 않는 가슴팍에 녹아들고 있었다. 두 손은 각진 턱에서 의외로 숱 많고 부드러운 머리카락으로 옮겨갔고, 이윽고… 이윽고, 벌써 숨이 찬 듯 내뱉는 자신의 한숨 소리가 들렸다. 그제야 번쩍 정신이 들었다. 지금 내가 무슨 짓을… 안 돼. 안 돼.

아니야, 아니야, 이건 아니야.

즐기고 있을 때가 아니었다. 모르는 이 남자건, 다른 것이건.

올리브는 숨을 헉 들이마시며 남자에게서 몸을 떼고 안을 찾아 정신없이 두리번거렸다. 밤 11시, 생물학과 랩실이 늘어선 복도의 푸르스름한 조명 속에 친구는 온데간데없었다. 이상하네. 분명 몇 초 전만 해도 저기 있었는데.

반면에 키스남은 바로 앞에 서 있었다. 입술이 살짝 벌어지고, 가슴팍은 오르락내리락하고, 눈에 묘한 광기가 어린 채로. 그 순간 비로소 상황 파악이 됐다. 방금 자신이 얼마나 엄청난 짓을 저질렀는지. 그것도 누구를 상대로….

망했다.

나는. 망. 했. 다.

왜냐하면 애덤 칼슨 박사는 유명한 재수탱이니까.

그 사실 자체는 그다지 주목할 만한 게 아니었다. 왜냐하면 대학원에서는(슬프게도 올리브도 해당하는) 대학원생 이상의 위치에 있는 사람은 일정 기간 그 자리에서 버티려면 웬만큼의 재수 없음을 필히 갖춰야 하니까. 재수 없음 피라미드의 최상층에는 종신 재직 교수들이 있고. 하지만 칼슨 박사로 말할 것 같으면… 그는 속한 계층이 달랐다. 어쨌든 소문으로는 그랬다.

칼슨 박사는 올리브의 룸메이트인 맬컴이 두 건의 연구 프로젝트를 싹 쓰레기통에 처박고 아마도 1년 늦게 졸업할 상황에 처하게 한 원인 제공자였다. 제러미가 박사과정 시험을 치르기 전 불안해서 토하게 만든 원흉이기도 했다. 그리고 생물학과 대학원생 절반이 논문 방어를 연기하게 만든 단독 주범이기도 했다. 올리브와 함께 박사과정을 시작했고 매주 목요일 개미만 한 자막이 달린 초점 흐릿한 유럽 영화 보러 가자고 불러내곤 했던 동기생 조는 칼슨의 연구조교였는데 6개월 만에 '여러 가지 이유로' 박사과정을 그만두었다. 잘된 일인지도 몰랐다. 칼슨의 랩에 남아 있는 조교들 거의 전부가 만성 손 떨림에 시달리고 1년은 못 잔 몰골로 돌아다니는 걸 보면.

칼슨 박사가 학계의 젊은 록스타, 생물학계의 신동일지 몰라도 성질이 더러운 데다 혹평을 일삼았고, 그의 말투나 평소 태도에서 자신이 스탠퍼드대 생물학부에서 유일하게 제대로 된 과학자라고 믿는 게 역력히 드러났다. 아니, 아마도 온 세상에서 제대로 된 과학자는 자신뿐이라고 믿는 것 같았다. 칼슨은 모르는 이 없을 정도로 음울하고, 성질 더럽고, 학생들을 울리고 다니는 재수탱이었다.

그런데 그런 놈에게 방금 올리브가 키스를 했다.

침묵이 몇 분이나 이어졌는지는 알 수 없었다. 분명한 건 침묵을 깬 쪽이 칼슨이라는 것뿐이었다. 짙은 색 눈과 그보다 더 짙은 머리칼에, 키가 180센티미터는 분명 넘는데, 과연 몇 센티미터인가만 밝혀지지 않았을 정도로 장신인 그가 앞에 서 있으니 어이없을 만큼 위압적으로 느껴졌다. 모르긴 몰라도 올리브보다 15센티미터는 더 큰 것 같았다. 그렇게 인상을 팍 쓰고 내려다보는데, 학과 세미나에서 여러 번 봐와서 올리브에게도 익숙한 표정이었다. 보통은 그가 세미나에서 손을 들고 발제자의 발표 내용 중 치명적 오류를 지적하기 직전에 짓는 표정이었다.

"애덤 칼슨. 박사과정생 울리기 전문." 심지어 올리브의 지도 교수가 이렇게 말하는 것도 들은 적 있었다.

괜찮아. 문제없어. 전혀 없다고. 그냥 아무 일 없었던 척하고 그에게 정중히 고개를 끄덕인 다음 살금살금 멀어질 작정이었다. 그래, 물 샐 틈 없는 계획이야.

"방금… 방금 나한테 키스한 거예요?" 어리둥절한 투였고, 약간 숨이 가쁜 것처럼 들렸다. 이제 보니 입술이 참 도톰하고 촉촉하고… 맙소사. 방금 누군가와 키스한 입술처럼 보였다. 올리브가 방금 저지른 짓을 부인하고 빠져나갈 길은 없을 것 같았다.

그래도, 시도는 해봐야 했다.

"아닌데요."

놀랍게도 먹히는 것 같았다.

"아. 그래요, 그럼." 칼슨은 고개를 끄덕이더니, 조금 얼빠진 표정으로 돌아섰다. 그리고 몇 걸음 때 식수대로 향했다. 아니, 그리로 가려고 했던 것 같았다.

올리브가 정말로 무사히 빠져나가려나 보다 하고 생각한 순간 그가 걸음을 멈추더니 의심 어린 표정으로 다시 돌아섰다.

"확실해요?"

젠장.

"그게…." 올리브는 두 손에 얼굴을 묻어버렸다. "그런 거 아니에요."

"알겠어. 나는 또… 알겠어." 칼슨이 천천히 반복했다. 깊고 낮은 음성이었고, 슬슬 열 받는 상태인 것 같았다. 어쩌면 이미 화났을 수도 있었다. "지금 이게 무슨 상황이지?"

해명할 길이 없었다. 정상적인 사람이라도 올리브의 상황을 이상하게 여길 텐데, 딱 봐도 공감 능력을 인간의 필수 덕목이 아니라 파리처럼 하찮게 취급하는 애덤 칼슨이라면 절대로 이해하지 못할 터였다. 올리브는 두 손을 툭 떨어뜨리고 숨을 깊이 들이마셨다.

"제가… 있죠, 무례하게 굴려는 건 아닌데, 이건 박사님하고는 상관없는 일이라서요."

칼슨은 잠시 올리브를 빤히 보더니 고개를 끄덕였다. "아, 그래." 그는 평상심을 되찾는 듯했다. 조금 전의 얼빠진 기색이 사라지고 원래의 말투를 되찾은 걸 보면 말이다. 건조한 투로 돌아와 있었다. 단답형에. "그럼 난 그냥 사무실로 돌아가 타이틀 나인(연방정부의 보조금을 받는 교육기관에서 성별에 따른 차별을 금하는 조항—옮긴이) 신고 서류나 작성할게."

올리브는 안도의 한숨을 내쉬었다. "네. 그러시는 게 좋겠… 잠깐. 뭘 작성한다고요?"

그러자 칼슨이 고개를 갸우뚱하며 대꾸했다. "타이틀나인은 교육 환경에서 성적 위법 행위에 대항한…."

"저도 타이틀나인이 뭔지는 알아요."

"그래. 그럼 알고도 무시한 거군."

"저는… 네? 아뇨, 알고도 무시한 거 아니에요!"

칼슨이 어깨를 으쓱했다. "그럼 내가 착각한 모양이네. 방금 나를 공격한 건 다른 사람이었나 보군."

"공격… 저는 박사님을 '공격'하지 않았어요."

"키스했잖아."

"진짜로 키스한 건 아니잖아요."

"내 동의를 먼저 구하지도 않고."

"키스해도 되냐고 물어봤잖아요!"

"그래놓고 내 대답을 듣지도 않고 해버렸지."

"예? 된다고 했잖아요."

"뭐라고?"

올리브가 미간을 접었다. "키스해도 되냐고 물어봤더니, 된다고 했잖아요."

"틀렸어. 키스해도 되냐고 물어서, 내가 코웃음을 쳤지."

"된다고 하는 걸 제가 들은 게 거의 확실한데요."

대답 대신 칼슨이 한쪽 눈썹을 치켜올렸고, 잠깐 동안 올리브는 누군가를 물에 처넣는 상상을 했다. 이를테면 칼슨 박사를. 아니면 자기 자신을. 둘 다 처넣는 것도 좋은 생각인 것 같았다.

"저기요, 정말 죄송해요. 워낙 이상한 상황이라서요. 이런 일이 있었던 걸 그냥 잊으면 안 될까요?"

칼슨은 심각함과 더불어 꼭 집어 말하기 어려운 어떤 심경이 떠오른 각진 얼굴로 올리브를 한동안 빤히 응시했다. 꼭 집을 수 없는 건 올리브가 이 인간은 왜 이리 키가 크고 어깨가 넓은 거지, 하고 속으로 또 한 번 감탄하느라 바빴기 때문이었다. 한마디로 거대했다. 올리브는 늘 자칫 너무 말라 보일 정도로 호리호리한 편이었지만, 키 170센티미터인 여자가 아담해 보이는 경우는 드물었다. 애덤 칼슨 옆에 서 있기 전에는. 물론 생물학과 건물이나 캠퍼스 여기저기서 그를 봐서, 그리고 같이 엘리베이터를 탄 적도 있어서 그의 키가 큰 건 알고 있었지만, 두 사람이 어떤 형태로든 교류한 적은 없었다. 이렇게 바짝 붙어 있었던 적은 더더욱 없고.

몇 초 전엔 바짝 붙어 있었잖아, 올리브. 네가 이 남자 입에 네 혀를 집어넣을 뻔….

"뭐 잘못됐어?" 칼슨이 걱정하는 줄 착각하게 만드는 투로 물었다.

"네? 아뇨. 잘못된 것 없어요."

"왜냐하면," 그가 차분히 말을 이었다. "한밤중에 연구실 복도에서 모르는 사람한테 키스하는 건 뭔가 잘못됐다는 뜻이니까."

"잘못된 것 없다니까요."

칼슨은 생각에 잠겨 고개를 끄덕였다. "알았어. 그럼 며칠 내로 이메일이 갈 거야." 그러더니 올리브를 지나쳐 걸어갔고, 올리브는 돌아서서 그의 등에다 대고 소리쳤다.

"내 이름도 안 물어봤잖아요!"

"그건 쉽게 알아낼 수 있어. 오후 여섯 시 이후에 연구실에 출입하려면 아이디 카드를 사용해야 하니까. 그럼 이만."

"잠깐만요!" 올리브가 몸을 기울여 그의 손목을 낚아채 그를 멈춰 세웠다. 칼슨은 전혀 힘들이지 않고 손목을 빼낼 수 있는데도 곧바로 걸음을 멈췄고, 자기 손목을 감싼 올리브의 손을 보란 듯이 빤히 내려다봤다. 그 손은 하필 올리브의 대학원생 연봉 절반은 줘야 살 수 있을, 아니 연봉 전부를 쏟아부어도 못 살 것 같은 손목시계 바로 밑을 감싸고 있었다.

올리브는 불에 덴 듯 그의 손목을 놓고 한 걸음 물러섰다. "죄송해요, 다른 뜻은 없었….."

"키스. 해명해봐."

올리브는 아랫입술을 깨물었다. 아무래도 단단히 사고를 친 것 같았다. 더는 지체 없이 설명해야 했다. "안 팜." 여기서 올리브는 안이 정말로 간 게 맞는지 확인하느라 주위를 살폈다. "아까 저기 지나가던 학생 있잖아요. 생물학과 박사과정생이거든요."

칼슨은 안이 누구인지 전혀 모르는 눈치였다.

"안이….." 올리브는 갈색 머리칼 한 가닥을 귀 뒤로 넘겼다. 얘기가 민망해지는 게 바로 이 지점이었다. 복잡하고 좀 유치하게 들릴 게 빤했다. "제가 같은 학부의 어떤 남자를 만나고 있었거든요. 제러미 랭글리라고, 빨강 머리에 지도교수님이 누구냐면….. 암튼, 데이트를 두어 번 했을 때쯤 제러미를 안의 생일파티에 데려갔는데 두 사람이 눈이 맞아서….."

여기까지 말하고 눈을 감았다. 별로 좋은 생각이 아니었다. 그 장면이 선하게 떠올랐기 때문이다. 제일 친한 친구와 자신이 데이트하던 남자가, 마치 전생에 연인이었던 양 볼링장에서 농담을 주고받던 모습이. 물 흐르듯 이어지던 대화와 호탕한 웃음, 그리고 그날 밤 헤어질 때쯤 돼서 제러미가 안의 모든 행동을 눈으로 좇던 모습도. 제러미가 누구에게 마음이 있는지, 괴로울 정도로 분명했다. 올리브는 손을 휘휘 저으며 억지로 웃음 지었다.

"각설하고, 저랑은 그만 만나기로 하고 제러미가 안한테 데이트 신청을 했거든요. 근데 안이 거절한 거예요. 왜냐하면 그… 여자 친구들 간의 도리, 뭐 그런 것 때문에. 근데 안이 제러미를 진짜 마음에 들어 하는 티가 났거든요. 안은 제가 상처 받을까봐 걱정해서 거절한 거고, 몇 번이나 괜찮다고 해도 믿지를 않는 거예요."

게다가 며칠 전에 안이 우리 친구 맬컴한테, 제러미가 진짜 괜찮은 사람 같은데 나를 배신하고 걔랑 데이트할 수는 없다고 털어놓는 것도 엿들었고요. 그때 너무너무 낙담한 목소리였다고요. 실망스럽고 자신 없는 투였고, 내가 알던 기운차고 존재감 넘치는 안이 아니었다니까요.

"그래서 그냥 거짓말했죠. 이미 다른 사람 만나고 있다고요. 안은 나랑 제일 가까운 친구인데 여태 걔가 누구를 이만큼 좋아한 적이 없었어요. 안한테 좋은 일이 있었으면 좋겠고, 안도

31

똑같이 내가 잘되기를 바랄 테니까…." 올리브는 자신이 횡설수설하고 있는 것을, 그리고 사정이 어쨌든 칼슨은 관심 없으리라는 것을 퍼뜩 깨달았다. 그래서 말을 멈추고, 입 안이 바싹 말랐지만 애써 침을 삼켰다. "오늘 밤에요. 오늘 밤 데이트가 있다고 말해놨어요."

"아." 칼슨이 전혀 읽을 수 없는 표정을 지었다.

"근데 데이트 같은 것 없거든요. 그래서 그냥 실험이나 해야겠다 하고 학교에 왔는데 안도 학교에 나온 거예요. 오면 안 되는데. 근데 왔어요. 이쪽으로 오고 있었다고요. 그래서 너무 당황해서… 나머진 알죠." 올리브는 한 손으로 자기 얼굴을 쓸어내렸다. "생각할 틈도 없이 그래버린 거예요."

칼슨은 아무 대꾸도 하지 않았지만, '생각 따위 안 했겠지'라고 눈빛으로 말했다.

"안이 내가 데이트하는 걸 믿기만 하면 되니까요."

칼슨이 고개를 끄덕였다. "그래서 복도에서 제일 처음 마주친 사람한테 키스했다? 완벽한 논리야."

올리브는 눈썹을 찌푸렸다. "그렇게 말하니 내 인생 최고의 결정은 아니었던 것 같네요."

"아마도."

"그래도 최악의 결정은 아니라고요! 안이 우리를 본 게 거의 확실하니까. 이제 내가 박사님과 데이트한다고 생각할 거고, 그럼 안도 죄책감에서 벗어나서 제러미하고 데이트할 거고…." 그러다가 올리브는 고개를 저었다. "어쨌든. 키스해서 정말, 정말 미안해요."

"미안한 거 맞아?"

"제발 신고하지 말아주세요. 정말로 허락한 줄 알았어요. 진심으로, 일부러 무시한 건…."

그 순간, 자신이 얼마나 엄청난 짓을 저질렀는지 퍼뜩 와 닿았다. 아무 남자나 붙잡고 키스하다니. 그것도 생물학부 교수 중 재수 없기로 유명한 남자를. 무려 콧방귀를 동의의 표시로 오해한 데다 복도에서 그를 말 그대로 덮쳤고, 이제 칼슨은 특유의 저 알 수 없는, 생각에 잠긴 표정으로 올리브를 빤히 바라보고 있는 걸로 모자라 몸집도 커다란 사람이 눈 한번 깜빡이지 않고 이렇게 바짝 서서….

망했다.

어쩌면 밤이 늦어서 그런 걸 수도 있었다. 아니면 마지막 커피를 마신 게 16시간 전이어서 그런지도 모르고. 또 어쩌면 애덤 칼슨이 그런 눈길로 내려다보고 있어서 그런지도 몰랐다. 하여간 갑자기 이 모든 것이 감당 못할 상황으로 느껴졌다.

"생각해보니 박사님 말이 전적으로 맞네요. 정말 죄송해요. 저 때문에 어떤 식으로든 불쾌감을 느끼셨다면 신고하세요. 그러는 게 옳으니까요. 해서는 안 될 짓이었고, 비록 진심으로 그런 건 아니지만…. 어떤 의도로 그랬느냐가 중요한 건 아니지만요. 대신 박사님이 어떻게 받아들이셨느냐가…."

젠장, 젠장, 젠장.

"이제 가볼게요. 고마워요. 그리고…정말로, 진심으로 죄송해요." 올리브는 뒤꿈치를 축으로 홱 돌아 복도 저편으로 냅다 달렸다.

"올리브." 뒤에서 이렇게 부르는 소리가 들렸다. "올리브, 잠깐만…."

올리브는 멈추지 않았다. 1층까지 계단을 후다닥 내려가 그 길로 건물 밖으로 나갔고, 개 산책시키는 여자애와 도서관 앞에서 깔깔 웃고 있는 한 무리의 학생들을 지나쳐, 조명이 드문드문 켜진 스탠퍼드 캠퍼스 오솔길을 미친듯이 내달렸다. 한 번도 멈추지 않고 달려서 단숨에 아파트 문 앞에 다다랐고, 문을 허둥지둥 열고 룸메이트와 그가 데려왔을지 모를 친구와 마주치지 않기를 바라며 그대로 자기 방으로 직진했다.

침대에 축 늘어져 누워 어둠 속에 빛나는 천장의 스티커 별들을 멍하니 올려다볼 때쯤에야 올리브는 자신이 실험실 쥐를 확인하는 걸 깜빡했음을 깨달았다. 게다가 작업대에 노트북 컴퓨터도 놔두고 왔고, 랩실 어딘가에 스웨트셔츠도 던져뒀고, 중간에 마트에 들러 맬컴에게 약속한, 내일 아침에 마실 커피를 사 오지 않았다는 것도.

망할. 이보다 더 꼬일 수는 없겠다.

그러고도 애덤 칼슨 박사, 전교 최악의 재수탱이가 조금 전 자신의 이름을 불렀다는 사실은 전혀 알아채지 못했다.

2장

가설: 내 연애에 관한 루머는 그것을 비밀에 부치고 싶은 내 욕망과 정확히 비례한 속도로 퍼져나갈 것이다.

올리브 스미스는 백 명이 넘는 대학원생과 수백만 명은 족히 되는 듯한 학부생을 거느린 미국 최고의 생물학과 중 한 곳에 다니는, 촉망받는 박사과정 3년 차 학생이었다. 교수진은 정확히 몇 명인지 모르지만, 복사실 우편함 수로 대충 추측건대 '너무 많다'고 해도 무방했다. 따라서 올리브는 '그날 밤'(키스 사건이후 며칠밖에 안 지났지만 올리브는 자신이 지난 금요일을 평생 '그날 밤'이라고 부를 것임을 이미 알았다) 이전 애덤 칼슨과말을 섞는 불운을 완벽히 피했다면, 앞으로 다시는 그와 마주치지 않고 남은 대학원 생활을 마치는 것도 충분히 가능하다는합리적 결론을 내렸다. 아예 애덤 칼슨은 올리브가 누구인지도모를뿐더러 아마 알아낼 마음도 없을 거고, 그리고 얼마 전있었던 일을 까맣게 잊었을 거라고 거의 확신했다.

물론 올리브의 추정이 철저히 빗나가서 그가 끝내 타이틀나인 소장을 접수했다면 얘기가 다르지만. 그랬을 경우 올리브는그를 다시 보게 될 것이며, 그때 자신은 연방 법정에서 유죄를 시인하고 있을 터였다.

그때까지 법무 수수료를 걱정하느라 진 빼며 시간을 낭비할 수도 있고, 아니면 더 급한 일들에 신경을 쏟을 수도 있었다. 예를 들면 올리브가 조교를 떠맡은, 개강이 2주도 안 남은 가을학기 분자생물학 수업에 사용할 슬라이드 약 5백 개라든가. 아니면 아파트 구석구석에 약을 놨는데도 바퀴벌레 한 마리가 장식장 밑으로 기어 들어가는 걸 봤다는, 오늘 아침 맬컴이 남긴 쪽지라든가. 그도 아니면, 가장 중요한 사항이 남아 있었다. 올리브의 연구가 중대한 기로를 맞았으며, 따라서 실험을 계속할, 더 크고 예산도 몇 배 더 넉넉한 랩을 당장 찾아내야 한다는 것. 그런 랩을 찾지 못할 경우, 획기적이고 임상학적으로 중대한 연구로 자리매김할 수도 있는 프로젝트가 냉장고 신선칸에 쌓인 페트리 접시들 안에서 몇 년이고 마냥 묵을 터였다.

올리브는 '없이도 살 수 있는 장기'와 '장기 팔면 얼마'를 검색해보려고 노트북을 켰다가, 그녀가 실험 동물에 신경 쓰고 있던 동안 쏟아진 새 이메일 스무 통에 어느새 정신을 뺏겼다. 대부분은 약탈적 학술지와 나이지리아 왕자를 자처하는 사기꾼들이 보낸 것이었고, 6년 전 올리브가 공짜 립스틱 받으려고 소식지 수신에 동의한 화장품 회사가 보낸 메일도 한 통 있었다. 어서 실험으로 돌아가려고 재빨리 '읽음'으로 표시한 순간, 개중 한 통이 자신이 보낸 편지의 답장인 것을 알아챘다. 누가 보낸 거냐면⋯ 맙소사. 이럴 수가.

그 메일을 검지 인대가 끊어질 정도로 세게 클릭했다.

받은 날짜: 오늘 3:15 p.m.
보낸 사람: Tom-Benton@harvard.edu
받는 사람: Olive-Smith@stanford.edu
제목: [Re]: 췌장암 검진법 연구 프로젝트

올리브,
꽤 괜찮은 프로젝트로 보이네요. 2주 내로 스탠퍼드에 방문할 예정인데.
그때 만나서 얘기할까요?
그럼 이만.
TB.

톰 벤턴 박사
하버드대 생명과학부 부교수

심장 박동이 한 박자를 건너뛰었다. 그러더니 이내 미친 듯이 두근대기 시작했다. 그러다 다시 점점 느려져, 천천히 기어가듯 뛰었다. 눈꺼풀에 맥동이 느껴졌고, 그건 별로 좋은 신호가 아니었지만 어쨌든… 좋았어. 좋았어! 하나 물었어. 거의 물었어. 그렇다고 봐도 되겠지? 아마도. '아마도'에 더 기운 것 같았다. 톰 벤턴이 '꽤 괜찮은' 연구라고 했으니까. '꽤 괜찮은' 연구라잖아. 이것도 '꽤 괜찮은' 신호임이 틀림없어, 안 그래?

올리브는 미간을 접으며 스크롤을 내려 몇 주 전 자신이 발송한 이메일을 다시 읽었다.

보낸 날짜: 7월 7일 8:19 a. m.
보낸 사람: Olive-Smith@stanford.edu
받은 사람: Tom-Benton@harvard.edu
제목: 췌장암 검진법 연구 프로젝트

벤턴 박사님,

스탠퍼드대학 생물학부 박사과정생 올리브 스미스입니다.

주력 연구 분야는 췌장암이며, 특히 초기 치료를 유도하고 생존율을 높이는 것을 목적으로 비침습적이며 비용 부담이 적은 감지 도구를 발견하는 데 중점을 두고 있습니다.

그간 혈액 생체지표(생물학적 과정, 병리적 과정 등을 객관적으로 측정 평가하기 위해 지표로 사용되는 물질—옮긴이)를 집중 연구했고, 좋은 결과를 낸 바 있습니다. (제가 첨부한, 동료평가가 완료된 예비연구서에 자세히 나와 있습니다. 또한 올해 생물학발견학회에 비교적 최근의 미발표 연구결과를 제출했습니다. 채택 결정은 아직 나지 않았지만, 첨부한 페이퍼 초록을 참고해주세요.) 다음 단계는 제 검진 키트의 실용가능 여부를 판단하기 위한 추가 연구가 될 것입니다. 안타깝게도 제가 현재 속한 랩(2년 후 은퇴 예정인 아이셰글 아슬란 박사님이 운영하십니다)은 제 다음 연구를 진행하는 데 필요한 지원금도, 실험기기도 갖추고 있지 못합니다. 아슬란 박사님께서는 규모가 더 큰 암 연구 랩을 찾아 내년 한 해 동안 필요한 데이터를 수집해보라고 장려하십니다. 그런 뒤 스탠퍼드로 돌아와 데이터를 분석하고 보고서를 작성하라고요.

벤턴 박사님께서 췌장암 관련해 발표하신 논문을 읽고 큰 감명을 받은 바 있어서, 제 연구를 하버드의 박사님 랩에서 이어나갈 가능성을 타진하고자 이렇게 연락을 드립니다. 박사님께서 관심 있으시다면, 더 자세히 의논했으면 합니다.

존경을 담아,
올리브 스미스 드림

올리브 스미스
스탠퍼드대학 생물학부 박사과정

암 연구계의 총아 톰 벤턴이 스탠퍼드에 왔을 때 딱 10분만 할애해준다면, 이 커리어상의 위기를 타개하게 도와달라고 설득할 수 있을 거야!

아니… 아마 그럴 수 있을 거야.

사실 올리브는 자신이 하는 연구의 중요성을 남에게 설득하기보다 연구를 실제로 하는 것에 훨씬 능했다. 과학 지식 '전달하기'와 모든 종류의 '발표하기'는 확실히 올리브의 큰 약점이었다. 하지만 이건 벤턴에게 자신의 연구가 얼마나 전도유망한지 보여줄 좋은 기회였다. 만나주기만 한다면 이 연구가 임상학적으로 얼마나 이로울지 줄줄 읊을 수 있고, 연구를 엄청난 성공으로 이끄는 데 자신이 얼마나 적은 자원을 필요로 하는지도 어필할 수 있었다. 벤턴 박사의 랩 한구석 조용한 작업대 하나와 실험용 쥐 대략 2백 마리, 그리고 그 랩이 보유한 2천만 달러짜리 전자현미경에 대한 무제한 접근 권한만 허한다면 더 바랄 게 없었다. 올리브가 거기 있는 걸 벤턴 박사가 알아채지도 못하게 얌전히 지낼 각오가 되어 있었다.

자신이 벤턴 박사네 연구 설비를 한밤중에만 사용할 것이며 분당 호흡 수도 5회 이하로 제한할 용의가 있음을 어필하는 열정적인 웅변을 머릿속으로 구상하면서 터벅터벅 휴게실로 갔다. 거기서 담뱃재 맛이 나는 커피를 한 잔 따르고 돌아선 순간, 바로 뒤에 인상을 팍 쓰며 서 있는 누군가를 발견했다.

올리브는 너무 놀라 하마터면 뜨거운 커피에 델 뻔했다.

"아이쿠!" 가슴팍을 부여잡고 숨을 크게 들이마시고는, 스쿠비두가 그려진 머그잔을 꽉 쥐었다. "안. 너 때문에 간 떨어질 뻔했잖아."

"올리브."

불길한 신호였다. 안은 '올리브'라고 부르는 경우가 거의 없다. 올리브가 손톱을 물어뜯거나 비타민 젤리로 저녁 때우는 걸 보고 혼낼 때만 빼고.

"안녕! 주말 어떻게…."

"요전 날 밤."

젠장. "…보냈어?"

"칼슨 박사."

젠장, 젠장, 젠장. "칼슨 박사가 뭐?"

"둘이 같이 있는 거 봤어."

"아, 정말?" 올리브의 놀란 말투는 자기 귀에도 손발 오그라들도록 가식적으로 들렸다. 고등학교 때 운동부란 운동부는 다 들어가는 대신 연극부에 입단할 걸 그랬다는 후회가 밀려왔다.

"응. 여기, 우리 과 건물에서."

"아. 그래. 어, 나는 너 못 봤는데. 봤으면 인사했지."

안이 미간을 접었다. "올리브, 너랑 칼슨이 같이 있는 것 봤어. 내가 본 걸 너도 알고, 내가 본 걸 네가 아는 것도 난 알아. 네가 나를 피해 다녔잖아."

"안 그랬어."

그러자 안이 '나랑 지금 장난해?'라고 말하는 듯한 매서운 표정을 지었다. 아마 총학생회 회장으로, 스탠퍼드대 이과대 총여학생회 회장으로, 또 BIPOC(흑인, 선주민, 기타 유색인종을 가리키는 말—옮긴이) 과학자 단체 산하 학생지원회 회장으로 일할 때 주로 짓는 표정일 것 같았다. 안이 이기지 못할 싸움이란 없었다. 안은 두려움과 물러섬을 모르는 사람이었고 올리브는 안의 그런 점이 참 좋았다. 지금은 빼고.

"지난 이틀간 내 메시지에 한 통도 답하지 않았잖아. 보통은 시간마다 문자 주고받는데."

사실이었다. 시간당 몇 통은 주고받았다. 올리브는 그저 시간을 벌려는 목적으로 머그잔을 왼손으로 옮겨 쥐었다. "그동안 내가 좀… 바빴다고 할까?"

"바빠?" 안의 한쪽 눈썹이 스윽 올라갔다. "칼슨하고 키스하느라?"

"아. 아, 그거. 그건 그냥…."

안은 어서 문장을 끝내보시지, 라고 말하듯 고갯짓했다. 올리브가 그러지 못할 게 분명해지자 자기가 대신 말을 이었다.

"그건… 올리브, 너 기분 나쁘라고 하는 말 아닌데… 내가 본 것 중에 제일 요상한 키스였어."

진정해. 흥분하지 마. 안은 진실을 몰라. 알 리가 없어. "그럴 리가." 올리브가 힘없이 반박했다. "스파이더맨이 거꾸로 매달려서 한 키스도 있잖아. 그게 훨씬 더 요상….

"올, 그날 저녁에 데이트 있다고 했지. 설마 칼슨을 만나는 건 아니겠지?" 안의 얼굴이 일그러졌다.

사실대로 털어놓으면 얼마나 후련할까. 박사과정을 시작한 이래 지금까지 안과 올리브가 함께, 그리고 각각 따로, 저지른 멍청한 짓은 손꼽을 수 없이 많았다. 그러니 올리브가 당황해서 다른 사람도 아니고 애덤 칼슨에게 키스한 사건도 그런 멍청한 짓 중 하나로 치부하고서, 일주일에 한 번 돌아오는 맥주와 스모어(구운 마시멜로─옮긴이) 타임에 웃으면서 시원하게 씹고 잊으면 그만이었다.

아닐 수도 있고. 거짓말한 걸 시인하면 안이 다시는 올리브를 안 믿어줄지도 몰랐다. 제러미와 절대로 안 만나려고 들 수도 있고. 물론 올리브도 가장 친한 친구가 전 데이트 상대와 만날 걸 생각하면 약간 토가 나왔지만, 그 가장 친한 친구가 행복해질 수 있는데 자신이 걸림돌이 될 걸 생각하면 토가 열 배는 더 쏠렸다.

침울할 만치 단순한 상황이었다. 올리브는 세상천지에 혼자였다. 고등학교 때부터 그랬으니, 꽤 오래 혼자 지내온 셈이었다. 그걸 별것 아닌 것으로 치부하도록 자신을 열심히 단련해왔다. 세상에 혼자인 사람은 많으며, 그들도 긴급연락처란에 지어낸 이름과 전화번호를 써야 하는 상황에 종종 처할 거라고 확신했다. 학부생 때 그리고 석사과정 때는 공부와 실험에 집중하면서 마음을 달랬고, 남은 생도 비커 한 개와 피펫 한 줌을 반려자 삼아 실험실에 처박혀 보낼 각오가 이미 되어 있었다. 아니… 안을 만나기 전까지는 그랬다.

어떻게 보면 둘은 첫눈에 반한 사이였다. 박사과정 첫째 날이었다. 생물학 박사과정을 시작하는 학생들을 대상으로 오리엔테이션이 열렸다. 세미나실에 들어간 올리브는 두리번거리다가 겁에 질린 채로 제일 먼저 눈에 띈 빈자리에 앉았다. 세미나실에 여자라곤 올리브뿐이었다. 벌써 요트가 어떻고 전날 밤 중계해준 스포츠 경기가 어땠고 차 몰고 어디 가려면 최적 루트는 어디라는 등 떠드는 백인 남자들의 바다에 혼자 동동 떠 있는 섬 같았다. '엄청난 실수를 저질렀어.' 올리브는 속으로 생각했다. '화장실에서 만난 남자 말이 틀렸어. 여기 오지 말았어야 했어. 나는 절대 섞여들지 못할 거야.'

그러고 있는데 곱슬곱슬한 짙은 색 머리에 동그스름하고 예쁘장한 얼굴의 여자가 바로 옆자리에 털썩 앉더니 이렇게 투덜거렸다. "스템 과정 다양성 정책 어쩌고 하더니, 다 말뿐이었네. 그렇죠?" 모든 것이 변한 순간이었다.

둘은 그저 서로 편들어주는 협력자로 남았을 수도 있었다. 동기들 중 유일하게 백인 시스젠더(생물학적 성과 성 정체성이 일치하는 사람—옮긴이) 남성이 아닌 두 사람으로서, 필요할 때만 만나 울분을 토한 뒤 돌아가 각자 할 일을 하는 관계에서 위안을 얻을 수도 있었다. 그런 친구는 많았다. 사실 친구들 전부가 그랬다. 호감은 있지만 자주 떠올리지는 않는, 상황에 따라 사귄 지인들. 하지만 안은 처음부터 달랐다. 어쩌면 둘 다 토요일 저녁 정크푸드 먹으면서 로맨틱 코미디 영화를 보다 잠들기를 좋아한다는 걸 알게 되어서 그런지도 몰랐다. 어쩌면 안이 교내 온갖 '스템 계열 여성들' 모임에 올리브를 끌고 가서는 정곡을 찌르는 발언으로 모두를 감탄시켜서 그런지도 몰랐다. 아니면 올리브에게 마음을 열고 이 자리에 오기까지 얼마나 힘겨웠는지 털어놓아서 그런 걸 수도 있다. 안은 오빠들이 어릴 때 끊임없이 자기를 괴롭히고 수학 좋아하는 모범생이라고, 모범생인 게 멋진 것과 거리가 멀어 보였을 나이에 놀려댔다고 했

44

다. 어느 물리학 교수가 개강일에 안에게 강의실 잘못 찾아온 것 아니냐고 물었다는 얘기도 해주었다. 또 최우수 성적과 풍부한 연구 경험에도 불구하고 안이 스템 계열로 진학할 뜻을 비치자 지도교수조차 회의적인 태도를 보였다고 했다.

올리브도 대학원에 오기까지의 과정이 쉽지는 않았지만 그 정도로 험난하지는 않았던 터라 안의 얘기에 어이가 없었다. 이어서 분노가 치밀었다. 그리고 안이 자기 의심을 순전히 악과 깡으로 전환해 무기로 장착한 걸 깨달았을 때는 감탄하지 않을 수 없었다.

그런데 이해할 수 없는 이유로 안도 올리브에게 똑같이 호감을 느낀 것 같았다. 올리브의 급여가 월말을 며칠 남겨두고 똑 떨어졌을 때 안은 자신이 쟁여 둔 사발면을 나눠주었다. 백업도 못 했는데 올리브의 컴퓨터가 다운됐을 때는 밤새 곁에 남아 올리브가 결정학 리포트를 처음부터 새로 쓰는 걸 도와주었다. 명절 연휴 때 올리브가 갈 데가 없는 걸 알고는 미시건의 본가로 초대해, 자신의 대가족이 속사포처럼 베트남어를 쏟아내며 침샘 자극하는 맛있는 음식을 올리브에게 배불리 먹이게 했다. 올리브가 자신은 박사 학위를 따기에는 너무 멍청한 것 같다며 그만두려고 했을 때 안은 죽기 살기로 올리브를 설득해 남아 있게 했다.

그 첫날 눈알을 굴리며 투덜대는 안과 시선이 마주친 순간 평생 갈 우정이 탄생했다. 시간이 흐르면서 두 사람은 맬컴도 그 우정에 포함했고, 듀오는 트리오가 되었다. 그렇지만 안은… 안은 올리브에게 '내 사람'이었다. 가족이었다. 올리브는 자신 같은 사람에게도 그런 게 생긴 게 꿈만 같았다.

안은 자기 자신을 위해 뭘 요구하는 경우가 드물었고, 둘이 친구가 된 지 2년 남짓 됐건만 데이트에 관심 보이는 것도 올리브는 본 적이 없었다. 제러미가 등장하기 전까지는. 그러니 안의 행복을 위해서라면 칼슨과 데이트한 척하는 건 정말이지 아무것도 아니었다.

그래서 마음을 굳게 먹고 활짝 웃으며, 최대한 차분한 목소리로 물었다. "그게 무슨 소리야?"

"우리가 매일 시도 때도 없이 수다 떠는 사이인데, 칼슨 얘기는 한 번도 안 했잖아. 나랑 제일 친한 친구가 우리 학부 스타급 교수랑 만나는데 내가 못 들었다? 너도 그 교수 명성은 익히 알고 있지? 혹시 장난치는 거야? 아니면 너 혹시, 뇌종양이라도 생겼어? 아니, 나한테 뇌종양이 생겼나?"

올리브가 거짓말을 하면 늘 결과가 이랬다. 첫 번째 거짓말을 감추기 위해 더 많은 거짓말을 하게 되고, 원체 거짓말을 못하니 거짓말을 하나 더 할 때마다 앞선 거짓말보다 허접해지고 신빙성도 떨어졌다. 그러니 안을 속여 넘길 방법은 없었다. 사실 올리브는 누구라도 속여 넘길 재간이 없었다. 이제 안은 화가 날 테고, 그럼 제러미도 따라서 화를 낼 테고, 맬컴도 화를 낼 거고, 그러면 올리브는 곧 철저히 혼자가 될 터였다. 그럼 상처 입고 허우적대다가 박사과정에서 중도 탈락하겠지. 그러면 비자를 잃고 유일한 수입원도 잃을 테고, 캐나다로 돌아가게 되 겠지. 허구한 날 눈이 내리고 사슴 염통 같은 거나 먹는 캐나다 로….

"여기 있었군."

중저음의 차분한 목소리가 뒤쪽 어딘가에서 들려왔다. 돌아 보지 않아도 칼슨인 걸 알 수 있었다. 갑자기 올리브를 뒤에서 받쳐주는 따스하고 커다란 존재가, 손으로 등허리 한가운데를 지그시, 동시에 가볍게 누르는 사람이 칼슨인 것을 돌아보지 않 고 알 수 있었다. 올리브의 엉덩이에서 한 뼘 위에 얹힌 것이 그 의 손이라는 것을.

이게 무슨 일이래.

올리브가 목을 비틀어 위를 올려다봤다. 그리고 고개를 조금 더 들었다. 그래도 안 돼서 조금 더. 조오금만 더. 올리브가 키 가 작은 여자가 아닌데, 그냥 칼슨이 너무 큰 거였다. "앗. 어, 안 녕하세요."

"무슨 문제 있어?" 칼슨이 올리브의 눈을 들여다보며 낮고 친밀한 목소리로 물었다. 마치 둘만 있는 것처럼. 안이 거기 없 는 양. 올리브가 불편해할 만한 투였지만, 신기하게 전혀 불편 하지 않았다. 설명 불가한 이유로, 바로 옆에 있는 그가 올리브 의 마음을 진정시켜주었다. 조금 전만 해도 패닉 직전의 상태였 는데. 혹시 다른 종류의 두 불안감은 서로를 상쇄하나? 흥미로운 연구 주제인걸. 한번 파고들어보는 것도 좋겠어. 어쩌면 생물학을 포기하고 심리학으로 가는 게 나을지 몰라. 어쩌면 이쯤해서 인사하고, 가서 논문 검색이나 하는 게 좋을지도 몰라. 아니면 이 자리에서 꽥 죽어버려서 스스로 자초한 난리통을 벗어나든가.

"네, 네. 아무 문제 없어요. 안 하고 둘이 그냥⋯ 수다 떨고 있었죠. 주말에 뭐 할까 하고."

칼슨이 마치 옆에 누가 있는 걸 처음 알아챘다는 듯 안을 흘끔 쳐다봤다. 그러고는 남자들 특유의 고개만 까딱하는 제스처로 안을 알아챈 티를 냈다. 그의 손이 올리브의 척추를 타고 더 내려가자 안의 눈이 휘둥그레졌다.

"만나서 반가워, 안. 얘기 많이 들었어." 칼슨이 말했다. 임기응변 능력은 인정해줘야겠군, 올리브는 속으로 중얼거렸다. 왜냐하면 안이 서 있는 각도에서는 마치 칼슨이 올리브의 엉덩이를 만지는 것처럼 보일 게 틀림없었기 때문이다. 실제로는⋯ 아닌데. 사실 그의 손이 거의 느껴지지도 않았다.

뭐, 조금은 느껴졌지만. 손의 온기와 약간의 압력, 그리고⋯.

"저도 만나뵈서 반갑습니다." 안은 번개를 맞은 듯한 얼굴을 하고 있었다. 금방이라도 기절할 것 같았다. "어, 저는 가려던 참이었어요. 올, 내가 이따 문자 할 테니까⋯ 그럼."

올리브가 대답하기도 전에 안은 휴게실을 나가버렸다. 차라리 다행이었다. 더는 거짓말을 지어내지 않아도 되니까. 동시에 다행이 아니기도 했다. 이제 휴게실에 올리브와 칼슨만 남겨졌으니까. 너무 가까이 선 채로. 한발 물러난 게 올리브였다고 할 수 있으면 좋으련만, 창피하게도 먼저 떨어져 선 것은 칼슨 쪽이었다. 올리브가 숨통이 트일 만큼, 아니 그보다 조금 더.

"괜찮아?" 그가 다시 물었다. 여전히 잔잔한 말투였다. 애덤 칼슨에게서 나올 거라고 전혀 기대하지 않은 말투.

"네, 그냥⋯." 올리브가 손사래를 쳤다. "고마워요."

"천만에."

"아이 한 말 들었어요? 금요일에 있었던 일이랑, 또⋯."

"들었어. 그래서 내가⋯." 칼슨은 올리브를 보더니 이어서 몇 초 전 올리브의 등허리를 따끈하게 데우고 있던 자기 손을 내려다봤고, 올리브는 무슨 뜻인지 곧 이해했다.

"고마워요." 그래서 한 번 더 말했다. 아무리 애덤 칼슨이 재수탱이로 알려져 있어도 그 순간만큼은 말로 다 못 할 만큼 고마웠으니까. "그것도 그렇고, 어, 지난 72시간 동안 연방요원들이 들이닥쳐서 저를 체포해가지 않은 것도요."

칼슨의 입꼬리가 씰룩거렸다. 아주 미세하게. "그런가?"

올리버는 고개를 끄덕였다. "그래서 박사님이 신고를 안 했나 보다 했죠. 물론 신고해도 저는 할 말이 없지만요. 그러니까, 고마워요. 신고 안 해줘서요. 그리고⋯ 방금 나서준 것도. 덕분에 골칫거리 많이 덜었어요."

그러자 칼슨은 세미나에서 학생들이 이론과 가설을 헷갈릴 때나 대체법 대신 일률적 검출법을 썼다고 시인할 때 짓는 것과 똑같은 표정으로 올리브를 잠시 바라봤다. "남이 나서줄 상황을 만들지 말았어야지."

올리브는 발끈해서 몸이 굳었다. 맞다. 유명한 재수탱이였지. "아니, 내가 뭘 해달라고 부탁한 것도 아니었잖아요. 내가 혼자 수습할 수 있…."

"그리고 누구 사귀는 문제로 거짓말하지도 말아야 하고." 칼슨이 말을 이었다. "더구나 친구랑 전 남자친구가 속 편하게 사귀게 해주기 위해서라면. 친구 관계는 그런 식으로 유지되는 게 아닐 텐데."

아. 그러니까 요전 날 올리브가 인생 역정을 좔좔 쏟아냈을 때 칼슨이 듣고 있기는 했구나. "그런 거 아니에요." 이 말에 칼슨이 한쪽 눈썹을 치켜올렸고, 올리브는 자기변호를 하려고 한 손을 들어 올렸다. "제러미는 엄밀히 내 전 남자친구가 아니에요. 안이 나한테 어떻게 해달라고 한 것도 아니고요. 내가 이 상황에서 희생자가 아니라고요. 그저… 친구가 행복해졌으면 해서 이러는 거지."

"그래서 거짓말을 한다?" 칼슨이 건조한 투로 받아쳤다.

"뭐, 거짓말한 건 맞지만… 안은 우리가, 그러니까 박사님하고 내가 데이트하는 줄 알아요." 올리브는 불쑥 내뱉고 말았다. 맙소사, 말해놓고 보니 이렇게 믿기 힘든 상황도 없었다.

"그러려고 벌인 짓 아니었어?"

"그건 맞죠." 고개를 주억거리다가 문득 손에 든 머그잔이 생각나서 커피를 한 모금 홀짝였다. 커피는 아직 따뜻했다. 안과의 대화가 5분 이상 지속되지 않았다는 뜻이었다. "맞아요. 그랬죠. 그건 그렇고… 저는 올리브 스미스예요. 혹시나 타이틀나인 접수할 마음이 아직 있다면 알아두시라고요. 아슬란 박사님 랩에서 박사과정을 밟고 있고…."

"누군지 알아."

"아." 검색을 해본 건지도 몰랐다. 칼슨이 생물학부 웹페이지의 박사과정생 명단을 훑는 모습을 상상해봤다. 올리브의 프로필 사진은 박사과정을 시작한 지 사흘째 되는 날, 그러니까 앞으로 어떤 나날이 펼쳐질지 감을 잡기 훨씬 전 행정실 총무가 찍은 것이었다. 사진에 잘 나오려고 그래도 조금은 신경을 썼더랬다. 구불구불한 갈색 머리를 가라앉히고, 초록색 눈동자가 돋보이게 마스카라도 바르고, 주근깨 가리려고 빌려온 파운데이션도 발라봤다. 대학원이 얼마나 무자비하고 냉혹한 곳인지 깨닫기 전의 일이었다. 자신이 있을 곳이 아니라는 기분, 연구를 아무리 잘해도 끝내 학계에 한 획을 긋지 못할지 모른다는 끊임없는 자기의심에 시달리기 전. 그때만 해도 올리브는 미소 짓고 있었다. 진심 어린, 진짜 미소.

"그렇군요."

"나는 애덤이야. 칼슨. 교수이고, 소속은…."

올리브는 그의 면전에 대고 웃음을 터뜨렸다. 그리고 그의 어리둥절한 표정을 보자마자 즉시 후회했다. 정말로 그가 누군지 모를 수 있다고 생각한 모양이었다. 자신이 그 분야에서 가장 걸출한 연구자 중 한 명임을 모르고 있는 것 같았다. 애덤 칼슨에게 전혀 어울리지 않는 겸허함이었다. 올리브는 목을 가다듬었다.

"그렇군요. 어, 근데 누구신지 알아요, 칼슨 박사님."

"애덤이라고 부르는 게 좋을 것 같은데."

"아. 그건 아니죠." 그건 너무… 하여간 안 될 말이었다. 대학원은 그런 데가 아니었다. 교직원을 이름으로 부르는 대학원생은 없었다. "절대로 그럴 수는…."

"안이 근처에 있을 때는."

"아, 그거요." 말이 되는 소리였다. "고마워요. 그건 생각 못 했어요." 사실 다른 것들도 다 생각하지 못했다. 보아하니 올리브의 뇌는 사흘 전, 곤경에서 벗어나고자 칼슨에게 키스하는 게 좋겠다고 판단한 순간부터 작동을 멈춘 듯했다. "그, 그렇게 해도 괜찮다면요. 그럼 전 이제 집에 가볼게요, 왜냐하면 이 상황이 너무 스트레스고 또…." 원래는 실험을 할 생각이었는데 지금은 쿨 랜치 도리토를 먹으면서 소파에 앉아 45분간 〈아메리칸 닌자 워리어〉라도 봐야겠거든요. 이름은 이상해도 의외로 맛있는 도리토라고요.

칼슨이 고개를 끄덕였다. "차 있는 데까지 데려다주지."

"그 정도로 스트레스받진 않았어요."

"안이 근처에 있을 경우를 대비해서."

"아." 친절한 제안임을 인정하지 않을 수 없었다. 뜻밖의 친절이었다. 특히 '이 학과에 나는 과분해'라는 분위기를 뿜고 다니는 애덤 칼슨이 보여준 태도치고는. 그가 재수 없는 인간인 건 익히 알고 있는데, 그래서 더더욱 이해가 안 갔다. 왜 오늘 그가… 재수 없게 굴지 않는지. 어쩌면 올리브 자신의 말도 안 되는 행동이 원인인지도 몰랐다. 그에 비하면 누구든 친절해 보일 테니. "고마워요. 근데 그러실 필요 없어요."

칼슨이 내키지 않지만 어쩔 수 없이 계속 권하는 것 같았다. "데려다주면 내 마음이 편할 것 같아서 그래."

"저는 차 없어요." 캘리포니아주 스탠퍼드대 캠퍼스에 사는 대학원생이라고요. 연봉 3만 달러도 못 받는. 월세가 월급의 3분의 2를 차지하고요. 지금 끼고 있는 렌즈는 5월부터 재활용하고 있고, 밥값 아끼려고 간식 나오는 세미나는 죄다 참석한다고요. 이런 말은 덧붙이지 않았다. 칼슨이 몇 살인지 모르지만, 설마 대학원생 시절을 깡그리 잊었을까 싶었다.

"그럼 버스로 통학하나?"

"자전거로요. 내 자전거는 건물 입구에 주차돼 있어요."

칼슨이 입을 뻐끔거리다가 탁 닫았다. 그리고 다시 열었다.

저 입에 키스했지, 올리브. 썩 괜찮은 키스였어.

"이 근처엔 자전거 전용 도로 없는데."

올리브가 어깨를 으쓱했다. "위험천만하게 사는 걸 좋아해서요." 저렴하게 사는 거겠지. "그리고 헬멧도 있고요." 그러고는 돌아서서 제일 먼저 보이는 판판한 면에 머그잔을 내려놓았다. 나중에 회수할 생각이었다. 누가 훔쳐 가면 어쩔 수 없고. 알 게 뭐람? 어차피 박사과정 그만두고 디제이가 된 연구원한테서 얻은 건데. 아무튼 그 주 들어 벌써 두 번째 칼슨이 올리브를 곤경에서 구해주는 셈이었다. 이번에도 올리브는 그와 잠시라도 더 함께 있는 것을 견딜 수가 없었다.

"그럼, 또 뵈어요."

칼슨이 깊은숨을 들이쉬자 그의 흉곽이 부풀어 올랐다. "그래. 알았어."

올리브는 최대한 잽싸게 휴게실에서 빠져나왔다.

* * *

"이거, 몰카 장난이야? 설마 몰카겠지. 혹시 나 공중파 방송에 나와? 숨은 카메라들은 어디 있어? 나 오늘 어때 보여?"

"몰카 아니야. 숨은 카메라 없어." 올리브는 어깨의 백팩 끈을 고쳐 매고, 전동 스쿠터를 탄 학부생에게 깔려 죽지 않기 위해 옆으로 한발짝 비켜났다. "근데 말 나온 김에, 너 오늘 예쁘다. 지금이 아침 일곱 시 반인 걸 감안하면 특히 더."

안은 얼굴을 붉히지는 않았지만 멋쩍어 보였다. "어젯밤에 너랑 맬컴이 생일선물로 준 그 페이스마스크 해봤어. 판다 그림

프린트돼 있는 거 있잖아. 무슨 물광 효과 있다는 선크림도 새로 샀고. 그리고 마스카라도 발랐어." 마지막 말은 소리 죽여 재빨리 덧붙였다.

올리브는 특별할 것 없는 화요일 아침에 왜 이렇게 잘 보이려고 애썼느냐고 물어볼 수도 있었지만, 답을 이미 알고 있었다. 제러미가 근무하는 랩과 안이 근무하는 랩은 같은 층에 있으므로, 비록 생물학과 건물이 광활하긴 하지만 둘이 우연히 마주칠 가능성은 다분했다.

올리브는 번지는 미소를 애써 눌렀다. 제일 친한 친구가 전 데이트 상대와 만나는 건 충분히 이상했지만, 안이 제러미를 연애 상대로 보기 시작한 것 자체가 반가웠다. 무엇보다, 올리브가 '그날 밤' 칼슨을 상대로 저지른 민망한 짓이 의도한 결과를 낸 것이 마냥 기뻤다. 거기다가 톰 벤턴이 올리브의 연구 관련해서 보내온 매우 희망적인 이메일까지 떠올리니, 드디어 인생이 풀리는 건가 하는 희망마저 들었다.

"알았어." 안이 생각에 잠겨 아랫입술을 잘근잘근 씹었다. "몰카 아니란 말이지. 그렇다면 다른 해명이 있다는 거겠지. 어디 보자."

"다른 해명 같은 거 없어. 우린 그냥…."

"세상에, 너 시민권 따려고 그러지? 혹시 우리가 맬컴의 넷플릭스 아이디를 공유했다고 너를 캐나다로 추방하겠대? 연방 범죄인 줄 몰랐다고 해. 아니다, 잠깐만. 변호사 선임하기 전에는 한마디도 하지 마. 그리고 올, 여차하면 내가 너랑 결혼해줄 게. 그렇게 해서 그린카드(미 정부가 외국인에게 발행하는 취업 비자 또는 영주권의 별칭—옮긴이) 따면 추방되지 않을….”

“안.” 잠깐이라도 말을 멈추게 하려고 올리브가 친구의 손을 꽉 주었다. “맹세코 나 추방당하는 거 아니야. 그냥 칼슨이랑 데 이트 딱 한 번 했을 뿐이라고.”

그러자 안이 인상을 확 쓰며 올리브를 산책로 가장자리에 있 는 벤치로 끌고 가 앉혔다. 올리브는 만약 입장이 바뀌었다면, 그러니까 안이 애덤 칼슨에게 키스하는 걸 자신이 목격했더라 면 자신도 똑같은 반응을 보였을 거라고 자신을 타이르며 순순 히 벤치에 앉았다. 아니, 입장이 바뀌었다면 아예 안에게 본격 적인 정신 감정을 예약해줬을 터였다.

“있잖아.” 안이 입을 열었다. “지난봄에 네가 파크 박사님 은 퇴 파티에서 먹은 상한 새우 칵테일 세 근을 죄다 분출구토 했 을 때 내가 머리카락 잡아준 것 기억나?”

“그럼. 그걸 어떻게 잊니.” 올리브는 생각에 잠겨 고개를 까 딱 기울였다. “너는 나보다 더 많이 먹었는데 배탈이 안 났지.”

“그건 내가 강철 인간이라 그래. 어쨌든 그건 신경 쓰지 말 고. 중요한 건 내가 네 곁에 있다는 거고, 앞으로도 무슨 일이 있어도 늘 여기 있을 거라는 거야. 네가 상한 새우 칵테일 몇 근 을 토하든 내가 떠나지 않을 거라고 믿어도 돼. 너하고 나, 우린 한 팀이잖아. 그리고 맬컴도. 스탠퍼드 재학생 전체와 번갈아

자느라 바쁘지 않을 때는. 그러니까 혹시 칼슨이 사실은 지구를 점령하려는 외계인이고 온 인류가 매미처럼 생긴 사악한 외계 생명체들의 노예로 전락하기 직전인데 그걸 막는 방법이 칼슨하고 데이트하는 것뿐이라서 이러는 거라면, 나한테 다 털어놔도 돼. 그럼 내가 나사에 연락해서…."

"맙소사." 올리브는 저도 모르게 웃음이 터졌다. "그냥 데이트 한 번 한 거야!"

그래도 안은 괴로운 표정이었다. "이해가 안 돼서 그래."

왜냐하면 말이 안 되는 상황이니까. "나도 알아, 그렇지만 이해하고 자시고 할 것도 없어. 그냥… 딱 한 번 데이트한 거야."

"하지만… 도대체 왜? 올, 너처럼 예쁘고 똑똑하고 재밌고 무릎 양말도 멋진 것만 골라 신는 애가 뭐가 모자라서 애덤 칼슨하고 만나?"

올리브는 코를 긁적였다. "왜냐하면…," 다음 말을 하는 데 자존심을 희생해야 했다. 마지막 한 방울까지. "괜찮은 사람이라서."

"괜찮다고?" 안의 눈썹이 조금만 더 올라가면 이마 위 머리털과 합체될 것 같았다.

'오늘따라 안이 더 귀여워 보이네.' 올리브는 흐뭇해하며 속으로 중얼거렸다.

"'재수탱이' 애덤 칼슨이?"

"응. 그 인간이…." 올리브는 저만치에 있는 오크나무에게서,

아니면 여름학기 수업을 들으러 종종 걸어가는 학부생들에게서 도움을 얻을 수 있을까 해서 두리번거렸다. 어느 것도 도움이 안 될 걸 깨닫자 궁색하게 마무리했다. "괜찮은 재수탱이인가 보지."

안은 이제 이 상황을 믿을 수가 없다는 표정이었다. "알았어, 그러니까 제러미 같은 멋진 남자를 만나다가 갑자기 애덤 칼슨 같은 인간하고 데이트하게 됐다 이 말이지."

이거야. 바로 올리브가 기다리던 타이밍이었다. "그렇게 됐어. 그리고 난 만족해. 왜냐하면 제러미한테 애초에 관심이 없었거든." 마침내 이 대화에 가미된 일말의 진실이었다. "솔직히 새 출발 하는 게 그렇게 힘들지도 않았어. 그래서 하는 말인데… 제발, 안, 제러미 좀 살려주라. 개도 행복해질 자격이 있고, 무엇보다 너도 좋은 사람 만날 자격이 있잖아. 아마 제러미, 오늘 출근했을 걸. 나 대신 그 공포영화 페스티벌 같이 가자고 해봐. 그럼 나도 앞으로 6개월간 밤에 불 켜놓고 자지 않아도 되고 좋잖아."

이번에 안은 확실히 얼굴을 붉혔다. 자기 손을 내려다보면서 손톱 거스러미를 뜯었고, 그것도 모자라 반바지 단을 만지작거리다가 겨우 입을 뗐다. "모르겠어. 그렇게 할지도 모르고. 그러니까, 네가 정말로…."

그때 안의 주머니에서 알림이 울렸고, 안이 몸을 펴고 주머니에서 휴대전화를 꺼냈다. "젠장, 오늘 스템 계열 다양성 모임 지도자 회의 잡혀 있는데, 거기 갔다 와서 실험분석 보고서도 두 편이나 써야 해." 그러더니 일어서서 백팩을 집어 들었다. "이따 만나서 점심 먹을래?"

"나는 안 돼. 조교 회의 있어." 올리브가 씩 웃었다. "제러미는 시간 날지도 모르지."

안은 눈알을 굴렸지만, 입꼬리가 슬쩍 올라가 있었다. 그걸보자 올리브는 흡족해졌다. 너무 흡족해서 안이 가다 말고 뒤돌아서 이렇게 물었는데도 손가락 욕을 날리지 않았다. "그 인간이 너 협박하는 건 아니지?"

"뭐?"

"칼슨 말이야. 그 인간한테 협박받고 있어? 네가 샤워하면서소변보는 돌연변이인 거 알아내서 그거 가지고 협박하던?"

"첫째로, 그게 얼마나 시간이 절약되는데." 올리브가 안을 째려보며 대꾸했다. "둘째, 칼슨이 나랑 데이트하려고 그렇게까지할 거라고 생각하다니, 묘하게 칭찬 같은데."

"누구든 그렇게까지 할 거야, 올. 너 같은 멋진 사람은 또 없으니까." 안은 눈가를 찡그리며 덧붙였다. "샤워하면서 소변볼때만 빼고."

* * *

제러미가 수상하게 굴고 있었다. 그 자체로는 별것 아니었다. 제러미는 늘 약간은 행동이 어색했고, 최근 올리브와 헤어지고 올리브의 친구와 만나기 시작한 게 덜 어색해지는 데 도움 됐을 리 없었다. 하지만 오늘따라 평소보다 더 이상했다. 올리브가 안과 얘기 나누고 몇 시간 후 학내 커피숍에 나타난 제러미는 장장 2분 동안 빤히 올리브를 쳐다봤다. 2분은 곧 3분이 되었다. 그리고 5분이 되었다. 제러미가 올리브에게 이렇게 오래 주의를 쏟은 적이 없었다. 그렇다, 둘이 데이트하는 사이일 때도.

참기 힘든 지경에 이르자 노트북에서 시선을 떼 제러미에게 손을 흔들어 보였다. 그러자 제러미는 얼굴이 확 달아올라, 카운터에서 자기가 시킨 라테를 집어 들고 빈 테이블로 후다닥 가 앉았다. 올리브는 도로 시선을 떨어뜨리고 자신이 쓴 두 줄짜리 이메일을 일곱 번째 읽기 시작했다.

받은 시각: 오늘 10:12 a.m.
보낸 사람: Olive_Smith@stanford.edu
받는 사람: Tom-Benton@harvard.edu
제목: Re: 췌장암 검진법 연구 프로젝트

벤턴 박사님,
응답해주셔서 감사합니다. 말씀하신 대로 직접 뵙고 이야기하면 더할 나위 없을 것 같습니다. 스탠퍼드에 무슨 요일에 오시는지요?
박사님께서 만나기 가장 편하신 시간을 알려주세요.

존경을 담아,

올리브

20분이 채 안 지나 약대 홀든 로드리게스 박사 밑에서 연구하는 박사과정 4년 차 학생이 들어오더니 제러미 옆에 앉았다. 두 사람은 곧바로 올리브를 손가락으로 가리키며 쑥덕거리기 시작했다. 평소 같으면 신경 쓰이고 조금 속상했겠지만, 벤턴 박사가 이메일에 이미 답장을 해줬으니 그게 다른 어떤 일… 아니, 모든 일보다 우선이었다.

받은 날짜: 오늘 10:26 a. m.

보낸 사람: Tom-Benton@harvard.edu

받은 사람: Olive_Smith@stanford.edu

제목: Re: 췌장암 검진법 연구 프로젝트

올리브, 내가 이번 학기에 마침 하버드에서 안식 학기를 맞아서, 가면 며칠 묵을 생각이에요. 스탠퍼드에 있는 연구 파트너와 동반으로 바로 얼마 전 꽤 큰 지원금을 따냈는데, 연구 준비며 뭐며 만나서 얘기할 게 많거든요.

내가 일단 그리로 간 후 상황 봐서 약속 정하면 어떨까요?

그럼 이만,

TB

나의 iPhone에서 보냄

좋았어! 이러면 올리브의 프로젝트를 채택해달라고 설득할 시간이 며칠은 주어질 거라는 얘기였고, 그건 원래 예상했던 10분보다 훨씬 넉넉한 시간이었다. 올리브는 허공에 주먹을 찔렀다. 그러자 제러미와 그의 친구가 아까보다 더 미심쩍게 쳐다봤다. 쟤들 왜 저래? 내 얼굴에 치약이라도 묻었나? 에, 무슨 상관이람? 곧 톰 벤턴을 만나 랩실 연구생으로 받아달라고 설득할 건데. 췌장암아, 내가 간다.

날아갈 것 같은 기분은 딱 두 시간 지속됐다. 두 시간 후 올리브가 생물학부 조교 모임에 들어간 순간 회의실에 갑작스러운 침묵이 내려앉았다. 대략 열다섯 쌍의 눈이 올리브에게 꽂혔다. 올리브에게는 생소한 현상이었다.

"어… 다들 안녕?"

두어 명이 마주 인사했다. 대부분은 시선을 돌렸다. 괜한 상상이겠지, 했다. 혈당이 떨어져서 그런가봐. 치솟았거나. 아무튼 둘 중 하나겠지.

"어이, 올리브." 여태껏 한 번도 말 건 적 없었던 7년 차 학생이 백팩을 치워 옆자리를 비워주었다. "어떻게 지내?"

"잘 지내요." 올리브는 조심조심 앉으면서, 말투에서 의심을 걷어내려 애쓰며 대답했다. "어, 선배님은요?"

"아주 잘 지내."

7년 차 학생의 미소가 왠지 수상쩍게 느껴졌다. 뭔가 추잡하고 가증스러운 기미가 있었다. 하지만 왜 그러느냐고 물어보려는 차에 조교장이 프로젝터를 작동시키는 데 성공해 이목을 회의에 집중시켰다.

회의가 끝난 후에도 일은 더 이상하게 흘러갔다. 아슬란 박사가 랩실에 들러 올리브에게 혹시 상담할 거리가 있는지만 묻고 돌아갔고, 같은 랩의 박사과정생인 체이스는 평소엔 핼러윈날 받은 마지막 사탕을 물고 빠는 초등학교 3학년생처럼 유전자 증폭기를 독차지하더니 오늘따라 올리브에게 먼저 쓰라고 양보해줬고, 랩실 총무는 프린터 용지 한 뭉치를 건네며 윙크까지 했다. 그러고 나서 성중립 화장실에서 맬컴과 물론 순전히 우연히 마주쳤는데, 그걸 계기로 갑자기 모든 것이 이해되기 시작했다.

"이 미꾸라지 같은 것." 맬컴이 씩씩대며 말했다. 새카만 눈도 우스꽝스러울 정도로 가늘게 뜨고 있었다. "내가 하루 종일 문자 보냈는데."

"앗." 올리브는 청바지 뒷주머니를 더듬다가 이어서 앞주머니를 더듬으면서 마지막으로 휴대전화를 본 게 어디였는지 떠올리려 애썼다. "집에다 전화기 두고 왔나 봐."

"믿을 수가 없다, 정말."

"뭘 믿을 수 없는데?"

"네가 이러는 걸 믿을 수가 없다고."

"대체 뭔 소리래."

"난 우리가 친구인 줄 알았어."

"친구 맞아."

"좋은 친구."

"좋은 친구 맞아. 너하고 안은 나한테 둘도 없는 친구야. 지금 뭣 때문⋯."

"아닌 것 같은데? 내가 너도 아니고 스텔라한테서 전해 들은 걸 보면. 스텔라는 제스한테서 들었다고 하고, 제스는 제러미한테서 들었다고 하고, 제러미는 안한테서 들었고⋯."

"무슨 얘기를 들었는데?"

"안은 누구한테서 들었는지 모르겠다. 어쨌든 나는 우리가 친구인 줄 알았어."

얼음장같이 차가운 기운이 올리브의 등줄기를 타고 올라왔다. 설마 그 얘기가⋯ 아니야. 설마 그럴 리가. "뭘 들었는데?"

"더 이상은 못하겠다. 바퀴벌레 떼가 너를 먹어 치우든 말든 나는 손 떼련다. 그리고 넷플릭스 비번 바꿀 거야."

아아, 그것만은 안 돼. "맬컴. 무슨 얘기를 들었는데?"

"네가 애덤 칼슨 만난다는 얘기."

* * *

올리브는 칼슨의 랩에 가본 적은 없지만 그게 어디에 있는지는 알고 있었다. 스탠퍼드 생물학부 시설 중 가장 크고 가장 최신 기기를 갖춘 연구 공간이었고, 그래서 모두가 그곳을 탐내는 동시에 칼슨을 향해 끝없이 적개심을 불태웠다. 들어갈 때 아이디 카드를 한 번 댔는데 들어가서 한 번 더 대야 했다(올리브는 두 번 다 눈알을 굴렸다). 두 번째 문은 열자마자 바로 랩이 나왔는데, 칼슨의 덩치가 에베레스트산만 하고 어깨도 그만큼 떡 벌어져서 그런지 몰라도 하여간 제일 먼저 눈에 들어온 것이 그였다. 그는 올리브보다 1년 먼저 박사과정을 시작한 알렉스 옆에 붙어 서서 서던 블롯(다양한 서열을 가진 DNA 조각 중 특정 DNA 서열을 가진 조각을 검출하는 방법—옮긴이) 절편을 들여다보고 있었는데, 올리브가 들어온 순간 출입구를 돌아보았다.

올리브가 그를 향해 힘없이 미소 지어 보였다. 그를 찾아내서 안도한 마음이 컸다.

다 괜찮아질 거야. 맬컴한테 들은 이야기를 칼슨에게 잘 설명하면 분명 그도 이 상황이 얼마나 황당한지 깨닫고 우리 둘 다 곤란에서 벗어나게 해줄 거야. 내가 망할 애덤 칼슨하고 사귄다고 믿는 사람들에게 둘러싸여 남은 3년을 보낼 수는 없어.

문제는 올리브가 온 걸 알아챈 사람이 칼슨만이 아니라는 것이었다. 랩에는 연구용 작업대가 열댓 개는 있고 적어도 열 명은 작업 중이었다. 그리고 그들 거의 다, 아니 전부 다 올리브를 뚫어져라 쳐다보고 있었다. 거의 다, 아니 전부 다 올리브가 자기네 지도교수와 만난다는 얘기를 들어서 그런지도 몰랐다.

난 이제 망했네.

"잠깐 얘기 좀 할 수 있을까요, 칼슨 박사님?" 랩실이 소리가 메아리치도록 설계되지 않았다는 것을, 이성적으로는 알고 있었다. 그런데도 자기가 뱉은 말이 벽에 부딪혀 네 번씩 반복되는 것 같았다.

칼슨은 영문 모르는 얼굴로 고개를 끄덕이고는 서던 블롯 절편을 알렉스에게 건네고 올리브에게 다가왔다. 랩 연구생 3분의 2가 자신을 빤히 쳐다보는 걸 모르고 있거나 아니면 아예 신경 쓰지 않는 것 같았다. 나머지 3분의 1은 출혈성 뇌졸중을 일으키기 직전으로 보였다.

칼슨이 메인 랩실 밖에 있는 회의실로 안내했고, 올리브는 말없이 그리로 들어갔다. 자신이 칼슨과 데이트한다고 믿는 랩실 연구생 전체가 방금 둘이 밀실로 단둘이서 들어가는 걸 목격한 사실을 애써 모른척하면서.

최악이군. 이보다 나빠질 수는 없겠어.

"다들 알아요." 등 뒤에서 문이 닫히자마자 불쑥 말해버렸다.

칼슨은 어리둥절해서 잠시 올리브의 얼굴을 살폈다.

"괜찮아?"

"다들 안다고요. 우리에 대해."

그러자 칼슨이 고개를 갸우뚱하고 가슴팍 앞에 팔짱을 꼈다. 마지막으로 대화한 게 겨우 하루 지났건만 올리브에게는 긴 시간이었나 보다. 그의… 존재감을 그새 잊은 걸 보면. 그의 옆에 설 때마다 왜소하고 연약한 사람이 된 기분이 들었던 것도 깡그리 잊고. "우리?"

"우리요."

칼슨이 계속 어리둥절한 얼굴이어서, 올리브가 일일이 설명해주었다.

"우리가 만나는 거요…. 진짜 만나는 게 아니지만 안은 그렇게 믿는 게 틀림없고, 그래서 걔가…." 말이 두서없이 나오는 걸 알아채고, 의식적으로 천천히 말하려고 노력했다. "제러미한테 말했어요. 그런데 또 제러미가 그걸 여기저기 말하고 다녔고, 그래서 이제는 모두가 알아요. 아니, 자기들이 안다고 생각해요. 알고 자시고 할 게 하나도 없는데. 우리는 그렇다는 걸 알잖아요."

칼슨은 들은 얘기를 소화하더니 천천히 고개를 끄덕였다. "여기서 모두라 함은…?"

"모두 다요." 그러면서 올리브는 그의 랩을 가리켰다. "저 사람들 보이죠? 다 알아요. 다른 대학원생들도 다 알고요. 행정실 총무 셰리? 알고말고요. 이 학과만큼 뒷말 잘 씹는 데가 없으니까. 이제 다들 내가 교수님이랑 만나는 줄 안다고요."

"그렇군." 이 혼돈의 도가니가 전혀 신경 쓰이지 않는다는 태도로 칼슨이 대꾸했다. 그걸 보고 올리브도 덩달아 진정될 법도 했지만, 오히려 패닉 스위치를 한 단계 더 올리고 말았다.

"일이 이렇게 돼서 죄송해요. 정말 죄송해요. 다 제 잘못이에요." 올리브는 한 손으로 얼굴을 쓸어내렸다. "그렇지만 이렇게 될 줄은… 안이 제러미한테 말한 건 이해해요. 애초에 그 둘이 사귀게 하는 게 이 연극의 목적이었으니까. 그렇지만… 제러미는 왜 다른 사람들한테 말하고 다녔는지 모르겠어요."

칼슨이 어깨를 으쓱했다. "못 할 이유는 또 뭐야?"

올리브가 그를 올려다봤다. "무슨 뜻이에요?"

"대학원생이 교수랑 만난다니, 퍼뜨리기에 충분히 흥미로운 정보 같은데."

올리브는 고개를 저었다. "그렇게 흥미롭진 않아요. 이런 일에 왜 흥미를 갖겠어요?"

그러자 칼슨이 한쪽 눈썹을 슥 올렸다. "누가 그러는데, 우리 학과만큼 뒷말 잘 하는 데가 없다고."

"알았어요, 됐어요. 무슨 소린지 알아들었어요." 올리브는 심호흡을 한 번 한 뒤 회의실 안을 왔다 갔다 하기 시작했다. 자신을 뚫어져라 보는, 그리고 회의실 테이블에 기대 팔짱을 끼고 서 있는 그가 너무 편해 보이는 건 애써 무시했다. 왜 저렇게 침착한 거야. 발끈해야 마땅한데. 오만하기로 소문난 재수탱이가 왜 저래. 자기가 별 볼 일 없는 학생과 만난다고 사람들이 수군거린다는데 수치스러워해야 맞잖아. 패닉에 빠져 버둥대는 역할은 둘이 똑같이 나눠 가져야 공평하지.

"이건… 당연히 무슨 대책을 세워야 해요. 사람들한테 그건 사실이 아니고 다 우리가 지어낸 거라고 말해줘야죠. 근데 그러면 내가 미쳤다고 생각하겠죠. 그리고 박사님도요. 그러니까 다른 이야기를 지어내야겠어요. 아, 알았다, 우리가 이젠 만나지 않는다고 사람들에게 얘기하면⋯."

"그럼 안이랑 그 이름이 뭐냐, 걔는 어쩌고?"

올리브는 서성이던 걸 멈췄다. "에?"

"우리가 더는 안 만나는 걸 알면 그 친구들이 마음 불편해하지 않겠어? 아니면 올리브가 자기들한테 거짓말한 걸 알게 되면⋯."

미처 생각해보지 못한 부분이었다. "난⋯ 그럴지도 모르죠. 그렇겠네요, 하지만⋯."

안이 요즘 행복해 보이는 건 사실이었다. 어쩌면 이미 제러미와 그 영화 페스티벌에 같이 가기로 했을지도 몰랐다. 올리브와 칼슨이 데이트한다는 소식을 전하자마자 제러미가 냉큼 응했을 것이다, 얄미운 친구 같으니. 그렇지만 그건 애초에 올리브가 바라던 바였다.

"친구한테 사실대로 말할 거야?"

올리브는 큰일 날 소리라는 듯 괴성을 꽥 질렀다. "그럴 순 없어요. 지금은 더더욱 안 돼요." 아아, 애초에 왜 제러미와 데이트하는 데 응했을까? 걔한테 별로 관심도 없었는데. 아일랜드식 악센트와 빨강 머리가 귀여운 건 인정하지만, 지금 이 고생을 감수할 만큼은 아니었다. "제가 박사님과 헤어졌다고 사람들한테 알리면 되지 않을까요?"

"내 꼴이 참 보기 좋겠네." 칼슨 박사가 무감정한 투로 내뱉었다. 올리브는 그가 농담하는 건지 아닌지 분간할 수 없었다.

"좋아요. 그럼 박사님이 저를 찼다고 해요."

"참 그럴듯하게 들리겠군." 칼슨이 들릴락 말락 한 소리로 건조하게 중얼거렸다. 올리브는 자신이 제대로 들은 건지 확신할 수 없었고 그가 무슨 뜻으로 한 말인지도 알 수 없었지만, 아무튼 슬슬 발끈하기 시작했다. 그렇다, 먼저 키스한 건 올리브 자신이지만⋯ 맙소사, 내가 애덤 칼슨에게 키스를 하다니, 내 인생 어디로 가는 걸까, 나는 왜 이런 짓을 하는 걸까. 하지만 지난번에 휴게실에서 마주쳤을 때 그가 보인 행동도 상황에 도움이 된 건 아니지 않나. 최소한 걱정하는 척이라도 할 것이지. 자기가 고작 출간 논문 1.5개에 불과한(3주 전에 다듬어서 재제출한 페이퍼도 0.5개로 쳐서) 존재감도 없는 학생에게 끌렸다고 다들 믿는다는데 괜찮을 리가 없었다.

"상호 동의하에 헤어졌다고 말하면요?"

칼슨이 고개를 끄덕였다. "그거 괜찮네."

올리브의 표정이 밝아졌다. "그래요? 잘됐네요! 그럼 가서⋯."

"셰리한테 학과 소식지에 실어달라고 하면 되겠군."

"네?"

"아니면 세미나 시작하기 전에 발표하는 게 나을까?"

"아뇨, 아니요, 그건⋯."

"IT 부서에 부탁해서 스탠퍼드 홈페이지에 실어달라고 하는 게 좋겠다. 그렇게 해야 이 소문을 모르는 사람 없이⋯."

"알았어요, 좋아요! 알아들었어요."

칼슨은 잠시 올리브를 침착하게 바라보다가 입을 열었다. 올리브가 '재수탱이' 애덤 칼슨에게서 들을 거라고 전혀 기대하지 않았던, 굉장히 이성적인 말투였다. "마음에 걸리는 부분이 교수 만난다고 사람들 흉보는 거라면, 안됐지만 물은 엎질러졌어. 헤어졌다고 말해봤자 사람들이 우리가 데이트한다고 생각한 건 되돌리지 못할 거야."

올리브의 어깨가 축 늘어졌다. 그가 맞는 말을 했다는 게 몹시 거슬렸다. "좋아요, 그럼. 이 난장판을 바로잡을 다른 아이디어가 있다면, 얼마든지 들어줄 테니 어디…."

"그렇게 믿게 내버려두는 옵션이 있어."

제대로 들은 건가, 잠시 귀가 의심됐다. "뭐, 뭐라고요?"

"사람들이 우리가 만난다고 믿게 내버려두는 수도 있다고. 그러면 그때 그 친구랑 이름 모를 남학생 문제가 해결되고, 올리브도 잃을 게 별로 없지. 보아하니… 평판 문제만 보면…." 칼슨은 '평판'이라고 말할 때 마치 다른 사람 의견을 신경 쓰는 게 동종요법 출현 이래 가장 멍청한 현상이라는 듯 눈알을 굴렸다. "올리브 입장에서는 더 나빠질 게 없는 것 같으니."

이건 정말이지… 별의 별일을 다 겪어봤지만 이건… 평생에 걸쳐 한 번도, 진짜 단 한 번도 이런 일은….

"뭐라고요?" 올리브가 맥없이 한 번 더 물었다.

칼슨은 어깨를 으쓱했다. "모두가 이기는 해법 같은데."

아니, 거꾸로 봐도 아니었다. 적어도 올리브에게는. 얘도 지고 쟤도 지는, 그러고도 모자라 조금 더 망하는, 끝난 줄 알았는데 거기서 더 망하는 그런 상황 같았다. 정신 나간 짓이었다.

"그러니까… 영원히 내버려두자고요?" 조금 징징대는 말투가 나온 것 같아서 신경 쓰였지만, 머리로 피가 몰려서 착각한 거겠지 하고 무시했다.

"그건 좀 지나친 것 같고. 친구들이 헤어질 때까지? 아니면 관계가 더 안정될 때까지? 모르겠다. 뭐든 더 나은 쪽으로." 진지하게 하는 소리였다. 칼슨은 농담하는 게 아니었다.

"박사님은 혹시…," 이건 에둘러 물어볼 방법조차 떠오르지 않았다. "결혼하셨든가, 아님 그 비슷한 상황이에요?" 칼슨은 30대 초반쯤 됐을 것 같았다. 직업도 빵빵한 데다 키 크고 새카만 곱슬머리는 아직 숱도 많고, 누가 봐도 똑똑하고, 심지어 외모도 매력적이었다. 한마디로 다 갖춘 남자였다. 뭐, 침울한 재수탱이이긴 하지만 그런 걸 마다않는 여자들도 있으니까. 오히려 어떤 여자들은 더 반길지도 몰랐다.

칼슨이 어깨를 으쓱해 보였다. "내 아내와 쌍둥이 아이들은 별로 신경 안 쓸 거야."

오, 제기랄.

올리브는 전신이 확 달아오르는 것 같았다. 얼굴이 새빨개졌고, 그 자리에서 수치심에 죽어버릴 것 같았다. 왜냐하면… 맙소사, 자신이 유부남한테, 그것도 애 아빠한테 강제로 키스한 거잖아. 사람들은 지금 그가 불륜을 저지르고 있다고 생각할 것 아닌가. 그의 아내는 지금쯤 눈물로 베갯잇을 적시고 있을지도 모른다. 부도덕한 아버지 때문에 끔찍한 상처를 입고 자라난 자녀들은 연쇄살인범이 될 거고.

"저는… 맙소사, 그런 줄은 전혀… 정말 죄송해요."

"농담이야."

"유부남이신 줄은 정말로 몰랐….."

"올리브. 농담이었어. 나 유부남 아니야. 애도 없어."

커다란 안도감이 덮쳤다. 그리고 곧바로 딱 그만큼의 분노가 뒤따랐다. "칼슨 박사님, 이건 농담할 일이….."

"이제는 정말로 애덤이라고 불러야 할 것 같은데. 소문에 따르면 한동안 데이트해온 사이잖아."

올리브는 집게와 엄지로 콧잔등을 꼬집으며 천천히 숨을 뱉어냈다. "도대체 왜 이 일에…. 박사님이 여기서 얻는 게 뭐예요?"

"어디서?"

"저랑 데이트하는 척하는 데서요. 왜 이 일에 신경 써요? 얻을 게 뭔데요?"

칼슨 박사가… 아니, 애덤이… 입을 열었다. 잠시 동안 올리브는 그가 뭔가 중요한 얘기를 할 줄 알았다. 그런데 그가 시선을 피했고, 정작 뱉은 말은 이거였다. "올리브가 곤경에서 벗어날 수 있잖아." 그리고 잠시 머뭇거리다가 덧붙였다. "그리고 나도 나름의 이유가 있고."

올리브는 눈을 가늘게 떴다. "뭔데요?"

"그런 게 있어."

"범죄와 관련된 거라면, 나는 발 뺄래요."

그러자 칼슨이 설핏 웃었다. "그런 거 아니야."

"말해주지 않으면 납치와 관련된 거라고 추측할 수밖에 없어요. 아니면 방화나. 아니면 횡령이나."

칼슨은 잠시 딴생각에 빠진 듯, 큼지막한 자신의 이두박근을 손가락으로 두드리고만 있었다. 이두박근이 셔츠 소매를 찢을 듯 바깥쪽으로 밀어내고 있었다. "내가 이유를 말해주면, 다른 어디에서도 발설하면 안 돼."

"이 방에서 일어난 일은 전부 밖으로 새 나가면 안 된다는 데 우리 둘 다 동의할 것 같은데요."

"그렇긴 해." 칼슨이 수긍했다. 그러고는 다시 말을 멈췄다. 그리고 한숨을 내쉬었다. 볼 안쪽을 잘근잘근 씹었다. 또 한숨을 훅 토했다.

"좋아." 그러더니 마침내, 입을 연 순간 후회할 걸 아는 사람의 태도로, 이렇게 말했다. "내가 도주할 것으로 의심받고 있어."

"도주요?" 맙소사, 가석방으로 나온 중범죄자였구나. 동료 배심원단이 그가 대학원생들한테 저지른 죄에 대해 유죄 판결을 내렸나 보다. 아마 학생이 펩타이드(알파 아미노산이 2개 이상 펩티드 결합으로 연결된 화합물―옮긴이) 표본에 라벨 잘못 붙였다고, 개 머리를 현미경으로 내려쳤을 거야. "결국 범죄가 관련된 게 맞았군요."

"뭐? 아니야. 우리 학과가 내가 스탠퍼드를 떠나 다른 기관으로 이적할 생각이라고 의심한다는 얘기였어. 보통은 의심하든 말든 신경 안 쓸 텐데, 학교 측이 내 연구 자금을 동결해버렸거든."

"아." 생각지도 못한 이유였다. 조금도. "학교가 그럴 권한이 있어요?"

"응. 전체 연구비의 3분의 1까지는 동결할 수 있어. 학교 측얘기는, 결국 떠날 사람, 어쨌든 자기들이 그렇게 믿는 사람한테 연구 자금을 대줘서 이력에 보탬이 되고 싶지 않다는 거지."

"하지만 겨우 3분의 1이면…."

"수백만 달러는 돼." 칼슨이 조용히 대꾸했다. "내가 내년 안에 마무리하려고 계획해둔 프로젝트들을 위해 따로 빼둔 거였어. 여기, 스탠퍼드에서 진행하려던 프로젝트들. 조만간 그 돈이 필요해질 거라는 뜻이지."

"아." 그러고 보니 올리브도 박사과정 첫해부터, 다른 대학들이 칼슨을 데려가려고 한다는 얘기를 몇 번 들은 기억이 났다. 몇 달 전에는 그가 나사로 이직할 거라는 소문도 돌았다. "학교 측은 왜 그렇게 생각하는 거죠? 그리고 왜 여태 가만 있다가 이제 와서 그런대요?"

"여러 가지 이유가 있어. 가장 그럴듯한 이유는 몇 주 전 내가 다른 기관 연구자랑 같이 보조금을, 상당한 액수인데 따냈다는 거야. 그 기관이 전에도 나를 스카우트하려고 한 적 있는데, 스탠퍼드 측은 그쪽이랑 협력 연구를 하는 게 스카우트 제의를 수락할 뜻이 있다는 거라고 본 거지." 그는 잠시 머뭇거리다가 말을 이었다. "그렇게 구체적으로 들어가지 않아도, 내가 듣기로는… 내가 여기에 뿌리내리지 않는 게 여차하면 스탠퍼드를 뜰 생각이어서 그렇다는 게 중론이래."

"뿌리요?"

"내가 지도하는 학생들은 거의 다 1년 안에 박사과정을 마칠 거야. 나는 이 지역에 일가친척도 없고. 아내도 아이도 없어. 현재 집은 월세고. 내가 여기 붙어 있을 거라고 학교 측이 믿게 만들려면 집이라도 사야 할 판이야." 그는 답답해하는 기색이 역력했다. "만약 내가 누군가와 사귀고 있다면… 큰 도움이 되겠지."

그렇군. 말이 되는 소리였다. 하지만. "진짜 여자친구 사귈 생각은 안 해봤어요?"

칼슨의 한쪽 눈썹이 슥 올라갔다. "진짜 데이트할 생각은 안 해봤어?"

"할 말 없네."

올리브는 입을 다물고 잠깐 동안 그의 얼굴을 살폈고, 그도 자신을 뜯어보게 내버려두었다. 이런 사람을 무서워했다는 게 지금 보니 우스웠다. 이제 칼슨은 올리브가 저지른 가장 황당한 짓을 속속들이 아는 유일한 사람이 되었고, 그런 사람에게 겁먹기는 어려웠다. 게다가 그가 연구비를 돌려받기 위해 가짜 데이트까지 불사할 만큼 절박함을 아는 사람이라는 걸 안 이상 더더욱 그랬다. 올리브는 자신도 췌장암 연구를 완성할 기회를 잡을 수만 있다면 똑같이 할 거라고 확신했고, 여기에 생각이 이르자 애덤에게 묘한… 동질감이 들었다. 그에게 동질감이 느껴진다면 가짜 데이트도 그럭저럭 할 수 있을 것 같았다. 그렇지 않나?

아니야. 맞아. 아니야. 잠깐, 뭐? 그럴 가능성을 진지하게 따져보다니, 미친 것 같았다. 누가 봐도 제정신이 아니었다. 그런데 입에서는 이런 말이 나오고 있었다. "그렇게 간단하지는 않을 거예요."

"뭐가?"

"만나는 척하는 거요."

"그래? 우리가 만난다고 사람들이 믿게 만드는 게 간단하지 않을 거란 말이지?"

아, 얄미워 죽겠네. "좋아요, 일리 있는 지적이에요. 하지만 장기간 그럴싸하게 연기하는 건 정말로 쉽지 않을 거예요."

칼슨은 그저 어깨를 으쓱했다. "괜찮을 거야. 복도에서 마주치면 인사하고, 올리브가 나를 칼슨 박사님이라고 부르지만 않는다면."

"사귀는 사이는 그냥… 인사만 하지 않을걸요."

"그럼 사귀는 사람들은 뭘 하지?"

대답이 안 나왔다. 평생 데이트라고는 다 해봐야 다섯 번쯤 해봤는데 그중 몇 번은 제러미와 한 거였고, 대체로 하품 나올 정도로 지루하거나 불안감만 치솟거나 치가 떨리는 둥(주로 상대방이 자기 할머니가 전고관절 치환술을 받은 과정을 아주 상세히 늘어놓았을 때) 하나같이 별로였다. 올리브도 다른 누군가와 삶을 함께하고 싶었지만, 왠지 평생 그런 일은 안 일어날 것 같았다. 자신이 사랑받을 구석이 없어서 그런가 싶었다. 어쩌면 너무 오랫동안 혼자 지내서 어떤 근본적인 면에서 사람이 꼬여버렸고 그래서 진정한 연인 관계를, 하다못해 사람들이 흔히 얘기하는 서로 끌리는 관계조차 맺지 못하게 된 건지도 몰랐다. 어차피 다 상관없었다. 박사과정과 연애는 한 문장에 들어갈 수 없는 사이니까. 아마 그래서 맥아더 펠로십 수상자이자 백 년에 한 명 나올 천재 애덤 칼슨 박사도 서른 몇 살 먹고 여기서 이렇게 올리브에게, 사귀는 사람들은 뭐 하냐고 묻고 있는 건지도 모른다.

대학원에서의 삶이 이렇습니다, 여러분.

"어… 이것저것이요. 그렇고 그런 것들." 올리브가 뇌를 쥐어짜 대답했다. "밖에서 만나서 이런저런 활동을 같이해요. 사과 농장 체험이라든가, 그림 그리고 와인 마시기 같은 이벤트라든가." '좀 시시하지만.' 올리브는 속으로 덧붙였다.

"좀 시시하네." 애덤이 그런 건 치우라는 듯 솥뚜껑처럼 커다란 손을 저었다. "그럼 안한테 우리도 어디 가서 모네 그림 그렸다고 해. 순식간에 소문 쫙 퍼질 것 같은데."

"잠깐, 우선, 소문을 퍼뜨린 건 제러미였어요. 제러미 탓인 걸로 합의 보자고요. 그리고 단순히 뭘 하느냐의 문제만이 아니에요." 올리브가 힘주어 말했다. "사귀는 사이는요… 대화를 해요. 아주 많이. 복도에서 마주쳤을 때 인사하는 건 기본이고요. 서로가 제일 좋아하는 색깔도 알고 있고, 태어난 곳도 알고, 또… 손잡고 다닌다고요. 키스도 하고."

그러자 애덤이 웃음을 참듯 입을 꽉 다물었다. "우리가 그런 것까지 할 순 없지."

새삼 수치심이 덮쳤다. "키스 건은 미안하다고 했잖아요. 정말로 생각 없이 한 짓이었고…."

칼슨이 고개를 저었다. "괜찮아."

의외로 이 상황에 별로 동요하지 않는 것 같았다. 학생이 셀레늄 원자번호 잘못 기입했다고 난리 치는 더러운 성깔로 유명한 사람이라서 더더욱 기이했다. 아니, 동요하지 않는 건 아니었다. 이 상황을 즐기고 있었다.

올리브가 고개를 갸우뚱했다. "지금 이걸 즐기는 거예요?"

"'즐긴다'는 적당치 않은 단어 같지만, 꽤 재미있는 상황인 건 인정해야지."

도대체 어느 부분이 재미있다는 건지 감도 안 잡혔다. 올리브가 복도에 그 사람밖에 없다는 이유로 교수진 중 한 명한테 냅다 키스한 것에도, 그 엄청나게 멍청한 행동의 결과로 딱 두 번 만난 사람과 사귄다고 전교에 소문난 것에도 재미있는 구석이 전혀….

갑자기 웃음이 터졌다. 방금 떠오르던 생각이 마무리되기도 전에 올리브는 상황의 황당함에 압도되어 몸을 반으로 접고 깔깔거렸다. 이게 내 인생이라니. 이게 내가 저지른 짓의 대가라니. 다시 숨을 쉴 수 있게 됐을 때는 아랫배가 당겨왔고, 눈물까지 흐르고 있었다. "최악의 상황이네요."

칼슨은 미소를 머금은 채 묘한 눈빛으로 올리브를 응시하고 있었다. 아니, 이것 좀 봐라. 애덤 칼슨한테 보조개가 있잖아. 그것도 아주 귀여운 보조개가. "맞아."

"게다가 다 내 잘못이고요."

"그렇게 말할 수 있지. 내가 어제 그 친구 속으로 연기를 좀 하긴 했지만, 맞아. 거의 올리브 잘못이야."

가짜 데이트라. 애덤 칼슨하고. 정신 나가지 않으면 못할 짓이었다. "박사님은 교수고 저는 대학원생인 게 문제가 되지는 않을까요?"

그러자 칼슨은 자못 심각해져서 고개를 까딱 기울였다. "좋은 인상은 못 주겠지만, 내가 보기엔 문제까진 안 될 거야. 내가 올리브에게 어떤 권한을 행사하는 것도 아니고, 어떤 식으로든 올리브를 지도하지도 않으니까. 그래도 문의해볼 수는 있어."

역사에 길이 남을 수준으로 어리석은 아이디어였다. 어리석은 아이디어 역사박물관에 안치될 정도로 최악의 아이디어. 그

렁지만 일주일에 한 번 만나 가볍게 인사하는 것과 '칼슨 박사님'이라고 부르는 걸 자제하는 것만으로 현재 올리브에게 닥친 문제를, 더불어 애덤의 문제도, 사실상 해결해줄 수 있었다. 이 정도면 썩 괜찮은 거래 같았다.

"생각해보고 결정해도 돼요?"

"물론이지." 칼슨이 차분히 대꾸했다. 걱정을 불식시키는 태도로.

애덤 칼슨이 이런 사람일 줄은 몰랐다. 무성한 소문만 주워듣고 그가 만날 인상 팍 쓴 채 교내를 돌아다니는 것만 종종 봤기에 정말이지 이런 사람일 줄은 상상도 못 했다. '이런 사람'이 정확히 무슨 뜻인지는 모르겠지만.

"고마워요. 선뜻 제안해줘서. 애덤." 그의 이름은 방금 생각난 듯 덧붙였다. 시험 삼아 발음해보듯이. 묘한 느낌이었지만 심하게 어색하진 않았다.

애덤 칼슨은 한참 입을 다물고 있다가 이윽고 고개를 끄덕였다. "별말씀을, 올리브."

3장

가설: 애덤 칼슨과 단둘이 나누는 대화는, '섹스'라는 단어가, 그것도 내 입에서 나오면 150퍼센트 더 어색해질 것이다.

사흘 후, 올리브는 애덤의 교수실 문 앞에 서 있었다.

처음 와보는 거지만 찾는 데 어려움은 없었다. 눈물 그렁그렁 맺힌 눈으로 겁에 질려 후다닥 뛰쳐나오는 학생이 결정적 단서였다. 이 복도에 늘어선 교수실 중 문에 자녀나 반려동물, 파트너 사진이 단 한 장도 붙어 있지 않은 문이 애덤의 교수실뿐인 것도 도움이 됐다. 자신의 논문이 표지를 장식한 〈네이처 메소드〉(생명과학 월간지—옮긴이) 한 부조차 안 붙어 있었다. 바로 전날 구글 스칼러에 그의 이름을 검색해 알아낸 사실이었다. 고동색 나무문의 금속 푯말에는 그냥 이렇게만 새겨 있었다. '애덤 J. 칼슨, Ph. D.'

J가 '재수 없는 놈'을 뜻하나 보군.

전날 밤 그의 교수 소개 페이지를 스크롤해 천만 건쯤 돼 보이는 발표 논문과 연구 지원 승인 이력을 훑으면서, 그리고 스탠퍼드대 공식 사진사가 찍은 게 아닌 하이킹 도중에 찍은 게 틀림없는 프로필 사진을 뚫어져라 들여다보면서, 자신이 약간

스토커가 된 기분이 들었다. 그래도 가짜 연인 관계에 발을 들이기 전 철저한 이력 조회는 마땅히 거쳐야 할 절차라고 스스로를 설득하면서 재빨리 그런 기분을 봉인했다.

한 번 심호흡을 한 다음 문을 두드렸고, 애덤의 "들어와요." 소리가 들린 후에도 심호흡을 한 번 더 하고 우물쭈물하다가 문을 열었다. 올리브가 교수실에 들어갔는데도 애덤은 곧장 고개를 들지 않고 아이맥 컴퓨터에 뭔가를 계속 타닥타닥 타이핑했다. "상담 시간은 5분 전에 마감됐으니…."

"저예요."

그러자 그의 손이 멈추더니 키보드에서 한 3센티미터 위에 정지한 채 움찔거렸다. 잠시 후 그가 올리브를 향해 의자를 돌렸다. "올리브."

그 말투에 뭔지 모를 특별한 것이 느껴졌다. 억양 때문일 수도 있고, 특유의 목소리 때문일 수도 있었다. 꼭 집어 말할 수는 없지만 하여간, 올리브의 이름을 부르는 방식에 뭔가가 있긴 있었다. 정확하고, 조심스럽고, 깊고, 남이 흉내 낼 수 없고, 말도 안 될 정도로 친숙한 무언가가.

"뭐라고 말했기에 저래요?" 애덤 칼슨의 말투에서 신경을 거두려고 애쓰며 물었다. "방금 울면서 뛰쳐나간 학생이요."

고작 60초 전 자기 교수실에 다른 사람, 그것도 본인이 울린 사람이 있었음을 애덤이 기억해내기까지 몇 초가 걸렸다. "페이퍼 제출한 것 피드백 좀 해줬을 뿐인데."

올리브는 고개를 끄덕이고는, 애덤이 자신의 지도교수가 아니며, 앞으로도 그럴 일 없을 거라는 데 대해 속으로 신께 감사했다. 그러고는 교수실 안을 둘러보았다. 두 면이 바깥과 면한 사무실을 차지한 게 그리 놀랍지 않았다. 창 두 개의 유리 면적을 합치면 2만 평은 될 것 같고, 빛도 어찌나 잘 드는지 교수실 한복판에 서 있는 것만으로 계절성 우울증 환자 20명은 치유될 수 있을 것 같았다. 그가 따오는 두둑한 연구보조금과 학교에 더해준 위신을 고려하면, 좋은 교수실이 배정된 것도 이해가 갔다. 반면 올리브의 연구실은 창이 아예 없고, 아마 원래는 최대 두 명이 쓸 법한 공간인데 다른 박사과정생 세 명과 공유해서 그런지 퀴퀴한 냄새까지 났다.

"이메일 보내려던 참이었어. 오늘 아침에 학장님하고 얘기했거든." 애덤이 이렇게 말했고, 올리브는 시선을 도로 그에게 옮겼다.

그가 책상 앞에 놓인 의자를 가리켰다. 올리브는 의자를 뒤로 조금 빼고 앉았다.

"올리브 얘기를 했어."

"아." 심장이 철렁했다. 학장이 자신의 존재를 모르는 편이 더 좋은데. 하지만 그렇게 따지면 자신이 여기에 애덤 칼슨과 함께 앉아 있지 않는 편이, 또 개강이 코앞에 닥치지 않은 편이, 기후변화가 엄중한 수준까지 가지 않은 편이 더 좋았을 건 마찬가지니까. 뭐 어쩌겠나.

"정확히는 우리 얘기." 애덤이 고쳐 말했다. "교제 규정에 대해서도."

"학장님이 뭐라고 하셨는데요?"

"내가 올리브의 지도교수가 아니니까, 금지 규정이 해당하지 않는대."

패닉과 안도감이 동시에 밀려왔다.

"그런데 몇 가지 염두에 둘 점이 있어. 향후 내가 어떤 형태로든 올리브와 공식적으로 협력 연구를 진행할 수 없다든가. 그리고 내가 연구 프로젝트 심사위원 중 한 명이라, 올리브가 혹시 펠로십이나 그 비슷한 기회에 후보로 오를 경우 나는 위원회에서 사퇴해야 해."

올리브는 고개를 끄덕였다. "그 정도면 공정한 처사네요."

"그리고 나는 절대로 올리브의 논문 심사위원회에 들어갈 수 없어."

헛웃음이 터졌다. "그건 문제될 것 없어요. 심사해달라고 부탁할 생각도 없었으니까."

그러자 애덤이 눈을 가늘게 떴다. "왜지? 지금 췌장암 연구하고 있지 않아?"

"맞아요. 조기 검진법이요."

"그럼 컴퓨터 활용 모델 연구자의 관점이 도움 되지 않겠어?"

"그렇죠. 근데 우리 학부엔 다른 컴퓨터 모델링 연구자도 많잖아요. 그리고 난 언젠가는 졸업하고 싶다고요. 기왕이면 논문 피드백 받을 때마다 화장실로 달려가 눈물 쏙 빼는 일 없이."

애덤이 눈을 부라렸다.

올리브는 어깨를 으쓱 추어올렸다. "별 뜻은 없어요. 저는 단순한 욕구를 가진 단순한 여자라고요."

그 말에 애덤이 시선을 책상으로 떨어뜨렸지만, 올리브는 그의 입 한쪽 끝이 슬쩍 올라가는 걸 분명히 봤다. 다시 고개를 들었을 때 그의 표정은 자못 진지했다. "그래서, 결정했어?"

그가 말없이 바라보는 동안 올리브는 입을 꾹 다물고 생각에 잠겼다. 그러다 숨을 한 번 깊이 들이쉬고 대답했다. "네. 저는… 해보고 싶어요. 좋은 아이디어인 것 같아요."

여러모로 그랬다. 안과 제러미가 더는 올리브를 들들 볶지 않게 될 테고, 또… 다른 사람들 때문이기도 했다. 소문이 퍼진 이후 사람들은 올리브에게 겁을 먹어서 차마 평소처럼 못되게 굴지 못하는 것 같았다. 동료 조교들은 더 이상 자기들이 맡은 살인적인 아침 8시 수업을 올리브의 편안한 오후 2시 수업과 맞바꾸려고 수 쓰지 않았고, 랩실 동료들도 현미경 쓸 때 더는 새치기하지 않았으며, 지난 몇 주간 연락이 안 닿아 동동거렸던 교수 두 명이 드디어 이메일에 답장을 해줬다. 이 거대한 오해를 이용해먹는 게 약간 양심에 찔렸지만, 대학원은 원래 무법지대이고 지난 2년간 올리브의 삶은 비참함 그 자체였다. 덕분에 뭔가를 얻을 기회가 오면 무조건 낚아채야 한다는 교훈을 얻었다. 학과의 몇몇… 아니다, 거의 모든 박사과정생이 애덤 칼슨과 만난다는 이유로 올리브를 미심쩍게 본다면, 얼마든지 그러라지 싶었다. 적어도 제일 친한 친구들은, 약간은 당황했지만, 대체로 문제없는 것 같았다.

맬컴만 빼고. 지난 3일간 올리브를 매독균처럼 멀리하고 있었다. 하지만 맬컴은 맬컴이었다. 그러니 곧 원래의 그로 돌아올 거라고 올리브는 확신했다.

"좋아, 그럼." 애덤은 철저히 표정 없는 얼굴로 대꾸했다. 표정이 없어도 너무 없었다. 이 일이 별것 아니며 어떻게 되든 자신은 개의치 않는다는 듯. 올리브가 거절했어도 자신에게는 다를 게 하등 없었을 거라는 듯.

"그런데, 이 문제로 고민을 좀 해봤거든요."

애덤은 올리브가 말을 잇기를 기다렸다.

"기본적인 규칙을 먼저 세우는 게 좋을 것 같아요."

"기본적인 규칙?"

"네. 그런 거 있잖아요. 어떤 건 되고 어떤 건 안 된다는 거. 또, 이 관계에서 기대해도 괜찮은 건 뭔지. 가짜 연애 시작하기 전 이 정도 정해놓는 건 표준 관례일걸요?"

애덤이 고개를 갸우뚱했다. "표준 관례?"

"옙."

"이런 걸 몇 번이나 해봤기에?"

"0번이요. 그래도 이 장르 문법에는 빠삭해요."

"이 장르… 뭐?" 애덤은 어리둥절해서 눈을 깜빡거렸다.

올리브는 못 들은 척하고 계속했다. "좋아요, 그럼." 숨을 깊이 들이마신 다음 검지를 들어 보였다. "제일 먼저, 이 계약은 철저히 교내에서만 효력이 있는 걸로 해요. 애덤이 나를 학교 밖에서도 만나고 싶어 한다는 건 아니지만, 혹시나 일석이조를 노리고 있을까봐 말해두는데 크리스마스에 가족한테 인사시킬 여자친구 못 구해서 마지막 순간에 나를 동원하려고 한다거나 아니면…."

"하누카."

"네?"

"우리 가족은 크리스마스 말고 하누카 때 모여." 그는 어깨를 으쓱했다. "나는 둘 다 갈 일 없겠지만."

"아." 올리브는 그 사실을 잠시 곱씹었다. "가짜 여자친구가 숙지해야 할 정보로군요." 애덤의 입가에 미소가 슬며시 번졌지만, 대꾸는 없었다.

"좋아요. 두 번째 규칙. 아니다, 첫 번째 규칙의 하부 조항에 가깝겠네요. 아무튼…." 올리브는 입술을 꽉 깨물고 의지를 끌어모아 내뱉었다. "섹스는 안 돼요."

몇 초 동안 애덤은 움직이지 않았다. 단 1밀리미터도. 그러다가 그의 입술이 벌어졌지만, 아무 소리도 나오지 않았다. 그 순간 올리브는 자신이 애덤 칼슨을 말문 막히게 했다는 걸 깨달았다. 다른 날 같았으면 웃었겠지만, 애덤이 할 말을 잃은 이유가 올리브가 둘의 가짜 연애에 섹스를 배제하자고 제안해서인

걸 생각하니 속이 철렁 내려앉았다.

섹스도 할 거라고 넘겨짚은 건가? 내가 뭘 잘못 말해서 오해를 불렀나? 섹스 경험이 전무하다시피해서 그런다고 부연설명해야 하나? 오래도록 내가 무성애자가 아닐까 고민해왔고 최근에서야 자신도 어쩌면 성적 매력을, 그것도 단단히 신뢰하는 상대에게서만 느낄 수 있다는 걸 깨달았다고 말해줘야 하나? 만약 알 수 없는 이유로 애덤이 섹스를 원하는 순간이 온다면, 난아마도 중간에 도망갈 거라고 말해줘야 하나?

"있죠…." 올리브는 패닉이 목구멍까지 올라와 자리에서 엉거주춤 일어났다 "미안하지만 애덤이 가짜 관계를 제안한 이유중 하나가 우리가 그렇게 될 거라고 생각해서…."

"아니야." 그 한마디가 폭발하듯 터져 나왔다. 진심으로 경악한 것 같았다. "애초에 그 얘기를 거론해야겠다고 생각한 것 자체가 충격이라서 그래."

"아." 그의 발끈한 투에 올리브는 두 뺨이 뻘겋게 달아올랐다. 그렇군. 당연히 그런 걸 기대하진 않았겠지. 원하는 건 고사하고. 나 같은 애랑. 애덤을 봐. 저런 사람이 왜 원하겠어? "미안해요, 애덤이 그랬다는 뜻으로 한 말은…."

"아니야, 대놓고 말하는 게 나아. 그냥 놀랐을 뿐이야."

"알아요." 올리브가 고개를 끄덕였다. 솔직히 올리브도 조금 놀란 상태였다. 자신이 애덤 칼슨의 교수실에 앉아 섹스 얘기를 하고 있다니…. 세포분열이 아니라 두 사람 사이에 일어날 수 있는 잠재적 성관계에 대해 논하다니. "미안해요. 분위기 이상하게 만들 생각은 없었어요."

"괜찮아. 이 상황 자체가 이상하니까." 침묵이 길게 늘어졌고, 올리브는 애덤도 얼굴이 조금 상기된 것을 알아챘다. 발그레한 정도였지만, 그래도 꽤…. 달아오른 그의 얼굴에서 눈을 뗄 수가 없었다.

"노 섹스." 그가 고개를 한 번 끄덕여 동의를 표했다.

올리브는 목을 큼큼 가다듬으며, 그의 광대뼈 모양과 홍조에 홀려 있던 정신을 수습했다.

"노 섹스." 올리브도 따라서 말했다. "좋아요. 셋째. 이건 정확히는 규칙은 아닌데, 뭐냐면 이거예요. 다른 사람은 만나지 않을게요. 진짜로 데이트하는 거 말예요. 그렇게 하면 상황이 너무 꼬이고 복잡해지고 또…." 여기서 올리브는 머뭇거렸다. 말해줘야 할까? 쓸데없는 정보를 말하는 게 될까? 애덤이 꼭 알 필요가 있을까? 에라. 이렇게 된 마당에 얘기 못 할 건 뭐야? 이미 이 남자한테 키스도 했고, 직장에서 섹스 얘기까지 꺼냈는데. "어차피 원래도 데이트 안 하니까요. 제러미는 예외였어요. 그전에는 한 번도… 한 번도 진지하게 사귄 적 없는데, 아마 그편이 나을 거예요. 안 그래도 박사과정은 스트레스받을 일투성인데, 나한텐 친구들도 있고 췌장암 연구도 해야 하고, 솔직히 데이트에 쓸 시간이 아깝잖아요." 마지막 몇 마디는 의도했던 것보다 더 방어적인 투로 뱉고 말았다.

애덤은 올리브를 물끄러미 바라볼 뿐 아무 말이 없었다.

"근데 애덤은 당연히 딴 사람 만나도 돼요." 올리브가 황급히 덧붙였다. "그래도 우리 과 사람들한테는 말 안 했으면 좋겠어요. 그래야 내가 바보 되거나 애덤이 바람둥이로 낙인찍히지 않고, 소문도 걷잡을 수 없이 커지지 않을 테니까. 애덤한테도 이득일걸요? 왜냐하면 이 관계에 헌신하는 것처럼 보여야…."

"안 할게."

"좋아요. 잘됐네요. 고마워요. 뭔가를 숨기는 게 괴로운 일인 건 알지만…."

"내 말은, 딴 사람과 데이트 안 하겠다고."

그의 말투에 묻어난 확실성, 더 말할 것도 없다는 단호함에 올리브는 적잖이 놀랐다. 앞일을 어떻게 아느냐고 묻고 싶었고 수백만 개의 질문이 머릿속에 떠올랐지만, 그저 고개를 끄덕이는 수밖에 없었다. 그 질문들 중 99퍼센트는 부적절한 질문일 테고 올리브가 관여할 자격도 없을 테니, 머릿속에서 휘휘 쫓아내고 말았다.

"좋아요. 넷째. 언제까지고 이럴 수는 없으니까 기한을 정해 놓는 게 좋겠어요."

애덤이 입을 꾹 다물었다가 물었다. "언제까지가 좋은데?"

"모르겠어요. 안에게 내가 제러미한테 미련 한 톨 없다는 걸 확신시키기에 한 달이면 충분할 것 같아요. 근데 애덤의 목적을 달성하는 데는 부족할 수도 있으니까… 애덤이 말해봐요."

그는 잠시 고민하더니, 고개를 한 번 끄덕였다. "9월 29일."

한 달 남짓 후였다. 그런데…. "묘하게 구체적인 날짜네요." 올리브는 그날이 무슨 의미가 있는 건지 알아내려고 머리를 굴렸다. 떠오르는 건 그 주가 자신이 생물학과 연례 학술회에 참석하느라 보스턴에 가 있을 시기라는 것뿐이었다.

"우리 과 최종 예산감사 다음 날이야. 그때까지 내 연구 자금을 안 풀어주면, 그 뒤에도 안 풀어줄 확률이 커."

"그렇군요. 그럼, 9월 29일에 갈라서는 걸로 합의하죠. 안한테는 좋게 헤어졌지만 아직도 애덤한테 감정이 남아 있어서 좀 슬프다고 얘기할게요." 올리브는 그에게 씩 웃어 보였다. "그래야 내가 제러미한테 아직도 감정 있다고 의심하지 않을 테니까." 그런 다음 심호흡을 하고 말을 이었다. "마지막 다섯째."

이번 조항은 조금 까다로웠다. 애덤의 거부가 예상되는 조항이기도 했다. 올리브는 자신이 양손을 쥐어짜고 있는 것을 알아채고 손을 무릎에 얌전히 얹어놓았다.

"이 가짜 데이트가 효과 있으려면 우리가… 뭘 같이 해야 할거예요. 때때로 만나서."

"같이 하다니?"

"이런저런 활동. 그렇고 그런 것."

"그렇고 그런 것이라." 애덤이 의심 가득한 투로 따라 했다.

"맞아요. 그렇고 그런 것들. 애덤은 뭐 하고 놀아요?" 아마도 재미로 극악무도한 짓이나 하고 다닐 것 같았다. 잠든 소 넘어뜨리기라든가, 풍뎅이 싸움 붙이기 같은. 어쩌면 도자기 인형을 수집할지도 모르고. 포켓몬 사냥광일지도 모른다. 전자담배 사용자 컨벤션에 종종 참석하는지도 모른다. 아, 그럼 낭패인데.

"논다고?" 애덤이 그런 단어는 생전 처음 들어본다는 투로 되물었다.

"네. 일 안 할 때는 뭐해요?"

올리브가 질문하고 그가 대답하기까지, 우려스러울 정도로 긴 공백이 흘렀다. "가끔 집에서도 일해. 운동하고. 잠도 자고."

올리브는 얼굴을 손에 묻고 싶은 걸 꾹 참았다. "어, 좋네요. 다른 건 없어요?"

"그러는 너는 뭐 하고 노는데?" 애덤이 다소 방어적인 어조로 물었다.

"이것저것 하죠. 나는…." 영화 보러 가요. 마지막으로 맬컴이 끌고 갔던 때 이후로는 못 봤지만. 보드게임도 하고요. 하지만 요새 친구들이 죄다 바빠서 그것도 한동안 못 했다. 배구 토너먼트에 참여한 적이 있지만 그것도 벌써 1년도 더 전의 일이었다.

"어. 운동?" 그의 얼굴에서 그럼 그렇지 하는 표정을 싹 지워주고픈 충동이 일었다. 아주 강렬한 충동이. "됐어요. 아무튼 주기적으로 같이 뭘 하는 게 좋겠어요. 뭐 할까, 커피숍 가기? 한, 일주일에 한 번 정도? 딱 10분만요. 사람들 눈에 쉽게 띌 만한 데로. 좀 성가시고 시간 낭비로 느껴지는 거 알지만, 10분이면 엄청 짧은 시간이고 그렇게 하면 가짜 데이트가 조금은 진짜처럼 보일 테고…."

"그러지 뭐."

앗.

더 설득해야 할 줄 알았는데. 적어도 몇 분은. 하지만 생각해 보면 이건 애덤에게도 득이 될 일이니 이해가 갔다. 동료들을 구워삶아 연구비를 도로 받아내려면 그들이 이 연인 관계를 믿게 만들어야 하는 처지니까.

"좋아요. 그럼…." 애덤이 왜 이렇게 협조적인지 알아내고 싶은 충동을 누르고, 대신 자신의 스케줄을 떠올렸다. "수요일 어때요?"

애덤이 컴퓨터를 향해 의자를 돌리고 화면에 캘린더 앱을 띄웠다. 캘린더에 색깔 있는 칸이 어찌나 많은지, 올리브는 그걸 보고만 있어도 초조해지는 것 같았다.

"오전 열한 시 이전이면 돼. 아니면 오후 여섯 시 이후."

"열 시?"

애덤이 다시 올리브를 향해 돌아앉았다. "열 시 좋아."

"좋아요." 그가 스케줄을 적어 넣기를 기다렸지만 그는 움직일 생각을 안 했다. "캘린더에 적어 넣지 않을 거예요?"

"안 잊어버릴 거야." 애덤이 덤덤하게 대꾸했다.

"알았어요, 그럼." 올리브는 의식적으로 미소를 지어 보였다. 이번에는 그래도 진심 어린 미소로 느껴졌다. 애덤 칼슨에게 보여줄 수 있을 거라 예상했던 그 어떤 미소보다 더 진심이 어려 있었다. "좋아요, 그럼. 수요일 가짜 데이트."

애덤의 미간에 주름이 잡혔다. "왜 자꾸 그렇게 말해?"

"무슨 말이요?"

"'가짜 데이트'. 그런 게 실제로 존재하는 것처럼."

"왜냐하면 실제로 있으니까요. 로코도 안 보세요?"

애덤이 어리벙벙한 표정으로 바라보자 올리브는 헛기침을 하며 자기 무릎으로 시선을 떨어뜨렸다. "물론 안 보겠죠." 맙소사, 우리는 공통점이 하나도 없잖아. 대화거리를 단 한 개도 못 찾아낼 거야. 10분 커피숍 만남은 그렇잖아도 괴롭고 삐걱대는 올리브의 일주일에 가장 괴롭고 삐걱대는 10분이 될 터였다.

대신에 안은 남부럽지 않은 아름다운 러브스토리를 펼쳐갈 테고, 올리브는 또 올리브대로 전자현미경 한번 쓰려고 몇 십 년 기다리지 않아도 될 터였다. 그거면 되었다.

올리브는 벌떡 일어나 애덤에게 한 손을 내밀었다. 모름지 기 가짜 데이트 조약 정도면 최소한 악수로 마무리해줘야 할 것 같았다. 애덤은 잠시 머뭇거리며 그 손을 살폈다. 그러더니 일어서서 올리브의 손을 덥석 잡았다. 그러고는 맞잡은 두 손 을 물끄러미 내려다보다가 고개를 들어 올리브와 눈을 맞췄고, 올리브는 그의 손에서 전달되는 온기를 의식하지 않으려고 애 썼다. 그의 떡 벌어진 상체도, 그리고… 하여간 전부 다. 마침내 그가 손을 놓았을 때 올리브는 자기 손바닥을 이리저리 살펴보지 않기 위해 의식적으로 노력해야 했다.

나한테 무슨 수작을 부렸나? 그런 게 틀림없었다. 살갗이 찌릿찌릿한 걸 보면.

"언제 시작할까?"

"다음 주 어때요?" 오늘은 금요일이었다. 그 말은 곧 애덤 칼슨과 커피 마시기 체험에 정신적으로 무장할 시간이 7일도 채 안 남았다는 뜻이었다. 얼마든지 해낼 수 있다는 건 알지만 피똥 싸는 노력으로 GRE 구술시험 점수를 상위 97퍼센트까지 끌어올린 전적이 있으니 무슨 일이든 그만큼은 혹은 그에 준하는 수준으로 잘해낼 수 있었다. 그럼에도 이건 너무 어리석은 짓 같았다.

"다음 주 괜찮네."

마음과 상관없이 일은 벌어지고 있었다. 아 맙소사. "학내 스타벅스에서 만나요. 대학원생들 거의 다 커피 마시러 그리로 가거든요. 누구 한 명은 우리를 목격하게 돼 있어요." 올리브는 문쪽으로 가다 말고 걸음을 멈추고 애덤을 흘끔 돌아보았다. "그럼 수요일 가짜 데이트 때 봐요."

애덤은 가슴팍에 팔짱을 낀 채 여전히 책상 뒤에 가만히 서 있었다. 올리브를 빤히 응시하면서. 예상했던 것보다 이 상황에 별로 짜증이 안 나 보였다. 그리고… 잘생겨 보였다.

"그때 봐, 올리브."

＊＊＊

"소금 좀 집어줘."

순순히 소금 통을 건넬 수도 있었지만, 맬컴은 이미 한바탕 소금 세례를 받은 사람처럼 보였다. 그래서 올리브는 부엌 카운터에 한쪽 골반을 기대고 가슴팍에 팔짱을 끼었다. "맬컴."

"후추도."

"맬컴."

"올리브오일도."

"맬컴…."

"해바라기씨유로. 맛 더럽게 없는 포도씨유 말고."

"있잖아. 네가 짐작한 거랑 전혀…."

"됐어, 내가 집어올게."

공평하게 말하자면 맬컴이 화낼 만도 했다. 정말로 그의 심정이 십분 이해가 갔다. 올리브보다 1년 먼저 박사과정을 시작한 맬컴은 말하자면 스템 계열 왕족 가문 출신이었다. 몇 세대에 걸친 생물학자와 지질학자, 식물학자, 물리학자, 하여간 온갖 학자들이 DNA를 기여해 세상에 내놓은 꼬마 과학 천재 중한 명이었다. 맬컴의 아버지는 미국 동부 모 주립대학 학장이고, 어머니가 푸르키녜 세포(소뇌피질 중층에 있는 신경세포—옮긴이)를 주제로 강연한 테드 영상은 유튜브에서 수백만 뷰를 기록하기까지 했다. 그렇다면 이런 의문이 들 법했다. 맬컴도 학계에 뼈를 묻고자 자진해서 박사과정을 시작하지 않았을까? 아닌 걸로 보였다. 기저귀 차던 시절부터 가족이 주는 압력에 시달려온 걸 고려했을 때, 그에게 과연 선택권이 있긴 했을까? 이역시 아닌 것 같았다.

그렇다고 맬컴이 불행한 건 아니었다. 박사학위를 딴 후 그다지 힘들지 않은 민간계열 연구직에 들어가 9시 출근 5시 퇴근으로 일하면서 돈이나 왕창 버는 게 그의 계획이었다. 이것도 엄밀히 따지면 '과학에 종사하는 것'이었고, 그러니 부모님이 딱히 뭐라고 할 수도 없었다. 적어도 불같이 반대하지는 않을 터였다. 그렇게 될 날까지, 맬컴이 원하는 건 최소한의 트라우마만 겪으면서 대학원 생활을 만끽하는 것이었다. 올리브의동기생 중에 연구실 밖에도 삶이 있는 사람은 맬컴뿐이었다. 맬컴은 대부분의 박사과정생은 상상도 못 할 활동을 즐겼다. 예를들면 음식다운 음식 만들기! 하이킹도 하고! 명상도 하고! 연극무대에도 서고! 올림픽경기에 임하는 마음가짐으로 데이트하고("올림픽 경기 맞아, 올리브. 그리고 나는 금메달을 목표로 훈련 중이라고.")!

그렇기에 기를 쓰고 모은 데이터를 쓰레기통에 처박은 후 지금까지 해온 연구의 절반을 새로 하라고 애덤이 지시했을 때맬컴은 몇 달간 죽도록 우울해했다. 돌아보니 맬컴이 칼슨 가문에 역병이 퍼지기를 빌기 시작한 것도(당시 맬컴은 〈로미오와 줄리엣〉 리허설에 한창 빠져 있었다) 그즈음이었던 것 같다.

"맬컴, 우리 대화로 풀면 안 될까?"

"대화하고 있잖아."

"아니지, 너는 요리하고 나는 여기 서서 네가 화난 게 애덤 때문이라고 인정하기를⋯."

맬컴이 만들던 캐서롤에서 홱 돌아서며 올리브에게 삿대질했다. "그 말 하지 마."

"뭔 말을 하지 말라고?"

"뭔지 알잖아."

"애덤 칼⋯?"

"그 이름 입에 올리지 마."

올리브는 답답해서 손바닥을 허공에 던졌다. "미치겠네. 전부 가짜야, 맬컴."

하지만 맬컴은 돌아서서 다시 아스파라거스를 썰기 시작했다. "소금 좀 집어줘."

"내 말 듣고 있는 거야? 진짜가 아니래도."

"후추도, 그리고⋯."

"우리 관계, 그거 가짜라고. 진짜로 데이트하는 거 아니야. 사람들이 우리가 데이트한다고 생각하라고 연기하는 거지."

맬컴이 칼질하던 손을 멈췄다. "뭐라고?"

"내 말 들었잖아."

"그럼 둘이⋯ 친구인데 재미 보는 사이야? 그건 그거대로⋯."

"아니. 그 반대야. 재미 보는 것 없어. 하나도 없다고. 노 섹스야. 친구도 아니고."

맬컴이 눈을 가늘게 뜨고 올리브를 보았다. "한 가지 짚고 가자면, 입으로 하는 거랑 뒤로 하는 것도 섹스로 인정⋯."

"맬컴."

맬컴이 행주로 손을 닦고는 콧구멍을 벌렁거리며 한 발짝 다가왔다. "물어보기도 겁난다."

"황당한 소리로 들리는 거 알아. 뭐냐면, 내가 안한테 거짓말을 했거든. 제러미랑 마음 편히 만나라고. 그래서 그 사람이 나랑 사귀는 척해주는 거야. 다 연기야. 나는 애덤하고 대화도⋯." 올리브는 '그날 밤'과 관련된 정보는 생략하기로 즉석에서 결정했다. "딱 세 번 밖에 안 해봤고, 그 사람에 대해서 아는 것도 별로 없어. 내가 이 곤경에서 벗어나게 기꺼이 도와주려고 한다는 것 말고는. 그래서 나는 기회를 덥석 문 거고."

맬컴이 특유의 돌 씹은 표정을 지었다. 샌들에 흰 양말 신은 사람을 발견할 때 나오는 표정이었다. 맬컴도 가끔 무섭다는 걸, 이런 때는 인정하지 않을 수 없었다.

"그건⋯ 오우." 맬컴의 이마에 정맥 한 줄이 도드라졌다. "올, 그건 역사에 남을 만큼 멍청한 짓인데."

"그럴지도 모르지." 그렇다, 멍청한 짓이었다. "근데 그렇게 됐어. 너는 내 멍청한 짓을 물심양면 지원해줘야 해. 왜냐하면 너하고 안은 나랑 제일 친한 친구니까."

"이제는 칼슨이 너랑 제일 친한 친구 아니야?"

"됐어, 맬컴. 그 인간 재수탱이잖아. 막상 얘기해보니 나한테 꽤 친절하게 굴긴 했지만⋯."

"나는 도무지⋯." 말하다 말고 맬컴이 얼굴을 확 구겼다. "난 그냥 모르는 척하련다."

올리브는 한숨을 쉬며 대꾸했다. "알았어. 모르는 척해. 관여할 필요 없어. 그래도 나 안 미워하면 안 돼? 응? 애덤이 너를 포함해서 박사과정생 절반한테 지옥에서 온 사자처럼 군 건 나도 알아. 그렇지만 나를 도와주고 있단 말이야. 너랑 안한테는 어떤 얘기든 사실대로 털어놓겠는데, 이번만큼은 안한테 말할 수가 없어⋯."

"⋯당연하지만."

"⋯당연하지만." 맬컴과 동시에 말을 마친 올리브가 미소를 지어 보였다. 그는 못마땅한 얼굴로 고개를 저었지만 아까보다 표정이 한층 풀어져 있었다.

"올, 네가 얼마나 멋진 사람인데. 게다가 착하고. 지나치게 착하지. 칼슨보다 나은 사람을 찾아보는 건 어때? 진짜로 사귈 사람."

"그래, 잘도 찾아지겠다." 올리브는 눈알을 굴렸다. "제러미하고 만났다가 어떻게 됐더라? 그것도 애초에 네 조언을 따른 거였잖아! '걔한테 기회를 줘.' 네가 이랬지. '잘못돼봤자 얼마나 잘못되겠어?' 이런 말도 했지."

맬컴이 뿌루퉁하게 노려보자 낄낄 웃음이 터졌다.

"있지, 내가 데이트에 소질 없는 건 너도 알고 나도 알아. 근데 어쩌면 가짜 데이트는 다를지도 모르잖아. 어쩌면 나만의 틈새 시장을 찾을 수 있을지도 모르지."

맬컴이 한숨을 후 뱉었다. "꼭 상대가 칼슨이어야 해? 가짜 데이트할 교수가 얼마나 많은데."

"예를 들면 누구?"

"글쎄. 맥코이 박사님?"

"부인이 얼마 전 세쌍둥이 낳지 않았어?"

"아, 맞다. 그럼 홀든 로드리게스는 어때? 섹시하잖아. 웃으면 귀엽고. 내가 알아. 맨날 나한테 웃어주거든."

그 말에 올리브는 시원하게 웃어젖혔다. "네가 지난 2년간 로드리게스 박사님 보면서 그렇게 침을 흘렸는데 내가 어떻게 그분하고 가짜 데이트를 하겠니."

"내가 좀 그러긴 했지. 학부생 연구박람회 때 로드리게스 교수님이랑 장난 아니게 추파 주고받은 것, 얘기했던가? 박람회장 반대편에서 나한테 여러 번 윙크했다니까? 뭐, 어떤 애는 교수님 눈에 뭐가 들어가서 그런 거라지만…."

"나야. 눈에 뭐 들어가서 그런 거라고 내가 그랬어. 그걸 네가 매일매일 나한테 상기시키고 있고."

"그랬지." 맬컴이 한숨을 쉬었다. "있지, 올, 나라면 1초도 망설이지 않고 너랑 가짜 데이트해줬을 거야. 칼슨을 상대하는 곤경에서 구해줄 수 있다면. 너랑 손잡고 다녔을 거고, 네가 춥다고 하면 재킷 벗어줬을 거고, 밸런타인데이에는 사람들 다 보는 데서 초콜릿으로 만든 장미랑 테디베어 인형도 선물했을 거야."

로코 영화를 한 편이라도 본 적 있는 사람과 대화하니 얼마나 속이 후련한지. 한 편이 아니라 열 편은 봤겠지만. "알아. 근데 너 잠자리 상대 매주 바꾸잖아. 그러는 걸 즐기고. 물론 네가 즐겁다면 나도 좋아. 하여튼 네 스타일 구기고 싶지 않았어."

"그런 이유라면, 뭐." 맬컴은 기분이 좋아 보였다. 자신이 카사노바라는 게 흡족해서인지 아니면 올리브가 그의 문어발 연애를 이해해줘서인지는 명확하지 않았다.

"그럼 이제 나 안 미워할 거야?"

맬컴은 카운터에 행주를 툭 던지고 올리브에게 다가왔다. "올. 목에 칼을 들이대도 너는 못 미워해. 너는 나의 영원한 칼라마타 올리브니까." 그러더니 자기 가슴에 올리브를 확 끌어당겨 꼭 안았다. 두 사람이 처음 만났을 때 올리브는, 아마도 애정 어린 접촉을 경험한 지 오래돼서, 맬컴이 자신을 끌어안을 때마다 정신을 못 차렸었다. 이제는 맬컴의 품 안이 가장 안락한 곳이 되었다.

올리브는 맬컴의 어깨에 머리를 기댄 채 그의 면 티셔츠에 얼굴을 묻고 미소 지었다. "고마워."

그러자 맬컴이 올리브를 더 꼭 끌어안았다.

"그리고 약속할게. 혹시라도 애덤을 여기 데려오면, 문고리에 양말 걸어놓겠… 아얏!"

"이 악마야."

"농담이었어! 야, 가지 마, 중요한 얘기가 남아 있단 말이야."

맬컴은 문간 옆에 멈춰 서서 인상을 팍 썼다. "오늘치 칼슨과 관련된 대화 수용치는 벌써 다 찼어. 여기서 한마디 더 들었다 간 치사량에 이를 거야. 그러니…."

"톰 벤턴 있잖아, 하버드대학에서 암 연구하는. 그분한테서 연락이 왔어! 아직 결정된 건 없지만, 내년에 랩에 받아줄지도 몰라."

"우와." 맬컴이 환한 얼굴로 다시 다가왔다. "올, 진짜 잘됐다! 메일 보낸 사람 중 아무에게도 답장 안 해준 줄 알았는데?"

"한동안 답장이 한 통도 없었어. 그러다가 벤턴 교수님이 연락해온 건데, 그분이 얼마나 유명하고 인정받는 분인지 너도 알지. 나는 꿈도 못 꿀 액수의 지원금을 쌓아놓고 있을 거야. 그런 데서 연구하면…."

"끝내주겠지. 진짜 진짜 끝내주겠다. 올리브, 네가 자랑스러워." 맬컴이 올리브의 두 손을 잡았다. 입이 찢어질 듯한 미소가 이윽고 부드러운 미소로 변했다. "너희 엄마도 자랑스러워하셨을 거야."

올리브는 눈을 빠르게 깜빡이며 고개를 돌렸다. 울고 싶지 않았다. 오늘 밤만큼은. "확실히 결정된 건 하나도 없어. 나 받아달라고 설득해야 해. 사내 정치도 동원해야 할 거고, '네 연구가 얼마나 대단한지 어디 들어보자' 단계도 통과해야 해. 근데 그런 발표가 내 강점이 아닌 건 너도 알잖아. 결국엔 잘 안 풀릴지도….”

“분명 잘 풀릴 거야.”

그래. 그렇지. 낙관적 자세를 가질 때지. 올리브는 웃어 보이려고 애쓰며 고개를 끄덕였다.

“하지만 결국 안 되더라도… 너희 엄마는 자랑스러워하실 거야.”

올리브가 다시 고개를 끄덕였다. 참고 참았던 눈물이 한 방울 볼을 타고 흘러내렸고, 이번에는 그냥 내버려두었다.

45분 후 올리브와 맬컴은 코딱지만 한 소파에 팔을 딱 붙이고 앉아 소금이 너무 적게 들어간 채소 캐서롤을 먹으면서 〈아메리칸 닌자 워리어〉를 재감상하고 있었다.

4장

가설: 애덤 칼슨과 나는 공통점이 하나도 없으며,
그와 커피 마시는 시간은 충치 치료받는 것보다 더 고통스러울 것이다.
그냥 치료도 아니고 마취약 없이 받는 치료.

올리브는 첫 수요일 가짜 데이트에 지각한 데다, 싸구려 복
제품 시약이 영 용해가 안 되더니 침전도 안 되고 초음파 분해
도 안 되는 통에 실험분석 보고서 쓸 결과물이 안 나와서 오전
내내 이를 간 터라 기분이 몹시 저조했다.

그래서 커피숍 문 앞에 멈춰 서서 크게 한번 심호흡을 했다.
제대로 된 연구 결과를 내려면 지금의 랩보다 나은 시설이 필
요했다. 더 나은 실험기기. 더 나은 시약. 더 나은 균 배양 배지.
하여간 전부 더 나은 게 필요했다. 다음 주 톰 벤턴이 방문했을
때 최고의 기량을 보여줘야 했다. 지금도 그날 선보일 열변을
준비하고 있어야지, 실험 프로토콜을 반쯤 진행하다 말고 별로
대화하고 싶지 않은 사람과 딱히 원치도 않는 커피를 마시며
낭비할 시간이 없었다.

아악.

커피숍 안으로 들어가니 애덤이 마치 그의 상체를 특별히 염
두에 두고서 구상하고, 디자인하고, 생산한 것 같은 검은색 헨

리 셔츠(칼라가 없고 중앙에 작은 단추가 몇 개 달린 셔츠—옮긴이) 차림으로 이미 자리에 앉아 있었다. 올리브는 잠시 당황했다. 옷이 그에게 잘 어울려서가 아니라 남이 무슨 옷을 입었는지 자신이 알아챈 것 자체가 의외여서였다. 올리브답지 않았다. 어쨌거나 지난 2년간 애덤이 생물학부 건물 주변을 돌아다니는 것을 여러 번 목격했고, 더구나 지난 2주 동안은 터무니없이 많은 시간 대화를 나눴잖은가. 둘은 심지어 키스까지 한 사이였다. '그날 밤' 일어난 일을 정식 키스로 친다면. 커피를 주문하려고 그와 같이 줄을 서는데 어떤 깨달음이 뒤통수를 치면서 머리가 핑 돌고 불안감이 스멀스멀 올라왔다.

애덤 칼슨이 잘생겼다는 깨달음.

길쭉한 콧대와 곱슬곱슬한 머리칼, 도톰한 입술과 각진 얼굴형, 서로 조화를 이룰 리 없는 이 특징들이 신기하게 조화를 이루어 애덤 칼슨이 정말, 정말, 정말 잘생겨 보였다. 전에는 왜 이런 생각이 들지 않았는지, 그리고 어째서 평범한 검은색 셔츠를 입고 온 애덤을 보고 문득 그런 생각이 들었는지, 당최 감을 잡을 수 없었다.

올리브는 애써 그의 가슴팍 대신 전방의 음료 메뉴로 눈을 돌렸다. 지금 커피숍에서는 생물학과 대학원생 세 명, 약학과 박사 후 연구원 한 명, 그리고 학부생 연구보조원 한 명이 이쪽을 흘끔거리고 있었다. 완벽해.

"그래서, 어떻게 지내요?" 올리브가 불쑥 물었다. 으레 하는 인사말이니까.

"잘 지내. 올리브는?"

"잘 지내요."

더 철저히 고민해보고 일을 벌였어야 했다는 생각이 퍼뜩 들었다. 함께 있는 모습을 보여주는 게 원래 목표였지만, 침묵 속에 함께 서 있기만 해서는 둘이 서로에게 푹 빠져 있다는 인상을 심어주기 힘들었다. 게다가 애덤은… 주제가 뭐든 먼저 대화를 시도하지는 않을 것 같았다.

"그럼." 올리브가 두어 번 몸을 앞뒤로 흔들다가 또 말을 걸었다. "좋아하는 색이 뭐예요?"

애덤이 멍한 표정으로 올리브를 쳐다봤다. "뭐?"

"좋아하는 색이요."

"좋아하는 색?"

"넵."

그의 미간에 주름이 잡혔다. "그… 모르겠는데?"

"모른다니, 말이 돼요?"

"색깔이 색깔이지 뭐. 다 똑같아."

"제일 좋아하는 색이 하나는 있을 거 아녜요."

"없을걸."

"빨간색?"

"글쎄."

"노랑? 푸르죽죽한 색?"

그의 눈이 가늘어졌다. "왜 물어봐?"

올리브는 어깨를 으쓱했다. "알아둬야 할 것 같아서요."

"왜?"

"그냥요. 혹시 우리가 진짜로 만나는 것 맞는지 누가 확인하려고 들면 제일 처음 던질 질문이 이것일 수도 있잖아요. 가장 나올 법한 질문 다섯 개 중 하나죠."

애덤이 몇 초간 올리브를 물끄러미 바라봤다. "그게 일어날 법한 일 같아?"

"내가 애덤과 가짜 데이트할 확률과 비슷한 정도로요."

그러자 그가 인정한다는 듯 고개를 끄덕였다. "알았어. 그럼, 검은색."

올리브가 코웃음을 쳤다. "그럴 줄 알았어."

"검은색이 어때서?" 애덤이 눈썹을 팔자로 접었다.

"그건 색이라고 할 수도 없어요. 무색이라고요, 엄밀히는."

"푸르죽죽한 색보단 낫잖아."

"안 나아요."

"나은데 뭘 그래."

"그래요, 그럼. 어둠의 자식 같은 애덤 성격에 딱 어울리네."

"그건 또 무슨···."

"어서 오십시오." 바리스타가 두 사람에게 활기차게 미소 지었다. "뭘로 하시겠어요?"

올리브도 마주 웃어주며, 애덤에게 먼저 시키라고 손짓했다.

"커피요." 그는 올리브를 흘깃 보더니 멋쩍게 덧붙였다. "블랙으로."

올리브는 웃음을 감추려고 고개를 푹 숙였지만, 애덤을 흘끔 올려다보니 그의 입꼬리도 위를 향하고 있었다. 그 미소가 썩 잘 어울린다고, 속으로 마지못해 인정했다. 하지만 그런 속마음을 애써 외면하면서 메뉴에 있는 음료 중 가장 칼로리 높고 가장 달달한 것으로 시켰고, 보란 듯이 휘핑크림도 추가했다. 사과 하나를 추가해 균형을 맞춰야 하나 아니면 아예 막 나가서 쿠키를 추가할까 고민하고 있는데, 애덤이 지갑에서 신용카드를 꺼내 직원에게 내밀었다.

"앗, 안 돼요. 아뇨, 아뇨, 이건 아니죠. 안 된다고요." 올리브가 그의 손을 자기 손으로 막으며, 목소리를 한껏 낮춰 덧붙였다. "내 것까지 계산하면 어떡해요."

애덤이 눈을 깜빡거렸다. "그러면 안 돼?"

"우리 가짜 관계는 그런 관계가 아니에요."

애덤은 놀란 눈치였다. "아니야?"

"아니고말고요." 올리브가 고개를 저으며 대꾸했다. "나는 자기가 상남자라서 커피값 계산해야 한다고 믿는 남자랑은 죽었다 깨나도 가짜 데이트하지 않아요."

그러자 애덤이 한쪽 눈썹을 올렸다. "방금 올리브가 주문한 걸 '커피'라고 부르는 언어권은 존재하지 않는 것 같은데."

"잠깐⋯."

"그리고 내가 '상남자'라서 내는 게 아니라…." 애덤은 그 단어를 뱉을 때 조금 괴로워 보였다. "올리브가 아직 대학원생이라서 그러는 거야. 그리고 올리브의 월급을 생각해서."

올리브는 잠깐 동안 저 말에 불쾌해해야 하나, 고민하느라 머뭇거렸다. 평소처럼 재수 없음을 발산하는 건가? 나를 깔보나? 내가 가난한 줄 아나? 다음 순간 올리브는 자신이 실제로 가난하다는 사실을, 그리고 애덤이 아마 자기보다 다섯 배는 더 벌 거라는 사실을 떠올렸다. 그래서 그냥 어깨를 으쓱하고 초콜릿 칩 쿠키와 바나나, 껌 한 개도 추가했다. 애덤은 그답게 아무 말 없이, 눈 한 번 깜빡이지 않고 총 21.39달러를 계산했다.

음료를 기다리는 동안 올리브의 생각은 현재 진행 중인 연구 프로젝트로, 또 더 괜찮은 시약을 빠른 시일 내에 장만하도록 아슬란 박사를 설득하는 문제 따위로 흘러갔다. 무심히 커피숍 안을 둘러보니 연구보조원과 박사 후 연구원 그리고 박사과정생 중 한 명은 가버렸지만 나머지 두 명이(그중 하나는 우연찮게 안과 같은 랩실에서 근무했다) 아직 문 바로 옆 테이블에 앉아 간간이 그들을 흘끔거리고 있었다. 잘됐군.

올리브는 카운터에 한쪽 골반을 걸치고 애덤을 올려다봤다. 이 짓을 일주일에 10분만 하면 되기에 망정이지, 안 그러면 목에 담이 올 것 같았다.

"어디서 태어났어요?" 올리브가 물었다.

"이것도 그린카드 면접용 질문 중 하나야?"

올리브는 깔깔 웃었다. 애덤도 마치 올리브를 웃겨서 흡족한 듯 씩 웃었다. 그런 이유로 웃을 리 없지만, 그래도.

"네덜란드. 헤이그에서."

"아."

애덤도 몸을 돌려 마주 보며 카운터에 기댔다.

"'아'라니, 왜?"

"글쎄요." 올리브는 어깨를 으쓱했다. "내가 예상한 답변은… 뉴욕? 아니면 캔자스 정도였는데."

애덤은 고개를 저었다. "어머니가 네덜란드 주재 미국 대사셨어."

"와우." 애덤에게도 엄마가 있다니, 조금 이상했다. 가족이 있다니. 이렇게 한 덩치 하고 무시무시하고 악명 높은 사람으로 자라기 전에 그도 아이였다니. 어쩌면 네덜란드어를 할지도 모르겠군. 주기적으로 훈제 청어를 먹는지도 모르지. 어쩌면 모친은 자신을 따라 아들도 외교관이 되기를 바랐는데 아들의 눈부시게 반짝이는 성격이 발현된 후 그 꿈을 접었는지도 모른다. 올리브는 자신이 그의 성장 배경을 몹시 궁금해하는 것을 알아챘고, 그 순간 참… 이상한 기분이 들었다. 굉장히 이상한 기분.

"음료 나왔습니다." 카운터에 두 사람의 음료가 놓였다. 올리브는 금발의 바리스타가 컵 뚜껑을 꺼내려고 몸을 트는 애덤을 티 나게 훑어보는 게 자신과 아무 상관 없는 일이라고 스스로를 타일렀다. 그리고 그의 외교관 모친이 어떤 사람인지, 그가 몇 개 국어를 구사하는지, 혹시 튤립은 좋아하는지 아무리 궁금해도 그것들은 두 사람의 가짜 관계가 요하는 수준을 한참 벗어난 정보임을 자신에게 상기시켰다.

사람들이 둘이 함께 있는 걸 목격했으니, 이제 그들이 각자의 랩으로 돌아가 방금 본 애덤 칼슨 박사와 아무개 학생에 대한 믿을 수 없는 일화를 떠벌릴 차례였다. 연구실로 돌아갈 시간이었다.

올리브가 목을 가다듬었다. "그럼 이만. 재밌었어요."

애덤이 놀란 얼굴로 컵에서 시선을 들었다. "수요일 가짜 데이트가 벌써 끝난 거야?"

"넵. 우리 팀, 오늘 잘 뛰어줬어요. 이제 가서 샤워해요. 다음 주까지 자유예요." 올리브는 컵에 빨대를 콕 찌른 뒤 한 모금 쭉 빨고는 입안에서 폭발하는 달콤함을 음미했다. 음료 이름은 까먹었지만, 하여튼 욕 나오게 맛있었다. 이 생각을 하는 와중에도 당뇨병에 한걸음 다가가고 있을 것 같았다. "그럼 다음 주에…."

"올리브는 어디서 태어났는데?" 올리브가 한 발 떼기도 전에 애덤이 불쑥 물었다.

아. 결국 대화를 하려는 모양이군. 아마 예의 차리려는 걸 거야. 올리브는 한숨을 삼키며 랩실 작업대로 복귀하고픈 마음을 꾹 눌렀다. "토론토요."

"맞다. 캐나다인이었지." 애덤이 알고 있었다는 투로 대꾸했다.

"넵."

"미국에는 언제 왔는데?"

"8년 전이요. 대학 진학하느라."

애덤은 그 정보를 머릿속에 저장하듯 잠자코 고개를 끄덕였다. "미국에 왜 왔는데? 캐나다에도 훌륭한 대학 많잖아."

"전액 장학금을 받았거든요." 사실이었다. 아니, 정확히는 사실의 일부였다.

애덤이 마분지로 된 컵 홀더를 만지작거리며 물었다. "고향엔 자주 가?"

"잘 안 가요." 빨대에 묻은 휘핑크림을 핥던 올리브는 애덤이 황급히 시선을 돌리는 걸 보고 어리둥절해졌다.

"졸업하면 돌아갈 거야?"

슬슬 긴장되기 시작했다. "가능하면 여기 있으려고요." 캐나다에는 괴로운 기억이 너무 많았고 어차피 진짜 가족이라 할 만한, 곁에 두고 싶은 사람들은 안과 맬컴뿐인데 둘 다 미국 시민이었다. 게다가 올리브와 안은, 만약 올리브가 비자 연장을 못 하면 안이 올리브와 결혼해주기로 우정의 조약까지 맺은 터였다. 사실 멀리 내다보면 애덤과의 가짜 연애는, 나중에 올리브가 게임 레벨을 한 단계 올려 국토안보부를 본격적으로 속여야 할 때를 대비해 좋은 연습이 될 터였다.

애덤은 고개를 끄덕이며 커피를 한 모금 마셨다. "좋아하는 색은?"

올리브는 애덤이 댄 색깔보다 훨씬 나은 색을 대려고 입을 열었지만…. "젠장."

애덤이 그것 봐라 하는 눈빛을 보냈다. "어렵지?"

"좋은 색이 너무 많은 걸 어떡해요."

"그러시겠지."

"파랑으로 할래요. 연파랑. 아니, 잠깐만!"

"흐음."

"흰색으로 할래요. 좋아요, 흰색."

애덤이 가볍게 혀를 찼다. "그건 인정할 수 없는데. 하양은 진짜 색도 아니잖아. 모든 색을 다 합친 것과…."

올리브가 그의 팔뚝의 살 연한 부위를 꼬집었다.

"아야." 그는 전혀 아프지 않으면서 엄살을 부렸다. 그러더니 능청스러운 미소를 지으며 손을 흔들어 인사하고는 돌아서서 생물학부 건물로 걸음을 옮겼다.

"저기, 애덤?" 올리브가 그의 등에다 대고 불렀다.

애덤은 걸음을 멈추고 올리브를 돌아보았다.

"사흘 치 식량 사줘서 고마워요."

애덤은 머뭇거리더니 고개를 한 번 끄덕였다. 그러고는 또 특유의 입 모양을… 다시 보니 미소인 게 확실했다. 마지못한 감이 있지만 그래도 미소는 미소였다.

"얼마든지 사줄게, 올리브."

받은 시각: 오늘 2:40 p. m.
보낸 사람: Tom-Benton@harvard.edu
받는 사람: Olive-Smith@stanford.edu
제목: Re: 췌장암 검진법 연구 프로젝트

올리브,
화요일 오후에 비행기로 갈 예정이에요. 수요일 오후 3시쯤 해서
아이세굴 아슬란 박사님 연구실에서 만나는 것 어때요?
내 연구 협력자가 길을 알려줄 거라 알아서 찾아갈게요.

TB
나의 iPhone에서 보냄

* * *

올리브는 두 번째 수요일 가짜 데이트에도 지각했지만, 이번
엔 다른 이유가 있었다. 전부 톰 벤턴과 관련된 이유였다.

우선, 전날 밤 어떻게 하면 벤턴 박사에게 연구 프로젝트를
그럴싸하게 포장해 보일까 고민하며 발표 연습을 하느라 잠자
리에 늦게 들었다. 리허설을 하도 여러 번 해서 나중에는 맬컴

이 외워서 따라 할 정도였고, 그러다 새벽 1시가 되자 맬컴이 올리브에게 복숭아를 집어 던지며 제발 방에 들어가서 연습하라고 빌었다. 그래서 그렇게 했다. 새벽 3시까지.

그런데 아침에 일어나 보니 평소 랩실 출근할 때 입던 옷(레깅스와 다 헤진 5K 마라톤 기념 티셔츠 그리고 엄청나게 헝클어진 똥머리)이 벤턴 박사에게 '유능한 미래의 동료'라는 인상을 주지 못할 것 같아서, 단정한 옷을 찾느라 지나치게 많은 시간을 보냈다. 성공하려면 성공한 사람처럼 입어야 한다지 않나.

마지막으로, 자신이 벤턴 박사, 모르긴 몰라도 당장 올리브의 인생에서 가장 중요한 사람(그게 얼마나 슬픈 소리인지 알지만, 일단 무시하기로 했다)이 어떻게 생겼는지조차 모른다는 걸 깨달았다. 그래서 휴대전화로 검색해본 결과, 나이는 삼십대 후반쯤이고 금발에 파란 눈이며 매우 고르고 매우 새하얀 치아를 가졌다는 걸 알게 되었다. 학내 스타벅스에 도착했을 때 올리브는 휴대전화에 뜬 벤턴 박사의 프로필 사진에 대고 이렇게 속삭이고 있었다. "제발, 박사님 랩에서 연구하게 해주세요." 그러던 와중에 애덤이 눈에 들어왔다.

드물게 구름 낀 날이었다. 아직 8월인데도 늦가을 같았다. 애덤을 흘끔 보자마자 올리브는 그가 기분이 매우 더러운 상태임을 직감했다. 그가 실험을 망쳐서, 전자현미경이 고장 나서, 아니면 그 못지않게 별것 아닌 이유로 벽에 페트리 접시를 집어 던졌다는 소문이 퍼뜩 떠올랐다. 그 순간 테이블 밑으로 숨을까 잠시 고민했다.

'괜찮아.' 올리브는 속으로 중얼거렸다. '견딜 가치가 있는 일이잖아.' 안과의 사이는 원래대로 돌아갔다. 오히려 전보다 더 좋았다. 안은 제러미와 정식으로 사귀고 있었고, 심지어 지난 주말 맥주와 스모어의 밤에는 레깅스와 제러미한테서 빌린 게 분명한 벙벙한 MIT 스웨트셔츠 차림으로 나타나기까지 했다. 요전 날 올리브가 안과 제러미 커플과 같이 점심을 먹었을 때도 분위기가 전혀 어색하지 않았다. 그것도 그렇지만 최근 박사과정생 1년 차, 2년 차, 심지어 3년 차들마저 애덤 칼슨의 '여자친구'를 두려워해서 차마 올리브의 피펫을 훔쳐 가지 못했고, 덕분에 올리브는 더 이상 퇴근할 때 백팩에 피펫을 잔뜩 욱여넣어 가져갈 필요가 없어졌다. 게다가 이 만남에서 최고급 식량도 공짜로 얻어가고 있었다. 그러니 애덤 칼슨 정도는 얼마든지 상대할 수 있었다. 그렇다, 블랙홀만큼 어두운 기운을 풍기는 애덤 칼슨도. 일주일에 최소 10분인데 뭐 어쩌랴.

"왔어요?" 올리브가 미소 지으며 인사했다. 애덤은 가라앉은 기분과 존재론적 고뇌를 진하게 풍기는 표정으로 대답을 대신했다. 올리브는 힘을 내려고 심호흡을 한 뒤 물었다. "오늘 기분이 어때요?"

"좋아." 딱딱 끊어지는 투에, 얼굴도 평소보다 더 굳어 있었다. 빨간색 격자무늬 셔츠를 청바지에 받쳐 입어서, 컴퓨터 활용 모델 생물학의 신비를 파헤치는 학자가 아니라 통나무 베는 벌목꾼처럼 보였다. 셔츠로도 가려지지 않는 근육에 시선이 가지 않을 수 없었다. 혹시 옷을 맞춰 입는 건가 하는 궁금증이 다시금 들었다. 머리는 여전히 다소 길었지만 지난 주보다 짧아진 것 같았다. 애덤 칼슨의 기분과 머리 스타일 변화까지 알아챌 정도로 둘의 사이가 변했다고 생각하니 어쩐지 비현실적으로 느껴졌다.

"뭐 주문할지 정했어요?" 올리브가 쾌활하게 물었다.

애덤은 올리브를 보는 둥 마는 둥, 생각이 딴 데 팔린 채 고개를 끄덕였다. 저 안쪽 테이블에서 박사과정 5년 차 한 명이 노트북 화면을 닦는 척하면서 두 사람을 흘끔거리고 있었다.

"늦어서 미안해요. 아침에…."

"괜찮아."

"지난 한 주 어땠어요?"

"좋았어." 이렇게 나오겠단 말이지. "어… 주말에 뭐 재미난 거 했어요?"

"일했어."

두 사람은 주문 줄에 섰고, 올리브는 한숨이 나오려는 걸 삼켰다. "날씨 좋죠? 너무 덥지도 않고."

애덤은 대답 대신 "음" 하고 말했다.

더는 못 하겠다는 생각이 들기 시작했다. 이 가짜 연인 관계를 위해 할 수 있는 짓에도 한계가 있었다. 망고 프라푸치노를 공짜로 먹을 수 있다 해도. 올리브는 한숨을 훅 내쉬었다. "머리

스타일 때문에 그래요?"

그러자 드디어 애덤이 관심을 보였다. 그는 눈썹 사이에 수직 주름을 깊게 잡으며 올리브를 내려다봤다. "뭐?"

"기분 말이에요. 머리 스타일 망쳐서 그런 거냐고요."

"기분?"

올리브가 애덤의 몸을 대충 가리키며 말했다. "이러는 거요. 엄청 저조한 기분."

"기분 저조하지 않은데?"

콧방귀가 나왔다. 아니, 콧방귀는 방금 올리브의 반응을 묘사하기에 너무 얌전한 표현이었다. 소리도 너무 크고 비웃음도 너무 많이 실린, 그냥 웃음에 가까웠다. 웃음방귀라고 할까.

"왜?" 애덤이 웃음방귀의 가치도 몰라주고 인상을 썼다.

"다 알면서."

"뭐를?"

"어둠의 기운을 잔뜩 풍기고 있잖아요."

"아닌데." 그가 발끈한 투로 받아쳤고, 그게 묘하게 귀엽게 느껴졌다.

"백 미터 밖에서 봐도 알겠구먼. 난 애덤 얼굴 보자마자 알았다고요."

"그런 게 어딨어."

"여기 있죠. 근데 괜찮아요, 애덤도 기분 꿀꿀해질 자유가 있으니까."

어느덧 두 사람의 차례가 되어 올리브는 계산대로 한발 다가가 직원에게 미소 지었다.

"안녕하세요? 펌킨 스파이스 라테 주세요. 그리고 저기 저, 크림치즈 대니시도요. 네, 그거요. 감사합니다. 그리고…" 올리브는 애덤을 엄지로 가리켰다. "이 사람은 캐모마일차 마시겠대요. 설탕은 넣지 마시고요." 이렇게 쾌활하게 덧붙인 다음, 혹시 애덤이 페트리 접시를 집어던진다면 사정권에서 벗어나려고 옆으로 몇 발짝 이동했다. 애덤이 차분히 계산대 뒤 남학생에게 신용카드를 건네는 걸 보고 내심 놀랐다. 정말로, 듣던 것만큼 형편없는 사람은 아니었다.

"차 싫어하는데." 애덤이 중얼거렸다. "캐모마일도."

올리브가 그에게 환히 웃어 보였다. "안됐네요."

"입만 살아서는."

애덤은 정면을 보고 있었지만 웃음이 나올락 말락 하는 걸 참고 있는 게 거의 확실했다. 애덤을 두고 이러쿵저러쿵 할 말이 많지만, 유머 감각 없다는 건 그에게 해당이 안 됐다.

"그래서… 머리 스타일 때문은 아니라고요?"

"뭐? 아, 아니야. 길이가 어정쩡해서 자른 것뿐이야. 달리기할 때 앞을 가려서."

아. 달리기를 하는구나. 나돈데. "그렇군요. 잘했어요. 왜냐하면 지금 머리 나쁘지 않거든요."

잘 어울려요. 아니, 아주 잘 어울려요. 지난주에 내가 대화한 남자들 중 애덤이 제일 잘생긴 남자라고 생각했는데, 지금은 그때보다 더 잘생겨 보이네요. 내가 외모를 그렇게 따지는 사람은 아니지만. 아니, 전혀 안 따져요. 여태 남자가 눈에 들어온 적이 거의 없었으니까. 근데 왜 이제 와서 애덤이, 그리고 애덤의 머리 스타일이, 입은 옷이, 키가 얼마나 크고 덩치가 얼마나 큰지가 눈에 들어오는지 모르겠네요. 정말 이해가 안 가네. 전에는 한 번도 신경 쓰인 적 없는데. 보통은. 아악.

"그….." 애덤은 잠시 당황한 듯했다. 그가 속으로 적절한 대꾸를 찾는 동안 입술만 달싹거리고 소리는 안 나왔다. 그러다 느닷없이 이렇게 말했다. "오늘 아침에 학과장님하고 얘기해봤는데 여전히 내 연구 지원금 안 풀어주시겠대."

"아." 올리브가 고개를 갸우뚱했다. "9월 말 이전에는 결정 안 내릴 줄 알았는데요."

"결정을 내린 건 아니야. 어제는 비공식적인 자리였고 어쩌다 그 얘기가 나온 거지. 학과장님 말로는 여전히 상황을 주시하고 있다더군."

"그렇군요." 올리브는 애덤이 말을 이어가기를 기다렸다. 그럴 생각이 없어 보이자 올리브가 물었다. "상황을… 어떻게 주시한다는 거예요?"

"그건 분명치 않아." 애덤의 턱에 힘이 들어갔다.

"유감이에요." 덩달아 속상한 기분이 들었다. 진심으로. 자원이 부족해 연구를 중단해야 하는 아픔은 충분히 공감할 수 있었다. "그럼 지금 하는 연구를 지속하지 못하게 되는 거예요?"

"다른 지원금이 있어."

"그럼… 새로운 연구에 착수할 수 없는 게 문제인 거예요?"

"착수할 수 있어. 연구 자금을 따로 배정해야 하긴 하지만, 새 연구를 시작하는 데 어려움은 없어."

엥? "아, 그래요." 올리브는 목을 한 번 가다듬고 말을 이었다. "그럼… 정리 좀 해볼게요. 스탠퍼드대가 소문만 가지고 애덤의 연구 자금을 동결한 것 맞죠. 그건 내가 봐도 재수 없는 행보 같은데. 그런데 보니까 애덤은 당분간 원래 하려던 연구를 진행할 여력이 있는 것 같은데, 그렇다면… 인생 종 칠 상황은 아니잖아요?"

그러자 애덤이 갑자기 조금 전보다 더 발끈해서, 모욕당한 것 같은 눈초리로 째려보았다.

이크. "오해 마요, 문제의 핵심은 나도 파악하고 있고 화도 나니까. 그렇지만 애덤은, 연구 지원비를 몇 개나 따냈다고 했더라? 아니다, 대답하지 말아요. 알고 싶지 않으니까."

아마 열다섯 개쯤은 따냈을 것 같았다. 게다가 종신교수직도 있지, 발표한 논문도 열댓 개는 되지, 프로필에 각종 수상 이력도 수두룩하게 게재되어 있지 않나. 특허까지 하나 가지고 있고, 그의 이력에 버젓이 쓰여 있고 말이다. 반면 올리브가 가진 건 싸구려 복제품 시약과 걸핏하면 도둑맞는 낡은 피펫뿐이었다. 경력상 애덤이 자신보다 얼마나 앞서 있는지 되도록 생각하지 않으려고 했지만, 그가 얼마나 뛰어난 과학자인지 모르는 척하려야 할 수가 없었다. 그는 정말 짜증날 정도로 뛰어난 연구자였다.

"내 말은, 이게 극복하지 못할 문제는 아니라는 거예요. 게다가 우리가 적극적으로 해결하려고 하고 있고요. 우린 한 팀이에요. 애덤이 끝내주게 멋진 여자친구 때문에 여기에 눌러앉으려고 하는 걸 동네방네 전시하고 있는 걸 봐요."

그러면서 보란 듯이 자신을 가리켜 보이자 애덤의 매운 시선도 그 손을 따라갔다. 보아하니 그는 합리화나 감정 분석 따위별로 좋아하지 않은 것 같았다.

"아니면 계속 화내든가요. 같이 애덤의 랩으로 가서 3도 화상의 고통에 저조한 기분이 덮일 때까지 독성 시약 가득한 시험관이나 서로에게 집어던지죠, 뭐. 재밌겠네."

애덤이 눈알을 굴리며 고개를 돌렸지만, 광대뼈가 씰룩이는 걸로 봐서 그가 재미있어하는 걸 올리브는 알 수 있었다. 웃고 싶지 않은데 비집고 나온 미소였다. "역시나 입만 살았군."

"그런지도 모르지만, 지난 주말 잘 보냈느냐는 말에 단음절로 퉁친 건 내가 아니에요."

"단음절로 퉁친 적 없어. 그리고 올리브가 멋대로 캐모마일차 시켰잖아."

올리브가 씩 웃었다. "고맙다는 인사는 넣어둬요."

올리브가 대니시를 한 입 깨물고 우물우물 씹는 동안 둘 사이는 조용해졌다. 이윽고 올리브가 빵을 삼키고 말했다. "연구비 동결된 건 유감이에요."

애덤이 고개를 저었다. "기분 저조한 것 티 내서 미안해."

아. "괜찮아요. 그러기로 악명 높으니까."

"내가?"

"네. 애덤 칼슨 하면 대표적으로 떠오르는 특징이죠."

"그렇단 말이지?"

"그럼요."

애덤의 입가가 씰룩거렸다. "올리브한테만큼은 기분을 전염시키고 싶지 않았나 보지."

너무 다정한 말이라, 미소 짓지 않을 수 없었다. 애덤이 결코 다정한 사람은 아닌데 올리브를 만나면 거의 항상 다정하게 굴었다. 늘 그런 건 아니지만. 애덤이 뜻을 해석할 수 없는, 하지만 왠지 묘한 생각이 떠오르게 하는 표정으로 내려다보며 미소를 지을락 말락 하는 순간 바리스타가 카운터에 두 사람이 주문한 음료를 내려놓았다. 갑자기 애덤이 토할 것 같은 얼굴을 했다. "애덤? 괜찮아요?"

애덤이 올리브의 음료를 들여다보더니 한발 물러섰다. "그 냄새."

올리브는 깊이 숨을 들이마셨다. 천국이 따로 없군. "왜요, 펌킨 스파이스 라테 싫어해요?"

애덤은 코에 주름을 잡으며 더 물러났다. "역해."

"어떻게 이걸 싫어할 수 있어요? 지난 세기 미국의 최고 발명품인데."

"부탁인데 저리 가줘. 악취 못 견디겠어."

"이보세요. 애덤과 펌킨 스파이스 라테 중 하나를 선택해야만 한다면, 우리 관계를 심각하게 재고해봐야겠어요."

애덤은 방사성 폐기물이라도 든 양 올리브의 컵을 흘겨봤다. "그래야 할지도 모르겠군."

그가 문을 잡아주고 둘이 커피숍을 나서는 동안에도 애덤은 펌킨 스파이스 라테와 최대한 거리를 두려고 했다. 나와 보니 부슬비가 내리고 있었다. 학생들은 교정 안뜰의 테이블에 펼쳐놓았던 노트북 컴퓨터와 공책들을 허겁지겁 가방에 넣고 수업 들으러 가거나 도서관으로 피신했다. 올리브는 기억 속 아주 어렸을 때부터 비를 좋아했다. 공기와 함께 젖은 흙냄새를 한껏 들이마셔 폐에 채우면서, 애덤과 함께 건물 차양 아래로 들어갔다. 캐모마일 차를 한 모금 마시는 애덤을 보자 미소가 나왔다.

"아, 맞다." 올리브가 불쑥 말했다. "좋은 생각이 있어요. 생명과학부 가을 야유회 갈 거예요?"

애덤이 고개를 끄덕였다. "가야 해. 생물학부 사교 및 네트워킹 위원회 멤버라."

올리브는 큰소리로 웃고 말았다. "설마요."

"진짜로."

"그걸 순순히 맡았다고요?"

"일종의 봉사야. 번갈아 맡는데 내 차례가 온 거지."

"아. 그거 참… 재밌겠네요." 동정심에 눈썹이 팔자가 됐지만, 애덤의 진저리치는 표정에 웃음을 참아야 했다. "어쨌든 나는 갈 거거든요. 아슬란 박사님이 우리 다 가라고 해서요. 랩 동료들간에 끈끈함을 다지라나. 애덤도 지도하는 학생들한테 참석 강요해요?"

"아니. 나는 박사과정생을 비참하게 만드는 더 생산적인 방법이 있어."

올리브는 쿡쿡 웃었다. 애덤도 재미있긴 재미있었다. 나름의 기이하고 어두운 쪽으로. "그건 믿어 의심치 않습니다. 아무튼, 내 생각은 이래요. 야유회 가서 우리 둘이 같이 어울리는 거예요. 학과장님 앞에서… 학과장님이 '주시'하고 있댔으니까요. 내가 애덤한테 속눈썹을 파르르 떨어 보이면 학과장님은 우리가 결혼식 날 잡은 줄 알 거예요. 그럼 바로 어디론가 전화를 걸 테고, 트럭 한 대가 나타나서 애덤의 연구 지원금을 전부 현찰로 실어다가 바로 앞에다…."

"어이!"

그때 웬 금발 남자가 애덤에게 다가왔다. 올리브의 목소리가 잦아들었고, 몸을 돌린 애덤이 웃으며 그 남자와 악수했다. 친한 남자들끼리 주고받는 종류의 악수였다. 올리브는 자신이 환영을 보는 건가 해서 눈을 깜빡이면서 라테를 한 모금 마셨다.

"늦잠 잘 줄 알았는데." 애덤이 말했다.

"시차 때문에 일찍 깼어. 일어난 김에 학교 와서 일이나 하자 싶었지. 먹을 것도 좀 찾고. 집에 먹을 게 하나도 없던데."

"부엌에 사과 있어."

"없는 거 맞네." 올리브가 자리를 피해줄 요량으로 한발 물러선 순간 금발 남자가 올리브에게 시선을 돌렸다. 만난 적이 없는 게 확실한데도 어딘지 낯익은 얼굴이었다.

"이쪽은 누구시지?" 그가 호기심 어린 투로 물었다. 상대를 꿰뚫어볼 것 같은 아주 새파란 눈동자였다.

"올리브야." 애덤이 대답했다. 올리브와 어떻게 아는 사이인지 얘기해야 하는데 그러질 않아서 잠시 침묵이 내려앉았다. 보아하니 친한 게 분명한 친구에게 가짜 데이트에 대해 미주알고주알 설명하고 싶지 않은 마음이 십분 이해가 갔다. 올리브는 그저 계속 미소를 머금은 채 애덤이 소개를 이어가기를 기다렸다. "올리브, 이쪽은 연구 협력자…."

"어이." 금발 남자가 발끈한 척하며 끼어들었다. "친구라고 소개해야지."

애덤이 즐거운 기색으로 눈알을 굴려 보였다. "올리브, 이쪽은 내 친구이자 연구 파트너야. 톰 벤턴 박사."

5장

가설: 뇌가 정신을 바짝 차려야 할 때일수록
그것이 얼어붙을 가능성은 더 커진다.

"잠깐." 벤턴 박사가 고개를 까딱 기울였다. 여전히 미소 띤 얼굴이었지만 눈빛이 조금 전보다 날카로웠고, 올리브를 보는 둥 마는 둥 하더니 이제는 확실히 보고 있었다. "그쪽은 혹시…"

올리브는 얼어붙었다.

원래도 머릿속이 차분하거나 정리된 적은 없었다. 잡생각이 뒤죽박죽 엉킨 타래에 가까웠다. 그런데 톰 벤튼을 마주하자 머릿속이 이상하게 잠잠해졌고, 대신 몇 가지 단상이 한구석에 차곡차곡 쌓였다.

하나는 자신이 오지게 운이 없다는 것이었다. 목숨을 바친 연구를 완성하는 데 큰 도움을 줄 인물이 목숨처럼 사랑하는 친구 안을 행복한 연애에 안착시키는 데 결정적 역할을 할 사람과 지인, 아니, 친구일 확률이 얼마나 되겠는가. 그 희박한 확률을 뛰어넘다니. 하지만 돌아보면 오지게 나쁜 운은 별로 새로울 것도 없어서, 올리브는 다음 단상으로 넘어갔다.

바로, 톰 벤턴에게 자신이 누군지 밝히는 수밖에 없다는 것이었다. 오후 3시에 만나기로 되어 있는데, 벤턴이 누군지 모르는 척하는 건 그의 랩에 침투할 계획에 종말을 고하는 것이나 마찬가지였다. 원래 학자들은 하나같이 자아가 비대하니까.

마지막 단상. 말을 신중히 골라 설명하면 벤턴 박사가 가짜 데이트 관계를 모르고 넘어가게 할 수 있었다. 애덤은 아직 말하지 않고 있었고, 그건 아마 앞으로도 말할 생각이 없다는 뜻일 것이다. 올리브는 애덤이 하는 대로 따라가기만 하면 되는 거였다.

좋아. 훌륭한 계획이야. 다 된 밥이나 마찬가지야.

올리브는 미소를 지으며 펌킨 스파이스 라테 잔을 꽉 쥐고 대답했다. "네, 올리브 스미스예요, 그러니까⋯."

"내가 귀 따갑게 들은 그 여자친구?"

젠장. 망할, 망할, 망할. 올리브는 침을 꿀꺽 삼켰다. "어, 사실은⋯."

"누구한테 들었는데?" 애덤이 미간을 접으며 물었다.

벤턴 박사가 어깨를 으쓱하며 대꾸했다. "이 사람, 저 사람."

"이 사람, 저 사람이라⋯." 애덤이 따라 말했다. 아예 인상을 팍 쓰고 있었다. "보스턴에서?"

"응."

"왜 하버드 사람들이 내 여자친구 얘기를 하고 있지?"

"너란 사람 때문에."

"나란 사람이 뭐?" 애덤이 어리둥절한 얼굴로 되물었다.

"덕분에 눈물 많이 봤다. 머리 쥐어뜯는 사람들도 봤고. 실연당했다며 엉엉 우는 사람도. 걱정 마, 다들 금세 극복할 테니."

그 말에 애덤이 눈알을 굴렸고, 벤턴 박사는 다시 올리브에게 시선을 돌렸다. 그는 활짝 웃으며 손을 내밀었다. "만나서 반가워요. 여자친구 얘기는 그냥 소문인 줄 알았는데… 실제로 존재한다니 기쁘네요. 미안, 이름 제대로 못 들었네. 이름 기억하는 덴 소질 없어서."

"올리브예요." 올리브는 그와 악수를 나누었다. 너무 꽉 잡지도 않고 너무 맥없지도 않게, 힘이 딱 적당히 들어간 악수였다.

"전공 뭐 가르쳐요, 올리브?"

아, 망할. "그게, 안 가르쳐요. 그러니까, 교수 아니라고요."

"아, 미안해요. 넘겨짚으려던 건 아닌데." 톰이 미안해하면서 자신을 낮추는 태도로 웃어 보였다. 과하지 않은 매력이 있는 사람이었다. 아직 교수라기엔 젊었는데, 애덤만큼 젊은 건 아니었다. 키가 훌쩍 크지만 애덤만큼 큰 건 아니었다. 잘생기긴 했는데 애덤만큼… 그래, 애덤만큼 잘생겼다고 할 수는 없었다.

"그럼 무슨 일 해요? 연구원이에요?"

"어, 저는…."

"학생이야." 애덤이 불쑥 말했다.

벤턴 박사의 눈이 휘둥그레졌다.

"대학원생." 애덤이 덧붙였다. 이 얘기 그만하라고 경고하는 듯한 말투였다.

당연히 벤턴 박사는 그 말에 신경 쓰지 않았다. "네가 맡은 대학원생?"

애덤이 인상을 구겼다. "아니, 당연히 내가 지도하는 학생은 아니…."

딱 좋은 타이밍이었다. "말 나왔으니 말인데요, 벤턴 박사님. 저의 지도교수님이 아슬란 박사님이시거든요." 어쩌면 이 만남이 아주 망한 건 아닐지 몰랐다. "벤턴 박사님은 제 이름이 기억 안 나실 수도 있는데, 이메일 몇 번 주고받았어요. 오늘 만나기로 했고요. 췌장암 생체지표 연구한다던 학생이 저예요. 1년간 박사님 랩에서 연구하게 해달라던."

벤턴 박사의 눈이 아까보다 더 커졌고, 그의 입에서 "이게 무슨?" 비슷한 중얼거림이 나왔다. 이어서, 치아가 보이도록 환한 웃음이 그의 얼굴에 번졌다. "애덤, 이 음흉한 자식. 나한테 한마디도 안 하다니."

"난 몰랐어." 애덤이 중얼거렸다. 시선은 올리브에게 고정돼 있었다.

"네 여자친구 일인데 어떻게 모를 수가…."

"애덤한테 말 안 했거든요. 두 분이 친구인 줄 몰랐으니까." 올리브가 불쑥 끼어들었다. 다음 순간 별로 믿을 만하지 않은 소리로 들리면 어떡하지, 하는 걱정이 덜컥 들었다. 올리브가 진짜 여자친구라면 애덤이 친구 얘기를 안 했을 리 없었다. 충격적인 반전이지만 애덤도 친구가 최소 한 명은 있는 것 같으니.

"무슨 소리냐면, 제가요, 어… 거기까지는 짐작을 못 했다고요. 벤턴 박사님이 애덤이 만날 얘기하는 그 톰인 줄 몰랐어요." 이만하면 수습이 됐겠지. 어느 정도는. "죄송해요, 벤턴 박사님. 일부러 모르는 척한 건…."

"톰." 그가 여전히 미소 띤 얼굴로 말했다. 충격에 가깝던 기색이 기분 좋은 놀람으로 변한 것 같았다. "톰이라고 불러요." 잠시 그의 시선이 애덤과 올리브를 오갔다. 그러더니 그가 불쑥 말했다. "아, 시간 있어요?" 그는 커피숍을 가리켜 보였다. "저기 들어가서 연구 얘기 하는 것 어때요? 오후까지 기다릴 필요 없이."

올리브는 시간을 끌려고 라테를 한 모금 마셨다. 시간이 있나? 솔직히 말하면, 있었다. 마음 같아서는 교정 끝까지 달려가 현대 문명이 무너져내릴 때까지 허공에 대고 괴성을 지르고 싶었지만, 그건 급한 일이 아니었다. 그리고 벤턴 박사… 아니지, 톰에게 최대한 협조적인 사람으로 보이고 싶었다. 찬밥 더운밥 가리지 말라는 말도 있지 않나.

"시간 돼요."

"잘됐군. 애덤, 너는?"

올리브는 얼어붙었다. 애덤도 1초간 얼어붙었다가 곧 정신 차리고 지적했다. "내가 있으면 안 될 것 같은데, 올리브를 면접 보는 자리라면…."

"아, 면접 아니야. 올리브의 연구와 내 연구가 방향성이 같은지 알아보기 위한 비공식 대화 같은 거지. 너도 여자친구가 1년간 보스턴에 있게 될 거라면 미리 아는 게 좋잖아? 자, 가자." 그는 두 사람에게 따라오라고 손짓하고는 앞장서서 스타벅스로 들어갔다.

올리브와 애덤은 열 마디가 담긴 듯한 시선으로 무언의 대화를 주고받았다. *이제 어쩌죠? 내가 그걸 어떻게 알아? 상황이 이상하게 돌아가는데요. 이상한 정도가 아니라 고통스러운데.* 이윽고 애덤이 한숨을 내쉬며 세상만사 포기한 표정으로 안으로 들어갔다. 올리브도 이제까지 살면서 내린 모든 결정을 후회하면서, 따라 들어갔다.

"아슬란 박사님은 곧 은퇴하시죠?" 일행이 구석진 곳 테이블을 잡고 앉자마자 톰이 말했다. 올리브는 톰과 마주 앉는 수밖에 없었다. 애덤의 왼쪽에. 다정한 '여자친구'처럼 보이려면 별수 없지. 한편 올리브의 '남자친구'는 옆에서 부루퉁한 얼굴로 캐모마일 차를 홀짝이고 있었다. '사진 찍어두면 좋겠네.' 이런 생각이 들었다. '웃기는 대사 붙여서 인터넷에 올리면 순식간에 퍼지겠어.'

"몇 년 안에요." 올리브가 대답했다. 학생을 늘 응원하고 지지해주는 지도교수 아슬란 박사를 올리브는 참 좋아했다. 처음부터 아슬란 박사는 올리브에게 자기만의 연구 프로그램을 개발할 자유를 주었는데, 그건 박사과정생이 극히 드물게 누리는 행운이었다. 마음껏 관심 분야를 추구하기에는 자유방임형 지도교수를 둔 것이 더할 나위 없이 좋았지만, 한편으로는….

"아슬란이 곧 은퇴할 거라면 더는 연구 지원금을 신청하지 않고 있을 거란 얘긴데, 프로젝트들이 끝날 때까지 남아 있지 않을 테니 이해는 가요. 그렇다면 올리브네 랩은 지금 연구 자금이 넉넉지 않겠군." 톰이 깔끔하게 요약했다. "좋아, 올리브가 진행하려는 프로젝트에 대해 얘기해봐요. 어떤 부분이 끝내주죠?"

"저는…," 올리브가 바로 입을 열었다. 그리고 곧바로 생각을 정리하기 위해 허둥댔다. "그러니까 이건…." 또 말이 끊겼다. 이번에는 공백이 더 길었고, 더 견디기 힘든 어색함이 내려앉았다. "어…."

바로 이것이 문제였다. 자신이 과학자로서 훌륭한 건 알고 있고 연구에서 좋은 결과를 내는 데 필요한 절제력과 비판적 사고력을 갖추고 있다는 것도 알았다. 한데 안타깝게도 학계에서 성공하려면 자신의 연구를 그럴싸하게 포장하는 능력, 그것을 남들에게 설득하는 능력, 대중 앞에서 발표하는 능력도 필요했다. 그리고… 그것은 올리브가 즐기거나 잘하는 것과 거리가 멀었다. 발표할 때만 되면 극도로 당황하면서 자신이 현미경 슬라이드에 고정된 샘플인 양 심하게 평가받는 기분이 들었고, 구문론적으로 말이 되는 문장을 조어하는 능력이 뇌에서 줄줄 새나가곤 했다.

딱 지금처럼. 두 뺨이 화끈 달아올랐고, 혀도 점점 굳어가고….

"무슨 질문이 그래?" 애덤이 불쑥 끼어들었다.

옆을 흘끔 보니 그가 톰을 향해 인상을 쓰고 있었다. 톰은 그저 어깨를 으쓱했다.

"연구에서 어떤 부분이 끝내주냐니?" 애덤이 톰의 말을 그대로 따라 했다.

"맞아. 끝내주는 점. 무슨 소린지 알잖아."

"모르겠는데. 올리브도 모르는 것 같고."

톰이 헛웃음을 뱉었다. "좋아, 너라면 뭐라고 물어볼 건데?"

애덤이 올리브를 향해 고쳐 앉았다. 그의 무릎이 올리브의 다리에 닿았고, 그러자 온기가 청바지를 뚫고 전해지면서 묘하게 마음이 가라앉았다. "프로젝트가 무엇을 타깃으로 하고 있지? 자신의 연구가 어떤 점에서 의미 있다고 생각해? 이미 발표된 연구들의 어떤 공백을 메워줄 거라고 기대하지? 어떤 테크닉을 사용하고 있어? 향후 어떤 장애를 만날 것 같아?"

톰이 또 헛웃음을 뱉었다. "그래, 알았어. 그럼 방금 나온 길고 지루한 질문들을 내가 했다고 쳐요, 올리브."

애덤을 흘끔 돌아보니 그는 차분하고 용기를 주는 표정으로 올리브를 바라보고 있었다. 애덤이 구체적으로 조목조목 던진 질문들 덕에 뒤엉킨 생각들을 풀 수 있었고, 각 질문에 대한 대답을 자신이 이미 알고 있다는 걸 깨닫자 패닉이 물러갔다. 애덤이 의도적으로 그런 건 아니겠지만, 큰 도움이 된 건 사실이었다.

몇 년 전 화장실에서 마주친 남자가 떠올랐다. "그쪽이 실력되는지 어떤지 나는 전혀 몰라요." 그는 이렇게 말했었다. "중요한 건 자신이 박사과정을 밟으려는 이유가 충분한가예요." 그는 올리브가 댄 이유가 자기가 들어본 것 중 최고의 이유라고, 그러니 올리브는 얼마든지 해낼 수 있다고 했다. 이 공부를 해야만 한다고.

"알았어요." 올리브는 심호흡을 한 다음, 전날 밤 맬컴을 앞에 두고 리허설 했던 웅변을 머릿속으로 정리했다. "제 대답은 이거예요. 췌장암은 진행도 공격적이고 치명률도 높죠. 예후가 굉장히 안 좋아서, 진단 후 1년 생존률이 네 명 중 한 명에 그쳐요." 올리브의 착각일 수 있지만, 목소리가 아까보다 덜 숨 가쁘고 더 확신에 찬 소리로 들렸다. 좋았어. "문제는 발견이 너무 어려워서 한참 진행된 후에야 겨우 진단이 가능하다는 거예요. 그쯤 되면 암은 이미 너무 퍼져서, 거의 모든 치료법이 효과를 못 내죠. 그런데 더 조기에 진단할 수 있다면…."

"더 빨리 치료를 받을 수 있고 생존률도 높아지지." 톰이 조급증이 나는 듯 고개를 끄덕이며 끼어들었다. "맞아, 나도 잘 알고 있어. 근데 이미 진단 도구들이 몇 가지 존재하잖아. 영상기법이라든가."

톰이 영상기법을 언급한 건 놀랍지 않았다. 그건 톰의 랩이 중점적으로 연구하는 분야이기 때문이었다. "맞아요, 그렇지만 그건 아주 비싸고 시간도 많이 소모되는 데다 췌장의 위치 때문에 효용성도 떨어지죠. 그런데⋯." 여기서 한 번 더 숨을 골랐다. "제가 새로운 생체지표를 발견한 것 같아요. 조직 생검으로 진단하는 지표는 아니고, 혈액 생체지표요. 비침습적이고, 추출하기도 쉽죠. 저렴하고요. 쥐를 대상으로 실험했더니 빠르게는 1기에서 암이 검진됐어요."

올리브는 말을 멈췄다. 톰과 애덤 둘 다 올리브를 빤히 바라보고 있었다. 톰은 관심이 동한 기색이 역력했고, 애덤은⋯ 솔직히 좀 이상한 표정을 짓고 있었다. 감탄한 걸까? 에이, 설마.

"그렇군요. 꽤 희망적으로 들리네. 다음 단계는 뭐죠?"

"데이터를 더 수집하는 거요. 더 나은 기기로, 분석을 더 많이 진행해서 내가 지정한 생체지표가 임상실험 할 가치가 있다는 걸 증명하는 거요. 그런데 그러려면 더 큰 랩이 필요해요."

"그렇군." 톰은 생각에 잠긴 표정으로 고개를 끄덕이더니, 의자 등받이에 깊숙이 기댔다. "왜 췌장암이지?"

"췌장암은 가장 치명적인 암 중 하나인데 진단법에 관한 연구가 거의⋯."

"아니." 톰이 말을 막았다. "보통 박사과정 3년 차들은 원심분리기를 두고 싸우느라 바빠서 자기 연구 과제를 정할 겨를이 없잖아. 올리브가 이 정도로 연구를 밀어붙이게 된 동기가 있을 거 아니에요. 가까운 사람이 췌장암이었나?"

올리브는 힘겹게 침을 삼키고 마지못해 대답했다. "맞아요."

"누구?"

"톰," 애덤이 경고하는 투로 말했다. 그의 무릎이 아직 올리브의 허벅지에 닿아 있었다. 아직도 따뜻했다. 그런데도 올리브는 피가 차갑게 식는 것 같았다. 진심으로, 정말로, 대답하기 싫었다. 하지만 질문을 받았는데 무시할 수는 없었다. 톰의 도움이 절실하니까.

"엄마요."

좋아. 말해버렸어. 대답했으니까 이제 다시 그 일은 묻어두고 다른 얘기로….

"어머니는 돌아가셨고?"

잠시 침묵이 흘렀다. 올리브는 머뭇거리다가, 동석한 두 남자 중 누구와도 눈을 마주치지 않고서 말없이 고개만 끄덕였다. 톰이 일부러 못되게 구는 게 아니라는 건 알았다. 이런 얘기에는 호기심을 보이는 게 보통이니까. 하지만 남과 깊이 대화 나누고 싶은 주제는 아니었다. 심지어 안과 맬컴하고도 이 얘기는 거의 하지 않았고, 박사과정 지원서를 쓸 때도 모두가 합격에 도움될 거라고 권유했는데도 불구하고 엄마의 병환 얘기는 언급하지 않으려고 극도로 주의했다.

차마… 그럴 수가 없었다. 그냥, 그럴 수가 없었다.

"몇 살 때…."

"톰." 애덤이 날 선 어조로 제지했다. 그러고는 필요 이상으로 힘주어 컵을 내려놓았다. "내 여자친구 그만 괴롭혀." 경고보다 협박에 가까운 투였다.

"그래. 알았어. 내가 못된 놈이다." 톰이 미안한 표정으로 웃어 보였다.

올리브는 톰이 자신의 어깨 쪽을 유심히 보는 것을 알아챘다. 시선을 따라가니 애덤이 올리브가 앉은 의자의 등받이에 팔을 걸쳐놓은 게 보였다. 올리브에게 손을 댄 것도 아닌데, 그 자세는… 묘하게 보호 의지를 풍기는 것 같았다. 애덤의 몸에서 열기가 후끈 느껴졌고, 그게 딱히 거슬리지 않았다. 톰과의 대화가 남긴 메스꺼움을 사르륵 녹여 없애주는 것 같았다.

"근데 올리브의 남자친구도 같은 부류니까, 뭐." 톰이 올리브에게 윙크해 보였다. "좋아요, 올리브. 이렇게 하죠." 그는 몸을 숙이고 테이블에 팔꿈치를 괴었다. "보내준 보고서는 잘 읽었어요. SBD 학회에 제출했다는 페이퍼 초록도 읽었고. 학회에 참석한다는 계획은 변함없고?"

"제가 낸 페이퍼가 채택된다면요."

"될 것 같은데. 잘 썼더라고. 그런데 제출한 이후로 연구에 진전이 있었던 것 같은데, 그 부분에 대해 더 알아야겠어요. 내년에 우리 랩에 받아주는 걸로 결정되면, 비용은 백 퍼센트 커버해줄 거예요. 급여며 비품, 기기, 하여간 필요한 건 전부 다. 그렇지만 그 정도로 투자할 가치가 있는지 판단하려면, 현재 연구가 어디까지 왔는지 알아야 해요."

올리브의 심장이 모터 단 듯 질주하기 시작했다. 꽤 희망적인 답변 같았다. 아니, 굉장히 희망적이었다.

"이렇게 하지. 2주를 줄 테니 여태까지 한 것을 하나도 빠짐 없이 기록해서 나한테 보내요. 연구 프로토콜, 실험 결과, 해결 과제 전부 다. 2주 뒤 보고서를 보내면 내가 그걸 읽고 결정하 도록 할게요. 할 수 있겠어요?"

올리브는 입이 찢어지게 웃으며 고개를 주억거렸다. "네!" 얼 마든지 할 수 있었다. 전에 써뒀던 페이퍼에서 서론을 발췌하고, 프로토콜에서 실험방법 발췌하고, 지원금 신청했다가 거절당한 지원서 원본에서 예비 데이터를 찾아내서 옮겨야 하지만. 그리 고 몇 가지 분석은 다시 실행해야 하고···. 톰이 봤을 때 보고서 가 한 치의 모자란 구석도 없도록. 단시간에 많은 양의 작업을 해야겠지만, 잠 따위 누가 필요하대? 화장실은 뭣 하러 가고?

"좋아. 그럼 그때까지, 기회 되면 또 만나서 얘기 나눠요. 애 덤하고 나는 얼마 전 따낸 지원금으로 프로젝트 진행하느라 앞 으로 2주간 딱 붙어 지낼 테니까. 내일 특강 들으러 올 거예요?"

올리브는 시간과 장소는커녕 톰이 특강을 한다는 사실조차 몰랐지만, 스마트폰에 그 시간에 맞춰 카운트다운 위젯까지 띄 워놓은 사람처럼 당당하게 대답했다. "당연하죠! 어서 듣고 싶 어요!"

"그리고 나는 애덤의 집에 머물 거니까, 거기서 봐요."

앗, 이런. "어···." 애덤을 흘깃 봤더니 그는 속을 알 수 없는 표정을 짓고 있었다. "그러죠. 근데 우리는 보통 저희 집에 가서 놀아서···."

"그렇군. 애덤의 박제 컬렉션이 꼴 보기 싫어서 그러는 것 맞죠?" 톰이 삐딱한 미소를 지으며 자리에서 일어섰다. "잠깐 실례. 커피 사 갖고 올게."

톰이 멀어지자마자 올리브는 즉시 애덤을 향해 돌아앉았다. 둘만 남았으니 재빨리 합의 봐야 할 사항이 수백만 개는 됐지만, 당장 떠오르는 건 하나뿐이었다. "진짜로 박제 동물을 수집해요?"

애덤이 째려보면서 올리브의 어깨 근처에 걸쳤던 팔을 내렸다. 올리브는 갑자기 추워진 것 같았다. 버림받은 기분이었다.

"미안해요. 친구 사이인 줄 몰랐어요. 둘이 같이 지원금 받은 줄도 몰랐고요. 연구 분야가 워낙 달라서 설마 같이 지원했으리라고는 생각 못 했어요."

"올리브가 전에 암 연구자가 컴퓨터 모델링 연구자랑 협력해서 얻을 게 별로 없을 것 같다고 말하긴 했지."

"내가 언제…." 애덤의 입이 씰룩거리는 걸 보고 올리브는, 우리가 언제 서로 놀리는 사이가 됐지, 하고 내심 놀랐다. "둘이 어떻게 아는 사이예요?"

"내가 박사과정 할 때 톰이 우리 랩 박사 후 연구원이었어. 졸업하고도 연락 계속하다가 협력 연구도 하게 됐지."

그럼 톰이 애덤보다 네다섯 살 많다는 얘기였다.

"애덤은 하버드에서 박사 딴 것 맞죠?"

애덤이 고개를 끄덕였다. 올리브는 문득 어떤 생각이 떠올라

소름이 돋았다. "톰이 내가 애덤의 가짜 여자친구라서 랩에 받아줄 수밖에 없다고 생각하면 어쩌죠?"

"안 그럴 거야. 유세포 분석기 망가뜨렸다고 자기 사촌도 해고한 적 있는데. 그렇게 물러터진 놈 아니라고."

'유유상종이라서 잘 아나봐.' 올리브는 속으로 중얼거렸다. "있죠, 친구한테 거짓말하게 해서 미안해요. 다 가짜라고 털어놓고 싶다면…."

애덤이 고개를 저었다. "털어놓으면 톰이 죽을 때까지 놀릴 거야."

그 말에 웃음이 터졌다. "그럴 것 같긴 하네요. 그리고 얘기하면 내 인상도 나빠질 거고."

"그건 그렇고, 올리브, 만약에 결국 하버드로 가기로 결정돼도 9월 말까지는 비밀로 해줘야겠어."

그 말이 무슨 뜻인지 깨달은 올리브는 숨을 들이마셨다. "그럼요. 내가 떠난다는 얘기가 퍼지면 학과장님은 애덤이 여기 뿌리내릴 거라고 절대 안 믿을 거 아녜요. 그 생각은 미처 못 했네. 약속할게요, 입 다물겠다고! 아, 맬컴하고 안한테는 빼고요. 근데 걔네들은 입이 무거운 애들이니까 절대로 발설하지…."

애덤이 눈썹을 슥 치켜올렸고, 올리브는 입을 탁 닫았다.

"걔들도 발설하지 못하게 할게요. 맹세해요."

"그렇게 해주면 고맙겠어."

올리브는 톰이 테이블로 돌아오는 걸 보고, 애덤에게 몸을 기울이고 얼른 속삭였다. "하나만 더요. 톰이 말한 특강 말예요, 내일 한다는 거."

"올리브가 '어서 듣고 싶다'던 그거?"

올리브는 볼 안쪽을 깨물었다. "맞아요. 언제 어디서 해요?"

애덤이 소리 없이 웃는데 톰이 자리에 앉았다. "걱정 마. 이메일로 자세히 알려줄 테니까."

6장

가설: 다양한 타입 및 모델의 가구와 비교했을 때 애덤 칼슨의 무릎은 안락함과 아늑함, 만족도 면에서 상위 5퍼센트 안에 들 것이다.

강당 문을 연 순간 올리브와 안은 눈이 휘둥그레져서 시선을 교환하며 한 목소리로 말했다. "세상에."

스탠퍼드에 다닌 지난 2년 동안 이 강당에서 수 없이 많은 세미나와 연수, 강연과 수업에 참석했지만 이렇게 꽉 찬 걸 보는 건 처음이었다. 혹시 톰이 공짜 맥주라도 나눠주나?

"면역학과랑 약학과 전체에 필수 참석하라고 했나봐." 안이 한마디 했다. "그리고 아까 복도에서 적어도 다섯 명이 벤턴이 '이공계 최고 핫가이'라고 말하는 걸 들었어." 안은 강단에서 면역학과 모스 박사와 얘기 나누고 있는 톰을 이리저리 뜯어봤다. "뭐, 귀여운 건 인정해. 제러미만큼은 아니지만."

올리브는 슬며시 웃었다. 강당 안 공기는 후텁지근했고, 땀 냄새와 너무 많은 사람의 냄새가 났다. "너까지 여기 있을 필요 없어. 화재 위험도 높아 보이고, 오늘 특강은 네 연구 분야랑 거의 안 겹치잖아."

"일하고 있는 것보단 나아." 안은 올리브의 손목을 덥석 잡더니 입구를 막고 있는 대학원생과 박사 후 연구원 무리를 뚫고 측면 계단을 따라 내려갔다. 계단도 입구만큼 꽉 차 있었다. "게다가 저 인간이 너를 데려가서 1년이나 보스턴에 주저앉힐 거라면, 그럴 자격이 있는 인간인지 확인해야지." 안이 윙크를 해 보였다. "나를 졸업 파티 전 딸내미 데리러 온 남자친구 앞에서 라이플 청소하는 아빠라고 생각해."

"아이고, 아빠, 진정하셔요."

당연히 앉을 자리는 없었다. 심지어 바닥이나 계단에도 빈자리가 없었다. 몇 미터 앞 계단 측 좌석에 애덤이 앉아 있는 게 눈에 들어왔다. 늘 그렇듯 검은색 헨리 셔츠를 입은 그는 홀든 로드리게스와 대화하느라 정신이 팔려 있었다. 고개를 든 애덤과 눈이 마주치자 올리브는 씩 웃으며 손을 흔들었다. 아마도 둘이 이 엄청나고도 어리석은, 있을 법하지 않은 비밀을 공유하고 있다는 것과 관계 있을 모종의 이유로, 이제는 애덤이 친근하게 느껴졌다. 그는 손을 마주 흔들지는 않았지만 대신 눈빛이 더 부드럽고 따스해졌고, 입꼬리도 이제는 애덤 특유의 미소로 머릿속에 각인된 모양새로 슬쩍 올라갔다.

"왜 장소를 더 큰 데로 옮기지 않았는지 모르겠어. 이렇게 자리가 없어서야…. 어디… 앗, 안 돼. 안 돼, 안 돼, 이건 아니지."

안의 시선을 쫓아가 보니, 적어도 스무 명 정도가 더 강당에 들어오고 있었다. 인파는 즉시 올리브를 강당 앞쪽으로 밀기 시작했다. 체중이 네 배는 나갈 듯한 신경과학부 박사 1년 차에게 발가락을 밟힌 안이 꽥 소리를 질렀다. "이건 미친 짓이야."

"그러게. 이 지경인데 계속 들어오다니⋯."

올리브의 골반이 뭔가에 툭 닿았다. 아니, 누군가에게. 사과하려고 몸을 튼 순간 애덤과 마주쳤다. 아니, 애덤의 어깨와. 그는 아직도 로드리게스 박사와 얘기 중이었다. 로드리게스 박사는 마뜩잖은 표정으로 이렇게 투덜거리고 있었다. "우리가 여기 왜 있는 거지?"

"톰이 우리 친구라서." 애덤이 대꾸했다.

"내 친구는 아니잖아."

로드리게스의 말에 한숨을 내쉬고 고개를 돌린 애덤이 올리브를 발견했다.

"안녕. 미안해요." 올리브가 입구 쪽을 가리키며 말했다. "방금 한 무리가 더 들어왔는데, 이 강당은 공간이 유한한 모양이에요. 물리학 법칙인가 뭔가가 적용돼서 그런가 봐요."

"괜찮아."

"뒤로 물러나고 싶지만⋯."

그때 강단 위에서 모스 박사가 마이크를 잡고 톰을 소개하기 시작했다.

"자," 애덤이 좌석에서 일어나려고 했다. "여기 앉아."

"아." 친절한 제안이었다. 곤경에서 구해주려고 가짜로 데이트해주고, 20달러어치 정크푸드를 사주는 유의 친절함은 아니지만, 그래도 몹시 친절한 행동이었다. 하지만 받아들일 수는 없었다. 게다가 애덤은 교수가 아닌가. 나이가 더 많다는 뜻이고, 그에 따르는 어려움도 있을 텐데. 서른 몇 살은 됐을 것 같았다. 튼튼해 보이긴 하지만 무릎이 시큰거릴지도 모르고, 몇 년 후에는 골다공증까지 걸릴지 누가 아나. "고맙지만 이대로도…."

"잠깐, 별로 좋은 생각이 아닌 것 같은데요." 안이 톡 끼어들었다. 안은 올리브와 애덤을 번갈아 보며 말을 이었다. "인신공격은 아닌데요, 칼슨 박사님은 올리브보다 덩치가 세 배는 크잖아요. 그런 분이 일어서면 공간이 터져나갈 거라고요."

애덤은 기분 나빠해야 하는 건지 아닌지 감을 못 잡은 표정으로 안을 쳐다봤다.

"반면에," 안이 이번에는 올리브를 보며 말했다. "네가 나를 위해 네 남자친구 무릎에 앉아주면 정말 고맙겠어, 올. 내가 발가락으로 서 있지 않아도 되게. 응?"

올리브는 눈을 한 번 깜빡였다. 그리고 한 번 더 감았다 떴다. 그래도 모자라 몇 번 더 깜빡였다. 강단에서는 모스 박사가 아직도 톰의 소개말을 읊고 있었지만. "밴더빌트에서 박사학위를 딴 후 장학금을 받고 하버드대학으로 와서 박사 후 연구원으로 있었으며, 하버드에서 영상진단 분야의 신기술 여러 가지를 발명해…." 그 목소리가 아득히 먼 데서 들려오는 것 같았다. 아마 안이 방금 한 제안을 곱씹느라 그랬을 터였다. 그 제안은 정말이지….

"안, 그건 아닌 것 같아." 올리브가 애덤 쪽을 보지 않으려고 애쓰며 나직이 웅얼거렸다.

안이 올리브를 나무라듯 바라봤다. "왜? 가뜩이나 좁은데 공간을 차지하고 있으니 칼슨을 의자로 사용하면 다 같이 좋잖아. 나라도 앉겠지만, 칼슨은 네 남자친구니까."

잠시 올리브는 안이 애덤의 무릎에 앉으면 그가 어떤 반응을 보일까 상상해봤다. 살인자와 사망자가 나오면서 끝날 것 같았다. 누가 어느 쪽이 될지는 알 수 없지만. 상상 속 장면이 너무 우스워서 낄낄 웃음이 터질 뻔했다. 하지만 다음 순간 안이 기대에 찬 얼굴로 자신을 보고 있는 것을 발견했다. "안, 난 못 해."

"왜?"

"그냥. 이건 과학 특강이잖아."

"하. 작년 기억나? 제스랑 알렉스가 크리스퍼(유전자를 편집해 유전체 교정을 가능하게 하는 인공 제한효소—옮긴이) 강연 내내 둘이 구석에서 키스했던 것?"

"기억 나. 그때 보고 있기 엄청 민망했어."

"에, 별로 안 그랬어. 그리고 맬컴이 봤다는데, 면역학과의 그 키 큰 남자가 세미나 시간에 테이블 아래로…."

"안."

"내 말은, 아무도 신경 안 쓴다고." 안이 이제는 사정하는 표정으로 말을 이었다. "그리고 내 옆의 여자애가 자꾸 팔꿈치로 내 오른쪽 폐를 찔러서, 공기가 앞으로 한 30초 숨 쉴 분량밖에 안 남았단 말이야. 제발, 올리브."

문득 고개를 돌려 애덤을 보았다. 그는, 놀랍지도 않게, 예의 그 무표정한 얼굴로 올리브를 올려다보고 있었다. 유독 해독하기 어려운 표정이었다. 대신 그의 턱이 움찔거렸는데, 그걸 보고 어쩌면 이걸로 우리 관계는 끝이겠구나 싶었다. 애덤을 한계로 몰아가는 마지막 한 방이 되겠구나. 이제 언제라도 애덤이 가짜 연애에서 발을 빼겠다고 선언하겠지. 왜냐하면 아무리 연구 기금이 수백만 달러에 이르러도 역사상 가장 많은 인파가 몰린 강연장에서 별 볼 일 없는 여자애가 자기 무릎에 앉는 수모를 참아가며 지킬 가치는 없을 테니까.

'괜찮겠어요?' 올리브는 눈으로 이렇게 물으려고 했다. '이렇게까진 하기 싫을 수도 있잖아요. 마주치면 인사하고 같이 커피 한잔하는 정도를 훌쩍 뛰어넘은 일이니까.'

애덤이 올리브에게 짧게 고개를 끄덕여 보였고, 다음 순간 올리브는, 아니 적어도 올리브의 몸뚱이는 애덤에게 다가가 그의 넓게 벌린 허벅지 안에 무릎을 다소곳이 넣고 조심조심 그의 허벅지에 걸터앉았다. 실제 상황이었다. 아니, 이미 벌어진 일이었다. 올리브는 이미 거기에 앉아 있었다.

애덤의.

무릎.

위에.

그래. 받아들여, 이렇다는 걸.

지금 내 인생이 이 꼬라지라는 걸.

안을 죽여버리겠어. 아주 천천히. 가능하면 고통스럽게. 절친 살해로 감옥에 갈 테지만, 그 정도는 감수하겠어.

"미안해요." 올리브가 애덤에게 속삭였다. 애덤이 키가 너무 커서 올리브의 입이 그의 귀 높이에도 못 미쳤다. 그래도 체취는 맡을 수 있었다. 애덤이 쓴 샴푸의 상큼한 풀 냄새, 그가 사용한 보디워시, 그리고 베이스 노트로 깔린 뭔지 모를 진하고 기분 좋고 깨끗한 냄새. 전부 친숙하게 느껴졌다. 몇 초 후 올리브는 그게 지난번 두 사람이 이렇게 붙어 있었을 때 맡은 냄새라서 그렇다는 걸 깨달았다. '그날 밤'에 맡은 냄새라서. 키스하면서. "진짜, 진짜 미안해요."

애덤은 바로 대꾸하지 않았다. 긴장한 턱이 꿈틀거렸고, 시선은 전방의 파워포인트에 고정되어 있었다. 모스 박사는 어느새 물러났고 톰이 암 진단에 대해 이야기하고 있었다. 평소 같으면 올리브는 한 마디 놓칠세라 극도로 집중했겠지만, 지금 당장은 그저 퇴장하고 싶었다. 이 특강에서. 이 강당에서. 아예 자신의 인생에서도.

그런데 애덤이 고개를 조금 돌리더니 말했다. "괜찮아." 약간 긴장된 목소리였다. 이 상황이 사실은 전혀 괜찮지 않은 듯.

"미안해요. 안이 이런 짓을 시킬 줄은 몰랐어요. 근데 둘러댈 말이 생각 안 나서…."

"쉿." 애덤의 팔이 올리브의 허리를 휘감더니 그의 손이 올리브의 골반에 얹혔다. 불쾌할 수도 있었지만 오히려 안심이 되었다. 애덤이 낮은 음성으로 덧붙였다. "난 괜찮아." 그 한마디가 풍성하고 따스한 진동으로 귀에 파고들었다. "타이틀나인 서류에 추가할 사항 생겼군."

젠장할. "아, 진짜 미안해요."

"올리브."

고개를 들어 그와 시선을 마주친 올리브는 흠칫 놀랐다. 애덤이… 정확히 미소는 아닌데 그 비슷한 표정을 짓고 있었다.

"장난이야. 하나도 안 무거워. 아무렇지도 않아."

"그….."

"쉿. 강연에 집중해. 톰이 나중에 질문할지도 몰라."

이건 정말이지… 아니 진심으로, 이 모든 게, 완전히, 너무….

편안했다. 앉아 보니 애덤 칼슨의 무릎은 지구상에서 가장 편안한 곳 중 하나였다. 따스하고 든든해서 기분 좋고 마음이 편안했고, 애덤도 올리브가 자기 위에 늘어져 있는 걸 별로 개의치 않는 듯했다. 얼마 후 올리브는 정말로 두 사람에게 이목이 쏠리기에는 강당이 너무 꽉 차 있음을 깨달았다. 홀든 로드리게스만 이쪽을 흘끔 보더니 애덤을 한참 쳐다봤고, 그러다 올리브에게 따스한 미소를 지어 보이고는 다시 강연으로 주의를 돌렸다. 올리브는 척추를 5분 이상 똑바로 세우고 있기를 포기하고 아예 애덤의 상체에 몸을 완전히 기댔다. 애덤은 아무 말 없이 자기 몸을 약간 틀어 올리브가 더 편히 기댈 수 있게 해주었다.

강연 중반쯤 가서 올리브는 자신이 그의 허벅지에서 조금씩 미끄러지고 있는 걸 깨달았다. 아니, 정확히 말하면 그걸 알아챈 건 애덤이었다. 그가 올리브를 추어올려 정말로 하나도 안 무겁나보다 싶을 정도로 재빠르게, 단단히 고쳐 안았다. 올리브가 다시 편안히 자리 잡은 후에도 그는 올리브의 허리에 두른 팔을 치우지 않았다. 강연은 이제 겨우 35분째인데 한 세기는 흐른 양 느껴졌고, 그래서 애덤의 몸 위에 조금 더 축 늘어진들 다 이해해줄 것 같았다.

이 정도면 괜찮았다. 아니, 괜찮은 것 이상이었다. 꽤 좋았다.

"잠들지 마." 애덤이 중얼거렸다. 이마 위 머리카락에 닿은 그의 입술이 움직이는 게 느껴졌다. 그 말에 몸을 일으켰어야 했지만, 도무지 그럴 수가 없었다.

"잠 안 들어요. 근데 너무 편안해요."

그러자 올리브를 깨우려는 건지 아니면 더 꽉 안으려는 건지, 애덤의 손가락에 힘이 들어갔다. 올리브는 당장이라도 흐물흐물 흘러내려 코를 골 것 같았다. "한숨 잘 기세인데."

"톰의 논문은 다 읽어서 그래요. 무슨 내용인지 다 안다고요."

"음, 나도. 우리가 제출한 연구비 지원서에 쓴 얘기야." 애덤이 한숨을 내쉬었고, 올리브는 자기 몸 밑에서 그의 몸이 꿈지럭대는 걸 느꼈다. "지루하네."

"질문 좀 해보지 그래요. 양념 치는 셈으로."

애덤이 올리브를 향해 고개를 살짝 돌렸다. "내가?"

올리브도 고개를 돌리고 그의 귀에다 대고 말했다. "머리 좀 굴려서 재미난 질문 떠올려 봐요. 손 번쩍 들고, 그 못된 말투로 날카로운 지적 해봐요. 째려보면서. 운 좋으면 주먹다짐으로 발전해서 우리한테 오락거리 안겨주겠죠."

애덤의 광대뼈가 올라갔다. "역시 입만 살아 있군."

올리브가 비죽 웃으며 슬라이드로 눈을 돌렸다. "기분 이상하진 않았어요? 톰한테 우리 사이 거짓말하는 거요."

애덤은 잠시 생각해보더니 대답했다. "아니." 그러더니 조금 망설이다가 말을 이었다. "올리브의 친구들은 우리가 사귄다고 믿는 것 같은데."

"그런 것 같아요. 내가 거짓말에 소질 없어서, 안이 의심할까 봐 가끔 걱정돼요. 그래도 며칠 전 대학원 휴게실에서 안이랑 제러미가 키스하는 것 봤으니까 됐죠, 뭐."

두 사람은 입을 다물고 강연의 마지막 몇 분을 경청했다. 앞줄에서 적어도 교수 두 명이 낮잠을 즐기는 모습이 포착됐고, 심지어 몇몇은 몰래 노트북 컴퓨터로 작업을 하고 있었다. 애덤 옆자리의 로드리게스 박사는 한 시간째 휴대전화로 〈캔디 크러시〉 게임을 하고 있었다. 나간 사람들도 있어서, 안도 십 분쯤 전에 빈자리를 찾아 앉았다. 아까 올리브 옆에 서 있던 학생들 몇몇도 자리에 앉았는데, 그 말은 곧 올리브가 이제 일어나 애덤을 편히 해줘도 된다는 얘기였다. 엄밀히 따지면. 뒤에서 셋째 줄에는 빈자리도 하나 있었다. 아무튼, 따지자면 그랬다.

대신 올리브는 한 번 더 애덤의 귀에 입술을 바짝 대고 속삭였다. "이쪽에서는 잘 먹히고 있다고 봐요. 가짜 데이트 말이에요." 잘 먹히는 정도가 아니었다. 이 정도로 효과가 있을 줄은 꿈에도 기대하지 않았다.

애덤은 눈을 깜빡이더니 고개를 끄덕였다. 올리브를 감싼 팔에 힘이 들어간 것도 같았다. 아닐지도 모르고. 착각일 수도 있었다. 강연 시작하고 시간도 꽤 흘렀으니까. 마지막으로 커피를 마신 게 몇 시간은 됐고, 그래서 올리브는 완전히 깨어 있다고 할 수 없었다. 머릿속이 멍한 게, 나사가 풀어진 것 같았다.

"애덤은요?"

"으음?" 애덤이 눈을 피하며 대꾸했다.

"그쪽도 먹히고 있어요?" 왠지 조르는 투로 말이 나왔다. 올리브는 목소리를 낮게 깔아야 해서 그런 거라고 속으로 우겼다. "아니면 좀 이르지만 가짜 이별 하고 싶어요?"

애덤은 곧바로 대꾸하지 않았다. 모스 박사가 다시 마이크를 넘겨받고 톰에게 감사 인사를 한 후 청중에게 질문 있느냐고 물을 때쯤, 이렇게 말하는 게 들렸다. "아니, 가짜 이별 하고 싶지 않아."

애덤에게서 정말 좋은 체취가 난다고, 새삼 느꼈다. 무심하고 별난 쪽으로 웃기기도 하고, 아 물론 유명한 재수탱이이긴 하지만 그런 것쯤 무시해도 될 만큼 올리브에게 잘해주고 있었다. 게다가 전 재산의 반쯤 탕진해 올리브에게 달달한 음식을 대주고 있지 않나. 그러니 불평할 게 없었다.

올리브는 더 편안히 자리를 잡고 다시 강단 위로 눈과 귀를 집중했다.

* * *

강연이 끝난 후 강단으로 가서 톰에게 잘 들었다고 말하고 이미 답을 아는 질문 몇 개를 던져보려고 했다. 하지만 아쉽게 도 이미 수십 명이 그와 얘기 나누려고 대기 중이었고, 올리브 는 아부 한마디 하려고 몇십 분을 줄 설 가치는 없다고 판단했 다. 그래서 일단 애덤에게 인사하고, 안이 잠에서 깰 때까지 기 다리면서 복수로 애 얼굴에 페니스를 그릴까 고민하다가, 드디 어 잠이 깬 안과 생물학과 건물로 돌아가려고 나란히 캠퍼스를 어슬렁어슬렁 가로질렀다.

"벤턴이 보내라는 보고서, 시간 많이 걸려?"

"꽤 걸리게 생겼어. 대조군 실험 몇 건 더 해서 결과를 보강 해야 해. 병행하는 다른 일도 있고. 조교 업무랑 보스턴에서 열 리는 SBD 학회 포스터 발표(연구 내용을 한눈에 들어오게 포스터 로 만들어 전시하고 간단히 설명하는 발표—옮긴이) 준비도 있고." 고개를 뒤로 한껏 젖힌 올리브는 살갗을 따스하게 데워주는 햇 살에 미소 지었다. "이번 주랑 다음 주 내내 랩실에서 밤새우면

시간 맞춰 끝낼 수 있을 거야."

"적어도 SBD 학회는 기대된다."

올리브는 고개를 끄덕였다. 보통은 참가비와 이동경비, 숙박비가 엄두도 안 날 만큼 비싸서 학술회 참석이 그리 달갑지만은 않았다. 하지만 맬컴과 안도 SBD에 참석한다고 했고, 두 친구와 보스턴을 누비며 놀 생각에 벌써 신이 났다. 게다가 공짜 술이 제공되는 뒤풀이에서 같은 과 사람들 간에 벌어지는 드라마는 놓칠 수 없는 별미였다.

"내가 지금 학회에서 전국 스템 계열 유색인종 여학생 원조 행사를 열려고 준비 중이거든. 나 같은 유색인 여자 박사과정생을 대학원 진학하려는 학부생에게 일대일로 붙여줘서 너희는 결코 혼자가 아니라고 안심시켜주려고."

"안, 대단하다. 아니다, 너란 사람이 대단한 거지."

"나도 알아." 안이 눈을 찡긋하며 올리브에게 팔짱을 꼈다. "우리 셋이 한 방에 묵으면 되겠다. 가서 전시 부스에서 무료 배포하는 실험 도구 챙기고, 다 같이 진탕 마시고 취하고. 기억나? 전에 맬컴이 인류유전학과 뒤풀이 가서 완전 취해가지고 자기 포스터 담은 지관통으로 지나가는 학생 아무한테나 작업 걸었⋯. 저건 또 뭔 일이래?"

올리브는 햇빛 때문에 눈을 가늘게 떴다. 생물학과 건물 주차장 입구가 평소와 다르게 차량으로 꽉 막혀 있었다. 사람들은 클랙슨을 눌러댔고, 길이 막힌 원인을 알아내려고 하나둘 차에서 내리고 있었다. 올리브와 안은 주차장에 갇힌 차량 줄을 빙 돌아가다가 한 무리의 박사과정생과 마주쳤다.

"누구 차 배터리가 방전돼서, 출차를 막고 있어." 올리브네 랩 동료 중 한 명인 그렉이 조급해서 발을 동동거리면서 눈알을 굴렸다. 그가 하필 제일 난감한 길목에 가로로 서 있는 빨간색 트럭을 가리켰다.

자세히 보니 생물학부 행정실 총무 셰리의 차였다.

"나 내일 논문 프로포절 발표하고 피드백 받는데, 집에 가서 그거 준비해야 한단 말이야. 황당하네. 셰리는 왜 한가하게 서서 칼슨하고 수다나 떨고 있지? 누가 홍차하고 오이 샌드위치라도 대령하길 기다리나?"

그 말에 올리브는 애덤의 훤칠한 형체를 찾아 두리번거렸다.

"아, 그래. 저기 칼슨 있네." 안이 말했다. 안이 가리키는 쪽을 보니 마침 셰리가 다시 운전석에 올라타고 애덤은 트럭 후면으로 뛰어가고 있었다.

"어쩌려고…." 올리브가 말을 끝내기도 전에 애덤이 멈춰 서더니 중립 기어로 둔 트럭의 후면에 두 손을 얹고…

밀기 시작했다.

어깨 근육과 이두박근이 불끈거려 헨리 셔츠가 터질 것 같았다. 그가 상체를 숙이고 몇 톤은 나갈 법한 트럭을… 적어도 몇 미터는 밀어 가장 가까운 빈자리로 이동시키는 내내 등 상부의 단단한 근육이 검은색 셔츠 안에서 눈에 띄게 꿈틀거렸다.

아.

출구를 막고 있던 트럭이 치워지자 여기저기서 박수가 터지고 휘파람도 나왔다. 정체됐던 차량이 주차장을 빠져나가는 동안 신경과학과 교수 두어 명이 와서 애덤의 어깨를 두드렸다.

"아, 드디어." 뒤에서 그렉이 험악하게 내뱉었지만 올리브는 넋이 나간 채 멍하니 서서 눈만 깜빡거렸다. 헛것을 봤나? 방금 애덤이 혼자 엄청나게 큰 트럭을 민 것 맞아? 알고 보니 크립톤 행성에서 온 슈퍼맨이고 가끔만 본모습 드러내는 거 아냐?

"올리브, 가서 키스해줘."

안이 옆에 있다는 걸 퍼뜩 깨달은 올리브가 획 돌아섰다. "뭐?" 안 돼. 안 돼. "괜찮아. 좀 전에 작별인사 했잖아…."

"올리브, 남자친구한테 키스하라는데 왜 그렇게 싫어해?"

제길. "그… 싫은 게 아니라. 그냥…."

"야, 애덤이 방금 트럭 밀었잖아. 혼자서. 그것도 오르막길에서. 이럴 때 키스 안 해주면 언제 해주냐." 그러더니 안은 올리브의 등을 떠밀었고 휘이휘이 손짓까지 했다.

올리브는 어금니를 꽉 깨물고 그를 향해 걸음을 뗐다. 아까 잠든 안의 얼굴에 페니스 스무 개 그려놓을 걸, 심히 후회됐다. 어쩌면 애덤과 가짜로 사귀는 걸 눈치챘는지도 몰라. 아니면 친구에게 공공장소에서 애정 표현을 강요하면서 희열을 느끼는지도 모르고, 배은망덕한 녀석. 어느 쪽이든, 친구의 애정전선에 도움을 주고자 복잡한 가짜 연애극을 벌이는 대가가 이런 거라면, 어쩌면….

올리브는 갑자기 걸음을 멈췄다.

고개를 숙여서 이마에 검은 머리칼이 드리운 채로 애덤이 셔츠 단을 올려 눈가의 땀을 훔쳤다. 그러느라 상반신의 맨살이 훤히 드러났는데, 부적절한 정도의 노출은 아니고 평소에도 흔히 보이는 그냥 몸 탄탄한 남자의 몸통일 뿐인데, 무슨 이유에선지 올리브는 애덤 칼슨의 드러난 맨살을 마치 이탈리아산 대리석 보듯 뚫어져라 쳐다보지 않을 수가 없었고….

"올리브?" 애덤의 목소리에 정신이 번쩍 든 올리브가 즉시 시선을 돌렸다. 망할, 쳐다보는 것 들켰네. 지난번엔 강제로 키스하더니 이제는 생물학부 주차장 한복판에서 변태처럼 음흉한 눈길로 몸을 훑고 있으니….

"뭐 필요한 거 있어?"

"아뇨, 나는…." 두 뺨이 고구마 색으로 불타오르는 게 느껴졌다.

애덤도 트럭을 미느라 힘을 써서 피부가 달아올라 있었고, 눈빛은 맑고 또렷한데다 표정은… 다행히 올리브와 마주쳐서 기분 상한 것 같지는 않았다.

"안이 가서 키스하래요."

애덤이 셔츠에 손을 닦다 말고 얼어붙었다. 그러더니 특유의 무감정하고 속을 알 수 없는 투로 한마디 했다. "아."

"애덤이 트럭 밀어줬다고요. 그… 이게 얼마나 황당한 소리로 들리는지 알아요. 아는데. 안이 의심하면 안 되고, 저쪽에 교수님 몇 분도 계시는데 어쩌면 학과장님한테 얘기할지도 모르고, 잘되면 일석이조잖아요. 하지만 애덤이 싫다면 그냥 가도….”

"괜찮아, 올리브. 숨 쉬면서 얘기해.”

맞다. 숨쉬기. 좋은 제안이야. 숨을 들이마시자 그제야 몇 분간 숨을 안 쉬고 있었던 걸 깨달았다. 올리브는 애덤을 올려다보며 배시시 웃었다. 애덤도 마주 보며 입꼬리 삐죽 올리기를 선보였다. 이런 애덤에게 어느새 익숙해져 가고 있었다. 그가 보여주는 다양한 표정에, 그의 덩치에, 올리브와 같은 공간에 거할 때 그가 풍기는 독특한 분위기에.

"안이 계속 쳐다보는데.” 애덤이 올리브 머리 너머를 보며 말했다.

올리브는 한숨을 푹 쉬며 콧잔등을 문질렀다. “그러겠죠.”

애덤은 손등으로 이마에 맺힌 땀을 훔쳤다.

올리브가 쭈뼛대다가 말했다. “그럼… 포옹이라도 할까요?”

"아.” 애덤이 자기 손과 몸을 내려다봤다. “별로 그러고 싶지 않을걸. 땀투성이라 역해.”

올리브는 자제력이 발동되기 전에 자기도 모르게 애덤을 머리부터 발끝까지, 그 커다란 몸을, 떡 벌어진 어깨를, 귓가에 곱슬곱슬 말린 머리칼을 눈으로 훑었다. 전혀 역해 보이지 않았다. 하루의 반 이상을 체육관에서 보내는 놈들을 진저리나게 싫어하는 올리브의 눈에도. 오히려….

아무튼 안 역했다.

그래도, 포옹은 안 하는 게 나을 듯했다. 그랬다간 말도 안 되게 멍청한 짓을 저지를 것 같으니까. 그냥 이쯤에서 인사하고 가는 게… 그래, 그래야겠어.

그런데 머리와 따로 노는 입에서 미친 소리가 튀어나왔다.

"그럼, 키스할까요?" 본인의 입에서 이런 말이 나오는 것이 들렸다. 그 순간 올리브는 지나가던 운석이 자신이 서 있는 바로 이 지점에 떨어져줬으면 했다. 방금 내가 애덤 칼슨한테 키스하자고 한 것 맞아? 그런 거야? 갑자기 돌았니?

"그러니까, 진짜 키스 같은 키스 말고요," 올리브가 황급히 덧붙였다. "지난번에 한 것 같은? 뭔지 알죠."

뭔지 모르는 것 같았다. 그럴 만도 했다. 지난번에 한 것도 진짜 키스였으니까. 그 키스를 너무 자주 떠올리지 않으려고 애썼지만, 마음과 달리 때때로 불쑥 떠오르곤 했다. 주로 백 퍼센트 집중을 요하는 중요한 일을 하고 있을 때, 이를테면 실험 쥐 췌장에 전극 장치를 삽입할 때라든가 서브웨이에서 샌드위치 고를 때, 아니면 누워서 잠들기 직전 같은 아주 고요한 순간에도 가끔 떠올랐는데, 그러면 수치심과 황당함 그리고 형용 못할 어떤 감정이 한꺼번에 덮쳐왔다. 그 정체 모를 감정은 당장이든 나중에든 자세히 분석해볼 생각이 전혀 없었다.

"진심이야?"

올리브는 진심으로 그러고 싶은지 확신할 수 없지만 어쨌든 고개를 끄덕였다. "안이 아직도 우리 쳐다보고 있어요?"

애덤의 시선이 흘끔 위를 향했다. "응. 이제는 대놓고 보는데. 어… 근데 안은 왜 이렇게 관심이 많아? 올리브가 교내 유명인사라도 돼?"

"아뇨, 애덤." 올리브가 애덤을 가리키며 말했다. "그건 애덤이잖아요."

"나?" 그가 어리둥절한 표정으로 대꾸했다.

"아무튼 키스할 필요는 없어요. 아무래도 기분 이상해질 테니."

"아니. 그게 아니라, 내 말은…." 애덤의 이마를 타고 땀 한 방울이 또르르 흘러내렸고, 이번에 그는 셔츠 소매로 얼굴을 닦았다. "키스해도 돼."

"아."

"만약 그러는 게…. 혹시 친구가 지켜보고 있다면."

"그래요." 올리브는 침을 삼켰다. "근데 굳이 안 해도 돼요."

"알아."

"애덤이 하고 싶다면 하는 거고." 갑자기 손바닥이 축축하고 끈적거려서 청바지에 은밀히 문질렀다. "'하고 싶다면'이란, 그러니까, 애덤이 그게 좋은 생각이라고 생각한다면요." 좋은 생각이 결코 아니었다. 멍청한 생각이었다. 올리브의 머리에서 나온 생각이 다 그렇듯.

"그렇군." 애덤은 올리브 뒤에서 아마 두 사람을 인스타그램 스토리로 중계하고 있을 안을 흘끔 쳐다봤다. "좋아, 그럼."

"좋아요."

애덤이 한 발 다가왔다. 가까이 와도 역시 역하지 않았다. 이렇게 땀에 전 사람이, 방금 트럭을 민 사람이 어떻게 체취가 좋을 수 있는지, 이 정도면 박사학위 논문감이었다. 지구에서 최고로 똑똑한 과학자들이 당장 이 불가사의를 파헤치지 않고 뭐 하나 싶었다.

"그럼 내가⋯." 올리브가 그에게 조금 더 다가섰고, 손을 어떻게 할까 허둥대다가 그의 어깨에 얹었다. 그러고는 까치발로 서서 고개를 젖혔다. 별 도움은 안 됐다. 그래봤자 키 차이가 너무 나서 여전히 그의 입에 안 닿고, 그래서 그의 다른 쪽 팔을 손으로 짚고 발돋움하려고 했다가 곧 자신이 애덤을 끌어안다시피 하고 있는 걸 깨달았다. 방금 애덤이 이건 하지 말자고 했는데. 망할.

"미안해요, 너무 가까워요? 이러려던 게⋯."

문장을 끝맺으려던 순간 애덤이 두 사람 사이의 간격을 좁히더니 냅다 키스했다. 그냥 그렇게.

그냥 입을 맞춘 것에 가까웠다. 올리브의 입술에 애덤의 입술이 포개진 정도였고, 그의 한 손이 올리브의 허리를 감싸 몸을 조금 지탱해주었다. 간신히 키스로 봐줄 만한 수준이었고, 하여간 심장이 이렇게 빨리 뛸 일은 아니었다. 아랫배에 뭔지 모를 뜨거운 기운이 고이는 느낌이 들 만한 일도 아니고. 불쾌하지 않지만 어쨌든 혼란스럽고 조금 겁도 났고, 그래서 올리브는 몇 초 만에 뒤로 물러났다. 다시 뒤꿈치로 체중을 싣는데 잠깐이나마 애덤이 둘의 입술을 다시 포개려는 듯 따라오는 것 같았다. 하지만 올리브가 눈을 깜빡여 다시 정신을 차렸을 때 애덤은 뺨이 약간 상기되고 가슴팍이 밭은 숨으로 오르내리는 채 아까처럼 꼿꼿이 서 있었다. 찰나의 꿈을 꾼 모양이었다.

애덤에게서 눈을 떼야 해, 지금 당장. 애덤도 다른 데로 눈을 돌려야 하고. 왜 서로를 빤히 쳐다보고 있지?

"좋아요." 올리브가 말했다. "이 정도면, 어… 됐어요."

애덤의 턱이 움찔거렸지만, 반응은 없었다.

"그럼, 난 이만… 어…." 올리브가 엄지로 등 뒤를 가리켰다.

"안한테?"

"네. 맞아요, 안한테."

애덤이 힘겹게 침을 삼키고 대꾸했다. "알았어. 그래."

키스를 해버렸다. 키스를 했다. 그것도 두 번이나. 두 번이나. 그게 중요한 건 아니지만. 그리고 아무도 신경 안 쓰지만. 하지만. 두 번이라니. 게다가 무릎에 앉은 것도 있고, 아까. 역시 중요한 건 아니지만.

"그럼 다음에 봐요. 다음 주?"

애덤이 손가락으로 자기 입술을 만졌다가 이내 팔을 툭 떨어뜨렸다. "응. 수요일에."

오늘은 목요일이었다. 그러니까 엿새 후 다시 만난다는 뜻이었다. 그 정도면 뭐. 문제없었다, 둘이 언제 그리고 얼마나 자주 만나든. "넵. 그럼 수요일에… 잠깐, 야유회 참석할 거예요?"

"뭐… 아, 그거." 그가 눈알을 굴렸고, 그러자 평소의 애덤으로 보였다. "그랬지. 그 망할…." 그는 말을 하다가 뚝 멈췄다. "그 야유회."

올리브가 장난스레 씩 웃었다. "월요일이에요."

애덤이 한숨을 푹 쉬었다. "알아."

"갈 거예요?"

애덤의 표정은 이렇게 분명히 말하고 있었다. '나한테 선택권이 있는 것도 아니잖아, 안 갈 수만 있다면 차라리 손톱을 하나씩 뽑히는 쪽을 택하겠어. 그것도 펜치로.'

올리브가 웃음을 터뜨렸다. "뭐. 나도 가요."

"최소한 그런 위안은 있네."

"톰도 데려올 거예요?"

"아마도. 톰은 진짜로 사람을 좋아하니까."

"알았어요. 거기서 톰하고 친분을 다지면 되겠고, 애덤하고는 학장님 보란 듯이 진지하고 불꽃 튀는 사이인 척하면 되겠네요. 애덤은 날개 잘린 새처럼 보일 테니 걱정 마요. 훨훨 날아갈 걱정 붙들어 매라고 해요."

"잘됐군. 그럼 나는 위조 결혼증명서 가져와서 모르는 척 학장님 발치에 떨어뜨릴게."

올리브는 시원하게 웃어젖히고는 손 흔들어 인사한 후 안에게 총총 달려갔다. 가면서 손바닥의 옆면으로 입술을 훔쳤다.

방금 애덤과, 애덤 칼슨 박사와 생애 두 번째로 키스한 사실을 깨끗이 지우려는 듯. 뭐, 아까도 말했지만 상관없었다. 키스라고 할 만한 것도 아니었으니까. 중요하지 않았다.

"뭐야." 안이 주머니에 휴대전화를 찔러 넣으며 말했다. "진짜로 생물학부 건물 앞에서 애덤 맥아더 칼슨 교수하고 미성년자 관람 불가 쇼했잖아."

올리브는 눈알을 굴리고 계단을 올라가기 시작했다. "그 사람 미들네임이 맥아더 아니잖아. 그리고 우리, 안 그랬어."

"그러고 싶어 하는 건 알겠더라."

"됐거든. 근데 우리를 왜 그렇게 쳐다본 거야?"

"안 쳐다봤어. 칼슨이 너 덮치기 직전에 딱 한 번 봤을 뿐이지. 근데 눈을 못 돌리겠더라." 올리브는 콧방귀를 뀌며 이어폰을 휴대전화에 꽂았다. "그러셔. 어련했겠어."

"너한테 완전 빠졌던데. 너를 보는 눈길에서 딱⋯."

"나 음악 엄청 크게 튼다. 네 말 안 들으려고."

"⋯티가 나던데."

그리고 한참 후, 톰에게 보낼 보고서를 붙들고 몇 시간째 씨름하다가 문득 야유회에 갈 거라는 말에 애덤이 대꾸한 말이 떠올랐다.

최소한 그런 위안은 있네.

올리브는 고개를 숙이고 자기 발가락을 내려다보며 미소 지었다.

가설: 내 손바닥에 짜내진 선크림의 분량과 얀을 살해하고픈 내 욕망의 강도 사이에는 상당한 양(陽)의 상관관계가 있을 것이다.

3분의 1쯤 작성된 톰에게 보낼 보고서는 행간과 좌우정렬 없이 에어리얼체(11포인트) 34쪽 분량으로 컴퓨터에 얌전히 저장되어 있었다. 오전 11시, 올리브는 새벽 5시쯤 랩에 출근해 그때부터 줄곧 펩타이드 샘플 분석하고, 실험 프로토콜 기록하고, PCR기 돌아가는 동안 쪽잠을 자면서 작업 중이었는데, 갑자기 그렉이 화가 머리끝까지 나서는 문을 박차고 들어왔다.

흔치 않은 일이었지만, 또 그렇게 드문 일도 아니었다. 그렉은 원래도 조금 다혈질인데, 대학원 생활이라는 게 올리브도 충분히 인지하고 있는 것처럼, 대학원에 발을 들인 적 없는 사람에게는 황당하게 느껴질 만한 이유를 가지고 반쯤 공적인 장소에서 울분을 터뜨리는 일로 점철되곤 하니까. *4년 연속 생물학 입문 조교를 떠맡았어. 읽어야 하는 논문이 유료야. 지도교수랑 면담하는데 실수로 "엄마"라고 불렀어.*

그렉과 올리브는 둘 다 아슬란 박사에게서 지도를 받고 있었는데, 평소에 잘 지냈지만 그렇다고 가까운 사이는 아니었다. 올리브가 여성 지도교수를 택한 건 스템 계열 여자들이 종종 당하는 더러운 일을 피하는 데 도움받기를 바라서였다. 하지만 불행하게도 자신만 빼고 다 남자인 랩에 배정됐고, 그건… 이상적인 연구 환경과 거리가 멀었다. 그래서 그렉이 랩실에 들어와 문을 꽝 닫고 자기 작업대에 폴더를 탁 던졌을 때 올리브는 어쩔 줄 모르고 우물쭈물했다. 그렉이 자리에 앉아 씩씩대는 걸 그냥 지켜보기만 했다. 다른 랩 동료인 체이스가 잠시 후 심기 불편한 표정으로 따라 들어오더니 그렉의 등을 조심조심 토닥이기 시작했다.

올리브는 처리해야 할 RNA 표본을 안타까운 눈길로 물끄러미 보았다. 그러다가 그렉의 작업대로 다가가 물었다. "무슨 일인데 그래?"

이런 대답이 돌아올 줄 알았다. "내가 쓰던 시약이 제조가 중단됐대." 아니면 "p값(관찰된 데이터의 검정통계량이 귀무가설을 지지하는 정도를 확률로 표현한 것—옮긴이)이 0.06으로 나왔어." 아니면 "박사과정을 시작한 건 실수였어, 근데 이젠 내 자존감이 학업 결과와 불가분 엮여버려서 그만두기엔 너무 늦어버렸잖아. 여기서 포기하면 나한테 남는 게 뭐야?"

대신 돌아온 대답은 이것이었다. "이게 다 네 멍청한 남자친구 때문이야."

가짜 데이트도 어언 2주째에 접어든 터라 이제 누가 애덤을 '네 남자친구'라고 칭해도 올리브는 더 이상 화들짝 놀라지 않았다. 그런데도 그렉의 말은 너무 뜬금없고 적개심으로 가득 차 있어서, 자기도 모르게 이렇게 되물었다. "누구?"

"칼슨." 그렉이 저주처럼 이름을 내뱉었다. "아."

"칼슨이 그렉의 논문 심사위원 중 한 명이거든." 체이스가 훨씬 온화한 어조로, 올리브와 눈도 못 맞춘 채 말했다.

"아. 그렇구나." 조짐이 안 좋았다. 그것도 매우. "무슨 일이 있었는데?"

"내 프로포절을 심사에서 떨어뜨렸어."

"저런." 올리브는 아랫입술을 깨물었다. "어떡해, 그렉."

"이러면 한참 앞으로 돌아가서 전부 다시 해야 한다고. 프로포절 수정하는 데만 몇 달이 걸릴 텐데, 이게 다 칼슨이 별 것 아닌 걸로 트집 잡아서 그렇잖아. 애초에 내 논문 심사자로 원하지도 않았는데. 아슬란 박사님이 칼슨의 망할 컴퓨터 모델링에 집착해서, 심사위원단에 넣으라고 박박 우겨서 넣은 거지."

올리브는 볼 안쪽을 잘근잘근 씹으며 위로가 될 말을 찾았지만 아무 말도 떠오르지 않았다. "정말 어떡해."

"올리브, 혹시 칼슨이랑 이런 얘기도 해?" 체이스가 갑자기, 의심이 담긴 눈초리로 올리브를 보며 불쑥 물었다. "그렉의 프로포절을 탈락시킬 거라고 너한테 얘기했어?"

"뭐? 아니. 안 했어, 난…." *나는 애덤하고 일주일에 딱 15분 대화해. 그리고, 좋아, 키스는 했지. 두 번. 그리고 애덤의 무릎에도 앉았고. 근데 그게 다고. 애덤은 아예 말이 별로 없다고. 말 좀*

많이 했으면 하고 바랄 정도로. 왜냐하면 그 사람에 대해 내가 아는 게 거의 없고, 적어도 조금은 알고 싶으니까. "아니, 그런 얘기 안 해. 하면 규정에 어긋날걸."

"젠장." 그렉이 작업대 가장자리를 손바닥으로 탕 내리쳤고, 올리브는 움찔했다. "재수 없는 새끼. 그런 가학적인 새끼한테 걸리다니."

올리브는 무슨 말이든 하려고 입을 열었지만… 뭐라고 말하게? 애덤을 변호하게? 재수 없는 인간인 건 사실이지 않나. 직접 본 적도 있는데. 순도 백 퍼센트로 재수 없음을 발휘하는 현장을. 최근에는 못 봤고 올리브에게는 그렇게 굴지 않았지만, 애덤 때문에 연구실에서 울면서 뛰쳐나간 적 있는 지인을 손에 꼽으라면… 두 손과 두 발 다 필요할 지경이었다. 어쩌면 체이스의 손발까지 빌려야 할지도 몰랐다.

"최소한 왜 떨어뜨렸는지 말해줬어? 어디를 고쳐야 하는지?"

"다 고치래. 통제조건 완전히 갈아엎고 하나를 더 추가하래. 그러려면 프로젝트 진행 기간이 열 배로 늘어날 텐데. 말투는 또 왜 그렇게 재수 없어. 어쩌나 사람을 무시하는지. 지가 제일 잘났지."

뭐, 새로운 얘기는 아니었다. 올리브는 한숨을 삼키며 이마를 긁적거렸다. "속상하겠네. 내가 다 미안하다." 달리 할 말도 없고 진심으로 안됐다 싶어서 이렇게 말했다.

"그래, 뭐." 그렉이 일어서더니 자기 작업대를 빙 돌아 올리브 앞에 섰다. "당연히 미안해야지."

올리브는 얼어붙었다. 설마 잘못 들었겠지. "뭐라고?"

"넌 칼슨 여자친구잖아."

"그건⋯." 정말 아닌데. 그렇지만. 여자친구가 맞다 해도 말이 안 되는 소리였다. "그렉, 나는 그 사람이랑 그냥 만나는 사이일 뿐이야. 나는 그 사람이 아니라고. 이렇게 된 게 나랑 무슨 상관⋯."

"너는 아무렇지 않잖아. 그 인간이 아무리 자기 권력 과시하면서 재수 없게 굴어도. 너는 그 새끼가 동기 박사과정생을 아무리 거지 같이 대해도 전혀 신경 안 쓰잖아. 신경 썼다면 그 새끼랑 만나지도 못했겠지."

그렉의 공격적 말투에 올리브는 주춤 물러섰다.

체이스가 싸움을 말리려고 양손을 쳐들고서 두 사람 사이에 끼어들었다. "야, 잠깐만. 우리 이러지 말고⋯."

"프로포절 탈락시킨 건 내가 아니야, 그렉."

"아니겠지. 근데 넌 우리 과 박사과정생 절반이 네 남자친구 때문에 벌벌 떨면서 지내는데도 눈 하나 깜짝 안 하잖아."

슬슬 분노가 끓어올랐다. "그렇지 않아. 나는 공적 관계랑 칼슨에 대한 개인적 감정을 분리할 줄 아니까⋯."

"자기 자신 말고는 관심 없으니까 그러겠지."

"말이 심한데. 그럼 어떻게 하란 말이야?"

"칼슨한테 학생들 프로포절 그만 탈락시키라고 해."

"내가 무슨 수로…." 올리브가 말을 못 잇고 더듬거렸다. "그렉, 네 프로포절을 거부한 건 애덤인데 대체 어떤 사고회로를 거쳐야 이런…."

"아, 칼슨도 아니고 애덤이라 이거지?"

올리브는 어금니를 꽉 물고 대꾸했다. "맞아. 나한테는 애덤이야. 내가 내 남자친구를 뭐라고 불러야 네 마음에 들겠니? 칼슨 교수님?"

"네가 동기들한테 조금이라도 동지 의식이 있었다면 그 재수 없는 남친 새끼는 진즉에 차버렸을 거야."

"무슨 그런…. 그게 얼마나 말이 안 되는 소린지…."

말을 끝맺을 필요도 없었다. 그렉이 올리브의 대꾸엔 관심 없다는 듯 씩씩대며 랩실을 나가 문을 꽝 닫아버렸으니까. 얼이 빠지고 심란해진 올리브는 손으로 얼굴을 쓸어내렸다.

"그렉은… 진심으로 하는 소리는 아니야. 적어도 너에 대한 말은." 체이스가 머리를 긁적이며 말했다. 그 말에, 체이스가 이 대화가 진행되는 내내 바로 옆에 있었다는 사실이 퍼뜩 떠올랐다. 그것도 1열에서 관람하고 있었다는 것이. 무슨 일이 있었는지 학부 전체에 퍼지는 데 15분이면 충분했다. "그렉은 아내랑 봄에 같이 졸업하고 싶어서 저래. 그래야 둘이 동시에 박사 후 연구원을 시작할 수 있거든. 단 몇 년도 떨어져 있기 싫대."

올리브가 고개를 끄덕였다. 처음 듣는 얘기였지만, 심정이 이해는 갔다. 분노가 약간 가셨다. "그렇구나." '나한테 화내면

서 길길이 뛰어봤자 논문이 더 빨리 마무리되는 건 아닐 텐데,'
이렇게 덧붙이고 싶은 걸 꾹 참았다.

체이스가 한숨을 내쉬었다. "개인적인 감정은 없어. 근데 너
도 우리 입장이 난처한 건 이해해줘야 해. 왜냐하면 칼슨은….
칼슨이 네 논문은 심사하지 않을지 몰라도 다른 학생들한테 어
떻게 대하는지 잘 알잖아, 맞지?"

어떤 반응을 보여야 할지, 참 난감했다.

"근데 네가 칼슨하고 만나고 있으니…." 체이스가 곤란한 미
소를 지으며 어깨를 으쓱했다. "편을 드는 문제가 돼서는 안 되
지만, 어쩔 땐 그런 문제로 느껴져. 무슨 소린지 알지?"

체이스의 말은 온종일 머릿속에 맴돌았다. 쥐를 데리고 실험
을 진행하는 동안에도, 나중에 실험 결과를 어지럽히는 두 개의
이상치를 어떻게 해석할지 고민하는 동안에도 그 말이 계속 떠
올랐다. 뺨을 덥히고 머리칼을 흩날리는 후끈한 바람을 맞으며
자전거를 타고 집에 돌아오면서도, 세상에서 제일 처량한 피자
두 조각을 우물거리면서도 올리브는 그 말을 곱씹었다. 몇 주째
건강식을 고집하고 있는 맬컴이(장내 미생물군을 배양해야 한
대나 어쩐다나) 콜리플라워가 들어간 피자 크러스트가 맛없다
는 걸 한사코 인정하지 않아서, 남은 피자를 잠자코 먹는 수밖
에 없었다.

올리브의 친구 중에는 맬컴과 제러미가 애덤 때문에 불쾌한
일을 겪은 적이 있었지만, 초반의 충격이 가신 뒤로는 둘 다 애

덤과 만나는 걸 고깝게 여기지 않는 듯했다. 올리브 자신도 다른 박사과정생들 기분을 별로 의식하지 않았다. 원래도 혼자 노는 타입이라, 평소에 거의 교류하지 않는 사람들의 의견을 신경 쓰는 건 엄청난 시간과 기운 낭비 같았다. 그래도, 그렉이 한 말에 일말의 진실이 들어 있을지 몰랐다. 애덤이 올리브에게는 재수 없게 군 적 없지만, 동기들에게 그렇게 모질게 구는데도 그의 도움을 넙죽 받아들이면 올리브가 못된 사람이 되는 걸까?

이불이 흐트러진 침대에 누워 어둠 속에 빛나는 별자리 스티커를 물끄러미 올려다봤다. 맬컴에게서 사다리를 빌려 천장에 그 스티커를 조심스레 붙인 것이 벌써 2년도 더 전의 일이었다. 이제는 스티커 뒷면의 접착력이 떨어져서 창문 바로 옆 구석의 커다란 혜성은 언제 떨어져도 놀랍지 않았다. 자신에게 더 생각할 틈을 주지 않고 몸을 굴려 침대에서 내려와, 방에 아무렇게나 던져놓은 청바지 주머니를 뒤져 휴대전화를 꺼냈다.

며칠 전 애덤이 전화번호를 알려줬다. "무슨 일이 생기거나 약속을 취소해야 하면 바로 전화해. 이메일보다 빠르니까." 하지만 아직 그 번호를 사용한 적은 없었다. 애덤의 이름 아래 파란 아이콘을 탭하자 하얀 화면이 떴다. 메시지 보낸 기록이 없는, 텅 빈 화면이었다. 그걸 보고 있자니 묘하게 불안해졌다. 불안감이 너무 격하게 덮쳐서, 손톱을 물어뜯으며 한 손으로 문자를 쳐야 했다.

올리브: 오늘 그렉 프로포절 심사 탈락시켰어요?

애덤은 휴대전화를 절대 들여다보지 않았다. 절대로. 같이 있을 때 그가 휴대전화를 확인하는 걸 본 적이 단 한 번도 없었다. 그렇게 큰 규모의 랩을 운영하니 1분에 이메일을 30통씩은 받을 텐데도 그랬다. 솔직히 그에게 휴대전화가 있는 줄도 몰랐다. 어쩌면 애덤은 반사회적인 21세기 히피라서 과학기술을 경멸하는지도 몰랐다. 아니면 알고 보니 올리브한테 준 번호는 교수실 유선전화 번호였고, 그래서 문자 대신 전화하라고 강조한 건지도 몰랐다. 어쩌면 문자 주고받는 법을 모를지도 몰랐다. 그렇다면 방금 보낸 문자에 절대 답장을 못 받을….

올리브의 손바닥이 진동했다.

애덤: 올리브?

순간 애덤이 전화번호를 알려줬을 때 올리브가 자신의 번호도 알려주는 걸 깜빡한 것이 생각났다. 그 말은 곧 애덤은 방금 문자 보낸 사람이 누군지 모른다는 뜻이었고, 누군지 단번에 알아맞힌 건 그에게 거의 초자연적인 직감이 있다는 뜻이었다.

얄미운 인간.

올리브: 넵. 저예요.

올리브: 오늘 그렉 코헨의 프로포절 탈락시켰어요? 그렉이 교수 면담 받고 온 후에 마주쳤는데. 화가 굉장히 많이 나 있더라고요. 나한테요. 애덤 때문에. 우리가 꾸며낸 이 말도 안 되는 상황극 때문에.

일이 분 공백이 이어졌고, 그동안 올리브의 상상 속에서는 애덤이 자신이 그렉에게 안겨준 고통에 희열을 느끼며 악마처럼 낄낄대고 있었다. 이윽고 답장이 왔다.

애덤: 다른 학생의 논문 지도와 관련된 얘기는 올리브에게 할 수 없어.

올리브는 한숨을 토한 뒤, 박사 자격시험 합격했을 때 맬컴이 선물해준 여우 인형과 의미심장한 시선을 주고받았다.

올리브: 말해달란 게 아니에요. 그렉이 벌써 다 말했으니까. 애덤의 여자친구라는 이유로 나한테 한바탕 퍼붓기까지 했고.

올리브: 가짜 여자친구인데.

화면 하단에 점 세 개가 나타났다. 그러더니 사라졌고, 또다시 나타났다. 그러다 마침내 올리브의 휴대전화가 진동했다.

애덤: 심사위원회는 학생을 탈락시키는 게 아니야. 학생의 프로포절을 탈락시키지.

그 말에 코웃음이 났고, 애덤한테 다 들렸으면 했다.

올리브: 그러시겠죠. 그렉한테 그렇게 말해주지 그래요.

애덤: 말했어. 연구에 취약한 부분이 뭔지 조목조목 설명해줬어. 그 피드백에 따라 그렉은 프로포절을 보완할 거고, 그럼 나는 논문 진행을 승인해줄 거야.

올리브: 그럼 그렉을 탈락시킨 게 애덤의 결정이었다고 시인하는 거네요.

올리브: 아니다, 그렉이 아니라 그거. 프로포절 탈락시킨 것.

애덤: 맞아. 현 상태로 그렉의 프로포절은 학문적으로 유의미한 결

과를 도출할 수 없어.

올리브는 볼 안쪽을 깨물며 휴대전화 화면을 내려다봤다. 이 대화를 지속하는 게 과연 현명한 일일까 고민됐다. 지금 하고 싶은 말을 하면 분위기가 험악해지지 않을까. 다음 순간 그렉이 아까 자신을 어떻게 대했는지 떠올라서 올리브는 "아, 됐어" 하며 메시지를 타이핑했다.

올리브: 피드백을 조금만 친절하게 전달했으면 좋았을 거란 생각 안 들어요?

애덤: 왜?

올리브: 그랬으면 그렉이 이렇게 화나진 않았을 테니까?

애덤: 여전히 모르겠는데.

올리브: 진심이에요?

애덤: 올리브의 친구들 기분을 달래주는 건 내가 할 일이 아니야. 그렉은 초등학생이 아니라 박사과정생이야. 만약 학계에 남는다면 평생 반갑지 않은 피드백을 하루가 멀다고 받을 텐데. 그걸 어떻게 받아들이느냐는 본인 선택이야.

올리브: 그래도요, 학생 졸업 늦추는 걸 즐기지 않는 척은 할 수 있잖아요.

애덤: 그런 황당한 소리는 처음 들어. 그렉에게 프로보절을 보완하라고 한 건 지금 상태로는 실패할 게 분명해서야. 나랑 심사위 다른 교수들은 그렉이 유용한 지식을 도출할 수 있는 방향으로 피드백을 주고 있어. 그렉은 과학자가 되기 위해 훈련받는 중이니, 지

도를 받으면 화를 낼 게 아니라 고마워해야지.

올리브는 이를 꽉 깨물고 메시지를 쳤다.

올리브: 애덤이 다른 어느 교수보다 논문을 더 많이 탈락시키는 건 알고 있겠죠. 그리고 비평이 쓸데없이 가혹한 것도요. 당장 대학원 때려치우고 다시는 학교 쪽을 쳐다보기도 싫어할 정도로요. 학생들이 애덤을 어떻게 생각하는지 알 거 아녜요.

애덤: 모르는데.

올리브: 못된 사람. 쌀쌀맞은 사람.

이 정도면 살살 한 거였다. "재수 없다고 욕먹고 있다고요"라고 말하고 싶었다. *그렇게 굴지 않을 수 있다는 걸 나는 알고 있어요. 왜 나한테만 다르게 구는지 모르겠지만요. 나는 애덤한테 아무것도 아닌데, 나 만날 때만 성격이 개조되는 것도 말이 안 되잖아요.*

화면 하단의 점 세 개가 10초간, 아니, 20초, 30초간 둥실거렸다. 어느덧 1분이 흘렀다. 자신이 마지막으로 보낸 문자를 다시 읽어본 올리브는 가짜 연애가 결국 이렇게 끝나는 건가 했다. 드디어 내가 선을 넘었구나. 어쩌면 애덤은 금요일 밤 9시에 문자로 욕먹는 건 가짜 데이트 계약에 포함된 바가 아니라고 쓰고 있는지도 몰랐다.

이윽고 파란 칸이 떠올라 액정을 채웠다.

애덤: 나는 내가 해야 할 일을 하는 거야, 올리브. 내 일은 피드백을 친절하게 전달하는 것도, 우리 과 박사과정생들 기분을 어루만

저주는 것도 아니야. 내 일은 앞으로 우리 분야를 몇 십 년 후퇴시킬 쓸모없는 논문이나 해로운 논문은 발표하지 않을, 검증된 연구자를 키워내는 거야. 학계에 형편없는 과학자, 그저 그런 과학자가 너무 많아. 올리브의 친구가 나를 어떻게 보든 나는 신경 안 써, 수준 높은 연구 결과만 내놓는다면. 결과가 수준 미달이라는 소리 좀 들었다고 때려치우겠다면 그러라고 해. 어차피 과학자가 될 자질을 모두가 갖춘 건 아니고, 못 갖췄으면 걸러지는 게 맞아.

올리브는 휴대전화 화면을 뚫어져라 들여다봤다. 애덤의 말이 너무 잔인하고 무정하게 들려서 속상했다. 문제는 올리브도 그렉이 왜 그런 반응을 보였는지 이해가 간다는 거였다. 자신도 비슷한 상황을 겪어 봤으니까. 애덤에게 당한 건 아니지만, 스템 계열에 발을 들인 이래 학계에서의 경험은 자기 의심과 불안, 열등감으로 점철되어 있었다. 자격시험 전 2주간은 발표 공포증 때문에 이 바닥에서 영영 직업을 못 얻는 건 아닐까 걱정돼서 한숨도 못 잤고, 어디를 가든 여기서 내가 제일 머리가 달리면 어쩌나 하는 생각에 발밑이 쑥 꺼지는 것 같았다. 그런 불안을 누르며 최고의 과학자가 되기 위해, 앞길을 스스로 닦고 뭐라도 해내기 위해 시간과 기운을 몽땅 쏟았다. 다른 누군가가 자신의 연구 성과나 기분을 이렇게 냉담하게 별것 아닌 것 취급할 걸 생각하니 큰 상처가 됐고, 다섯 살 어린애 수준으로 답장을 보내게 된 건 바로 그래서였다.

올리브: 됐어요, 꺼져요, 애덤.

보내자마자 후회됐지만, 왜인지 사과의 말이 안 나왔다. 20분이 흘러서야 애덤이 답장을 안 하리란 걸 깨달았다. 액정 상단에 배터리가 5퍼센트 남았다는 경고가 떴다.

올리브는 깊은 한숨을 뱉으며 침대에서 일어나, 충전기를 찾아 방 안을 두리번거렸다.

* * *

"이번에 우회전해."

"알았어." 맬컴이 손가락으로 깜빡이를 켰다. 딸깍 소리가 좁은 차 안에 울렸다. "우회전."

"아냐, 제러미 말 듣지 마. 좌회전이야."

제러미가 앞으로 몸을 숙이고 안의 팔을 탁 쳤다. "맬컴, 날 믿어. 안은 그 농장에 가본 적이 없어. 오른쪽 길 맞아."

"구글 맵이 왼쪽이라는데."

"구글 맵이 틀렸어."

"어떻게 해?" 맬컴이 백미러에 대고 얼굴을 찡그려 보였다. "좌회전이야? 우회전이야? 올, 어쩔까?"

뒷좌석에서 창밖을 내다보던 올리브가 시선을 들고 어깨를 으쓱했다. "우회전해보자. 틀리면 돌아오면 되지." 그러고는 안에게 얼른 미안한 눈길을 보냈지만, 안과 제러미는 서로 째려보는 척하느라 올리브는 안중에 없었다.

맬컴이 미간을 찡그렸다. "이러다 늦겠어. 아, 이런 야유회 너무 싫어."

올리브가 계기판의 시계를 확인했다. "우리 이미 한 시간 늦었어. 십 분 더 늦어봤자 별 차이 없어." 먹을 게 남아 있기만 하다면. 올리브의 위장은 두 시간째 꾸르륵대는 중이었고, 동승한 친구들이 그걸 못 들었을 리 없었다.

사흘 전 애덤과 싸운 후 야유회에 가지 말까 고민도 했다. 랩에 틀어박혀 지난 주말에 하던 실험이나 계속할까 했다. 실험에 파묻혀 자신이 애덤에게 꺼지라고, 별 이유도 없이 욕한 사실을 모른 척하고 싶었다. 야유회 갈 시간에 톰에게 보낼 보고서나 더 쓰는 게 나을 것 같았다. 보고서는 예상보다 어렵고 시간도 더 잡아먹고 있었다. 아마 거기에 얼마나 엄청난 운명이 걸렸는지 자꾸 떠올라서, 이미 끝낸 분석을 또 하고 모든 문장을 고쳐 쓰느라 그런지도 몰랐다. 하지만 학장님 앞에서 연기하기로 애덤과 약속한 게 생각나서, 마지막 순간에 마음을 고쳐먹었다. 애덤이 안을 설득하는 데 필요한 것 이상을 해준 마당에 올리브가 발을 빼는 건 너무 비겁한 짓이었다.

하지만 그것도 애덤이 올리브와 아직 말을 섞을 마음이 있어야 해당하는 얘기였다.

"걱정 마, 맬컴." 안이 말했다. "언젠간 도착할 거야. 누가 물어보면 퓨마가 습격했다고 하자. 아니 근데 왜 이렇게 덥지? 참, 내가 선크림 가져왔어. SPF 30짜리랑 50짜리. 너희들, 이거 바르기 전엔 아무 데도 못 가."

안의 선크림 집착을 잘 아는 올리브와 제러미가 뒷좌석에서 체념한 눈빛을 주고받았다.

마침내 행사 장소에 도착했을 땐 야유회가 한창이었고, 공짜 음식이 제공되는 학내 행사가 늘 그렇듯 학생으로 북적거렸다. 올리브는 곧장 테이블로 가면서, 거대한 오크나무 밑 그늘에 동료들과 같이 앉아 있는 아슬란 교수에게 손을 흔들어 보였다. 아슬란 교수도 마주 손 흔들어 인사했다. 지도하는 학생들이 이미 주 80시간을 랩에서 보내는데도 얼마 안 되는 자유 시간마저 자신의 권위로 유용할 수 있음이 증명된 게 자못 기쁜 모양이었다. 올리브는 울컥 솟는 울분을 들키지 않으려고 억지로 웃음 짓고는, 백포도를 한 움큼 집어 한 알을 입에 쏙 넣고 잔디 무성한 들판을 둘러보았다.

안의 말이 맞았다. 올해 9월은 유난히 더웠다. 어디를 봐도 사람으로 바글거렸고, 다들 야외용 접이의자에 앉아 있거나 잔디밭에 드러눕거나 헛간을 들락거리면서 푸근한 날씨를 만끽하고 있었다. 몇몇은 농가 본채 가까이 설치된 간이테이블에서 플라스틱 접시에 음식을 덜어 먹고 있었고, 게임도 최소한 세 가지는 진행되고 있었다. 둥글게 모여서 공을 주고받는 배구 비슷한 경기, 축구 경기, 그리고 반쯤 헐벗은 남자들 열댓 명이 프리스비를 던지는 이름 모를 게임도 있었다.

"저건 또 무슨 스포츠야?" 올리브가 안에게 물었다. 로드리게스 박사가 면역학과의 누군가를 덮쳐 넘어뜨리는 게 눈에 들어왔다. 올리브는 얼굴을 구기며 거의 빈 테이블로 눈을 돌렸다. 남은 게 거의 없었다. 샌드위치 하나 먹으면 딱 좋겠는데. 감자 칩 한 봉도. 뭐든 제발.

"얼티미트 프리스비 같은 거 아닐까? 나도 몰라. 선크림 발랐어? 너 탱크톱에 핫팬츠 입었잖아. 그러니까 꼭 발라야 해."

올리브는 포도 한 알을 더 입에 넣었다. "미국인들이 가짜 스포츠 좋아하는 건 알아줘야 해."

"얼티미트 프리스비는 캐나다에도 토너먼트전 있을걸. 진짜인 척하는 가짜가 또 있는데 뭔지 알아?"

"뭔데?"

"점인 척하는 흑색종. 그러니까 선크림 발라."

"알겠어요, 엄마." 올리브가 웃으며 대꾸했다. "먼저 먹고 바르면 안 될까?"

"뭘 먹으려고? 남은 것도 없는데. 아, 저기 옥수수빵 좀 있다."

"아, 잘됐네. 좀 집어 줘."

"얘들아, 옥수수빵 먹지 마." 제러미가 올리브와 안 사이에 얼굴을 쏙 들이밀며 말했다. "제스가 그러는데, 약학대 박사 1년 차가 거기다 대고 재채기했대. 근데 맬컴은 어디 갔어?"

"주차하러… 맙. 소. 사."

올리브는 음식을 둘러보다 말고 안의 경악에 찬 목소리에 흠칫해 고개를 들었다. "왜?"

"아니, 이럴 수가."

"그러니까, 뭔데…."

"세상에 이런 일이."

"그 말은 방금도 했잖아."

"그러니까… 세상에 마상에."

대체 무슨 일인가 해서 주위를 두리번거렸다. "도대체 뭘…아, 저기 맬컴 있다. 맬컴이 먹을 것 좀 찾아내지 않았을까?"

"저거, 칼슨 맞아?"

먹을 것도 찾고 귀찮게 선크림 바르는 것도 피하려고 맬컴 쪽으로 걸음을 옮기던 올리브는 애덤의 이름을 듣자마자 걸음을 뚝 멈췄다. 아니, 애덤의 이름이 아니라 안의 말투 때문이었을 수도 있었다. "뭐? 어디?"

제러미가 얼티미트 프리스비를 하는 무리를 가리켰다. "저거 맞지? 웃통 벗은 사람."

"세상에 마상에." 안이 지난 이십여 년간 받은 교육이 무색하게 갑자기 빈약해진 어휘로, 아까 했던 말을 반복했다. "저거 식스팩이야?"

제러미가 눈을 깜빡였다. "에이트팩도 되겠는데?"

"저거 본인 어깨 맞아?" 안이 또 물었다. "어깨 확대술 받은 거 아냐?"

"맥아더 연구 기금 받아서 거기에 썼나 보다." 제러미가 맞장구쳤다. "저런 어깨는 자연에 존재하지 않아."

"하아, 저거 칼슨의 가슴 맞아?" 맬컴이 올리브의 어깨에 턱을 얹고서 말했다. "내 논문 프로포절 아작냈을 때 셔츠 안에 저런 가슴을 감추고 있었단 말이야? 올. 칼슨 몸뚱이가 순도 백퍼센트 초콜릿 근육질이라고 왜 말 안 했어?"

올리브는 두 팔을 늘어뜨린 채 말뚝처럼 그 자리에 가만히 서 있었다. 나도 몰랐으니까. 그런 줄 전혀 몰랐으니까. 아니, 전에 트럭 미는 걸 보고 조금 짐작은 했는지도 모른다. 머릿속에 시도 때도 없이 떠오르는 그 이미지를 억누르느라 힘들었지만.

"믿기지가 않네." 안이 올리브의 손을 끌어다 손바닥이 위로 가게 펼치고서 거기에 선크림을 쭉 짜냈다. "자, 어깨에 발라. 다리에도, 그리고 얼굴에도. 넌 아마 온갖 피부질환 고위험군에 속할 거야, 주근깨 대장아. 제러미, 너도."

올리브는 멍하니 고개를 끄덕이고 팔다리에 선크림을 문지르기 시작했다. 크림에 함유된 코코넛오일 냄새를 한껏 들이마시면서 애덤에 대해, 그리고 애덤이 정말로 저런 몸을 가졌다는 사실에 대해 생각하지 않으려고 애썼다. 별 소용은 없었다. 하지만 노력은 했으니까.

"실제로 그런 연구결과 있어?" 제러미가 물었다.

"으응?" 안이 머리카락을 돌돌 말아 정수리쯤에 동그랗게 고정하면서 무심히 대꾸했다.

"주근깨랑 피부암의 상관관계에 대한."

"몰라."

"있을 것 같은데."

"그렇긴 해. 이제 나도 궁금하네."

"잠깐만. 여기 와이파이 터지나?"

"올, 너 인터넷 돼?"

올리브는 거의 새것으로 보이는 냅킨에 손을 문질러 닦았다. "내 전화 맬컴의 차에 놔두고 왔어."

제러미의 아이폰 화면을 들여다보는 두 친구에게서 눈을 돌려 주위를 둘러보던 올리브의 시선이 얼티미트 프리스비 참가자들에게 꽂혔다. 남자 열넷에 여자는 0명이었다. 스템 학계에 전반적으로 테스토스테론이 넘쳐나는 현상이 반영된 결과였다. 그래도 선수 절반은 교수 아니면 박사 후 연구원이었다. 애덤은 아까 봤고, 톰과 로드리게스 박사도 있고, 약대 교수도 몇 있었다. 다들 똑같이 웃통을 벗어젖힌 채 뛰고 있었다. 아니다. 똑같지는 않았다. 애덤과 똑같다고 말할 수 있는 사람은 정말이지 한 명도 없었다.

내가 이런 사람이 아닌데. 정말 아니라고. 이 정도로 본능적 끌림을 느낀 상대는 여태 손에 꼽을 정도로 적었다. 정확히는, 손가락 하나면 충분했다. 그리고 지금 이 순간 그 손가락에 꼽힌 남자가 올리브를 향해 달려오고 있었다. 왜냐하면 톰 벤턴이 고맙게도 아무렇게나 던진 프리스비가 올리브의 발치에서 3미터쯤 떨어진 풀 위에 떨어졌기 때문이었다. 그리고 애덤은, 정확히는 웃통 벗은 애덤은 마침 그게 떨어진 지점에서 가장 가까이 서 있던 플레이어였고.

"앗, 이 논문 봐봐." 제러미가 흥분한 목소리로 말했다.

"칼레시 외, 2013년. 메타분석 논문이네. '광(光) 손상의 피부 표지와 피부 기저세포암종의 위험도.' 〈암 역학, 생체지표와 예방〉에 실린 논문이다."

제러미가 주먹으로 허공을 찔렀다. "올리브, 듣고 있어?"

아니, 전혀 안 듣고 있어. 뇌를 비우는 데, 그리고 기왕이면 눈에 담긴 잔상도 지우는 데 온 신경을 집중하고 있어. 가짜 남자친구의 이미지와 갑작스레 배에 고이는 뜨끈한 감각을 물리치려고. 올리브는 자신이 여기 말고 다른 데 있었으면 했다. 그리고 일시적으로 눈과 귀가 멀었으면 했다.

"들어봐. 일광 흑색점은 기저세포암종과 미약하지만 양의 상관관계가 있으며, 교차비(한 그룹에서 동일한 사례가 발생할 비율을, 다른 그룹에서 발생할 비율과 비교한 값—옮긴이)는 약 1.5다. 이거 불안한데. 제러미, 휴대전화 좀 들고 있어봐. 올리브한테 선크림 더 줘야겠어. 이거 SPF 50이야. 넌 이거 발라야겠다."

올리브는 이제 흠칫 놀랄 정도로 가까워진 애덤의 가슴팍에서 간신히 눈을 떼고 돌아서서, 안에게서 한 발짝 물러났다. "잠깐만. 나 벌써 발랐는데."

"올," 안은 올리브가 방심해서 오늘 채소 할당량을 감자튀김으로 충당했다거나 색 있는 빨래랑 흰 빨리 같이 했다고 고백할 때마다 꺼내곤 하는, 타이르는 엄마 같은 이성적 어조로 말했다. "연구 결과가 뭘 말하는지 너도 들었잖아."

"연구 결과가 뭘 말하는지 나는 모르고, 너도 몰라. 방금 논문 한 편 초록에서 딱 한 줄 읽은 게 다잖아."

그러나 안은 또 한 번 올리브의 손을 덥석 잡고는 손바닥에 선크림을 1리터는 되게 수북이 짜냈다. 너무 많이 짜서, 땅으로 뚝뚝 흐르지 않게 왼손까지 동원해야 했다. 어느새 올리브는 망할 선크림을 반쯤 뒤집어쓴 채 동냥하듯 두 손을 오므리고 멍하니 서 있었다.

"자, 됐다." 안이 활짝 웃었다. "이제 기저세포암으로부터 너를 보호할 수 있어. 이름만 들어도 너무 무섭지 않니?"

"나…." 올리브는 팔을 자유로이 움직일 수 있었다면 손바닥에 얼굴을 묻었을 것이다. "난 선크림 너무 싫어. 끈적이고, 바르면 내 몸에서 피나콜라다 냄새난단 말이야. 그리고, 너무 많이 줬어."

"그냥 피부가 흡수할 수 있는 만큼 최대한 발라. 주근깨 있는 부위 위주로. 남은 건 남한테 덜어주고."

"알았어. 그럼 네가 덜어가. 제러미, 너도. 넌 빨강 머리잖아."

"빨강 머린데 주근깨는 없다고, 왜 이러셔." 제러미는 마치 자신의 생체지표가 본인 선택으로 정해진 양 뿌듯한 미소를 지었다. "그리고 이미 몇 바가지 발랐는걸. 고마워, 자기야." 그러더니 몸을 숙여 안의 뺨에 가볍게 입 맞췄고, 가벼운 입맞춤은 미성년자 관람불가 단계로 발전하기 직전에야 멈췄다.

올리브는 한숨을 삼켰다. "얘들아, 이거 어떻게 해?"

"아무나 발라줘. 맬컴은 어디 갔어?"

제러미가 콧방귀를 뀌었다. "저기, 주드랑 같이 있어."

"주드?" 안이 미간에 주름을 잡았다.

"응, 신경과학과 5년 차 있잖아."

"의학박사까지 딴 주드? 둘이 사귀는 거야, 아님…."

"얘들아." 언성을 높이지 않는 데 엄청난 자제심이 요구되었다. "나 이 상태로는 한 발짝도 못 움직이잖아. 제발, 네가 벌인 선크림 사태 수습해줘."

"맙소사, 올." 안이 눈알을 굴리며 말했다. "넌 가끔 이렇게 오버하더라. 기다려봐." 그러더니 올리브 뒤에 있는 누군가에게 손을 흔들었고, 조금 목청을 높여 말했다. "칼슨 박사님! 선크림 바르셨어요?"

몇만 분의 1초 사이에 올리브의 뇌 전체가 화르륵 불붙었다. 그리고 한 줌의 재로 파스스 가라앉았다. 그렇게 순식간에, 1조 개의 뉴런, 10조 개의 신경아교세포(뉴런에 영양소를 제공하고 뉴런의 지지하는 비신경성 세포—옮긴이) 그리고 몇 밀리리터인지 모를 뇌척수액이 갑자기 증발했다. 몸의 나머지도 사정은 그리 낫지 않았다. 실시간으로 장기들이 기능을 멈추는 게 느껴졌다. 애덤과 처음 안면을 튼 이래 올리브가 그 자리에서 꽥 죽어버리거나, 땅이 쩍 갈라져서 자신을 삼켜버리거나, 아니면 역대급 홍수가 닥쳐서 자신을 휩쓸어가 애덤 앞에서 창피당하는 수

모를 막아주기를 바란 적이 한 열 번은 있었다. 한데 이번엔 정말로 세상이 종말을 맞을 것처럼 느껴졌다.

'돌아보지 마'라고 중추신경계의 그나마 남아 있는 부분이 속삭였다. '안이 한 말을 못 들은 척해. 이 순간을 네 의지만으로 없는 일로 만들어.' 하지만 그건 불가능했다. 이미 올리브와 그 앞에 선 안, 그리고 아마도 올리브 뒤에 서 있을… 아니, 서 있을 게 분명한 애덤으로 삼각형이 만들어져 있었다. 그래서 선택권이 없었다. 어떤 선택권도. 더군다나 안이 얼마나 타락한 마음을 품고 있는지 상상도 못 했을 애덤이, 올리브의 손바닥에 흥건히 고인 선크림 한 사발을 미처 보지 못했을 애덤이 이렇게 대꾸한 상황에서는. "아니."

망했네. 망했어.

올리브가 홱 돌아서자 바로 앞에 애덤이 서 있었다. 땀이 송글송글 맺힌 몸으로, 왼손에는 프리스비를 들고, 맨살을 아주 아주 많이 드러낸 채. "잘됐네, 그럼!" 안이 신나서 외쳤다. "올리브가 선크림 너무 많다고, 이거 어쩌냐고 했는데. 박사님한테 발라주면 되겠네요!"

아니. 아니, 아니, 그건 아니지. "난 못 해." 올리브가 안에게 속삭였다. "어떻게 남들 다 보는데 그런 민망한 짓을 해."

"왜?" 안이 아무것도 모르는 표정으로 눈을 깜빡거렸다. "나는 만날 제러미한테 발라주는데. 봐봐." 그러면서 안은 자기 손에 선크림을 쭉 짜내 제러미의 얼굴에 처덕처덕 발랐다. "나는 남자친구한테 선크림 잘만 발라주잖아. 남자친구가 흑색종 걸리면 슬프니까. 이게 '민망한 짓'이야?"

내 언제고 쟤를 죽이고야 말지. 이 망할 선크림을 마지막 한 방울까지 핥게 만든 뒤 옥시벤존 중독으로 고통스럽게 서서히 죽어가는 꼴을 지켜봐주겠어.

하지만 그건 나중 일이고. 당장은 애덤이 속을 알 수 없는 표정으로 올리브를 빤히 보고 있었고, 올리브는 할 수만 있다면 사과하거나, 테이블 밑으로 기어 들어가거나, 최소한 손을 흔들어 인사라도 했을 것이다. 그렇지만 실제로 할 수 있는 건 멍하니 마주 보는 것뿐이었다. 그리고, 마지막으로 대화했을 때 올리브가 욕을 했는데도 불구하고 애덤이 화나 보이지 않는 걸 알아채는 것. 그저 생각에 잠긴, 그리고 약간 어리둥절한 표정으로 올리브의 얼굴과 이제는 올리브의 두 손바닥에 서식하는 하얀 액체 웅덩이를 지그시 내려다보고 있었다. 이 최신 광대극에서 빠져나갈 길을 궁리하는 것처럼 보였지만, 결국에는 그냥 포기하는 것 같았다.

그는 고개를 한 번 보일 듯 말 듯 끄덕이고는 돌아섰다. 로드리게스 박사에게 "5분 쉴게!" 하고 소리치며 프리스비를 던지는데, 등 근육이 살아 움직이듯 꿈틀댔다.

그건 곧, 안이 시킨 대로 해야 한다는 소리였다. 이렇게 될 줄 알았어. 왜냐하면 내 인생은 요 모양 요 꼴이니까. 그리고 이건 다 나의 한심하고 멍청하고 경솔한 선택의 결과이고.

"왔네." 둘이 충분히 가까이 선 후 애덤이 인사를 건넸다. 그는 올리브의 손을, 애원하는 사람처럼 앞에 모아 쥔 손을 내려다보고 있었다. 올리브의 뒤에서는 안과 제러미가 둘을 뚫어져라 보고 있을 게 틀림없었다.

"왔어요?" 올리브는 플립플롭을 신고 애덤은 운동화를 신어서, 원래도 키가 큰 그가 지금은 고층빌딩처럼 올리브를 굽어보고 있었다. 덕분에 올리브의 시선이 딱 그의 가슴에 닿았는데, 거기에는… 아니. 안 돼. 거긴 가지 마.

"돌아서볼래요?"

애덤은 잠시 망설이더니, 그답지 않게 순순히 돌아섰다. 하지만 곤란함은 전혀 해소되지 않았다. 등짝이 가슴팍보다 결코 왜소하거나 볼품없지 않았기 때문이다.

"조금만, 어… 낮춰볼래요?"

애덤이 머리를 숙였고, 덕분에 어깨가… 여전히 비정상적으로 높았지만 그나마 손이 닿을 만했다. 오른손을 들어 올리자 선크림 몇 방울이 땅에 후두둑 떨어졌고…. '네가 있을 곳이지.' 올리브는 속으로 표독스럽게 중얼거렸다. 다음 순간 정말로 그걸, 정말이지 평생 하게 될 거라고는 상상도 못 했던 그것을 하고 있었다. 애덤 칼슨에게 선크림을 발라주는 것.

그의 몸에 손을 대는 게 처음은 아니었다. 그러니 근육이 단단하다고, 혹은 살이 물컹한 데가 한 군데도 없다고 이렇게 놀랄 일은 아니었다. 그가 트럭을 밀던 모습이 떠올랐고, 아마 벤치프레스로 올리브 체중의 세 배는 거뜬히 들어 올릴 것 같았지만, 그런 생각을 멈추라고 뇌에 명령했다. 왜냐하면 몹시 부적절한 생각이었으니까. 그렇지만 올리브의 손과 그의 살갗 사이에 아무 장벽이 없다는 문제는 여전히 남아 있었다. 살갗은 햇빛을 받아 따끈했고, 힘을 뺀 어깨는 문지르는 올리브의 손길에도 꿈쩍하지 않았다. 공공장소지만 이렇게 바짝 붙어 있자니 어쩐지 은밀한 행각을 벌이는 기분이 들었다.

"근데요." 입 안이 바싹 말랐다. "자꾸 이런 상황에 처하게 해서 미안하다는 말을 하기 딱 좋은 타이밍 같네요."

"괜찮아."

"그래도, 정말 미안해요."

"올리브의 잘못이 아닌걸." 약간 긴장된 목소리였다.

"괜찮아요?"

"그럼." 애덤이 고개를 끄덕였지만, 어쩐지 움직임이 뻣뻣해 보였다. 그걸 보니 애덤이 조금 전의 인상처럼 긴장이 완전히 풀린 상태가 아닐지도 모른다는 생각이 들었다.

"이 상황, 얼마나 싫어요? '상관관계가 곧 인과관계'를 10이라 치고, 0부터 10까지 중에서."

놀랍게도 애덤이, 아직 긴장이 어린 목소리이긴 하지만, 쿡쿡 웃음을 터뜨렸다. "싫지 않아. 그리고 올리브 잘못 아니야."

"왜냐하면 진저리 날 상황인 거 알거든요, 게다가⋯."

"아니야. 올리브." 그가 고개를 약간 돌려 올리브와 눈을 맞쳤다. 그의 눈빛에 즐거움과 묘한 긴장이 섞여 있었다. "이런 일은 앞으로도 계속 일어날걸."

"그렇군요."

애덤이 가슴에도 바르려고 선크림을 조금 덜어가면서 그의 손가락이 올리브의 왼손바닥을 살짝 스쳤다. 뭐, 알아서 바른다니 여러모로 잘됐다 싶었다. 진심으로 동기생 70퍼센트가 지켜보는 가운데 그의 가슴에 선크림을 바르고 싶지 않았으니까. 구경꾼에 지도교수가 섞여 있는 건 말할 것도 없고. 아슬란 박사가 매의 눈으로 둘을 주시하고 있을 게 뻔했다. 아니, 안 보고 있을 수도 있었다. 하지만 그걸 확인하려고 돌아볼 생각은 없었다. 차라리 그럭저럭 만족스러운 이 무지 속에 머물고 싶었다. "대부분은 심하게 오지랖 넓은 사람들과 어울리는 올리브 때문이지만."

그 말에 웃음이 터졌다. "나도 알아요. 거짓말 아니라, 지금 안과 친구 된 걸 진심으로 후회하는 중이거든요. 솔직히 암살해버릴까 진지하게 고민 중이에요."

이제 어깨뼈에 바를 차례였다. 조그만 점과 주근깨가 점점이 흩어져 있었다. 그걸 가지고 손가락으로 점 잇기 놀이를 하면 미친 여자로 보일까, 잠깐 상상했다. 선으로 이으면 굉장한 그림이 나올 것 같았다.

"그래도 선크림의 장기적 효과는 과학자들이 이미 증명했다니까요, 뭐. 게다가 애덤은 피부가 꽤나 하얗다고요. 자요, 조금만 숙여봐요. 목에도 바르게."

"음."

올리브는 어깨 앞면에 바르려고 그의 앞으로 가서 섰다. 덩치가 워낙 커서 결국 선크림을 다 발라야 할 것 같았다. 어쩌면 안한테 더 달라고 해야 할지도 몰랐다. "적어도 학과장님은 좋은 것 구경하네요. 애덤도 즐기는 것 같고."

그 말에 애덤이 자신의 쇄골에 선크림을 바르고 있는 올리브의 손을, 보란 듯이 흘끔 내려다봤다. 갑자기 뺨이 화끈거렸다. "아니, 내 말은… 내가 이러고 있어서가 아니라… 내 말은, 프리스비 재밌게 하는 것 같더라고요. 프리스비 맞나."

애덤이 질색하는 표정을 지었다. "억지로 대화하는 것보다야 낫지."

올리브는 웃음이 터졌다. "말 되네요. 그래서 몸이 좋은가 보죠. 억지 대화를 피하기 위해 온갖 운동을 다 해봐서. 다른 것도 설명이 돼요. 이제 어른인데 왜 그렇게 성격이…." 올리브는 아차 싶어 입을 탁 다물었다.

애덤이 한쪽 눈썹을 치켜올렸다. "못되고 쌀쌀맞냐고?"

망할. "그런 말 안 했어요."

"문자로 보냈지."

"미, 미안해요. 진짜로요. 본심은 아니었…." 올리브는 당황해서 입을 다물어버렸다. 그런데 애덤의 눈가에 잔주름이 잡힌 걸 알아챘다. "얄미워."

그렇게 말하면서 그의 팔 안쪽을 살짝 꼬집었다. 그러자 그가 빽 소리를 지르며 더 환히 웃었고, 올리브는 복수로 그의 가슴팍에 자신의 이름을, 딱 그 주위만 해에 그을게 선크림으로 써놓으면 어떤 반응이 나올까 궁금해졌다. 티셔츠를 벗고 욕실 거울에 비친, 맨살에 남은 다섯 글자를 발견한 순간의 그를 상상해보았다. 어떤 표정일지. 손가락으로 그 글자를 쓸어볼까.

'미쳤구나.' 올리브는 속으로 중얼거렸다. '이 상황이 너를 미치게 하고 있어. 그래, 애덤은 잘생겼고, 너도 그에게 매력을 느껴. 그럴 수 있어. 그래서 뭐?'

올리브는 선크림이 거의 다 닦여나간 손을 애덤의 이두박근에 마지막으로 한 번 문지르고 뒤로 물러섰다. "다 됐어요, 못돼먹은 박사님."

애덤에게서 막 흘린 땀과 고유의 체취 그리고 코코넛 냄새가 났다. 다음 주 수요일이나 되어야 다시 이야기 나눌 기회가 생길 텐데, 그 생각에 어째서 가슴에 묘한 통증이 느껴지는지는 알 수 없었다.

"고마워. 그리고 안한테도 고맙다고 전해줘."

"흠. 안이 다음엔 뭐 시킬 것 같아요?"

애덤이 어깨를 으쓱했다. "손 잡기?"

"서로 딸기 먹여주기?"

"그거 좋네."

"난이도를 높일지도 몰라요."

"가짜 결혼식?"

"가짜로 신혼집 장만하기?"

"가짜로 신혼부부 주택담보대출 받기?"

올리브는 또 웃음을 터뜨렸고, 애덤이 올리브를 보는 눈길, 다정하면서 호기심과 인내심이 어린 그 눈길이… 아니, 환각인 게 분명했다. 내가 머리가 어떻게 됐나. 햇빛 가려주는 모자를 쓰고 왔어야 했어.

"어이, 올리브."

애덤에게서 시선을 돌리자 이리로 다가오는 톰이 보였다. 그도 웃통은 알몸이었고 누가 봐도 탄탄한 몸에, 몇 칸인지 똑똑히 셀 수 있을 만큼 잘 갈라진 복근을 자랑하고 있었다. 하지만 무슨 이유에선지 아무 감흥도 안 느껴졌다.

"안녕하세요, 톰." 대화가 끊긴 게 조금 짜증났지만 그래도 웃으며 인사했다. "지난번에 특강 잘 들었어요."

"강연 좋았죠? 혹시 애덤이 우리 계획 변경된 거 얘기했어요?"

올리브가 고개를 갸우뚱하며 물었다. "계획 변경이요?"

"지원금 받은 연구가 잘 진척돼서, 다음 주에 보스턴 가서 하버드 쪽 연구실 준비 마무리하려고."

"와, 잘됐네요." 올리브가 애덤을 돌아보며 말했다. "며칠이나 가 있을 건데요?"

"그냥 며칠." 차분한 목소리였다. 오래 있지 않을 거라니 마음이 놓였다. 이유는 알 수 없지만.

"토요일까지 보고서 보낼 수 있겠어요, 올리브?" 톰이 물었다. "내가 주말에 읽어봐야 보스턴으로 돌아가기 전에 만나서 의논할 수 있으니까."

패닉이 덮치면서 뇌에 새빨간 경고등이 일제히 켜졌지만 간신히 미소를 잃지 않고 대답했다. "네, 그럼요. 토요일에 보낼게요." 맙소사. 맙소사. 밤새야겠네. 이번 주에 잠은 다 잤군. 화장실까지 노트북 들고 가서 오줌 누면서도 일해야겠어. "문제없어요." 기왕 거짓말하는 것 조금 더 보태서, 이렇게 덧붙였다.

"좋아." 톰이 윙크해 보였다. 아니면 그냥 햇빛이 강해서 눈을 찡그린 걸 수도 있었다. "다시 뛸 거지?" 그가 애덤에게 물었고, 애덤이 고개를 끄덕이자 휙 돌아서 풀밭으로 돌아갔다.

애덤은 조금 더 머뭇거리다가 올리브에게 고개를 끄덕여 보이고는 따라서 가버렸다. 올리브는 팀에 합류하는 애덤의 등을 너무 빤히 쳐다보지 않으려고 애썼다. 팀은 그가 돌아와서 뛸 듯이 기뻐하는 것 같았다. 보아하니 스포츠는 애덤 칼슨이 뛰어나게 잘하는 또 하나의 분야인 것 같았다, 불공평하게도.

지난 5분간 안과 제러미는 물론이고 거의 모두가 두 사람을 쳐다보고 있었음은 확인하지 않아도 알 수 있었다. 올리브는 애초에 둘이 이 가짜 연애로 노린 게 정확히 이것이었음을 자신에게 상기시키면서, 제일 가까이 있는 아이스박스에서 탄산수 캔 하나를 꺼내 오크나무 아래에 모여 앉은 친구들 옆으로 갔다. 선크림 가지고 그 난리를 피우더니 다들 그늘에서 한가로이 뒹굴고 있었다. 늘 이런 식이지.

이젠 배도 고프지 않았다. 다들 보는 데서 가짜 남자친구 몸에 선크림 처바른 대가로 얻은 작은 기적이었다.

"그래서, 그 사람 어때?" 안이 제러미의 무릎을 베고 누운 채 대뜸 물었다. 그 옆에 앉은 맬컴은 프리스비 경기를 뛰는 남자들을 뚫어져라 쳐다보고 있었다. 아마 속으로는 자연광 받은 홀든 로드리게스가 왜 이렇게 예뻐 보이냐고 호들갑 떨고 있을 것 같았다.

"으응?"

"칼슨 말이야. 아 참, 아니지," 안이 음흉한 웃음을 지었다. "애덤이라고 해야지. 너는 애덤이라고 부르지? 아니면 칼슨 박사님을 선호하니? 혹시 교복 입고 자로 매 맞는 역할극 하면 나한테 다 말해줘야 해, 알았지?"

"안."

"그러게, 칼슨 실제로는 어떤데?" 제러미가 끼어들었다. "우리한테 하는 거랑은 다르게 대할 거 아냐. 아님 혹시 너한테도 x축과 y축 라벨 폰트가 답답할 정도로 작다고 반복해서 지적하니?"

올리브는 무릎에 얼굴을 묻은 채 미소 지었다. 애덤이 그렇게 말하는 게 즉시 상상됐기 때문이다. 목소리까지 들리는 것 같았다. "아니. 적어도 아직은 그런 적 없어."

"그럼 어떤데?"

대답이 쉬이 나올 줄 알고 입을 열었다. 하지만 역시나 애덤에 관해 쉬운 일이란 없었다. "그냥… 알잖아."

"모르는데." 안이 대꾸했다. "겉보기와 다른 뭔가가 있을 거 아냐. 왜냐하면 늘 기분이 저조해 보이고, 부정적이고, 화가 나 있고…."

"안 그러거든." 올리브가 말을 끊었다. 그리고 곧바로 후회했다. 백 퍼센트 진실은 아니었기 때문이다. "가끔 그렇긴 하지. 근데 그렇지 않을 때도 많아."

"네가 그렇다면야." 안이 못 믿겠다는 투로 대꾸했다. "근데 어쩌다가 만나기 시작한 거야? 그 얘기는 안 해줬잖아."

"아." 올리브는 시선을 돌리다가 그 참에 저만치를 살폈다. 애덤이 뭔가 대단한 플레이를 했는지, 그와 로드리게스 박사가 신나게 하이파이브를 하고 있었다. 멀리서 톰이 자신을 빤히 보는 게 보여서, 웃으며 손을 흔들어 보였다. "어, 그냥 어쩌다 얘기 나누게 됐어. 그러다가 같이 커피 마시러 갔고. 그다음엔…."

"그런 일은 대체 어떻게 벌어지는 거야?" 제러미가 의심이 잔뜩 묻은 투로 물었다. "칼슨이랑 데이트하는 데 대체 무슨 정신으로 응하는 거야? 그러니까, 반쯤 벗은 몸 보기 전에."

먼저 그 사람한테 키스를 해. 일단 키스를 하면 그다음엔 어느새 그가 나를 곤경에서 구해주고 있고, 스콘도 사주고, 묘하게 애정 어린 말투로 입만 살아 있다고 핀잔주고, 그러다 보면 그가 평소처럼 기분 저조한 재수탱이처럼 굴어도 그리 미워 보이지가 않아. 아니, 괜찮은 사람으로 보여. 그러다 어느 날 문자로 꺼져버리라고 욕하면서 모든 걸 망쳐버리게 되지.

"그냥 애덤이 데이트하자고 했어. 그래서 좋다고 했지." 이따위 거짓말이 통할 리 없었다. 〈랜싯〉에 논문이 실린 이력이 있고 등 근육이 저렇게 잘 갈라진 사람이 올리브 같은 사람에게 데이트 신청을 할 리 없으니까.

"그러니까 틴더에서 매치된 게 아니라는 거지?"

"뭐? 아니야."

"왜냐하면 소문은 그렇거든."

"나는 틴더 회원도 아닌데."

"칼슨은 회원이야?"

아니. 회원일지도. 회원인가? 올리브는 양 관자놀이를 문질렀다. "우리가 틴더로 만났다고 누가 그래?"

"아니야, 소문에 따르면 〈크레이그리스트〉(미국의 지역생활 정보지—옮긴이)로 만났대." 맬컴이 다른 데 정신이 팔린 채 한마디 던지고는 누군가에게 손을 흔들었다. 그 시선을 따라가니 홀든 로드리게스가 있었다. 그리고 홀든 로드리게스도 마주 웃으며 손을 흔들고 있었다.

올리브는 미간을 찌푸렸다. 다음 순간 맬컴이 방금 한 말이 한 박자 늦게 뇌에 접수됐다. "크레이그리스트?"

맬컴이 어깨를 으쓱했다. "내가 그걸 믿는다는 건 아니고."

"그리고 소문이라니? 왜 다들 우리 얘기를 하는 거지?"

안이 팔을 뻗어 올리브의 어깨를 토닥였다. "걱정 마, 너랑 칼슨에 대한 소문은 모스 박사님이랑 슬론이 혈액 샘플을 여자 화장실에 버리는 문제로 사람들 앞에서 대판 싸운 후 가라앉았으니까. 뭐, 소문 중 거의 대부분은…."

안이 일어나 앉더니 올리브의 어깨에 팔을 두르고 꼭 안았다. 안에게서 코코넛 냄새가 났다. 빌어먹을 선크림.

"신경 꺼. 아니꼽게 보는 사람도 있지만, 제러미랑 맬컴이랑 나는 네가 좋다니 그저 기쁘다, 올." 안이 안심시키려는 듯 웃어 보였고, 올리브는 몸에서 긴장이 빠져나가는 걸 느꼈다. "가장 기쁜 건 네가 드디어 남자랑 재미 보기 시작했다는 거지만."

8장

가설: 리커트 척도(질문에 대한 답변을 가장 약한 것부터 가장 강한 것까지 단계적으로 답변하도록 하는 척도 ─옮긴이) 0에서 10까지 봤을 때 제러미의 타이밍은 평균 표준오차 0.2로 -50에 이를 것이다.

37번 솔트 앤드 비니거 감자 칩은 매진이었다. 솔직히 이해가 안 갔다. 저녁 8시에 휴게실에 왔을 때는 자판기에 최소 한 봉지는 남아 있었는데. 잔돈을 찾아 청바지 뒷주머니를 더듬었던 것, 그리고 정확히 동전 네 개를 찾아내고 속으로 환호했던 것이 선명히 기억났다. 정확히 작업 분량의 3분의 1을 해치웠을 거라 예상되는 약 두 시간 후에 4층 자판기가 제공하는 간식 중 이견의 여지 없는 최고의 상품으로 자신에게 보상해줄 순간을 고대했던 것도 선명히 기억났다. 그런데 그 순간이 오긴 왔는데 감자 칩이 안 남아 있었다. 이건 보통 문제가 아니었다. 왜냐하면 이미 소중한 동전을 자판기 투입구에 넣었고, 지금 올리브는 배가 무지 고팠으니까.

24번 트윅스(그럭저럭 괜찮지만, 너그럽게 봐줘도 올리브가 좋아하는 스낵은 아닌)를 선택한 다음, 그것이 실망감 어린 둔탁한 소리를 내며 자판기의 상품 배출칸에 통 떨어지는 소리를 들었다. 그걸 주운 후 손바닥에 놓인 금색 포장지를 아쉬운 눈길로 바라보았다.

"네가 솔트 앤드 비니거 칩이었으면." 조금은 원망이 어린 목소리로 트윅스에게 속삭였다.

"자."

"으아악!" 화들짝 놀란 올리브가 두 손을 가슴 앞에 모으고, 가능하면 물리적 공격에도 방어할 태세를 갖춘 채 획 돌아보았다. 하지만 휴게실에 다른 사람이라고는 애덤뿐이었다. 그는 휴게실 한복판에 널린 조그만 소파 중 하나에 앉아 약간 재미있어하면서도 대체로 무덤덤한 표정으로 올리브를 쳐다보고 있었다.

올리브는 방어 자세를 풀고, 가슴을 움켜쥐며 콩닥거리는 심장을 진정시켰다. "언제 들어왔어요?!"

"5분 전쯤?" 애덤이 차분히 올리브의 얼굴을 살폈다. "올리브가 들어왔을 때 여기 있었어."

"왜 아무 말도 안 했어요?"

애덤이 고개를 기울이며 받아쳤다. "올리브는 왜 아무 말도 안 했는데?"

올리브는 한 손으로 입을 막고 놀란 마음을 다독였다. "들어올 때 못 봤어요. 왜 변태처럼 어둠 속에 앉아 있는 거예요?"

"조명이 나갔어. 만날 그렇지 뭐." 그러면서 애덤이 음료를 들어 올렸는데, 어이없게도 '세라피나'라고 쓰여 있는, 병에 든 콜라였다. 그걸 보자, 애덤이 지도하는 박사생 중 제스라는 학생이 애덤이 랩에 음식과 음료 반입을 너무 엄격히 제한한다고 불평했던 게 떠올랐다. 애덤이 옆자리 방석에서 뭘 집더니 내밀었다. "자. 감자 칩 남은 거 다 먹어도 돼."

올리브가 눈을 가늘게 떴다. "범인이 여기 있었군."

"무슨 범인?"

"내 감자 칩 훔쳐 간 범인."

애덤의 입꼬리가 슬며시 올라갔다. "미안. 남은 거 다 먹어." 그러더니 봉지 안을 들여다봤다. "내가 별로 많이 안 먹었을걸."

올리브는 머뭇거리다가 이내 소파로 다가갔다. 조그만 감자 칩 봉지를 못 미덥다는 듯 받아들고 애덤 옆에 앉았다. "뭐, 고마워요."

그는 고개를 끄덕이고, 음료를 조금 마셨다. 고개를 젖힌 그의 목선을 안 쳐다보려고 올리브는 황급히 자기 무릎으로 시선을 떨어뜨렸다.

"카페인 섭취해도 돼요? 지금이 벌써…." 올리브는 벽시계를 흘끔 확인했다. "밤 10시 27분인데." 문득, 칭송이 자자한 그의 쾌활한 성격을 감안할 때 어느 시간대에든 그는 카페인을 섭취하면 안 되는 것 아닌가 싶었다. 그렇지만 두 사람은 매주 수요일에 만나서 커피를 마시고 있지 않나. 올리브는 자신이 친구를 나쁜 길로 인도하는 사람이 된 것 같았다.

"안 마셔도 오늘 잠들기는 글렀어."

"왜요?"

"일요일 밤까지 제출해야 하는 연구보조비 신청서 때문에 막판 실험분석 해야 하거든."

"아." 올리브는 더 편한 자세를 찾아 소파에 깊숙이 기댔다. "그런 건 밑에 똘마니들 시키는 줄 알았는데."

"밑에 박사과정생한테 밤샘시키면 인사과에서 뭐라고 하더라고."

"그런 반인류적인 처사가."

"그러게. 올리브는?"

"톰한테 보낼 보고서요." 깊은 한숨이 나왔다. "내일까지 보내야 하는데 어떤 부분이 영…." 한숨이 또 나왔다. "모든 게 완벽하도록 지금 몇 가지를 재분석하고 있는데, 우리 랩실 실험기기 상태가… 아이고."

"아이셰굴한테 말했어?"

아이셰굴이라. 당연히 퍼스트네임으로 부르는 사이겠지. 애덤은 아슬란 박사의 지도를 받는 학생이 아니라 동료이고, 그러니 아슬란 박사가 아니라 아이셰굴이겠지. 사실 애덤이 아이셰굴이라고 부른 게 처음은 아니었다. 올리브가 그걸 알아챈 것도 처음이 아니었다. 다만, 둘이 나란히 앉아 조용히 담소하는 와중에 갑자기 애덤은 교수이고 올리브는 명백히 아니라는 사실을 삼키기가 힘들 뿐이었다. 두 사람 사이에 건널 수 없는 강이 흐르는 것 같았다.

"얘기했는데, 기기 한 대도 교체할 돈이 없대요. 아슬란 박사님은 존경할 만한 스승이지만… 작년에 부군이 병환을 얻는 바람에 박사님이 조기 은퇴하기로 결정하셨는데, 어쩔 땐 더 이상 학생을 지도하는 게 안중에도 없으신 것 같아요." 올리브는 이마를 문질렀다. 두통기가 슬슬 올라오고 있었다. 밤을 새도 일을 끝낼까 말까인데. "내가 이런 얘기 했다고 고자질할 거예요?"

"당연하지."

우는소리가 터져 나왔다. "그러지 말아요."

"고자질하는 김에 그동안 나한테 강제로 키스한 거랑 억지로 끌어들인 가짜 연애 얘기도 하고, 무엇보다 그 선크림…."

"아 제발." 올리브가 무릎에 얼굴을 묻고 양팔로 머리를 감쌌다. "맙소사. 그놈의 선크림."

"그러게." 머리를 파묻고 있으니 그의 목소리가 아득하게 들려왔다. "맞아, 그건 정말…."

"민망했다고요?" 말을 대신 끝내면서 올리브는 미간을 살짝 찡그린 채 상체를 일으켰다. 애덤은 다른 데를 보고 있었다. 아마 착각이겠지만, 얼굴이 약간 빨개진 것 같았다.

그가 목을 가다듬고 대꾸했다. "다른 기분도 들었지만 민망함이 제일 강했지."

"그렇긴 했죠." 민망함뿐인가. 수많은 감정이 들었지만 이 자리에서 말할 생각은 없었다. 왜냐하면 올리브가 느낀 건 애덤이 말하는 것과 전혀 다른 것일 테니까. 애덤이 말하는 건 아마 '끔찍했다'라든가 '비참했다', 이런 거겠지. 반면에 올리브가 느낀 건….

"선크림 사건도 타이틀나인 고소장에 넣을 거예요?"

애덤의 입술이 움찔거렸다. "첫 장에 쓸 거야. 비(非)동의 선크림 도포."

"아, 왜 이래요. 피부 기저세포암에서 구해줬는데."

"SPF를 빙자한 주무르기."

올리브가 트윅스를 휘둘렀고 애덤은 즐거워하는 표정으로 슬쩍 피했다. "이거 반 먹을래요? 어차피 감자 칩 남은 건 내가 다 먹을 거니까."

"에, 됐어."

"확실해요?"

"초콜릿은 질색이야." 올리브는 믿을 수 없다는 얼굴로 고개를 절레절레 저으며 그를 바라봤다. "아무렴 그러시겠죠. 맛있는 거랑 귀여운 것, 위안을 주는 건 죄다 질색이겠죠."

"초콜릿은 최악이야."

"그냥 블랙커피와 플레인 크림치즈 바른 플레인 베이글만 존재하는 어둡고 쓸쓸한 세계에 살고 싶나 봐요. 가끔가다 솔트 앤드 비니거 감자 칩 좀 먹어주면서."

"올리브도 솔트 앤드 비니거 감자 칩 제일 좋아하면서…."

"그 얘기가 아니잖아요."

"…그리고 내가 만날 주문하는 걸 기억하다니 영광인데."

"만날 똑같은 걸 시켜서 외우기 쉬웠어요."

"적어도 난 '유니콘 프라푸치노'라는 이름이 붙은 음료는 주문한 적 없어."

"천상의 맛이었어요. 무지개가 맛이 있다면 그런 맛일까."

"설탕과 식용착색료 맛?"

"내가 세상에서 제일 좋아하는 두 가지 맛. 말 나온 김에, 그거 사줘서 고마워요." 덕분에 이번 주 수요일 가짜 데이트는 꽤나 만족스러웠다. 톰에게 보낼 보고서 때문에 너무 정신없어서 애덤과 두어 마디밖에 못 나눴지만. 솔직히 인정하자면, 그건 조금 실망스러웠다.

"그건 그렇고 톰은 어디서 뭐 한대요? 애덤과 나는 금요일 밤에 이렇게 노예처럼 일하는데."

"외출했어. 아마도 데이트하러."

"데이트요? 여자친구가 여기 살아요?"

"톰은 여자친구가 많아. 가는 데마다 있어."

"그중에 가짜는 없어요?" 올리브가 씩 웃으며 받아쳤고, 애덤도 미소가 번지려는 걸 참는 게 보였다. "내가 50센트 줄까요? 감자 칩 값으로."

"넣어둬."

"다행이다. 내 월급의 3분의 1이라."

이번에는 애덤이 웃음을 못 참게 하는 데 성공했다. 그 웃음은 애덤의 얼굴만 환히 밝힌 게 아니라 두 사람이 있는 공간의 분위기까지 바꿔놓았다. 올리브는 자신의 폐에게 작동을 멈추지 말고 산소를 계속 빨아들이라고, 그리고 눈에게는 애덤의 눈가에 잡힌 자글자글한 주름과 뺨 한복판에 팬 보조개에 홀리지 말라고 명령해야 했다. "내가 다닐 때랑 대학원생 월급이 별반 다르지 않다니 반갑네."

"애덤도 박사 딸 때 사발면이랑 바나나로 버텼어요?"

"바나나는 싫어하지만, 사과는 엄청 먹은 기억이 나네."

"사과가 얼마나 비싼데 그래요. 재정적으로 무책임한 낭비쟁이 같으니." 올리브는 고개를 갸우뚱하고서, 그동안 궁금해 미칠 것 같았던 걸 지금 물어보면 실례가 될까 고민했다. 아마 실례일 것 같았다. 그렇지만 그냥 물어보기로 했다. "몇 살이에요?"

"서른넷."

"앗. 우와." 그보다 젊은 줄 알았는데. 아니면 더 나이 많거나. 애덤은 나이라는 게 없는 차원에서 존재하는 줄 알았는데, 구체적 숫자를 들으니 기분이 묘했다. 태어난 해를 알고, 또 거의 십년 먼저 태어났다는 사실을 알고 나니. "난 스물여섯이에요." 묻지도 않았는데 왜 그 정보를 자진해서 말했는지 자신도 알 수 없었다. "애덤도 한때 학생이었다고 생각하니 이상하네요."

"그래?"

"네. 학부생 때도 이랬어요?"

"이렇다니?"

"알잖아요." 올리브가 장난스럽게 눈꺼풀을 파르르 떨어 보였다. "못되고 쌀쌀맞은 거."

211

애덤이 노려봤지만 이제 올리브는 그런 건 아무렇지 않게 넘겼다. "어쩌면 더 심했을지도 모르지."

"그랬겠죠." 잠시 편안한 침묵이 흘렀고, 올리브는 소파에 편히 기대앉아 감자 칩을 본격적으로 먹기 시작했다. 자판기에게 기대했던 바로 그 맛이었다. "언젠가 나아지긴 해요?"

"뭐가?"

"이거요." 올리브가 자기 자신을 대충 손으로 가리켰다. "학계에 붙어 있는 것. 박사 따면 좀 나아져요? 아니면, 종신 교수 되면?"

"아니. 맙소사, 절대 아니야." 애덤이 너무 기가 찬 표정을 지어서 올리브는 웃음이 터졌다.

"그럼 왜 계속해요?"

"이유는 불확실해." 그의 눈에 언뜻 어떤 표정이 스쳤지만 올리브는 그 표정을 해석할 수 없었다. 놀랍지도 않았다. 애덤 칼슨에 대해 모르는 게 한두 가지가 아니었으니까. 그는 재수탱이지만 숨겨진 면이 많은 재수탱이였다. "아마 매몰 비용 오류도 작용했을 거야. 그렇게 많은 시간과 노력을 투자했으니 발을 빼기 어려운 거지. 하지만 연구에서 느끼는 보람이 다 상쇄해줘. 잘 풀릴 때는."

올리브는 흐음 소리를 내며 그의 말을 곱씹었고, 화장실에서 마주쳤던 '그 남자'를 떠올렸다. 그 남자도 학계는 들인 노력에 비해 얻는 건 별로 없는 곳이라고 경고했고, 그러니 머물기 위해서는 충분히 그럴 만한 이유가 필요하다고 했었다. 그는 지금 어디에 있을까 궁금해졌다. 졸업은 했을까. 다른 누군가가 생애 가장 힘든 결정을 내리는 데 자신이 도움을 줬다는 걸 알고는 있을까. 세상 어딘가에서 어떤 여자가 두 사람의 우연한 만남을 놀랍도록 자주 떠올린다는 사실을 과연 알고 있을까. 아마 모르 겠지.

"대학원이 모두가 비참해지는 곳인 건 알지만, 종신 교수가 금요일 밤에 이러고 있는 건 더 슬프네요. 종신 교수나 됐으면 침대에서 넷플릭스 보든가 여자친구랑 외식을 하든가."

"나는 올리브가 내 여자친구인 줄 알았는데."

올리브는 그를 올려다보며 미소 지었다. "엄밀히는 아니죠." 그런데 말 나온 김에 물어봅시다. 도대체 왜 여자친구가 없는 거예요? 갈수록 이해가 안 가서 그래요. 원하지 않아서 그런다 는 말로밖에는 설명이 안 되니까. 애덤의 다른 행동이 암시하듯 어쩌면 혼자 있는 게 좋아서 그런지도 모르고. 그런데 내가 그 런 애덤을 들들 볶고 있네요. 나는 그냥 감자 칩이랑 초콜릿 챙 겨가지고 망할 단백질 샘플 실험으로 돌아가는 게 낫겠어요. 근 데 웬일인지 애덤 옆에 있는 게 너무 편해서 못 그러겠어요. 게 다가 이유는 모르겠지만 애덤에게 점점 끌리고 있다고요.

"학계에 남으려고?" 애덤이 물었다. "박사 딴 뒤에."

"네. 어쩌면요. 아니요."

그러자 애덤이 슬며시 웃었고 올리브도 소리 내 웃었다.

"아직 미정이에요."

"그렇군."

"그게… 좋아하는 부분은 있죠. 랩에 출근하는 거나 연구하는 것. 연구 과제 생각해내는 거라든가 내가 의미 있는 일을 하고 있는 기분이 드는 것도. 근데 이 길로 가려면 다른 일도 해야할 텐데, 이를테면 내가 너무…." 말하다 말고 올리브는 고개를 저었다.

"다른 일?"

"네. 주로 자기 홍보와 관련된 거요. 연구보조금 신청서 쓰고내 연구에 돈 대달라고 설득하는 것. 인맥도 쌓아야 하고. 근데그건 다른 일과 비교도 안 되는 지옥이거든요. 남들 앞에서 말하는 거요. 심지어 일대일로 만나서 잘 보이려고 기를 쓰는 것도요. 솔직히 나한테 최악은 그거예요. 너무너무 싫어요. 머릿속은 뒤죽박죽되고, 입은 얼어붙고, 사람들은 사소한 것도 지적할 기세로 나를 빤히 쳐다보고, 내 혀는 마비되고, 그럼 차라리죽고 싶다는 생각이 들기 시작하고, 아예 온 세상이 죽어버렸으면 좋겠고…." 올리브는 애덤이 미소를 짓고 있는 걸 발견하고쓸쓸하게 마주 웃었다. "뭔지 알죠."

"원한다면 그 문제는 어떻게 해볼 수 있어. 연습이 필요할 뿐이지. 생각을 정리해서 차근차근 말하기. 뭐 그런 것."

"알아요. 그것도 해봤어요. 톰하고 만나기 전에도 연습했다고요. 근데 막상 만나서는 단순한 질문을 받고도 더듬거렸잖아요." 그런데 애덤이 도와줬죠. 생각을 정리하게 해줘서, 그럴 의도는 없었겠지만 나를 구해줬잖아요. "모르겠어요. 내 뇌가 고장 났나 봐요."

애덤이 고개를 저었다. "톰하고 면담했을 때 아주 잘해냈어. 특히 옆에 가짜 남자친구가 있는 걸 참아야 했던 걸 감안하면." 올리브는 그가 옆에 있어줘서 훨씬 나았다는 걸 굳이 말하지 않았다. "톰도 좋은 인상 받은 것 같던데. 그건 흔한 일이 아니라고. 그리고 여기서 잘못한 사람이 있다면 그건 두말할 것 없이 톰이야. 말 나온 김에, 톰이 그렇게 굴어서 유감이야."

"어떻게 굴어요?"

"사적인 얘기를 억지로 하게 했잖아."

"아." 올리브는 고개를 돌려 자판기의 푸르스름한 불빛을 응시했다. "괜찮아요. 옛날 일인데요, 뭐." 오늘은 말문이 막히지 않는 게 의외였다. 오히려 말을 계속하고 싶었다. "정확히는 고등학교 때 있었던 일이에요."

"상당히… 어릴 때 겪었네." 그의 말투에서 느껴지는 무언가, 차분함인지도 모르고 아니면 과한 동정의 부재인지도 모를 어떤 것에 오히려 마음이 놓였다.

"열다섯 살 때였어요. 옛날에는 엄마랑 나랑 그냥… 잘 기억도 안 나네. 카약도 탔고, 고양이 기르자는 얘기도 했죠. 내가 쓰레기통 넘쳐나는데 안 비우고 그 위에 쓰레기 얹어놓는다고 잔소리도 듣고. 그러다 어느 날 갑자기 엄마가 암 진단을 받았고, 3주 만에 엄마는…." 차마 그 말을 뱉을 수 없었다. 입술도, 성대도, 심장도 그 단어를 말하기를 거부했다. 그래서 말을 삼켰다. "아동복지센터는 내가 성인이 되기 전까지 맡길 곳을 찾아내지 못했어요."

"아빠는?"

올리브는 고개를 저었다. "곁에 있었던 적이 없어요. 엄마 말로는 나쁜 놈이래요." 이 얘기를 하면서 작게 웃었다. "쓰레기통 절대 안 비우는 유전자는 아빠 쪽에서 온 게 확실해요. 조부모님은 내가 아주 어렸을 때 돌아가셨고요. 내 주변 사람들은 다 그런 운명이니까." 농담처럼 말하려고 했다. 정말로 노력했다. 쓸쓸한 내색을 하지 않으려고. 성공한 것도 같았다. "난 그냥 옛날부터… 혼자였어요."

"그래서 어떻게 했어?"

"열여섯 살까지 위탁가정에 있다가 자유를 찾았죠." 그 기억을 떨쳐버리려고 일부러 어깨를 으쓱했다. "조금만 일찍, 단 몇 달이라도 빠르게 잡아냈더라면 엄마는 지금 내 곁에 있었을 거예요. 그랬다면 수술이랑 화학요법으로 효과를 봤을지도 모르잖아요. 그것도 그렇지만 내가… 늘 과학에 소질이 있었으니까, 적어도 내가 뭔가를 해내면…."

애덤이 잠시 주머니를 뒤적이더니 다 구겨진 종이 냅킨을 내밀었다. 올리브는 어리둥절한 채 그걸 내려다보다가 자신의 뺨이 젖어 있는 걸 알아챘다.

아.

"애덤, 지금 다 쓴 휴지 내민 거예요?"

"그… 그럴지도." 애덤이 입술을 꽉 다물었다. "당황해서 그만." 올리브가 물기 어린 웃음을 터뜨리며 그가 내민 지저분한 휴지를 받아 그걸로 코를 풀었다. 어차피 두 번이나 키스한 사이인데 뭘. 콧물 좀 보이는 게 대수야? "미안해요. 원래 안 이러는데."

"이러다니?"

"질질 짜는 거요. 이건… 이 얘기는 하지 말았어야 했는데."

"왜?"

"그냥요." 엄마에 대해 이야기할 때마다 새록새록 떠오르는, 괴로움과 애정이 뒤섞인 감정은 말로 설명하기 힘들었다. 바로 그래서 입 밖에 거의 내지 않는 거였고, 또 암을 그렇게나 미워하는 것이었다. 세상에서 가장 사랑하는 사람을 빼앗아간 걸로 모자라 가장 행복했던 기억들을 씁쓸한 기억들로 둔갑시켜놨으니까. "이 얘기 하면 꼭 질질 짜니까."

애덤이 미소 지으며 대꾸했다. "올리브, 얘기해도 돼. 그리고 질질 짜도 괜찮아."

진심이 담긴 말 같았다. 엄마 얘기를 몇 시간이고 원하는 만큼 쏟아놓아도 되고, 한 마디도 놓치지 않고 경청하겠다고 진심으로 말하는 것 같았다. 하지만 올리브 자신이 그럴 준비가 안 된 것 같았다. 그래서 어깨를 으쓱하며 대화 방향을 슬쩍 틀었다. "어쨌든, 그렇게 해서 내가 이러고 있게 된 거예요. 연구는 너무 좋아하지만 다른 일은 아주 간신히 해내면서… 초록 쓰기, 학회 활동, 인맥 쌓기. 남 가르치기. 연구비 신청 거절당하기." 그러고는 애덤을 가리켰다. "논문 프로포절 탈락되기."

"아직도 랩 동료가 못되게 굴어?"

올리브는 별것 아니라는 듯 손사래를 쳤다. "아직도 냉전 중이지만, 괜찮아요. 언젠가는 지가 알아서 극복하겠죠." 그리고 입술을 깨물었다가 이렇게 말했다. "저번 날 밤에 그런 문자 보내서 미안해요. 내가 무례했어요. 화내도 할 말 없어요." 애덤은 고개를 저었다. "괜찮아. 왜 그랬는지 이해해."

"애덤이 한 말, 나도 공감해요. 형편없는 밀레니얼 세대 과학자를 양산하고 싶지 않다는 말."

"내가 '형편없는 밀레니얼 세대 과학자'라는 표현을 쓰진 않았을걸."

"근데 한마디 더 하자면, 피드백 줄 때 그렇게 가혹하게 굴지 않아도 된다는 의견은 변함없어요. 고칠 점을 좋게 얘기해줘도 우리는 다 알아듣는다고요."

애덤은 올리브를 한참 바라보다가 고개를 한 번 끄덕였다. "알겠어."

"그럼 이제부터 덜 가혹하게 굴 거예요?"

"안 그럴 것 같은데."

올리브는 한숨을 폭 내쉬었다. "있죠, 이 가짜 연애 때문에 내 친구들 다 떠나가고 모두가 나를 미워하게 되면 나는 죽도록 외로워질 거고, 그럼 애덤이 매일같이 나랑 놀아줘야 할 거예요. 그럼 나는 애덤을 24시간 귀찮게 굴 텐데, 그걸 감수하고 지도하는 학생들한테 못되게 굴 가치가 있어요?"

"당연하지."

또 한 번 한숨이 나왔지만 이번에는 미소도 함께였다. 올리브는 애덤의 어깨에 머리를 옆으로 뉘였다. 너무 스스럼없이 구는 것도 같았지만, 동시에 자연스럽게 느껴졌다. 둘이 남 앞에서 애정 표현을 해야만 하는 상황에 여러 번 처해봐서 그런 걸수도 있고, 아니면 방금 둘이 나눈 이야기 때문일 수도 있고, 그것도 아니면 밤이 깊어서 그런 걸 수도 있었다. 애덤은… 뭐, 신경 안 쓰는 것처럼 굴었다. 그냥 조용히 편안하게 앉아 있었고, 그의 몸의 온기와 단단함이 올리브의 이마에 닿은 검은 셔츠의 면을 통해 고스란히 전해졌다. 시간이 한참 흐른 것 같을 때쯤 그가 침묵을 깼다.

"그렉한테 프로포절 다시 쓰라고 한 건 후회 안 해. 하지만 그렉이 올리브한테 화풀이할 상황을 만든 건 미안해. 우리가 이걸 계속하는 한 그런 일이 또 일어날 수 있는 것도."

"에, 나도 그런 문자 보내서 미안해요." 올리브가 한 번 더 사과했다. "그리고 애덤도 그만하면 괜찮아요. 못되고 쌀쌀맞긴 하지만."

"그렇게 말해줘서 고맙네."

"이제 랩에 돌아가봐야겠어요." 올리브가 일어나 앉으며 한 손으로 목 뒤를 문질렀다. "망하기 직전인 내 블로팅이 자기가 알아서 문제를 바로잡지는 않을 테니까."

애덤이 눈을 깜빡이는데 눈빛에 어떤 감정이 잠깐 스쳤다. 올리브가 조금 더 앉아 있었으면 하는 듯한 기색이었다. "왜 망하기 직전인데?"

끙 하는 신음이 절로 나왔다. "그게…." 올리브는 아예 휴대전화를 꺼내 홈버튼을 누르고 마지막으로 찍은 웨스턴 블롯(단백질의 특이적인 상호작용을 이용하여 특정 단백질을 검출하는 방법—옮긴이) 사진을 열어 보여주었다. "보여요?" 그러면서 타깃 단백질을 가리켜 보였다. "이게… 이렇게 되면 안 되는데…."

애덤이 생각에 잠긴 채 고개를 끄덕였다. "시작 샘플이 멀쩡했던 건 확실해? 겔도?"

"그럼요, 너무 질척이지도 너무 말라 있지도 않았다고요."

"항체가 문제인 것 같은데."

올리브가 고개를 들어 그를 쳐다봤다. "그렇게 생각해요?"

"응. 나라면 희석액하고 완충액 다시 체크해보겠어. 그게 아니면, 이차항체가 불안정해서 그런지도 몰라. 그거 확인했는데도 안 되면 내 랩실로 와. 우리 것 갖다 써도 돼. 다른 실험기기랑 도구, 샘플도 마찬가지고. 뭐든 필요한 것 있으면 우리 랩실 총무한테 말만 해."

"와. 고마워요." 올리브가 환하게 웃었다. "이쯤 되니 애덤이 내 논문 심사위원이 아닌 게 아쉬운데요. 애덤의 가학성에 대한 루머는 과장된 거였나 봐요."

애덤의 입가가 움찔거렸다. "아니면 올리브를 만나면 내 좋은 면이 발현돼서 그런 것 아닐까?"

그 말에 올리브가 씩 웃었다. "그럼 내가 계속 붙어 있어야겠네요. 생물학부 전체를 애덤의 성깔로부터 보호하기 위해서."

그러자 애덤이 올리브가 쥐고 있는 휴대전화에 뜬 망한 웨스턴 블롯 사진을 흘금 보며 받아쳤다. "그거 보니까 대학원 오래 다닐 것 같은데."

올리브는 웃으면서, 경악에 찬 숨을 들이마시는 척했다. "세상에. 방금 나한테…?"

"객관적으로…."

"세상에서 제일 무례하고, 못돼먹은 말을…." 이제 올리브는 깔깔 웃고 있었다. 배까지 움켜쥐고 애덤에게 삿대질을 하면서.

"그 블로팅 사진을 보건대…."

"그것도 박사과정생에게 절대로 해서는 안 되는 말을. 절대 금기어를."

"더 못된 말도 생각해낼 수 있어. 제대로 머리 굴리면."

"우리 사이는 끝이에요." 웃지 않으면서 말하면 효과가 있을 뻔했다. 그럼 애덤도 뭐든 받아줄 것 같은 즐거운 표정으로 지그시 바라보는 대신 올리브의 말을 진지하게 받아들일 텐데. "진심이에요. 그동안 즐거웠어요." 올리브가 발끈한 척하며 일어나 가려고 하자 애덤이 올리브의 소맷자락을 잡아 끌어당겼다. 결국 올리브는 좁은 소파, 애덤의 바로 옆에, 아까보다 조금 더 가까이에 철퍼덕 주저앉았다. 계속 그를 쩨려봤지만 애덤은 전혀 개의치 않는 듯 무덤덤한 얼굴로 마주 보았다.

"박사 5년 안에 못 끝내는 게 창피해 죽을 일은 아니야." 그가 위로하는 투로 말했다.

올리브가 헛웃음을 뱉었다. "그냥 내가 영원히 남아 있기를 바라는 거죠? 그래야 역사상 가장 두툼하고 알찬 타이틀나인 서류를 마련할 테니."

"사실 처음부터 노린 게 그거였어. 내가 어느 날 갑자기 올리브하고 키스한 유일한 이유."

"아, 됐어요." 올리브는 입술을 꾹 깨물고는, 자신이 바보같이 웃고 있는 걸 안 들키길 바라며 턱을 가슴팍에 묻었다. "근데 뭐 물어봐도 돼요?"

애덤이 최근 종종 그러듯 기대에 찬 얼굴로 바라보기에, 더 나직하고 조용한 목소리로 말을 이었다.

"진짜로, 왜 이걸 하는 거예요?"

"이거라니?"

"가짜 연애요. 여기를 쉽게 뜨지 않을 사람처럼 보이고 싶은 건 알겠는데…. 왜 진짜로 누구 안 만나요? 그렇게 지독한 사람도 아니잖아요."

"몸 둘 바를 모르겠네."

"아니, 농담 아니고, 내 말은…. 여태까지 가짜 데이트에서 보인 행동으로 보건대, 애덤하고 진짜로 만나고 싶어 할 여자가 많을… 아니, 몇 명은 있을 것 같아서 그래요." 올리브는 또 한 번 입술을 깨물고서 청바지 무릎 부위에 조그맣게 난 구멍을 만지작거렸다. "우리 친구잖아요. 처음엔 아니었지만 지금은 친구 맞잖아요. 그러니까 말해봐요."

"우리가 친구야?"

올리브가 고개를 끄덕였다. 네. 맞아요, 친구예요. 알면서 왜 그래요. "뭐, 애덤이 방금 내 졸업 시기를 언급해서 대학원 우정의 신성한 교리를 어기긴 했지만. 나랑 이러는 게 그… 진짜 여자친구 사귀는 것보다 진심으로 낫다고 하면 봐줄게요."

"나아."

"정말요?"

"응." 솔직하게 말하는 것 같았다. 솔직한 사람이었다. 애덤은 거짓말쟁이가 아니었다. 그렇다는 데 목숨도 걸 수 있었다.

"그래도, 이유가 뭔데요? 선크림 도포를 가장한 추행을 즐겨서? 학내 스타벅스에 수백 달러 기부하는 게 너무 좋아서?"

애덤이 희미하게 미소 지었다. 하지만 다음 순간 미소가 싹 가셨다. 그는 올리브를 보고 있지도 않았다. 대신 올리브가 조금 전 테이블에 던진 과자 껍질 근처 어딘가를 보고 있었다.

그러더니 침을 꿀꺽 삼켰다. 턱이 긴장해 꿈틀거리는 게 보였다.

"올리브." 애덤이 심호흡을 하더니 말을 이었다. "올리브가 알아야 할 게 있….."

"깜짝이야!"

두 사람은 펄쩍 뛰었다. 올리브가 애덤보다 더 눈에 띄게 놀랐고, 둘 다 입구 쪽을 돌아봤다. 제러미가 한 손으로 드라마틱하게 명치를 움켜쥔 채 문간에 서 있었다. "두 사람 때문에 간 떨어질 뻔했잖아요. 왜 컴컴한데 앉아 있는 거예요?"

'그러는 너는 여기서 뭐 하는데?' 올리브가 속으로 투덜거렸다. "그냥 수다 떨고 있었어." 대답은 이렇게 했지만 그건 두 사람이 나눈 것에 대한 정확한 묘사는 아닌 것 같았다. 하지만 그 이유는 꼭 집어 말할 수 없었다.

"놀랐잖아." 제러미가 한 번 더 말했다. "보고서 다 돼가, 올?"

"응." 옆을 흘깃 보니 애덤이 꼼짝하지 않고 무표정하게 앉아 있었다. "잠깐 쉬려고 나왔어. 그렇잖아도 돌아가려던 참이야."

"아, 잘됐다. 나도." 제러미가 웃으며 자기 랩실 방향을 가리켰다. "가서 버진 초파리 한 무리 분리해놔야 해. 더 이상 버진이 아니게 되기 전에. 무슨 말인지 알지?" 그러면서 눈썹을 꿈틀거려 보였고, 올리브는 힘없이 작게 하하 웃었다. 평소에는 제러미의 농담이 재밌는데. 평소에는. 지금은 그저…. 지금은 뭘 바라는지, 자신도 정확히 말할 수 없었다. "안 가, 올?"

응, 난 여기 있을래. "그러지, 뭐." 올리브는 마지못해 일어섰다. 애덤도 따라 일어서서 과자 껍질과 빈 음료수병을 주섬주섬 챙겨 재활용 쓰레기통에 분리해 넣었다.

"들어가세요, 칼슨 박사님." 제러미가 입구에서 인사했다. 애덤이 조금 딱딱하게 그에게 고개를 끄덕였다. 다시 해독하기 어려운 눈빛을 하고서.

'이렇게 끝나는군.' 올리브는 생각했다. 갑자기 왜 가슴이 답답해지는지 알 수 없었다. 그냥 피곤해서 그럴 거야. 너무 많이 먹었거나. 아니면 너무 안 먹었거나.

"또 봐요, 애덤." 올리브는 애덤이 문 쪽으로 성큼성큼 가 휴게실을 나가기 전에 얼른 중얼거렸다. 제러미는 못 듣게, 일부러 낮은 목소리로. 어쩜 애덤도 못 들었는지 몰라. 하지만 애덤은 잠시 걸음을 멈췄다. 그랬다가 다시 올리브의 옆을 지나가는데 그 순간, 상상인지 실제인지 애덤의 손등 마디가 올리브의 손등을 언뜻 스친 것 같았다.

"잘 가, 올리브."

9장

가설: 이메일을 쓸 때 첨부 파일이 있다고 언급할수록 그 파일을
실제로 첨부할 확률은 낮아질 것이다.

....

보낸 시각: 토요일, 6:34 p. m.

보낸 사람: Olive-Smith@stanford.edu

받는 사람: Tom-Benton@harvard.edu

제목: Re: 췌장암 검진법 연구 프로젝트에 대한 보고서

안녕하세요, 톰.

전에 요청하신 보고서와 함께, 지금까지 진행한 연구에 대한 상세
설명, 그리고 향후 연구 방향 및 그에 필요한 자원에 대한 의견도
보냅니다.

박사님의 고견이 무척 궁금합니다!

존경을 담아,
올리브.

....

보낸 시각: 토요일, 6:35 p. m.

보낸 사람: Olive-Smith@stanford.edu

받는 사람: Tom-Benton@harvard.edu

제목: Re: 췌장암 검진법 연구 프로젝트에 대한 보고서

안녕하세요, 톰.

이크, 파일 첨부를 깜빡했네요.

존경을 담아,

올리브.

받은 시각: 오늘, 3:20 p.m.

보낸 사람: Tom-Benton@harvard.edu

받는 사람: Olive-Smith@stanford.edu

제목: Re: 췌장암 검진법 연구 프로젝트에 대한 보고서

올리브,

보고서 다 읽었어요. 혹시 애덤의 집으로 와서 얘기 나눌 수 있는지? 내일(화) 오전 9시 가능해요? 애덤과 내가 수요일 오후에 보스턴으로 떠날 예정이라.

TB.

올리브의 심장이 요동쳤다. 애덤의 집에 가는 것 때문인지 아니면 톰에게서 드디어 확답을 들을 생각 때문인지, 자신도 알지 못했다. 어쨌든 당장 애덤에게 문자를 보냈다.

올리브: 톰이 내가 보낸 보고서 가지고 얘기 좀 하자고 방금 애덤의 집으로 초대했어요. 가도 돼요?

애덤: 그럼. 언제?

올리브: 내일 오전 9시요. 집에 있을 거예요?

애덤: 아마도. 우리 동네 자전거 전용도로 없는데. 데려다줄까? 내가 가서 픽업하면 돼.

올리브는 잠시 고민하다가, 그 제안이 너무 마음에 들어서 위험하다고 판단했다.

올리브: 룸메이트한테 데려다달라고 하면 돼요. 그래도 고마워요.

* * *

치장 벽토를 바른 벽에 창문은 아치형인 아름다운 스페인 식민지 시대 스타일 주택 앞에 올리브를 내려준 맬컴은 올리브가 백팩에 페퍼 스프레이를 넣어 가겠다고 동의한 후에야 자리를 떴다. 벽돌 타일이 깔린 길을 따라 문 앞까지 가면서 올리브는 앞마당 파릇파릇한 잔디와 포치의 아늑한 분위기에 감탄했다. 현관 벨을 누르려는 순간 누군가가 이름을 불렀다.

아침 조깅을 하고 막 돌아온 게 분명한 애덤이 땀에 전 채 뒤에 서 있었다. 선글라스를 끼고 반바지와 프린스턴 학부 수학 경시대회 티셔츠를 입고 있었는데, 땀 때문에 티셔츠가 가슴에 딱 달라붙었다. 차림새에서 유일하게 검은색이 아닌 건 젖은 곱슬머리 사이로 빼꼼 나온, 귀에 꽂은 에어팟뿐이었다. 무슨 음악을 들을까 상상하니 광대뼈가 절로 올라갔다. 아마 '코일'이나 '크래프트 워크' 같은 밴드 노래를 듣고 있을 거야. '벨벳 언더그라운드'나, 물을 효율적으로 사용하는 조경을 주제로 한 테드 강연이나, 그것도 아니면 고래 울음소리.

플레이리스트 슬쩍 바꿔놓게 5분만 그의 휴대전화를 마음대로 만지게 해준다면 월급의 일부를 기꺼이 내놓을 수 있을 것 같았다. 그럼 테일러 스위프트랑 비욘세 노래 추가해놔야지. 뭐, 아리아나 그란데도 몇 곡. 지평을 넓혀주는 의미에서. 짙은 선글라스 렌즈 때문에 애덤의 눈이 안 보였지만, 볼 필요도 없었다. 올리브를 발견한 순간 그의 입꼬리가 올라가 희미하지만 확실한 미소를 띠고 있었으니까.

"괜찮아?" 애덤이 물었다.

올리브는 자신이 멍하니 그를 보고 있었다는 걸 깨달았다. "앗, 네. 미안해요. 애덤은요?"

그가 고개를 끄덕였다. "집은 잘 찾아왔어?"

"그럼요. 노크하려던 참이었어요."

"안 그래도 돼." 올리브 옆을 지나쳐간 그가 문을 열고 올리브가 먼저 들어갈 때까지 기다렸다가 두 사람의 등 뒤로 문을 닫았다. 순간 그의 체취가 훅 끼쳐왔다. 땀과 비누 그리고 뭔지 모를 진하고 기분 좋은 것이 섞인 냄새였다. 그 체취가 벌써 익숙하게 느껴지는 게 새삼 놀라웠다. "톰은 아마 저기 있을 거야."

애덤의 집은 밝고 널찍하고 가구나 장식이 별로 없었다. "박제한 동물은 없는 거예요?" 올리브가 나직이 물었다.

애덤이 가운뎃손가락을 날리려는 찰나 두 사람은 부엌 식탁에 앉아 노트북 키보드를 두드리고 있는 톰을 발견했다. 톰이 고개를 들어 올리브를 보더니 환히 웃었다. 올리브는 그것이 좋은 신호이기를 빌었다.

"와줘서 고마워요, 올리브. 내가 돌아가기 전에 학교에 들를 시간을 못 낼지도 몰라서. 자, 앉아요." 애덤이 아마도 샤워를 하러 부엌에서 나갔고, 올리브는 심장 박동이 빨라지는 걸 느꼈다. 톰은 결정을 내린 것 같았다. 앞으로 몇 분 안에 올리브의 운명이 결정되는 것이었다.

"몇 가지 확인 좀 해줄 수 있어요?" 톰이 이렇게 물으며 노트북 화면을 돌려놓고 올리브가 보낸 자료의 수치 하나를 가리켰다. "내가 프로토콜을 제대로 이해했는지 보려고."

20분 후 머리칼이 촉촉이 젖은 애덤이 집에 천만 개쯤 쟁여놓았을 법한, 서로 약간씩 다르지만 똑같이 짜증날 만큼 완벽하게 몸에 딱 맞는 검은색 헨리 셔츠를 입고서 돌아왔을 때 올리브는 RNA 실험분석에 대한 설명을 막 마무리 짓고 있었다. 톰은 그 내용을 노트북에 메모하고 있었다.

"얘기 끝나면 학교로 데려다줄게, 올리브." 애덤이 말했다. "어차피 나도 출근해야 하니까."

"얘기 끝났어." 톰이 여전히 키보드를 두드리며 대꾸했다. "이제 가도 돼요."

아. 올리브는 고개를 끄덕이고 자리에서 조심스레 일어났다. 톰에게서 아직 대답이 없었다. 올리브의 연구에 대해 흥미롭고 날카로운 질문을 잔뜩 했지만, 내년에 함께 일하고 싶은지에 대해서는 가타부타 말이 없었다. 혹시 답이 '노'인데 올리브의 '남자친구네' 집에서 말하기 껄끄러워서 그런 걸까? 애초에 올리브의 연구가 지원할 가치가 없다고 판단한 거면 어쩌지? 애덤과 친구 사이라서 고려해보는 척했던 거라면? 애덤은 톰이 그런 사람이 아니라고 했지만, 혹시 애덤의 판단이 틀렸다면….

"갈 준비 됐어?" 애덤이 물었다. 올리브는 마음을 진정시키려고 애쓰며 백팩을 집어 들었다. 난 괜찮아. 다 괜찮아. 우는 건 나중에 해도 돼.

"네." 잠시 꾸물대면서 톰을 마지막으로 한 번 더 흘끔 봤다. 애석하게도 그는 노트북에 신경을 빼앗긴 것 같았다. "갈게요, 톰. 만나서 반가웠어요. 집에 조심히 돌아가세요."

"나도." 톰은 고개도 들지 않고 대꾸했다. "흥미로운 대화 나눠서 좋았어요."

"네." 게놈 기반 예후 부분의 설명이 부족했던 게 틀림없어, 올리브는 애덤을 따라 나가면서 속으로 중얼거렸다. 그 부분이 부족한 것 같다고 생각은 했는데 멍청하게 보고서를 그냥 보냈어. 멍청한 것, 멍청한 것, 멍청한 것. 그 부분을 보완했어야 했는데. 지금 제일 중요한 건 남 앞에서 울지 않고 꾹 참았다가….

"아, 올리브." 톰이 막 생각난 듯 덧붙였다.

올리브가 문간에서 걸음을 멈추고 그를 돌아봤다. "네?"

"내년에 하버드에서 봐요, 알았죠?" 마침내 그의 시선이 올리브의 시선과 만났다. "연구실 작업대 하나 비워놓고 기다릴 테니까." 그 순간 심장이 폭발했다. 기쁨을 못 이겨 흉곽 안에서 팡 터져버렸고, 행복과 자부심과 안도의 파도가 가히 폭탄급 파괴력으로 덮쳐왔다. 그 여파에 쓰러질 지경이었지만, 알 수 없는 생물학적 기적의 힘으로 간신히 똑바로 서서 톰에게 웃어 보일 수 있었다.

"너무 기대돼요." 행복의 눈물로 목이 멘 채 대꾸했다. "감사합니다."

톰은 윙크를 하고는 격려가 담긴 따뜻한 미소를 한 번 더 지어 보였다. 올리브는 밖으로 나가자마자 참지 못하고 허공에 주먹을 찔렀고, 몇 번 팔짝팔짝 뛰다가 다시 주먹을 찔러댔다.

"다했어?" 애덤이 물었다.

그때서야 옆에 누가 있는 게 생각나서 휙 돌아보았다. 애덤이 가슴팍에 팔짱을 낀 채 자신의 이두박근을 손가락으로 두드리고 있었다. 어쩐지 귀여워하는 것 같은 눈빛이었고, 그걸 본 순간 올리브는 몸을 던져 그의 상체를 힘껏 껴안았다. 평소 같으면 부끄러워서 차마 그러지 못했을 텐데 이번엔 도저히 참을 수가 없었다. 그리고 눈을 감았다. 애덤도 몇 초 머뭇거리더니 올리브에게 두 팔을 둘렀다.

"축하해." 애덤이 올리브의 머리카락에 얼굴을 묻고 속삭였다. 그 한마디에 올리브는 그만 또다시 울음이 터지기 일보 직전이 되었다.

일단 애덤의 차(누구의 예상도 벗어나지 않게, 프리우스였다)에 타고 학교로 출발하자 벅찬 감정을 누를 수 없어 말이 터져 나왔다.

"톰이 와서 연구하래요. 거기서 연구해도 된대요."

"안 그러면 바보지." 애덤이 부드러운 미소를 띠고 대꾸했다. "그럴 줄 알았어."

"톰이 애덤한테 말했어요?" 올리브의 눈이 휘둥그레졌다. "알고 있었으면서 나한테 말을 안 해줬단···."

"말 안 했어. 올리브 얘기는 아예 안 했어."

"그래요?" 올리브가 고개를 갸우뚱하며, 그의 얼굴을 더 잘 보려고 좌석에서 돌아앉았다. "왜요?"

"무언의 합의로. 이해가 상충할지 모르니까."

"그렇군요." 그래. 말 되네. 각각 친한 친구와 여자친구니까. 사실은 가짜 여자친구지만.

"뭐 물어봐도 돼?"

올리브가 고개를 끄덕였다.

"미국에 암 연구소는 널렸잖아. 왜 톰의 랩을 선택한 거야?"

"어, 사실은 선택한 게 아니에요. 몇 명한테 이메일을 보냈는데, 그중 두 분은 UCSF에 계시고, 거기는 보스턴보다 훨씬 가깝죠. 근데 유일하게 답장을 준 게 톰이었어요." 올리브는 좌석에 머리를 기댔다. 1년 동안 이곳의 삶을 떠나 있어야 한다는 게 처음으로 실감 났다. 맬컴과 같이 사는 아파트도, 안과 보내는 저녁 시간도. 심지어 애덤도. 하지만 그 생각은 자세히 들여다보기 싫어서 곧바로 덮어버렸다. "근데 왜 교수들은 학생이 보낸 이메일에 절대 답장을 안 하는 거예요?"

"왜냐하면 하루에 대략 이백 통은 받는데 대부분은 '제가 왜 C 마이너스죠?'의 변형이라서?" 애덤은 잠시 말이 없더니, 다시 입을 열었다. "미래를 위해 조언 하나 하자면, 직접 보내지 말고 지도교수한테 대신 보내달라고 해."

올리브는 고개를 끄덕이며 그 정보를 머리에 저장해두었다. "어쨌든 하버드에 가게 돼서 기뻐요. 얼마나 좋을까 벌써 기대돼요. 톰이 워낙 이 분야에서 유명하니까 나도 거기서 하고 싶은 연구는 거의 제약 없이 할 수 있을 거 아녜요. 24시간 처박혀서 연구만 해야지. 그러다가 결과가 내 예상대로 나오면 영향력 있는 저널에 발표할 수 있을 테고, 몇 년 안에 임상실험도 착수할 수 있을 거예요." 장밋빛 앞날을 꿈꾸다 보니 기분이 한없이 붕 떴다. "앗, 그럼 우린 이제 훌륭한 가짜 연애 파트너에 하나 더해서 공통의 연구 협력자도 생기는 거네요!" 문득 어떤 생각이 떠올랐다. "근데 톰하고 같이 지원금 따냈다는 건 연구 주제가 뭐예요?"

"세포 기반 모델."

"오프 격자 모델이요?"

애덤이 고개를 끄덕였다.

"우와. 좋은 거 하네."

"지금 진행 중인 것 중에 제일 흥미로운 프로젝트인 건 확실해. 적절한 타이밍에 연구비도 따냈고."

"무슨 뜻이에요?"

애덤은 차선을 바꾸는 동안 입을 다물었다가 대답했다. "지원금 확보한 다른 프로젝트들하고 성격이 달라. 여태까진 주로 유전자 관련 연구를 했거든. 오해 마, 그것도 흥미롭긴 해. 하지만 10년간 똑같은 연구만 하다 보니 관성에 빠졌어."

"그러니까… 지겨워졌다고요?"

"죽도록. 민간 연구직에 취직할까 잠깐 고민도 했지."

올리브가 놀란 숨을 들이마셨다. 학계에서 민간으로 빠지는 건 궁극의 배신으로 간주되었다.

"걱정 마." 애덤이 시원하게 미소 지었다. "톰이 나의 탈선을 막아줬으니까. 내가 더 이상 연구가 즐겁지 않다고 얘기한 뒤로 둘이서 머리 맞대고 새로운 방향을 찾아봤는데, 그러다 마침 둘다 하고 싶어 하는 걸 찾아내서 연구비 지원신청서를 썼지."

순간 톰에게 말로 다 표현 못 할 고마운 마음이 들었다. 내년에 올리브의 프로젝트를 지원해주기로 했을 뿐 아니라 그는 애덤이 학계에 남아 있게 된 이유이기도 하니까. 올리브가 애덤을 알아갈 기회를 얻은 이유. "연구에 대한 열정이 되살아나서 참 좋겠어요."

"좋지. 학계는 죽어라 노력해도 열매는 별로 못 얻는 곳이니까. 충분한 이유가 없으면 붙어 있기 어려워."

올리브는 무심히 고개를 끄덕이면서, 어디서 들어본 말 같다고 생각했다. 내용뿐 아니라 말하는 투마저. 놀랍지도 않았다. 왜냐하면 몇 년 전 화장실에서 만난 '그 남자'가 했던 바로 그 말이었으니까. 학계는 죽어라 애써도 열매는 거의 못 얻는 분야예요. 중요한 건 박사과정을 밟으려는 이유가 충분한가예요.

순간, 머릿속에서 뭔가가 찰칵 맞아떨어졌다.

중저음의 목소리. 뿌옇게 보이던 짙은 색 머리칼. 또렷하고 정확한 말투. 설마 화장실의 '그 남자'가….

아니야. 그럴 리 없어. 그 남자는 학생이었잖아. 근데, 자기가 학생이라고 확실하게 말했던가? 아니, 안 했어. 대신 "이건 내 화장실인데"라고 했고, 6년째 그 학교에 다니고 있다고 했고, 논문 마감이 언제냐고 물으니까 대답을 안 했고, 또….

그럴 리가. 있을 법하지 않은 일이야. 상상도 못할 일이야.

그렇지만 여태껏 애덤과 올리브와 관련된 일이 다 그렇지 않았나.

맙소사. 둘이 진짜로 몇 년 전 만난 사이면 어떡하지? 어차피 기억 못 하는 것 같지만. 기억 못 할 거야. 나는 별 볼 일 없는 애였으니까. 지금도 별 볼 일 없는 애지만. 대놓고 물어볼까? 그렇지만 뭣 하러? 애덤은 나와 나눈 5분의 대화가 당시 나한테 딱 필요한 격려였다는 걸 까맣게 모르고 있는데. 내가 몇 년간 줄곧 그를 떠올린 것도.

그에게 마지막으로 한 말이 생각났다. "어쩌면 내년에 또 볼 수도 있겠네요." 아, 진즉에 알았더라면. 늘 철저히 방어해온 마음속 물렁물렁한 곳에서 뭔가 따스하고 보드라운 것이 샘솟았다. 애덤을 흘끔 본 순간 그것은 더 크고 더 강렬하고 더 뜨거워졌다.

'당신은….' 올리브는 속으로 생각했다. 당신 말이에요. 세상에서 가장…

최악의…

최고의….

올리브는 웃음을 터뜨리며 고개를 절레절레 저었다.

"왜 그래?" 애덤이 어리둥절해서 물었다.

"아무것도 아니에요." 올리브는 그를 향해 활짝 웃었다. "신경 쓰지 말아요. 아, 맞다. 우리 가서 커피 한잔해요. 기념하기 위해."

"뭘 기념해?"

"전부 다요! 애덤이 지원금 딴 것. 내가 하버드에서 1년 보내게 된 것. 우리 가짜 연애가 잘 풀리고 있는 것까지."

커피숍 가짜 데이트는 원래 내일이니 오늘 가자고 하는 건 반칙이었다. 하지만 지난 수요일 데이트는 몇 분 만에 끝났고, 게다가 금요일 밤 이래로 애덤에게 그가 전혀 관심 없어 할 얘기를 문자로 보내려다가 억지로 휴대전화를 놓은 게 한 서른 번쯤 됐다. 그렇게 고민하다가 애덤의 조언이 옳았으며 웨스턴 블롯을 망친 게 항체 때문이었다는 것도 굳이 알려주지 않기로 했다. 토요일 밤 10시에 그가 문자에 답해줄 리 없으니까. 그가 아직 학교에 남아있는지 궁금해서 '지금 뭐 해요?'라는 문자도 두 번이나 썼다가 지웠다. 솔직히 자외선 차단에 관한 유용한 조언을 제공하는 〈어니언〉(온라인 뉴스 매체—옮긴이) 기사를 보낼까 말까 하다가 결국 보내지 않은 건 다행스러웠다. 그러니 지금 커피숍 가자고 조르는 건 반칙이었지만, 그래도 오늘은 기념할 만한 날이고 올리브는 이 날을 꼭 기념하고 싶었다. 애덤과 함께.

애덤은 볼 안쪽을 깨물며 잠시 고민하다가 대꾸했다. "진짜 커피 주문할 거야, 아니면 캐모마일 차 먹일 거야?"

"상황에 따라 다르죠. 또 침울해할 거예요?"

"펌킨 어쩌구 시키면 그럴 거야."

올리브가 눈알을 굴렸다. "진짜 맛을 모르는구면." 그때 휴대전화 알림이 울렸다. "아, 우리 플루첼라에 가요. 커피 마시기 전에." 애덤의 미간에 수직 주름이 잡혔다. "그게 뭔지 물어보기도 겁나네."

"플루첼라요." 올리브가 한 번 더 말했지만 그의 이마를 반으로 가른 주름이 더 깊어진 걸 보면 도움이 안 된 것 같았다. "교수랑 직원, 학생들을 위한 단체 독감 예방접종이요. 무료로 해주는."

애덤이 기막힌다는 표정을 지었다. "그걸 플루첼라라고 해?"

"네, 페스티벌 이름 따서요. 코첼라 몰라요?"

그것도 들어본 적 없는 것 같았다.

"이런 건 단체 이메일로 알려주지 않아요? 최소한 다섯 차례는 왔는데."

"내 스팸 필터가 워낙 뛰어나서."

올리브가 미간을 찌푸렸다. "학교 측에서 보낸 이메일도 거른다고요? 그러면 안 되죠. 중요한 이메일도 거르면 어떡해요. 학교 행정부나 학생이 보낸…."

애덤이 말없이 한쪽 눈썹을 슥 올렸다.

"아, 알았어요."

웃지 마. 웃으면 안 돼. 자기가 나를 이렇게 웃겨주는 걸 알게 해선 안 돼.

"어쨌든, 가서 예방접종 해요."

"난 됐어."

"벌써 받았어요?"

"아니."

"전부 다 받아야 하는 의무접종인 걸로 아는데."

애덤의 어깨에 힘이 빡 들어간 걸 보니 본인은 모두에 해당이 안 된다고 믿는 것 같았다. "난 감기고 독감이고 잘 안 걸려."

"그럴 리가요."

"사실이 그래."

"하, 독감은 그리 만만히 볼 게 아니라고요."

"독감도 별거 아니야."

"별것 맞고요, 애덤 같은 사람은 특히 위험하죠."

"나 같은 사람?"

"알잖아요… 특정 나이대."

교내 주차장으로 차를 운전해 들어가는 그의 입꼬리가 씰룩거렸다. "입만 산 박사과정생."

"어서요." 올리브가 몸을 숙이고 검지로 그의 팔뚝을 쿡 찔렀다. 이제는 하도 접촉해서 거리낌이 없었다. 공공장소에서도, 둘만 있을 때도, 그 두 가지가 섞인 상황에서도 많이 해봤으니까. 전혀 이상하지 않았다. 안나 맬컴과 그럴 때처럼 기분 좋고 스스럼없는 느낌이었다. "같이 가요."

애덤은 꿈쩍도 하지 않고서, 올리브 같았으면 차 대는 데 두 시간은 족히 걸렸을 까다로운 곳에 평행주차 하는 데만 신경을 집중했다. "그럴 시간 없어."

"커피 마시러는 간다면서요. 그럼 시간 있는 거죠."

1분도 안 돼 주차를 마친 애덤이 입을 꾹 다물었다. 대답할 생각 없다는 듯.

"접종을 왜 안 받으려는 거예요?" 올리브가 의심 가득한 눈으로 그를 살폈다. "혹시 백신 반대론자예요?"

아, 눈에서 레이저가 나온다는 게 이런 거구나.

"알았어요." 올리브는 미간을 접었다. "그러면 왜 그러는 건데요?"

"너무 번거롭잖아." 지금 애덤이 꼼지락거리는 건가? 입술 안쪽을 깨물고 있는 거야?

"10분이면 되는데요." 올리브는 손을 뻗어 애덤의 셔츠 소매를 잡아당겼다. "도착하면 담당 직원이 교수신분증 카드 스캔하고 주사 맞으면 끝." 그런데 주사라고 말하는 순간 올리브의 손끝에 닿아 있던 그의 근육이 움찔했다. "식은 죽 먹기죠. 게다가 제일 좋은 건 앞으로 1년간 독감에 안 걸린다는 거예요. 완전… 앗." 올리브가 한 손으로 입을 가렸다.

"뭐?"

"아 저런."

"뭐어?"

"혹시… 아, 불쌍한 애덤."

"뭔데 그래?"

"혹시 주삿바늘 무서워서 그래요?"

그러자 애덤의 몸이 굳었다. 미동도 없었다. 숨도 안 쉬는 것 같았다. "주삿바늘이 무서운 건 아니야."

"괜찮아요." 올리브는 최대한 부드럽게 달래는 목소리로 말했다. "알아, 왜냐하면 안 무서우니까…."

"여기서는 주삿바늘 공포증 털어놔도 아무도 뭐라고 안 그래요."

"주삿바늘 공포증 같은 거 없…."

"이해해요, 바늘이 무섭긴 하죠."

"그게 아니…."

"사람이 무서워하는 것 하나쯤 있어도 되죠, 뭘."

"안 무섭다니까." 자기도 모르게 언성을 높인 애덤이 몸을 돌려 앉더니 헛기침을 하며 목을 긁었다.

올리브는 입을 꾹 다물었다가 이렇게 말했다. "뭐, 애덤은 몰라도 나는 무서워했어요."

그러자 애덤이 호기심 어린 눈빛으로 돌아봤고, 올리브는 말을 이었다.

"어렸을 때요. 엄마…." 여기서 말을 끊고 목을 가다듬어야 했다. "엄마가 나 주사 맞을 때마다 온몸으로 꼭 안아줘야 했어요. 안 그러면 내가 너무 몸부림쳐서. 그것도 모자라 아이스크림 사주겠다고 살살 달래기까지 해야 했는데, 문제는 내가 주사를 맞자마자 아이스크림 먹어야겠다고 떼를 쓴 거예요." 이 부분에서는 웃음이 터졌다. "그래서 엄마는 접종 예약 시간이 되기 전에 미리 아이스크림 샌드위치를 사놨는데, 주사 다 맞고 먹을 때쯤엔 엄마 가방 안에서 다 녹아서 가방 속 다른 물건까지 엉망으로 만들어버려서…."

젠장. 또 질질 짜고 있잖아. 또 애덤 앞에서.

"다정한 분이셨던 것 같네." 애덤이 말했다.

"맞아요."

"분명히 말하는데, 나 주삿바늘 안 무서워." 그가 한 번 더 힘주어 말했다. 이번에는 온화하고 다정한 말투였다. "그냥… 징그러워서 그러는 것뿐이야."

올리브는 코를 훌쩍이며 그를 올려다봤다. 그를 와락 안고 싶은 충동이 강렬하게 덮쳤다. 하지만 오늘 이미 한 번 껴안았고, 그래서 대신 그의 팔을 토닥토닥 두드리며 "아이구" 하는 정도로 그치기로 했다.

애덤이 무섭게 쩌려보며 말했다. "아이구 같은 소리 하지 마."

귀엽네. 이 사람도 귀여울 때가 있네. "농담 아니고, 진짜 징그럽다고. 내 살을 푹 찌르고 들어오고, 피도 나잖아. 그걸 보고 있으면… 웩."

올리브는 차에서 내린 다음 애덤도 내릴 때까지 기다렸다. 그가 옆에 와 서자 올리브는 안심시키는 표정으로 그에게 웃어 보였다.

"이해해요."

"그래?" 못 믿겠다는 투였다.

"그럼요. 주삿바늘, 그거 참 끔찍하죠."

애덤은 아직도 의심하는 눈치였다. "내 말이 그거야."

"무시무시하고요." 올리브가 그의 팔꿈치를 덥석 잡고 그를 플루첼라 텐트 쪽으로 끌고 가기 시작했다. "그래도 극복해야죠. 과학을 위해서. 가서 독감 주사 맞아요."

"난…."

"더 말하고 자시고 할 것도 없어요. 맞는 동안 내가 손도 잡아줄게요."

"손 안 잡아줘도 돼. 안 갈 거니까." 하지만 말과는 달리 가고 있었다. 다리에 힘주고 버틸 수 있었고, 그럼 말뚝처럼 꿈쩍도 안 했을 터였다. 그럼 올리브는 싫다는 그를 어디로도 데려갈 수 없었을 것이다. 그런데도.

올리브는 그의 팔뚝을 따라 손을 미끄러뜨려 손목을 잡고서 그를 올려다봤다. "어림없죠."

"부탁이야." 애덤은 진심으로 괴로운 표정이었다. "억지로 데려가지 마."

너무 귀엽잖아. "애덤을 위해서예요. 그리고 애덤 근처에 올 수도 있는 어르신들을 위해서요. 그니까, 애덤보다도 나이가 더 많은 어르신들."

그는 체념하고 한숨을 푹 쉬었다. "올리브."

"어서요. 운 좋으면 학장님이 우릴 목격할지도 모르잖아요. 주사 맞고 나서 아이스크림 샌드위치도 사줄게요."

"혹시 그 아이스크림 샌드위치 값은 내가 내?" 이제는 세상 만사 다 포기한 목소리였다.

"그럴걸요. 잠깐, 그 말 취소예요. 애덤은 아이스크림 좋아하지도 않을 텐데. 왜냐하면 인생에서 좋은 건 다 싫다는 사람이니까." 올리브는 아랫입술을 잘근잘근 씹으면서 계속 걸었다. "잘하면 구내식당에 생 브로콜리 있을지도 모르는데, 그거 먹을래요?"

"내가 독감 주사도 맞는데 이런 언어폭력까지 참아야 해?"

그 말에 올리브가 활짝 웃었다. "우리 친구, 너무 용감하네요. 커다란 바늘이 아야 한다는데."

"입만 산 거 티 내지 마." 말은 그렇게 하면서도 애덤은 올리브가 자기를 질질 끌고 가는 걸 마다하지 않았다.

9월 초의 오전 10시인데도 벌써 태양은 너무 밝고 너무 뜨겁게 내리쬐면서 올리브의 면 셔츠를 따끈하게 달구었고, 미국풍나무 이파리들은 아직 단풍이 들려면 멀었는지 진한 초록빛을 띠고 있었다. 지난 몇 년과 분위기가 사뭇 다르게 느껴졌다. 이번 여름은 좀처럼 끝나기 싫어하는 것 같았고, 가을학기가 시작됐는데도 여전히 한창인 것처럼 보였다. 학부생들은 오전 수업에 들어가 졸고 있거나 아니면 늦잠을 자는 것 같았다. 늘 스탠퍼드 교정에 감돌던 시끌벅적함이 웬일인지 싹 가셔 있었다. 게다가 올리브는⋯ 올리브에게는 내년에 연구를 계속할 곳이 생겼다. 열다섯 살 때부터 목표로 해온 것이 드디어 현실이 되어가고 있었다.

인생이 이보다 더 좋아질 수는 없을 것 같았다.

올리브는 만면에 웃음을 띤 채 화단의 향기를 한껏 들이마신 다음 나지막이 노래를 흥얼거리며 애덤과 말없이, 나란히 걸었다. 캠퍼스 중정을 가로지를 때는 올리브의 손이 애덤의 손목에서 스르륵 미끄러져 내려가 그의 손바닥을 감쌌다.

10장

가설: 내가 사랑에 빠지면 십중팔구 상황이 나쁘게 끝날 것이다.

녹아웃 생쥐(특정 유전자를 파괴 또는 제거한 생쥐—옮긴이)는, 유전자가 조작된 생쥐인 걸 고려하면 불가능했어야 할 긴 시간 동안 와이어에 매달려 있었다. 올리브는 녀석을 향해 얼굴을 찌푸려 보이며 입을 꾹 다물었다. 결정적 DNA가 제거된 생쥐인데. 와이어에 매달리는 데 필요한 단백질은 전부 제거됐는데. 이 녀석이 이렇게 오래 매달려 있을 수가 없는데. 그 망할 유전자를 애초에 제거한 목적이 뭔데….

그때 휴대전화 액정이 켜졌고, 올리브의 시선이 곧장 액정 화면으로 쏠렸다. 메시지 발신자 이름은 보였지만(애덤이었다), 내용은 읽을 수 없었다. 지금은 수요일 오전 8시 42분이었고, 그래서 혹시 애덤이 가짜 데이트를 취소하려는 건지 즉시 걱정이 됐다. 어쩌면 어제 플루첼라 후 애덤의 아이스크림 샌드위치를 올리브가 고르게 해줬으니(그걸 먹은 사람이 올리브일 수도 있고 아닐 수도 있는 건 묻어두고) 오늘은 만날 필요 없다고 생각했는지도 모른다. 어쩌면 그를 벤치에 억지로 앉혀놓고 둘이 각각 참가했던 마라톤 얘기를 쏟아놓게 하지 말았어야 했는지도 모른다. 아니면 얘기하던 중 그의 휴대전화를 빼앗아 올리브가 제일 좋아하는 러닝 앱을 다운받고 멋대로 자신을 친구 설정한 게 다소 거슬렸을 수도 있었다. 언뜻 보기엔 애덤도 즐거워하는 것 같았지만 속으로는 아니었을지 모르니까.

올리브는 실험용 장갑을 낀 자기 손을 내려다봤다가 다시, 아직도 와이어에 매달려 있는 생쥐 녀석을 흘끔 봤다.

"인마, 너무 애쓰지 마." 케이지가 눈높이에 오도록 바닥에 무릎을 대고 쭈그려 앉았다. 생쥐 녀석은 조그만 다리를 버둥대고 꼬리를 앞뒤로 파닥거렸다. "넌 이걸 못해야 한단 말이야. 그래야 네가 얼마나 못했는지를 주제로 내가 논문을 쓰지. 그래야 너는 치즈 한 덩이를 얻어먹고, 나는 진짜 돈을 받는 진짜 직업을 구해서 나중에 비행기에서 누가 뇌졸중으로 쓰러져서 닥터 찾으면 기다렸다는 듯이 '저, 그런 닥터 아닙니다'라고 말해보지."

생쥐가 찌익찌익 울더니 붙잡고 있던 와이어를 툭 놓고 실험용 케이지 바닥에 쿵 떨어졌다.

"그 정도면 됐어." 올리브는 재빨리 장갑을 벗고 엄지로 휴대전화 화면 잠금을 풀었다.

애덤: 팔이 쑤셔.

처음엔 오늘 못 만날 이유를 말하는 건가 싶었다. 다음 순간 자신도 아침에 일어나서 욱신거리는 팔을 주무른 게 기억났다.

올리브: 독감 주사 맞은 자리요?

애덤: 진짜 아프다고.

키득키득 웃음이 나왔다. 자신이 그런 타입인 줄은 정말 몰랐는데, 여기 이렇게 한 손으로 입을 가리고서… 그렇다, 랩실 한복판에서 바보처럼 키득거리고 있었다. 생쥐 녀석이 비난과 경악이 담긴 조그맣고 새빨간 눈으로 올리브를 빤히 쳐다봤다. 올리브는 허둥대며 돌아서서 다시 휴대전화를 내려다봤다.

올리브: 아이구, 우리 애덤. 불쌍해라.

올리브: 가서 주사 맞은 자리에 뽀뽀해줘요?

애덤: 이렇게 아플 거라고는 말 안 했잖아.

올리브: 누구 말을 빌리면, 애덤의 기분 조절 능력을 향상시키는 건 내가 할 일이 아니에요.

애덤의 답장은 단 한 개의 이모티콘(중지를 올린 노란 손)이었고, 올리브는 너무 활짝 웃어서 광대뼈가 아렸다. 키스 이모티콘으로 답장하려는 순간 다른 사람의 목소리가 끼어들었다.

"닭살이다."

올리브가 휴대전화에서 시선을 들었다. 안이 랩 입구에 서서 혀를 내밀고 있었다.

"안녕. 무슨 일로 왔수?"

"장갑 빌리러. 거기다 닭살도 돋고."

올리브가 미간을 접었다. "왜?"

"우리 랩에 스몰 사이즈 다 떨어졌어." 안이 눈알을 굴리며 안으로 들어왔다. "아니 진짜로, 랩에 여자가 나밖에 없다고 스

249

몰 사이즈는 절대로 안 쟁여놓더라. 나라고 장갑을 지들만큼 빨리 써 없애지 않는 게 아닌….”

“아니, 왜 닭살 돋느냐고.”

안이 어이없다는 표정을 지으며 올리브네 랩에 구비된 보라색 실험용 장갑 두 장을 톡 톡 뽑았다. “네가 칼슨하고 사랑에 빠진 게 너무 잘 보이니까. 장갑 아예 몇 켤레 가져가도 돼?”

“무슨 소리를….” 올리브는 휴대전화를 여전히 움켜쥔 채 눈을 깜빡거렸다. 쟤가 돌았나? “나 그 사람하고 사랑에 빠지지 않았어.”

“아이고, 그러셔.” 장갑을 주머니에 쑤셔 넣고 고개를 든 안이 올리브의 심란한 표정을 뒤늦게 알아챘다. 안의 눈이 휘둥그레졌다. “야, 농담이야! 닭살 안 돋아. 나도 제러미한테 문자 할 때 너랑 똑같은 표정일걸. 그리고 솔직히 보기 좋아, 네가 그 사람한테 푹 빠진….”

“아니라니깐. 푹 빠진 거.” 패닉이 덮칠 것 같았다. “그거 아니…. 우린 그냥….”

안이 웃음을 참는 듯 입을 꾹 다물었다. “그래. 네가 그렇다면 뭐.”

“아니, 진짜라고. 우리는 그냥….”

“야, 괜찮아.” 안은 달래는 투로, 그리고 약간은 목멘 소리로 말했다. “나는 그냥, 너만큼 좋은 애도 없잖아. 남다르고. 솔직히 내가 세상에서 제일 아끼는 사람인데. 근데 가끔은 맬컴하고 나 말고는 너라는 멋진 애를 알 기회를 누릴 사람이 없으면 어쩌나 걱정돼서 그래. 뭐, 여태까지는 걱정했어. 이젠 안 하지. 야유회에서 너랑 애덤이 같이 있는 걸 봤으니까. 그리고 주차장에서도. 그리고… 하여간, 여러 번 봤잖아. 둘 다 서로를 그렇게 열렬히 사랑하고, 아주 넋을 놓았던 걸. 보기 좋아! 첫 번째 날 밤만 빼고." 안이 회상에 잠겨 덧붙였다. "그날만큼은 정말 이상했어." 올리브는 몸이 굳어서 대답했다. "안, 그런 거 아니야. 우린 그냥… 만나보는 단계야. 가볍게. 만나서 노는 정도. 서로를 알아가면서. 그러니까 아직은…."

"그래, 알았어. 네가 그렇다면 그런 거겠지." 안은 올리브가 하는 말을 한마디도 안 믿는 기색으로 어깨를 으쓱했다. "아, 가서 내 박테리아 배양액 확인해야 해. 또 쉴 때 와서 귀찮게 굴게, 알았지?"

올리브는 천천히 고개를 끄덕이고는 문 쪽으로 가는 친구의 등짝을 멍하니 바라봤다. 안이 걸음을 멈추고 갑자기 심각한 표정으로 돌아봤을 때는 심장이 덜컥 내려앉았다.

"올. 이 말은 하고 싶었어… 내가 제러미 만나서 네가 상처받을까봐 엄청 걱정했거든. 근데 이젠 걱정 안 해. 왜냐하면 네가 애덤이랑 같이 있을 때 그런 모습인 걸 보니… 뭐." 안이 쑥스러운 웃음을 지어 보였다. "네가 싫다니까 그 말은 안 할게."

그러더니 손을 한 번 흔들고 가버렸고, 올리브는 안이 사라진 후에도 그 자리에 얼어붙은 채 한참 문간을 바라보았다. 이

읔고 시선을 떨어뜨리고 뒤에 있던 스툴에 털썩 주저앉았다. 딱 한마디가 떠올랐다.

망했다.

* * *

세상이 망하는 건 아니었다. 누구나 겪는 일이었다. 멀쩡한 사람도 가짜 데이트 상대에게 반하게 마련이니까. 아니다, 안은 '사랑'이라는 단어를 썼지. 웬 사랑이야. 하여간 아무 의미 없을 것이다.

머릿속에서 이런 한마디가 반복 재생되는 것만 빼고. 망할. 망할, 망할, 망할.

올리브는 등 뒤로 조교사무실 문을 잠그고 의자에 털썩 앉았다. 부디 사무실 같이 쓰는 다른 조교가 한 학기에 한 번 오전 10시 이전에 출근하는 날이 오늘이 아니길 빌었다.

다 내 잘못이야. 내가 멍청했지. 애덤에게 매력을 느끼기 시작한 걸 알았으면서. 분명히 알았으면서. 거의 처음부터 알았는데 어느새 대화를 나누게 됐고, 애초에 그럴 계획은 없었는데도 그를 더 깊이 알아가게 됐고, 그것도 모자라…. 이건 다 애덤 잘못이야. 생각했던 것과 그렇게 다르다니. 자꾸만 같이 있고 싶게 만들고. 망할 애덤. 지난 며칠간 위험 신호가 올리브의 옆구리를 찔러댔는데도 알아차리지 못하다니. 얼마나 멍청하면 그러니.

올리브는 벌떡 일어나 주머니에서 휴대전화를 꺼내 주소록에서 맬컴의 번호를 검색했다.

올리브: 지금 만나자.

답장하는 데 5초도 안 걸린 맬컴이 새삼 고마웠다.

맬컴: 점심 먹으러? 나 지금 새끼 쥐 신경근접합부 해부할 참인데.

올리브: 지금 당. 장. 얘기 좀 해야겠어.

올리브: 부탁이야.

맬컴: 스타벅스. 10분 후.

* * *

"내가 그럴 거라고 했잖아."

올리브는 테이블에 박은 머리를 들지도 않고 대꾸했다. "안 그랬거든."

"정확히 '야, 가짜 연애 하지 마. 그러다 칼슨한테 진짜로 반한다'라고 말하진 않았지만, 이건 멍청한 짓이고 더 엉망진창이될 거라고 했잖아. 지금 상황이 딱 엉망진창이라는 말로 요약될 것 같은데."

맬컴은 올리브의 맞은편, 복작거리는 커피숍의 창가 자리에 앉아 있었다. 사방이 떠들고 웃고 음료를 시키는 학생들로 시끌벅적했다. 다들 올리브의 인생에 갑자기 닥친 대혼란에 야속할 만치 관심이 없었다. 올리브는 차가운 테이블에서 얼굴을 들었지만, 아직 눈을 뜰 준비는 안 돼서 양 손바닥으로 눈을 꾹 눌렀다. 눈을 뜰 준비가 영영 안 될 것 같기도 했다. "어떻게 일이 이렇게 되지? 난 그런 사람 아닌데. 이건 내가 아니라고. 어떻게 내가… 그리고 그 많은 사람 중에 하필 애덤 칼슨하고. 대체 누가 애덤 칼슨을 좋아하냐고?"

맬컴이 콧방귀를 뀌었다. "전부 다, 올. 키 크고 음울하고 무뚝뚝한 천재 몸짱이잖아. 키 크고 음울하고 무뚝뚝한 천재 몸짱은 누구나 다 좋아한다고."

"난 아니야!"

"웃기시네."

올리브는 눈을 질끈 감고 신음을 뱉었다. "별로 무뚝뚝하지도 않아."

"아니, 무뚝뚝해. 네가 눈치를 못 채는 거지. 왜냐하면 반쯤 뿅 가 있으니까."

"아니라니까…." 올리브는 손바닥으로 이마를 쳤다. 여러 번. "제장."

맬컴이 몸을 숙여 짙은 색의 따스한 손으로 올리브의 손을 꼭 잡았다. "올리브." 그러고는 차분하게 목소리를 깔고 말했다. "진정해. 같이 답을 찾으면 되니까." 그리고 웃어주기까지 했다. 그 순간, 수없이 여러 번 들은 '내가 그랬잖아'도 싹 잊힐 정도로 맬컴을 향한 사랑이 솟아올랐다. "우선, 얼마나 심해?"

"나도 몰라. 척도가 따로 있어?"

"글쎄, 그냥 좋아하는 게 있고 그런 식으로 좋아하는 게 있으니까."

올리브는 무슨 소린지 영 감이 안 잡혀서 고개만 흔들었다. "그냥 그 사람이 좋을 뿐이야. 같이 있고 싶고."

"좋아, 그 정도는 특별할 것 없어. 나하고도 같이 있고 싶어 하니까."

올리브는 얼굴이 화끈 달아오르는 걸 느끼며 미간을 살짝 접었다. "그런 식으로 말고."

맬컴은 몇 초간 말이 없었다. "그렇군." 맬컴은 이게 올리브에게 얼마나 큰일인지 잘 아는 사람이었다. 둘이서 이런 이야기를 나눈 적이 여러 번 있었기 때문이다. 누군가에게 매력을, 특히 성적 끌림을 느끼는 게 올리브에게 얼마나 드문 일인지. 뭔가 잘못돼서 그런 건 아닌지. 자라온 배경 때문에 이런 쪽으로 성장이 저해된 건 아닌지.

"맙소사." 올리브는 거북이처럼 후디 속으로 고개를 쏙 넣고서 모든 게 사라질 때까지 숨어 있고 싶었다. 아니면 마라톤 경주에 참가하든가. 논문 프로포절을 쓰든가. 이 상황을 직시하는 것만 아니면 뭐든 좋았다. "눈앞에 빤히 증거가 있는데, 낌새도 못 챘어. 그냥 애덤이 똑똑하고 매력적이라고만 생각했고, 미소가 참 보기 좋다고 생각했고, 저 사람이랑은 친구가 될 수 있을 것 같았고…." 손바닥으로 눈 주위를 꾹꾹 누르면서, 시간을 거슬러가서 여태까지 내린 선택을 다 되돌릴 수 있기를 바랐다. 지난달 전체를 지워버렸으면 했다. "내가 미워?"

"나 말이야?" 맬컴이 놀란 투로 물었다.

"응."

"아니. 내가 왜 너를 미워하겠어?"

"왜냐하면 애덤이 너한테 못되게 굴었고 몇 달 치 모은 데이터를 내다버리게 만들었잖아. 근데… 애덤이 나랑 있을 때는 그렇게…."

"나도 알아. 아니," 맬컴이 손사래 치며 말을 고쳤다. "둘 사이를 안다는 게 아니라. 그 사람이 너랑 있을 때는 내 망할 졸업 논문 지도해줄 때랑 다르게 구는 게 충분히 상상된다고."

"넌 애덤 싫어하잖아."

"맞아… 나는 싫어해. 아니, 그보다는… 안 좋아하는 쪽에 가깝지. 근데 내가 그런다고 너도 그럴 필요는 없잖아. 그래도 나한테 너의 황당한 남자 취향을 비판할 권리는 있지만. 이틀에 한 번씩. 근데, 올, 야유회에서 둘이 같이 있는 거 봤어. 애덤이 확실히 나한테 하는 거랑은 다르게 대하더라. 그리고, 너도 알지." 맬컴이 마지못해 덧붙였다. "그 사람이 섹시하지 않은 건 아니라는 거. 네가 왜 꽂혔는지 알겠다."

"내가 처음에 가짜 데이트 얘기 털어놨을 때 한 말이랑 다르잖아."

"그치, 지금은 네 편들어주려고 이러는 거야. 그때는 네가 사랑에 빠져 있지도 않았고."

올리브는 끙 앓는 소리를 냈다. "그 단어 좀 안 쓰면 안 돼? 앞으로 다시는? 너무 섣불리 단정하는 것 같아서 그래."

"알았어." 맬컴이 단추 달린 셔츠에서 묻지도 않은 먼지를 털어내며 대꾸했다. "로코 영화 실사판이 따로 없다. 그래서, 이 소식을 어떻게 전할 거야?"

올리브가 관자놀이를 문지르며 물었다. "무슨 얘기야?"

"너는 그 사람한테 빠졌고, 어차피 둘이 친해졌잖아. 그 사람한테 너의… 감정을 고백할 거 아니야? '감정'이라는 단어는 써도 돼?"

"안 돼."

"맘대로 해." 맬컴이 눈알을 굴리며 받아쳤다. "말은 할 거지?"

"당연히 안 하지." 코웃음 섞인 헛웃음이 나왔다. "가짜로 사귀는 사람한테…." 뇌가 적절한 단어를 찾아 스스로를 스캔했지만 찾는 데 실패했고, 허겁지겁 고른 단어는…. "좋아한다고 어떻게 말해. 그런 짓을 누가 하냐. 애덤은 내가 다 꾸며낸 일이라고 생각할 거야. 처음부터 자기를 이용하려고 그랬다고."

"말도 안 되는 소리. 그때는 애덤을 알지도 못했잖아."

"어쩌면 알았을 수도 있어. 내가 얘기한 남자, 박사과정 밟을지 말지 결정하는 것 도와줬다는 사람 기억나? 면접 보러 온 주말에 화장실에서 만났다는?"

맬컴이 고개를 끄덕였다.

"그 사람이 애덤이었을지도 몰라. 내 추측에."

"추측한다고? 애덤한테 안 물어봤어?"

"당연히 안 물어봤지."

"뭐가 '당연'한데?"

"왜냐하면 애덤이 아니었을지도 모르니까. 그 사람 맞다 해도 기억 못 하는 게 분명하고. 기억을 했으면 몇 주 전에 진즉에 말했겠지."

유효기간 지난 콘택트렌즈 끼어서 눈앞이 흐릿했던 건 애덤이 아니었으니까.

맬컴이 또 눈알을 굴리며 대꾸했다. "잘 들어, 올리브." 자못 진지한 투였다. "지금부터 내가 하는 말 잘 생각해봐. 애덤도 너를 좋아할 수 있다는 건 생각 안 해봤어? 애덤이 이 관계에서 더 많은 걸 원한다면 어쩔래?"

올리브는 웃음을 터뜨렸다. "그럴 리가 없어."

"왜?"

"그냥."

"그냥 왜?"

"애덤이잖아. 그 사람은 애덤 칼슨이고 나는⋯." 올리브는 말을 끝맺지도 않았다. 그럴 필요도 없었다. 나는 나잖아. 별 볼일 없는 사람.

맬컴은 한참 동안 말이 없었다. "너 정말 모르는구나?" 어조에 슬픔이 어렸다. "네가 얼마나 대단한데. 예쁘고, 정 많고, 독

립적이고, 천재 과학자에, 이타적이고, 의리 있고…. 참나, 올, 애초에 네가 이 말도 안 되는 사태를 벌인 것도 그저 친구가 자기 좋아하는 남자애랑 죄책감 안 갖고 데이트하라고 그런 거였잖아. 칼슨이 이런 매력을 알아차리지 못했을 리 없다고."

"아니야." 올리브의 마음은 꿈쩍도 안 했다. "오해 마, 나도 애덤이 나를 좋아하는 것 같긴 해. 근데 친구로서 좋아하는 거야. 내가 고백했다가 그 사람 마음이…."

"마음이 뭐? 더 이상 너랑 가짜로 데이트하기를 원치 않으면 어쩌냐고? 그 정도면 잃을 게 많지는 않은데?"

맞는 말인지도 모른다. 그간 나눈 대화들, 애덤이 보내는 눈길, 올리브가 휘핑크림 추가했을 때 고개를 젓던 모습. 그가 기분 저조할 때 올리브가 옆에서 농담하면 마지못해 피식 웃던 모습. 주고받은 문자들. 둘이 함께 있을 때는 올리브가 반쯤 무서워했던 애덤 칼슨과는 현저히 다르게 몹시 편안해하던 모습. 이 모든 걸 잃는다 해도 타격이 크지 않을지도 모른다. 하지만 이제 올리브와 애덤은 친구이고, 어쩌면 9월 29일 이후로도 친구로 지낼 수 있을지도 모른다. 그 가능성을 잃을 생각에 심장이 철렁했다. "아니, 잃을 건 많아."

맬컴은 한숨을 뱉고, 다시 한번 자신의 손으로 올리브의 손을 감쌌다. "그렇다면 단단히 빠진 거네."

올리브는 입을 꾹 다문 채 울지 않으려고 눈을 빠르게 깜빡였다. "그런지도 모르지. 나도 모르겠어. 이래본 적이 없어서. 이런 걸 원한 적도 없고."

맬컴은 다 잘될 거라는 듯 웃어 보였지만 올리브는 전혀 마음 놓이지 않았다. "있지, 겁나는 거 알아. 근데 이건 나쁜 일이 아닐 수도 있어."

눈물 한 방울이 뺨을 타고 흘러내렸고, 올리브는 황급히 소매로 눈물을 닦았다. "나쁜 정도가 아니라 최악이야."

"드디어 네가 누군가한테 빠진 건데, 왜. 좋아, 칼슨인 게 좀 걸린다고 쳐. 그렇지만 결과적으론 잘 풀릴 수 있다고."

"그럴 리 없어. 그럴 수가 없어."

"올, 네가 왜 이런 반응을 보이는지 알아. 다 이해해." 맬컴이 올리브의 손을 잡은 손에 힘을 주었다. "겁이 나고 상처 입을까 봐 두려운 거 알지만, 자신이 남을 좋아하는 걸 허락해줄 수는 있잖아. 너도 다른 사람과 친구나 가까운 지인 이상으로 가까워지는 걸 얼마든지 원해도 돼."

"그럴 순 없어."

"안 될 건 또 뭐야."

"내가 마음 준 사람들은 다 떠났잖아!" 올리브가 냅다 소리 질렀다.

커피숍 어딘가에서 바리스타가 캐러멜 마키아토 나왔다고 외쳤다. 올리브는 곧바로 방금 뱉은 쌀쌀맞은 말을 후회했다.

"미안해. 그냥… 늘 그런 식이라서. 우리 엄마, 할아버지, 할머니, 아빠도 그렇고…. 어떤 식으로든 다 나를 떠났어. 애덤도 내가 마음을 주면 떠날 거야." 말해버렸다. 소리 내 말했고, 그러고 나니 더 진실인 것처럼 들렸다.

맬컴이 숨을 토해냈다. "아, 올리브." 맬컴은 올리브가 이런 두려움을 털어놓은 몇 안 되는 사람 중 하나였다. 어디에도 속하지 않은 기분, 여태까지 너무 많은 시간을 홀로 지냈으니 끝까지 혼자일 거라는 떨쳐낼 수 없는 의심. 자신은 사랑받기에 너무 부족한 사람이라는 믿음. 맬컴의 다 안다는 표정, 서글픔과 이해와 동정이 섞인 표정을 더는 보고 있기 힘들었다. 올리브는 시선을 웃고 있는 학생들에게로, 카운터에 쌓여 있는 커피 컵 뚜껑으로, 어떤 여학생 맥북에 덕지덕지 붙어 있는 스티커로 돌리면서 맬컴의 손에서 자기 손을 스르륵 뺐다.

"이제 가도 돼." 애써 미소 지었지만 울상이 되는 걸 막을 수 없었다. "가서 수술 끝내야지."

맬컴은 계속 시선을 맞추고 말했다. "내가 너를 아껴. 안도 그렇고⋯. 안은 둘 중 고르라면 제러미를 버리고 너를 택할걸. 너도 똑같잖아. 우리 다 서로 아끼고, 나는 아직 여기 있어. 어디 안 가."

"그건 다르지."

"어떻게 다른데?"

올리브는 굳이 대답하지 않고, 셔츠 소매로 뺨을 훔쳤다. 애덤은 얘기가 다르고 올리브가 그에게서 원하는 것도 달랐지만, 일일이 설명하기가 싫었다. 어쨌든 지금은. "애덤한테 말 안 할 거야."

"올."

"아니." 올리브는 단호하게 말했다. 눈물을 다 닦자 기분이
훨씬 나아졌다. 어쩌면 올리브는 여태껏 스스로 생각했던 것과
다른 사람인지도 모르지만, 아닌 척할 수는 있었다. 연기는 할
수 있지 않은가. 자기 자신도 속여가면서. "그 사람한테 말 안
할 거야. 별로 좋은 생각이 아니니까."

"올."

"대화가 어떻게 흘러가겠니? 나더러 어떻게 설명하라고? 뭐
라고 말해야 해?"

"잠깐만, 지금은 말을 안 하는 게…."

"반했다고 해? 당신 생각만 한다고? 홀딱 빠졌다고? 아니면
…."

"올리브."

결국 단서를 준 건 맬컴의 말이 아니라 그의 당황한 표정이
었다. 아니면 맬컴의 시선이 명백히 올리브의 어깨 너머 어딘가
에 꽂혀 있는 것. 그리고 안이 딱 그 순간 문자를 보냈고 그래서
올리브의 시선이 휴대전화 액정에 꽂힌 덕분이었다.

10:00 a.m.

열 시였다. 수요일 오전. 그리고 올리브는 지금 학내 스타벅
스에, 지난 2주간 수요일 오전마다 왔던 그 스타벅스에 앉아 있
었다. 문득 뒤를 휙 돌아봤고 거기에….

애덤이 서 있는 것이 놀랍지도 않았다. 바로 뒤에. 둘이 지난
번 만난 이후 고막이 터진 게 아니라면 올리브의 입에서 나온
말을 한마디도 빼놓지 않고 들었을 게 분명한 거리에.

올리브는 그 자리에서 자신이 자연 연소해서 사라졌으면 했
다. 몸 가죽을 벗고 이 카페에서 기어나가 땀 한 웅덩이로 녹아
내려 바닥 타일 틈으로 흡수되고 이어서 그냥 공기 중으로 증
발했으면 했다. 하지만 그 모든 건 올리브의 능력 밖이었고, 그
래서 그냥 힘없이 미소 지은 채 애덤을 올려다보았다.

11장

가설: 내가 거짓말을 했다 하면 상황이 743배는 악화될 것이다.

"방금… 방금 그 말 들었어요?" 올리브가 불쑥 물었다.

맬컴은 황급히 테이블 위 자기 물건을 치운 후 빠르게 중얼거렸다. "나는 가려던 참이었어."

올리브는 맞은편 의자를 도로 빼고 거기에 앉는 애덤을 쳐다보느라 맬컴이 간 건 거의 알아채지도 못했다.

젠장.

"응." 애덤이 무감정하고 차분한 투로 대꾸했고, 올리브는 여기, 바로 이 자리에서 자신이 수백만 개의 파편으로 부서져 사라질 것 같았다. 애덤이 그 말을 취소했으면 했다. 그가 "아니, 듣긴 뭘 들어?"라고 했으면 했다. 오늘 아침으로 돌아가 전부, 이 엉망이 되어버린 끔찍한 하루를 되감기 하고 싶었다. 휴대전화 문자를 확인하지도 않고, 가짜 남자친구와 문자 하며 헤벌쭉 웃는 걸 안에게 들키지도 않고, 최악의 장소에서 맬컴에게 속마음을 낱낱이 털어놓지도 않았으면 했다.

애덤은 절대 몰라야 했다. 그냥 그랬다. 올리브가 일부러 키스했다고, 이 연극을 처음부터 끝까지 연출했다고 생각할 거고, 그를 교묘히 조종해 끌어들였다고 생각할 게 틀림없었다. 그러면 이 가짜 연애에서 그가 어떤 이득을 얻기도 전에 헤어져야 겠다고 느낄 터였다. 그리고 올리브를 미워하게 될 터였다.

그렇게 될 것을 상상하자 더럭 겁이 났고, 그래서 당장 떠오른 말을 그냥 뱉어버렸다.

"애덤 얘기 아니에요."

거짓말이 진흙에 미끄러지듯 혀에서 미끄러져 나왔다. 무계획적이고 즉각적으로, 그리고 버거운 뒷수습을 예고하면서.

"알아." 애덤이 고개를 끄덕였다. 그런데… 별로 놀란 것 같지 않았다. 마치 올리브가 자신에게 관심을 가질 가능성을 전혀 고려해본 적 없다는 태도였다. 올리브는 울고 싶었지만(이 재앙 같은 아침에 벌써 몇 번째 울컥하는 건지) 우는 대신 또 하나의 거짓말을 토해냈다.

"그냥… 마음이 간다는 얘기였어요. 어떤 남자한테."

애덤은 한 번 더, 이번에는 천천히 고개를 끄덕였다. 눈빛이 어두웠고 잠시 턱 근육이 움찔했다. 하지만 올리브가 눈을 한 번 깜빡이는 새 그의 얼굴은 다시 무표정으로 돌아갔다. "응. 나도 그런 걸로 이해했어."

"어떤 남자가 있는데, 그 사람이….." 올리브는 힘겹게 침을 삼켰다. 그 사람이 뭐? 빨리, 올리브, 빨리 생각해내. 면역학자라고? 아이슬란드인이라고? 기린이라고? 뭔데?

"설명하기 싫으면 안 해도 돼." 목소리가 평소와 조금 달랐지만, 그래도 위로하려는 것처럼 들렸다. 그리고 피곤이 어려 있었다. 자신이 양손을 맞잡고 쥐어짜고 있는 걸 알아챈 올리브는 그걸 멈추는 대신 손을 테이블 밑으로 숨겼다.

"나는… 그러니까…."

"괜찮아." 애덤이 달래는 듯한 미소를 지었고, 올리브는 그를 도저히 마주 볼 수 없었다. 단 1초도 더. 그래서 시선을 돌리며, 절박하게 뭐든 할 말이 떠오르기를 기다렸다. 이 사태를 수습할 말이. 바깥에서는 카페 창 바로 앞에서 학부생 한 무리가 노트북 컴퓨터 주위에 몰려서서 화면에 띄운 뭔가를 보며 와하하 웃고 있었다. 강풍이 불어와 차곡차곡 쌓아놓은 종이를 훅 날렸고, 남학생 하나가 허둥대며 종이를 주워 모았다. 저 멀리서 로드리게스 박사가 스타벅스 쪽으로 걸어오고 있었다.

"이거… 우리 계약 관계 말이야." 애덤의 음성에 아득히 멀어졌던 정신이 돌아왔다. 자신이 쏟아낸 거짓말로, 그리고 두 사람 사이의 테이블로. 올리브에게 이야기하는 그의 부드럽고 나직한 목소리로. 다정한 목소리. 그는 올리브에게 너무나 다정한 사람이었다.

애덤. 나는 애덤이 세상에서 제일 못된 사람이라고 생각했는데, 지금은….

"이건 우리 둘 다에게 도움이 돼야 마땅하잖아. 더는 그렇지 않다면…."

"아뇨." 올리브가 고개를 저었다. "아니에요. 난⋯." 그리고 억지웃음을 지었다. "설명하기엔 좀 복잡해요."

"알겠어."

아니, 애덤이 알 리가 없다고 대꾸하려고 입을 열었다. 방금 한 말은 다 꾸며낸 이야기니 애덤이 알 리가 없다고. 이 난장판 같은 상황의 전말은 까맣게 모를 거라고. "그러니까⋯." 올리브는 입술을 축이고 말을 이었다. "가짜 관계를 일찍 종료할 필요는 없어요. 왜냐하면 그 사람한테 내가 좋아한다고 고백할 수가 없거든요. 왜냐하면 내가⋯."

"어이." 누군가의 손이 애덤의 어깨에 턱 얹혔다. "네가 이 시간에 웬일로 교수실에 안 있고⋯. 아, 왜인지 알겠군." 로드리게스 박사의 시선이 애덤에게서 올리브에게로 옮겨가 거기에 머물렀다. 여기서 본 것이 의외인지 그는 잠시 테이블 옆에 서서 올리브를 가만히 살펴보았다. 이윽고 그의 얼굴에 미소가 서서히 번졌다. "반가워, 올리브."

올리브가 박사과정 1년 차였을 때 로드리게스 박사는 학교가 임의로 정해준 졸업논문 지도위원회 교수 중 한 명이었다. 로드리게스의 연구 분야가 올리브의 연구 분야와 전혀 겹치지 않기에 누가 봐도 다소 이상한 배정이긴 했다. 그런데도 올리브는 로드리게스 박사와 대체로 긍정적인 교류를 한 기억만 있었다. 올리브가 위원회 평가를 받는 자리에서 더듬대며 발표할 때마다 로드리게스 박사는 항상 따뜻하게 웃어줬고, 한번은 올리브가 입고 온 스타워즈 티셔츠를 칭찬하기도 했다. 그 후로 모스 박사가 올리브의 연구 방법론을 가지고 비평을 쏟아놓을 때마다 그는 나직하게 다스베이더 테마곡을 흥얼거렸다.

"안녕하세요, 로드리게스 박사님." 올리브는 자신의 억지 미소가 아무도 속이지 못할 거라고 확신했다. "잘 지내시죠?"

로드리게스가 손을 휘휘 저었다. "아이구, 관둬. 홀든이라고 불러. 이제 내 지도학생도 아니잖아." 그러더니 신이 난 기색으로 애덤의 등을 팡팡 두드렸다. "게다가 나의 가장 오래되고 가장 사교성 떨어지는 친구랑 사귀는 별로 부럽지 않은 특권도 누리고 있고."

하마터면 턱이 툭 떨어질 뻔했다. 둘이 친구라고? 쾌활하고 만사태평한 홀든 로드리게스와 부루퉁하고 과묵한 애덤 칼슨이 오랜 친구라고? 당연히 알고 있었어야 하는 건가? 애덤의 여자친구라면 알고 있었겠지?

로드리게스 박사가… 아니, 홀든이라고 부르랬지? 맙소사, 홀든이라니. 교수들도 현실 속 평범한 사람이고 퍼스트네임이 있다는 사실에는 죽을 때까지 익숙해지지 않을 것 같았다. 애덤을 돌아봤고, 애덤은 사교성 없는 인간으로 정의된 데 별 감흥이 없어 보였다.

홀든이 물었다. "보스턴 가는 거, 오늘 밤이지?" 말투가 약간 다르게 들렸다. 목소리도 더 낮고, 말이 더 빠르고, 격 없는 투였다. 편안한 말투. 오랜 친구임에 의심할 여지가 없었다.

"응. 톰하고 나 공항까지 태워주는 거 아직 유효해?"

"봐서."

"뭘?"

"톰 재갈 물리고 손발 묶어서 트렁크에 실을 거야?"

애덤이 한숨을 내쉬었다. "홀든."

"톰은 뒷좌석에는 태워주지. 하지만 입 여는 순간 고속도로 갓길에 버릴 거야."

"좋아. 그렇게 전하지."

홀든은 그 대답에 만족한 것 같았다. "그건 그렇고, 방해할 생각은 없었는데." 그는 애덤의 어깨를 한 번 더 토닥였지만 시선은 올리브를 향해 있었다.

"괜찮아요."

"진짜? 그렇다면야." 그가 더 환하게 웃더니 옆 테이블에서 의자를 끌어왔다. 애덤은 다 포기한 듯 눈을 감았다.

"그래, 무슨 얘기 하고 있었어?"

그게, 제가 입에서 나오는 대로 거짓말을 줄줄 쏟아내고 있었거든요. "아아… 별 얘기 아니었어요. 근데 두 분은 어떻게…." 올리브가 두 남자를 번갈아 쳐다보며 멋쩍은 듯 목을 가다듬었다. "죄송해요, 두 분이 어떻게 아는 사이인지 잊어버렸어요."

쿵 소리가 들렸다. 홀든이 테이블 아래에서 애덤을 발로 찬 것이다. "괘씸한 놈. 몇십 년에 걸친 우리 우정의 역사를 올리브한테 안 들려줬단 말이야?"

"잊으려고 애쓰는 역사라서."

"잊기는, 꿈 깨셔." 홀든이 고개를 돌리고 올리브에게 씩 웃어 보였다. "같이 자란 사이야."

올리브가 이맛살을 찌푸리며 애덤을 바라봤다. "어렸을 때 유럽에서 산 것 아니었어요?"

홀든이 손사래를 치며 대답했다. "애덤은 여기저기 옮겨 다니면서 자랐어. 나도 그랬고. 부모님들이 직장 동료셨거든. 외교관, 최악의 인간군상이지. 나중에 우리 가족은 워싱턴에 정착했고." 그러더니 몸을 앞으로 숙이고 물었다. "여기서 고등학교랑 대학교, 그것도 모자라 대학원까지 같이 다닌 사람이 누구게?"

올리브의 눈이 휘둥그레졌고, 홀든도 그걸 본 모양이었다. 테이블 아래에서 애덤을 한 번 더 찬 걸 보면.

"너, 진짜로 아무 얘기도 안 해줬구나. 아직도 음울하고 신비로운 남자인 척하나 보네." 홀든은 못 말린다는 듯 눈알을 굴리고는 다시 올리브를 보았다. "애덤이 고등학교 졸업 못 할 뻔한 얘기 해줬어? 대형 강입자충돌기 때문에 지구가 파괴될 거라고 우기는 애한테 주먹 날렸다가 정학처분 받았거든."

"네가 똑같은 짓 저질러서 나랑 똑같이 정학 받은 얘기는 생략하다니, 재밌는걸."

홀든은 무시하고 이야기를 계속했다. "그때 우리 부모님은 무슨 임무 때문에 외국에 나가 있느라 내 존재를 잠깐 잊었는데, 그래서 우리 둘이 우리 집에서 일주일간 지내면서 〈파이널 판타지〉게임 하고 실컷 놀았어. 천국이었지. 애덤이 법대 지원한 얘기도 안 해줬어? 그 얘긴 했겠지."

"엄밀히는 법대에 지원한 게 아니지."

"거짓말. 순 거짓말이야. 자기가 고등학교 졸업 파티에 내 파트너였다는 얘기는 설마 해줬겠지? 굉장한 날이었지."

올리브는 애덤이 부인할 걸 예상하고 그를 쳐다봤다. 하지만 애덤은 슬며시 웃으면서 홀든과 눈을 맞추고 이렇게 말하는 것이었다. "그날 정말 굉장했지."

"상상해봐, 올리브. 2000년대 초반. 학비가 말도 안 되게 비싼 워싱턴의 상류층 사립남자고등학교. 12학년에 재학 중인 게이 학생 둘. 아니, 정확히는 커밍아웃한 우리 둘. 리치 멀러하고 나는 졸업 학년 내내 사귀었어. 근데 걔가 졸업 파티 사흘 전에 나를 차고 지가 몇 달간 침 흘리던 다른 애한테 가버린 거야."

"재수 없는 새끼였지." 애덤이 중얼거렸다.

"나한테 선택지가 세 개 있었어. 파티에 안 가고 집에서 징징대기. 혼자 가서 파티장에서 징징대기. 아니면 내 절친, 어차피 집에 있으면서 유도아미노산 가지고 골머리 싸매고 징징댈 계획이던 녀석을 파트너로 데리고 가기. 내가 뭘 택했게?"

올리브가 숨을 헉 들이마셨다. "가자고 어떻게 설득했어요?"

"그게 이야기의 핵심이야. 설득할 필요 없었어. 리치가 나한테 무슨 짓을 했는지 얘기하니까 애덤이 자진해서 같이 가겠다고 했거든!"

"두 번은 안 해줄 줄 알아." 애덤이 웅얼거렸다.

"믿어져, 올리브?"

애덤이 친구가 곤경을 모면하게 사귀는 척해주리라는 거요?

"전혀요."

"우리, 손도 잡았다. 슬로댄스도 추고. 리치가 우리 보고 마시던 펀치 뱉고, 자기가 저지른 오만 잘못을 땅 치고 후회하게 만들어줬지. 그런 다음 집에 가서 또 〈파이널 판타지〉 하고. 끝내줬어."

"의외로 되게 재미있었어." 애덤도 마지못한 투로 동의했다.

애덤을 바라보던 올리브는 문득 뭔가를 깨달았다. 홀든이 애덤에게는 안 같은 존재구나. 무조건 자기편인 친구. 톰과도 친한 사이인 건 분명하지만, 홀든과의 관계는 전혀 다른 것이었고… 그리고 올리브는 그 사실을 어떻게 받아들여야 할지 감이 안 잡혔다.

맬컴에게 말해줘야 하나. 그럼 맬컴은 좋아서 길길이 뛰거나, 아니면 어이없다고 난리 치겠지.

"그럼," 홀든이 몸을 일으켰다. "재밌었어. 난 가서 커피 시켜야겠다. 조만간 만나서 놀자, 셋이서. 애덤을 여자친구 앞에서 창피 주는 게 얼마 만인지 모르겠네. 일단 지금은 올리브 차지야." 그가 마지막 한마디에 음흉한 미소를 곁들였고, 올리브는 얼굴이 화끈 달아올랐다.

애덤은 주문하러 가는 홀든을 향해 눈알을 굴려 보였다. 올리브는 홀든을 잠시 눈으로 좇았다. "음, 방금 그건…?"

"홀든의 본모습이야." 전혀 신경 쓰이지 않는 듯한 태도였다.

올리브는 여전히 조금 멍한 채로 고개를 끄덕였다. "믿을 수 없어요, 내가 애덤의 처음이 아니라니."

"내 처음?"

"첫 가짜 데이트 상대요."

"아, 그렇군. 고등학교 졸업 파티도 쳐줘야겠지." 애덤은 그때를 회상하는 것 같았다. "홀든은 좀… 연애 운이 안 좋았어. 그럴 만한 사람이 아닌데도 운이 나빴지."

보호본능과 걱정이 담긴 그의 말투에 올리브는 가슴이 따뜻해졌다. 자신이 그런 투로 말하는 걸 알기나 할까 싶었다.

"혹시 홀든하고 톰, 둘이…?"

애덤이 고개를 저었다. "올리브가 그렇게 물어본 걸 알면 홀든은 길길이 뛸걸."

"그럼 왜 톰을 공항에 데려다주기 싫어하는 거예요?" 애덤은 어깨를 으쓱했다. "홀든은 대학원 때부터 톰을 비이성적으로, 강렬하게 싫어했어."

"그렇구나. 왜요?"

"모르겠어. 홀든 본인도 이유를 과연 알지 모르겠고. 톰은 홀든이 질투해서 그런다는데. 난 그냥 성격이 부딪혀서 그런 것 같아."

올리브는 조용히 그 얘기를 곱씹었다. "애덤은 홀든한테도 우리 얘기 안 했잖아요. 가짜로 사귀는 거."

"응."

"왜 안 했어요?"

애덤이 시선을 피했다. "모르겠어." 그의 턱에 힘이 들어갔다. "그냥 내가…." 애덤은 말끝을 흐렸고, 설핏 웃으며 고개를 저었다. 조금 억지 느낌이 나는 희미한 미소였다. "홀든이 올리브를 대단하게 생각하는 거, 알지?"

"홀든이요? 나를요?"

"정확히는 올리브의 성취를. 올리브가 하는 연구도."

"아." 적절한 대꾸가 떠오르지 않았다. *내 얘기를 언제 했어요? 왜 했는데요?* "아." 그래서 별 뜻 없이 외마디 대꾸만 되풀이했다.

왜 지금, 하필 이 순간에 그런지는 모르겠지만, 둘의 가짜 연애가 애덤의 인생에 미칠 수 있는 여파가 처음으로 고스란히 와 닿았다. 둘 다 각자 얻을 게 있다고 판단해서 가짜 연애에 발을 들인 거지만, 애덤 쪽이 잃을 게 훨씬 많다는 걸 처음으로 깨달은 것이다. 올리브는 아끼는 주변인 중 단 한 사람, 안에게만 거짓말을 하고 있었고 그것도 불가피해서 그렇게 된 거였다. 동기 박사생들 의견은 전혀 신경 쓰이지 않았다. 반면에 애덤은… 동료 교수와 친구 들을 매일매일 속이고 있었다. 지도하는 박사과정생들은 그가 자기들 동기 중 하나와 사귄다고 믿고서 그와 매일 얼굴을 맞대고 있었다. 혹시 그 박사과정생들이 애덤을 음흉한 늙은이로 보진 않을까? 올리브와의 관계 때문에 애덤을 보는 학생들의 시선이 변하지는 않았을까? 같은 학부의, 아니면 인접한 학부의 다른 교수들은 또 어떻고? 대학원생과 사귀는 게 용인된다고 해서 남들이 곱게 봐주는 건 아니었다. 게다가 언젠가 애덤이 진짜 좋아하는 사람을 만난다면, 아니면 이미 만났다면? 둘이 가짜 연애를 하기로 합의했을 때 애덤은 데이트할 생각 없다고 했지만, 그것도 벌써 몇 주 전의 일이었다. 올리브만 해도 그때는 누군가와 만나고 싶어질 일은 결코 없을 거라고 확신했었다. 지금 생각해보면 참 웃음이 나오는, 아니, 전혀 웃기지 않으니 실소가 나올 일인가? 이 계약으로 둘 중 올리브만 득을 보고 있다는 것도 그렇고. 왜냐하면 안과 제러미는 거짓말을 넙죽 믿었지만, 애덤의 연구비는 아직도 동결 상태니까.

그런데도 애덤은 이 모든 상황에도 불구하고 여전히 올리브를 도와주고 있었다. 그런데 올리브는 혼자 상상의 나래를 펼치면서, 그를 불편하게 만들 게 분명한 감정을 키워가는 것으로 그의 친절함을 배신하다니.

"커피 마실래?"

올리브는 자기 손에서 시선을 들었다. "아니요." 명치에 뜨거운 덩어리가 걸린 것 같아 헛기침을 했다. 커피를 떠올리니 속이 메슥거렸다. "이제 랩에 돌아가봐야 할 것 같아요."

허리를 숙여 백팩을 집어 들고 얼른 일어나서 가려는데 문득 어떤 생각이 머리를 스쳤다. 올리브는 자기도 모르게 애덤을 빤히 바라봤다. 애덤은 미간에 한 줄 주름을 잡은 채 걱정 어린 얼굴로 맞은편 자리에 앉아 있었다.

올리브는 애써 웃음 지었다. "우리 친구 맞죠?"

미간 주름이 깊어졌다. "친구?"

"네. 애덤하고 나하고요."

그는 한참을 올리브를 바라봤다. 그의 얼굴에 전에 없던 감정, 황량하고 슬픔도 조금 섞인 표정이 스쳤다. 하지만 제대로 해독하기에는 너무 순식간에 사라졌다. "맞아, 올리브."

올리브는 고개를 끄덕이면서도, 마음 놓아도 좋을지 확신이 안 섰다. 아침에만 해도 오늘 하루가 이렇게 흘러갈 줄은 몰랐다. 눈꺼풀에 묘한 압력이 느껴져서 일부러 서둘러서 백팩 끈에 두 팔을 꿰 넣었고, 떨리는 미소를 지으며 애덤에게 손 흔들어 인사했다. 애덤이 특유의 어조로 "올리브" 하고 부르지 않았다면 이 망할 스타벅스를 진즉에 나갔을 것이다.

올리브는 애덤의 자리 바로 앞에 멈춰 서서 그의 얼굴을 내려다보았다. 처음으로 그를 내려다보는 기분이 묘했다.

"이 상황에 좀 부적절한 얘기일 수도 있지만…." 애덤이 턱을 움직이더니, 잠깐 눈을 감고 있었다. 생각을 정리하는 것 같았다. "올리브는 정말… 정말로 특별한 사람이고, 그러니 제러미한테 진심을 고백해도 제러미가 거절하지는…." 그는 말끝을 흐리더니 이내 고개를 끄덕였다. 구두점을 찍는 것 같았다. 그가 한 말과 그 말을 전하는 태도에 올리브는 조금 전보다 더 울컥해졌다.

제러미인 줄 아나 봐. 둘이 가짜 연애를 시작했을 때 올리브가 제러미를 사랑하고 있었던 줄 아는 거야. 아직도 제러미를 사랑한다고 생각하는 거야. 왜냐하면 올리브가 좀 아까 어설픈 거짓말을 했고 그걸 주워 담기도 겁나서….

이번에는 도저히 눈물을 참을 수 없을 것 같았다. 그 자리에서 울고 말 것만 같았다. 그런데 올리브가 지금 세상에서 가장 절실히 원하는 건 애덤 앞에서 울지 않는 것이었다.

"다음 주에 봐요, 좋죠?" 그의 대답을 기다리지도 않고 잰걸음으로 카페 입구로 걸어갔다. 도중에 누군가에게 어깨를 부딪쳤지만 사과할 정신도 없었다. 일단 밖으로 나온 뒤 숨을 크게 들이마시고 생물학부 건물을 향해 성큼성큼 걸음을 옮기기 시작했다. 가면서 마음을 비우고 오늘 오후 조교로 들어가야 하는 수업과 아슬란 박사에게 내일까지 보내겠다고 약속한 펠로십 지원서, 그리고 안의 언니가 다음 주말에 근처로 오는 김에 동생 친구들에게 베트남 요리를 해주기로 한 것만 생각하려고 애썼다.

으슬으슬한 바람이 캠퍼스 나무들의 이파리 사이를 비집고 들었고, 스웨터가 몸에 찰싹 달라붙게 밀어붙였다. 올리브는 팔로 자기 몸을 감싸고 걸으면서 기필코 카페를 돌아보지 않았다. 마침내 가을이 시작되었다.

12장

가설: 내가 A라는 활동에 미숙하면, A 활동에 참여해달라는 부탁을 받을 확률이 기하급수적으로 올라갈 것이다.

애덤이 없는 교내는, 그가 있어도 만나지 않았을 요일에도 이상할 정도로 텅 비어 보였다. 말이 되지 않았다. 스탠퍼드대 교정은 텅 빈 것과 분명 거리가 멀고, 오히려 수업 들으러 가거나 수업 끝나고 나온 시끄럽고 거슬리는 학부생으로 가득했으니까. 올리브의 하루하루도 꽉 차기는 마찬가지였다. 실험용 쥐들은 이제 행동 분석을 실시해도 될 정도로 자랐고, 올리브는 몇 달 전 제출한 페이퍼의 보완을 드디어 마쳤으며, 내년 보스턴행을 위한 구체적 계획도 슬슬 세우기 시작해야 했다. 게다가 조교를 맡은 수업은 곧 시험이 예정돼 있어서, 수강생들이 마법처럼 어디선가 솟아나 패닉에 빠진 얼굴로 십중팔구 강의계획서 첫 세 줄에 나와 있을 내용을 질문해댔다.

맬컴은 애덤에게 사실대로 털어놓으라고 한 2~3일 닦달하더니, 고맙게도 올리브의 똥고집에 지쳐서, 그리고 자기 연애에 몰두하느라 바빠서 나가떨어졌다. 그래도 올리브에게 버터 스카치 쿠키를 몇 쟁반 구워줬다. "너의 자학적 행동을 보상하는 건 절대 아니고, 그냥 레시피를 완성하느라 구운 거야"라고 빤한 거짓말을 하면서. 올리브는 그 쿠키를 다 먹어 치우고, 마지막 한 쟁반에 시솔트를 뿌리고 있는 맬컴을 뒤에서 와락 껴안았다.

토요일에는 안이 늘 그렇듯 맥주와 스모어를 즐기러 왔고, 둘이서 대학원을 떠나 연봉 두둑이 주고 여가 시간의 존재를 인정하는 민간 연구소에 취직하는 상상을 하며 수다를 떨었다.

"일요일 아침에는, 그 뭐냐, 늦잠이라는 걸 잘 수도 있을 거 아냐. 새벽 여섯 시에 실험 쥐 체크하러 출근하는 대신."

"그러게." 안이 꿈꾸듯 대꾸했다. 〈오만과 편견 그리고 좀비〉를 틀어놓았지만 둘 다 영화에 눈길도 안 주었다. "버거킹에서 낱개 케첩 훔치는 대신 진짜 케첩을 살 수 있고. 저번에 텔레비전에서 본 무선 청소기도 구입할 수 있겠지."

올리브는 알딸딸한 상태로 깔깔대면서 옆으로 돌아누웠고, 그러자 침대에서 끼익 소리가 났다. "진심이야? 원하는 게 고작 청소기야?"

"무선 청소기. 그거 완전 대박이야, 올리브."

"근데 좀⋯."

"왜?"

"그냥⋯," 웃음이 더 터져 나왔다. "너무 생뚱맞아서."

"됐어." 안은 슬며시 웃음 지었지만 눈을 뜨지는 않았다. "먼지 알레르기가 심해서 그래. 근데 그거 알아?"

"또 청소기에 관한 소소한 지식 수백 가지 쏟아내려고 그래?"

안의 눈가에 자글자글 웃음 주름이 잡혔다. "에, 아니야." 안이 대꾸했다. "그런 지식 있지도 않아. 잠깐, 최초의 여성 대기업 CEO가 청소기 회사 CEO였다고 들은 것 같다."

"진짜야? 그건 진짜 대박인데?"

"내가 잘못 알았을 수도 있어." 안이 어깨를 으쓱했다. "어쨌든, 무슨 말 하려고 했냐면… 난 아직도 그걸 원하는 것 같다고."

"청소기?" 올리브는 입을 가리지도 않고 하품을 쩌억 했다.

"아니. 학계에 남는 것. 그리고 거기에 딸려오는 모든 것. 랩 출근, 대학원생 지도하기, 말도 안 되게 버거운 수업 시간, 국립 보건원 연구보조비 따내기 경쟁, 심하게 불균형한 저임금. 그 난리 부르스 전부. 제러미는 맬컴이 생각 잘한 거래. 어차피 획기적인 연구는 다 민간 쪽에서 이루어진다고. 근데 나는 남아서 교수가 되고 싶어. 분명 괴롭겠지만 우리 같은 여성 과학자에게 좋은 환경을 조성해줄 유일한 길이잖아, 올. 자기가 제일 잘난 줄 아는 백인 남자 놈들 경쟁 좀 시키고." 그러면서 안은 독기 어린 아름다운 웃음을 지었다. "제러미가 민간 쪽으로 가서 피 묻은 돈 억대로 벌어오면 나는 무선 청소기에 그 돈 투자하는 거야."

안의 얼근한 얼굴에 떠오른 얼근한 결의를 알딸딸한 정신으로 지켜보는데, 제일 가까운 친구가 앞으로 어떻게 살아갈지 슬슬 감을 잡기 시작한 것이 묘하게 위로가 되었다. 그리고 누구와 그 삶을 함께하고 싶은지도. 그렇게 생각하니 배 속 깊은 곳, 애덤의 부재를 가장 통렬히 감지하는 부위가 찌릿찌릿 아파왔지만, 아픔을 도로 묻어버리고 그 생각은 최대한 모른 척했다. 대신 손을 뻗어 친구의 손을 잡고 한 번 꼬옥 쥐었고, 친구의 머리칼에서 나는 달콤한 사과 향을 들이마셨다.

"너는 누구보다 잘해낼 거야, 안. 네가 세상을 바꾸는 걸 어서 보고 싶어."

* * *

대체로 올리브의 삶은 늘 흐르던 대로 흘러갔다. 처음으로 다른 하고 싶은 일이 생겼다는 것만 빼고. 함께 있었으면 하는 다른 사람이 생긴 것도.

'이런 게 누군가를 좋아한다는 거구나' 하는 생각이 들었다. 애덤이 다른 지역에 있다면 우연히 그와 마주칠 미미한 가능성도 없는 것이니 생물학부 건물에 군이 가고 싶지 않아지는 것. 새카만 머리칼이 언뜻 보일 때마다, 아니면 애덤처럼 감미로운 중저음이지만 실제로는 그의 것이 아닌 누군가의 음성을 들을 때마다 자꾸만 휙 돌아보게 되는 것. 친구 제스가 네덜란드 여행 얘기를 꺼내서, 혹은 〈제퍼디!〉 퀴즈 프로에서 "주삿바늘에 대한 공포를 일컫는 단어는?"의 정답이 '첨단공포증'이라는 이유로 애덤을 떠올리는 것. 이러지도 저러지도 못할 상태에 갇힌 기분으로 기다리고 또 기다리는 것, 뭔지도 모를 대상을. 애덤은 며칠 후면 돌아올 테지만, 다른 사람과 사랑에 빠졌다는 올리브의 거짓말도 어디 안 가고 남아 있을 터였다. 게다가 곧 있으면 9월 29일이었고, 다 차치하고 애덤이 올리브에게 연애 감정을 품을지도 모른다는 생각은 정말이지 터무니없었다. 그러니 전부 고려했을 때, 애덤이 친구로 남아줄 만큼이라도 자신을 좋아해주는 것을 감지덕지해야 했다.

일요일에는 올리브가 체육관에서 러닝을 하고 있는데 휴대전화 알림이 울렸다. 액정 상단에 애덤의 이름이 뜬 걸 보고 올리브는 냉큼 메시지를 확인했다. 그런데 메시지라 할 것도 없었다. 그냥 커다란 플라스틱 컵에 담긴 음료에 뚜껑 대신 머핀으로 보이는 것이 덮여 있는 사진뿐이었다. 사진 하단에는 '펌킨 파이 프라푸치노'라고 보란 듯이 쓰여 있고, 그 밑에 애덤의 메시지가 떴다.

애덤: 이거, 비행기에 숨겨 가지고 탈 수 있을까?

자신이 휴대전화에 대고 바보처럼 웃고 있는 걸 누가 말해주지 않아도 알 수 있었다.

올리브: 글쎄요, 교통안전청이 무능하기로 악명 높으니까.

올리브: 근데 그 정도로 무능하진 않을 것 같은데.

애덤: 애석하네.

애덤: 올리브가 여기 있었으면 도움 됐을 텐데.

미소는 한동안 올리브의 얼굴에 머물렀다. 그러나 이윽고 뒤죽박죽 뒤엉켜버린 지금의 상황이 떠올랐고, 깊은 한숨과 함께 미소는 사라졌다.

* * *

조직 샘플을 한 트레이 가득 들고 전자 현미경실로 가던 올리브는 누군가 어깨를 툭툭 치는 바람에 화들짝 놀랐다. 그대로 넘어졌다면 연방정부가 지원한 연구비 수천 달러가 쓰레기통에 처박혔을 터였다. 뒤를 돌아보니 로드리게스 박사가 예의 소년 같은 웃음을 띠고 올리브를 바라보고 있었다. 한 사람은 박사과정생이고 다른 한 사람은 그 박사과정생이 제출한 페이퍼를 끝내 단 한 장도 읽지 않은 전 논문 지도교수가 아니라, 마치 둘이 막역한 친구 사이이며 맥주 한잔 곁들여 한바탕 수다 떨러 가는 길인 양.

"로드리게스 박사님."

그의 눈썹이 꿈틀거렸다. "홀든이라고 부르기로 했잖아."

그랬던가? "아, 그렇죠. 홀든."

그러자 홀든은 만족해하며 씩 웃었다. "남자친구는 출타 중이지?"

"아, 그게… 네."

"들어가려고?" 홀든이 전자 현미경실을 턱짓으로 가리켰고, 올리브는 고개를 끄덕였다. "잠깐, 잡아줄게." 그는 자신의 아이디 카드로 잠금을 푼 다음 문을 열고 잡아주었다.

"고맙습니다." 올리브는 샘플 트레이를 작업대에 놓고 두 손을 바지 뒷주머니에 찌르며 고마운 미소를 지어 보였다. "카트를 가져오려고 했는데, 하나도 안 보이더라고요."

"2층에 하나밖에 없어. 누가 죄다 집에 가져가서 되파는 것 같아."

그러면서 홀든이 싱긋 웃었고, 그 순간 맬컴의 말이 맞았다는 생각이 들었다. 맬컴이 지난 2년간 줄곧 한 얘기가 옳았다. 홀든에게는 함께 있으면 마음 편해지고 어느새 호감이 가는 매력이 있었다. 그렇다고 올리브가 키 크고 음울하고 무뚝뚝한 천재 몸짱 말고 다른 사람에게 관심이 생긴 건 아니지만.

"욕하기도 뭐하지. 나라도 지금 대학원생이라면 그랬을걸? 아무튼, 어떻게 지내?"

"어, 잘 지내요. 홀든은요?"

그는 올리브의 물음을 무시하고 벽에 무심히 기댔다. "얼마나 심각해?"

"심각하다니요?"

"애덤 없이 지내는 것. 쳇, 나도 그 자식이 보고 싶은데." 이러면서 홀든은 쿡쿡 웃었다. "어떻게 버티고 있어?"

"아." 올리브는 주머니에서 손을 빼 앞으로 팔짱을 끼었다가 곧바로 마음을 바꿔 양팔을 목각인형처럼 뻣뻣하게 늘어뜨렸다. 좋아. 잘했어. 아주 자연스러워. "괜찮아요. 잘 지내요. 워낙 바빠서요."

홀든은 진심으로 마음이 놓인 기색이었다. "잘됐군. 전화통화는 자주 해?"

아니요. 당연히 안 하죠. 전화통화는 세상에서 제일 어렵고 스트레스 주는 일이고, 그래서 애덤 칼슨하고는 고사하고 치과 스케일링 예약 잡아주는 자상한 접수직원하고도 못하는데요. "어, 주로 문자 해요. 어떤지 아시죠?"

"응, 알지. 애덤이 올리브한테 아무리 고지식하고 불퉁하게 굴어도 나름 애쓰고 있고 다른 사람 대할 때는 백만 배 심하다는 걸 알아줘. 나도 포함해서." 홀든은 한숨을 쉬며 고개를 저었지만 애정을 숨기지는 못했다. 올리브가 못 알아챌 수가 없는, 자연스럽게 우러나오는 애정이었다. 애덤을 나의 가장 오랜 친구라고 칭했고, 그게 거짓이 아닌 건 분명했다. "그래도 그 녀석 엄청 발전했어, 둘이 만나기 시작한 이후로."

올리브는 얼굴로 모자라 온몸을 찡그릴 뻔했다. 뭐라고 대답할지 몰라서 그냥 불편할 정도로 어색하게, 단답형으로 대꾸했다. "정말요?"

홀든은 고개를 주억거렸다. "그러엄. 그 녀석이 드디어 용기 내서 올리브한테 데이트 신청해서 얼마나 기쁜지 몰라. 몇 년째 그 '대단한 여자' 얘기를 내 귀가 닳도록 했는데, 같은 학부 소속이라고 마음에 걸려 했거든. 애덤이 어떤지 알잖아…." 그는 어깨를 으쓱하고는 손을 휘휘 저으며 덧붙였다. "그 녀석이 드디어 똥고집을 꺾어서 내가 다 시원해."

올리브는 뇌가 멈추는 것 같았다. 뉴런 움직임이 둔해지다가 아예 정지했고, 애덤이 몇 년째 자신과 만나고 싶어 했다는 사실을 뇌가 처리하는 데 몇 초가 걸렸다. 그 사실이 도무지 받아들여지지 않았다. 왜냐하면⋯ 그럴 리가 없으니까. 말이 안 되었다. 애덤은 몇 주 전 올리브가 복도에서 그를 덮쳐 타이틀나인 신고 거리를 안겨주기 전까지 올리브가 존재하는 줄도 몰랐잖은가. 곰곰이 생각할수록 만약 애덤이 둘의 화장실 조우를 조금이라도 기억하고 있었다면 한마디라도 했을 거라는 확신이 들었다. 안 그래도 사방에서 욕먹도록 직설적인 사람인데.

홀든이 다른 사람 이야기를 하고 있는 게 틀림없었다. 애덤이 그 다른 사람에게 감정이 있는 게 틀림없었다. 같은 곳에서 연구하는, 같은 학부에 소속된 사람. '대단한' 사람.

조금 전까지 얼어 있던 올리브의 뇌가 그 정보를 접수하자 다시 쌩쌩 돌기 시작했다. 이 대화가 애덤의 프라이버시에 대한 명백한 침해라는 점은 둘째 치고, 둘의 가짜 연애가 애덤에게 어떤 부담을 지우고 있는지에 대한 생각을 멈출 수가 없었다. 홀든이 이야기하는 여자가 애덤의 동료 중 한 명이라면, 애덤이 올리브와 만난다는 얘기를 그 여자가 못 들었을 리 없었다. 수요일에 둘이 커피 마시는 걸 목격했을 수도 있고, 톰의 특강에서 올리브가 애덤의 무릎에 앉은 걸 봤을 수도 있고, 아니면⋯ 맙소사, 망할 야유회에서 올리브가 애덤의 몸에 선크림 발라주는 걸 봤을지도 모른다. 이 모든 게 애덤이 그 여자와 잘될 가능성을 해치고 있었다. 애덤이 별 신경 안 쓴다면 모르지만. 왜냐하면 자신의 감정이 일방적이라고 극구 주장했으니까. 아, 이게 웬 우스운 꼴이람? 딱 그리스 비극만큼 웃기는군.

"아무튼." 홀든이 벽을 밀며 똑바로 서면서 한 손으로 목덜미를 긁었다. "언제 더블 데이트나 하자. 지금은 내가 데이트를 쉬고 있지만. 상처를 많이 받았거든. 이제 슬슬 다시 뛰어들 때가 된 것 같아. 머잖아 괜찮은 남자친구 생기면 더 바랄 게 없고." 올리브의 심장에 얹힌 돌덩이가 한층 무거워졌다. "더블 데이트 하면 정말 좋겠네요." 그래도 억지로 웃어 보였다.

"그렇지?" 홀든이 환하게 웃었다. "애덤이 아주 질색팔색할 거야."

애덤이라면 정말 그럴 것 같았다.

"대신에 내가 애덤 놀려먹을 거리 잔뜩 얘기해줄게. 대략 열 살부터 스물다섯 살 때까지의 얘기." 그럴 생각에 홀든은 신이 나 보였다. "그 녀석 쪽팔려 죽으려고 하겠지."

"동물 박제와 관련된 일화예요?"

"박제?"

"아니에요. 톰이 그런 얘기를 해서…." 올리브는 손사래를 쳤다. "아무것도 아니에요." 홀든의 눈초리가 진지해졌다. "애덤이 그러던데, 내년에 톰의 연구실에서 일할 거라고. 사실이야?"

"아… 네. 계획은 그래요."

홀든은 생각에 잠겨 고개를 끄덕였다. 이윽고 모종의 결심을 했는지, 이렇게 덧붙였다. "톰하고 일하는 동안 뒤를 조심해, 알았지?"

"뒤를요?" 뭐라고? 대체 왜? 혹시 애덤이 한 얘기하고 관계 있나. 홀든이 톰을 안 좋아한다는 얘기? "무슨 뜻이에요?"

"기왕이면 애덤의 뒤도 봐줘. 특히 애덤의 뒤를 지켜줘." 홀든은 몇 초간 심각한 표정 그대로였지만, 이내 다시 밝아졌다. "아무튼. 톰은 대학원 가서야 애덤을 만났잖아. 근데 나는 애덤이 10대 때부터 늘 곁에 있었다고. 그 시기가 재미난 일화가 제일 많이 생겨날 때지."

"아. 저한테 얘기하시면 안 될 것 같은데요. 왜냐하면⋯." 왜냐하면 애덤은 저와 가짜로 만나고 있고 제가 자기 얘기를 훤히 알기를 원치 않을 테니까요. 게다가 다른 사람을 사랑하고 있는 것 같으니.

"아, 물론이지. 애덤이 있는 자리에서 할게. 그 녀석이 한때 뉴스보이 캡(신문배달 소년이 쓰고 다니던, 챙이 짧고 동그란 모자─옮긴이)에 꽂혀서 만날 쓰고 다닌 얘기 꺼내면 무슨 표정 지을지 보고 싶다."

올리브는 눈을 깜빡거렸다. "뉴스보이⋯."

홀든은 진지한 얼굴로 고개를 끄덕이더니 랩실에서 나가 문을 찰칵 닫았고, 올리브는 으슬으슬하고 어두컴컴한 랩실에 홀로 남겨졌다. 심호흡을 몇 번이나 하고서야 다시 일에 집중할 수 있었다.

* * *

그 이메일을 받았을 때는 무슨 착오가 있는 줄 알았다. 메일을 잘못 읽었나 싶었지만, 최근에 잠을 잘 자지 못한 데다, 가만 보니 원치 않는 짝사랑에는 별의별 정신 흐트러뜨리는 일이 뒤따라서, 한 번 더, 그리고 세 번째, 네 번째로 읽어보니 잘못 읽은 게 아니었다. 그렇다면 착오는 SBD 학회 측에 있다는 얘기였다. 왜냐하면 올리브가 제출한 연구 페이퍼 초록이 패널 발표 주제로 뽑혔다고 알리는 메일을 그들이 보낼 리가 천 분의 일, 만 분의 일도 없으니까.

그것도, 교수단 패널.

이런 건 그냥, 일어나지 않는 일이었다. 대학원생이 구두 발표자로 선정되는 일은 극히 드물었다. 자신의 연구 결과를 포스터 발표로 선보이는 정도가 보통이었다. 학술 토론은 이미 연구자로 경력을 어느 정도 인정받은 학자나 하는 거였다. 그런데 올리브가 학회 홈페이지에 로그인해 프로그램을 다운로드해보니 자신의 이름이 떡하니 박혀 있었다. 발제자 가운데 이름 뒤에 알파벳이 붙어 있지 않은 사람은 올리브뿐이었다. MD도 없고, Ph. D.도 없고, MD-Ph. D.는 당연히 없었다.

망할.

올리브는 노트북 컴퓨터를 가슴에 끌어안고 랩에서 뛰쳐나갔다. 복도에서 부딪힐 뻔한 그렉이 무섭게 노려봤지만 무시하고 그대로 내달려 아슬란 박사의 교수실에 숨을 헐떡이며 쳐들어갔다. 무릎이 흐물흐물 녹아내릴 것 같았다.

"지금 시간 되세요?" 대답을 기다리지도 않고 등 뒤로 문을 닫았다.

아슬란 박사가 책상 뒤에서 놀란 얼굴로 고개를 들었다. "올리브, 이게 무슨….."

"발표하기 싫어요. 발표 못 해요." 올리브는 고개를 세차게 저으면서, 이성적으로 전달하려고 했는데도 불구하고 극도로 당황해 넋이 나간 사람처럼 말하고 말았다. "전 못 한다고요."

아슬란 박사는 고개를 갸우뚱하며 두 손을 깍지 껴 세모로 만들었다. 보통 때 같으면 지도교수님이 뿜는 차분한 기운이 위안이 됐겠지만 지금은 제일 가까이 있는 가구를 뒤집고픈 충동만 들었다.

진정해. 심호흡하고. 마음챙김인지 뭔지 맬컴이 만날 떠들던 수법 다 동원하라고. "아슬란 박사님, 제가 SBD 학회에 제출한 페이퍼가 발표 주제로 선정됐어요. 포스터 발표도 아니고 구술 발표요. 말로 하는 발표. 패널의 한 사람으로. 강단에 서서. 사람들 앞에서." 말을 마칠 때쯤에는 째지는 목소리로 울부짖고 있었다. 그런데 이해 불가한 이유로, 아슬란 박사의 얼굴에 환한 미소가 번졌다.

"세상에, 좋은 소식이네!"

올리브는 눈을 깜빡였다. 그리고 한 번 더 깜빡였다. "아닌…데요?"

"무슨 소리." 아슬란 박사가 일어서서 책상을 빙 돌아 나와 올리브의 팔을, 분명 축하의 뜻을 전하려는 의도로, 아래위로 문질렀다. "이건 엄청나게 잘된 일이야. 구술 발표면 포스터 발표보다 눈도장이 훨씬 확실하게 찍힐 거야. 나중에 박사 후 연구원 과정에 도움 될 인맥도 생길지 모르고. 정말 너무 잘됐다."

올리브의 입이 쩍 벌어졌다. "하지만…."

"하지만 뭐?"

"저는 발표 못해요. 말을 못 한다고요."

"지금 잘만 말하는데 왜, 올리브."

"사람들 앞에서는 못 해요."

"나도 사람이야."

"사람들은 아니잖아요. 아슬란 박사님, 저는 많은 사람 앞에서 말을 못 해요. 과학과 관련된 얘기는 더요."

"왜?"

"그냥 못 해요." 왜냐하면 목구멍이 바싹 마르고 뇌도 작동을 멈출 테고, 내가 말을 너무 못해서 청중 속 누군가가 석궁을 꺼내 내 슬개골을 쏴버릴 테니까요. "저는 준비가 안 됐어요. 발표할 준비가. 남들 앞에서."

"준비가 안 되다니. 남들 앞에서 잘만 얘기하잖아."

"아니에요. 더듬거리고, 얼굴 빨개지고, 옆길로 샌단 말예요. 그것도 아주 많이요. 특히 많은 사람 앞에서 이야기할 때 더 그렇고, 게다가…."

"올리브," 아슬란 박사가 엄한 말투로 말을 끊었다. "내가 늘 뭐라고 했지?"

"어…'멀티채널 피펫(소량의 액체를 한꺼번에 정확히 옮길 수 있도록 피펫이 여러 개 달린 실험 도구—옮긴이) 제자리에 갖다 놔라?'"

"그거 말고 다른 거."

올리브가 한숨을 후 뱉었다. "'별 볼 일 없는 백인 남자만큼만 자신감 있게 굴어라.'"

"가능하면 그보다 더 자신감 있게 굴어야지. 너는 전혀 별 볼 일 없지 않으니까."

올리브는 눈을 감고서 공황 발작 직전까지 간 정신이 수습될 때까지 심호흡을 여러 번 했다. 다시 눈을 떠 보니 아슬란 박사가 격려하는 미소를 짓고 있었다.

"아슬란 박사님." 올리브는 미간을 찌푸렸다. "정말로 못 하겠어요."

"네가 그렇게 생각하는 거 알아." 아슬란 박사의 표정에 애석한 기색이 어렸다. "근데 할 수 있어. 충분히 자신감이 붙을 때까지 나랑 훈련하면 되고." 이렇게 말하며 이번에는 올리브의 어깨에 두 손을 얹었다. 올리브는 아직도 노트북을 마치 망망대

해에서 구명조끼 끌어안듯 가슴에 꼭 붙이고 있었지만, 박사의 손길에 묘하게 마음이 가라앉았다. "걱정 마. 준비할 시간이 2주 정도 있으니까."

말씀은 그렇게 하시죠. '우리'라고 하시지만 수백 명 청중 앞에서 말하는 건 저 혼자일 거고, 내 연구가 조금만 파고들면 구조도 허접하고 쓸모없다는 걸 시인하게 만들 의도로 누군가가 3분짜리 장황한 질문을 던지면 바지에 오줌 지리는 것도 저일 거 아녜요. "그렇죠." 올리브는 억지로 고개를 아래위로 주억거리고 숨을 깊이 들이마셨다. 그런 다음 천천히 숨을 내뱉었다. "알겠어요."

"발표 원고 초안을 써보지 그러니? 다음번 랩 미팅 때 연습하면 되겠다." 또 한 번 격려의 미소를 받고 또 한 번 고개를 끄덕였지만 전혀 마음이 놓이지 않았다. "그리고 뭐든 질문 있으면 내가 늘 여기 있다는 걸 잊지 마. 아아, 네 발표를 직접 보지못하는 게 한이다. 녹음해 오겠다고 약속해. 내가 거기 있는 거나 똑같을 거야."

'근데 거기 안 계실 거잖아요, 저 혼자일 거라고요.' 올리브는 아슬란 박사 사무실의 문을 등 뒤로 닫으며 속으로 씁쓸하게 중얼거렸다. 벽에 기대 축 늘어진 채 눈을 질끈 감고 머릿속에 정신없이 떠다니는 생각을 가라앉히려고 애썼다. 그러다가 맬컴이 부르는 소리에 눈을 떴다. 맬컴은 안과 나란히 서서 반은 우스워하고 반은 걱정하는 표정으로 올리브를 들여다보고 있었다. 둘 다 손에 스타벅스 컵이 들려 있었다. 캐러멜과 페퍼민트 향이 훅 끼쳐오자 올리브의 배 속이 요동쳤다.

"왔어?"

안이 음료를 한 모금 마시고 입을 열었다. "왜 지도교수 사무실 앞에서 선 채로 자고 있어?"

"그게…." 올리브는 벽을 밀며 일어서서 손등으로 코를 문지르고 교수실 문에서 몇 발짝 떨어졌다. "내가 제출한 페이퍼가 뽑혔어. SBD 학회에 낸 것."

"축하해!" 안이 활짝 웃었다. "근데 뽑히는 게 당연했지, 그렇지 않아?"

"구술 발표 주제로 뽑혔어."

몇 초간 두 쌍의 눈이 조용히 올리브를 멍하니 바라봤다. 올리브는 맬컴이 얼굴을 찡그린 것 같다고 생각했지만, 고개를 돌렸을 때 맬컴의 얼굴에는 희미한 미소가 어려 있었다. "그거… 잘된 것 맞지?"

"그럼." 안의 시선이 맬컴에게 갔다가 다시 올리브에게로 옮겨갔다. "참, 어, 잘된 일이지."

"이번 생 최대의 재앙이야."

안과 맬컴이 걱정 어린 눈길을 주고받았다. 두 사람은 올리브가 발표를 얼마나 두려워하는지 잘 알았다.

"아슬란 교수님은 뭐래?"

"늘 하시는 말씀." 올리브는 눈을 비비며 대답했다. "다 잘될 거라고. 같이 준비하면 되지 않느냐고."

"맞는 말인 것 같은데." 안이 대꾸했다. "내가 연습하는 거 도 와줄게. 툭 치면 좔좔 나올 때까지 준비하자. 그럼 다 잘될 거야."

"그래." 아니면 망하든가. "그건 그렇고, 학회가 겨우 2주 남 았어. 우리 빨리 호텔 예약해야 해. 아니면 혹시 에어비앤비 이 용할 거야?"

올리브가 질문한 순간 묘한 일이 일어났다. 안은 여전히 평 화롭게 커피를 홀짝이고 있었지만 맬컴은 컵을 입으로 갖다 놓 다 말고 멈칫했고, 입술을 깨물며 괜히 자기 스웨터 소매를 유 심히 살폈다.

"그거 말인데…." 운을 뗀 것도 맬컴이었다.

올리브가 미간을 접었다. "뭔데?"

"있잖아." 맬컴이 발을 꼼지락거렸고, 어쩌면 우연일 수도 있 지만 올리브에게서 슬슬 멀어지는 것 같았다. 올리브는 '설마 아닐 거야' 하고 속으로 중얼거렸다. "이미 했어."

"벌써 숙소 잡았다고?"

안이 신나서 고개를 주억거렸다. "응." 맬컴이 숨넘어가기 직 전인 건 눈치채지 못한 것 같았다. "학회 열리는 그 호텔."

"아. 알았어. 내가 너희한테 숙박비 얼마 줘야 하는지 알려주 면…."

"그거 말인데…." 맬컴은 아까보다 더 멀어진 것 같았다.

"그거라니?"

"음." 맬컴이 컵에 씌운 마분지 홀더를 만지작거리려다가 안을 흘끔 봤고, 안은 속 편하게도 맬컴이 심기 불편한 걸 전혀 눈치 못 채고 있었다. "제러미가 펠로십 지원해주는 데서 호텔비도 나온다면서, 안한테 같이 묵자고 했어. 나는 제스랑 콜, 히카루가 같이 묵자고 해서 그러자고 했고."

"뭐?" 올리브가 안을 흘깃 쳐다봤다. "진짜야?"

"이렇게 하면 우리 셋 다 숙박비 엄청 절약돼. 그리고 나는 제러미하고 처음 같이 가는 거고." 안이 다른 데 정신이 팔려서 무심하게 대꾸했다. 휴대전화에 타이핑을 하고 있었다. "이것 봐, 얘들아, 내가 찾아냈어! 보스턴 행사에서 스템 계열 BIPOC 여성 모임 할 장소! 적당한 데 찾은 것 같아!"

"잘됐다." 올리브가 기운 없는 소리로 대꾸했다. "근데 난… 우리 셋이 같이 묵는 줄 알았는데."

안이 휴대전화에서 시선을 들고 미안한 표정으로 바라봤다. "응, 알아. 나도 제러미한테 그렇게 말했더니 제러미가 너는… 알잖아." 올리브가 어리둥절해서 고개를 갸우뚱했고, 안이 설명을 계속했다. "그러니까, 너는 칼슨하고 같이 묵으면 되는데 왜 다른 방 빌리는 데 돈을 쓰겠냐고 해서."

아. "그건 그냥." 그냥. 그냥 뭐. 그냥 뭐. 어서 말해. "나는…"

"나도 너 보고 싶을 거야. 그렇지만 우리가 잠자는 것 말고 방에서 다른 걸 할 것도 아니잖아."

"그렇지…." 올리브는 입을 꾹 다물었다가 덧붙였다. "맞아."

안이 웃는 걸 보자 우는소리를 하고 싶어졌다. "좋았어. 같이 밥 먹고 포스터 발표 보러 돌아다니자. 그리고 당연히 밤에도 같이 놀고."

"당연하지." 올리브는 씁쓸한 투로 말하지 않으려고 애썼다. "빨리 그날이 왔으면 좋겠다." 최대한 시원한 웃음을 지으며 이렇게 덧붙였다.

"좋아. 잘됐다. 난 이제 가봐야겠어. 5분 후에 과학계 여성 원조 프로그램 운영위 회의 있거든. 이번 주말에 모여서 보스턴에서 뭐 하고 놀지 정하자. 제러미는 고스트 투어 가재!"

올리브는 안이 남은 두 사람 대화를 못 들을 거리까지 멀어지기를 기다렸다가 홱 돌아서 맬컴을 쏘아봤다. 맬컴은 벌써 방어하듯 두 손바닥을 들어 보이고 있었다.

"우선, 안이 하필 내가 24시간짜리 실험 모니터링 하고 있을 때 와서 이렇게 하자고 제안했어. 그날은 진짜 최악의 날이었지, 제발 빨리 졸업해버리고 싶다. 근데 일단 말이 나온 이상 내가 어떻게 해야 해? 네가 칼슨이랑 가짜로 사귀는 거라서 한 방에 묵지 못한다고 얘기해? 아, 아니다. 네가 지금은 칼슨한테 푹 빠져 있으니까 가짜라고 할 수도 없겠…."

"알았어, 알아들었다고." 위장이 슬슬 아파왔다. "그래도 귀띔해줄 수는 있었잖아."

"그러려고 했지. 근데 신경학과 주드한테 헤어지자고 했더니 걔가 헤까닥 돌아서 내 차에 날계란 테러를 하잖아. 그다음엔

297

아빠가 안부인사 차 전화해서는 연구 어떻게 돼 가냐고 물어보더니, 나한테 왜 시노랩다이티스 엘리건스('예쁜꼬마선충'이라고도 하며, 유전학 연구 재료로 매우 적합한 동물이다—옮긴이) 실험 모델 안 쓰냐며 들들 볶는 거야. 우리 아빠가 얼마나 간섭 심하고 지적하기 좋아하는지 너도 알잖아, 올. 그러다 보니 어느새 싸우게 됐고 엄마까지 가세해서…." 맬컴은 말을 뚝 끊고 숨을 크게 들이마셨다. "뭐, 너도 옆에 있어봤잖아. 우리 가족이 샤우팅 매치 하는 것도 보고. 어쨌든 핵심은, 완전 까맣게 잊었다는 거야. 미안하다."

"괜찮아." 올리브가 관자놀이를 긁으며 대꾸했다. "따로 묵을 곳 찾아야지, 뭐."

"도와줄게." 맬컴이 기다렸다는 듯 말했다. "오늘 저녁에 당장 검색해보자."

"고마워, 근데 너무 신경 쓰지 마. 내가 어떻게든 구해볼게." 못 구할지도 모르지만. 아마도. 못 구할 확률이 높지. 학회가 2주도 채 안 남아서 주변 숙박시설은 이미 다 찼을 테니. 남은 곳은 올리브의 지불 능력을 한참 벗어나서 신장 한쪽이라도 팔아야 겨우 묵을 수 있는 곳들일 테고. 근데 그것도 한 방법이겠네. 신장은 두 개니까.

"화 안 났지?"

"그…." 아니야. 응. 어쩌면 조금. "화 안 났어. 네 잘못 아니야." 올리브는 다가오는 맬컴을 꼭 안아주었고, 어깨를 어색하게 토닥이며 달래주었다. 마음 같아서는 맬컴 탓을 하고 싶었지만 원인은 고스란히 자신에게 있었다. 모든 문제, 최소한 거의 모든 문제의 원인은 애초에 안에게 거짓말을 해야겠다는 올리브의 멍청하고 성급한 결정에 있었다. 이 가짜 연애극 사기를 치기로 한 결심. 그런데 이제는 이 바보 같은 학술회에서, 아마 버스정류장 벤치에서 밤을 보내고 아침밥은 이끼로 때운 뒤 구두 발표를 하게 생겼는데, 와중에도 애덤 생각을 멈출 수가 없었다. 자알 하는 짓이군.

한쪽 겨드랑이에 노트북 컴퓨터를 끼고서 도로 랩실로 향했다. 발표를 위해 슬라이드를 준비할 생각을 하니 스트레스가 덮치면서 기분이 다운됐다. 돌덩이처럼 무겁고 불쾌한 뭔가가 뱃속에 자리 잡았고, 그래서 충동적으로 방향을 꺾어 화장실로 갔다. 그리고 문에서 제일 먼 칸으로 들어가 차가운 타일 벽에 머리가 닿도록 뒤로 기댔다.

뱃속 돌덩이가 철근처럼 느껴질 무렵에는 무릎마저 힘이 풀렸고, 그래서 벽에 등을 댄 채 주르륵 미끄러져 바닥에 주저앉았다. 올리브는 그 상태로 거기서, 아무 문제도 없는 척 자신을 속이며, 한참을 앉아 있었다.

13장

가설: 가짜 연애 3건 중 대략 2건 꼴로 '한 방 쓰기' 상황이 발생할 것이다. 그리고 한 방 쓰기 상황의 50퍼센트는 하나뿐인 침대로 인해 더욱 골치 아파질 것이다.

학회 장소에서 25분 거리에 에어비앤비 숙소가 하나 있었지만 창고 바닥에 공기주입 매트리스 하나 덜렁 놓고 1박에 180달러 요구하는 곳이었고, 그걸 올리브가 지불할 여력이 된다 해도 사용자 리뷰 중 하나에 숙소 주인이 게스트를 초대해서 바이킹 롤플레이를 즐긴다는 얘기가 있어서…. 결국 패스하기로 했다. 학회장에서 지하철로 45분 거리에 가격 적당한 곳도 한군데 있었지만, 예약하려는 순간 몇 초 차이로 다른 사람에게 빼앗겨버렸다. 그 순간 커피숍 저편으로 노트북을 집어 던지고 싶었다. 찜찜한 모텔과 도시에서 한참 벗어나 있는 어느 집 소파, 둘 중에 어디로 할까 망설이는데 올리브 위로 그림자가 드리웠다. 콘센트 좀 같이 쓰자고 말하러 온 학부생일 줄 알고 얼굴을 찌푸린 채 고개를 들었는데, 대신 올리브가 발견한 건….

"아."

늦은 오후의 햇살을 역광으로 받아 머리와 어깨 주위에 후광 같은 것을 드리운 애덤이 아이패드를 그러쥐고 서서 침울한 표정으로 내려다보고 있었다. 애덤을 마지막으로 본 날로부터 일주일도 채 지나지 않았다. 정확히는 엿새였고, 다 합쳐봐야 그리 길지 않은 시간이었다. 애덤을 안 지 한 달이 될까 말까 한 걸 고려하면 엿새는 정말 아무것도 아니었다. 그런데도 지금 이 공간, 아니, 캠퍼스 전체, 나아가 온 도시가, 그가 돌아왔다는 걸 아는 것만으로 전혀 다른 곳처럼 느껴졌다.

가능성. 애덤의 존재감은 곧 가능성이었다. 무엇의 가능성인지는 모르겠지만.

"언제…." 입 안이 바싹 말랐다. 약 10초 전 물을 한 모금 마신 걸 고려하면, 과학적으로 엄청나게 흥미로운 현상이었다. "돌아왔네요."

"응, 왔어."

그의 목소리를 잊은 건 아니었다. 그의 키가 얼마나 큰지도. 망할 옷이 얼마나 맞춘 듯 딱 맞는지도. 잊으려야 잊을 수가 없었다. 정상적으로 작동하는 두 개의 중앙 측두엽이 해골 안에 떡하니 자리하고 있으니까. 그 말은 곧 멀쩡히 기억을 암호화해 저장할 수 있다는 뜻이었다. 그러니 올리브는 아무것도 잊지 않았는데, 지금 이 순간 마치 싹 잊고 있었던 것 같은 기분이 드는 이유를 도무지 알 수 없었다. "나는…. 벌써 온 줄은…." 그래, 올리브. 잘했어. 청산유수로구나. "돌아온 줄 몰랐어요."

애덤은 약간 마음의 벽을 친 표정이었지만, 고개를 끄덕였다. "어젯밤에 비행기로 왔어."

"아." 할 말을 생각해놨어야 했는지도 모르지만, 수요일 이전에 그를 보게 될 줄은 전혀 예상하지 못했다. 예상했다면 제일 오래된 레깅스랑 제일 닳아빠진 티셔츠를 입고 나오지 않았을 것이고, 머리도 떡을 진 채 나오지 않았을 터였다. 수영복이나 우아한 드레스를 입으면 애덤이 알아봐줄 거라는 망상에 빠져 있는 건 아니지만. 그래도 어쨌든. "앉을래요?" 올리브는 상체를 숙이고 휴대전화와 노트를 주섬주섬 치워 조그만 테이블에 자리를 만들었다. 애덤이 머뭇거리다 앉는 걸 보고서야 그가 앉을 생각이 없었을 수도 있겠다는 생각이, 이젠 별수 없이 앉아야겠다고 느낄지도 모른다는 생각이 들었다. 애덤은 커다란 고양이처럼 유연하게 긴 몸을 접어 앉았다.

잘하는 짓이다, 올리브. 관심 구걸하는 애정결핍형 인간을 누가 좋아하겠니?

"안 앉아도 돼요. 바쁜 거 아니까. 가서 맥아더 연구지원비도 따내야지, 박사과정생 괴롭혀야지, 브로콜리도 먹어야지." 아마 여기만 아니면 다른 어디라도 좋겠지, 하는 생각이 들었다. 올리브는 죄책감에 손톱을 물어뜯다가 슬슬 패닉에 빠지기 시작했고, 이어서….

그런데 애덤이 슬쩍 미소를 지었다. 순간 그의 입가에 주름이 패고 두 뺨에는 보조개가 폭 들어갔고, 얼굴이 완전히 딴 사람이 되었다. 테이블 주위의 공기가 희박해졌다. 올리브는 갑자기 숨이 안 쉬어졌다.

"아는지 모르겠지만, 브라우니만 먹고 살기와 오로지 브로콜리만 먹기 사이에는 절충안이 있어."

올리브는 씩 웃었다. 별다른 이유는 없고 그저… 애덤이 여기, 올리브와 함께 있다는 이유만으로. 게다가 애덤도 웃고 있었다. "거짓말하지 말아요."

애덤은 여전히 입꼬리를 올린 채 고개를 절레절레 저었다. "어떻게 지내?"

얼굴 보니 훨씬 나아요. "잘 지내요. 보스턴은 어땠어요?"

"괜찮았어."

"돌아와서 반가워요. 생물학과 중퇴율이 현저히 감소한 걸로 아는데. 내버려둘 순 없죠."

그러자 애덤이 참아준다는 표정을 지었다. "피곤해 보이네, 입만 산 박사생."

"아, 네, 그게…." 올리브는 한 손으로 뺨을 문지르면서, 평소에도 의식적으로 그러듯 자기 외모를 의식하지 말라고 뇌에 명령을 내렸다. 저번에 홀든이 말한 여자는 어떻게 생겼을까 궁금해하는 것도 외모 의식하는 것 못잖게 멍청한 짓이었다. 아마 눈 번쩍 뜨이게 아름답겠지. 여성스럽고 몸매도 풍만할 거고. 브래지어가 진짜 필요해서 착용하는 사람, 몸의 절반이 주근깨로 덮이지 않은 사람, 얼굴에 떡칠하지 않고 능숙하게 리퀴드 아이라이너를 바를 줄 아는 사람일 거야.

"괜찮아요. 근데 정신없는 한 주이긴 했어요." 올리브가 관자놀이를 문지르며 말했다.

애덤이 고개를 까딱 기울이며 물었다. "무슨 일이 있었는데?"

"별거 아니에요…. 그냥, 친구들이 바보같이 굴어서 미워 죽겠어요." 말하자마자 뜨끔해서, 콧잔등을 찌푸렸다. "아니, 사실은 안 미워요. 내가 걔네를 사랑하는 게 짜증날 뿐이죠."

"그 선크림 좋아하는 친구 말이야? 안이라고 했던가?"

"바로 걔요. 그리고 내 룸메이트도요. 내 사정을 알면서 말려든 죄로."

"무슨 짓을 저질렀는데?"

"걔들이 글쎄…." 올리브는 손가락으로 두 눈을 꾹 눌렀다. "얘기하자면 길어요. SBD 학회 동안 따로 머물 숙소를 마련했대요. 덕분에 나는 혼자 숙소를 찾아야 하게 생겼고요."

"왜 그랬다는데?"

"왜냐하면…." 올리브는 몇 초간 눈을 감았다가 한숨을 토해냈다. "왜냐하면 내가 당연히 애덤하고 같이 묵을 줄 알고요. 애덤이 내… 알잖아요. '남자친구'."

그러자 애덤은 잠시 몸이 굳었다. 그러더니 이렇게 말했다. "그렇군."

"넵. 친구들이 비약이 좀 심하죠. 그렇지만 뭐…." 올리브는 양팔을 펼치고 어깨를 으쓱했다.

애덤은 생각에 잠긴 얼굴로 볼 안쪽을 씹었다. "친구들하고 같은 데 묵지 못하게 돼서 유감이야."

올리브는 손사래를 쳤다. "아, 그건 별거 아니에요. 물론 같이 지내면 재미야 있겠지만, 그보다는 학회장 근처에 다른 숙소를 잡아야 하는데 내가 숙박비를 댈 수 있는 데가 하나도 없어서 그렇죠." 말하면서 노트북 화면으로 시선을 떨어뜨렸다. "한 시간 거리에 있는 이 모텔을 잡을까 하는데…."

"친구들이 알지 않겠어?"

올리브는 저화질의 지저분해 보이는 숙소 사진에서 고개를 들었다. "뭘요?"

"나랑 같은 데 묵지 않는 걸 안이 알아채지 않겠어?"

아. "애덤은 어디 묵는데요?"

"학회 열리는 호텔."

역시나. "뭐." 올리브가 코를 긁으며 대꾸했다. "안한테 말 안 하면 되죠. 안도 크게 신경 안 쓸 테고."

"그래도 올리브가 한 시간 거리에 머물면 알아챌 것 같은데."

"그건…." 그렇다. 알아챌 것이고, 질문 공세를 할 것이다. 그러면 올리브는 수습한답시고 핑곗거리와 또 다른 절반의 진실을 잔뜩 생각해내야 할 것이다. 지난 몇 주간 아슬아슬 쌓아온 이 거짓말의 젠가 탑에 블록 몇 개를 더 얹는 것이었다. "무슨 수든 생각해낼게요."

애덤이 천천히 고개를 끄덕였다. "미안해서 어쩌지."

"아, 애덤 잘못 아니에요."

"어떻게 보면 내 잘못이라고 할 수 있지."

"전혀 아닌데요."

"호텔비를 대주고 싶지만 반경 15킬로미터 이내로는 숙소가 다 찼을 거고."

"아, 아니에요." 올리브는 단호하게 고개를 저었다. "빈 데가 있어도 내가 거절했을 거예요. 무슨 커피 한 잔 값도 아니고. 스콘 한 개 값도 아닌데. 쿠키 한 개 값도. 펌킨 프라푸치노 한 잔 값도." 그러면서 속눈썹을 장난스럽게 깜박거렸고, 화제를 돌리려고 몸을 기울이면서 불쑥 말했다. "말 나온 김에, 펌킨 프라푸치노가 새로 나왔거든요. 나한테 사줘도 돼요. 그럼 오늘이 정말 행복해질 거예요."

"그러지." 애덤이 약간 속이 울렁거리는 얼굴로 대꾸했다.

"신난다." 올리브가 환히 웃었다. "마침 할인하나 봐요, 무슨 화요일 특별 할인이래나."

"근데 나랑 같이 묵어도 돼." 애덤이 말하는 태도 때문에, 그러니까 하도 침착하고 이성적으로 말해서 별것 아닌 일처럼 들렸다. 하마터면 넘어갈 뻔했지만, 어느 순간 귀와 뇌가 뒤늦게 연계되면서 그가 방금 한 말의 뜻을 해석할 수 있었다.

올리브가,

자기와,

한 방에 묵어도 된다고.

아무리 짧은 시간이라도 다른 사람과 한 공간에 머무는 데 어떤 사소한 불편 사항이 따르는지, 올리브는 잘 알았다. 한 방에서 잔다는 건 부끄러운 잠옷 차림을 보여주는 것, 욕실을 번 갈아 쓰는 것, 어둠 속에서 상대방이 편한 자세를 취하려고 이불 밑에서 사각사각 움직이는 걸 다 듣는 것을 의미했다. 한 방에서 같이 잔다는 건… 안 돼. 안 될 말씀. 어리석은 생각이야. 여태 어리석은 아이디어를 하도 많이 실행해서 한동안은 그럴 일이 없을 줄 알았지. 올리브는 헛기침을 한 뒤 대답했다.

"아뇨, 그럴 수는 없어요."

애덤은 차분히 고개를 끄덕였다. 그러더니, 여전히 차분하게 물었다. "왜?" 올리브는 테이블에 이마를 쿵쿵 찧고 싶었다.

"어쨌든 안 돼요."

"당연히 트윈 베드야." 애덤은 마치 그 정보를 들으면 올리브가 마음을 바꿀 수도 있다는 듯 툭 던졌다.

"별로 좋은 생각이 아니에요."

"왜?"

"왜냐하면 사람들이 우리가…." 올리브는 애덤의 표정을 보고 곧바로 목소리를 낮췄다. "아, 알았어요. 이미 그렇게 생각하긴 하죠. 그래도."

"그래도 뭐?"

"애덤." 올리브는 손가락으로 이마를 문지르며 말했다. "침대는 하나뿐일 거예요."

그러자 애덤이 눈썹을 팔자로 만들었다. "아니야, 아까 말했잖아, 트윈룸이라고…."

"아니에요. 아닐 거라고요. 분명히 침대는 하나뿐일 거예요."

애덤은 계속 어리둥절한 표정이었다. "며칠 전에 예약 확인 메일 받았어. 원한다면 메일로 보내줄게. 거기에 트윈룸이라고."

"거기에 뭐라고 나와 있건 상관없어요. 이럴 땐 반드시 침대가 하나뿐이라고요."

애덤은 멍한 얼굴로 올리브를 바라봤고, 올리브는 한숨을 토하며 의자 등받이에 몸을 털썩 기댔다. 보아하니 애덤은 로맨틱 코미디 영화나 소설을 평생 한 번도 본 적이 없는 모양이었다. "됐어요. 잊어버려요."

"내가 참여하는 심포지엄은 학회 개최일 전날 열리는 관련 워크숍에 포함돼있는데, 그거 끝나면 나는 본 학회 첫날 발표야. 호텔 방을 학회 기간 풀로 예약했는데 어차피 난 둘째 날 밤까지만 자고 이후로는 다른 회의 때문에 안 쓸 거니까 올리브가 셋째 날 밤부터 혼자 쓸 수 있어. 그러니 같이 쓰는 건 딱 하룻밤일 거야."

제안을 수락해야 하는 합당한 이유를 그가 조목조목 논리적으로 늘어놓는 걸 들으면서 올리브는 점점 공황에 빠지는 기분이 들었다. "별로 좋은 생각이 아닌 것 같은데요."

"괜찮아. 왜 그렇게 생각하는지 궁금할 뿐이야."

"그냥요." 왜냐하면 그러고 싶지 않으니까요. 왜냐하면 내가 당신한테 단단히 빠졌으니까요. 왜냐하면 같은 방에 묵고 나면 그게 더 심해질 테니까요. 왜냐하면 그때는 9월 29일이 낀 주고, 그 생각 안 하려고 기를 쓰고 있으니까요.

"혹시 내가 동의도 없이 키스할까봐 걱정돼서 그래? 올리브의 무릎에 앉거나 선크림 바른다면서 주물러댈까봐? 나는 절대 그런 짓…."

올리브는 휴대전화를 그에게 냅다 던졌다. 애덤은 왼손으로 그걸 척 잡더니, 아미노산 화학식이 그려진 반짝이 휴대전화 케이스를 재미있다는 표정으로 들여다보다가 올리브의 노트북 옆에 얌전히 내려놓았다.

"얄미워." 올리브가 부루퉁해서 한마디했다. 삐친 표정을 지었을 수도 있었다. 동시에 미소를 지었을 수도 있었다.

애덤의 입꼬리가 씰룩거렸다. "알아."

"그거 가지고 안 놀릴 날이 오긴 와요?"

"그럴 가능성은 희박해. 게다가 그런 날이 온다 해도 올리브가 알아서 또 놀림당할 일을 저지르겠지."

올리브는 헛웃음을 뱉으며 가슴팍에 팔짱을 꼈고, 두 사람은 작은 미소를 주고받았다.

"내가 홀든이나 톰한테 부탁해서 같이 묵고 올리브가 그 방 혼자 써도 돼." 애덤이 넌지시 말했다. "근데 그 둘도 내가 이미 숙소 잡은 걸 알아서, 그럴싸한 이유를 만들어야 할…."

"아뇨, 애덤이 예약한 방에서 애덤을 내쫓을 순 없죠." 올리브는 한 손으로 머리를 쓸어 올리면서 한숨을 푹 내쉬었다. "분명 싫어할 거예요."

그가 고개를 갸우뚱했다. "뭘?"

"나랑 한 방에서 지내는 거."

"내가?"

"네. 애덤은 왠지…." 애덤은 남들이 일정 거리 이상 다가오지 못하게 할 사람 같아요. 타협이 없고, 아무리 오래 가까이 지내도 영 알 수 없는 사람. 다른 사람이 자신을 어떻게 생각하든 별로 개의치 않는 사람 같아요. 늘 확신을 가지고 행동하는 사람 같아요. 형편없으면서 멋진 사람 같고, 그런 애덤이 자진해서 마음을 열고 싶은 상대가, 내가 아닌 그런 상대가 있다고 생각하면 더이상 이 테이블에 앉아 있기 싫을 정도라고요. "자기만의 공간을 중시하는 사람 같아서요."

애덤이 올리브와 시선을 맞추며 말했다. "올리브. 난 같이 써도 괜찮을 거야."

"만약 괜찮지 않으면, 그때 가서는 나를 억지로 데리고 있어야 하잖아요."

"겨우 하룻밤인걸." 그의 턱이 움찔했다가 긴장이 풀렸고, 이윽고 그가 덧붙였다. "우린 친구잖아, 아니야?"

올리브가 한 말이 부메랑처럼 되돌아왔다. '나는 애덤의 친구이기 싫은걸요.' 이렇게 말하고 싶었다. 그런데 또, 애덤과 친구가 아닌 것도 싫었다. 하지만 올리브가 원하는 건 철저히 손닿지 못할 곳에 있었고, 그러니 잊어야 했다. 뇌에서 말끔히 지워야 했다.

"맞아요. 친구예요."

"그럼 친구로서, 낯선 곳에서 밤중에 대중교통 이용하다가 봉변당할까봐 걱정하지 않게 해줘. 자전거 전용도로 없는 데서 자전거 타서 걱정시키는 걸로 충분해." 마지막 말은 애덤이 웅얼거렸고, 올리브는 즉시 마음이 무거워졌다. 애덤은 좋은 친구 노릇을 하려고 애쓰고 있었다. 이렇게 진심으로 생각해주는데, 올리브는 가진 걸로 만족하지 못하고 그걸 통째로 망가뜨리려 하고 있었다. 그것도 모자라 더 많은 걸 원하고 있었다.

그래서 숨을 한 번 깊이 마시고 이렇게 말했다. "확실해요? 신경 안 쓰일 게?"

애덤이 말없이 고개를 끄덕였다.

"좋아요, 그럼. 알았어요." 올리브는 애써 미소를 지었다. "혹시 코 골아요?"

애덤이 헛웃음을 뱉었다. "몰라."

"아, 왜 이래요. 그걸 어떻게 모를 수 있어요?"

애덤이 어깨를 으쓱하며 대꾸했다. "그냥 몰라."

"흠, 그럼 코를 안 고는 걸 거예요. 아니면 누군가는 말해줬을 테니까요."

"누군가?"

"룸메이트라든가." 문득 애덤이 서른네 살이고 지난 십 년간은 룸메이트가 없었을 거라는 데 생각이 미쳤다. "아니면 여자친구."

그러자 애덤은 희미하게 웃으며 눈을 내리깔았다. "그럼 내 '여자친구'가 SBD 학회 이후에 말해주겠네." 아무런 사심도 안 들어간 나지막한 투였고 농담임이 분명했지만 올리브는 뺨이 화끈 달아올랐고 왠지 그를 더 이상 쳐다볼 수가 없었다. 그래서 애꿎은 카디건 소매의 실밥이나 잡아 뜯으면서 대꾸할 말을 찾았다.

"내가 낸 말도 안 되는 페이퍼 초록 있잖아요." 목을 한 번 가다듬고 입을 열었다. "구술 발표 주제로 선정됐어요."

애덤이 올리브와 눈을 맞추었다. "교수진 패널?"

"네."

"근데 기분이 별로야?"

"거지같아요." 올리브가 콧잔등에 주름을 잡았다.

"남 앞에서 얘기하는 것 때문에?"

기억하는구나. 애덤인데, 당연히 기억하겠지. "맞아요. 망칠 거예요."

애덤은 가만히 올리브를 응시하면서 아무 말도 하지 않았다. 괜찮을 거라는 말도, 발표가 순조롭게 이루어질 거라는 말도, 올리브가 과민반응 하는 거고 엄청나게 좋은 기회를 흘려보내려고 한다는 말도 하지 않았다. 올리브의 불안증을 침착하게 있는 그대로 받아들이는 태도는 오히려 아슬란 박사의 호들갑과 정반대의 효과가 있었다. 마음이 가라앉은 것이다.

"내가 박사과정 3년 차 때," 애덤이 조용히 말했다. "내 지도

교수가 자기 대신 나를 교수 심포지엄 발제자로 보냈어. 그것도 이틀 전에야 말해줬고, 슬라이드나 발표 원고도 전혀 제공해주지 않았어. 주제만 덜렁 알려줬지."

"세상에." 올리브는 그런 일을 당하면, 그러니까 아무런 예고도 없이 그렇게 부담스러운 과제를 덜컥 맡는다면 기분이 어떨지 상상해보았다. 동시에, 애덤이 누가 대놓고 묻지도 않았는데 자진해서 뭔가를 털어놓는 것이 너무 놀라웠다. "도대체 왜 그랬대요?"

"누가 알아?" 애덤은 고개를 젖히고 올리브의 머리 위 어딘가를 아득하게 바라봤다. 목소리에 오래전 맺힌 쓰라림이 묻어났다. "급한 일이 생겼나 보지. 박사과정생에게 뼈가 되고 살이 될 경험이라고 생각했거나. 아니면 그냥 그럴 권한이 있어서."

아마 그 교수는 얼마든지 그렇게 굴 수 있었을 것이다. 애덤의 옛 지도교수가 누구인지는 몰라도 워낙 대학원이라는 곳이 남성 중심의 고인 물이라, 권한을 쥔 사람은 권한 없는 이들을 휘두르기를 좋아했고 그러고도 아무런 대가를 치르지 않았다.

"그래서, 정말로 그랬어요? 뼈가 되고 살이 됐어요?"

애덤이 또 한 번 어깨를 으쓱했다. "48시간 내리 잠도 못 자고 패닉에 빠져 있는 경험이 인생에 도움 될 딱 그만큼만."

올리브가 웃음 지었다. "발표는 어땠어요?"

"발표는……." 애덤이 입을 꾹 다물었다가 말을 이었다. "잘 못했어." 그러더니 다시 카페 창 밖 어딘가에 시선을 고정한 채 한

동안 말이 없었다. "근데 돌아보면 그때는 뭘 해도 잘했다는 소리 듣지 못했으니까."

애덤의 연구 성과를 수준 미달로 판단하는 사람이 있다니, 있을 수 없는 일 같았다. 애덤이 최고 수준에 못 미칠 수도 있다니. 혹시 그런 일을 겪어서 남에게도 엄격한 잣대를 들이대는 걸까? 자기 자신에게도 똑같이 말도 안 되게 엄격한 기준을 적용하도록 훈련받아서?

"아직도 그분이랑 연락해요? 옛날 지도교수요."

"은퇴하셨어. 그 교수님이 운영하던 랩을 톰이 그대로 인수했지."

그답지 않게 모호하고, 어휘를 신중히 고른 티가 나는 대답이었다. 그래서 호기심이 동할 수밖에 없었다. "교수님을 좋아하긴 했어요?"

"한마디로 설명하기 어려워." 애덤은 생각에 잠겨 정신이 다른 데 가 있는 얼굴로 턱을 문질렀다. "아니. 별로 안 좋아했어. 지금도 그렇고. 그 교수님은⋯." 말을 잇기까지 하도 오래 걸려서 올리브는 그가 얘기를 안 해주려나 보다 했다. 하지만 그는 한참 만에, 오크나무 너머로 사라져가는 늦은 오후의 해를 응시하며 다시 입을 뗐다. "무자비했어. 내 지도교수는 무자비한 사람이었어."

올리브는 쿡쿡 웃음이 터졌고, 애덤은 영문을 몰라 가늘게 뜬 눈으로 올리브를 흘끔 돌아봤다.

"미안해요." 올리브가 웃음기 섞인 투로 말했다. "그냥 웃겨서요, 애덤이 옛 지도교수에 대해 불평하는 게. 왜냐하면…."

"왜냐하면 뭐?"

"왜냐하면 애덤이랑 똑같은 타입으로 들려서요."

"난 그 사람하고 달라." 애덤이 평소보다 조금 날이 선 어조로 대꾸했다. 올리브는 코웃음이 나왔다.

"애덤, 아무나 붙잡고 애덤이 어떤 교수인지 한마디로 정의해보라고 하면 십중팔구 '무자비하다'고 할걸요."

말을 마치기도 전에 애덤의 몸이 굳는 게 보였다. 어깨가 긴장으로 뻣뻣해졌고, 턱은 힘이 들어가 움찔거렸다. 반사적으로 사과하려는 충동이 들었지만, 뭐에 대해 사과해야 할지 알 수 없었다. 방금 한 말은 새로운 얘기도 아니었다. 전에도 두 사람은 애덤의 사탕발림 없고 타협도 없는 학생 지도 스타일에 대해 여러 번 얘기했고, 그때마다 애덤은 아무렇지 않게 넘겼었다. 심지어 인정하기까지 했다. 그런데 지금은 테이블에 얹은 두 주먹에 한껏 힘이 들어갔고 눈빛도 평소보다 어두웠다.

"그냥… 애덤, 내 말에…." 올리브가 더듬거렸지만 제대로 해명하기도 전에 애덤이 말을 끊었다.

"자기 지도교수에게 반감 없는 대학원생은 없어." 이렇게 말하는 그의 어조에는 방금 하던 얘기는 그쯤 해서 멈추라고 경고하는 듯한 단호함이 어려 있었다. '무슨 일이 있었는데요?', '방금 무슨 생각에 빠져 있었던 거예요?'라고 물어보지 말라는 것 같았다.

그래서 올리브는 침을 삼키고 고개를 끄덕였다. "아슬란 박사님은…." 말하다 말고 올리브는 머뭇거렸다. 애덤의 주먹 마디마디가 아까만큼 새하얗지는 않았고 근육에서 서서히 긴장이 빠져나가고 있는 것 같았다. 어쩌면 올리브의 상상인지도 모르지만. 그래, 상상인가 봐. "다 좋으신데요. 이해를 못 하시는 것 같아서 가끔 답답해요. 나한테 필요한 게…." 길잡이라는 걸. 그리고 정신적 지지도. 맹목적 격려 대신 실질적 조언이 필요하단 걸. "뭐가 필요한지 나도 모르겠어요. 어쩌면 그게 문제 중 하나인지 모르죠. 의사소통을 잘 못 하는 것."

애덤은 고개를 끄덕이더니, 말을 고르는 것 같았다. "쉽지 않아, 학생을 지도한다는 건. 아무도 어떻게 지도하라고 가르쳐주지 않더라고. 우리는 과학자가 되는 훈련을 받았지만, 교수로서는 맡은 학생들이 논리적으로 탄탄한 연구 결과를 내놓는 법을 학습하도록 지도할 책임이 있어. 나는 내가 맡은 박사생들에게 자기 연구에 책임을 지우고, 높은 기준을 요구해. 학생들은 나를 무서워하는데, 그건 문제될 게 없어. 학생의 미래가 달려 있고, 나를 무서워해서 과학자가 되는 훈련에 더 진지하게 임한다면 나는 그걸로 족해."

올리브는 고개를 갸우뚱했다. "무슨 뜻이에요?"

"내 임무는 내가 지도하는 성인 박사과정생들이 그저 그런 과학자가 되지 않게 하는 거야. 그러려면 필요할 때 학생들한테 실험을 처음부터 다시 하라고, 아니면 가설을 다시 세우라고 요구할 수 있어야 돼. 그건 지도교수가 당연히 해야 할 일이야."

올리브도 남 비위 맞추려고 애쓰는 타입은 아니었지만, 남의 시선에 대한 애덤의 무심한 태도는 몹시 흥미로웠다. "정말로 신경 안 써요?" 올리브가 호기심 가득한 투로 물었다. "많은 학생들이 애덤을 인간적으로 안 좋아해도요?"

"에, 별로. 나도 걔네 별로 안 좋아해." 올리브는 제스와 알렉스를 비롯해 애덤의 지도를 받는, 올리브가 잘 모르는 다른 박사과정생과 박사 후 연구원 대여섯 명을 떠올렸다. 그 학생들이 애덤을 독재자로 여기는 것과 똑같이 애덤도 그 학생들을 짜증나는 애들로 여긴다고 생각하자 웃음이 터졌다. "공평하게 말하면, 나는 사람 자체를 별로 안 좋아해."

"그렇군요." 물어보지 마, 올리브. 물어보지 마. "나는 좋아해요?"

애덤은 입을 꾹 다물고 만분의 일 초쯤 머뭇거렸다. "저언혀. 음료 취향 괴상한, 입만 산 박사과정생을 내가 왜." 하지만 그러면서도 입가에 희미한 미소를 띤 채 아이패드 가장자리를 손가락으로 쓸었다. "나한테 슬라이드 보내봐."

"슬라이드라뇨?"

"발표 자료. 내가 한번 봐줄게."

올리브는 입을 헤 벌리고 쳐다보지 않으려고 애썼다. "아… 근데 애덤은…. 내 지도교수도 아니잖아요. 안 봐줘도 돼요."

"알아."

"정말로 안 봐줘도 되는데…."

"봐주고 싶어서 그래." 애덤이 낮게 깐 차분한 목소리로 대꾸하면서 올리브의 눈을 지그시 들여다봤다. 올리브는 갑자기 흉곽 안에 먹먹한 감각이 느껴져서 눈길을 피하고 말았다.

"좋아요." 아까부터 만지작대던 소매의 실밥이 뚝 끊어졌다. "애덤한테 피드백 받고 내가 샤워 물줄기 아래서 엉엉 울 확률이 얼마나 돼요?"

"슬라이드의 수준에 따라 다르지."

올리브가 씩 웃으며 받아쳤다. "봐주기 없기예요."

"봐줄 생각 없어."

"좋아요. 잘됐네요." 한숨이 섞여 나왔지만, 애덤이 발표 자료를 봐준다고 생각하니 마음이 놓였다. "나 발표할 때 올 거예요?" 무심결에 이런 말이 튀어나왔고, 그 요청에 애덤만큼 올리브 자신도 놀라고 말았다.

"어… 내가 갔으면 좋겠어?"

아니요. 아뇨, 발표는 엉망일 거고, 나는 창피당할 거고, 아마 재앙 수준으로 망할 텐데 애덤이 거기 오면 내 최악의 순간이자 가장 취약한 순간을 목격하는 거 아녜요. 발표가 진행되는 내내 애덤은 화장실에 들어가 문 잠그고 있는 게 나을 거예요. 실수로라도 발표장에 와서 내가 망신당하는 꼴 보지 않게.

그렇지만. 그가 거기 있을 걸, 청중 가운데 앉아 있을 걸 상

318

상하기만 해도 발표가 그나마 넘을 수 있는 산처럼 느껴졌다. 애덤은 올리브의 지도교수도 아니고, 대답하기 어려운 질문이 쏟아지거나 발표 중간에 프로젝터가 오작동한다 해도 해줄 수 있는 게 별로 없었다. 하지만 올리브가 그에게 원하는 건 그런 게 아닌지도 몰랐다.

그 순간 올리브는 애덤의 어떤 점이 그렇게 특별하게 느껴지는지 퍼뜩 깨달았다. 애덤의 평판이 어떻건, 또 둘의 첫 만남이 얼마나 황당했건, 처음부터 올리브는 애덤이 자신의 편이라고 느껴왔다. 한 번도 아니고 여러 번, 그것도 전혀 예상치 못한 방식으로 그는 올리브가 그의 평가를 의식하지 않도록 마음을 편하게 해주었다. 혼자라는 기분이 덜 들게 해주었다.

올리브는 천천히 호흡을 뱉었다. 갑작스러운 깨달음에 심란해질 법도 했지만, 오히려 묘하게 마음이 차분해졌다. "네." 이렇게 대답하면서, 어쩌면 모든 게 다 잘 풀릴지도 모른다는 생각이 들었다. 어쩌면 영영 그에게서 원하는 것을 못 얻을 수도 있지만, 최소한 지금은 그가 올리브의 삶에 있지 않은가. 그 정도로 만족해야 했다.

"그럼 보러 갈게."

올리브가 몸을 앞으로 숙이며 말했다. "혹시 유도성 짙은 장황한 질문으로 내가 횡설수설하게 만들어서, 동료들의 존경도 잃고 결국 영원히 생물학계에 발 딛지 못하게 만들 계획이에요?"

"어쩌면 그럴지도." 애덤이 싱긋 웃으며 대꾸했다 "이제 그 역겨운." 여기서 그는 계산대 쪽을 가리켰다. "펌킨 국물 사줄까?"

올리브가 씩 웃었다. "당연하죠. 아니, 사주고 싶다면요."

"나한테 선택권이 있다면 다른 걸 사주고 싶은데."

"안됐네요." 벌떡 일어나 올리브는 애덤의 소매를 잡아당겨 계산대로 끌고 가 나란히 섰다. 애덤은 블랙커피가 어쩌고 구시렁거리며 마지못해 따라왔지만 올리브는 못 들은 척했다.

이걸로 충분해, 올리브는 속으로 한 번 더 다짐했다. 지금 가진 것, 그걸로 만족해야 해.

14장

가설: 이 학회는 나의 커리어와 전반적 웰빙, 정신 건강에 일어날 수 있는 최악의 일이 될 것이다.

호텔 방에는 침대가 두 개 있었다.

정확히는 더블베드 두 개였고, 그걸 가만히 보고 있으니 안도감으로 어깨가 축 늘어졌다. 허공에 주먹을 찌르고 싶었지만, 가까스로 충동을 눌렀다. 봤냐, 멍청한 로코의 법칙아? 갓 태어나 세상물정 모르는 바보처럼 가짜로 사귀던 남자에게 푹 빠지는 과오를 범했지만, 적어도 그 남자와 당장은 한 침대를 쓸 운명을 피한 것 같았다. 지난 몇 주간 사사건건 운이 없었던 걸 생각하면, 이런 사소한 운조차 너무 절실했다.

애덤이 입구 쪽 침대에서 잤음을 알려주는 사소한 단서가 잔뜩 있었다. 협탁에 놓인, 독일어로 쓰인 듯한 책, USB 드라이브, 그가 가지고 다니는 걸 올리브도 몇 번 본 아이패드, 콘센트 구멍에서 늘어져 달랑거리는 아이폰 충전기. 침대 발치에 바짝 붙여놓은, 비싸 보이는 검은색 여행 가방. 올리브의 여행 가방과 다르게, 월마트 할인 코너에서 득템한 건 아닌 걸로 보였다.

"그럼 이게 내 침대인가 보네." 올리브는 중얼거리며 창 쪽 침대에 털썩 앉았고, 매트리스가 얼마나 단단한지 보려고 몇 번 들썩거려보았다. 꽤 좋은 방이었다. 터무니없이 고급스럽지는 않지만, 올리브는 자신이 숙박비 반을 내겠다고 했을 때 애덤이 미친 사람 보듯 하며 콧방귀를 뀄던 게 새삼 고마워졌다. 최소한 둘이 방 안에서 돌아다닐 때 부딪히지는 않을 정도로 공간에 여유가 있었다. 덕분에 애덤과 함께 이 방에 머무는 게 10대아이들이 종종 하는 '벽장에 들어가서 키스하기'의 어른판 가학적 버전이 되지는 않을 것 같았다.

어차피 두 사람이 방에 함께 있을 시간도 얼마 안 될 터였다. 올리브는 몇 시간 후면 발표하러(으윽) 갈 거고, 그 뒤에는 학부 뒤풀이에 가서 친구들과 놀다가… 뭐, 놀 수 있을 만큼 놀다 들어올 계획이었다. 모르긴 몰라도 애덤은 이미 미팅이 수십 건은 잡혀 있을 테고, 어쩌면 두 사람이 서로 한 번도 못 보고 돌아갈 수도 있었다. 오늘밤 애덤이 돌아왔을 때 올리브는 잠들어 있을 테고, 내일 아침에 둘 중 한 명이 나갈 채비 하는 동안 다른 한 명이 아직 잠들어 있는 척할 수도 있다. 다 잘될 것이다. 아무런 해도 없을 것이다. 최소한 지금보다 상황을 악화시키지는 않을 것이다.

보통은 학회 참석용 복장으로 블랙진과 가장 덜 낡은 카디건을 택하곤 했지만, 며칠 전 안이 그 복장은 발제자 치고 너무 캐주얼해 보일 수 있다고 조언했다. 그래서 몇 시간을 한숨 푹푹 쉬며 고민한 끝에 대학원 면접 때 세일가로 산 검은색 랩원피스와 안의 언니에게 빌린 검은색 펌프스 구두를 챙겨 온 참이었다. 당시에는 좋은 생각인 것 같았는데, 욕실에 들어가 원피스를 입어보자마자 후회했다. 지난번 세탁한 후 줄어든 게 틀림없었다. 치맛단이 무릎에서 한 10센티 위까지 올라가 있는 걸 보니. 올리브는 절망의 신음을 뱉으며 사진을 찍어 안과 맬컴에게 보냈고, 두 사람은 각각 '그래도 학회 복장으로는 괜찮은데'라는 문자와 이글대는 불꽃 이모티콘을 보내왔다. 올리브는 안의 말이 맞기를 빌며, 손가락으로 굽슬굽슬한 머리를 빗어 정돈하고 다 말라버린 마스카라를 억지로 발랐다. "달러 스토어에서 화장품 산 내 잘못이지 뭐" 하고 중얼대면서.

발표를 중얼중얼 연습하면서 막 욕실을 나서는데 호텔 방 문이 벌컥 열리면서 누군가(애덤이었다, 당연히 애덤이겠지)가 들어왔다. 그는 한 손에는 출입 카드를 들고 다른 손으로 휴대전화에 타이핑을 하고 있었는데, 고개를 들고 올리브를 발견하자마자 걸음을 멈췄다. 그의 입이 슬쩍 벌어졌고….

아니, 그걸로 끝이었다. 입이 벌어진 채로 있었다.

"왔어요?" 올리브는 의식적으로 미소를 지었다. 흉곽 안에서 심장이 멋대로 날뛰었다. 지나치게 빨리 뛰고 있었다. 돌아가자마자 검진을 받아야 할 것 같았다. 심혈관 질환은 아무리 조심해도 지나치지 않으니까. "안녕하세요."

애덤이 입을 다물고 목을 가다듬었다. "어…," 그는 말을 하다 말고 침을 꿀꺽 삼키고 두 발을 이리저리 옮겨댔다. "왔네."

"네." 올리브는 여전히 미소 띤 얼굴로 고개를 끄덕였다. "방금요. 놀랍게도 비행기가 정시에 착륙했거든요."

어쩐 일인지 애덤은 반응이 느렸다. 시차 때문에 정신을 못차린 건지도 몰라. 아니면 어젯밤에 저명한 과학자 친구들이랑밤늦도록 한잔했거나. 그것도 아니면 홀든이 말한 베일에 싸인그 여자를 만났거나. 아무튼 애덤은 몇 초간 말없이 올리브를빤히 보기만 했고, 이윽고 다시 입을 열었을 때도 말을 끝맺지못했다. "오늘 차림이⋯."

올리브는 원피스와 굽 높은 구두를 흘깃 내려다보고, 혹시마스카라가 번졌나 했다. 바른 지 3분이나 지났으니 아무래도번졌겠다 싶었다. "프로페셔널해 보여요?"

"내 말은 그게⋯." 애덤은 눈을 감더니 정신을 차리려는 듯고개를 흔들었다. "그게 아니었지만, 응. 프로페셔널해 보여. 기분은 어때?"

"좋아요. 괜찮아요. 콱 죽어버렸으면 좋겠지만. 그거 말고는괜찮아요."

애덤이 소리 없이 웃고는 몇 발짝 다가왔다. "괜찮을 거야."애덤에게 스웨터가 제일 잘 어울린다고 생각했었는데, 그건 그가 재킷을 입은 걸 못 봐서 그런 거였다. 여태껏 비밀병기를 숨기고 있었다니, 올리브는 너무 빤히 훑어보지 않으려고 애쓰면서 속으로 중얼거렸다. 게다가 하필 오늘 그 무기를 선보이다니. 얄밉게.

"맞아요." 올리브는 머리칼을 얼굴에서 쓸어 넘기며 씩 웃었다. "죽고 난 뒤에는요."

"충분히 준비됐잖아. 원고도 있고. 외우기까지 했고. 슬라이드도 잘 준비했고."

"애덤 말 듣고 파워포인트 배경을 바꿨더니 구려진 것 같은데."

"누리끼리한 녹색이었잖아."

"내 말이요. 너무 예뻤는데."

"나는 토 나오던데."

"흠. 어쨌든, 감 잡게 도와줘서 고마워요." 그리고 내가 던진 질문 139개에 일일이 대답해준 것도요. 이메일 보낼 때마다 10분 안에 답장해준 것도 고맙고요. 심지어 새벽 5시 반에 보냈을 때도. 애덤답지 않게 답장에 '공통된 견해' 철자를 틀려서 혹시 자다 깨서 비몽사몽 답장한 건가 의심스럽긴 했지만. "그리고 숙소에 얹혀 자게 해줘서요."

"별거 아니야."

올리브는 콧방울을 긁적거렸다. "저쪽 침대를 맡은 것 같아서 내 물건은 이쪽에 놨는데, 혹시 아니라면…." 그러면서 대충 방 안을 손으로 휘 가리켰다.

"아니야, 어젯밤에 거기서 잔 거 맞아."

"알았어요." 올리브는 자신이 두 침대 간 간격이 몇 뼘이나 되는지 가늠해보는 게 결코 아니라고 스스로에게 거짓말했다. 절대 아니다. "이번 학회, 어때요?"

"늘 보던 거지, 뭐. 나는 주로 하버드에서 톰이랑 같이 연달아 미팅 들어가 있었어. 이제 겨우 점심 먹으러 나온 거고."

먹는 얘기가 나오자 올리브의 위장이 큰 소리로 항의했다.

"괜찮아?"

"네. 오늘 종일 못 먹어서요."

그러자 애덤의 양 눈썹이 슥 올라갔다. "그게 가능한 줄 몰랐는데?"

"이보세요!" 올리브가 장난스럽게 째려봤다. "지난 일주일간 지속된 좌절의 강도가 상당해서 엄청난 양의 칼로리가 필요했다고요, 잘 알지도 못… 뭐해요?"

애덤이 몸을 숙이고 자기 여행 가방을 뒤적거리더니, 찾아낸 물건을 올리브에게 불쑥 내밀었다.

"뭐예요?"

"칼로리. 좌절 습관을 유지하려면 땔감을 넣어야지."

"아." 프로틴 바를 받아들고 이리저리 훑어보던 올리브는 울음이 터질 것 같은 걸 애써 참았다. 그냥 먹을 거리일 뿐이야. 아마 비행기 안에서 먹을 간식거리로 챙겨왔는데 먹을 새가 없었겠지. 게다가 애덤은 좌절할 일도 없잖아. 천하의 애덤 칼슨 박사인데. "고마워요. 혹시…." 프로틴 바를 한 손에서 다른 손으로 옮기자 껍질이 바스락거렸다. "혹시 발표장에 올 거예요?"

"당연하지. 몇 시라고?"

"오늘 오후 네 시, 278호예요. 3-b 세션. 좋은 소식은, 기조연설하고 시간대가 겹친다는 거예요. 운 좋으면 내 발표 들으러는 열댓 명이나 올까 말까 하겠….”

애덤의 몸이 눈에 띄게 굳었다. 올리브는 잠시 머뭇거렸다.

“혹시 기조연설 갈 생각이었어요?”

애덤이 혀로 입술을 축였다. “그게….”

바로 그때 올리브의 시선이 애덤의 목에 걸린 학회 출입증에 꽂혔다.

애덤 칼슨, Ph. D.

스탠퍼드대학

기조연설자

올리브의 아래턱이 툭 벌어졌다.

“맙소사.” 휘둥그레진 눈을 들어 그를 쳐다봤고…. 맙소사. 애덤은 적어도 양심은 있는지 쑥스러운 표정을 지었다. “어떻게 자기가 기조연설자인 걸 말 안 해줄 수가 있어요?”

애덤은 마음 불편한 티를 내며 턱을 긁었다. “미처 생각을 못 했어.”

“맙소사.” 올리브가 한 번 더 내뱉었다.

하지만 공평한 잣대를 들이대자면, 올리브의 잘못이었다. 기조연설자의 이름이 아마도 학회 어플리케이션과 이메일은 말할 것도 없고 프로그램북과 온갖 홍보자료에 폰트 크기 300으로 인쇄돼 있을 텐데. 그걸 못 알아채다니 지난 며칠간 단단히 정신 팔려 있었던 게 틀림없었다.

"애덤." 올리브는 눈을 비비려고 손을 올렸다가 아차하고 다시 내렸다. 망할 눈 화장. "내 가짜 데이트 상대가 기조연설자라니, 이럴 수는 없어요."

"뭐, 정확히는 기조연설자가 세 명이고 어차피 나머지 둘은 50대 유부녀에 각각 유럽하고 일본에 사니까…."

올리브가 가슴팍에 팔짱을 끼고 심드렁한 표정으로 노려보자 애덤의 목소리가 점점 잦아들었다. 웃지 않으려고 했지만 웃음이 터졌다. "어떻게 이런 걸 깜빡할 수 있죠?"

"별일도 아닌데 뭘." 애덤이 어깨를 으쓱했다. "아마 연설자 후보로 내가 1순위도 아니었을 거야."

"그래요?" 그러시겠죠. *SBD* 학술회에 기조연설자로 서는 걸 거절할 사람도 있나 보죠. 올리브는 고개를 옆으로 까딱 기울이고 따지고 들었다. "내가 기껏해야 14.5명이 들으러 올 10분짜리 발표 가지고 징징댔을 때 속으로 바보 같다고 비웃은 거 아니에요?"

"전혀. 지극히 정상적인 반응이었는데, 왜." 애덤은 잠시 생각하다가 말을 이었다. "가끔 올리브가 바보 같다고 생각하긴 해. 주로 베이글에 케첩이랑 크림치즈 같이 발라 먹을 때."

"그보다 나은 조합은 없다고요."

애덤은 그 조합이 떠올라 괴로워하는 표정이었다. "패널에서 몇 번째로 발표인데? 어쩌면 갈 수 있을지도 몰라."

"못 올걸요. 딱 중간 순서예요." 별로 신경 안 쓰는 것처럼 손을 휘휘 저으며 대답했다. "괜찮아요, 진심." 실제로 괜찮았다. "어차피 아이폰으로 녹음할 거니까." 올리브는 눈알을 굴리며 말했다. "아슬란 박사님한테 보내드리려고요. 학회 참석은 못 하시는데, 내 생애 첫 발표는 꼭 듣고 싶으시대요. 애덤도 혹시 더듬거리는 발표 들으면서 간접적으로 창피당하는 걸 즐기는 사람이라면 얼마든지 보내줄게요."

"보내준다면 나야 좋지."

어쩐지 얼굴이 확 달아올라서 올리브는 얼른 화제를 바꿨다. "아무튼, 그래서 며칠만 참석하는데도 학회 기간 내내 방이 예약돼 있는 거예요? 이 바닥 거물이라서?"

애덤이 인상을 구기며 받아쳤다. "거물 아니야."

"이제부터 '거물'이라고 불러도 돼요?"

애덤이 한숨을 내쉬고는 협탁으로 가 아까 올리브가 발견한 USB 드라이브를 집어 주머니에 넣었다. "슬라이드 가지고 내려가봐야겠어, 입만 산 양반."

"그래요." 가야겠다면 가야지. 괜찮아. 난 아무렇지 않아. 올리브는 일그러진 미소를 짓지 않으려고 안간힘을 썼다. "그럼 나 발표하고 나서 보겠네요?"

"그럼."

"애덤의 연설도 끝난 다음에요. 행운을 빌어요. 그리고 축하해요. 뭐니 뭐니 해도 큰 영광이잖아요."

하지만 애덤은 기조연설은 안중에도 없는 것처럼 보였다. 그는 문고리에 손을 올린 채 문간에서 머뭇거리면서 올리브를 돌아보았다. 두 사람의 시선이 공중에서 잠시 얽혔고, 이윽고 애덤이 말했다. "떨지 마, 알았지?"

올리브는 결연히 입을 다물고 고개를 끄덕였다. "아슬란 박사님 조언대로 하려고요."

"뭔데?"

"별 볼 일 없는 백인 남자만큼만 자신감 있게 굴어라."

그러자 애덤이 씩 웃었고… 아, 나왔다. 심장 멎도록 귀여운 보조개. "잘될 거야, 올리브." 그의 미소가 한층 부드러워졌다. "그리고 잘 안 돼도, 최소한 해치웠다는 후련함은 있잖아."

몇 분 후 침대에 걸터앉아 보스턴의 스카이라인을 멍하니 내다보며 점심거리를 우물거리면서야 올리브는 애덤이 준 프로틴 바가 겉이 초콜릿으로 덮인 프로틴 바라는 걸 깨달았다.

* * *

행사장을 맞게 찾아온 건지 세 번째 확인하는 중이었다. 골지체(동식물 진핵 세포에서 발견되는 세포질 소기관―옮긴이)에 대한 발표를 들으러 온 청중 앞에서 췌장암에 대해 떠드는 것만큼 강한 인상을 남길 만한 일도 없으니까. 뒤에서 누가 어깨에 손을 턱 얹었다. 홱 돌아본 올리브는 그 손의 주인이 누구인지 알아보고는 곧바로 활짝 웃었다.

"톰!"

톰은 짙은 회색 정장 차림이었다. 금발을 깔끔하게 빗어 넘겨서 캘리포니아에서 봤을 때보다 더 나이 들어 보였지만 동시에 프로페셔널한 분위기가 났다. 낯선 얼굴의 홍수에서 마주친 친숙한 얼굴이라 그 옆에 있는 것만으로 자기 구두에 토하고 싶은 강력한 충동이 어느 정도 가라앉았다.

"안녕, 올리브." 그가 문을 열고 잡아주며 말했다. "여기 오면 볼 줄 알았지."

"어떻게요?"

"프로그램북 보고." 톰이 올리브를 이상하다는 눈길로 봤다. "우리, 같은 패널인 거 몰랐어?"

아, 망했다. "어… 저기… 패널에 누가 또 있는지 보지도 않았거든요." 패닉에 빠져 동동거리느라 바빠서요.

"걱정 마. 다 지루한 양반들이니까." 톰이 눈을 찡긋해 보이더니, 어깨에 얹은 손을 등으로 미끄러뜨려 올리브를 연단 쪽으로 떠밀었다. "물론 우리 둘은 빼고."

발표는 망하지 않았다.

완벽하게 흘러가지도 않았다. '채널로돕신'(녹조류에서 유래한 빛 개폐형 이온 채널—옮긴이) 발음을 두 번 더듬거렸고, 프로젝터가 뭔지 모를 말썽을 일으켜 준비해온 스테이닝(세포나 조직을 관찰하기 위해 염색하는 것—옮긴이)이 슬라이스가 아니라 검은 덩어리로 보였다. "제 컴퓨터에서는 이러지 않았거든요." 올리브가 위태로운 미소를 띠고 청중에게 말했다. "그냥 제 말 믿으세요."

청중은 가볍게 웃음을 터뜨렸고, 올리브는 조금이나마 긴장을 풀었다. 대본을 몇 시간이고 달달 외워 온 게 새삼 다행스러웠다. 객석은 걱정했던 것만큼 가득 차지 않았고, 한 줌에 불과한 청중은, 아마도 다른 기관에서 비슷한 연구를 진행하는 이들일 텐데, 메모를 해가며 한마디라도 놓칠세라 열심히 경청했다. 다른 때라면 부담스럽고 초조해졌을 테지만, 발표 중간쯤 가서 지난 2년간 자신의 인생 대부분을 지배해온 의문들을 똑같이 열정적으로 파고든 사람들이 있었다고 생각하니 형언하기 힘든 짜릿한 기분이 들었다.

둘째 줄에서 맬컴이 장난삼아 발표에 매료된 표정을 지어 보였고, 안과 제러미 그리고 다른 스탠퍼드대 박사과정생 몇 명은 올리브가 그쪽을 볼 때마다 열심히 고개를 끄덕여주었다. 톰은 올리브를 뚫어져라 보거나 지루한 표정으로 휴대전화를 내려다보거나 둘 중 하나였다. 올리브가 보낸 보고서를 이미 읽었으니 그러는 것도 이해가 갔다. 세션이 지체되고 있어서 진행자가 올리브에게 질문 딱 하나, 그것도 쉬운 걸로 받을 시간만 허락했다. 질의응답마저 다 끝난 후 패널 구성원 중 두 명(암 연구 분야에서 저명한 학자들이라, 올리브는 흥분해서 방방 뛰지 않으려고 자제심을 발휘해야 했다)이 악수를 청하면서, 연구 관련해 몇 가지 질문을 던졌다. 올리브는 몹시 당황한 동시에 좋아서 죽을 것 같았다.

"오늘 진짜 잘했어." 모든 순서가 끝난 후 안이 와서 안아주며 말했다. "그리고, 섹시하면서 프로페셔널해 보이던데? 발표하는 것 보니까 성공한 과학자가 된 미래의 너를 미리보기 하는 것 같더라."

올리브가 두 팔로 안을 감싸 안고서 물었다. "뭐가 보이디?"

"네 한마디 한마디에 학생들이 귀를 쫑긋 세울 정도로 영향력 막강한 연구원이 돼 있었어. 그리고 장문의 이메일에 마침표도 생략한 '아니오'로 답장하고 있더라."

"맘에 드네. 나, 행복해 보였어?"

"당연히 아니지." 안이 코웃음을 치며 대꾸했다. "학계인데 그게 가당키나 하니?"

"숙녀분들, 30분 후에 우리 과 뒤풀이 시작이야." 맬컴이 몸을 숙여 올리브의 뺨에 입을 맞추고 허리를 한 번 꼭 안아주었다. 하이힐을 신었더니 올리브보다 맬컴이 아주 약간 작았다. 둘이 나란히 서 있는 사진을 찍고야 말리라 다짐했다. "올리브가 '채널로돕신'을 딱 한 번 제대로 발음한 걸 공짜 술로 축하해야 하지 않겠어?"

"꺼져."

맬컴이 올리브를 힘껏 껴안으면서 귓가에 속삭였다. "엄청 잘했어, 나의 칼라마타 올리브." 그러더니 목소리를 높여 말했다. "가서 진창 마시자고!"

"먼저들 가 있을래? 나는 USB하고 다른 물건들 챙겨서 방에 갖다놓고 갈게."

친구들을 보내놓고 텅 빈 강당을 가로질러 연단으로 가는데, 그동안 마음을 짓누르던 커다란 돌덩이가 사라진 기분이었다. 긴장이 풀리고 마음이 놓였다. 직업적으로 슬슬 전망이 밝아지는 듯했다. 막상 해보니 올리브도, 준비만 제대로 하면, 동료 과학자들 앞에서 말이 되는 문장을 연이어 뱉을 줄 안다는 게 증명됐으니 말이다. 게다가 내년에 연구를 이어갈 방도도 마련됐고, 같은 분야의 저명한 학자 두 명이 방금 올리브의 연구를 칭찬하기까지 했다. 애덤에게 문자해 당신 말이 맞았다고, 정말로 무사히 살아남았다고 얘기해줄까, 하는 생각에 슬며시 웃음이 났다. 문자 하는 김에 기조연설은 어떻게 됐느냐고 물어봐야겠다 싶었다. 혹시 파워포인트가 발작을 일으키진 않았는지, 마이크로어레이(서로 다른 유전자들이 어떻게 상호 작용하는지 밝혀내는 연구 방법—옮긴이)나 핵형 분석(염색체의 특징을 나타내는 핵형을 비교 조사하는 것—옮긴이)을 잘못 발음하지는 않았는지, 그리고 학과 뒤풀이에 갈 생각은 있는지도 묻고 싶었다. 아마 친구들을 따로 만날 것 같았지만, 어쩌면 도와줘서 고맙다고 올리브가 술 한잔 살 수 있을지도 모르니까. 이번만큼은 올리브가 내는 걸로 하고.

"잘하던데." 뒤에서 누군가가 말했다.

돌아보니 톰이 팔짱을 끼고 테이블에 엉덩이를 걸치고 서 있었다. 한동안 올리브를 지켜보고 있었던 것 같았다. "고마워요. 톰의 발표도 좋았어요." 톰의 발제는 스탠퍼드에서 한 특강의 요약 버전이었고, 그래서 올리브는 중간중간 딴생각을 한 것을 부인할 수 없었다.

"애덤은 어디 있는데?" 톰이 물었다.

"아직 기조연설 중이겠죠."

"그렇군." 톰은 눈알을 굴렸다. 아마 친근함을 표하려는 거였겠지만, 올리브는 그의 표정에서 그런 기색을 읽을 수 없었다. "늘 그런 식이지, 안 그래?"

"뭐가요?"

"자기가 더 잘나야만 직성이 풀리는 거." 톰은 테이블을 밀며 일어나 어슬렁어슬렁 다가왔다. "아니다, 제일 잘나야 만족하지. 아, 개인적인 감정은 없어." 올리브는 혼란스러워서 미간을 찌푸렸다. 그게 무슨 소리냐고 묻고 싶었지만, 그럴 틈도 없이 말이 이어졌다. "우리 내년에 아주 잘 지낼 수 있을 거야."

톰이 연구실에 받아줄 만큼 올리브의 능력을 믿어줬다는 사실을 상기하자 불편함이 잠시 가셨다. "그럼요." 올리브는 환히 웃어 보였다. "저하고 제 연구에 기회를 주셔서 정말 감사합니다. 어서 가서 연구 시작했으면 좋겠어요."

"천만에." 톰도 미소를 띠고 있었다. "우리 둘이 서로에게 얼을 게 많은 것 같아. 그렇게 생각하지 않아?"

톰보다는 올리브가 얻을 게 더 많은 것 같았지만, 어쨌든 올리브는 고개를 끄덕였다. "그러길 바라요. 영상기법이랑 혈액생체지표가 서로를 잘 보완하는 것 같고, 그 둘을 합치면…."

"나한테 올리브가 필요로 하는 것도 있고 말이야, 그렇지? 연구보조금. 랩실. 올리브를 제대로 지도해줄 시간과 능력."

"네, 맞아요. 저는…."

갑자기, 톰의 각막 가장자리의 회색 원이 뚜렷이 보인다는 걸 알아챘다. 언제 이렇게 가까이 왔지? 톰은 키가 컸지만, 올리브보다 훨씬 큰 건 아니었다. 평소에는 이렇게까지 위압적이진 않았는데.

"고마워요. 진심으로요. 아마…."

생경한 그의 체취가 훅 끼쳤고 뜨겁고 불쾌한 그의 숨결이 올리브의 입가에 느껴졌다. 그러더니 어느덧 그의 손가락이 강철 펜치처럼 팔뚝을 꽉 붙잡고 있었고, 왜 갑자기, 뭘 어쩌려고….

"무슨…." 심장이 목구멍으로 튀어나오려는 걸 억누르며 올리브는 팔을 확 잡아 빼고 뒤로 몇 발짝 물러섰다. "무슨 짓이에요?" 그러고는 손으로 자신의 팔뚝을 감쌌다. 톰이 꽉 쥐었던 부위가 욱신거렸다.

맙소사, 방금 정말로 그런 것 맞아? 키스하려고 한 거야? 아니야, 이건 꿈이야. 내가 미쳐가나 봐. 톰이 절대 그럴 리….

"예고편이라고 해두지."

올리브는 너무 놀라고 감각이 마비돼서 아무런 반응도 보이지 못하고 멍하니 그를 쳐다보기만 했고, 이내 그가 다가와 다시 몸을 숙였다. 조금 전의 일이 또 반복되고 있었다.

올리브는 톰을 확 밀쳤다. 있는 힘껏, 두 손으로 그의 가슴팍을 밀었고 그러자 그가 뒤로 주춤 물러나면서 봐준다는 듯 차가운 웃음을 터뜨렸다. 순간 폐가 얼어버려 숨이 안 쉬어졌다.

"예고편이라니… 뭐의 예고편이요? 정신 나갔어요?"

"알면서 왜 이래."

왜 웃고 있는 거지? 왜 저런 능글능글하고 역겨운 표정을 짓고 있지? 왜 나를 저런 눈길로….

"너 같은 반반한 애는 일이 어떻게 돌아가는지 잘 알 거 아냐." 톰이 올리브를 머리부터 발끝까지 훑어봤고, 그 음흉한 눈빛에 올리브는 속이 뒤집혔다. "나 보라고 그렇게 짧은 치마 입은 거잖아. 부인할 생각 마. 다리 보기 좋은데? 애덤이 왜 너를 상대해주는지 알겠어."

"뭐… 무슨 소리를…."

"올리브." 톰이 한숨을 쉬며 두 손을 주머니에 찔러 넣었다. 그렇게 느긋하게 서 있으니 별로 위협적이지 않아야 마땅했다. 하지만 정반대였다. "내가 너를 실력만 보고 우리 랩에 받아준 거라고 생각하는 건 아니겠지?"

턱에 힘이 빠진 채 올리브는 한 걸음 더 뒤로 물러났다. 구두 한쪽의 뒤축이 카펫에 걸릴 뻔했고 그 바람에 넘어지지 않으려고 테이블을 붙잡아야 했다.

"너 같은 여자애는 말이야. 유명하고 잘나가는 교수한테 몸을 줘야 길이 트인다는 걸 박사과정 초반에 일찍이 깨달았겠지." 톰은 여전히 미소 띤 얼굴이었다. 올리브가 한때 친절하다고 느꼈던 미소. 마음 놓인다고 느꼈던 미소. "애덤한테 줬잖아. 맞지? 같은 이유로 나한테 줄 걸 우리 둘 다 알잖아."

토가 나올 것 같았다. 결국 이 발표장에서 기어이 토를 하고야 마는구나. 그것도 발표랑 전혀 무관한 이유로. "그딴 생각을 하다니 역겨워요."

"그래?" 톰은 전혀 개의치 않는 듯 어깨를 으쓱했다. "너나 나나 똑같지, 뭐. 너는 애덤을 이용해서 나랑 내 랩에 접근했잖아. 이 학회에도."

"아니에요. 학회에 페이퍼를 제출했을 땐 애덤을 알지도 못했…."

"아, 왜 이러셔. 그 형편없는 페이퍼가 수준 높고 과학적으로 중요해서 발표 주제로 채택됐다고 믿는 거야?" 톰은 황당하다는 표정을 지었다. "자기 자신을 굉장히 후하게 평가하네? 쓸모도 없고 구태의연한 연구 주제를 가지고 발표하면서, 내내 바보처럼 말까지 더듬은 주제에."

올리브는 그 자리에서 굳어버렸다. 속이 철렁 내려앉으면서 뒤틀렸고 두 발이 바닥에 딱 붙은 듯 옴짝달싹하지 않았다. "그렇지 않아요." 목소리가 잦아들 듯 약하게 나왔다.

"안 그래? 이 바닥 학자들이 잘나신 애덤 칼슨한테 잘 보이려고 칼슨의 새 잠자리 상대한테 굽실거리지 않을 것 같아? 나는 그렇게 했는데? 별 볼 일 없는 칼슨 여자친구한테 우리 랩에 와서 일하라고 했잖아. 근데 뭐, 네 말이 맞을지도 모르지." 그가 조롱하듯 상냥한 투로 말했다. "네가 나보다 스템 학계를 더 잘 알 수도 있지."

"애덤한테 다 말할 거예요. 가서 당신이⋯."

"말할 테면 해." 톰이 양팔을 넓게 벌렸다. "얼마든지. 마음대로 해봐. 내 휴대전화 빌려줄까?"

"됐어요." 올리브는 콧구멍을 벌름대며 씩씩거렸다. 차가운 분노가 온몸을 감쌌다. "필요 없어요." 홱 돌아서서 입구로 성큼성큼 걸어가는데 목구멍으로 치미는 욕지기와 담즙을 애써 눌러야 했다. 애덤을 찾을 작정이었다. 학회 주최 측도 찾아가 톰을 신고할 작정이었다. 다시는 그의 낯짝을 보고 싶지 않았다.

"하나만 물어볼게. 애덤이 누구 말을 믿을까, 올리브?"

올리브는 문을 몇 걸음 남겨두고 멈칫했다.

"한 2주간 같이 잔 년을 믿을까, 아니면 오랜 친구 말을 믿을까? 자기 커리어에서 제일 중요한 연구보조금을 따게 도와준 친구 말이야. 지금의 너보다 어렸을 때부터 든든히 곁을 지켜준 친구. 연구자로서 실제로 능력 있는 친구."

올리브는 분노로 부들부들 떨며 홱 돌아보았다. "왜 이러는 거예요?"

"이럴 수 있으니까." 톰이 또 한 번 어깨를 으쓱했다. "애덤과 협력하는 게 물론 큰 이득이긴 하지만, 가끔은 그 새끼가 모든 걸 잘하는 게 짜증나서 한 번이라도 그 새끼한테서 뭔가를 뺏어보고 싶으니까. 네가 얼굴이 꽤 반반해서 내년에 같이 일할 생각 하면 기분이 좋으니까. 애덤 취향이 이렇게 쓸 만한 줄 누가 알았겠어?"

"미쳤군요. 이래 놓고 내가 내년에 당신네 랩에 가서 일할 거라고 생각한다면 단단히…."

"이런, 올리브. 와서 일할 거잖아. 왜냐하면 봐봐, 네 연구가 썩 대단하진 않지만 우리 랩에서 진행 중인 프로젝트들을 잘 보완해주거든."

단음절의 쓰라린 웃음이 터져 나왔다. "이래 놓고 내가 가서 협력 연구를 할 거라고 생각하다니, 머리가 어떻게 된 거 아니에요?"

"흐음. 그보다는, 너한테 다른 선택지가 없어. 왜냐하면 네가 연구를 완성하려면 우리 랩으로 오는 수밖에 없거든. 안 오겠다면… 뭐. 네가 실험 프로토콜을 나한테 싹 다 보냈으니까, 내가 베끼는 데 얼마 안 걸리겠네. 걱정 마. 내가 논문 사사에 이름한 줄 넣어줄게."

발밑에서 땅이 훅 꺼지는 것 같았다. "설마 그렇게까지…." 올리브가 속삭이듯 중얼거렸다. "연구 윤리에 위배되는 짓이잖아요."

"있지, 올리브. 충고 하나 해줄게. 포기하고 받아들여. 최대한 오래 애덤을 만족시켜주고, 때 되면 우리 랩에 와서 제대로 된 연구를 해. 나를 만족시키면 네가 췌장암으로부터 세상을 구하게 해줄게. 네 엄마인지 이모인지 망할 유치원 선생님인지가 췌장암으로 돼졌다는 눈물 짜는 얘기 늘어놔봤자 기회를 계속 얻지는 못할 거야. 네가 워낙 별 볼 일 없으니."

올리브는 돌아서서 그곳에서 뛰쳐나갔다.

* * *

키 카드의 삑 소리가 들린 순간 올리브는 황급히 원피스 소매로 얼굴을 훔쳤다. 별로 소용없었다. 20분 넘게 운 통에, 두루마리 화장지 한 롤을 다 써도 흔적을 감출 수 없을 지경이 됐으니까. 그래도 뭐, 올리브의 잘못은 아니었다. 애덤은 개회식에 참석하거나, 최소한 기조연설 끝나고 학과 뒤풀이에 가는 줄로 철석같이 믿고 있었으니까. 무슨 사교 및 네트워킹 위원회 멤버라고 하지 않았나? 하여튼 벌써 방에 돌아올 리가 없는데. 사교를 하고 있어야 하는데. 네트워킹 하거나. 위원회 활동을 하거나.

그런데 돌아와 있었다. 그가 방에 들어오는 발소리가 들리더니 침실 문간에 서는 소리가 들렸고, 이어서….

도저히 고개를 들고 그와 눈을 맞출 수가 없었다. 상태가 가

관이었다. 말할 수 없이 비참했고, 손 쓸 수 없을 정도로 엉망이었다. 그래도 최소한 애덤의 주의를 돌리려는 노력을 해봐야 했다. 뭐라고 말이라도 해봐. 무슨 말이든.

"왔어요?" 억지로 미소 짓긴 했지만 그러면서도 줄곧 손만 내려다봤다. "기조연설은 어땠어요?"

"무슨 일이야?" 침착하고, 낮게 깐 목소리였다.

"방금 끝난 거예요?" 아직 미소가 일그러지지 않았다. 좋아. 좋아, 잘하고 있어. "질의응답은 어떻게…."

"무슨 일이냐고."

"별거 아니에요. 내가…."

문장을 끝낼 수가 없었다. 그리고 미소도, 솔직히 말하면 애초에 미소로 쳐줄 수도 없는 수준이었지만 일그러지고 있었다. 애덤이 다가오는 소리가 들렸지만, 고개를 들지 않았다. 울음을 간신히 막아주는 건 질끈 감은 눈밖에 없었고, 게다가 썩 잘 막고 있는 것도 아니었다.

애덤이 바로 앞에 무릎을 꿇고 앉았을 때 올리브는 흠칫 놀랐다. 그가 의자 바로 옆에, 눈높이를 맞추고 앉아 걱정 어린 얼굴로 올리브를 살펴보고 있었다. 올리브가 손바닥으로 얼굴을 가리려고 하자 애덤이 한 손으로 올리브의 턱을 살며시 쥐고 들어 올렸고, 올리브는 그와 시선을 맞추는 수밖에 없었다. 그의 손가락이 올리브의 뺨을 쓸며 올라갔고, 손으로 그 뺨을 완전히 감싼 채 그가 한 번 더 물었다. "올리브, 무슨 일이 있었던 거야?"

"아무 일 없었어요." 목소리가 떨렸다. 소리가 자꾸만 잦아들어 울음과 섞여들었다.

"올리브."

"진짜예요. 아무 일 없어요."

애덤은 캐묻는 눈길로 계속 올리브를 바라봤고, 그냥 놔주지도 않았다. "누가 자판기 마지막 감자 칩 가로챘어?"

미처 누르지 못한, 물기 어린 웃음이 터져 나왔다. "맞아요. 그게 애덤이었어요?"

"당연하지." 그의 엄지가 올리브의 광대뼈를 슥 문질러, 흐르던 눈물을 닦았다. "내가 그 자판기에 있던 감자 칩 다 사버렸어."

이번 미소는 조금 전 억지 미소보다 한결 자연스러웠다. "보험 좋은 걸로 들어놨길 바라요. 그렇게 먹다간 분명 2형 당뇨 생길 테니."

"감자 칩을 마음껏 먹을 수 있다면야."

"야만인이네." 올리브가 자기도 모르게 그의 손바닥에 점점 기댄 모양인지, 그의 엄지가 다시 올리브의 뺨을 쓰다듬기 시작했다. 아주 살살.

"가짜 남자친구한테 그런 식으로 말해도 돼?" 말은 그러면서도 진심으로 걱정하는 표정이었다. 눈빛도 입매도 모두. 하지만 동시에… 전혀 채근하는 기색이 없었다. "무슨 일인데 그래, 올리브?"

올리브는 고개를 저었다. "그냥…."

말할 수 없었다. 말을 안 할 수도 없었다. 하지만 상황을 따져보면, 다 얘기하는 쪽이 더 곤란했다.

애덤이 누구 말을 믿을까, 올리브?

일단 숨을 깊이 마셨다. 톰의 음성을 머리에서 밀어내고 마음을 가라앉힌 뒤 말을 해야 했다. 할 말을 생각해내야 했다. 적어도 두 사람의 세상을 무너뜨리지는 않을 적당한 말을.

"발표 때문에요. 그럭저럭 잘한 줄 알았는데. 친구들도 잘했다고 했거든요. 근데 사람들이 뒷얘기 하는 걸 들었어요. 뭐라고 했냐면…." 애덤이 뺨에서 그만 손을 떼야 할 텐데. 눈물로 손을 흠뻑 적시고 싶지 않다면. 재킷 소매도.

"뭐라고 했는데?"

"별거 아녜요. 구태의연하다고. 지루하다고. 내가 말을 더듬었다고. 다들 내가 애덤 여자친구인 걸 아니까, 오직 그것 때문에 내가 발제자로 뽑힌 거라고." 올리브는 고개를 흔들었다. 다 잊어야 했다. 머릿속에서 몰아내야 했다. 앞으로 어떻게 할지 신중하게 고민할 때였다.

"누가? 그 사람들이 누군데?"

아, 애덤. "그냥 어떤 사람이요. 누군지 몰라요."

"아이디 배지 봤어?"

"그건… 그것까진 못 봤어요."

"같은 패널 발제자야?" 말투에 어떤 기색이 어려 있었다. 폭력과 분노, 뼈를 부러뜨리고 싶은 욕구를 암시하는 은근한 기색이. 올리브의 뺨을 쓰다듬는 손길은 여전히 부드러웠지만, 눈은 가늘어져 있었다. 턱이 아까는 없던 긴장으로 움찔거렸고, 올리브의 척추를 타고 오싹한 떨림이 한 차례 훑고 내려갔다.

"아뇨." 올리브는 거짓말로 둘러댔다. "상관없어요. 괜찮아요."

애덤의 입술이 일자로 꾹 닫히고 콧구멍이 넓어지는 걸 보고, 한마디 덧붙였다. "어쨌든 난 남의 의견 신경 안 쓰니까."

"그렇겠지." 애덤이 헛웃음을 뱉었다.

지금 이 애덤은 올리브의 동기생들이 욕하던, 음침하고 성깔 더러운 애덤이었다. 화가 난 애덤을 보고 새삼 놀라는 것도 이상했지만, 올리브 앞에서 이런 모습을 보이는 건 처음이었다.

"아뇨, 진짜로, 남들이 뭐라 하건 신경…."

"신경 안 쓰는 거 알아. 근데 그게 문제지, 안 그래?" 애덤이 올리브를 똑바로 바라봤다. 너무 가까이 있었다. 맑은 갈색에 노란색과 녹색이 섞인 그의 눈동자가 또렷이 보였다. "그 사람들이 하는 말이 신경 쓰이는 게 아니잖아. 올리브 자신의 생각이 문제지. 그 사람들 말이 맞다고 생각하는 거잖아. 안 그래?"

입에 재갈이 물린 듯 말이 안 나왔다. "나는…."

"올리브. 올리브는 대단한 과학자야. 앞으로 더 대단한 과학자가 될 거고." 그의 눈길, 너무나 열성적이고 진지한 그 눈길에… 결심이 무너질 것 같았다. "그 못된 인간이 뭐라고 했건 그건 올리브와 아무 상관 없고, 그 인간의 바닥만 보여줄 뿐이야."

그의 손가락이 올리브의 얼굴을 미끄러져 가더니 머리카락을 귀 뒤로 쓸어 넘겼다. "올리브의 연구는 아주 훌륭해."

생각하고서 한 행동은 아니었다. 아마 생각해봤다 해도 멈출 수는 없었을 것이다. 올리브는 그대로 몸을 기울여 애덤의 목에 얼굴을 파묻고 그를 꼭 끌어안았다. 나쁜 생각이었다. 멍청하고 부적절한 짓이었다. 이제 애덤은 당장이라도 올리브를 밀쳐낼 거고, 그런데 왜….

애덤의 손바닥이 올리브의 목 뒤로 스르륵 미끄러져 갔다. 꼭 올리브를 자기 쪽으로 당기려는 것 같았다. 올리브는 애덤의 목을 눈물로 흥건히 적시면서 한참을 그러고 가만히 있었다. 마음이 차차 안정되는 것 같았고, 문득 애덤이, 올리브의 손가락에 닿은 그의 몸이, 그리고 올리브의 삶에 들어온 그가 참 따스하고 단단하다는 생각이 들었다.

'꼭 내가 푹 빠지게 만들어야 직성이 풀리겠어요?' 애덤에게 얼굴을 묻은 채 눈을 깜빡이면서 속으로 중얼거렸다. '얄미운 인간.'

애덤은 올리브를 그대로 안고 있었다. 올리브가 이번엔 울음을 참을 수 있겠다 싶어서 몸을 뒤로 빼고 뺨의 눈물을 훔치자 그제야 놔주었다. 그러고도 코를 훌쩍이자 애덤이 몸을 뻗어 텔레비전 받침장에서 티슈 상자를 집어 건넸다. "진짜 괜찮아요."

애덤이 한숨을 뱉었다.

"알았어요, 어쩌면… 지금 당장은 안 괜찮을지 모르지만, 괜

찾아질 거예요." 애덤이 상자에서 톡 뽑아준 티슈를 받아 코를 팽 풀었다. "시간이 좀 지나면…."

애덤은 올리브의 얼굴을 살피다가, 다시 속을 알 수 없는 눈빛으로 되돌아와 고개를 끄덕였다.

"고마워요. 좀 아까 그렇게 말해줘서. 그리고 호텔 방 오만 데에 콧물 묻히게 해주어서."

애덤이 슬며시 미소 지었다. "언제든 그래도 돼."

"애덤의 재킷에도 묻혔네요. 근데 혹시… 학과 뒤풀이 갈 거예요?" 이 의자에서 일어나야 할 순간을 두려워하며 올리브가 물었다. 이 방에서 나가야 할 순간을. 솔직해지자, 늘 자기가 제일 잘 안다고 뻐기는 내면의 자아가 속삭였다. '떠나기 싫은 건 애덤의 곁이잖아.'

"올리브는 갈 거야?"

올리브는 어깨를 으쓱했다. "간다고 해뒀지만. 지금은 누구하고도 얘기하고 싶지 않아요." 한 번 더 티슈로 뺨을 두드렸는데, 기적적으로 눈물 수도꼭지가 드디어 잠긴 것 같았다. 생물학과생이 흘린 눈물의 90퍼센트에 책임이 있는 애덤 칼슨이 누군가의 눈물을 멈추게 할 줄 누가 알았을까. "근데 공짜 술은 도움이 될 것 같아요."

애덤이 볼 안쪽을 깨물며 잠시 생각에 잠겨 올리브를 응시했다. 그러더니 모종의 결단을 내린 듯 고개를 끄덕이고는 일어서며 한 손을 내밀었다. "자."

"어." 올리브는 그와 시선을 맞추기 위해 고개를 한껏 젖혀야 했다. "방해 안 받고 공짜 술 마시려면 조금 기다려야…."

"우리, 학과 뒤풀이 가는 거 아니야."

우리? "네?"

"어서." 그가 재촉했고, 이번에 올리브는 그의 손을 꽉 잡고 놓지 않았다. 놓을 수가 없었다. 자신의 손을 그러쥔 애덤의 손가락 때문에. 그가 뭔가를 말하는 눈길로 올리브의 구두를 흘끔 봤고, 곧 무슨 뜻인지 이해한 올리브가 그의 팔을 지렛대 삼아 균형 잡고 얼른 구두를 신었다.

"어디 가는 거예요?"

"공짜 술 마시러." 애덤이 고쳐 말했다. "아니, 올리브한테만 공짜로 제공되는 술 마시러."

무슨 뜻인지 알아챈 올리브는 놀란 숨을 들이마셨다. "안 돼요, 나는… 애덤, 그렇게는 안 돼요. 애덤은 학과 모임 가요. 개회식도 가고요. 기조연설자잖아요!"

"그래서 기조연설 했잖아." 애덤은 침대에 널려 있던 올리브의 빨간색 더플코트를 집어 들고 올리브를 문 쪽으로 이끌었다. "그 구두 신고 걸을 수 있어?"

"그… 걸을 수 있어요, 근데…."

"내가 키 카드 갖고 있으니까 따로 안 챙겨도 돼."

"애덤." 올리브가 그의 손목을 꽉 붙잡았고, 그러자 애덤이 곧바로 뒤를 돌아봤다. "애덤, 빠지면 안 되는 행사잖아요. 사람들이 뭐라고 생각할지…."

애덤이 한쪽 입꼬리를 올리며 씩 웃었다. "내가 여자친구랑 같이 시간 보내고 싶어 한다고?"

올리브의 뇌가 멈췄다. 그 한마디에. 그러더니 1초 후 다시 돌기 시작했고….

세상이 1초 전과 조금 달라져 있었다.

애덤이 다시 한번 잡아끌었을 때 올리브는 활짝 웃으면서 그냥 그를 따라 나갔다.

15장

*가설: 컨베이어 벨트로 내 앞에 대령되는 음식으로 개선되지 못할
인생의 순간이란 없다.*

모두가 두 사람을 목격했다.

올리브가 만난 적 없는 사람들, 블로그나 과학계 트위터에서 본 사람들, 또 예년에 올리브를 지도했던 학부 교수들도. 애덤에게 웃어 보이는 사람들, 그를 퍼스트네임 또는 칼슨 박사라고 부르며 다가오는 사람들, 그에게 "연설 좋았어요"라든가 "언제 한번 봐요"라고 스스럼없이 말하는 사람들도. 올리브를 없는 사람 취급한 사람들과 올리브를, 올리브와 애덤 그리고 맞잡은 둘의 손까지 호기심 가득한 눈길로 뜯어본 사람들도 전부 다.

애덤은 대체로 고개만 끄덕이고 말았고, 홀든과 마주쳤을 때만 걸음을 멈추고 대화를 나눴다.

"재미없는 행사는 째는 거야?" 홀든이 다 안다는 웃음을 띠며 물었다.

"음."

"그렇다면 네 몫의 술까지 내가 다 마셔줄게. 그리고 너 대신 사과도 해주고."

"그럴 필요 없어."

"집안에 일이 생겼다고 둘러대줄게." 홀든은 윙크하며 이렇게 말했다. "미래의 처가에 급한 일이 생겼다고. 어때, 괜찮아?"

애덤은 눈알을 굴리면서 올리브를 건물 밖으로 이끌었다. 올리브는 그를 따라잡기 위해 발을 바삐 놀려야 했다. 애덤이 딱히 빨리 걸어서가 아니라 원체 그의 다리가 길어서, 한 보 내디딜 때마다 올리브는 세 보를 디뎌야 했기 때문이다.

"저기… 나 하이힐 신고 있다고요."

그러자 애덤이 몸을 돌리고 올리브의 다리를 눈으로 슥 훑다가 황급히 눈길을 돌렸다. "알아. 평소보다 땅에 덜 붙었네."

올리브가 눈을 가늘게 떴다. "어이, 이래 봬도 키 170센티라고요. 이 정도면 꽤 큰 건데."

"흐음." 애덤은 긍정도 부정도 아닌 표정을 지었다.

"그 표정, 뭐예요?"

"무슨 표정?"

"그거요."

"그냥 내 얼굴인데?"

"아뇨, 그건 '너, 키 별로 안 커' 표정이에요."

애덤이 아주 조금, 설핏 웃었다. "그 구두, 걷기에 괜찮아? 돌아가고 싶어?"

"괜찮아요, 근데 좀 천천히 걸으면 안 돼요?"

애덤은 한숨을 쉬는 척했지만, 그러면서도 걸음을 늦추었다.

그의 손이 올리브의 손을 놓더니, 올리브의 등허리를 지그시 밀어 오른쪽으로 안내했다. 올리브는 몸이 살짝 떨리는 걸 티 안 내려고 애썼다.

"그래서…." 손가락 끝이 아직도 찌릿거리는 걸 무시하려고 외투 주머니에 주먹을 푹 찔러 넣으며 넌지시 운을 뗐다. "아까 말한 공짜 음료 있잖아요? 음식도 딸려 와요?"

"저녁도 사줄게." 애덤의 입술 끝이 아까보다 더 올라갔다. "먹여 살리는 비용이 꽤 많이 드네."

올리브는 그의 옆구리에 기대며 어깨로 그의 팔을 툭 쳤다. 이두박근이 돌처럼 딴딴한 걸 알아채지 않을 수가 없었다. "그건 나도 인정해요. 오늘은 마음의 상처만큼 먹고 마실 거예요."

그러자 애덤의 한쪽 입꼬리가 아까보다 더 올라갔다. "어디로 모실까요, 입만 산 박사님?"

"보자…. 뭐 좋아해요? 수돗물하고 데친 시금치 말고."

애덤이 잡아먹을 듯 노려보더니 대꾸했다. "햄버거 어때?"

"에." 올리브는 어깨를 으쓱했다. "그것도 좋죠. 다른 옵션이 없다면."

"햄버거가 뭐 어때서?"

"글쎄요. 남의 발 씹는 것 같잖아요."

"남의 뭐?"

"멕시코 요리는 어때요? 멕시코 요리 좋아해요?"

"햄버거가 어떻게 남의 발…."

"그럼 이탈리아요리는요? 피자 먹으면 딱 좋겠다. 애덤이 먹을 셀러리 들어간 사이드 디시도 있을 테고."

"햄버거로 결정."

올리브가 깔깔 웃었다. "중국 요리는 어때요?"

"점심으로 먹었어."

"흠, 중국에 사는 사람들은 하루에 중국 요리를 여러 번 먹을 거 아녜요. 그러니까 점심에 먹었다는 이유로 저녁에도… 앗."

애덤은 두 걸음 앞서나가고서야 올리브가 인도 한복판에 멈춰 선 것을 알아챘다. 그는 휙 돌아서 올리브를 쳐다봤다. "왜?"

"저것." 올리브가 도로 맞은편 빨간색과 흰색이 섞인 간판을 가리켰다.

애덤의 눈길이 손가락 가리키는 곳을 좇았고, 한동안 그는 멍하니 간판을 응시하며 눈만 깜빡거렸다. 그러다 한마디 했다. "싫어."

"저거요." 올리브가 입이 찢어지도록 웃으며 한 번 더 말했다.

"올리브." 애덤의 눈썹 사이에 수직 주름이 깊게 팼다. "싫어. 분명 저것보다 괜찮은 식당이 많을…."

"그렇지만 저기 가고 싶단 말이에요."

"왜? 저기 말고도…."

올리브가 그에게 바짝 다가가 재킷 소매를 와락 붙잡았다. "가요, 네?"

애덤이 콧잔등을 주무르며 한숨을 토하고는 입을 꾹 다물었다. 하지만 5초도 안 지나서 올리브의 어깨뼈 사이에 손을 얹고 올리브를 길 건너로 안내하고 있었다.

* * *

문제는 스시 컨베이어 벨트가 아니라 20달러로 뭐든 먹을 수 있다고 선전하는 거라고, 둘이 안내받기를 기다리는 동안 애덤이 소리 죽여 말했다.

"그렇게 말하는 데가 좋은 식당일 리 없다고." 이렇게 말하긴 했지만 따지기보다는 체념한 투였고, 서빙 담당자가 와서 둘을 안내해 들어가자 순순히 부스 석으로 따라갔다. 올리브는 식당 내부를 빙 돌아 설치된 컨베이어 벨트를 따라 스르륵 이동하는 접시에 감탄해서는, 헤 벌린 입을 다물지를 못했다. 애덤이 옆에 있는 게 생각나서 돌아보자, 그는 못 말리겠다는 표정과 봐준다는 표정이 뒤섞인 얼굴로 올리브를 바라보고 있었다.

"아는지 모르겠지만," 애덤이 자신의 어깨 옆으로 해초 샐러드 접시가 지나가는 걸 의심스럽게 보면서 입을 열었다. "진짜 일식집 가도 괜찮아. 거기서 스시 원하는 만큼 먹게 해줄게."

"하지만 그런 집 스시는 내 주위로 빙글빙글 돌지 않을 거 아녜요?"

애덤이 고개를 절레절레 흔들었다. "아까 한 말 취소다. 심란할 정도로 싸게 먹히는 데이트 상대로군."

올리브는 못 들은 척하고 유리 뚜껑을 들어 스시롤 한 개와 초콜릿 도넛 한 개를 집었다. 애덤이 "그럼 그렇지, 뭐" 비슷한 말을 웅얼거렸고, 종업원이 주문 받으러 오자 맥주 두 잔을 시켰다.

"이거, 뭐 같아요?" 올리브가 스시 한 점을 간장에 찍으며 물었다. "참치? 아니면 연어?"

"거미 고기일 거야."

올리브는 스시를 입에 쏙 넣었다. "와, 맛있다."

"그래?" 애덤은 못 믿겠다는 눈치였다.

사실 그렇게 맛있지는 않았다. 하지만 그럭저럭 괜찮았다. 게다가 먹는 것보다는 이러는 게 너무 재미있었다. 딱 필요했던 거였다. 머릿속에서 그 사건을⋯ 아니, 모든 것을 털어내기 위해. 지금 여기만 남기고 전부 다. 애덤과 함께 있는 지금만 빼고.

"그럼요." 올리브가 남은 한 점을 그에게 스윽 밀었다. 어디 한번 먹어보라는 무언의 도전이었다.

애덤은 꾹 참는 표정으로 나무젓가락 두 짝을 뗀 다음 스시를 집어 입에 넣고 한참 동안 우물거렸다.

"사람 발 씹는 것 같아."

"말도 안 돼. 자요." 올리브가 컨베이어 벨트에서 풋콩 접시를 집었다. "이거 먹어봐요. 브로콜리나 다름없어요."

애덤이 웬일로 싫어 죽겠다는 표정을 짓지 않고 풋콩 하나를 입에 넣었다. "그건 그렇고, 대화 안 해도 돼."

올리브가 고개를 갸우뚱했다.

"아까 호텔에서, 아무하고도 얘기하고 싶지 않다고 했잖아. 그러니까, 얘기 안 해도 돼. 그냥 조용히 이⋯." 여기서 그는 올리브가 어느새 쌓아놓은 접시를 못 미더운 양 흘깃 봤다. "발 씹는 것 같은 음식이나 먹고 싶다면."

'애덤은 아무나가 아니잖아요.' 이렇게 말하면 너무 위험한 발언이 될 것 같아서 올리브는 그냥 미소만 지었다. "애덤은 몇 시간이고 말 안 하고 있을 수 있죠?"

"내기하자는 거야?"

올리브는 고개를 저었다. "얘기하고 싶어요. 근데 그냥, 학회 말고 다른 얘기 하면 안 돼요? 연구 얘기도 말고. 또 세상에 못 된 새끼들이 차고 넘친다는 얘기도 말고요." 그리고 그중 일부는 애덤의 가장 가까운 친구이자 연구 파트너라는 얘기도요.

애덤은 순순히 고개를 끄덕였지만, 테이블에 놓인 그의 손에 불끈 힘이 들어가고 턱 근육도 움찔거렸다.

"좋아요. 그럼 이 식당이 얼마나 멋진지에 대해 얘기하든 가⋯."

"허름한데."

"스시가 맛있다는 얘기나⋯."

"발 씹는 것 같은데."

"〈패스트 앤드 퓨어리어스〉 시리즈 중에 제일 재미있는 편이⋯."

"패스트 파이브. 근데 올리브는 왠지 다른 편을…."

"도쿄 드리프트."

"그럴 줄 알았어." 그가 한숨을 내쉬었고, 둘은 희미한 미소를 주고받았다. 그런데 어느새 미소는 서서히 사라지고 두 사람은 서로를 그냥 응시하고 있었다. 둘 사이의 공기를 뭔가 짙고 달콤한 것이, 조금만 있으면 견딜 수 없을 정도로 진해질, 자성을 띤 뭔가가 물들이는 것 같았다. 올리브는 그에게서 쥐어뜯듯 시선을 거뒀다. 왜냐하면… 안 돼. 안 돼.

시선을 돌리자 오른쪽으로 몇 미터 떨어진 테이블에 자리한 커플이 눈에 들어왔다. 부스에 마주 앉아 힐끔힐끔 따뜻한 눈길과 조심스러운 미소를 주고받는 모습이 꼭 애덤과 올리브의 판박이 같았다. "저기도 가짜 데이트 중인 것 같아요?" 올리브가 등받이에 도로 몸을 기대며 물었다.

애덤이 올리브의 시선을 따라가 커플을 살폈다. "가짜 데이트에는 커피숍하고 선크림 발라주기가 필수인 줄 알았는데?"

"에. 그건 최고 레벨의 가짜 데이트에만 등장하는 코스죠."

애덤이 소리 없이 웃었다. "뭐." 그는 시선을 떨어뜨리고 테이블에 놓인 젓가락을 가지런히 정렬하는 데 집중했다. "그럼 많이 권하고 다녀야겠네."

올리브는 미소를 숨기느라 턱을 가슴으로 바짝 당겼고, 몸을 뻗어 애덤의 접시에서 풋콩 하나를 뺏어왔다.

* * *

엘리베이터 안에서 올리브는 애덤의 팔을 짚고 서서 하이힐을 벗었고, 그러다가 하도 볼썽사납게 휘청대서 옆에서 보고 있던 애덤이 고개를 절레절레 흔들었다. "발 안 아프다더니?" 호기심 어린 목소리였다. 아니면 재미있어하는 투인가? 애정 어린 투?

"그건 백만 년 전 얘기죠." 올리브가 구두를 집어 손가락에 늘어뜨리고 달랑거렸다. 허리를 폈을 때는 애덤의 얼굴이 다시 까마득히 높이 있었다. "지금은 발가락을 잘라버리고 싶어요."

엘리베이터가 땡 소리를 내며 멈췄고 문이 스르륵 열렸다. "신발이 역기능을 하는 것 같은데."

"하, 애덤은 상상도 못 할 걸요. 잠깐, 뭐 하는….."

애덤이 올리브를 신부 안 듯 번쩍 들어 올리자 올리브의 심장 박동이 한 열댓 박자 건너뛰었다. 꺅 소리를 질렀지만 애덤은 아랑곳하지 않고 그대로 두 사람이 묵는 객실까지 성큼성큼 걸어갔다. 올리브의 새끼발가락에 물집이 잡혔다는 이유만으로. 별수 없이 올리브는, 혹시 그가 자신을 떨어뜨릴 경우 목숨이라도 부지하려고, 애덤의 목에 팔을 두르고 몸을 그에게 기댔다. 등과 무릎에 닿은 그의 손이 따스했고, 팔뚝은 힘이 잔뜩 들어가 단단했다.

그에게서 기분 좋은 체취가 났다. 몸에 닿는 감각은 더 환상적이었다.

"방이 겨우 20미터 앞인데…."

"무슨 소린지 이해 못하겠어."

"애덤."

"미국인은 피트 단위로 말한다고."

"나 무거운데."

"응, 무거워." 키 카드로 문을 열기 위해 힘 하나도 안 들이고 올리브를 고쳐 안는 모양새에서 거짓말인 티가 났다. "펌킨 맛 음료는 그만 먹는 게 좋겠어."

올리브는 그의 머리카락을 확 잡아당기고는 그의 어깨에 얼굴을 묻고 웃었다. "그럴 일 없어요."

두 사람의 이름표는 아까 놔뒀던 그대로 TV 장에 놓여 있었고, 애덤의 침대에는 토트백과 쓸모없는 전단지 더미와 함께 반쯤 펼쳐진 학회 프로그램북도 널려 있었다. 시선이 곧장 거기에 꽂혔고, 그 순간 갓 생긴 상처에 작은 가시 수천 개가 푹 꽂힌 느낌이었다. 톰이 뱉은 말 한마디 한마디가 새록새록 되살아났고, 그가 한 거짓말과 진심 담긴 말과 비웃음 섞인 모욕, 그리고 또….

애덤도 눈치챈 모양이었다. 그는 올리브를 내려놓자마자 학회와 관련된 모든 물건을 주섬주섬 모아 두 사람의 시야에 안 들어오게, 창문을 향해 돌려둔 의자에 옮겨놓았고, 올리브는… 그를 와락 끌어안고 싶었다. 실제로 그러지는 않겠지만, 오늘 벌써 두 번이나 그랬으니, 정말로 그러고 싶었다. 대신 마음에 박힌 가시 수천 개를 단호히 뽑아내고, 침대에 얼굴이 위로 가게 풀썩 누워 천장을 응시했다.

하룻밤 내내 그와 좁은 공간에 함께 있는 게 죽도록 어색할 거라고 생각했었다. 사실 조금은 어색했지만, 아니 최소한 막 도착했을 때는 약간 그랬지만 지금은 차분하고 안전한 기분만 들었다. 마치 늘 정신없고 산만하고 힘겨운 올리브의 세계가 차차 회전 속도를 늦춰가는 것 같았다. 아주 조금이나마 가중이 덜어지는 느낌이랄까.

바스락 이불 소리를 내면서 고개를 돌려 애덤을 보았다. 의자 등받이에 재킷을 걸친 다음 손목시계를 풀어 책상에 가지런히 얹어놓고 있는 애덤도 마음 편해 보였다. 자연스럽게 가정적인 이 느낌, 애덤의 하루와 올리브의 하루가 한 시, 한 장소에서 마무리되는 느낌이 마치 누가 등을 천천히 쓸어주는 것처럼 마음을 가라앉혀주었다.

"고마워요. 맛있는 음식 사줘서."

애덤이 콧잔등에 주름을 잡으며 올리브를 흘끔 돌아봤다. "우리가 먹은 것 중에 음식은 없었어."

올리브는 웃음 지으며 옆으로 돌아누웠다. "오늘 다시 안 나가요?"

"나가다니?"

"학계 VIP들 만나러요. 풋콩도 한 스무 접시 더 먹고."

"앞으로 한 십 년은 사람들 안 만나고 풋콩도 안 먹어도 될 것 같은데." 애덤은 구두와 양말을 벗어 침대 옆에 가지런히 놓았다.

"그럼 방에 있을 거예요?"

애덤이 멈칫하더니 올리브를 바라봤다. "혼자 있고 싶다면 나가고."

아뇨, 혼자 있고 싶지 않아요. 올리브는 한쪽 팔꿈치를 괴며 상체를 일으켰다. "우리, 영화 봐요."

애덤이 눈을 깜빡이더니 대답했다. "그래." 조금 놀란 것 같았지만 별로 기분 나쁜 것 같지는 않았다. "근데 영화 취향이 식당 고르는 취향과 일치한다면 아무래도…."

그는 자기 얼굴을 향해 날아오는 베개를 미처 보지 못했다. 베개는 그의 얼굴에 맞고 튕겨 바닥에 떨어졌고, 올리브는 깔깔대며 침대에서 벌떡 일어났다. "내가 먼저 씻어도 돼요?"

"입만 살아서는."

올리브는 여행 가방을 뒤지기 시작했다. "영화는 애덤이 골라요! 뭐든 상관없어요. 말이 죽는 장면만 안 나오면 돼요, 왜냐하면… 젠장."

"왜?"

"잠옷을 안 챙겨 왔네." 휴대전화를 찾아 외투 주머니를 뒤적거렸다. 휴대전화는 거기 없었다. 아예 가지고 나가지 않은 게 생각났다. "혹시 내… 아, 저기 있다."

배터리가 거의 다 닳아 있었다. 아마 발표 끝나고 녹음을 끄는 걸 잊어서 그런 것 같았다. 지난 몇 시간 동안 메시지를 확인하지 않았더니, 읽지 않은 문자가 몇 통 있었다. 거의 다 안과 맬컴이 지금 어디 있느냐, 학과 뒤풀이에 늦게라도 올 거냐고 묻는 내용이었고, '공짜 술이 강처럼 흐르니' 당장 오라는 문자 한 통, 그리고 마지막으로, 다 같이 시내 술집으로 간다고 알리는 문자 한 통도 있었다. 그 문자를 보냈을 때쯤 안은 만취 열차에 단단히 올라탄 모양이었다. 메시지가 이 모양으로 와 있는 걸 보면. 합뉴하거 싶음 저놔♥해, 올비브.

"잠옷 안 가져와서 친구들한테 빌릴 수 있나 전화해보려고 했는데, 앞으로 몇 시간은 연락이 안 될 것 같네요. 어쩜 제스는 방에 남아 있을지도 몰라요. 잠깐 문자 해서 알아봐야…."

"자." 애덤이 가지런히 갠 검은색 덩어리를 올리브의 침대에 툭 올려놨다. "원한다면 이거 입어도 돼."

올리브가 미심쩍은 눈으로 그걸 살펴봤다. "그게 뭔데요?"

"티셔츠야. 내가 어제 입고 잤는데, 그래도 올리브가 지금 입고 있는 원피스보다는 나을 거야. 내 말은, 입고 자기에는 더 편할 거라고." 그가 뺨을 살짝 붉히며 황급히 덧붙였다.

"아." 올리브가 집어 들자 티셔츠가 펼쳐졌다. 곧바로 세 가지가 눈에 띄었다. 티셔츠가 올리브의 허벅지 중간, 잘하면 그 아래까지 내려올 정도로 크다는 것. 애덤의 체취와 세탁 세제 향이 뒤섞여 몇 주간 얼굴을 파묻고 들이켜고 싶을 정도로 끝내주게 좋은 냄새가 난다는 것. 그리고 앞면에 커다란 흰 글자로 이렇게 쓰여 있다는 것….

"생물학 하는 닌자?"

애덤이 목덜미를 긁으며 대꾸했다. "내가 산 거 아니야."

"그럼… 훔쳤어요?"

"선물 받은 거야."

"그렇다면야." 올리브는 장난스럽게 씩 웃었다. "선물한 사람의 안목이 장난 아니네요. 닌자 박사님."

애덤이 무표정한 얼굴로 받아쳤다. "다른 사람한테 말하면, 나는 부인할 거야."

가벼운 웃음이 터졌다. "정말 괜찮겠어요? 애덤은 뭘 입으려고요?"

"아무것도."

너무 입을 헤 벌리고 오래 쳐다봤는지, 애덤이 우습다는 표정으로 고개를 저었다.

"농담이야. 이 셔츠 안에 티 받쳐 입었어."

올리브는 고개를 끄덕이고 애써 그의 눈을 피하며 부랴부랴 욕실로 갔다.

혼자 뜨거운 샤워 물줄기 아래 서 있자니 더 이상 비릿한 스시와 애덤의 삐딱한 미소에 집중할 수가 없었고, 애덤이 세 시간 동안이나 자기에게 들러붙는 걸 허락하게 만든 사건을 잊기도 어려웠다. 오늘 톰이 한 짓은 혐오스러운 행동이고, 그래서 톰을 신고할 작정이었다. 그리고 애덤에게도 말해줘야 했다. 뭐라도 해야 했다. 하지만 이성적으로 생각해보려고 할 때마다 머릿속에서 그의 목소리가(별 볼 일 없는 주제에, 다리는 보기 좋은데, 쓸모도 없고 구태의연한 연구를 가지고, 눈물 짜는 얘기 늘어놔봤자) 너무 크게 울려서 머리통이 터져버릴 것 같았다.

그래서 신경을 다른 데로 돌리느라 애덤이 챙겨 온 샴푸와 보디워시(저자극성 어쩌고 pH 밸런스 저쩌구 하는 소리에 눈알을 굴려가며)의 라벨을 읽으며 최대한 빨리 샤워를 마치고, 인간이 낼 수 있는 최대의 속도로 몸의 물기를 닦아냈다. 그런 다음 콘택트렌즈를 빼고, 애덤의 치약을 조금 훔쳐 썼다. 시선이 그의 칫솔로 떨어졌다. 칫솔모까지 죄다 차콜 블랙이었다. 쿡쿡 웃음이 나왔다.

욕실에서 나오니 애덤이 무늬 없는 잠옷 바지에 하얀 티셔츠를 입고서 침대 끄트머리에 걸터앉아 있었다. 한 손에 텔레비전 리모컨을, 다른 손에는 자신의 휴대전화를 들고서 인상을 쓴 채 두 기기의 액정을 번갈아 쳐다봤다.

"예상을 한 치도 벗어나지 않네요."

"내가 뭘?" 애덤이 정신 팔린 채 물었다.

"칫솔조차 검은색이라니."

그의 입꼬리가 움찔거렸다. "넷플릭스에 '말들이 죽지 않는 영화' 카테고리가 아예 없는 걸 알면 충격받겠네."

"반인륜적 행위 아니에요? 그 카테고리가 얼마나 필요한데."

올리브는 너무 짧은 원피스를 돌돌 구겨 만 다음, 톰의 목구멍에 쑤셔 넣는다고 상상하며 가방에 쑤셔 넣었다. "내가 미국인이라면 당장 의회에 넷플릭스 감사 들어가라고 요구할 거예요."

"그럼 시민권 따게, 우리 가짜로 결혼할까?"

올리브의 심장이 덜컹거렸다. "오, 좋죠. 가짜 다음 단계로 나아갈 때가 된 것 같아요."

"근데…." 애덤이 휴대전화 자판을 두드리며 말했다. "내가 대충 괜찮아 보이는 영화 제목하고 '죽은 말'을 구글링해보고 있는데."

"어, 나도 보통 그렇게 하는데." 올리브가 방을 타박타박 가로질러 애덤의 옆에 가 섰다. "결과가 어떻게 나왔어요?"

"이 영화, 언어학 교수가 외계인 말을 해독해달라는 부탁을 받고…."

무심하게 휴대전화 액정에서 고개를 든 그가 갑자기 말을 뚝 멈췄다. 입이 열렸다가 탁 닫혔고, 시선이 올리브의 허벅지로, 이어서 발로, 또 유니콘이 그려진 무릎 양말로 떨어졌다가 다시 황급히 올리브의 얼굴로 올라갔다. 아니, 정확히는 얼굴이 아니라 어깨 너머 어느 지점으로. 애덤은 목을 큼큼 가다듬더니 말을 이었다. "다행이네, 옷이… 맞아서." 그러더니 다시 휴대전화를 들여다봤다. 리모컨을 쥔 손에 힘이 들어갔다.

티셔츠 얘기를 하고 있다는 걸 깨닫는 데 몇 초가 걸렸다. "아, 이거요." 올리브는 활짝 웃었다. "딱 내 사이즈죠?" 티셔츠는 너무 커서 원피스와 똑같은 정도로 몸을 가려주면서 오래 신은 신발처럼 부드럽고 편안했다. "내가 가질까 보다."

"가져."

올리브는 발꿈치에 다시 체중을 실으면서, 지금 애덤 옆에 앉아도 괜찮을까 고민했다. 둘이 영화를 같이 고르려면 그게 더 편할 것 같았다. "정말로 이번 주에 이거 입고 자도 돼요?"

"당연하지. 어차피 나는 내일 갈 거니까."

"아." 물론 알고는 있었다. 2주쯤 전에 그가 처음 말했을 때도 알고 있었다. 오늘 아침 올리브가 샌프란시스코에서 비행기에 탑승할 때도 알고 있었고, 몇 시간 전 바로 그 정보를 상기하면서 애덤과 같은 방에 있는 게 아무리 어색하고 스트레스가 돼도 적어도 금방 끝날 거라고 자신을 위로했을 때도 알고 있었다. 실제로는 전혀 스트레스가 안 됐지만. 적어도 며칠 그와 떨어져 있어야 한다는 생각만큼 스트레스를 주지는 않았다. 다른 데도 아니고 여기서, 애덤 없이 혼자 있을 생각보다는. "여행 가방 얼마나 커요?"

"으응?"

"나 거기 넣어서 데려가면 안 돼요?"

여전히 웃음기 있는 얼굴로 올리브를 쳐다본 애덤은 눈빛에서 뭔가를, 농담과 분위기 띄우려는 시도 뒤에 숨은 것을 알아챈 모양이었다. 올리브가 미처 껍질 안에 꼼꼼히 숨기지 못한, 연약하고 호소하는 듯한 속마음을.

"올리브." 애덤이 휴대전화와 리모컨을 침대에 내려놓으며 말했다. "휘둘리지 마."

올리브는 대답 대신 고개만 옆으로 살짝 기울였다. 또 울지 않을 거야. 소용도 없잖아. 나는 이런 사람, 이런 약해빠지고 자신을 지킬 줄도 몰라서 누가 흔들어댈 때마다 자신을 의심하는 사람이 아니야. 적어도 전에는 이런 사람이 아니었어. 맙소사, 톰 벤턴이 죽도록 미웠다.

"무슨 소리예요?"

"그 사람들 때문에 이번 학회 참석을 망한 걸로 생각하지 말라고. 연구를 포기하지도 말고. 지금까지 이룬 성과를 덜 자랑스러워하지도 말고."

올리브는 시선을 떨어뜨리고 자신이 신은 노란 양말을 뚫어져라 보면서 푹신한 카펫에 발가락을 찔러 넣었다. 그러다 고개를 들고 그를 바라봤다.

"뭐가 제일 슬픈지 알아요?"

애덤이 고개를 젓자 올리브가 말을 이었다.

"발표할 때 아주 잠깐이지만… 진심으로 즐거웠어요. 처음엔 공황이 올 것 같았죠. 당장이라도 토할 것 같고. 근데 그 많은 청중을 앞에 두고 내 연구랑 내 가설, 내가 떠올린 아이디어에 대해 얘기하고 내가 생각해낸 근거랑 시행착오, 내가 하려는 연구가 중요한 이유를 설명하는데… 자신감이 차올랐어요. 내가 잘하고 있다는 기분이 들었어요. 모든 게 딱 맞아떨어지는 것 같고 재미있었어요. 과학을 남들하고 함께 하면 이런 기분이구나, 싶었죠." 올리브는 두 팔로 자신을 감쌌다. "어쩌면 계속 이 길을 밟아서 학자로 남을 수도 있겠다는 생각까지 들었어요. 진짜 연구를 하는 학자요. 잘하면 내가 큰 변화를 만들어낼 수도 있겠구나 했죠."

애덤은 뭔지 잘 안다는 듯 고개를 끄덕였다. "나도 거기 있었으면 좋았을 텐데."

진심으로 하는 말임을 알 수 있었다. 함께하지 못한 것을 진심으로 후회하는 듯했다. 하지만 아무리 애덤이라도, 절대 기죽지 않고 단호하고 뭐든 척척 해내는 그라도 동시에 두 장소에 있을 수는 없었고, 그가 올리브의 발표를 보지 못한 건 변하지 않는 사실이었다.

그쪽이 실력이 되는지 어떤지 나는 전혀 모르지만, 그건 자신에게 던질 질문이 아니에요. 중요한 건 박사과정을 밟으려는 이유가 충분한가예요. 몇 년 전 화장실에서 마주친 애덤은 이렇게 말했었다. 올리브가 벽에 부딪힐 때마다 스스로에게 되뇐 말이었다. 그런데 그가 내내 잘못 알고 있었던 거라면? 충분한 이유라는 게 정말로 존재한다면? 가장 중요한 게 그거라면?

"사실이면 어떡하죠? 내가 정말 별 볼 일 없는 과학자라면?"

애덤은 한동안 대답하지 않았다. 약간 답답함이 어린 표정으로, 생각에 잠겨 입을 꾹 다물고서 그저 허공을 응시했다. 그러더니, 낮고 평탄한 어조로 이렇게 말했다. "내가 박사과정 2년 차일 때 지도교수가 나한테, 너는 실패자이고 아무것도 해내지 못할 거라고 했어."

"뭐라고요?" 무슨 대답을 기대했건, 이건 아니었다. "왜요?"

"내가 프라이머(DNA 합성을 위한 출발점 역할을 하는 RNA 또는 DNA의 짧은 가닥—옮긴이) 디자인을 잘못했다고. 근데 그게 처음도, 마지막도 아니었어. 그리고 나를 혼낼 때 교수님이 갖다 붙인 이유 중에 가장 사소한 것도 아니었고. 그 교수님은 어쩔 땐 자기가 맡은 학생들을 아무 이유 없이 남들 앞에서 창피줬어. 근데 그때가 유독 기억에 남더라. 왜냐하면 내가 그때 이런 생각을 했거든…." 그가 침을 힘겹게 삼키자 목울대가 꿈틀거렸다. "그 말이 맞다고. 나는 아무것도 해내지 못할 거라고."

"그렇지만 애덤은…." 무려 〈랜싯〉에 논문 여러 편이 실린 사람이잖아요. 종신 교수직에 수백만 달러 연구보조비도 따내고. 중요한 학술회에서 기조연설도 하고. 그중 뭘 꼭 집어 말해야 할지 몰라서 대신 이렇게 말했다. "애덤은 맥아더 펠로십도 받았잖아요."

"받았지." 애덤이 헛웃음을 뱉었다. "그런데 맥아더상 받기 5년 전, 박사과정 2년 차 때는 내가 절대로 과학자가 못 될 거라고 확신하고 꼬박 일주일 동안 로스쿨 지원서 준비했었어."

"잠깐… 그럼 홀든 말이 진짜였어요?" 도무지 믿기지 않았다. "근데 왜 로스쿨이에요?"

애덤은 어깨를 으쓱해 보였다. "부모님이 좋아하셨을 테니까. 그리고 과학자가 못 될 거라면 뭐가 되든 상관없다는 심정이었어."

"그럼 왜 지원 안 했는데요?"

애덤이 한숨을 뱉었다. "홀든이 말려서. 그리고 톰도."

"톰이요." 올리브가 멍하니 따라 말했다. 갑자기 납덩이가 들어선 듯 위장이 비틀렸다.

"그 둘이 아니었으면 나는 박사과정을 중도 포기했을 거야. 우리 지도교수는 그 바닥에서 가학적이기로 소문난 사람이었어. 아마 지금의 나처럼." 애덤의 입술이 쓰라린 미소로 일그러졌다. "사실 박사과정 시작하기 전부터 그 교수 평판은 알고 있었어. 문제는 그가 뛰어난 과학자이기도 하다는 거야. 최고 중의 최고로 꼽히는. 그래서 나는… 아무리 괴롭혀도 내가 얼마든지 견딜 수 있다고 생각했어. 다 참고 버틸 가치가 있을 거라고. 희생과 자기 절제와 노력의 문제라고 생각한 거지." 목소리가 잔뜩 굳은 걸 보니 평소에 잘 꺼내지 않는 이야기인 것 같았다.

올리브는 되도록 온화한 어조로 이렇게 물었다. "근데 아니었어요?"

애덤이 고개를 저었다. "정반대였어, 어떤 의미로는."

"절제와 노력의 반대였다고요?"

"우리가 노력한 건 누구도 부인 못 해. 그런데 자기 절제는… 구체적으로 제시된 기대치가 있다는 걸 전제로 하지. 이상적인 태도 규준이 정해져 있고, 그걸 따르지 못할 시에는 생산적인 방향으로 조언을 듣는 것. 적어도 나는 그런 줄 알았어. 지금도 그렇게 생각하고. 내가 지도하는 학생들한테 무자비하게 군다고 했지? 그 말이 맞을지도 몰라⋯."

"애덤, 그건⋯."

"그런데 나는 학생들에게 목표를 제시하고 그걸 달성하게 도와주려는 것뿐이야. 이 정도는 해야 한다고 쌍방이 합의한 바를 학생들이 이행하지 않았을 경우 뭐가 잘못됐는지 말해주고 뭘 고쳐야 할지 알려주지. 오냐오냐하지 않고, 칭찬으로 비평을 희석하지도 않고, 긍정적 피드백 사이에 부정적 피드백을 끼워넣으라는 조언은 한마디로 개소리라고 생각해. 이런 나를 학생들이 무서워하거나 악의적이라고 여긴다면, 하는 수 없어." 여기서 애덤은 심호흡을 한 번 하고 말을 이었다. "대신 나는 어떤 경우에도 학생을 인격적으로 모독하지 않아. 늘 연구결과만 놓고 피드백하지. 잘 나올 때도 있고 형편없을 때도 있는데, 후자일 경우⋯ 다시 하면 돼. 얼마든지 개선할 수 있어. 나는 학생들이 자기가 내놓은 결과물을 자기 자신과 동일시하지 않았으면 해." 애덤이 말을 멈추었고, 그 순간 먼 곳에 있는 표정⋯ 아니, 아예 애덤이 아득히 멀리 있는 것 같았다. 아주 오랫동안 고민해온 것 같았고, 진심으로 학생들이 잘되기를 바라는 것 같았다. "자기가 굉장히 중요한 사람인 줄 아는 사람처럼 보일까봐 민망한데, 그렇지만 과학 연구는 실제로 중요하고, 게다가⋯ 과학자로서 이건 내 의무이기도 하니까."

"나는⋯." 순간 호텔방 안의 공기가 차갑게 느껴졌다. 그렇게 말한 게 나였잖아, 심장이 납처럼 철렁 내려앉았다. 애덤에게 너무 무섭고 못되게 군다고, 그래서 학생들이 다 싫어한다고 재차 말한 게 나였잖아. "그럼 애덤의 지도교수는 그렇게 생각하지 않았던 거예요?"

"그 사람이 어떤 생각을 가지고 우리를 지도했는지는 끝내 알아내지 못했어. 한참이 지난 지금 내가 깨달은 건 그 사람이 한 짓은 학대였다는 거야. 그 교수가 연구실을 운영하는 동안 참담한 사건이 많이 일어났어. 아이디어를 낸 장본인이나 논문 저자로 인정받았어야 하는 학생이 철저히 무시된다거나. 노련한 연구생도, 수습생은 당연하고 걸핏하면 저지르는 실수를 가지고 남들 앞에서 모욕을 당하거나. 교수가 목표치를 무조건 높게 잡아놓고 절대로 구체적 기준은 제시해주지 않는다거나. 도저히 지킬 수 없는 마감을 멋대로, 그것도 갑자기 정해놓고 기한 내에 일을 못 마쳤다고 학생들이 벌을 받기도 했어. 박사생들한테 똑같은 과제를 반복해서 주고, 그다음엔 서로 경쟁을 붙였어. 그저 지도교수의 오락거리로. 한번은 그 사람이 홀든과 나를 같은 프로젝트에 넣고는 학술지에 실릴 만한 결과를 먼저 내놓는 사람이 다음 학기 연구비를 받을 거라고 했어."

올리브는 아슬란 박사가 대놓고 자신과 동기들 사이에 경쟁을 붙이면 어떤 기분일지 상상해봤다. 하지만 가당찮은 비교였다. 애덤과 홀든은 평생 친구였고, 그러니 그 둘의 상황에 비할 바가 아니었다. 다음 학기에 월급을 제대로 받으려면 안보다 나은 연구 결과를 내놓으라는 통보를 받는 거나 마찬가지였다.

"그래서 어떻게 했어요?"

애덤이 한 손으로 머리칼을 쓸어 넘기자 한 가닥이 이마에 도로 흘러내렸다. "우리 둘이 팀을 이루었어. 서로 스킬이 보완됐으니까. 약리학자가 컴퓨터 모델링에 주력하는 생물학자와 같이 작업하면 더 많은 걸 이룰 수 있을 테고, 그 반대도 마찬가지라고 본 거지. 그 판단이 옳았어. 연구가 꽤 훌륭하게 진행됐거든. 힘들긴 했지만 밤새 해법을 찾으면서 정신이 고양되는 기분도 느꼈고. 우리가 뭔가를 최초로 발견해내는 주인공이 된다는 생각에." 한순간 그는 기분 좋게 추억에 젖는 것처럼 보였다. 하지만 다음 순간 입을 꾹 다물고 굳은 턱을 앞뒤로 움직였다. "학기 말에 지도교수한테 결과를 보고하니 교수가 우리 둘 다 연구비를 못 받을 거라더라. 둘이 협력한 게 자기의 가이드라인을 위배한 거라고. 우리는 다음 봄학기 내내 생물학 입문 수업을 일주일에 여섯 타임이나 맡아야 했어. 랩에서 하는 일은 그일대로 하고. 그때 홀든하고 둘이 룸메이트였거든? 한번은 홀든이 자면서 이렇게 중얼거리는 걸 분명히 들었어. '미토콘드리아는 세포의 발전소와 같습니다.'"

"그렇지만… 지도교수가 요구한 대로 다 했잖아요."

애덤은 고개를 저었다. "지도교수가 원한 건 자기 권한을 확인하는 거였어. 끝내 그렇게 했지. 시키는 대로 하지 않은 우리를 벌주고, 우리가 내놓은 결과를, 우리 이름은 쏙 빼놓고 자기 이름으로 발표했으니까."

"세상에…." 올리브는 빌려 입은 티셔츠의 헐렁하게 늘어진 자락을 콱 움켜쥐었다. "애덤, 그런 사람한테 비교해서 정말 미안해요. 그런 뜻은 아니었….

"괜찮아." 애덤은 다소 굳어 보이긴 하지만 그래도 안심시키는 미소를 지어 보였다.

괜찮지 않았다. 애덤이 참기 힘들 정도로 직설적인 건 사실이었다. 고집스럽고 퉁명스럽고 타협할 줄 모르는 사람인 건 맞다. 늘 친절하지는 않지만 그렇다고 교활하거나 악의적인 건 아니었다. 오히려 그 반대였다. 자신에게 불리할 정도로 솔직했고, 자신에게 요구하는 수준의 절제를 남에게도 요구할 뿐이었다. 애덤의 지도를 받는 박사과정생들은 비록 그의 가혹한 피드백과 그가 요구하는 장시간의 연구를 두고 불평하긴 했지만, 애덤이 사소한 것까지 트집 잡지 않으면서 몸소 실천해 보이는 지도교수라는 건 인정했다. 덕분에 학생들 대부분은 연구 페이퍼를 최소 몇 건은 발표한 상태로 졸업했고, 좋은 기관의 좋은 자리에 취직했다.

"모르고 한 소리잖아."

"그래도요, 나는…." 올리브는 죄책감에 입술을 깨물었다. 패배감이 들었다. 애덤의 옛 지도교수에게, 그리고 톰에게도, 대학원을 개인의 놀이터로 여기는 것에 분노가 치밀었다. 직접 당하고도 어쩔 줄 모르는 자기 자신에게도 화가 났다. "왜 아무도 신고하지 않은 거예요?"

그 말에 애덤은 눈을 감고 잠시 말이 없었다. "왜냐하면 그 교수가 노벨상 최종후보에 오른 사람이었거든. 두 번이나. 게다가 고위층 연줄도 있어서, 우린 아무도 우리 말을 안 믿어줄 거라고 생각했어. 또, 우리가 학계에서 성공하느냐 다시는 발도 못 붙이느냐는 그 사람한테 달려 있었으니까. 우리가 도움을 청할 만한 기관이 없는 것 같기도 했고." 새록새록 되살아난 쓰라림에 그의 턱이 잔뜩 긴장했고, 애덤은 더 이상 올리브를 보고 있지도 않았다. 너무나 비현실적인 얘기로 들렸다. 천하의 애덤 윌슨이 그런 무력감을 경험했다니. 하지만 그의 눈은 정말로 그런 일이 있었다고 얘기하고 있었다. "우리는 겁에 질려 있었고, 아마 마음 깊은 곳에서 우리가 자초한 일이고 이런 일 당해도 싸다고 믿었던 것 같아. 우리가 아무것도 이루지 못할 실패자들이라고."

애덤이 겪은 일을 생각하니 마음이 너무 아팠다. 올리브 자신이 겪은 일 때문에도 마음 아팠다. "정말 유감이에요."

애덤이 그래도 아까보다는 밝아진 표정으로, 다시 한번 고개를 저었다. "그 사람이 나더러 실패자라고 했을 땐 나도 그 말을 믿었어. 그 한마디 때문에 내가 세상에서 제일 소중히 여기는 일을 포기할 뻔했지. 그런데 톰하고 홀든, 그 둘도 당연히 지도교수한테 충분히 괴롭힘을 당하고 있었거든. 우리 랩 학생들

다 그랬어. 그런데도 둘은 나를 도와줬어. 어쩐 일인지 교수는 내 연구가 잘못될 때마다 귀신같이 알고 달려들었는데, 그럴 때마다 톰이 중재자로 나섰어. 나 대신 욕 많이 먹었지. 톰은 우리 지도교수 애제자였는데, 우리 랩 분위기를 조금이라도 덜 험악하게 만들려고 혼자서 애 많이 썼어."

톰을 무슨 영웅처럼 여기는 그의 말투에 올리브는 욕지기가 치밀었지만 입 꾹 다물고 참았다. 지금은 애덤의 이야기를 들을 때였으니까.

"그리고 홀든은… 그 녀석, 내 로스쿨 지원서를 훔쳐 가서 죄다 종이비행기를 접어버렸어. 걔는 상황에서 한발 떨어져 있어서, 내가 겪는 일을 객관적으로 볼 수 있었거든. 오늘 올리브가 겪은 일을 내가 한 발 떨어져서 볼 수 있는 것처럼." 이제 애덤의 시선이 올리브에게 꽂혔다. 그 눈에 도무지 해석할 수 없는 빛이 어려 있었다. "올리브는 결코 별 볼 일 없는 연구자가 아니야. 내 여자친구라서 발제자로 선정된 것도 아니고, 그런 일은 일어날 수 없어. SBD에 제출되는 페이퍼는 블라인드 심사를 거치니까. 내가 알아. 옛날에 부탁받고 심사위원 해준 적 있어서. 올리브가 발표한 연구는 아주 중요한 연구고, 근거도 탄탄하고, 아주 훌륭해." 애덤이 숨을 깊이 들이마셨고, 그의 어깨가 올라갔다 내려가는 박자에 맞춰 올리브의 심장이 쿵쿵거렸다. "올리브가 내 시선으로 자신을 볼 수 있다면 얼마나 좋을까."

그 말 때문이었는지도 모르고, 아니면 말투 때문인지도 몰랐다. 아니면 애덤이 자신에 대해 전에 없이 터놓고 이야기해서일 수도 있고, 아까 올리브의 손을 꼭 잡고서 불행의 구렁텅이에서 꺼내 줘서 그런 것일 수도 있었다. 올리브의 흑마 탄 기사. 아니면 그런 것 다 상관없는지도, 혹은 전부 다 상관 있는지도 모르고, 다 아니면 어떻게든 결국 일어났을 일이라 그런지도 몰랐다. 어쨌든⋯ 다 중요하지 않았다. 왜 그렇게 됐는지, 어떻게 그렇게 됐는지, 갑자기 다 중요치 않았다. 그 후에 어떻게 되든. 중요한 건 바로 그 순간 올리브가 그렇게 하고 싶다는 것뿐이었고, 그 정도면 이유로 충분했다.

모든 것이 슬로모션으로 펼쳐지는 것 같았다. 한 발 내디뎌 애덤의 무릎 사이에 선 것도, 손을 들어 그의 얼굴에 얹은 것도, 손가락으로 그의 턱을 살며시 쥔 것도. 그가 원한다면 충분히 제지할 수 있을 정도로, 뒤로 물러날 수 있을 정도로, 뭐라고 한마디 할 수 있을 정도로 천천히 움직였다. 하지만 애덤은 그러지 않았다. 그냥 맑고 촉촉한 갈색 눈동자로 올리브를 올려다볼 뿐. 그가 고개를 기울여 올리브의 손바닥에 더 묵직하게 얼굴을 기댔을 때 올리브의 심장이 크게 한 번 요동치더니 잠잠해졌다.

늦은 시각 까칠하게 돋은 수염 아래 피부가 무척 보드라운 건, 또 올리브의 손보다 더 따스한 건 별로 의외도 아니었다. 처음으로 그를 내려다보게 된 올리브가 몸을 숙여 입 맞추자 살며시 닿은 그의 입술이 옛날 노래처럼 익숙하고 편안하게 느껴졌다. 어차피 첫 키스도 아니었으니까. 하지만 전과 달랐다. 차분하고 조심스럽고 애틋했고, 올리브의 허리에 한 손을 가볍게 얹은 애덤이 보채듯 턱을 들어 올리고 조갈이 나는 듯 더 밀어붙였다. 마치 여태껏 이걸 생각하고 있었다는 듯이, 마치 그도 이러는 걸 원했다는 듯이. 첫 키스는 아니었지만 둘만의 키스로는 처음이었고, 그래서 올리브는 최대한 오래 음미했다. 그 감촉과 냄새, 친밀감을. 살짝 가빠진 애덤의 호흡과 뜻밖의 머뭇거림, 두 사람의 입술이 조금 헤매다가 마침내 딱 맞는 각도와 적당한 위치를 찾은 것도.

봤지? 의기양양하게 이렇게 말하고 싶었다. 누구한테 그러는지는 모르겠지만. *봤지? 결국 이렇게 될 거였잖아.* 그러다 그의 입에 자기 입을 포갠 채 활짝 웃고 말았다. 그러자 애덤은….

올리브가 뒤로 물러났을 때 그는 벌써 고개를 젓고 있었다. 같이 키스하면서도 진즉부터 "안 돼"라고 말하려고 했던 것처럼. 그가 올리브의 손목을 꽉 쥐고 자기 얼굴에서 그 손을 떼어 냈다. "이건 별로 좋은 생각이 아니야."

올리브의 얼굴에서 미소가 가셨다. 맞는 말이었다. 의심의 여지 없이. 하지만 동시에 틀린 말이기도 했다. "왜요?"

"올리브." 애덤이 또 한 번 고개를 저었다. 그러더니 올리브의 허리에 얹었던 손을 들어 자기 입술에 살짝 갖다 댔다. 방금 나눈 입맞춤을 만져보려는 듯, 그 일이 진짜 일어난 걸 확인하듯. "이건… 안 돼."

백번 맞는 소리였다. 하지만…. "왜요?" 올리브가 또 한 번

물었다.

애덤이 손가락으로 눈두덩을 문질렀다. 왼손은 여전히 올리브의 손목을 그러쥐고 있었다. '그걸 의식하고나 있을까.' 마음 아득한 곳에서 이런 생각이 들었다. 손목의 맥박 뛰는 자리를 자기가 엄지로 살살 쓸고 있는 걸 알고나 있을까. "우리 이러려고 온 것 아니잖아."

올리브는 발끈해서 콧구멍이 벌름거렸다. "그렇다고 못 할 건…."

"지금 맑은 정신으로 판단하는 게 아니잖아." 애덤이 힘겹게 침을 삼켰다. "속상한 일도 있었고, 술에 취했고, 또…."

"맥주 딱 두 잔 마셨어요. 그것도 몇 시간 전에."

"올리브는 현재 내 숙소에 얹혀 지내고 있는 대학원생이고, 그게 아니어도 내가 올리브에게 권한을 행사할 위치에 있는 걸 고려하면 얼마든지 강압적으로…."

"전혀…." 헛웃음이 터져 나왔다. "전혀 강압에 의해 움직이는 기분 안 드는데요. 오히려…."

"다른 사람을 사랑하잖아!"

올리브는 따귀를 맞은 듯 움찔했다. 그 정도로 애덤의 말투가 매서웠다. 그 한마디에 방금 느끼던 뜨거운 열정이 차갑게 식었을 법도 했다. 이게 얼마나 어리석은 짓인지, 얼마나 참담한 결과를 불러올지 단단히 깨닫고 물러나게 만들었을 법도 했다. 그런데 그러지 않았다. 이제는 늘 음울하고 성깔 있는 애덤과 올리브에게 쿠키를 사주고 슬라이드 자료를 굳이 봐주고 자기 목을 눈물범벅으로 만들면서 울게 해주는, 올리브가 잘 아는 애덤이 한 인물로 합체된 지 오래였다. 그 둘이 같은 사람임을 도저히 받아들이지 못하던 때도 있었지만, 이제는 모든 것이, 애덤의 다양한 면면이 너무도 선명했다. 올리브는 그중 어느 하나도 남겨두고 싶지 않았다. 단 하나도.

"올리브." 애덤이 눈을 감으며 무거운 한숨을 뱉었다. 홀든이 말한 여자를 떠올리고 있는지도 모른다는 생각이 번쩍 뇌리에 스쳤다가, 곱씹기엔 너무 괴로웠는지 금세 달아났다.

그냥 말해버려. 그냥 솔직하게 제러미한테는 조금도 연정을 느끼지 못한다고, 다른 사람 같은 거 없다고 말해. 그런 것 있었던 적도 없다고. 하지만 말하기가 무서웠다. 사지가 굳을 정도로 두려웠고 힘겨운 날을 보낸 뒤라서 한 번만 더 상처 입으면 마음이 무너질 것만 같았다. 마음이 부서질 듯 연약해져 있었다. 애덤은 말 한마디로 올리브의 심장을 수천 조각으로 부숴버릴 수 있었고, 그래놓고도 자기가 그런 줄 까맣게 모를 게 틀림없었다.

"올리브, 그건 일시적인 기분이야. 한 달 후, 아니면 일주일 후, 아니, 당장 내일이라도 올리브가 후회하는 걸 나는 원치 않아…."

"그럼 내가 원하는 건요?" 올리브는 몸을 숙이고서, 방금 뱉은 그 말이 한껏 늘어진 몇 초의 침묵에 스며들게 두었다. "내가 이걸 원하는 건 무시해도 돼요? 애덤은 관심 없나 보죠." 도로 어깨를 꼿꼿하게 세운 올리브는 따끔거리는 눈을 빠르게 깜빡 거렸다. "이걸 원하지 않으니까, 맞죠? 내가 애덤한테 별로 매 력이 없나 봐요, 원하지 않는 걸 보면…."

애덤이 손목을 확 잡아채 그쪽 손을 자기 몸에 갖다 대는 바 람에 올리브는 하마터면 휘청 넘어질 뻔했다. 그는 올리브의 손 바닥을 자기 다리 사이에 갖다 댔고… 아.

아.

그렇군.

애덤이 올리브의 시선을 붙든 채 턱을 앞뒤로 움직였다. "내 가 뭘 원하는지 뭘 안다고 그래."

이 모든 것에 숨이 멎을 것 같았다. 몸 깊숙한 데서 내뱉은 듯한 거친 중저음의 목소리와 올리브의 손가락에 닿은 굵고 울 퉁불퉁한 형체, 성나고 굶주린 그의 눈빛 전부 다. 애덤이 거의 곧바로 올리브의 손을 뗐지만, 이미 너무 늦은 것 같았다.

올리브가 한 번도 안 해본 건 아니었지만… 둘이 키스도 나 누었고 육체적인 행위도 했지만, 이번엔 어떤 스위치가 켜진 것 같았다. 애덤이 잘생기고 매력적이라고 생각한 건 하루 이틀이 아니었다. 그를 만져봤고, 그의 무릎에 앉아도 봤고, 그와 친밀 함을 나누는 상상도 어렴풋이 해봤다. 종종 그를 떠올렸고, 종 종 섹스 생각도 했고, 애덤과 섹스를 한꺼번에 떠올린 적도 있 었지만 그때마다 늘 추상적인 생각으로 그쳤다. 흐릿하고 불분명한 생각으로. 마치 흑백의 선화처럼. 그렇게 밑그림만 있던 것이 갑자기 안에 색깔이 채워지고 있었다.

올리브의 허벅지 사이에 고이는 축축하고 아릿한 감각, 동공이 한껏 확장한 애덤의 눈이 곧 어떤 일이 벌어질지 분명히 말해주었다. 머리가 핑핑 돌고, 끈적이고 질척거릴 것을 예고했다. 자극적이리라는 것도. 두 사람이 서로에게 어떻게 할 것이고 무엇을 요구할지를. 더 이상 다가가지 못할 정도로 가까워질 것을. 이제 올리브는, 그것이 선명히 보이는 이상 정말로, 진심으로, 그걸 원했다.

그에게 조금 전보다 더 가까이 다가갔다. "그렇다면." 목소리가 낮게 깔렸지만 그래도 애덤에게 충분히 들리리란 건 알 수 있었다.

애덤이 눈을 질끈 감았다. "이러자고 같이 묵자고 한 게 아냐."

"알아요." 올리브가 그의 이마를 덮은 까만 머리칼 한 가닥을 쓸어 넘겼다. "나도 이러려고 응한 건 아니었어요."

애덤의 입술이 살짝 벌어졌고, 그는 조금 전 그의 단단한 성기를 감싸 쥐다시피 했던 올리브의 손을 빤히 내려다봤다. "노섹스라고 했잖아."

그렇게 말한 건 사실이었다. 규칙을 생각해내고, 그걸 애덤의 교수실에서 줄줄 읊은 걸 똑똑히 기억했다. 절대로, 무슨 일이 있어도 애덤 칼슨을 일주일에 10분 이상 만나고 싶지 않다고 확신했던 것도 기억했다. "교내에 한정된 규칙이라는 말도 했죠. 근데 좀 아까 우리는 같이 외식도 했잖아요. 그러니." 애덤은 어떤 결정이 최선인지 알고 있을지라도, 그것과는 사뭇 다른 것을 원하고 있었다. 그의 자제력이 부서진 잔해가, 그것이 서서히 부서져 나가는 모습이 눈에 보일 듯했다.

"지금 나한테…." 애덤이 거의 눈에 안 띌 만큼 조금 몸을 폈다. 어깨의 선과 턱의 모양새로 보아 긴장한 기색이 역력했고, 여전히 올리브의 눈을 피하고 있었다. "아무것도 없는데."

그게 무슨 뜻인지 알아듣는 데 민망할 정도로 오래 걸렸다. "아. 상관없어요. 피임약을 복용 중이라. 병 같은 것도 없고." 올리브는 잠시 입술을 깨물었다가 덧붙였다. "근데 그거 말고… 다른 걸 해도 되잖아요."

애덤은 두 번이나 침을 꿀꺽 삼키더니 고개를 끄덕였다. 그의 호흡이 불규칙했다. 그가 거부할 수 있는 시점은 지난 것 같았다. 애초에 거부할 마음이 있었는지도 의심스럽지만. 그렇지만 애쓴 건 인정해줘야 했다. "나중에 내가 미워지면 어떡해? 집에 돌아갔을 때 올리브가 마음이 변해서…."

"마음 안 변해요. 나는…." 올리브가 한발 다가갔고, 그러자… 맙소사, 더 밀착되었다. 나중 생각은 안 할 작정이었다. 그럴 수도 없고, 그러고 싶지도 않았다. "이보다 더 어떤 일에 확신한 적은 없었어요. 세포설 배웠을 때 말고." 이러면서 올리브는 그가 같이 미소 짓기를 바라며 웃어 보였다.

애덤의 입매는 여전히 심각하게 꾹 다물려 있었지만, 그런 건 신경조차 안 쓰였다. 다음에 그의 손길을 느꼈을 때는 그가 준 티셔츠 자락 안으로 스르륵 들어온 그 손이 올리브의 골반 뼈를 어루만지고 있었다.

16장

가설: 흔히 하는 말과 다르게 섹스는 그저 적당히 재미난 유흥거리 이상은 아닐… 아, 이럴 수가.

한꺼풀 더께가 걷힌 것 같았다.

애덤이 입고 있던 티셔츠를 단번에 홀렁 벗어 던졌다. 그 흰 면티는 방 한구석에 내던져진 옷가지 중 한 개에 불과한 것 같았다. 다른 무엇이 그리로 내던져졌는지는 알 수 없었다. 올리브가 아는 건 몇 초 전만 해도 내키지 않아 보였고 올리브에게 손대기조차 꺼리는 것 같았던 애덤이 지금은… 그렇지 않다는 것뿐이었다.

이제 주도하는 건 애덤이었다. 그 커다란 두 손으로 올리브의 허리를 감싸더니 물방울무늬가 그려진 초록색 팬티의 허리선 안으로 손가락을 슥 밀어 넣으며 올리브에게 입 맞췄다.

'굶주린 사람처럼 키스하네.' 문득 이런 생각이 들었다. 마치 이 순간만을 기다려온 사람처럼. 내내 참고 있었다는 듯. 둘이 이렇게 될 가능성을 떠올려보긴 했으나 그 생각을 마음속 어둡고 깊은 곳에 치워뒀고, 거기에서 그 씨앗이 무시무시하고 통제 불능한 괴물로 자라난 것처럼. 올리브는 둘이 이렇게 되면 어떨지 다 안다고 생각했었다. 어쨌거나 둘은 키스한 적도 있으니까. 다만 전에는 늘 먼저 키스한 쪽이 올리브였다는 걸 이제야 깨달았다.

어쩌면 올리브가 너무 공상에 빠져 있는 건지도 몰랐다. 키스의 종류에 대해 뭘 안다고? 그렇지만 애덤의 혀가 자신의 혀에 닿았을 때, 목의 민감한 부위를 그가 깨물었을 때, 그가 올리브의 팬티 위로 엉덩이를 움켜쥐면서 목구멍 깊은 데서부터 거친 신음을 뱉었을 때, 배 속의 뭔가가 맥동하면서 뜨겁게 녹아내리는 걸 느꼈다. 셔츠 안으로 들어온 그의 손이 올리브의 갈비뼈를 쓸며 올라갔다. 올리브는 숨을 흡 들이마시면서 그의 입에 대고 미소 지었다.

"전에도 그랬어요."

애덤은 동공이 한껏 확장된, 짙은 색 눈을 동그랗게 뜨고 깜빡거렸다. "뭐라고?"

"밤에 복도에서 내가 키스한 날. 그날도 이랬다고요."

"뭘 어쨌는데?"

"만졌어요. 여기를." 올리브도 흉곽으로 자기 손을 내려 티셔츠 위로 그의 손을 덮었다.

애덤은 짙은 속눈썹 사이로 올리브를 올려다보더니 티셔츠 자락 한쪽을, 처음엔 허벅지 위까지, 그다음엔 골반 위로, 그러다가 가슴 바로 밑까지 들어 올렸다. 그러고는 몸을 숙여 올리브의 제일 밑 갈빗대에 입술을 댔다. 올리브는 숨을 들이마셨다. 그가 그 부위를 살짝 깨물었을 때, 그리고 같은 부위를 혀로 핥았을 때도 숨을 들이마셨다.

"여기?" 애덤이 물었다. 머리가 약간 어지러웠다. 애덤이 너무 바짝 붙어 있어서, 아니면 방 안이 후끈해서 그런 걸 수도 있었다. 그도 아니면 자신이 거의 다 벗은 채, 팬티와 양말만 걸치고서 그의 앞에 서 있는 게 의식돼서 그런지도 모르고. "올리브." 그의 입이 위로 몇 센티, 이로 살갗과 뼈를 따라 긁으면서 올라갔다. "여기?" 자신이 이렇게 빨리 젖을 줄은 상상도 못 했다. 아니, 젖을 수 있다는 걸 오늘 알았다. 그렇지만 지난 몇 년간 섹스에 대한 생각을 거의 안 했으니까.

"집중해, 올리브." 애덤이 올리브의 가슴 밑을 빨았다. 그의 어깨를 단단히 붙잡고 있지 않았더라면 무릎이 꺾일 뻔했다. "여기?"

"나도 잘…." 도로 집중하는 데 몇 초가 걸렸지만, 그래도 간신히 고개를 끄덕였다. "그런 것 같아요. 맞아요, 거기요. 그날… 그날 키스 좋았어요." 눈이 저절로 스르륵 감겼고, 애덤이 티셔츠를 완전히 벗겼을 때도 저항할 생각이 들지 않았다. 어차피 애덤 거니까. 게다가 올리브의 몸을 찬찬히 살피는 그의 눈길에, 몸을 의식하며 쑥스러워할 생각조차 들지 않았다. "기억나요?"

이제 정신이 팔린 쪽은 애덤이었다. 눈부신 보물 보듯 올리브의 가슴을 빤히 보던 그는 곧 입술이 살짝 벌어지고 호흡이 가빠졌다. "뭐가?"

"우리 첫 키스요."

애덤은 대답하지 않았다. 대신 초점이 흐려진 눈으로 올리브를 위 아래로 훑어보더니 이렇게 말했다. "너를 일주일간 이 호텔 방에 데리고 있고 싶어." 그의 손이 올리브의 한쪽 가슴을 쥐었다. 조심스러운 손길은 아니었다. 자칫 너무 거칠게 느껴질 만했고, 순간 올리브의 몸이 허공을 꽉 쥐는 것처럼 느껴졌다. "아니, 1년 동안."

그가 올리브의 견갑골 사이를 눌러 몸을 자기 쪽으로 휘게 하더니 입으로 가슴을 물었다. 이와 혀의 감촉이 고스란히 느껴졌고, 그 입으로 빨려드는 느낌이 황홀했다. 올리브는 손등으로 입을 틀어막고 신음했다. 자신이 이렇게 민감한 줄은 몰랐다. 상상도 못 했었다. 딱딱해진 젖꼭지는 신경이 잔뜩 곤두서서 아리기까지 했고, 여기서 애덤이 뭘 어떻게 하지 않으면 당장이라도….

"너무 맛있어, 올리브."

그의 손바닥이 올리브의 등줄기를 더 세게 눌렀고, 올리브는 조금 더 몸을 젖혔다. 자신을 제물로 바치듯이. "그거, 욕 같은데요." 웃음기 섞인 숨 가쁜 소리가 나왔다. "애덤이 밀싹하고 브로콜리만 먹는 사람인 걸 감안… 아."

애덤의 입에 올리브의 가슴 한쪽이 들어갔다. 통째로. 그의 목구멍 깊은 데서 신음이 터져 나왔다. 할 수만 있다면 올리브의 몸을 전부 삼키려 들 것 같았다. 문득 자신도 뭔가를 해야겠다는 생각이 들었다. 애초에 시작한 쪽은 올리브인데. 그러니 애덤이 이걸 해치워야 할 과제처럼 느끼지 않게, 올리브 쪽에서도 노력해야 했다. 아까 애덤이 내 손을 갖다 댄 부위를 애무할까? 그러면 어떻게 했으면 좋겠는지 그가 알려줄지도 모른다. 어쩌면 이번 한 번으로 끝날 수도 있고 두 사람이 다시는 이 일을 입에 안 올릴 수도 있지만, 그래도 어쩔 수가 없었다. 애덤이 이걸 원했으면 좋겠다는 마음이 드는 건. 그가 올리브를 좋아했으면 하는 건.

"계속해도 괜찮아?" 너무 딴생각에 빠져 있었던 모양이었다. 정신 차려보니 애덤이 미간을 찌푸리고 올려다보면서 엄지로 올리브의 골반뼈를 살살 쓸고 있었다. "왜 이렇게 긴장했어." 그가 억눌린 목소리로 말했다. 그러면서 무심히 자신의 성기를 잡고 문지르고 있었고, 간간이 쓸어내리거나 꽉 움켜잡기도 했다. 그러다 어느 순간 그의 시선이 올리브의 젖꼭지에 고정됐고, 올리브는 온몸에 전율을 느끼면서 다리를 꼭 붙이고 허벅지를 맞비볐다. "싫으면 안 해도…."

"하고 싶어요. 하고 싶다고 했잖아요."

애덤의 목젖이 꿀렁거렸다. "상관없어, 아까 뭐라고 했든. 언제든 마음 바꿔도 돼."

"안 바꿀 거예요." 애덤의 표정을 보니 한 번 더 반박할 태세였다. 하지만 그러는 대신 그는 올리브의 명치에 이마를 대고

389

자기가 방금 핥은 부위에 따스한 입김을 내뿜었고, 손가락 끝으로 올리브의 팬티 허리선을 따라 살며시 쓸다가 그 얇은 천 안으로 넣었다.

"이번엔 내가 마음을 바꾼 것 같아." 애덤이 중얼거렸다.

올리브의 몸이 뻣뻣하게 굳었다. "내가 아무것도 안 하고 있는 건 알지만, 애덤이 뭘 좋아하는지 말해주면 내가…."

"내가 제일 좋아하는 색은 초록색이었군."

그가 엄지로 클리토리스를 지그시 누르고 벌써 젖어서 색이 진해진 팬티 천 위로 살살 쓸자 올리브는 숨을 토해냈다. 폐에 산소가 안 남아 있을 때까지 훅 토해냈고, 이제 자신이 얼마나 절박하게 이걸 원하는지 그가 모를 리 없다는 생각에, 그리고 갈라진 틈을 따라 그의 큼직하고 두툼한 손가락이 앞뒤로 살살 애무하면서 덮친 쾌감에 갑자기 당혹감이 들었다.

아는 게 분명했다. 가쁜 숨을 쉬면서 초점 없는 눈으로 올리브를 올려다본 걸 보면. "맙소사." 그가 중얼거렸다. "올리브."

"이거…." 입 안이 사막처럼 말라서 말이 잘 안 나왔다. "이거 벗을까요?"

"아니." 그가 고개를 저었다. "아니, 아직."

"그렇지만 이러고 어떻게…."

순간 애덤이 팬티 밑면을 손가락에 걸치고는 옆으로 휙 당겼다. 올리브는 촉촉하게 젖어 있었고, 자기가 봐도 부풀어 오른 게 보였다. 아직 별로 한 것도 없는데 혼자 너무 앞서간 것 같았

다. 너무 달려드는 것 같았다. 민망했다. "미안해요." 두 종류의
열기가 느껴졌다. 하나는 몸 깊은 곳에 단단히 고인 열기고 다
른 하나는 두 뺨을 물들인 열기였다. 둘 중 뭐가 뭔지 분간하기
도 어려웠다. "나는…."

"완벽해." 올리브에게 하는 말 같지 않았다. 혼잣말에 가까웠
다. 올리브의 다리 사이로 저항감 없이 미끄러져 들어가는 자기
손가락을 보며 감탄해서 내뱉은 것 같았다. 그 손가락이 아래
의 입술을 벌리며 왔다 갔다 하자 올리브는 머리를 뒤로 젖히
고 눈을 감아버렸다. 황홀한 감각에 비명을 질러댔고, 그 감각
이 몸을 활짝 열면서 머리끝에서 말끝까지 훑고 지나갔다. 아무
리 애를 써도 더는, 도저히….

"너무 아름다워." 자신도 모르게 튀어나온, 소리죽인 감탄
사처럼 들렸다. 소리 내 말할 생각이 없었는데 무심코 나온 양.
"해도 돼?"

다리 사이를 앞뒤로 살살 문지르다가 입구를 두드리고 있는
그의 중지를 말하는 거라는 걸 깨닫기까지 몇 초가 걸렸다. 벌
어진 틈에 닿은 중지에 살짝 힘이 실렸다. 벌써 흥건히 젖어 있
었다.

올리브는 신음을 뱉었다. "돼요. 뭐든 돼요." 날숨과 섞어 이
렇게 말했다.

애덤이 고맙다는 무언의 표시인지 올리브의 젖꼭지를 핥으
면서 중지를 밀어 넣었다. 아니, 넣으려고 했다. 올리브가 이 사

이로 스읍 숨을 들이마셨고, 애덤도 짧게 숨을 마시면서 쉰 목소리로 나직하게 "아 씨" 하고 중얼거렸다.

손가락이 너무 컸다. 그래서 잘 안 들어가는 것 같았다. 첫 번째 마디부터 버거워서 살을 꼬집는 듯한 통증이 느껴졌고, 축축한 그곳이 부자연스럽게 꽉 찬 느낌이 들었다. 올리브는 손이 들어갈 공간을 만들어보려고 몸을 이리저리 꿈틀댔고, 자꾸만 꼼지락거리자 애덤이 한 손으로 올리브의 골반을 붙잡고 가만히 있게 했다. 올리브는 그의 양어깨를 붙잡았다. 손바닥에 닿은 그의 살갗이 미끈거리고 손바닥을 태울 듯 뜨거웠다. "쉬잇."

애덤의 엄지가 다리 사이를 문지르자 비음 섞인 우는 소리가 나왔다. "괜찮아. 긴장 풀어."

불가능해요. 하지만 솔직히, 그의 손가락이 몸 안에서 살짝 안으로 휜 채 문지르자 벌써 아까보다 한결 나았다. 아까만큼 아프지 않고, 더 젖은 것도 같고, 조금만 더 거기를 문지르면…. 고개가 뒤로 넘어갔다. 올리브의 손톱이 애덤의 어깨 근육을 파고들었다.

"여기? 여기가 좋아?"

아니라고, 자극이 너무 세다고 말하고 싶었지만 입을 열기도 전에 그가 한 번 더 그곳을 문질렀고, 올리브는 이제 더 이상 조용히 있을 수가 없었다. 신음과 우는 소리가 멋대로 터져 나왔고, 민망하리만치 적나라한, 젖은 살끼리 부대끼는 소리가 방을 채웠다. 그러다 애덤이 손가락을 조금 더 깊이 밀어 넣었고, 올리브는 저도 모르게 미간을 찌푸렸다.

"왜 그래?" 애덤의 목소리가 원래대로 돌아왔지만, 평소보다 훨씬 쉰 소리였다. "아파?"

"아뇨… 아."

애덤이 짙은 곱슬머리 아래, 하얀 얼굴이 발갛게 달아오른 채 올려다봤다. "왜 이렇게 긴장했어, 올리브? 해본 거 맞지?"

"난… 그럼요." 무슨 생각에 말을 계속했는지 자신도 알 수 없었다. 거기서 입을 다무는 게 좋았을 건 바보도 알 텐데. 하지만 이렇게 밀착한 채 서 있는 마당에 더 이상 거짓말로 분위기를 흐릴 여지가 없었다. 그래서 사실대로 털어놓았다. "두어 번 해봤어요. 대학 때."

그러자 애덤의 몸이 갑자기 얼어붙었다. 미동도 없을 정도로. 올리브의 손바닥에 닿은 근육이 힘이 단단히 들어간 채 움찔거렸고, 두 사람은 그렇게 말없이 긴장한 채 가만히 있었다. 그가 올리브를 올려다보며 말했다. "올리브."

"근데 상관없어요." 서둘러 덧붙였지만, 이미 애덤은 고개를 저으면서 몸을 뒤로 뺐다. 상관없다는 말은 진짜였다. 올리브에게는 그랬고, 그러니 당연히 애덤에게도 그래야 마땅했다. "눈치껏 알아내면 되니까. 전세포 패치클램프(세포막에 흐르는 전류를 측정하는 방법—옮긴이) 기법도 두 시간 만에 배웠는걸요. 섹스가 뭐라고 그것보다 어렵겠어요. 게다가 내가 월급을 걸고 장담하는데, 애덤은 백만 번쯤 해봤을 테니까 나한테 잘 가르쳐주면…"

"올리브가 질걸."

방 안 공기가 차가워졌다. 더는 그의 손가락이 몸 안에 있지 않았고, 골반을 붙잡고 있던 손도 떨어졌다.

"네?"

"이 도박에서 질 거라고." 애덤은 숨을 토해내며 한 손으로 얼굴을 쓸어내렸다. 다른 손, 올리브의 안에 들어 있던 손으로는 성기를 조금 움직였다. 훨씬 커져 있었다. 그걸 만지면서 애덤은 미간을 찡그렸다. "올리브, 난 못 해."

"할 수 있어요."

애덤이 고개를 저었다. "미안해."

"뭐라고요? 그럼 안 되죠. 아니, 난….'

"올리브는 처녀나 마찬가지….'

"아니에요!"

"올리브."

"아니라고요."

"하지만 크게 다를 게….'

"아뇨, 그런 식으로 정의되는 문제가 아니에요. 처녀성은 연속 변인이 아니라 범주 변인이에요. 2진 변수. 명목 변수라고요. 이분 변인이죠. 순서형 변인일 수도 있고요. 카이 제곱 같은 걸 얘기하는 거예요. 어쩌면 스피어먼 상관분석에도 비교할 수 있겠고, 로지스틱 회귀, 로직 모형 그리고 그 바보 같은 시그모이드 함수랑 또….'

몇 주 만에 보는 거였다. 한쪽 입꼬리만 올라간 미소. 그런데도 여전히 단번에 숨을 앗아갔다. 늘 뜻밖의 선물 같고, 그 미소로 생기는 보조개도 사랑스럽고. 애덤이 커다란 손바닥으로 올리브의 볼을 감싸 얼굴을 내린 다음 천천히, 웃음기 섞인 따뜻한 입맞춤을 하자 올리브는 몸에서 숨이 다 빠져나가는 것 같았다.

"입만 살아서는." 올리브와 입을 포갠 채 그가 중얼거렸다.

"그런지도 모르죠." 올리브도 미소 짓고 있었다. 그리고 똑같이 열정적인 기세로 키스를 퍼부었다. 그의 목에 두 팔을 두르고 꼭 끌어안으면서. 그가 올리브를 더 힘껏 끌어안자 짜릿한 떨림이 몸을 훑었다.

"올리브." 애덤이 뒤로 조금 물러나며 말했다. "무슨 이유에서든 섹스가… 불편하거나 사귀지 않는 상대와 하는 게 마음에 걸린다면…."

"아뇨, 아니에요, 그런 거. 나는…." 올리브는 숨을 한 번 들이쉬면서 이걸 어떻게 설명할까 고민했다. "섹스를 하기 싫다는 게 아니에요. 그보단… 내가 딱히 그걸 원하지 않는 사람이라서 그래요. 뇌가 어떻게 됐나 봐요. 그리고 몸도… 뭐가 잘못돼서 이러는지는 모르겠지만, 다른 사람처럼 성적 끌림을 느끼지 못하는 것 같아요. 그러니까, 정상적인 사람들처럼. 그래서 그냥… 그냥 해보려고, 해치우려고 했는데, 상대 남자가 괜찮긴 했지만 실은 내가 그냥…." 말하다가 눈을 감아버렸다. 털어놓기 어려운 얘기였다. "상대를 전적으로 믿고 호감을 느끼기 전에는 성적 매력을 못 느껴서 그래요. 근데 그런 일이 잘 안 생겨서 문제죠. 아니, 거의 안 일어나서. 아무튼 아주 오랫동안 그랬는데, 지금은… 애덤을 진짜 좋아하고, 진짜로 믿고, 그래서 백만 년 만에 처음으로…."

더는 주절댈 수가 없었다. 왜냐하면 애덤이 다시 키스를 퍼붓기 시작했으니까. 올리브를 통째로 삼키고 싶은 듯, 아까보다더 강렬하고 격정적이었다. "하고 싶어요." 키스가 멈추자마자 올리브가 말했다. "애덤이랑. 정말이에요."

"나도, 올리브." 애덤이 날숨에 섞어 대꾸했다. "얼마나 원하는지 너는 상상도 못 할걸."

"그럼 부탁이에요. 안 된다고 하지 말아요." 올리브는 자기입술을 깨물었다가, 이번에는 애덤의 입술을 깨물었다. 이어서 그의 턱을 살짝 깨물었다. "네?"

애덤은 숨을 깊이 들이마시더니 고개를 끄덕였다. 올리브는 활짝 웃으며 그의 목이 턱과 만나는 부분에 입을 맞췄고, 올리브의 등허리에 애덤의 손바닥이 닿았다.

"다 좋은데," 그가 말했다. "이렇게는 안 되겠어."

* * *

어쩌려는 건지 알아채는 데 한참이 걸렸다. 올리브가 멍청하거나 무심하거나 경험이 부족해서 그런 건 아니고, 그보다는….

아니, 경험이 부족해서 그런 게 맞을지도 몰랐다. 하지만 애덤을 만나기 전에는 아주 오랫동안 섹스에 대한 생각을 거의 하지 않았고, 생각을 한다 해도 이런 건 상상도 못 했다. 뭐냐면, 위에서 그가 손바닥으로 올리브의 허벅지를 넓게 벌린 다음 그사이에 무릎 꿇는다거나. 그래 놓고 저 아래로 미끄러져 내려 간다거나.

"지금 뭐 하려는…."

버터를 뜨거운 칼로 가르듯 애덤의 혀가 올리브의 음순을 벌렸다. 그의 움직임은 느리지만 망설임이 없었고, 손바닥에 닿은 올리브의 허벅지 근육이 움찔 긴장하거나 올리브가 꿈틀대며 벗어나려고 해도 절대 멈추지 않았다. 그저 깊고 낮은 단음절 신음을 뱉을 뿐. 그러다 올리브의 아랫배 밑의 갈라진 부위에 코를 묻고 문지르면서 숨을 깊이 들이마셨다. 그러고는 그 부위를 한 번 더 핥았다.

"애덤… 잠깐만요." 올리브가 사정했지만 잠시 동안 애덤은 멈출 생각이 없는 듯 계속 거기에 얼굴을 묻고 문질러댔다. 그러다가 문득 올리브의 말을 들어야 한다는 것을 깨달은 듯 초점 잃은 눈으로 고개를 들었다.

"응?" 그의 입술에서 목소리의 진동이 다리 사이에 고스란히 전달됐다.

"그러니까… 그만하는 게 좋지 않겠어요?"

그러자 그가 움직임을 멈췄고, 허벅지에 얹은 그의 손에 힘이 들어갔다. "마음이 바뀌었어?"

"아뇨. 근데 우리… 다른 걸 해요."

애덤의 눈썹이 팔자로 꺾였다. "이건 싫어?"

"네. 아뇨. 그게 아니라, 한 번도…." 그의 미간에 잡힌 주름이 더 깊어졌다. "근데 내가 애덤한테 하자고 한 거잖아요, 그러니까 애덤이 좋아하는 걸 해요, 나를 위한 게 아니라…."

이번에 그는 혀의 평평한 부분으로 클리토리스를 지그시 눌렀다. 올리브가 움찔하면서 숨을 한 번에 토해낼 정도의 압력이었다. 이어서 혀끝으로 그 주위를 문지르기 시작했고, 아주 조금씩 움직이는데도 올리브는 손으로 입을 꽉 틀어막고 손바닥의 살집을 깨물어야 했다.

"애덤!" 낯선 사람 목소리처럼 들렸다. "내가 한 말 들었…?"

"내가 좋아하는 걸 하자며." 맨살에 그의 뜨거운 입김이 훅 끼쳤다. "하고 있잖아."

"설마 그걸 좋아할…."

애덤이 올리브의 허벅지를 살며시 쥐었다 놓았다. "이걸 안 좋아한 적은 없었던 것 같아."

이렇게 친밀한 행위를 하룻밤 즐기는 상대와는 안 할 것 같았지만, 애덤이 홀린 듯한 표정으로 올리브의 얼굴과 다리를, 몸 전체를 빤히 보고 있어서 그만하자는 말이 안 나왔다. 올리브의 아랫배를 덮고 지그시 누르는 애덤의 큼지막한 손이 조금

씩 위로 올라가더니 가슴 바로 아래까지 갔고, 하지만 감질나게 가슴에 닿을 듯 닿지 않았다. 이렇게 누워 있으니 올리브는 자신의 배가 너무 움푹 꺼진 게 창피했다. 갈비뼈가 툭 불거진 것도. 하지만 애덤은 신경 쓰지 않는 것 같았다.

"혹시 이거 말고…."

그가 입에 닿은 부위를 살짝 깨물었다. "싫어."

"아직 말도 안 했는데…."

그러자 그가 흘끔 올려다봤다. "이거 말고는 하고 싶은 것 없어."

"그렇지만…."

순간 애덤이 올리브의 음순 한쪽을 힘껏 빨자 젖은 소리가 크게 났고, 올리브는 숨을 홉 들이마셨다. 다음 순간 그의 혀가 안에 들어왔고, 신음이 터져 나왔다. 반은 놀라서였고, 반은 쾌감에… 아.

좋아.

"아 씨." 누군가가 말했다. 올리브는 아니었다. 그러니 애덤인 게 틀림없었다. "아." 황홀한 감각이었다. 다른 세상에 온 것 같았다. 그가 혀를 넣었다 뺐다 하면서 중간중간 살살 문지르거나 핥았고, 코를 다리 사이에 묻은 채 올리브가 움찔할 때마다 흉곽 깊은 곳에서 나지막한 소리를 토했다. 이대로 계속하다간… 올리브는….

절정에 도달할 수 있을지 자신이 없었다. 다른 사람과 함께

있고 그 사람이 자신을 만지고 있는 한. "좀 오래 걸릴지도 몰라
요." 미안한 투로 이렇게 말했고, 목소리가 너무 가늘게 나온 게
거슬렸다.

"오히려 좋아." 그의 혀가 음순 전체를 넓고 길게 한 번 핥았
다. "이거 오래 하자." 애덤이 뭔가에 대해, 심지어 연구비 지원
서 작성이나 컴퓨팅 생물학에 대해서도 이렇게 열띠게 얘기하
는 걸 들어본 적이 없었다. 그걸 깨달은 순간 모든 감각이 두 배
로 날카로워졌고, 그의 팔을 본 순간 더 심해졌다. 올리브의 엉
덩이를 감싸고서 허벅지를 활짝 벌리고 있지 않은 쪽의 팔.

애덤은 아직 바지도 풀지 않고 있었는데 올리브 혼자 뷔페
상처럼 알몸으로 전시돼 있다니 불공평했다. 하지만 끊임없이
꿈틀대는 그의 팔, 천천히 위아래로 움직이는 그의 한쪽 손이
올리브를 미치게 했다. 올리브는 뒤통수를 베개에 툭 떨어뜨리
면서, 등허리가 완벽한 활 모양이 되도록 몸을 한껏 더 젖혔다.

"올리브." 애덤이 몸을 조금 뒤로 빼고 떨리는 올리브의 허벅
지 안쪽에 입을 맞췄다. 그러고는 올리브의 체취를 자기 몸 안
에 담고 싶은 듯 코로 숨을 깊이 들이마셨다. "아직 아니야." 그
러더니 그의 입술이 음순에 스치면서 곧 다시 혀가 쑥 들어왔
고, 올리브는 눈을 질끈 감아버렸다. 배 속 깊은 데에서 뜨끈한
액체 같은 열기가 피어올라 온몸으로 번지고 있었다. 뭐라도 붙
잡으려고 손가락으로 이불을 긁어댔다. 도저히 못 하겠어. 난
못 해.

"애덤."

"아직 안 돼. 2분만 더." 그러더니 그가 힘껏 빨았다. 아, 그래. 거기.

"난… 미안해요."

"1분만 더."

"못 하겠어요."

"집중해, 올리브."

결국 이성의 끈을 놓게 한 건 그의 목소리였다. 차분하고 소유욕 어린 말투, 거친 저음에 묻어난 명령조를 듣는 순간 파도처럼 쾌감이 덮쳤다. 정신 줄이 툭 끊어져 몇 초간, 아니 몇 분간 육신을 떠난 느낌이었고, 다시 정신을 차려보니 애덤이 여전히 올리브의 다리 사이를, 이번에는 목적이 오로지 맛을 보는 것뿐인 듯, 아까보다 더 천천히 핥고 있었다. "네가 기절할 때까지 너를 먹고 싶어." 맨살에 닿는 그의 입술이 보드라웠다.

"안 돼요." 올리브가 베개를 꽉 움켜쥐었다. "난… 그러지 말아요."

"왜?"

"나는…." 아직은 생각조차 똑바로 할 수 없었다. 머릿속에 안개가 꽉 찬 듯, 아무런 생각도 떠오르지 않았다.

애덤이 손가락 하나를 넣었을 때 올리브는 소리를 지를 뻔했다. 이번에는 손가락이 아무 저항 없이 부드럽게, 물에 가라앉는 묵직한 돌처럼 쑥 들어갔고, 올리브의 몸은 마치 애덤을 환영하고 거기 잡아두려는 듯 즉시 조여들었다.

"맙소사." 애덤이 한 번 더 클리토리스를 핥았다. 아직 거기는 너무 민감했다. 아니, 그런 것 같았다. "너무…." 그가 넣은 손가락을 구부려 위로 더 깊숙이 건드렸고, 그러자 몸 안에서 짜릿한 감각이 다시 쌓이기 시작해 말초신경에 퍼졌다. "작고 타이트하고 따뜻해."

다시금 열기가 몸을 휩쓸고 가면서 폐에서 숨이 훅 빠져나갔고, 올리브는 자기도 모르게 입을 벌린 채 숨을 몰아쉬었다. 눈꺼풀 뒤에 색색의 환한 빛깔이 폭죽처럼 터졌다. 애덤이 뭔지 모를 말을 중얼거리면서 아직 오르가슴의 파도를 타고 있는 올리브의 몸에 두 번째 손가락을 넣었다. 그 팽팽한 압력이 가져온 또 한 번의 짜릿함은 불가항력이었다. 온몸의 감각이 활짝 열리면서 더는 자신의 것이라고 할 수 없는, 아찔한 봉우리와 울창한 골짜기들로 이루어진 눈부시게 환한 어떤 것으로 변했다. 몸이 가라앉을 듯 무겁고 뼈가 녹는 것 같았고, 얼마인지 모를 시간이 지난 후에야 올리브는 간신히 한 손을 들어 애덤의 이마에 얹고 살며시 밀어내 그를 제지할 수 있었다. 애덤은 불만 어린 표정으로 흘끔 올려다봤지만 순순히 따랐고, 올리브가 그의 몸을 위로 끌어당겼다. 내버려두면 언제고 다시 시작할 기세였고, 그와 몸을 딱 붙이고 포근한 기분을 느끼고 싶기도 했다. 애덤도 같은 생각인지, 팔꿈치로 몸무게를 지탱하며 상체를 일으켰다. 그의 가슴이 올리브의 가슴에 닿았고, 통나무 같은 허벅지가 올리브의 다리 사이로 밀고 들어왔다.

올리브는 자신이 바보 같은 무릎 양말을 아직도 신고 있는 걸 알아챘다. 맙소사, 이런 덜떨어진 애랑 잤다고 어이없어할 거 아냐.

"넣어도 돼?"

애덤은 이렇게 말하더니, 조금 전 자기 입이 어디에 있었는지 전혀 개의치 않고 올리브의 입에 키스했다. 올리브는 이거 질색해야 하는 거 아닌가 싶었지만, 방금 그가 안겨준 쾌락의 여파로 아직도 몸이 경련하고 있어서 사소한 데 신경 쓸 겨를이 없었다. 게다가 키스는 기분 좋았다. 좋은 정도가 아니었다.

"흐음." 올리브는 손바닥으로 그의 얼굴을 감싸고 엄지로 광대뼈를 쓰다듬기 시작했다. 붉게 상기된 그의 뺨이 뜨끈했다. "뭐라고요?"

"넣어도 돼?" 애덤이 올리브의 목 제일 밑 부분을 빨았다. "그러게 해줘, 응?" 올리브의 귀에 대고 숨을 뱉어내며 이렇게 물었고, 사실… 거절할 만한 제안도 아니었다. 거절하고 싶지도 않고. 올리브가 고개를 끄덕이고 그의 성기로 손을 뻗었지만 애덤이 한발 앞서 바지를 내리고 자기 손으로 성기를 움켜쥐었다. 상당히 컸다. 이 정도겠지 하고 상상했던 것보다, 아니 그냥 커봤자 이 정도겠지 짐작했던 것보다도. 맞닿은 가슴으로 빠르게 쿵쿵 뛰는 그의 심장 박동이 느껴졌고, 그가 올리브의 다리 사이에 자리를 잡고 슬며시 밀자….

올리브는 완전히 이완되어 있었다. 나긋한 상태였다. 그런데도 조금 뻑뻑했다. "아아." 아픈 건 아닌데 조금 버거웠다. 분명 수월하지는 않았다. 그래도 그 감각, 그가 몸의 구석구석을 바깥으로 밀어내는 듯한 감각이 앞으로 닥칠 것을 예고하는 것 같았다. "너무 커요."

애덤이 올리브의 목에 얼굴을 묻고 신음했다. 그의 온몸이 긴장으로 부들부들 떨렸다. "괜찮아, 할 수 있어."

"될 것 같아요." 새된 목소리가 나왔고, 마지막 음절에서는 숨이 목에 탁 걸렸다. 어차피 거기로 아기도 나오는걸. 지금은 나오는 게 아니라 들어가는 거지만. 아직 반도 안 들어갔고. 그런데 더 자리가 없을 것 같았다.

올리브가 눈을 들어 그의 얼굴을 보았다. 감은 눈이 얼굴에 짙은 반달을 드리웠고, 턱에 잔뜩 힘이 들어가 있었다. "안 되겠으면 어쩌죠?"

애덤이 올리브의 귀에 입을 대고 말했다. "그럼…." 그가 시험 삼아 한번 밀어봤고, 조금 버겁긴 했지만 마찰감이 짜릿했다. "그냥 이대로 할게." 그가 유독 민감한 부위에 닿는 순간 올리브는 눈을 질끈 감았다. "아, 올리브."

맥박이 온몸에서 뛰는 것 같았다. "혹시 내가 더 어떻게…."

"그냥…." 말하다 말고 애덤이 올리브의 쇄골에 입을 맞췄다. 이제는 둘 다 호흡이 불규칙했고, 조용한 방을 둘의 거친 숨소리가 가득 채웠다. "잠깐 말하지 말아봐. 당장 나올 것 같으니까."

올리브가 골반을 들어 올리자 아까 그 짜릿한 곳이 또 자극됐다. 허벅지가 쾌감으로 경련했고, 올리브는 다리를 더 벌리려고 했다. 애덤이 더 깊숙이 들어오게. "해도 될 것 같아요."

"해도 돼?"

올리브가 고개를 끄덕였다. 이제 두 사람 다 다른 데 신경이 팔려서 어설픈 키스가 되어버렸지만, 그래도 맞닿은 입술의 감촉은 따뜻하고 보드라웠다. "돼요."

"안에다?"

"그러고 싶…."

애덤이 한 손으로 올리브의 무릎 뒤를 잡고 조금 다른 각도, 가능하리라고 생각도 못 해본 각도로 들어 올려 바깥쪽으로 벌렸다. 그리고 그대로 단단히 붙잡고 있었다.

"원한다면요."

"넌 너무 완벽해. 너 때문에 미치겠어."

그 순간 예고도 없이 올리브의 몸이 활짝 열렸다. 애덤을 받아들였고, 어느새 그는 들어갈 수 있을 만큼 최대한 깊숙이 들어가서는 더 이상 불가능할 정도로 바깥으로 밀어내고 있었다. 하지만 남김없이 꽉 찬 이 느낌 그대로도 완벽했다.

두 사람 다 숨을 토해냈다. 올리브가 떨리는 손을 들어 애덤의 땀 맺힌 목덜미에 얹었다.

"애덤." 그러고는 그를 올려다보며 미소 지었다.

애덤도 조금 웃어 보였다. "올리브."

눈동자가 스테인드글라스처럼 반쯤 투명해 보였다. 그가 올리브의 몸 안에서 아주 살짝 움직이자 올리브의 몸이 즉시 조여들었다. 그의 물건이 안에서 마치 드럼처럼 쿵쿵 맥동하는 게 느껴졌다. 올리브의 뒤통수가 베개에 툭 떨어졌고, 누군가가 신음하는 소리가 들렸다. 몸 깊은 곳에서, 어찌할 수 없이 터져 나오는 소리였다.

곧 애덤이 몸을 뺐다가 다시 밀어 넣었고, 두 사람은 노 섹스 규칙을 없는 일로 만들어버렸다. 몇 초 만에, 조심스럽게 탐색하던 움직임이 모든 생각을 잊게 하는 빠른 움직임으로 변했다. 애덤은 한 손을 올리브의 등허리에 대고 골반을 들어 올리고서 자꾸자꾸 밀고 들어왔고, 한번 움직일 때마다 안에서 닿은 부위가 마찰하면서 올리브의 척추를 따라 짜릿한 쾌감이 퍼졌다.

"괜찮아?" 그가 움직임을 차마 멈추지는 못한 채 귀에다 대고 말했다.

대답이 안 나왔다. 끊어질 듯 호흡을 뱉고 절박하게 손톱으로 침대를 긁어댈 뿐이었다. 몸 안에서 또다시 어떤 압력이 서서히 강도를 더해갔고, 올리브를 집어삼킬 것처럼 커졌다.

"말해줘야 해, 싫으면." 그가 거친 목소리로 말했다. "지금 하는 거." 아까보다 움직임이 더 격해지면서 동시에 어설퍼져서, 성기가 빠지는 바람에 도로 넣어야 했다. 애덤은 이제 집중이 불가능한 상태가 되었고, 그건 올리브도 마찬가지였다. 올리브를 꽉 채우고서 움직이는 그의 몸이 주는 감각에, 뇌가 마비될 정도의 쾌락에, 미끄러져 들어왔다 나가는 그의 움직임에 정신을 잃을 지경이었다. 본래 있어야 할 곳으로 돌아온 느낌이었다.

"이건….'

"올리브, 말해줘….' 올리브가 골반을 들어 올리며 힘을 꽉 주자 애덤이 순간 경직되며 신음을 뱉었다. 그래서 올리브는 그를 더 꽉 조이면서 더 깊숙이 받아들였다.

"좋아요.' 손을 들어 올려 그의 머리카락을 콱 움켜쥐었다. 그와 시선을 맞추려고, 똑똑히 듣게 하려고, 머리칼을 세게 당기며 이렇게 말했다. "너무 좋아요, 애덤.'

그러자 애덤은 통제력을 잃고 말았다. 짐승 같은 소리를 내며 몸을 부르르 떨었고, 힘껏 펌프질하면서 올리브의 맨살에 얼굴을 묻고 말도 안 되는 소리를 쏟아놓았다. 너는 완벽해, 너무나 아름다워, 얼마나 오랫동안 원했는지 몰라, 절대로 놔주지 않을 거야, 놔줄 수 없어…. 그가 절정에 달한 순간을 느낄 수 있었다. 정신을 잃게 하는 아찔한 쾌감으로 그가 올리브의 몸 위에서 몸을 부르르 떨었다.

올리브의 얼굴에 미소가 번졌다. 그리고 등줄기를 따라 새로운 떨림이 훑고 내려왔을 때는 애덤의 어깨를 깨물며 자신을 놓아버렸다.

애덤

아주 잠깐, 올리브의 입술이 그의 입술에 처음 닿고 몇 초간, 사실대로 털어놓을까 고민된다.

멍청한 생각이다. 여태껏 떠올린 생각 중 최악이다. 지난달에 바보짓 한계치를 넘어선 줄 알았는데. 이 광대극을 올리브에게 제안한 것도 애덤 자신이었잖은가. 지난 10년을 통틀어 자신이 한 번 이상 눈길을 준 유일한 여자와 가짜로 사귀는 데서 조금이라도 좋은 결과가 나올 거라고 기대하다니. 올리브에게 방을 같이 쓰자고 제안한 것도 애덤이다. 보스턴에 자신을 하룻밤 재워줄 사람이 서른 명은 있는데도.

대학원 동기들한테 연락했어야 했다. 잭은 지금 패서디나에 있지만 조지는 아직 여기 사는데. 아니카와 라일리도. 물론 톰도 있고. 톰이라면 왜 올리브와 같이 자지 않느냐고 물어볼 테지만. 그런 다음엔 애덤이 올리브에게 '꽉 잡혀 산다'고 놀릴 게 틀림없다. 그럼 애덤은 변명하고 거짓말로 둘러댈 테고, 그건⋯ 너무 짜증 나는 일이다. 톰은 가끔 짜증 나게 군다. 인간이란 참

짜증 나는 존재다.

하지만 적어도 여기서 이러고 있지는 않을 것 아닌가. 얼굴에 닿은 올리브의 부드러운 손과 애덤의 입술에 포개진 채 서툴게 움직이는 올리브의 입술을 느끼면서. 머뭇거리고, 조심스럽고, 약간은 어설픈 걸 보아 한동안 이런 경험이 없었던 것 같은데….

애덤의 성기가 돌처럼 단단해져 있다. 서른네 살인데. 옷도 다 입은 채로, 마찬가지로 옷을 입고 있는 여자를 거의 건드리지도 않고 있는데, 그런데도 이건 이견의 여지 없이 평생에 걸쳐 가장 흥분되는 키스다.

그래서 그런가. 애덤이 판단력이 흐려질 만큼 혼란에 휩싸인 게. 올리브에게 이실직고할까 고민하게 만든 게. 하지만 맞닿은 올리브의 입술은 적당히 차갑고, 올리브의 젖은 머리칼이 얼굴을 간질이고 있고, 달콤한 내가 나는 살갗은 먹음직해 보이고 윤까지 난다. 올리브가 겨우 몇 미터 떨어진 데서 하고 나온 샤워처럼. 상상하지 말라고 자신에게 엄하게 명령해야 했던 그 샤워. 상상하지 않는 데 간신히 성공했다. 적어도 올리브가 욕실 문을 잠그지 않은 걸 깨닫기 전까지는. 그걸 깨달은 순간 숨 쉬는 걸 잊었다. 둘 사이를 막고 있는 건 싸구려 합판과 어떤 가능성뿐인데, 그런데도 올리브는 애덤이 아무 짓도 안 할 거라고 굳게 믿었다니.

무슨 짓을 할 건 아니지만. 하지만 생각했던 것보다 자신의 상태가 심각한 듯하다. 애덤이 가장 기본적인 인간다움을 발휘하리라고 이 여자가 믿어준 걸 상기하는 것만으로 최고 수위의 포르노를 본 것보다 더 자극받았으니까.

"그 여자 사랑하지?" 지난주에, 애덤이 스포츠 중계보다 휴대전화에 더 자주 눈길을 주는 걸 발견하고 홀든이 이렇게 물었다. 그때는 그냥 눈알을 굴리고, 다시 중계로 눈을 돌리며 이렇게 대답했었다. "그냥 안전하게 잘 있기를 바랄 뿐이야. 행복했으면 좋겠고. 부족한 게 없었으면 좋겠고." 홀든은 말없이 고개를 끄덕이면서 다 안다는 듯 웃어 보였다. 그때, 대학원 졸업 후 처음으로 홀든을 한 대 칠 뻔했는데.

그래서, 이대로 저지르면 어떻게 되는데? 올리브에게 사실대로 말한다면?

빌어먹을 운명의 비극적 장난으로 들리겠지만, 몇 년 전 우리가 만난 적이 있다는 걸 올리브가 기억하지 못하는 것 같거든. 나는 너무 잘 기억한다는 게 문제야. 나는 아무도 안 좋아해. 그 누구도. 근데 올리브는 처음부터 좋아했어. 올리브를 잘 몰랐을 때도 좋아했는데, 알게 된 지금은 더 심해졌어. 때때로, 아니 자주, 아니 매일 자기 전에 올리브 생각을 해. 그러다 잠들면 올리브 꿈을 꾸고, 잠에서 깨면 아직도 거기에 있어. 올리브의 재치 있는 말과 아름다운 모습, 야한 자태와 지적 유희에 그대로 붙잡혀 있는 거야. 이런 지 한참 됐어, 올리브가 생각하는 것보다, 올리브가 상상하는 것보다 훨씬 오래. 진즉에 말했어야 하지만 내가 받은 어떤 인상 때문에, 올리브가 여차하면 도망갈 준비가 돼 있다는 확신 때문에, 내 곁에 머물 충분한 이유를 줘야 한다고 생각했어. 내가 뭐 해줄 만한 일 없을까? 돌아가면 내가 같이 장 보러 가주고, 냉장고도 꽉 채워줄게. 새 자전거 사주고, 질 좋은 시약도 한 상자 사주고, 올리브가 그렇게 좋아하는 역겨운 음료도 사줄게. 올리브를 울린 사람들 다 죽여줄게. 뭐 필요한 것 있어? 말만 해. 다 줄게. 내가 가진 것 다 가져.

이 중 한 가지만 말해도 올리브는 십중팔구 비명을 지르며 도망갈 것이다. 지난 며칠, 몇 주, 아니, 몇 년이 얼마나 고됐을지 짐작해보면 올리브에게 필요한 건 조용한 시간일 것이다. 그리고 안전한 장소. 힘들면 도망쳐 '갈' 장소. 도망쳐 '나올' 곳이 아니라. 그래서 결단을 내린다. 한 번 더 진실을 묻어두기로. 올리브가 희미한 미소와 희망이 담긴 눈빛을 머금고 몸을 뗐을 때 애덤은 고개를 젓는다.

"올리브, 이건… 안 돼."

"왜요?" 올리브의 미간에 주름이 잡힌다. 애덤이 그렇게 만든 것이다. 올리브에게 빌어먹을 해로운 사람이라서.

"우리 이러려고 온 거 아니잖아."

올리브의 콧구멍이 분노로 벌름거린다. "그렇다고 못 할 건…."

"지금 맑은 정신으로 판단하는 게 아니잖아. 속상한 일도 있었고, 술에 취했고, 또…."

올리브가 답답한 듯 눈알을 굴리고, 그걸 보자 확 끌어안고 싶어서 손이 근질거린다. 키스하고 싶어서. 한 구석도 남기지 않고 온몸에. 버릇없는 녀석. 한시도 쉬지 않고 황당한 말을 쏟아내는 입만 산 녀석 같으니. 손을 뻗어 덥석 붙잡지 않기 위해 주먹을 꼭 쥔다.

"맥주 딱 두 잔 마셨어요. 그것도 몇 시간 전에." 올리브가 애가 타는 듯 말하고, 애덤도 똑같이 애가 타서 성기로 더 피가 몰린다. 이대로라면 올리브를 상대로 승산이 없다. 이미 자기 자신과 싸우고 있는 지경이니.

"올리브는 현재 내 숙소에 얹혀 지내고 있는 대학원생이고, 그게 아니어도 내가 올리브를 상대로 권한을 행사할 위치에 있는 걸 고려하면 얼마든지 강압적으로…."

그러자 올리브가 웃음을 터뜨린다. 애덤이 가장 두려워하는 한 가지, 밤에 잠 못 들게 하는 한 가지. 지금 둘이 벌이고 있는 이 일로 올리브가 상처받는 것, 애덤이 어떤 신호를 미처 캐치하지 못할 가능성, 혹여 애덤이 올리브를 다치게 하거나 이용할지도 모른다는 생각이 우스운 농담에 불과한 것처럼. "전혀 강압에 의해 움직이는 기분 안 드는데요." 그런 생각을 떠올린 것 자체가 어이없다는 듯 헛웃음을 뱉는다. 그 말투 때문인지, 아니면 애덤의 콧구멍을 가득 채우는 체취 때문인지, 자제력이 뚝 끊긴다.

"다른 사람을 사랑하잖아." 아무것도 숨기지 않고, 사납고 차갑게 뱉어버린다.

그러자 올리브의 웃음이 멎는다. 웃는 대신 흠칫하고, 아니, 거의 움찔 물러나다시피 하고, 애덤은 즉시 자기 얼굴을 한 대 치고 방금 한 말은 무르고 싶어진다.

잘한다, 새끼야. 아주 찬 물을 끼얹지, 그래. 진심으로 좋아하는 남자가, 제일 친한 친구와 다른 어딘가에 있는 걸 상기시키다니. 그게 정확히 어떤 기분인지, 다른 사람과 있고 싶어 하는 상대를 원하는 게 어떤 기분인지 모르는 것도 아니면서. 올리브와 보내는 1분 1초를 그런 기분을 느끼며 보내는 주제에.

"올리브." 손가락으로 콧잔등을 문지르며, 마음을 가라앉히려 애쓴다. 남한테 퉁명스럽게 말하고 성질부리는 게 새삼스러운 것도 아닌데, 상대가 올리브라면 뇌의 화학물질이 바뀌어버린다. 속이 말랑해지게 하고, 인내하게 하고, 그런 성격을 가진 인간치고는 최대치로 만족하게 만든다. 이빨을 드러내고 으르렁거리던 흉포한 짐승이 마침내 길든다. 문제는 둘 다 오늘 밤은 자제력이 평소 같지 않다는 것이다. 올리브는 피곤하고 혼란스러운 상태다. 애덤도 피곤한 건 마찬가지인데 거기다 흥분하기까지 했고, 유혹에 약해져 있다. 게다가 몇 주간 욕망과 싸우면서 욕구 충족은 못 한 터라 뼛속까지 지친 상태다. 이 여자애에게 한심한 수준을 넘어 훅 가 있는 상태.

이거보단 자제력을 발휘해야 하지 않겠나. 중요한 건 애덤이 아니니까. 함께하는 매 순간 올리브 위주로 가기로 처음부터 결심했었고, 바로 그래서 애덤은 지금 자신의 본성에 철저히 거스르는 행동을 할 참이다. 외교술을 발휘하는 것.

눈을 질끈 감고 숨을 깊이 들이마신 뒤, 상처 주지 않고 말을 전달할 방법을 고민한다. 지금은 나랑 자고 싶은 것 같겠지만, 그건 착각이야. 문제는 내가 정말, 정말 그걸 원한다는 건데, 그래서 우리가 이 대화를 나누는 게 위험하다는 거야. 올리브는 이제 자는 게 좋겠어. 그냥 푹 자, 1미터 떨어진 데서 나는 그 망할 검정 원피스를 잊으려고 몸부림치고 있을게. 올리브가 내 교수실에서 섹스 얘기를 꺼낸 날도. 올리브가 내 무릎에서 한 시간 동안 꼼지락거리는 동안 머릿속에 이런 생각만 맴돌았던 날도. 이게 공평한 세상, 이상적인 세상이라면 우리 둘이 벌이는 이 연극이 가짜가 아닌 진짜일 거라는 생각. 내가 올리브를 두고 떠올리는 주제넘고, 반쯤 형태가 잡히다 만, 질척한 환상을 알게 된다 해도 올리브가 비명을 지르며 달아나지 않을 거라는 생각….

"애덤, 난…."

이 대화를 마무리 짓고, 달리기를 10킬로미터쯤은 하고 와야겠다. 지금은 너무 지쳐서 온전한 정신으로 곁에 있을 수 없으니.

"올리브, 그건 일시적인 기분이야." 속은 정반대이지만 이성적인 척 말한다. 올리브가 입을 꾹 다물고 분노로 콧구멍을 벌름거리지만, 애덤은 밀고 나간다. "한 달 후, 아니면 일주일

후, 아니, 당장 내일이라도 올리브가 후회하는 걸 나는 원치 않아⋯." 그 순간 뭔가를 알아채고 말끝을 흐린다. 올리브가 화가 난 게 아닌 건가? 언뜻 보이는 표정으로는 혹시⋯ 상처를 받은 걸까? 배신감을 느끼나? 또 울 것처럼 눈을 빠르게 깜빡거리고 있다.

애덤이 입을 탁 다문다. 아니야. 그런 기분일 리 없어. 애덤 때문이라면 더더욱. "올리브⋯."

"그럼 내가 원하는 건요?" 올리브가 몸을 기울이고서 이글거리는 눈으로 쏘아본다. 아, 화난 거로군. 불같이, 아름답게. "내가 이걸 원하는 건 무시해도 돼요? 애덤은 관심 없나 보죠. 이걸 원하지 않으니까, 맞죠? 내가 애덤한테 별로 매력이 없나 봐요, 이걸 원하지 않는 걸 보면⋯."

죽도록 지쳤다. 그러지 않았으면 자제력이 이보단 나았을 텐데. 올리브의 손목을 덥석 잡고 그 손을 자기 성기에 갖다 댄다. 성기가 단단하다. 아니, 온몸이 단단하다. 늘 이 상태다. 올리브가 자신에게 거짓말하고 싶다면 얼마든지 해도 되지만, 애덤이 여기 이렇게 있는 한은 그러지 못할 것이다.

"내가 뭘 원하는지 뭘 안다고 그래." 그가 이 사이로 내뱉는다.

이제 올리브도 모를 수가 없다. 그는 이를 갈듯 턱을 앞뒤로 움직인다. 충격으로 커다래진 올리브의 눈을 빤히 바라보면서 더 바짝 끌어당겨, 그가 정확히 뭘 원하는지 알게 해준다. 올리브가 그에게 어떤 영향을 끼치는지. 그가 평소에 어떤 상태를 참고 사는지. 지난 3년간 어땠는지, 또….

빌어먹을. 곧바로 올리브의 손목을 놓고 시선을 돌리지만, 이미 저지른 짓은 되돌릴 수 없다. 이래서… 바로 이래서 올리브 곁에 알짱거려서는 안 되는 건데. 자신이 얼마나 수습 불가한 지경까지 갔는지 말하지 않을 자신이 없다면 당장 여기서 나가야 한다. 그래서 몸을 일으키기까지 했는데, 올리브가 이렇게 속삭인 순간 모든 걸 멈춘다. "그렇다면."

애덤이 시선을 든다. 올리브의 얼굴에서 격한 감정이 걷혀 있다. 갑자기 차분해 보인다. 안도한 것 같다. 어떤 결심을 한 것도 같다. 전혀 말이 안 되는 것 같지만 어쨌든, 올리브가 유일하게 두려워하는 것이 애덤이 아니라 그가 자신을 거부하는 것인 양.

올리브가 한발 다가온다. 조금 더 다가온다. 올리브의 체취가 애덤의 콧속을 흠씬 적시고, 올리브의 허벅지가 애덤의 허벅지 안쪽에 닿는다. 20초 전에도 머리가 핑핑 돌 정도로 자극적이고 강렬했는데, 이제는 급속도로 통제 불가의 영역으로 들어서고 있다. 올리브가 눈부시게 아름다워서 애덤은 혼란스러워진다. 배출구 없이 쌓이기만 하는 압력에 애덤은 눈을 질끈 감고 올리브가 손닿을 데 있는 걸 외면한다. "이러자고 같이 묵자고 한 게 아냐."

"알아요." 이제 올리브는 애덤을 만지고 있다. 자유의지로. 애덤의 이마에서 머리카락을 쓸어 넘긴다. 차갑고 부드러운 감촉의, 유능한 손가락. 실험을 하는 바로 그 손. 올리브에게 몸을 기대고 싶어진다. "나도 이러려고 응한 건 아니었어요." 너, 남이 손대는 거 싫어하잖아, 머저리야. 애덤이 자기 자신에게 상기시킨다. 아니, 아주 질색을 하잖아. 네 인생이 이 여자가 필요에 의해 너에게 손대야 했던 순간들로 이루어진 몽타주가 아니었던 시절, 네가 어떤 놈이었는지 기억해?

"이걸 시작했을 때는 노 섹스라고 했잖아." 반만 진심을 담아, 이 브레이크 없는 기차를 멈춰보려는 최후의 발악으로 한마디 한다. 자신이 올리브를 거부할 한 톨의 가망이라도 있는 양. 올리브를 위해 별의별 걸 다 하고 싶으면서. 올리브에게 하고 싶으면서.

"교내에 한정된 규칙이라는 말도 했죠. 근데 좀 아까 우리는 같이 외식도 했잖아요. 그러니." 올리브가 어깨를 으쓱해 보인다. 빌려 입은 애덤의 티셔츠가 올리브의 가슴을 쓸며 위아래로 움직인다. 음.

그렇군.

고민을 해본다. 이제는 자제할 수가 없다.

"지금 나한테…." 애덤은 이마를 문지른다. 말하지 마. 너를 망가뜨리고 말 거야. 이건 가장 기본적인 자기보존 본능이야. 하지 마. 하지만 애덤은 올리브가 요구하면 자신이 냉큼 달려들 것을 안다. 올리브가 속상한 일을 잠시나마 잊게 해주기 위해서라도. 희망사항이지만 자신이 충분히 만족시켜줄 것이고, 내일이면 올리브는 아무 일 없었던 척할 것이다.

애덤의 삶은 결코 전 같지 않을 테지만.

"아무것도 없는데." 그가 말한다.

올리브는 무슨 소린지 몰라 그를 멍하니 본다. 그러다 뺨이 달아오른다. "아, 상관없어요. 피임약 복용 중이라. 병 같은 것도 없고." 이렇게 말하고는 입술을 깨문다. 그 모습을 보고만 있어도 애덤은 자기 몸에 그녀의 손이 직접 닿은 것 같다. "근데 그거 말고… 다른 걸 해도 되잖아요."

다른 것.

다른 것.

아, 그래. 다른 것.

잠시 눈으로 올리브를 머리부터 발까지 훑는다. 굴곡진 머리와 진한 화장과 너무 짧은 원피스에 넋이 나갔던 것만큼, 화장을 박박 지워 발그레해진 맨얼굴과 마구 헝클어진 머리의 올리브도 더없이 사랑스럽다. 나긋나긋한 몸은 우아하면서 탄탄하고, 애덤은 그 몸이 걸친 헐렁한 그의 티셔츠 안 봉긋한 가슴과 골반의 곡선을 전부 눈에 담는다. 지난 몇 주간, 아니 몇 년간 보는 것을 스스로 허락하지 않았던 것 전부. 사실, 허락하든 말든 상관없었다. 뇌리에 각인되어 늘 거기 있었으니까. 세미나실 문을 어깨로 밀고 들어오는 올리브의 미끈한 허리선. 물병에 든 물을 마실 때 목선. 고양이처럼 기지개 켤 때 슬쩍 보이는 배의 살갗.

올리브에게 하고 싶은 다른 것들을 얼마든지 떠올릴 수 있다. 올리브의 몸 구석구석을 가지고 하고픈 것들. 음란하고 아름답고 퇴폐적인 짓이 수두룩하게 떠오른다. 어디가 한계야, 올리브? 너한테 어디까지, 몇 번이나 할 수 있어? 섣불리 시작하지 않는 게 좋을걸. 선을 정해봐. 원하는 게 뭔지 말해.

"나중에." 애덤이 침을 꼴깍 삼킨다. 숨을 깊이 들이쉰다. 자신에게 진정하라고 타이른다. 아무 일도 안 일어날지도 몰라. 올리브는 그냥 꼭 안고 키스하는 정도만 원할지도 몰라. 애무만 하는 정도로. 그냥 포옹만 원할 수도. 그래도 괜찮아. "나중에 내가 미워지면 어떡해? 집에 돌아갔을 때 올리브가 마음이 변해서…."

"마음 안 변해요, 나는…." 올리브가 더 바짝 다가온다. "이보다 더 어떤 일에 확신한 적은 없었어요. 세포설 배웠을 때 말고." 이러면서 미소 짓는다. 처음엔 머뭇거리는 미소였다가 곧 희망이 담긴 미소로, 이어서 환한 미소로 변하고, 이윽고 올리브가 허리를 숙이고 다시 그에게 입을 맞추고는….

처음부터 애덤에게는 승산이 없었다. 조금도. 이번에도 승산이 없는 건 확실하다. 다른 때와 상황이 전혀 달라진 지금은. 그렇다, 두 사람은 전에도 키스해봤고, 그때도… 좋긴 좋았다. 어쩔 땐 너무 좋았지만, 방해받고 중단해야 했으니까. 감질만 나고. 끝장도 못 보고. 남에게 보여주기 위해 한 거였고. 늘 뭔가의 시작이었지만 마침점인 적은 한 번도 없었다. 하지만 이번에는…. 이번에는 방해할 사람도 없고, 그래서 한순간 머뭇거린 후 애덤은 그토록 원하던 걸 손에 넣는다.

키스의 강도를 더 높인다. 올리브를 더 세게 끌어당긴다. 이제는 익숙해진 체취를, 보드라운 피부와 설탕과 수요일 가짜 데이트가 뒤섞인 냄새를 한껏 들이마신다. 너무 오랫동안 원해서 상상의 한 조각, 꿈속의 한 장면처럼 느껴진다. 당장 게걸스럽게 먹어 치울까. 무릎 꿇고 향긋한 다리 사이에 얼굴을 묻어버릴까. 윗도리를 벗기고 나중을 위해 몸 구석구석을 기억에 저장할 수도 있다. 하지만 서두르지 않을 작정이다. 그래서 애덤은 올리브의 맨살 감촉을 더 잘 느끼려고 자기 윗옷부터 벗은 다음, 몸집 커다란 짐승이 얌전한 척하듯 침대 가장자리에 앉아 기다린다. 이 정도로는 만족할 수 없다. 그가 혀로 올리브의 혀를 살짝살짝 건드릴 때마다 올리브가 얕게 숨을 들이마시고, 그의 손바닥에 올리브의 엉덩이가 쏙 들어와 있으니. 그래도 얼마든지 천천히 갈 수 있다. 그의 가슴에 닿은 올리브의 딱딱하게 선 젖꼭지를 얼마든지 느낄 수 있지만, 목의 한 지점을 빠는 정도로 만족할 작정이다. 손을 위로 미끄러뜨려 올리브의 가슴 밑 보드라운 살결을 얼마든지 쓰다듬을 수 있지만, 그걸 보지는 않아도 된다. 그리고….

올리브가 뭐라고 말하고 있다. 뇌에 안개가 낀 듯 흐리멍덩해서 당장은 그 말을 알아듣지 못한다. "뭐라고?"

"그날도 이랬다고요." 올리브가 웃음 짓고 있다. 애덤은 그저 올리브가 절정에 이르게 하는 데만 집중하고 싶다. 그렇게 할 수 있을까? 해본 지 오래긴 한데. 연습을 더 해놨더라면 싶다. 올리브를 위해.

"뭘 어쨌는데?"

"만졌어요. 여기를." 티셔츠 안에 들어가 있는 애덤의 손을 올리브의 손이 그 위로 포개고, 애덤은 그것을 허락의 뜻으로 받아들인다. 거절할 시간을 주려고 셔츠를 천천히 들춰 올리다가 올리브의 호흡이 불안정해진 순간, 망설임의 첫 신호를 캐치하자마자 멈춘다. 티셔츠 자락이 가슴 바로 아래까지 올라가 있고, 절박함에 신음이 나오지만… 아니, 참아야 한다. 올리브가 마음 편해질 때까지 얼마든지 참을 수 있다.

그래서 애덤은 기다리고, 대신 올리브의 갈비뼈에 입술을 갖다 댄다. 살짝 깨문다. 그 자리를 핥는다. 달콤한 맛이 난다. 아래도 먹게 해줄지 궁금하다. 너무 많은 걸 조르는 것 같지만, 어쩌면 해줄지도 모른다.

"여기?" 그가 묻는다. "올리브. 여기?" 가슴 밑이 바로 눈앞에 있는데 올리브는 대답을 안 한다. 그렇게 하지 않으면 쓰러질 것처럼 애덤을 꽉 붙들고 있을 뿐. 그래, 인정한다. 매트리스가 꺼지도록 올리브를 올라타고 싶은 건 맞다. 아닌 척해봤자 소용없다. "집중해, 올리브." 가슴 밑이 바로 눈앞에 있기에 혀로 길게 핥고 그 부위를 빨았더니 올리브가 신음 섞인 콧소리를 낸다. "여기?"

대답은 듣지 못한다. 다른 데 정신 팔려 있어서. 왜냐하면 티셔츠가 드디어 다 벗겨졌고….

한순간 의심이 스치는 것 같다. 그 찰나의 순간 올리브가 자기 몸을 도로 가릴까 고민한 게 틀림없다고 그는 확신한다. 올리브의 등이 약간 구부정해지고, 두 사람 사이에 패닉의 냄새가 짙게 어린다. 애덤은 당장이라도 그만둘 각오가 돼 있다. 하지만 다음 순간 올리브의 어깨가 펴진다. 올리브가 마침내 자기 몸을 보여줄 준비가 된 듯이. 그러더니….

음.

좋아.

마지막으로 한 지 오래되긴 했다. 아마 몇 년은 됐을 것이다. 대학원 이후로 안 한 것 같고, 대학원 때도 그다지…. 한때, 앞으로 평생 안 해도 될 만큼 섹스를 해봤으니 더는 안 해도 된다고 굳게 믿었던 시기가 한 10년쯤 있었다. 딱히 원할 이유가 없었고, 그냥… 아무튼 그랬다. 그런데 어느 날 올리브를 만났다. 올리브가 다른 여자를 만나려면 비밀로 해달라고 부탁했을 때 애덤은 교수실에서 큰 소리로 헛웃음을 터뜨릴 뻔했다. '만날 여자가 있어? 나는 또 너밖에 없는 줄 알았지'라고 중얼거리는, 탐욕을 관장하는 도마뱀 뇌에게.

"기억나요?" 올리브가 계속 말하고 있다. 올리브의 가슴이 눈앞에 있다. 조그맣고, 예쁘게 봉긋한 가슴. 배 한가운데를 수직으로 가로지르는 길게 팬 선. 탄탄하고 매끈한 다리. 애덤 자기 몸으로 올리브의 몸을 덮고 지켜주고 싶다. 몇 달이고.

"뭐가?" 멍하게 홀린 채 되묻는다. 자신의 목소리가 아득하게 들린다.

"우리 첫 키스요."

"너를 일주일간 이 호텔 방에 데리고 있고 싶어." 애덤이 중얼거린다. 그게 진실이니까. 만져도 될까? 올리브가 싫다면 당장 멈출 것이다. 하지만. "아니, 1년 동안."

애덤은 시간의 흐름을 놓친다. 정신 차리면 몇 초씩 흘러 있다. 통제 불능 수준은 아니지만 점점 대담해진다. 한 손을 올리브의 등에 쫙 펼치고 몸을 입으로 끌어당기면서 마치 자신에게 바쳐지는 제물처럼 올리브의 등을 젖히고, 그러다 다음 몇 초를 놓치고 만다. 그 정도로 좋아서. 거칠게 굴고 싶지 않은데 올리브가 내는 소리, 숨 가쁜 신음과 밭은 들숨소리에 정신이 혼미해진다.

그러다 어느 순간 올리브의 몸이 굳는다. 너무 갑작스러워서 애덤은 바로 알아챈다. 얼음물 한 양동이를 머리부터 뒤집어쓴 느낌이다. 애덤은 즉시 몸을 뗀다. "계속해도 괜찮아?"

올리브는 자기만의 세계에 가 있다. 아득한 표정이고, 애덤은 성기에 너무 피가 몰려서 아플 지경인데도 머릿속에서 스위치가 전환된다. 당연히 올리브의 가슴을 당장 핥고 싶지만, 안심시키는 게 우선이다.

애덤은 손을 올리브의 골반에 얹고 툭 튀어나온 장골을 엄지로 살살 쓸면서 올리브의 얼굴을 제대로 들여다본다. "왜 이렇게 긴장했어. 싫으면 안 해도…."

"하고 싶어요." 겁이 난 목소리다. 방어적인 기색도 어려 있다. 딴 세계에 가 있는 건 확실하다. "하고 싶다고 했잖아요."

"상관없어, 아까 뭐라고 했든. 언제든 마음 바꿔도 돼."

"안 바꿀 거예요."

고집이 여간 센 게 아니다. 고집이 세고, 그게 다른 모든 면과 마찬가지로 올리브의 매력이지만, 이건…. 만약 올리브에게 한 점이라도 의문이 남아있다면, 애덤은 위험을 감수하고 계속할 의향이 없다. 그래서 그는 아프도록 성기를 꽉 움켜쥐면서 하던 걸 멈춘다. 속도를 늦춘다. 올리브의 몸을 끌어당겨 그 명치에 자기 이마를 댄 채 올리브의 호흡에 자신의 호흡을 맞추고, 올리브가 그의 목에 느슨하게 팔을 두르자 둘 사이에 고인 달콤함을 훅 들이마신다. 시간이 조금 걸리지만 마침내 올리브가 몸에서 힘을 빼고 그의 품에서 긴장을 푼다. 몸을 축 늘어뜨리면서 애덤의 머리칼에 코를 살살 문대더니, 이내 가만히 있지 못한다. 다시 달려든다.

망할 홀든, 그리고 그 자식이 던진 망할 그 멍청한 질문들 같으니. 당연히 올리브를 사랑하지, 물어봐야 아나. 그래서 이걸로 좋은 거다. 그저 함께 있는 것. 가까이에 있는 것. 조금 고통스러울지 모르지만, 안 그런 것보다 훨씬 낫다.

"이번엔 내가 마음을 바꾼 것 같아." 애덤이 올리브의 배에 입을 댄 채 말한다. 손가락은 올리브의 팬티 선을 쓰다듬고 있다. 초록색 폴카 도트 무늬의 면 팬티. 다 끝나면 훔쳐 가야지. 집에 곱게 모셔놔야지. 거기다 말 못 할 짓을 해야지.

"내가 아무것도 안 하고 있는 건 알지만," 올리브가 약간 새된 목소리로 말한다. "애덤이 뭘 좋아하는지 말해주면 내가…."

"내가 제일 좋아하는 색은 초록색이었군."

올리브는 벌써 젖어 있다. 믿을 수가 없어서, 단지 확인하기 위해 엄지를 팬티에 대본다. 하지만 일단 손가락을 대자 참을 수 없어진다. 손가락 끝으로 올리브의 다리 사이를 앞뒤로, 계속 문지른다. 이 순간을 기억하고 싶다. 나중을 위해 저장해두고 싶다. 자신의 DNA에 각인시키고 싶다.

"이거… 이거 벗을까요?"

응. 잠깐, 아니. 이 속옷은 아마 제발 올라타게 해달라고 비는 애덤의 본심과 올리브 사이에 남은 유일한 장벽일 것이다. 일단은 입고 있는 게 낫다. "아니, 아직."

올리브가 안달이 나서 꼼지락거린다. "그렇지만 이러고 어떻게…."

도저히 참을 수가 없어서, 애덤은 팬티 가운데를 옆으로 확 잡아당긴다. 실수다. 올리브는 준비가 되어 있는 것으로 보인다. 농익었다. 따먹기 딱 좋은 과일처럼. 그럼 지금 당장 올라타도 되는 것 아닌가. 빠르고, 약간은 정신없겠지만, 그래도 올리브는 괜찮을 것이다. 마다하지 않을 것이다. 즐길 것이다. 즐기게 만들어줄 테니까. 아마도. 어떻게 하는지 기억난다면. 이십 초 만에 끝내지 않는다면. 자기 손가락이 올리브의 번들거리는 음순을 쓰다듬는 걸, 클리토리스를 문지르는 걸, 두툼한 음순 사이로 쏙 들어가는 걸 보면서도 지금 당장 끝내지 않을 수 있다면. 올리브가 젖어 있어서, 흠뻑 젖어 있어서, 올리브가 원하는 게 애덤이라고, 속상한 날 기억을 지워줄 사람이라면 누구든 반기는 게 아니라 바로 애덤 자신을 원하는 거라고 자신을 속이기가 너무 쉽다. 올리브가 등을 젖히면서 눈을 꼭 감고 낮은 신음을 뱉는 것을 지켜본다. 쾌감임이 분명한 날숨을 토해내는 걸 본다. 자기 성기를 쓰다듬으면서 애덤은 올리브를 보는 것만으로 자신은 당장이라도 절정에 이르리란 걸 확신한다.

"너무 아름다워." 여자에게 이 말을 해본 적이 있는지 기억나지 않지만(빤한 걸 왜 굳이 말하겠나) 상대가 올리브니 말이 저절로 튀어나온다. "해도 돼?" 손가락으로 입구를 찾아낸 그가 올리브의 젖꼭지에 입을 댄 채 목쉰 소리로, 평소와 전혀 다른 목소리로 중얼거리고, 그러다 손가락이 안에 들어가는 순간 그는….

"아 씨." 너무 타이트하고, 그 느낌에 그의 성기가 움찔하며 더 단단해진다. 눈앞이 캄캄해지면서 검은 점이 떠다닌다. 몇 초간 귀에 맥박이 느껴지면서, 그 박자에 맞춰 쾌감이 그의 다리 사이를 쿡쿡 찌르는 것 같다. 올리브가 아닌 모든 것, 그가 만지고 있지 않은 모든 부위를 잊는다. 올리브는 여태껏 그가 경험해본 것 중 최고, 아니, 최고보다 더 좋은 것 같다. 다음 순간…. 올리브가 움직이기 시작한다. 그의 손가락에 관통당한 채 움찔거리는데, 가만 보니 쾌감과는 거리가 먼 신호 같다. 애덤을 곧 덮칠 듯하던 쾌락의 파도가 갑자기 물러난다.

애덤은 모든 동작을 멈춘다.

"올리브. 쉿." 아무래도 안 될 것 같다, 올리브의 안에 들어가는 건. 그래서 그는 올리브의 엉덩이를 잡고 가만히 있게 해보지만, 그래도 달라지는 게 없자 몸에 긴장이 풀리라고 엄지로 클리토리스를 살살 문지른다. 그러자 올리브가 신음을 뱉으며 한 손으로 애덤의 팔을 움켜잡는다. 손가락이 떨리고 있다. 젖꼭지가 돌멩이처럼 딱딱해져 있고, 기분이 좋은지 호흡이 가빠지면서 땀도 나기 시작한 것 같고, 다른 걸 더 해주길 원하는 것 같은데, 그런데도 아까만큼 타이트하다. "괜찮아. 긴장 풀어." 애덤이 질 안쪽을 더 넓혀보려고, 손가락을 조금 더 깊이 넣어본다. 어디까지 들어가나 시험해본다. 깊은 곳까지 축축하게 젖어 있다. 그럼 이렇게 불편할 리 없는데.

문제는 올리브를 읽을 수가 없다는 것이다. 긴가민가하게 된다. 물론 최근 경험치가 없고, 올리브가 그의 손가락에 몸을 비비고 있는 이상 생각을 명료히 할 수도 없지만. 올리브가 나직한 신음과 깊은 숨을 토해내고, 그렇지만 곧 얼굴을 찡그리며 손톱을 그의 위팔에 쿡 박는다. 그게 즉시 애덤에게 제동을 건다. 올리브가 어떤 종류든 통증을 느낄 수도 있다고 생각하니.

"아파?" 애덤이 묻는다. 올리브는 고개를 젓지만, 잠시 후 움찔하는 걸 애덤이 포착한다. "왜 이렇게 긴장했어, 올리브?" 그는 올리브의 몸에 들어가 있는 자기 손가락을 뚫어져라 보느라 조금 정신이 팔린 채 중얼거린다. "해본 거 맞지?"

바보 같은 질문이다. 애덤은 즉시 자기 얼굴을 한 대 쳐주고 싶어진다. 당연히 해봤겠지. 올리브를 보라고. 너랑 같은 줄 아나. 아마 남자들이 줄을 섰을….

"난… 그럼요. 두어 번 해봤어요. 대학 때."

애덤은 그대로 몸이 얼어붙는다. 머릿속이 텅 비었다가, 곧 새하얘진다. 다음 순간 이게 얼마나 엄청난 일인지, 그 의미가 화물열차처럼 세게 뒤통수를 강타한다. 애덤은 고개를 저으며 살며시 손을 빼낸다.

이건… 안 돼. 안 되겠어. 실수야. 올리브가 섹스를 가볍게 생각하지 않는 건 분명한데, 그렇다면 상대는… 나보다 나은 사람이어야 해. 나 말고 다른 누군가. 나이 차이가 이렇게 많이 나지 않는 사람, 친구를 논문 프로포절 심사에서 떨어뜨린 적 없는 사람, 일 그만하고 자려고 새벽 한 시에 알람 맞춰놓을 필요도 없는 사람. 지난 몇 년 동안 강의실 저편에서 속절없이 바라보기만 하지 않은 사람, 잠자리에 들 때 올리브를 상상하지 않는….

"근데 상관없어요. 눈치껏 알아내면 되니까. 전세포 패치클램프 기법도 두 시간 만에 배웠는걸요. 섹스가 뭐라고 그것보다 어렵겠어요." 올리브가 속사포처럼 쏟아낸다. 자신의 경험 부족을 알고서 애덤의 흥분이 식을 거라고 생각하는 것처럼. "게다가 내가 월급을 걸고 장담하는데, 애덤은 백만 번쯤 해봤을 테니까 나한테 잘 가르쳐주면…."

"올리브가 질걸."

"네?"

"이 도박에서 질 거라고." 애덤이 한숨을 내쉰다. 멍청하고 눈치 없는 그의 물건이 이렇게 단단했던 적이 없었다. 왜냐하면 마음 한구석에서는 좋아 죽을 것 같으니까. 스스로를 속이려면 이런 거짓말쯤 얼마든지 할 수 있으니까. 오늘 밤이 올리브에게 의미가 있다는 얘기라고. 애덤이 올리브에게 의미 있는 사람이라고. "난 못 해."

"할 수 있어요."

애덤이 고개를 젓는다. "미안해."

"뭐라고요? 그럼 안 되죠. 아니, 난…."

"올리브는 처녀나 마찬가지…."

"아니에요!"

"올리브."

"아니라고요."

"하지만 크게 다를 게…."

"아뇨, 그런 식으로 정의되는 문제가 아니에요. 처녀성은 연속 변인이 아니라 범주 변인이에요. 2진 변수. 명목 변수라고요.

이분 변인이죠. 순서형 변인일 수도 있고요. 카이 제곱 같은 걸 얘기하는 거예요. 어쩌면 스피어먼 상관분석에도 비교할 수 있겠고, 로지스틱 회귀, 로직 모형, 그리고 그 바보 같은 시그모이드 함수랑 또…."

올리브는 늘 이런 식이다. 소리 내 웃고 싶어지게 만든다, 원래 부루퉁하고 유머 감각 없는 사람이 아니었던 것처럼. 수요일마다 올리브는 애덤이 자신이 못되고 쌀쌀맞은 사람인 걸, 세상을 미워하는 걸 잊게 만든다. 그래서 바보 같은 짓인 걸 알면서도 애덤은 다시 올리브의 몸에 손을 댄다. 깔깔 웃는 올리브의 입에 자신의 입을 포개며 같이 미소 짓고, 키스 사이사이에 "입만 살아서는" 하고 중얼거리고, 그러다가 어느새 둘이 다시 아까처럼 바짝 붙어 있는 걸 알아채고 이렇게 말한다. "올리브, 무슨 이유에서든 섹스가 불편하거나 사귀지 않는 상대와 하는 게 마음에 걸린다면…."

"아뇨. 아니에요, 그런 거. 난…." 애덤이 조금 뒤로 물러나서 올리브가 말을 잇기를 기다린다. 이해하고 싶어서. "섹스를 하기 싫다는 게 아니에요. 그보단… 내가 딱히 그걸 원하지 않는 사람이라서 그래요. 뇌가 어떻게 됐나 봐요. 그리고 몸도… 뭐가 잘못돼서 이러는지는 모르겠지만, 다른 사람처럼 성적 끌림을 느끼지 못하는 것 같아요. 그러니까, 정상적인 사람들처럼. 그래서 그냥… 그냥 해보려고, 해치우려고 했는데, 상대 남자가 괜찮긴 했지만 실은 내가 그냥… 상대를 전적으로 믿고 호감을 느끼기 전에는 성적 매력을 못 느껴서 그래요. 근데 그런 일이 잘 안 생겨서 문제죠. 아니, 거의 안 일어나서. 아무튼 아주 오랫동안 그랬는데, 지금은… 애덤을 진짜 좋아하고, 진짜로 믿고, 그래서 백만 년 만에 처음으로…"

애덤은 올리브의 뇌에 전혀 이상이 없다고 말해주고 싶다. 애덤 자신도 섹스가 보통은 자연스럽게 원하는 거라는 걸, 올리브를 만나기 전까지는 몇 년간 잊고 지냈다고. 무슨 얘기를 하는지 잘 알겠다고. 하지만 지금까지 쏟아낸 수많은 거짓말 중에 이것만은 섣불리 인정하기 위험한 진실이라서, 그저 조용히 지켜보면서 올리브가 한 얘기를 잠자코 곱씹는다. 몇 주 만에 처음으로 희망이 보이는 것 같다.

전에는 감히 희망을 품지 않았으니까. 원래 애덤은 자기 자신에게조차 거짓말을 안 하는 타입이고, 이 상황극이 9월 29일에 별 탈 없이 끝나리라는 망상을 품는 건 위험한 발상이니까. 하지만 올리브가 그를 믿는다면. 그를 믿는다면야.

어쩌면 지금은 아닐지 모른다. 앞으로 당분간도. 올리브는 다른 사람을 사랑하고 있고, 이런 일은 시간이 걸리게 마련이니까. 하지만 내년에는 두 사람 다 여기 보스턴에 있을 거고, 어쩌면, 올리브가 이미 그를 믿고 있다면, 어쩌면 애덤이 보살펴주게 해줄지도 모른다. 대가로 바라는 건 없다. 애덤을 사랑해줄 필요도 없다. 애덤이 두 사람 몫으로 사랑하니까. 하지만 그를 믿는다면….

"하고 싶어요." 올리브가 말한다. "애덤이랑. 정말이에요."

애덤은 심장이 부서질 듯 연약하고 낯선 것으로 가득 차 잔뜩 부푸는 걸 느낀다. "나도, 올리브. 얼마나 원하는지 넌 상상도 못 할걸."

"그럼 부탁이에요. 안 된다고 하지 말아요. 네?" 올리브가 그의 입술을, 이어서 그의 턱을, 귀밑의 살을 깨물고, 끝내 애덤은 숨을 크게 들이마신 다음 고개를 끄덕인다. 결국 할 거라면, 빌어먹을 이젠 다른 옵션은 없다. 어느 때보다 더 잘해야 한다. 편하게 해줘야 한다. 그래서 그는 올리브를 번쩍 안아 들어 자기 침대에 눕히고, 놀라서 꺅 소리 지르는 올리브를 내려다보며 미소 짓는다.

"괜찮아?" 등을 대고 누운 올리브에게 묻는다. 그 위에 누운 애덤은 올리브가 작게 고개를 끄덕이는 걸 확인하고, 새로이 펼쳐진 광경을 눈에 담는다. 부채꼴로 펼쳐진 머리카락, 새하얀 살결, 툭 튀어나온 골반뼈. 다 핥고 싶다. 그런 다음 갈비뼈가 더 이상 툭 불거지지 않을 때까지 달콤한 음식을 잔뜩 먹이고 따뜻하고 안전하게 지켜주고 싶다. 올리브의 배 살결은… 몇 년이 지나도 기억할 것이고, 거기 새겨진 옅은 주근깨를 하나하나 떠올리며 절정을 느낄 것이다. 올리브의 팬티를 벗겨버리자 드디어, 드디어 무릎 양말만 남겨놓고 올리브는 알몸이 된다. 양말은 밝고 유쾌하고… 여태 올리브가 보여준 면면을 전부 다 담고 있다. 이제 보니 애덤도 그런 걸 좋아하는 모양이다. 그것도, 아주 많이. "애덤?"

올리브가 들뜬 목소리로 부르고, 애덤은 어서 계속하라는 신호로 받아들인다. 올리브의 허벅지 안쪽을 손바닥으로 밀어 다리를 넓게 벌리고 달콤한 냄새를 한껏 들이마신다. 그의 입술에 닿은 그 부위가 촉촉하고 끈적거리고, 또 보드라우면서 말캉하고, 거기에 얼굴을 묻고 있는 것만으로 정신을 잃을 것 같다. 올리브에게 이렇게 해주는 것만으로, 혀로 그곳을 탐색하는 데서 맛보는 쾌락만으로. 애덤이 이걸 해본 적 있는 건 확실하지만, 언제 그리고 누구와 했는지는 기억나지 않는다. 그래도 그 상대가 올리브의 발끝에도 미치지 못했다는 것만큼은 장담한다. 손바닥에 쏙 들어오는 올리브의 엉덩이를 쥐고서 손가락을 펼쳐 골반을 감싸고, 그러자 자신의 힘에 취할 것 같다. 올리브의 몸을 이렇게 마음대로 배치해놓고 핥을 수 있다니…. 게다가 올리브의 몸이 너무 나긋나긋하다. 우둔하고 커다란 곰 같은 자신에 비하면 특히 더. 그 사실에 이렇게나 흥분되는 걸 감추려 해보지만… 아니다. 자신에게 거짓말하는 건 불가능하다. 그가 올리브의 아랫입술을 힘껏 빨고, 그의 손바닥에 대고 올리브가 신음을 뱉고 있는 지금은 더더욱. 더 가까이 붙고 싶고 올리브의 몸을 더 속속들이 알고 싶고, 또….

그런데 다음 순간 올리브가 제동을 건다.

황홀경에 취한 뇌가 그 말을 이해하는 데 몇 초 걸리지만, 이해한 순간 그는 움직임을 멈춘다. "마음이 바뀌었어?"

"아뇨. 근데 우리… 다른 걸 해요."

"이건 싫어?"

"네. 아뇨. 그게 아니라, 한 번도….”

올리브와 섹스하면서 이걸 하게 해달라고 사정하지 않는 게 가능하기나 한지 상상해본다. 말도 안 되는 소리 같다. 그런 상황은 있을 수 없다.

"근데 내가 애덤한테 하자고 한 거잖아요." 올리브가 덧붙인다. "그러니까 애덤이 좋아하는 걸 해요, 나를 위한 게 아니라…."

마침내 무슨 뜻인지 알아들은 애덤이 목 깊은 곳에서 신음을 토해낸다. 눈을 감고 올리브의 허벅지에 이마를 얹고서, 호텔 방을 뒤엎고 싶은 충동을 억누른다. 그렇게 하면 올리브가 겁을 먹을 테고, 올리브가 아름답고 본능을 자극하는 여자라고, 당장이라도 통째로 집어삼키고 싶고 구석구석 핥고 싶다고, 지금 하고 있는 게 올리브보다 애덤 자신의 쾌락을 위한 거라고 믿게 만드는 데 전혀 도움 되지 않을 것이다. 그래서 애덤은 다른 걸 해본다. 혀로 클리토리스를 꾹 누르고, 몸부림치는 올리브의 허리를 꽉 잡아 가만히 있게 하고, 손가락과 혀를 안에 번갈아 넣는다. 그렇게 몸을 활짝 열어놓고, 침대 위에서 올리브가 아름답고 완벽한 활 모양으로 휘는 것을 지켜본다. 올리브가 내는 작은 신음을 듣고, 움찔대는 경련을 느끼고, 절정에 이르고 싶은데 그러지 못할까봐 초조한 듯 감질나고 답답해서 절박해진 올리브가 애덤의 머리칼과 어깨를 쥐어뜯자 그도 더더욱 흥분

된다. 둘이 함께 아슬아슬하게 매달려 있는 이 비좁은 비탈이 끝없이 펼쳐져 있고 시공간 사이에 숨어 있다는 환각. 마구 솟구치다가 어느 순간 정지한 쾌락의 곡선. 하지만 다음 순간 올리브가 달콤한 신음을 뱉으며 절정에 이르고, 몸속 근육이 천천히, 강렬하게 수축한다. 애덤도 덩달아 배 속이 조여들면서 눈앞에 하얘진다. 당장이라도 올라타고 싶지만, 이 정도로도 절정에 다다를 수 있을 것 같다. 그래도 괜찮다. 한 번 더 올리브가 절정에 이르는 걸 보고 싶다. 모든 감각이 곤두선 채로 올리브가 몸부림치며 웃고, 작은 몸은 타이트하고, 따스하고, 너무나 아름답고, 동시에 파워풀하고 완벽하고 아름답다. 더는 못 견딜 정도에 이르자 올리브가 애덤의 몸을 위로 끌어당기고, 애덤은 다리와 팔과 손으로 올리브의 몸을 묵직하게 짓누른 채 쾌락의 여파를 타고 움찔거리는 올리브를 지켜본다. 그의 가슴팍에 올리브의 심장 박동이 그대로 전달된다. 이 순간 더 바랄 게 없다. 모든 걸 다 가진 기분이다.

"넣어도 돼?" 애덤이 올리브와 입술을 포갠 채 묻는다.

올리브도 그에게 키스한다. 그를 더 바짝 끌어안는다. 뜨겁게 달아오른, 땀 맺힌 그의 살갗을 손으로 쓰다듬는다. 과분한 애정을 누리는 기분이 들지만, 그래도 올리브를 갖고 싶다.

"흐음?"

"넣어도 돼? 그렇게 해줘, 응?"

올리브가 고개를 끄덕이고 그의 물건으로 손을 뻗지만, 애덤은 그 손이 닿는 순간 참지 못할 것을 안다. 전에 경험하지 못한 수준으로, 고통스럽고 곧 숨넘어갈 정도로 단단해져 있고, 올리브의 완벽하고 보드랍고 타이트한 몸이, 받아들일 준비가 된 몸이 바로 앞에 있다. 안으로 미끄러져 들어가기 시작하자 그의 세상이 날것의 감각으로 좁혀든다. 성기를 꽉 죄는 압박감, 긴장으로 팽팽해진, 전혀 다른 세상 같은 느낌. 생소한 감각에 휘둥그레진, 그의 시선을 붙든 올리브의 두 눈. 두 사람 사이의 후끈하고 묵직해진 공기.

"너무 커요." 올리브가 얕은 숨을 들이쉰다.

애덤은 올리브의 목에 얼굴을 묻고 신음을 토한다. 올리브에게 너무 클지도 모른다. 하지만 "괜찮아, 할 수 있어." 그의 척추 맨 아래에 자리한 짜릿한 쾌감 외에는 아무것도, 다른 어떤 것도 존재하지 않는 것 같다.

"될 것 같아요." 올리브가 동의한다. 애덤은 눈을 질끈 감는다. 그러지 않으면 금방 끝날 것 같다. 올리브의 안에 들어간 채 몸을 앞뒤로 움직여본다. 자기 자신을 고문하는 것 같다. 서서히 물에 빠지는 것 같은, 황홀한 고문. "안 되겠으면 어쩌죠?"

분명 그럴 수도 있을 것 같다. 지금 같아선 원하는 만큼 밀고 들어갈 수 없을 것 같다. 올리브는 몸집이 작고 애덤은 아니니까. "그럼 그냥 이대로 할게." 벌써 아까보다 낫다. 여전히 너무 타이트하지만, 조금씩 더 들어가고 있다. 그의 성기를 감싼 부분이 맥동하는 감각이 숨넘어갈 듯 황홀하다. 두 사람 다 숨을 빠르고 거칠게 몰아쉬고 있다. 더 들어가기엔 올리브가 지금 알맞은 체위가 아닌 것 같다. 그럼 안 되지. 애덤은 올리브의 허벅지로 손을 미끄러뜨려 몸을 더 활짝 연다. 조금 더.

"혹시 내가 더 어떻게…."

"쉿. 잠깐 말하지 말아봐. 당장 나올 것 같으니까."

밑에 깔린 올리브가 움직이기 시작한다. 어서 다음으로 넘어갔으면 하는 것처럼. 애덤은 천천히 하려고 참느라 터질 것 같은데. 올리브의 몸에 이를 콱 박고 싶다. 올리브의 몸뚱이를 자신에게 고정하고 싶다. 마음대로 못 움직이게. 애덤이 조금 몸을 빼자 본능이 아우성친다. 멍청한 짓 하지 말라고. 하지만 도로 밀어 넣는 건 지금 고려할 수 없다.

"해도 될 것 같아요."

뭘 해? 아, 그거. 나올 것 같다는 얘기를 하고 있었지.

"해도 돼?"

올리브가 고개를 끄덕이고, 애덤은 그런 그녀에게 키스를 해주고 싶다. 올리브도 그러고 싶은 것 같지만, 둘은 지금 다른 데 정신이 팔려서, 정신이 혼미해서 미처 그것까지는 하지 못한다. 애덤은 둘이 이러고 있는 게 웃겨서 소리 없이 웃는다. 둘 다 뭘 하고 있는지도 모르면서 어떻게든 이런 미칠 것 같은 혼돈을 만들어버린 게 웃겨서. "안에다?"

올리브가, 그가 뭘 요구해도 들어주겠다는 듯 고개를 끄덕인다. "원한다면요."

원하고말고. 얼마나 자주 상상했는지, 올리브의 몸에 온갖 난잡한 짓을 하는 상상, 몸 안에다가도 하고, 몸에 흔적을 남기는 상상을. 시나리오는 무궁무진하다. 이렇게 많아도 되나 싶을 정도로. "너 때문에 미치겠어." 애덤이 올리브의 쇄골에 대고 중얼거리고, 그 순간 너무 타이트했던 통로가 약간 느슨해진다. 아주 잠깐의 미끄러운 마찰. 다음 순간 애덤은 들어갈 수 있을 만큼 깊이 들어가 있고, 모든 것이 멈춘다.

온 우주가 조금 전보다 낫게 재정렬된다.

두 사람 다 잠시 움직이지 않는다. 그러다가 동시에 고요한 방에 거친 숨을 뱉어낸다. 올리브가 한 손을 들어 그의 머리칼을 쓸어 넘기고, 애덤은 말을 잃는다. 머릿속이 텅 빈다.

이건… 맙소사. 아.

올리브가 행복에 겨운, 희망이 어린 예쁜 얼굴로 그를 바라본다. "애덤."

마주 미소 짓는데, 이런 생각이 든다. 이젠 부인할 수도 없어. 사랑해. 이런 생각도 든다. 어쩌면 언젠가는 그 말을 하게 해줄지도 모르지.

그러고는 대꾸한다. "올리브."

17장

가설: 드디어 바닥을 쳤다고 생각한 순간 누군가 내게 삽을 쥐어줄 것이다.
그 사람은 톰 벤튼일 확률이 높다.

애덤과의 첫 섹스 후 스르륵 잠이 든 올리브는 말도 안 되는 이상한 꿈을 연달아 꿨다. 거미처럼 생긴 롤 초밥이 등장하질 않나. 엄마랑 보낸 마지막 해 겨울, 토론토의 눈 온 날도 나오고. 애덤의 보조개도 등장했다. '질질 짜는 얘기' 운운하던 톰의 일그러진 얼굴도 나왔다. 그러다가 또 애덤이 등장했는데, 이번에는 심각한 얼굴을 하고 그 특유의 말투로 올리브의 이름을 부르고 있었다.

다음 순간 매트리스가 푹 꺼지는가 싶더니 협탁에 뭔가 탁 내려놓는 소리가 났다. 눈을 깜박이며 천천히 뜨자 정신이 몽롱한 상태에서 어스름한 방 안이 시야에 들어왔다. 애덤이 침대 가장자리에 걸터앉아 올리브의 머리카락 한 가닥을 귀 뒤로 넘겨주고 있었다.

"안녕." 올리브가 미소 지었다.

"깼어?"

올리브는 손을 뻗어 그가 끝내 다 벗지 못한 바지 위로 허벅지를 쓰다듬었다. 아직도 몸이 따스했고, 여전히 단단했다. 여전히 여기 있었다.

"나 얼마나 잤어요?"

"별로 오래 안 잤어. 한 30분쯤."

"흐음." 올리브는 머리 위로 팔을 한껏 뻗고 매트리스를 내리누르며 기지개를 켜다가 협탁에 놓여 있는, 새로 떠 놓은 물잔을 발견했다. "나 마시라고 갖다놓은 거예요?"

애덤이 고개를 끄덕이며 잔을 건넸고, 올리브는 한쪽 팔꿈치를 괴고 상체를 일으켜 물을 마시면서 고마움의 표시로 웃어 보였다. 그가 물고 빠는 바람에 아직 예민하고 쓰린 가슴에 애덤의 시선이 꽂혔고, 그 시선은 다시 그의 손바닥으로 떨어졌다.

아, 이제 그들은 섹스를 했다. 만족스러운 섹스였지, 아니, 놀랍도록 만족스러운 섹스. 올리브는 속으로 생각했다. 하지만 애덤이 무슨 생각을 하는지 어떻게 알겠는가? 그는 혼자만의 공간이 필요한지도 모른다. 자기 베개를 내놓으라는 무언의 신호인지도 모르고.

올리브는 빈 잔을 내려놓고 몸을 일으켜 앉았다. "내 침대로 돌아가야겠어요."

그러자 애덤이 고개를 저었다. 앞으로 다시는, 어디로든 가지 말라고 말하는 듯 단호한 표정이었다. 올리브를 자기에게 묶어두려는 듯 다른 손으로 올리브의 허리를 세게 끌어안았다.

올리브도 거부할 마음이 없었다.

"확실해요? 내가 이불 다 뺏을지 모르는데."

"괜찮아. 난 몸에 열이 많아." 그러면서 그는 올리브의 이마에서 머리칼 한 가닥을 쓸어 넘겼다. "그리고 어떤 사람이 그러는데, 내가 코 골게 생겼대."

올리브가 짐짓 충격받은 양 숨을 들이마셨다. "어떤 놈이요? 누가 그랬는지 얘기하면 내가 가서 복수해줄…" 말하다가 올리브가 소리를 꽥 질렀다. 애덤이 얼음처럼 차가운 유리잔을 올리브의 목에 갖다 댄 것이다. 올리브는 깔깔대며 양 무릎을 끌어안고 몸을 꼬아 도망가려고 했다. "미안… 코 안 골아요! 왕자님처럼 멋있게 자요!"

"당연하지." 애덤은 마음이 풀어진 척하며 잔을 협탁에 내려놓았지만, 올리브는 몸싸움하느라 빨개진 얼굴로 숨을 몰아쉬며 그대로 몸을 말고 누워 있었다. 애덤의 얼굴에 미소가 어려 있었다. 보조개도 피었다. 아까 올리브의 목에 얼굴을 묻고, 올리브의 맨살에 대고 지었던 미소, 간지러워서 웃음 터뜨리게 했던 그 미소.

"아 참, 양말은 미안하게 됐어요." 올리브는 눈썹을 살짝 찌푸렸다. "호불호가 갈리는 거, 나도 알아요."

애덤이 올리브의 종아리 부위에서 팽팽히 늘어난 무지개색 양말을 내려다봤다. "양말에 호불호가 갈린다고?"

"양말 자체는 아니고요. 그냥, 섹스할 때 신고 있는 것?"

"정말이야?"

"그렇다니까요. 어쨌든 우리 집에 바퀴벌레 때려잡는 용도로 꽂아두는 〈코스모폴리탄〉에는 그렇게 나와 있어요."

애덤은 〈뉴잉글랜드 저널 오브 메디신〉만, 거기에다 잘해봐야 〈트럭 미는 과학자 다이제스트〉나 읽을 법한 남자답게 무심하게 어깨를 으쓱했다. "신든 말든 왜 신경 쓴대?"

"발톱에 흉한 기형이 있는 사람하고 모르고 섹스할까봐?"

"발톱 기형 있어?"

"완전 흉한 걸로요. 서커스 구경거리로 서도 될 정도로. 그 자체로 안티 섹스랄까. 거의 몸에 내장된 피임기구 급이죠."

애덤이 재미있어하는 티가 나는 표정으로 한숨을 쉬었다. 평소의 음울하고 부루퉁하고 진지한 이미지를 유지하려고 애쓰는 게 다 보였고, 올리브는 그게 사랑스러워 미칠 지경이었다.

"올리브가 플립플롭 신은 것 많이 봤는데. 말 나왔으니 말인데, 플립플롭은 연구실 출근 복장으로 부적격이야."

"잘못 안 거겠죠."

"그래?"

"기분이 살짝 상하려고 하네요, 칼슨 박사님. 나는 스탠퍼드 대학 환경 및 안전 가이드라인을 심각하게 받아들이는 사람이라고요. 그런데… 잠깐, 뭐 하는…."

체격 차이가 워낙 커서 애덤은 한 손으로 올리브의 배를 누른 채 양말을 수월히 벗겨낼 수 있었다. 왜인지는 모르지만 올리브는 그게 몹시 짜릿했다. 어쩌면 내일 애덤의 몸에 한두 군데 멍이 발견될지도 모를 정도로 있는 힘껏 저항했지만, 양말 두 짝을 다 벗겼을 때쯤 올리브는 숨이 차도록 깔깔 웃고 있었다. 애덤은 올리브의 발을, 1년에 마라톤 두 차례 참가하는 사람의 신체 부위가 아니라 무슨 섬세하고 완벽한 피조물인 양, 숭배하듯 쓰다듬었다.

"정말이네." 애덤이 중얼거렸다. 올리브는 숨을 몰아쉬느라 가슴을 들썩이면서 어리둥절하게 그를 바라봤다. "발이 참 흉측하게 생겼어."

"뭐라고요?" 숨을 헉 들이마신 올리브가 그의 손에서 발을 쏙 빼낸 다음 그대로 그의 어깨를 밀쳐 벌러덩 나자빠지게 한 다음 그를 자기 몸으로 깔아뭉갰다. 물론 그는 몸집이 워낙 크니 올리브를 얼마든지 밀쳐낼 수도 있었다. 그런데 그러지 않았다. "취소해요."

"자기 입으로 먼저 말해놓고."

"취소하라고요. 내 발이 얼마나 귀여운데."

"흉측한 발 중에서 귀여운 편에 속할지도."

"그런 건 존재하지도 않아요."

그의 웃음 섞인 숨결이 올리브의 뺨을 따스하게 간질였다. "아마 그런 걸 뜻하는 독일어가 있을 거야. 귀엽지만 유난히 흉측한 것."

올리브가 따끔할 정도로 세게 그의 입술을 깨물었고, 그러자 애덤은 무슨 일이 있어도 유지하던 자제력을 잃은 것 같았다.

갑자기 그 정도로 성이 안 찬다는 듯 둘의 위치를 뒤집어 올리브의 위에 올라탔고, 깨무는 대신 키스를 퍼부었다. 아니, 어쩌면 키스를 퍼부은 건 올리브인지도 몰랐다. 방금 깨문 그 자리를 혀로 핥고 있었으니까.

그만하자고 해야 하는데, 하는 생각이 어렴풋이 들었다. 온몸이 땀투성이에 끈적거려서, 잠깐 양해를 구하고 샤워하고 와야 할 것 같았다. 그러는 게 적절한 섹스 에티켓 같았다. 그런데 애덤의 몸이 너무 따스하고 단단했고, 거의 광이 나다시피 했다. 아까 그렇게 뒹굴었는데도 기분 좋은 체취가 났고, 그만 정신이 팔려서 자기도 모르게 그의 목에 팔을 둘렀다. 그리고 확 끌어당겼다.

"왜 이렇게 무거워요." 이렇게 말하자 애덤이 일어날 것처럼 몸을 움직였고, 올리브는 얼른 다리를 그의 허리에 휘감고 그를 더 바짝 당겼다. 그렇게 있으니 더없이 안전한 기분이 들었다. 누구도 자신을 해치지 못할 것 같았다. 누구든 무찌를 수 있을 것 같았다. 애덤이 자신을 강하고 독한 사람, 아침도 먹기 전에 톰 벤턴이나 췌장암 따위 가볍게 무찌를 수 있는 사람으로 만든 것 같았다.

"아니, 좋아요. 이대로 있어요." 그를 올려다보며 미소 짓자 그의 호흡이 가빠졌다.

"이불 독점하는 거, 정말이었네." 목이 어깨와 만나는 지점, 건드리면 올리브가 숨을 토하며 몸을 젖히고 베개에 녹아드는 부위를 애덤은 새로 발견한 보물인 양 집중 공격했다. 특유의 조심스러우면서 자제력을 내다 버린 듯한 키스에 올리브는, 왜 여태 키스가 지루하고 목적도 없는 행위라고 생각했나 의아해졌다.

"가서 좀 씻어야겠어요." 말은 이렇게 하면서도 올리브는 움직이지 않았다. 애덤이 밑으로 조금 미끄러져 내려가다가 올리브의 쇄골에 잠시 정신 팔렸고, 이어서 가슴의 굴곡에 정신이 팔렸다. "애덤."

애덤은 못 들은 척하고 툭 튀어나온 올리브의 골반뼈와 갈비뼈를, 이어서 판판한 아랫배를 손으로 살살 쓸었다. 마치 기억 창고에 저장하려는 듯 주근깨 하나하나에 정성껏 입을 맞췄다. 주근깨가 좀 많은 게 아니었다. "나 땀 범벅이에요, 애덤." 올리브가 꼼지락대며 항의했다.

대답 대신 그는 한 손으로 올리브의 엉덩이를 붙잡았다. 더는 꼼지락대지 못하게. "쉿. 내가 씻어줄게."

그러더니 손가락 하나를 올리브의 몸 안에 쑥 넣었고, 올리브는 숨을 흡 들이마셨다. 왜냐하면… 아 이런. 아. 이럴 수가. 아래에서 젖은 소리가 났다. 자신의 체액과 애덤의 정액이 섞여 나는 소리였다. 애덤이 역겨워하면 어쩌나 걱정됐다. 애덤만이 아니라 자신도 역겨워할 줄 알았는데….

그런데 그러지 않았다. 게다가 애덤은 올리브의 몸을 가지고, 올리브의 몸 안을 그렇게 만든 게, 또 올리브가 그렇게 하는 걸 허락해준 게 몹시 황홀한 듯 신음을 뱉고 있었다. 그래서 그냥 눈을 감고 자신을 놓아버렸다. 애덤이 허벅지와 아랫배 사이를 핥는 감촉을 느끼고 그가 토해내는 낮은 신음과 자신의 입에서 나오는 가쁜 숨소리를 들으며, 그의 머리카락에 손가락을 파묻고 그를 더 바짝 끌어당겼다. 절정에 이르렀을 땐 확실히 몸이 아까보다 깨끗해져 있었다. 이번에는 작은 파도로 시작해 점점 커지더니, 나중에는 애덤의 머리를 감싼 허벅지가 경련하고 있었다. 그쯤 해서 애덤이 물었다. "또 해도 돼?"

발그레 상기된 얼굴과 초점 잃은 눈으로 그를 올려다본 올리브는 입술을 깨물었다. 그렇게 하고 싶었다. 진심으로 그가 자신을 밑에 깔고 안으로 들어왔으면 좋겠고, 가슴팍으로 묵직하게 짓누르면서 팔로 몸을 휘감았으면 했다. 그 안전한 기분을, 마침내 어딘가에 속하게 됐다는 기분, 애덤이 더 밀착할수록 진해지는 그 기분을 또 한 번 느끼고 싶었다.

"나도 하고 싶어요." 올리브는 한 손을 올려, 그가 자기 몸을 지탱하고 있는 쪽 팔에 얹었다. "근데… 아직 좀 쓰려서…."

애덤이 물어본 걸 즉시 후회하는 걸 알 수 있었다. 그의 몸이 일순 굳더니 자신이 너무 바짝 붙어 있는 걸 의식한 듯, 올리브가 요구하지도 않은 숨 쉴 공간을 마련해주려는 듯 뒤로 물러났다.

"아니." 올리브가 황급히 말했다. "그런 뜻이 아니라…."

"괜찮아." 올리브가 당황한 걸 보고 애덤이 고개를 숙여 키스했다.

"정말로 원하는데…."

"올리브." 그가 올리브의 몸을 감싸며 누웠다가 성기가 올리브의 등허리에 닿자 즉시 하체를 뒤로 뺐다. "네 말이 맞아. 그냥 자자."

"뭐라고요? 안 돼요." 올리브가 얼굴을 찌푸리며 일어나 앉았다. "이대로 자기 싫어요."

애덤은 자제력을 발휘하려고 애썼다. 단단하게 흥분한 성기를 감추려고 하고 올리브의 알몸에 시선을 안 주려고 하는 걸 보아 알 수 있었다. "오늘 아침 일찍 도착했잖아. 그러니 시차 때문에 피곤할 테고…."

"그렇지만 우리한텐 하룻밤밖에 없다고요." 단 하룻밤. 올리브가 바깥 세계를 문밖에 붙들어둘 수 있는 하룻밤. 톰에 대해, 아까 있었던 일에 대해, 또 애덤이 사랑한다는 베일에 싸인 여자에 대해 생각하지 않을 수 있는 하룻밤. 올리브가 애덤에게 어떤 감정을 품었건 일방적인 거라는 사실을 잊을 수 있는 하룻밤.

"괜찮아." 애덤이 손을 뻗어 올리브의 머리카락을 어깨 뒤로 넘겼다. "나한테 뭘 해줄 필요 없어. 일단 좀 자고…."

"우리한텐 하룻밤밖에 없어요." 올리브는 결단을 내리고, 손바닥으로 그의 가슴팍을 밀치며 그의 몸에 올라탔다. 다리 사이에 닿는 바지 천이 부드럽게 느껴졌다. "그러니 하룻밤을 다 가져야겠어요." 그와 이마를 맞대고 드리운 머리칼로 커튼 치듯 바깥 세계를 차단한 채 그에게 미소 지었다. 둘만의 안식처에 들어온 것 같았다. 애덤이 자신도 어쩔 수 없다는 듯 올리브의 허리를 꽉 잡더니 자기 쪽으로 확 끌어당겼고, 그러자 아, 둘의 몸이 끼워 맞춘 듯 들어맞았다. "얼른요, 애덤. 늦은 건 알지만, 벌써 자려고요?"

"난…." 올리브의 손이 바지 속으로 들어간 순간 그는 방금 하려던 말을 까맣게 잊은 듯했다. 눈이 스르륵 감기면서 그가 짧게 숨을 토해냈고, 다음 순간… 아, 그거야. "올리브."

"왜요?"

올리브는 그의 몸을 타고 계속 미끄러져 내려갔다. 그러면서 바지도 같이 끌어 내렸다. 애덤은 반쯤은 진심으로 제지하는 시늉을 했지만 이미 자제력을 잃은 듯했고, 결국 올리브가 다 벗기게 내버려뒀다. 올리브는 머리칼을 그러모아 뒤로 넘긴 다음 그의 허벅지 사이에, 뒤꿈치에 체중을 싣고 쪼그려 앉았다.

애덤은 시선을 거두려고 했지만 그러지 못했다. "너무 아름다워." 나지막하고 숨죽인 한마디는 미처 막을 새도 없이 튀어나온 것 같았다. 지금 이 상황의 다른 모든 것처럼, 의도치 않게 멋대로 흘러나온 것이었다.

"이건 처음이에요." 올리브가 고백했다. 부끄럽지는 않았다. 아마 상대가 애덤이어서 그런 것 같았다.

"그럼 됐어. 이리 와봐."

"그러니까 별로일 수도 있어요."

"그건… 올리브. 이러지 않아도 돼. 이러면 안 돼."

"알겠어요." 그러더니 올리브는 보란 듯이 애덤의 골반에 입을 맞췄고, 그러자 애덤은 올리브가 뭐 대단한 거라도 한 양 신음을 뱉었다. 마치 지금껏 한 번도 경험해보지 못한 쾌락인 듯이. "그거 말고 특별히 요구사항이 있다면 말해요."

"올리브. 이러다간 나…." 이러다가는 신음할 거라는 뜻이었나 보다. 왜냐하면 가슴속 깊은 데서 짐승이 으르렁대는 듯한 신음이 터져 나왔으니까. 올리브가 코로 그의 아랫배를 문지르자 그의 성기가 움찔하는 게 곁눈으로 보였다.

"애덤한테서 좋은 냄새가 나요."

"올리브."

천천히, 아주 정확하게, 그의 성기 밑동을 감싸 쥔 다음 내리깐 속눈썹 사이로 이리저리 살폈다. 머리 부분은 벌써 번들거렸고, 잘은 모르지만 가까스로 참고 있는 것 같았다. 굉장히 딱딱했고, 올리브의 머리 위쪽에서는 그의 가슴팍이 들썩거리고 입술이 벌어져 있었다. 피부도 발갛게 달아올라 있었다. 조금만 어떻게 해도 터질 것처럼 보였다. 그건… 좋은 신호였다. 하지만 동시에, 올리브는 오랫동안 그를 만지고 싶었다. 애덤과 몇 시간이고 함께 있고 싶었다. "전에도 누가 해준 적 있죠?"

예상했던 대로 애덤은 고개를 끄덕였다. 이불을 콱 쥔 그의 손이 살짝 떨렸다.

"잘됐네요. 그럼 내가 뭐 잘못하면 말해줘요."

마지막 한마디는 그의 성기에 입을 댄 채로 중얼거렸고, 그러자 성기가 꼭 진동하는 것 같았다. 마치 한순간 솟구쳐 흩어진 단파장에 휩쓸려 부르르 떠는 것 같았다. 올리브는 입술을 벌리고 머리 부분을 물기 전에 그를 올려다보며 살짝 미소 지었고, 그걸 본 순간 애덤은 자제력의 끈을 놓아버렸다. 등을 한껏 휘면서 신음을 뱉더니, 숨죽인 소리로 제발 잠깐만 멈춰달라고, 천천히 하라고, 아직은 아니라고 애원하기 시작했다. 올리브는 아까 자신이 경험한 것처럼 그도 척추가 뜨겁게 녹아내리는 느낌일지 궁금했다.

올리브가 처음 해보는 게 이보다 더 티가 날 수는 없었다. 그런데도 애덤은 믿을 수 없을 만큼 흥분된 것 같았다. 더 이상 자신을 제어하지 못하는 게 똑똑히 보였다. 엉덩이를 들어 올리고는 올리브의 목구멍이 자신을 타이트하게 조이도록 올리브의 머리칼에 손가락을 박고 아래로 끌어당겼다. 신음을 하면서 중얼거렸고, 자신을 올려다보는 올리브의 얼굴에 계속 홀리는 듯 자꾸 올리브와 눈을 맞췄다. "올리브, 그거", "거기를 핥아줘…", "더 넣어봐… 더 깊게. 나오게 해줘" 같은 말을 쉰 목소리에 불분명한 발음으로 쏟아냈다. 칭찬과 애정 표현이 뒤섞인 "잘하고 있어, 너무 아름답고 완벽해" 따위의 말도 들려왔다. 올리브의 입술과 몸, 눈에 대한 음란한 말도 들렸다. 두 사람의 뇌를 푹 적시고 흘러넘치는 쾌락이 아니었으면 올리브는 부끄러움을 느꼈을 것이다. 하지만 애덤이 그런 식으로 원하는 걸 말하는 게 아주 자연스러운 일처럼 느껴졌다. 올리브가 그걸 해주는 것도.

"해도 돼…?" 올리브의 치아가 귀두 바로 아래를 긁었고, 순간 그가 단음절의 신음을 토했다. "입 안에다."

올리브는 그냥 미소 지었고, 그 순간 쾌락이 몸을 타고 번지다가 끝내 온몸을 덮으면서 폭탄이 터지듯 애덤은 절정을 맞았다. 아까 올리브도 느꼈던, 눈앞이 하얘지는, 거의 고통에 가까운 감각이었다. 애덤이 서서히 팔다리의 감각을 되찾았을 때 올리브는 여전히 입을 떼지 않고 있었다. 이윽고 그가 손으로 올리브의 뺨을 살며시 감쌌다.

"너한테 하고 싶은 게 참 많은데. 상상도 못 할 거야."

"상상이 되는데요." 올리브는 입술을 핥았다. "뭐, 조금은요." 애덤이 초점 흐려진 눈을 하고 올리브의 입가를 손가락으로 쓰다듬었다. 올리브는 몇 시간 후 이걸 어떻게 포기할지, 그를 어떻게 보내줄지, 상상도 하기 싫었다.

"아니, 못 할걸."

올리브가 허리를 숙여 그의 허벅지 접힌 부분에 얼굴을 묻고 미소 지었다. "해도 되는 거, 알죠?" 그의 단단한 복부를 입술로 잘근거리고는 그를 올려다봤다. "나한테 하고 싶다는 거요."

애덤이 여전히 미소 짓고 있는 올리브를 자기 가슴께까지 끌어올렸고, 두 사람은 그대로 몇 분간 까무룩 잠이 들었다.

* * *

다시 봐도 꽤 좋은 방이었다. 주로 커다란 창문이 마음에 들었다. 그리고 해 진 후 보스턴의 경관과 자동차 불빛과 구름, 그리고 저 바깥에서 뭔지 모를 일들이 일어나고 있는 느낌도. 올리브가 굳이 신경 쓰지 않아도 될 일들이었다. 왜냐하면 올리브는 여기 있으니까. 애덤과.

"어느 나라 말로 쓰인 거예요?" 문득 궁금해져서 이렇게 물었다. 올리브가 그의 턱 밑에 얼굴을 묻고 있어서 애덤은 올리브의 표정을 볼 수 없었고, 그래서 그는 올리브의 엉덩이께에 손가락으로 아무 모양이나 그리면서 되물었다.

"뭐가?"

"읽고 있던 책 말이에요. 표지에 호랑이 그려져 있는. 독일어예요?"

"네덜란드어." 중저음의 음성이 그의 가슴팍을 울리면서 올리브의 몸으로 전달됐다.

"박제하는 법 설명서예요?"

애덤이 둔부를 살짝 꼬집자 올리브가 웃음을 터뜨렸다. "배우기 어려웠어요? 네덜란드어."

그는 올리브의 머리카락 냄새를 들이마시며 잠시 생각에 잠겼다. "글쎄. 원래 알고 있던 언어라서."

"이상하지 않았어요? 어렸을 때 모국어가 두 개인 거."

"별로. 미국으로 오기 전에는 네덜란드어로 생각했었어."

"그게 몇 살 땐데요?"

"흠. 아홉 살?"

꼬마 애덤을 떠올리자 미소가 나왔다. "부모님하고는 네덜란드어로 대화했어요?"

"아니." 애덤은 잠시 멈칫했다. "주로 우리 집에 들어와 사는 보모들하고 대화했어. 여러 명 거쳐 갔거든."

올리브는 그의 얼굴을 제대로 보려고 상체를 일으켰고, 그의 가슴팍에 두 손을 얹고 거기에 턱을 괴었다. 자신을 마주 응시하는 애덤을, 선 굵은 그 얼굴 표면을 물들이는 거리의 불빛을 눈으로 좇았다. 잘생겼다고 늘 생각은 했지만, 밤 깊은 지금 보니 숨 멎을 듯 매력적이었다.

"부모님이 바쁘셨어요?"

애덤이 한숨을 내쉬었다. "일에 모든 걸 바치는 타입이었어. 일 말고 다른 데는 시간을 낼 줄 모르는 분들이었지."

올리브는 대답 대신 '흐음' 하면서, 머릿속에 그려보았다. 다섯 살 된 애덤이 주로 작대기 형태의 사람 그림을, 헤드셋에 대고 뭐라고 중얼거리는 비밀 요원에게 둘러싸인, 짙은 색 정장 차림의 키 크고 무관심한 부모에게 보여주는 모습을. 외교관이 어떤지 잘 모르니 상상이 잘 안 갔다. "어렸을 때 행복했어요?"

"좀… 말하자면 복잡해. 흔하디흔한 양육 환경이었어. 경제적으로 풍족하지만 정서적으로는 메마른 부모에게서 태어난 외동. 원하는 건 뭐든 할 수 있었지만 같이 할 사람이 없었지."
서글픈 소리로 들렸다. 올리브 모녀는 가진 건 별로 없지만 결
코 외롭지는 않았는데. 암이 모든 걸 앗아가기 전까지는.

"홀든 말고는요?"

그러자 애덤이 슬며시 웃었다. "홀든 말고는 아무도. 근데 홀
든과 친해진 것도 나중 일이라. 그때쯤에는 나도 모든 것에 나
만의 방식이 굳어져 있었던 것 같아. 혼자서 노는 방법을 배워
야 했으니까… 이것저것 하면서. 취미라든가. 과외 활동. 학교
생활. 다른 사람과 함께 뭔가를 해야 할 때는… 못되고 쌀쌀맞
게 굴었어." 올리브가 눈알을 굴리며 그의 살을 살짝 깨물자 애
덤이 나지막이 웃음을 터뜨렸다. "부모님하고 똑같은 사람이 된
거야." 그가 혼잣말처럼 말했다. "일만 바라보는 사람."

"그건 사실이 아니에요. 다른 사람한테 신경 써줄 줄 알잖아
요. 나한테도 그렇고." 올리브가 웃어 보였지만 애덤은 쑥스러
운 듯 고개를 돌렸고, 그래서 올리브는 화제를 바꾸기로 했다.
"내가 할 줄 아는 네덜란드어는 '이크 하우 판 야우'밖에 없는
데." 발음이 형편없었던 모양인지, 애덤은 한동안 그게 무슨 소
리인지 이해하지 못했다. 마침내 이해했을 때는 눈이 휘둥그레
졌다.

"학부생 때 룸메이트가 '사랑해'를 모든 언어로 써놓은 포스
터를 걸어놨었거든요." 올리브가 설명했다. "내 침대 바로 맞은
편에. 그래서 아침에 잠에서 깰 때 제일 처음 보이는 게 그거였

어요."

"그럼 졸업할 때쯤 모든 언어를 마스터 했겠네?"

"1학년 때 했죠. 룸메이트는 2학년 때 여학생 클럽에 가입해서 숙소를 옮겼는데, 차라리 다행이었어요." 올리브는 눈을 내리깔고 그의 가슴팍에 얼굴을 비비다가 다시 그를 올려다봤다. "생각해보면 참 바보 같아요."

"바보 같다니?"

"'사랑해'를 모든 언어로 알아둬야 할 필요가 뭐가 있어요? 한 언어로도 쓸까 말까 한데. 어쩔 땐 그것조차 필요 없고요." 이렇게 말하면서 손가락으로 애덤의 머리칼을 쓸어 넘겼다. "반면에 '화장실이 어디예요?'는…."

애덤은 그 손길에 마음이 평온해지는 듯, 머리를 더 기댔다. "바르 이스 드 브이씨?"

올리브가 눈을 깜빡거렸다.

"'화장실이 어디예요?'라는 뜻이야." 애덤이 설명했다.

"그건 짐작했어요. 근데… 목소리가…." 말하다 말고 헛기침으로 얼버무렸다. 외국어로 말할 때 애덤 목소리가 얼마나 매력적인지는 몰라도 좋았을 텐데. "아무튼. 그 구절을 포스터로 만들면 상당히 유용할 텐데 말이죠." 그러고는 손가락으로 그의 이마를 쓸며 물었다. "이건 어쩌다 이렇게 된 거예요?"

"내 얼굴?"

"이 조그만 흉터요. 눈썹 바로 위에."

"아. 별것 아닌 걸로 싸우다가."

"싸웠다고요?" 올리브가 쿡쿡 웃었다. "지도하는 학생 중 하나가 죽이려고 달려들기라도 했어요?"

"아니, 어렸을 때 그런 거야. 근데 내가 맡은 학생들이 내 커피에 아세토니트릴 타는 건 상상이 된다."

"충분히 상상되죠." 올리브가 장난으로 고개를 끄덕였다. "나도 흉터 있어요." 그러고는 머리카락을 어깨 뒤로 넘기고 관자놀이 바로 옆의 조그만 반달 모양 흉터를 보여줬다.

"알아."

"알아요? 여기 흉터 있는 걸?"

애덤이 고개를 끄덕였다.

"언제 발견했어요? 아주 희미한데."

애덤은 어깨를 으쓱하고는 엄지로 그 흉터를 살며시 쓸기 시작했다. "어쩌다 생긴 거야?"

"기억 안 나요. 엄마가 얘기해줬는데, 내가 네 살 때 토론토에 엄청난 눈보라가 덮쳤대요. 눈이 몇십 센티미터나 쌓였는데, 50년 만에 닥친 대형 눈보라였다나. 어떤 건지 알죠. 폭설이 내릴 걸 다들 알고 있었고 엄마도 며칠간 단단히 대비하면서 나한테, 우리 며칠간 집에 갇힐지도 모른다고 일러뒀대요. 그 얘길 듣고 내가 너무 신나서 당장 뛰쳐나가 머리부터 눈밭에 뛰어든 거죠. 근데 폭설이 시작된 지 30분밖에 안 돼서, 돌바닥에 머리를 찧은 거예요." 올리브가 가볍게 웃음을 터뜨렸고, 애덤도 따라 웃었다. 올리브의 엄마가 제일 좋아해서 몇 번이고 들려주던 일화였다. 이제는 그 이야기를 해줄 수 있는 사람이 올리브밖에 안 남았지만. 그 이야기는 올리브의 마음속에 살아 있었다. 오직 올리브의 마음속에만. "눈이 그리워요. 캘리포니아는 참 아름답고 나는 추위를 싫어하는데도 눈이 너무너무 그리워요."

애덤은 입가에 희미한 미소를 띤 채 계속해서 올리브의 흉터를 쓰다듬었다. 그러다가 침묵이 무겁게 내려앉았을 때쯤 불쑥 말했다. "보스턴에는 눈이 올걸. 내년에."

올리브의 심장이 쿵쿵 뛰었다. "맞아요." 올리브가 이제는 보스턴에 가지 않을 생각이라는 점만 빼면. 다른 연구실을 찾아야 했다. 아니면 아예 연구실 일을 그만두거나.

애덤의 손이 올리브의 목을 타고 올라가 뒤통수 바로 밑을 살며시 감쌌다. "하이킹하기 좋은 산길도 있어. 홀든하고 학부 생 때 많이 갔던 덴데." 그는 조금 머뭇거리더니 덧붙였다. "올리브랑 같이 가면 정말 좋을 것 같아."

올리브는 눈을 스르륵 감고 잠시 상상을 허락했다. 새하얀 눈과 진초록 나무들을 배경으로 나부끼는 애덤의 새카만 머리칼. 폭신한 흙을 딛는 올리브의 부츠 신은 발. 폐를 가득 채우는 찬 공기, 올리브의 손을 잡는 따스한 손. 감은 눈꺼풀 뒤로, 흩날리는 눈발이 거의 보일 듯했다. 천국 같겠지.

"애덤은 캘리포니아에 있을 거잖아요." 올리브가 아직 상상

457

속에 있는 듯 중얼거렸다.

잠시 정적이 내려앉았다. 너무 긴 정적이었다.

올리브가 눈을 떴다. "애덤?" 애덤은 신중히 말을 고르듯 입 안에서 혀를 굴리다가 대답했다. "보스턴으로 옮겨 갈 수도 있어."

올리브는 영문 모르는 표정으로 눈을 깜빡였다. 옮겨간다고? 아예 간다고? "뭐라고요?" 아니야. 무슨 소릴 하는 거지? 애덤이 스탠퍼드를 떠날 리가 없잖아, 안 그래? 애초에 그럴 생각은, 곧 이직할 사람 같다는 건 애초부터 진짜가 아니었잖아. 안 그래?

그런데 문득, 애덤이 자기 입으로 그런 말을 한 적은 없는 것 같았다. 두 사람의 대화를 머릿속에서 재생해보니 애덤은 학과가 연구 기금을 유예하고 있다고 불평했고, 자신이 곧 떠날 거라는 의심을 받고 있다고, 톰과의 협력 연구 때문에 사람들이 알지도 못하면서 넘겨짚는다고 불평했지만, 정작… 그들이 잘못 안 거라는 말은 한 적이 없었다. 동결된 기금은 사용처가 정해져 있다고 했을 뿐. 그 사용처란 바로 올해 진행할 연구였고, 바로 그래서 최대한 빨리 동결을 풀어주기를 바랐던 것 아닌가.

"하버드." 단단히 바보가 된 기분으로 올리브가 중얼거렸다. "하버드로 이직하려는 거군요."

"아직 결정 안 됐어." 애덤이 아직도 올리브의 목을 감싸고 있는 손의 엄지로 맥박이 뛰는 자리를 살살 쓸었다. "면접 보러 오라고는 하는데, 정식 제안은 없었어."

"언제요? 면접 언제 보는데요?" 이렇게 묻긴 했지만 답은 이미 알고 있었다. 모든 조각이 머릿속에서 맞아떨어지고 있었다. "내일이구나. 집에 돌아가는 게 아니구나." 사실 그가 내일 집에 간다고 말한 적은 없었다. 학회를 일찍 뜬다고 했지. 맙소사. 멍청하긴, 올리브. 이렇게 멍청할 수가 있니. "하버드에 가는 거였어요. 주말까지 쭉 면접 보려고."

"학과장 의심을 피하려면 이러는 수밖에 없어." 애덤이 해명했다. "학회가 좋은 핑계가 됐지."

올리브는 고개를 끄덕였다. 좋은 정도가 아니었다. 완벽한 핑계였다. 맙소사, 속이 울렁거렸다. 그리고 누워 있는데도 다리 힘이 풀리는 것 같았다. "하버드는 종신직을 제안할 거예요." 애덤도 다 아는 얘기겠지만, 그래도 중얼거렸다. 어쨌든 대단하신 애덤 칼슨 아닌가. 게다가 면접 보러 오라고 그쪽에서 제안했고, 데려가려고 공들이고 있는 것이다.

"아직 확정된 건 아니야."

확정된 거나 마찬가지였다. 아닐 리가. "왜 하버드예요?" 올리브가 불쑥 물었다. "왜… 왜 스탠퍼드를 떠나려는 거예요?" 침착하게 말하려고 했지만 목소리가 조금 떨렸다.

"부모님이 동부에 사시고, 지금이야 사이가 좋지 않지만 앞으로 가까이 살아야 할 날이 올 것 같아서." 애덤이 말을 멈췄지만, 할 말이 남아 있는 걸 올리브는 알 수 있었다. 그래서 곧 나올 말에 단단히 대비했다. "가장 큰 이유는 톰이야. 그리고 연구 지원금. 비슷한 종류로 연계해서 연구하고 싶은데, 그것도 우리가 좋은 성과를 내야만 가능하거든. 톰하고 같은 데 소속돼서 일하면 생산성이 훨씬 커질 거야. 일만 놓고 보면 고민할 여지도 없는 결정이지."

마음을 단단히 먹었는데도 명치를 세게 맞아 숨이 훅 빠져나간 것 같았고, 배 속이 뒤틀리면서 심장마저 덜컥 내려앉았다. 톰. 톰 때문이라니.

"그렇군요." 올리브가 속삭였다. 다음 말은 목소리에 더 힘을 실을 수 있었다. "말이 되네요."

"올리브가 적응하는 것도 도와줄 수 있어." 애덤이 눈에 띄게 더 수줍은 투로 말했다. "올리브가 원한다면. 보스턴에 수월하게 적응하게. 톰의 연구실에도. 내가 여기저기 구경도 시켜주고, 만약 올리브가… 적적하다면. 펌킨 어쩌고 음료도 사줄 수 있어."

대꾸를 할 수가 없었다. 도저히… 그 말에는 대꾸가 도저히 안 나왔다. 그래서 잠시 고개를 푹 숙인 채 마음을 단단히 무장하라고 자신을 타이른 다음, 고개를 들고 환히 웃어 보였다.

할 수 있어. 해낼 거야. "내일 몇 시에 떠나요?" 아마 하버드 캠퍼스와 가까운 다른 호텔로 옮기는 것일 터였다.

"아침 일찍."

"알았어요." 올리브는 몸을 숙여 그의 목덜미에 얼굴을 묻었다. 오늘 밤은 한숨도 자지 말아야지. 아깝게 잘 수는 없었다.

"갈 때 나 안 깨워도 돼요."

"아래층까지 가방 안 들어줄 거야?"

올리브는 그의 목에 얼굴을 묻은 채 웃음을 터뜨렸고, 그의 품에 더 파고들었다. 오늘 밤은 우리 둘의 완벽한 하룻밤이 될 거야. 우리의 마지막 밤.

18장

가설: 심장은 가장 약한 수소 결합체보다 더 쉽게 부서질 것이다.

올리브를 깨운 건 중천에 뜬 해도 하우스키퍼도 아니었다. 후자는 아마 애덤이 문고리에 걸어둔 '방해하지 마시오' 표지 덕분일 터였다. 정말로, 진심으로 하루를 시작하기 싫은데도 올리브가 침대에서 나오게 한 건 협탁에서 미친 듯이 울려대는 진동 알림이었다.

베개에 얼굴을 묻은 채 팔만 뻗어 더듬더듬 찾아낸 휴대전화를 귀에 갖다 댔다.

"여보세요?" 힘없이 이렇게 말했지만, 곧 통화 착신이 아니라 아주 긴 연속 수신 알림이라는 걸 깨달았다. 개중엔 아슬란 박사가 발표 축하한다며 얼른 녹음한 것 보내달라는 메일도 있었고, 그렉이 보낸 문자 두 통(다채널 피펫 봤어? 됐다, 찾았어), 맬컴이 보낸 문자 한 통(이거 보면 전화해)도 있고, 또….

안이 보낸 메시지는 무려 143통이나 됐다.

"이게 웬…?" 액정 화면을 보며 눈을 끔벅이던 올리브는 화면 잠금을 풀고 스크롤하기 시작했다. 설마 선크림 바르라는 잔

소리 143통은 아니겠지?

안: 오.

안: 마이.

안: 갓.

안: 지저스.

안: 세상에 마상에 오마이갓

안: 어디 있어

안: 올리브

안: 올리브 루이즈 스미스

안: (농담이야, 너 미들네임 없는 거 알아.)

안: (근데 있으면 루이즈일 거야, 반박 시 내 말이 맞음.)

안: 도대체 어딘데?!?!?

안: 지금 무슨 일이 일어나고 있는지 알아? 무슨 일이 일어나고 있

안: 네 방 어딘데 내가 당장 간다.

안: 올 이건 만나서 직접 얘기해줘야 해!!!!!!!

안: 혹시 죽었니?

안: 죽은 거 맞길. 아니면 이거 놓친 걸 절대 용서하지 않을 거야, 올리브

안: 올리브, 이거 실화냐, 아니면 판타지?

안: 오오오오오올리브으으으

올리브는 끙 신음하며 손으로 얼굴을 벅벅 문질렀고, 나머지 125통은 무시하고 바로 안에게 호텔방 번호를 문자로 전송했

다. 그런 다음 욕실로 가 칫솔로 손을 뻗으면서, 애덤의 칫솔이 있던 자리가 지금은 비어 있는 걸 애써 외면했다. 안이 뭘 가지고 호들갑인지는 몰라도, 막상 들어보면 김빠지는 일일 게 빤했다. 들으나 마나 제러미가 학과 뒤풀이에서 아이리시 탭댄스를 췄다든가, 체이스가 혀로 체리 꼭지 매듭짓기를 보여줬다는 얘기겠지. 재미난 얘기인 건 분명하지만, 둘 다 안 들어도 사는 데 지장은 없었다.

얼굴의 물기를 닦아내면서, 여기저기 쑤시는 몸을 그럭저럭 잘 모른 척하고 있다는 생각이 들었다. 몸의 세포 하나하나가 되살아난 듯 진동하고 있고 두 시간 뒤에도, 세 시간, 다섯 시간 뒤에도 멈출 기미가 없어 보이는 것도. 그리고 맨살에 남아 있는 포근한 애덤의 체취도.

그래. 참 잘하고 있다.

욕실에서 나왔을 때는 누가 문을 부숴버릴 듯 쾅쾅 두드리고 있었다. 문을 열자 안과 맬컴이 곧바로 들이닥쳤고, 두 사람은 올리브를 덥석 안으며 곧장 말을 쏟아내기 시작했다. 너무 큰 소리로 빠르게 말해서 도통 알아들을 수가 없었다. '패러다임을 전환하는', '인생이 바뀔', '역사의 분기점이 될 사건' 운운만 간신히 알아들었다.

둘은 쉼 없이 말하면서, 사용한 흔적이 없는 올리브의 침대로 가 털썩 앉았다. 그렇게 서로의 말을 씹으며 다다다 쏟아내는 걸 몇 분 더 듣다가 안 되겠다 싶어서 올리브는 두 손을 들어 보였다.

"잠깐만." 벌써 두통이 시작되고 있었다. 오늘은 여러 가지 이유로 악몽 같은 하루가 될 것 같았다. "무슨 일이 있었던 거야?"

"진짜 기이한 사건." 안이 대뜸 말했다.

"역대급으로 화끈한 사건." 맬컴이 끼어들었다. "화끈한 사건이라는 뜻으로 한 말일 거야."

"대체 어디에 있었던 거야, 올리브? 우리랑 뒤풀이 간다고 했잖아."

"여기 있었어. 그냥, 어, 발표 끝나고 너무 피곤해서 바로 잠들었는데⋯."

"약한데, 올, 변명이 너무 약해, 하지만 그거 가지고 뭐라 할 시간 없으니까 그냥 넘어가줄게. 왜냐하면 어젯밤에 있었던 일을 얘기해줘야 하니까⋯."

"내가 얘기해야지." 맬컴이 안을 매섭게 째려봤다. "내 얘기니까."

"그건 인정." 안이 과장된 손짓을 곁들이며 양보했다.

만족한 맬컴이 씩 웃더니 한차례 목을 가다듬었다. "올리브, 내가 지난 몇 년간 침대로 데려가고 싶어서 안달했던 사람이 누구지?"

"어⋯." 올리브가 관자놀이를 긁적였다. 바로 떠오르는 사람만 해도 서른 명은 됐으니까. "빅토리아 베컴?"

"아니야. 아니, 맞아. 근데 아니야."

"데이비드 베컴?"

"그것도 맞아. 근데 아니야."

"스파이스 걸스 다른 멤버? 아디다스 트레이닝복 입은…."

"아니야. 좋아, 그것도 맞아. 근데 유명인은 잊고 현실 속 인물한테 포커스를 맞춰서…."

"홀든 로드리게스야." 안이 못 참고 툭 말해버렸다. "맬컴이과 뒤풀이에서 홀든 로드리게스랑 눈 맞았어. 올, 유감스럽지만 네가 '교수랑 커플' 클럽에서 폐위된 고로 더 이상 회장이 아님을 통지한다. 불명예 퇴진할래, 아님 순순히 재무장관직 수락할래?"

올리브는 눈을 깜빡였다. 여러 번. 몇 번인지 세지도 못할 만큼. 이윽고 입에서 이런 한마디가 흘러나왔다. "우와."

"정말 기이한…."

"화끈한 일." 맬컴이 끼어들었다. "세상에서 제일 화끈한 일."

"기이하면서 이상할 수도 있지."

"그래, 근데 이건 백 퍼센트 순전히 화끈하기만 하고 기이한 부분은 하나도…."

"잠깐만." 올리브가 말을 끊었다. 두통이 아까보다 두어 단계 심해진 것 같았다. "홀든은 우리 학과 소속도 아니잖아. 왜 우리 과 뒤풀이에 온 거야?"

"그건 모르겠지만, 마침 얘기 잘 꺼냈다. 홀든은 약대 소속이니까 우리는 누구한테 허락받을 필요 없이 원하는 대로 다 할 수 있어."

안이 고개를 갸우뚱했다. "그렇게 되나?"

"그럼. 콘돔 사러 드럭스토어 가는 길에 스탠퍼드대 교제 관련 규정 다 찾아봤어. 뭐, 그것도 우리한텐 전희였지." 맬컴이 당시의 황홀감을 떠올리듯 눈을 감았다. "드럭스토어 갈 때마다 흥분 안 하는 날이 올까?"

올리브가 목을 가다듬은 후 대꾸했다. "정말 잘됐다." 진심이었다. 이런 얘기가 조금 어색하게 느껴지긴 하지만. "어쩌다가 그렇게 됐어?"

"내가 들이댔어. 끝내줬지."

"정말 부끄러움을 모르더라, 올. 그런데 끝내줬어. 내가 사진도 찍어뒀어."

맬컴이 발끈해서 숨을 들이쉬었다. "잠깐, 그건 불법행위고 내가 너 고소할 수도 있어. 근데 내가 잘 나왔으면 나한테 다 보내봐."

"당연히 보내주지. 자, 이제 섹스 어땠는지 말해봐."

평소에는 자기 성생활을 낱낱이 묘사하는 데 주저함이 없던 맬컴이 눈을 스르륵 감고 흐뭇하게 웃기만 하는 것 자체가 많은 것을 말해줬다. 안과 올리브는 '대단한데' 하는 듯한 눈짓을 길게 주고받았다.

"게다가 더 대박인 건 뭔지 알아? 나를 또 보고 싶대. 오늘. 데이트로. 내가 눈치 준 것도 아닌데 자진해서 '데이트'라는 말을 꺼냈다고." 맬컴이 매트리스에 풀썩 드러누웠다. "홀든은 너무 섹시해. 재밌고. 착하고. 다정하고 야수 같은 남자야."

맬컴이 너무 행복해 보여서 올리브는 충동을 누르지 못했다.
어젯밤부터 줄곧 목구멍에 걸려있던 울음을 삼키고, 덩달아 침
대에 와락 뛰어들어 맬컴을 힘껏 껴안았다. 안도 따라서 뛰어들
어 맬컴을 껴안았다.

"둘이 잘돼서 행복해, 맬컴."

"나도." 안은 맬컴의 머리칼에 얼굴을 묻고 있어서, 목소리가
먹먹하게 들렸다.

"나도 내가 잘돼서 행복해. 홀든이 진지한 거였으면 좋겠다.
내가 금메달 목표로 훈련 중이라고 한 거 기억나? 홀든은 플래
티넘 메달이라고."

"네가 칼슨한테 물어보면 되겠다, 올." 안이 불쑥 말했다. "홀
든의 진심이 어떤지 혹시 아느냐고."

당분간 그럴 기회는 없을 것 같았지만 그래도 올리브는 순순
히 대답했다. "물어볼게."

맬컴이 올리브를 향해 돌아누웠다. "어젯밤 진짜로 그냥 잠
들었어? 아니면 칼슨이랑 그렇고 그런 거 하면서 자축했어?"

"자축하다니?"

"내가 홀든한테 네가 걱정된다고 하니깐 홀든이 너희 둘이
아마 자축하고 있을 거라던데? 칼슨이 연구비 돌려받았다고.
그건 그렇고, 칼슨하고 홀든이 절친한 친구인 거 왜 말 안 해줬
어? 그런 정보를 입수했으면 '홀든 로드리게스 팬클럽 창립자

468

겸 활동 우수회원'인 룸메이트한테 제깍제깍 알렸어야지…."

"잠깐만." 올리브가 눈이 휘둥그레져서 일어나 앉았다. "돌려받았다는 연구비가 혹시… 동결됐다는 그 연구비야? 학교 측이 쥐고 있던?"

"그럴걸? 홀든 말로는 학장이 드디어 의심을 풀었다나 뭐라나. 귀담아들으려고 했지만, 칼슨 얘기 하니까 흥이 죽어서… 기분 나빠지라고 하는 소리는 아니고. 게다가, 자꾸 홀든의 눈빛에 푹 빠져서 어쩔 수가 없었어."

"홀든의 엉덩이에도." 안이 한마디 덧붙였다.

"홀든의 엉덩이에도." 맬컴이 행복한 한숨을 내쉬며 맞장구쳤다. "엉덩이가 어쩌나 예쁜지. 허리랑 이어지는 부분에 보조개도 있다."

"야, 그거 제러미도 있는데! 볼 때마다 깨물고 싶더라."

"사랑스럽지 않냐?"

올리브는 두 사람의 호들갑을 흘려들으며 침대에서 일어나 휴대전화를 집어 들고 날짜를 확인했다.

9월 29일.

9월 29일이었다.

물론 알고는 있었다. 오늘이 오리라는 걸 한 달도 더 전부터 알고 있었지만, 지난 한 주간은 발표 준비로 호들갑 떠느라 다른 데 신경 쓸 틈이 없었고 애덤도 별말이 없었다. 지난 24시간 벌어진 일을 감안하면 애덤이 연구비 돌려받은 얘기를 깜빡한 것도 충분히 이해가 됐다. 그렇지만. 그게 의미하는 바는….

올리브는 눈을 질끈 감았다. 배경음처럼 깔린 안과 맬컴의 신난 수다가 점점 음량이 커졌다. 다시 눈을 떴을 때 휴대전화 액정에 메시지 알림이 떠 있었다. 애덤이 보낸 것이었다.

애덤: 오후 4시 반까지 인터뷰 있는데, 저녁에는 시간 비어. 같이 저녁 먹을까? 캠퍼스 근처에 괜찮은 식당 많아(애석하게도 컨베이어 벨트 식당은 없지만). 올리브가 바쁘지 않다면 내가 캠퍼스 구경시켜줄게. 가능하면 톰의 연구실도.

애덤: 당연히 강요는 아니야.

오후 2시가 돼가고 있었다. 어제보다 몸이 두 배는 더 무겁게 느껴졌다. 올리브는 심호흡을 하고 어깨를 쫙 편 후, 답장으로 보낼 문자를 치기 시작했다.

어떻게 해야 할지는 이미 알고 있었다.

* * *

올리브는 다섯 시 정각에 그의 호텔 방 문을 두드렸고, 몇 초 후 애덤이 아직 면접용 복장인 게 틀림없는 슬랙스와 단추 달린 셔츠 차림으로 문을 열었다. 그리고….

올리브를 향해 환히 웃었다. 예전에 보여주던 웃는 듯 마는 듯한 미소가 아니라, 진심에서 우러나온 미소였다. 보조개와 눈가 주름 그리고 올리브를 봐서 행복해하는 마음까지 다 드러난 미소. 그 미소를 보니 그가 입을 열기도 전에 마음이 수천 갈래로 찢어지는 것 같았다.

"올리브."

아직도 알아내지 못한 한 가지는 이거였다. 올리브의 이름을 부르는 그의 음성과 어조가 왜 이리 특별하게 느껴지는지. 표면에 드러날 듯하면서 감질나게 드러나지 않는 뭔가가 응축되어 있는 느낌이었다. 수많은 가능성이 담긴 한마디. 가늠할 수 없는 깊이와. 올리브는 그게 진짜인지 아니면 상상의 산물인지, 또 애덤은 알고나 있는지 궁금했다. 사실 많은 게 궁금했지만, 그 마음에 뚜껑을 닫아야 했다. 이제는 다 소용없으니까.

"들어와."

전날 묵은 방보다 더 고급이었다. 올리브는 세상에 애덤 칼슨에게 숙박비로 수천 달러를 쓰는 사람들이 있다는 게 어이없어서 눈알을 굴렸다. 정작 애덤은 숙소 환경에 신경도 안 쓰는데. 애덤한테는 간이침대나 주고, 그 돈은 좋은 데 기부하지. 멸종위기 고래 보호 단체라든가. 건선 연구 기관이라든가. 아니면 올리브한테 주든가.

"이거 가져왔어요. 애덤이 놓고 간 것 같아서." 그에게 몇 걸음 다가서면서 휴대전화 충전기를 내밀었다. 손이 안 닿게, 연결선 끝을 잡고 대롱대롱 늘어뜨려서.

"맞아. 고마워."

"협탁 램프 뒤에 있더라고요. 아마 그래서 못 챙겼나 봐요."

올리브가 입을 꾹 다물었다가 말을 이었다. "아님 나이 들어서 그런가. 벌써 치매에 걸렸는지도 모르잖아요. 아밀로이드 플라크가 쌓일 대로 쌓인 거죠."

애덤이 눈알을 부라렸고, 올리브는 웃지 않으려고 했지만 이미 얼굴에 웃음이 번지고 있었다. 그가 눈알을 굴리며 입만 살아 있는 것 보라고 투덜거렸고, 이어서….

이것 봐. 또 이러고 있지. 젠장.

올리브는 의식적으로 시선을 돌렸다. 왜냐하면… 안 돼. 더는 안 돼. "인터뷰는 어땠어요?"

"좋았어. 근데 이제 첫째 날이라."

"며칠 동안 하는데요?"

"너무 여러 날." 애덤이 한숨을 뱉었다. "톰하고 같이 지원비 승인 심사도 받아야 해."

톰. 맞다. 그렇지. 그렇겠지. 그것 때문에 내가 여기 온 거였지. 애덤한테 잘 설명하고….

"여기까지 와줘서 고마워." 애덤이 진심 어린 목소리로 조용히 말했다. 올리브가 지하철 타고 그를 보러 온 게 대단한 기쁨을 안겨준 양. "친구들하고 노느라 시간 안 날 줄 알았는데."

올리브는 고개를 저었다. "아뇨, 안은 제러미 만나러 갔어요."

"속상하겠네." 애덤은 진심으로 안 됐다는 표정이었고, 올리브는 자신이 한 거짓말과 자신이 제러미를 사랑한다고 애덤이 넘겨짚은 사실을 기억해내는 데 몇 초가 걸렸다. 애덤에게 속마음을 들키는 것보다 나쁜 일은 세상에 없을 거라고 믿었던 게 겨우 몇 주 전의 일인데 몇 년은 된 것 같았다. 지난 며칠간 있었던 일을 떠올리면, 그렇게 생각한 게 참 바보스러웠다. 다 털어놓는 게 제일 좋겠지만, 이제 와서 무슨 소용일까? 애덤 입장에서는 진실을 아는 것보다 믿고 싶은 대로 믿는 쪽이 마음 편하겠지.

"그리고 맬컴은… 홀든이랑 같이 있고요."

"아, 그거." 애덤이 진이 빠진 얼굴로 고개를 끄덕였다.

올리브와 안이 지난 두 시간 동안 맬컴에게 시달린 것과 비슷하게 애덤도 홀든에게 시달렸을 것을 상상하니 웃음이 났다. "얼마나 심해요?"

"심하다니?"

"맬컴하고 홀든 사이 말이에요."

"아." 애덤이 벽에 한쪽 어깨를 기대고 가슴 앞에 팔짱을 꼈다. "잘된 일일 수도 있어, 적어도 홀든한테는. 맬컴을 정말로 좋아하거든."

"그렇게 말했어요?"

"쉬지 않고." 애덤이 질렸다는 듯 눈알을 굴렸다. "홀든의 정신연령이 열두 살인 것 알고 있었어?"

올리브가 웃음을 터뜨렸다. "맬컴도 그런데. 이 사람 저 사람 엄청 많이 만나는 대신 보통은 기대치를 알아서 잘 조절하는데, 홀든에 한해서는…. 아까 점심때 샌드위치 먹고 있는데 맬컴이 느닷없이 홀든은 땅콩 알레르기 있다고 말하는 거 있죠. 피넛버 터 들어간 샌드위치도 아니었는데!"

"홀든은 땅콩 알레르기 없어. 그냥 견과류 싫어서 거짓말 하는 거야." 애덤이 관자놀이를 문지르며 말을 이었다. "오늘 아 침엔 일어나 보니까 홀든이 맬컴의 팔꿈치 가지고 지은 삼행시 를 문자로 보냈더라고. 새벽 3시에."

"시는 읽을 만해요?"

애덤이 대답 대신 한쪽 눈썹을 치켜올렸고, 그걸 보자 또 웃 음이 터졌다.

"그 둘은…."

"최악이야." 애덤이 고개를 저으며 대신 말을 이었다. "근데 어쩌면 홀든한테 딱 필요했던 것 같기도 해. 마음 줄 상대, 그리 고 홀든을 똑같이 아껴줄 사람."

"맬컴도요. 다만 좀… 걱정은 돼요. 홀든이 줄 수 있는 것보 다 더 많은 걸 원할까봐."

"걱정 마, 홀든은 당장 세금 합산 신고까지 할 기세니까."

"잘됐네요. 다행이에요." 올리브가 미소 지었다. 하지만 쉽게 떠오른 만큼 미소는 빠르게 사그라졌다. "일방적인 관계는… 너무 힘들잖아요." *나보다 더 잘 알 사람이 어디 있겠어요. 그런 데 어쩌면 애덤도 잘 알겠네요.*

애덤이 자기 손바닥을 내려다봤다. 홀든이 말한 여자를 떠올 리고 있는 게 틀림없었다. "그렇지. 힘들지."

질투란 참 묘한 아픔이었다. 혼란스럽고, 낯설고, 참 익숙하지 않은 감정이었다. 마음을 후벼 파면서 한편으론 영 갈피를 못 잡게 만드는, 하여튼 열다섯 살 때부터 느껴온 외로움과는 전혀 다른 종류의 아픔이었다. 아직도 엄마가 매일 보고 싶지만, 그 아픔은 나이 먹으면서 일을 위한 추동력으로, 또 목적의식으로 전환할 줄 알게 되었다. 그런데 질투심은… 그리고 질투심이 불러오는 비참함에서는 얻을 게 하나도 없었다. 그저 갈 곳 없이 떠다니는 잡생각, 그리고 애덤을 떠올릴 때마다 가슴을 힘껏 쥐어짜는 통증뿐.

"물어볼 게 있어." 애덤이 불쑥 말했다. 그 진지한 투에 올리브는 시선을 들었다.

"뭐든 물어봐요."

"어제 학회에서 험담했다는 사람들 말이야…."

올리브는 즉시 몸이 굳었다. "웬만하면 그 얘기는…."

"억지로 뭘 하라고는 안 할게. 하지만 그게 누구였건, 나는 올리브가…. 정식으로 항의를 넣는 게 좋을 것 같아."

아. 이런. 누가 나한테 잔인한 장난을 치고 있는 건가? "역시 애덤은 항의하는 걸 좋아하네요." 농담을 가장하며 짧게 웃음을 터뜨렸지만, 분위기를 띄우려는 시도는 실패하고 말았다.

"난 진심이야, 올리브. 그렇게 하겠다면 내가 어떻게든 도와줄게. SBD 주최 측하고 면담할 거면 같이 가서 증언해줄 수도 있고, 아니면 우리 둘이 스탠퍼드대 타이틀나인 담당자한테 가서 신고할….”

“아뇨. 난…. 애덤, 아니에요. 항의 안 하려고요.” 올리브는 손가락으로 눈을 비볐다. 이 상황이 마치 누군가가 엄청난 스케일로 벌이고 있는 못된 장난처럼 느껴졌다. 애덤이 실상을 전혀 모르고 있다는 것만 빼고. 애덤은 진심으로 올리브를 보호해주려고 하는데, 올리브가 원하는 건… 오직 애덤을 보호하는 것이었다. “이미 결정한 일이에요. 항의해봤자 득보다 실이 더 많을 거예요.”

“왜 그렇게 생각하는지 알아. 나도 박사과정 때 지도교수 때문에 고민하면서 그런 생각 했으니까. 우리 다 그랬어. 그런데 어떻게든 해볼 방법이 분명 있어. 그 말을 한 사람이 누구든 반드시….”

“애덤…,” 올리브는 한 손으로 얼굴을 쓸어내렸다. “그건 그냥 잊어줘요. 부탁이에요.”

그러자 애덤이 잠시 말없이 올리브의 얼굴을 들여다보더니 고개를 끄덕였다. “알았어. 그럴게.” 그러고는 벽에서 몸을 떼고 똑바로 섰다. 설득을 포기하는 게 마음에 들지는 않지만, 그래도 노력하고 있었다. “나가서 저녁 먹을까? 근처에 멕시코 음식점 있던데. 아니면 스시 먹어도 좋고… 진짜 스시로. 밥 먹고 영화 보러 가도 좋겠다. 말이 안 죽는 영화, 찾아보면 한두 편은 상영할 거야.”

“별로… 배가 안 고파요.”

"아." 그의 얼굴에 장난스러운 표정이 떠올랐다. 다정한 장난스러움이었다. "그게 가능한 줄 몰랐는데."

"나도요." 올리브는 힘없이 웃고는, 마음 단단히 먹고 다음 말을 이어갔다. "오늘은 9월 29일이에요."

잠시 침묵이 찾아왔다. 애덤이 조바심 없이, 호기심 어린 눈으로 올리브의 얼굴을 살폈다. "맞아."

올리브는 아랫입술을 깨물었다. "학과장님이 연구비 어떻게 하기로 했는지 들었어요?"

"아, 그거. 동결 풀어주겠대." 눈이 소년처럼 반짝거리는 게, 몹시 행복한 얼굴이었다. 그걸 보자 올리브는 가슴이 아팠다. "오늘 저녁 먹으면서 말하려고 했는데."

"잘됐네요." 간신히 미소를 지어 보였지만, 점점 심해지는 불안감 때문에 어설프고 불쌍한 표정이 나왔다. "정말 잘됐어요, 애덤. 기분 좋은 소식이네요."

"올리브가 발라준 선크림 덕인가 봐."

"맞아요." 올리브의 웃음소리가 가식적으로 들렸다. "이력서에 추가해야겠어요. 가짜 여자친구 경험 많음. 마이크로소프트 오피스 활용 능력과 선크림 발라주기 상급. 즉시 가능, 떠보기 사절."

"즉시는 아니지." 애덤이 궁금해하는 표정으로 올리브를 바라봤다. 애정 어린 눈길이었다. "한동안은 가능하지 않을 것 같은데."

어떤 행동을 취해야 할지 안 순간부터 줄곧 뱃속을 무겁게 짓누르던 돌덩이가 한층 더 무겁게 내려앉았다. 이제 때가 와버렸다. 결말. 모든 것이 끝나는 순간. 할 수 있어. 해낼 거야. 그러고 나면 모든 게 한결 나아질 거야.

"그래야 할 것 같아요." 침을 꿀꺽 삼켰다. 시큼한 액체를 한 숟갈 삼킨 것 같았다. "다시 혼자가 되는 것." 애덤의 얼굴을 살피다가 그의 혼란스러운 속내를 알아챈 올리브는 자신의 스웨터 자락을 꽉 움켜쥐었다. "끝을 정해놓고 시작한 일이었잖아요, 애덤. 우리가 원했던 건 다 이뤘고요. 제러미와 안은 이제 안정된 커플이 됐고… 제러미랑 내가 데이트했던 건 둘 다 까맣게 잊었을걸요. 그리고 애덤의 연구비도 동결이 풀렸고. 엄청 잘된 일이죠. 중요한 건…."

눈물이 솟구쳤다. 그래서 눈을 질끈 감고 눈물이 도로 들어가기를 기다렸다. 아주 간신히 울음을 참았다.

중요한 건 뭐냐면요. 애덤의 친구이자 연구 파트너, 애덤이 분명 사랑하고 제일 친하게 지내는 어떤 사람이 알고 보니 못되고 비열한 사람이라는 거예요. 그 인간이 나한테 진실일지도 모르는, 어쩌면 거짓일 수도 있는 말을 퍼부었어요. 진실인지 거짓인지는 나도 몰라요. 모르겠어요. 이젠 뭐가 뭔지 하나도 모르겠고, 애덤한테 물어보고 싶은 마음이 절박해요. 근데 그 인간의 말이 맞을까봐, 그리고 애덤이 나를 안 믿어줄까봐 겁나요. 하지만 애덤이 내 말을 믿어줘서, 나 때문에 굉장히 중요한 것을 포기하게

되는 게 더 무서워요. 톰과의 우정, 그리고 톰과 하려던 연구도. 보다시피 난 지금 모든 게 겁나요. 그러니 애덤에게 진실을 털어 놓는 대신 또 다른 진실을 말할게요. 내가 보기에 애덤에게 가장 필요한 것 같은 진실. 덕분에 나는 그림에서 빠지게 되겠지만 더 나은 결과를 가져다줄 진실. 왜냐하면 혹시 사랑에 빠지는 게 이런 건가 하는 생각이 들기 시작했거든요. 상대방을 지켜줄 수만 있다면 자기 자신은 갈기갈기 찢겨도 괜찮은 것.

올리브는 숨을 한 번 깊이 마시고 이렇게 말했다. "중요한 건 우리가 잘해냈다는 거예요. 그리고 그만둘 때가 됐다는 것."

애덤의 입이 벌어지고 혼란 가득한 그의 눈이 올리브의 눈을 살피는 걸 보니 애덤은 아직 방금 들은 말을 완전히 이해하지 못한 것 같았다. "다른 사람들한테 굳이 말할 필요는 없을 것 같아요." 올리브가 말을 이었다. "우리가 같이 있는 모습을 더 이상 못 보면 알아서들 넘겨짚겠죠…. 일이 잘 안 풀렸나보다 하고. 헤어졌나 보다고. 그럼 애덤도…." 이 부분이 가장 말하기 힘들었다. 하지만 확실히 말해주는 게 도리 같았다. 애덤도, 올리브가 제러미를 사랑한다고 믿었을 때 똑같이 해주지 않았나. "잘되길 바라요, 애덤. 하버드 가서, 그리고… 진짜 여자친구랑도요. 누구를 선택하든. 애덤을 똑같이 사랑해주지 않을 여자는 이 세상에 없을 거예요."

무슨 소리인지 그가 마침내 이해한 정확한 순간을 올리브는 알아볼 수 있었다. 그의 얼굴에 드러난 혼재하는 감정들을 하나 하나 해석할 수도 있었다. 놀라움, 혼란, 약간의 고집, 찰나 간스친 상처받은 마음, 이 모든 것이 한데 녹아 무감정하고 텅 빈 표정을 만들어냈다. 이윽고 그의 목울대가 꿀렁거렸다.

"그렇군." 애덤이 입을 열었다. "알았어." 그는 미동도 하지 않은 채 자기 신발만 내려다보고 있었다. 올리브의 말을 서서히 받아들이면서.

올리브는 한 발짝 물러나 발뒤꿈치에 체중을 싣고 섰다. 밖에서 아이폰이 울렸고, 몇 초 후 누군가가 웃음을 터뜨렸다. 평범한 하루의 평범한 소음이었다. 모든 게 평범했다.

"이게 최선이에요." 올리브가 말했다. 왜냐하면 둘 사이에 내려앉은 침묵, 정말이지 그것만은 참을 수 없었기 때문이다. "처음부터 이러기로 했으니까."

"올리브가 원한다면." 애덤이 목쉰 소리로 말했다. 그리고… 정신이 다른 데 가 있는 표정이었다. 마음 깊은 곳 어딘가로 숨어버린 표정. "올리브가 그래야겠다면."

"이렇게까지 해줘서 정말로 고마워요. 안을 위해서 해준 것만 말하는 게 아니에요. 우리가 만났을 당시에 나는 너무 외로웠는데…." 몇 초 동안 말을 이어갈 수가 없었다. "펌킨 스파이스 음료 사줘서 고맙고, 웨스턴 블롯 조언해줘서 고맙고, 내가 집에 찾아갔을 때 박제한 다람쥐들 숨겨줘서 고맙고, 또…."

더 이상 말을 계속하다가는 목이 멜 것 같았다. 울컥 솟은 눈물이 쏟아질락 말락 했고, 그래서 올리브는 단호하게 한 번 고개를 끄덕였다. 끝이 보이지 않는, 계속 이어질 듯 말 듯한 이 문장에 마침표를 찍은 것이다.

그걸로 끝이었을 것이다. 분명 끝났을 터였다. 그렇게 끝이 나게 두 사람은 내버려뒀을 것이다. 올리브가 문으로 가다가 애덤을 지나치지만 않았더라면. 애덤이 손을 뻗어 올리브의 손목을 덥석 잡아 멈춰 세우지 않았더라면. 그가 무너진 표정으로, 자신이 허락을 구하지도 않고 올리브를 만진 데 충격받은 듯 곧바로 자신의 손을 도로 휙 빼서 그걸 빤히 내려다보지 않았더라면.

이렇게 말하지 않았더라면. "올리브. 혹시라도 뭐가 필요한 게 생기면 말이야. 뭐든 상관없으니까. 언제든. 나한테 와." 할 말이 더 있는 듯, 안에 눌러둔 말이 남아 있는 듯 그의 턱이 움찔거렸다. "나한테 와줬으면 해."

올리브는 자신이 손등으로 눈물을 훔쳐낸 것도, 그에게 바짝 다가간 것도 의식하지 못할 뻔했다. 정신이 번쩍 들게 한 건 그의 체취였다. 비누와 뭔지 모를 진한 것, 은근하면서도 너무나 익숙한 어떤 것이 섞인 냄새. 올리브의 뇌가 이미 그를 속속들이 파악하고, 모든 감각을 동원해 새겨둔 덕분이었다. 눈에서부터 보일락 말락 하는 미소, 손과 피부, 코를 가득 채우는 그의 체취까지. 어떻게 할지 생각할 필요도 없었다. 그냥 까치발로 서서 그의 팔을 꽉 붙잡고 뺨에 살며시 입 맞출 뿐. 살결이 참 부드럽고 따스했고, 조금 따가웠다. 뜻밖이었지만 싫지는 않았다.

딱 맞는 이별이라는 생각이 들었다. 적절하고. 그럭저럭 괜찮은 이별.

올리브의 등허리에 살짝 얹히더니 올리브의 몸을 자기 쪽으로 끌어당기고 까치발이 무너질세라 단단히 붙든 그의 손도, 또 어느새 올리브의 입술이 더 이상 볼에 닿지 않게 그가 고개를 살짝 튼 것도 이 상황에 딱이었다. 올리브는 갑자기 숨이 목구멍에 턱 걸려서 그의 입가에 입김을 훅 토해냈다. 흘러가는 게 아까운 몇 초 동안 올리브는 그 느낌을 실컷 음미했다. 둘이 눈을 감고 그 순간 그저 존재하는 데서, 서로와 함께하는 데서 오는, 몸을 관통하는 깊은 만족감을.

조용히. 가만히. 마지막으로 1분만 더.

이윽고 올리브가 입을 열며 고개를 돌렸고, 그의 입술에 대고 숨을 뱉었다. "키스해줘요."

애덤이 가슴속 깊은 데서부터 신음을 토해냈다. 하지만 둘 사이의 간극을 좁히고 더 깊이 입맞춤한 건, 그리고 그의 머리카락에 손을 찔러넣고 짧은 손톱으로 두피를 긁은 건 올리브였다. 그를 더 가까이 끌어당긴 것도 올리브였고, 그러자 애덤은 올리브를 벽에 밀어붙이고 입에다 신음을 토했다.

무섭기까지 했다. 너무 좋아서. 멈추지 않고 그대로 계속하는 게 너무 쉬워서. 길게 늘어지고 펼쳐진 시간 속에 다른 모든 것을 잊고 그저 이 순간에 영원히 머무르는 게 너무 쉬워서.

하지만 애덤이 먼저 물러났고, 정신을 다잡으려고 애쓰면서 올리브와 눈을 맞췄다.

"좋았죠?" 올리브가 애달픈 미소를 띠며 물었다.

뭘 말하는 건지 자신도 몰랐다. 올리브를 감싼 애덤의 팔을 말하는 건지, 이 마지막 키스를 말하는 건지. 아니면 다른 모든 것을 말하는 건지. 선크림과, 좋아하는 색이 뭐냐는 질문에 그가 한 대답과 한밤중에 나눈 조용한 대화와⋯ 그 모든 것이 참 좋았다.

"좋았어." 평소 목소리보다 훨씬 낮게 가라앉은 소리였다. 마지막으로 한 번 그가 올리브의 이마에 지그시 입 맞춘 순간, 그를 향한 사랑이 홍수로 불어난 강물보다 더 넘치는 것 같았다.

"이제 가봐야겠어요." 올리브가 그를 쳐다보지 않고 조용히 말했다. 애덤은 말없이 올리브를 놓아주었고, 올리브도 그를 놓아주었다.

등 뒤로 문이 찰칵 닫히는 소리를 듣는 순간 아찔하게 높은 데서 추락하는 기분이 들었다.

19장

가설: 의심이 들 때는 친구와 의논하면 상황을 타개할 수 있을 것이다.

올리브는 다음 날 온종일 호텔 방에서 자고, 울고, 또 애초에 이 사달에 휘말리게 한 짓을, 그러니까 거짓말을 하면서 보냈다. 맬컴과 안에게는 학부생 시절 동기들을 만나 하루 종일 놀거라고 말해놓고 암막 커튼을 죄다 치고 침대에 기어 들어갔다. 정확히는 애덤의 침대에.

현재 상황에 대해 일부러 생각을 안 하려고 했다. 마음속 무언가가 높은 확률로, 올리브의 심장이 큼지막한 조각들로, 산산조각이 난 게 아니라 반으로 뚝 부러지고, 또 그 반으로 뚝 부러지기를 반복했다. 감정의 잔해들 속에 주저앉아 푹 잠기는 것 말고는 할 수 있는 게 없었다. 하루의 대부분을 자면서 보낸 게 고통을 상당히 덜어주었다. 무감각해지는 것도 꽤 좋다는 걸, 올리브는 빠르게 깨달아가고 있었다.

이튿날도 거짓말을 했다. 친구들이 학회장에서 만나거나 보스턴 시내를 돌아다니자고 하는 걸 아슬란 박사가 급히 부탁한 게 있다고 둘러대며 고사하고는, 그래도 힘을 좀 내보려고 심호흡을 했다. 커튼을 활짝 젖히고, 억지로 몸에 피가 돌게 한 다음(윗몸 일으키기 50회, 팔 벌려 뛰기 50회, 푸시업 50회로. 하지만 푸시업은 무릎 대고 했으니까 엄밀히는 반칙이었다) 36시간 만에 샤워하고 이를 닦았다.

쉽지는 않았다. 거울에 비친 애덤의 '생물학 하는 닌자' 티셔츠를 본 순간 눈물이 왈칵 솟았지만, 스스로 내린 선택임을 상기했다. 애덤의 행복을 우위에 놓기로 했고, 그 결정을 후회하지 않는다고. 하지만 죽는 한이 있어도 자신이 몇 년을 바친 프로젝트를 망할 톰 벤튼 새끼가 가로채게 내버려두지는 않겠다고 결심했다. 그 프로젝트는 올리브에게 자식이나 마찬가지니까. 어쩌면 올리브의 인생이 한 편의 눈물 질질 짜는 이야기에 불과할지도 모르지만, 적어도 그건 다른 누구도 아닌 올리브의 질질 짜는 이야기였다.

심장은 부서졌을지 모르나 뇌는 멀쩡히 작동했다.

애덤이 그랬지. 다른 학교 교수들 대부분이 올리브의 이메일에 답장해주지 않은 이유, 심지어 읽어보지도 않은 이유는 아마학생이 보낸 거라서일 거라고. 그래서 그 조언을 따르기로 했다. 아슬란 박사에게 이메일을 보내 자신이 전에 연락했던 연구자 전부, 그리고 추가로 학회 패널 구성원 중에 나중에 다가와서 연구에 흥미를 표한 연구자 두 명에게 다리를 놔달라고 부탁한 것이다. 아슬란 박사는 은퇴가 얼마 남지 않았기에 연구 성과를 내는 것을 거의 포기한 상태지만, 그래도 아직은 스탠퍼드

대학교 정교수였다. 영향력이 어느 정도는 있을 게 분명했다.

그다음엔 연구 윤리와 표절, 아이디어 가로채기에 대해 구글에 상세 검색을 했다. 시시비비를 가리기가 상당히 애매한 문제였다. 왜냐하면 올리브가(지금 돌아보니 꽤 무모하게도) 톰에게 보낸 보고서에 연구 프로토콜을 자세히 기술해뒀기 때문이다. 하지만 맑아진 정신으로 상황을 살펴보니 처음 생각했던 것만큼 극단적인 건 아닌 듯했다. 어쨌거나 그 보고서는 구조가 탄탄하고 내용도 빈틈이 없었다. 조금 손보면 학술 페이퍼로 제출할 수 있을 것 같았다. 동료 리뷰만 조속히 거치면 연구 결과를 올리브의 이름으로 발표할 수 있을 터였다.

올리브에게 모욕적이고 저질스러운 언사를 퍼부었음에도 불구하고 미국 최고의 암 연구 권위자 중 한 명인 톰이 자신의 연구 아이디어를 훔치고 싶어 한다는 사실에 집중하기로 했다. 그건 말하자면 굉장히 에두른 칭찬이니까.

다음 몇 시간은 애덤에 관한 생각을 애써 피하고 대신 내년에 올리브의 프로젝트를 지원해줄 만한 연구자를 찾아보면서 보냈다. 찾아낼 가능성은 희박했지만 그래도 시도는 해봐야 했다. 누군가 호텔 방 문을 두드렸을 때는 이미 늦은 오후였고, 명단에는 이름 세 개가 추가되었다. 올리브는 하우스키핑 직원일 거라고 생각하고, 얼른 옷을 걸치고 문을 열어주었다. 안과 맬컴이 밀고 들어왔을 때는 평소에 절대로 구멍으로 먼저 내다보지 않는 자신을 속으로 저주했다. 이래서는 연쇄살인마에게 도

끼로 살인당해도 할 말이 없었다.

"좋아." 안이 흐트러진 데 없는 올리브의 침대에 몸을 던지며 다짜고짜 말했다. "내가 이끄는 학생 지원 행사 어떻게 됐느냐고 물어보지도 않은 너한테 내가 화내지 말아야 할 이유를 두 문장 내로 설명해봐."

"앗, 젠장!" 올리브가 한 손으로 입을 막았다. "진짜 미안해. 어떻게 됐어?"

"완벽했지." 안의 눈이 행복감으로 반짝였다. "청중 분위기가 진짜 좋았고, 다들 만족해했어. 연례행사로 만들까 생각 중이야. 정식 단체도 등록하고. 동기가 다른 동기를 지도해주는 거야! 들어봐. 대학원생 한 명이 학부생 두 명을 맡는 거야. 그 학부생이 대학원에 진학하면 다시 학부생을 각각 두 명씩 맡고. 그렇게 10년 지나면 우리가 세계를 지배하고 있을 거야."

올리브가 말문이 막혀 뻐끔거리며 안을 바라봤다. "그것 참… 안, 너 참 대단하다."

"그치? 자, 이제 네가 무릎 꿇고 빌 차례야. 시이이작."

올리브는 입을 열었지만 몇 초간 말이 나오지 않았다. "변명할 거리가 없다. 그냥… 아슬란 박사님이 부탁한 일 때문에 바빴어."

"말도 안 돼. 너 지금 보스턴에 와 있잖아. 나가서 아이리시 펍에 가서 레드삭스 팬인 척하고, 커피랑 도넛도 사 먹어야지, 일이라니 웬 말이냐. 게다가 네 일도 아니고 지도교수가 부탁한 일이라니."

"엄밀히는 일 관련해서 학회에 와 있는 거잖아." 올리브가 지적했다.

"학회나 밥회나." 맬컴이 안 옆에 벌렁 드러누웠다.

"우리 셋이 나가 놀면 안 돼?" 안이 졸랐다. "프리덤 트레일(보스턴의 역사적 명소들을 따라 가보는 관광 코스—옮긴이) 하자. 아이스크림 사 들고. 맥주도."

"제러미는 어디 있어?"

"포스터 발표 중이야. 그래서 나 심심해." 안이 장난스러운 미소를 지었다.

올리브는 친구들과 어울리거나 맥주 마시거나 프리덤 트레일 관광을 할 기분이 아니었지만, 언젠가는 부서진 심장을 안고 생산적으로 사회생활을 해나가는 법을 배워야 할 터였다.

그래서 웃으며 대꾸했다. "나 이메일 한 번만 확인하고 다 같이 나가자." 희한하게도 마지막으로 확인한 게 30분 전인데 그새 15통이 쌓여 있었고, 게다가 스팸은 그중 한 통밖에 없었다.

받은 시각: 오늘 3:11 p. m.
보낸 사람: Aysegul-Aslan@stanford.edu
받는 사람: Olive-Smith@stanford.edu
제목: 췌장암 연구자들에게 연락

488

올리브,

연구실에 받아줄 만한 동료들에게 너를 소개하는 것쯤이야 얼마든지 해줄게. 내가 너 대신 메일 보내면 좀 더 열린 마음으로 읽어볼 거라는 데 동의해. 나한테 명단 보내봐.

그건 그렇고, 발표 녹음본 아직도 안 보냈네. 어서 좀 들어보자!

마음을 담아,
아이셰굴 아슬란 박사

올리브는 명단만 보내고 녹음 파일은 안 보내면 실례가 될까 머릿속으로 따져보고(실례일 것 같았다), 한숨을 푹 내쉰 후 녹음 파일을 휴대전화에서 노트북으로 에어드롭 했다. 발표 끝나고 끄는 걸 깜빡해서 음성이 몇 시간 분량이나 되는 걸 알았을 땐 한숨이 신음으로 변했다. "시간 좀 걸리겠는데. 아슬란 박사님한테 음성 파일 보내야 하는데, 먼저 편집해야 해서."

"알았어." 안이 헛기침 섞어 대꾸했다. "맬컴, 홀든이랑 데이트한 얘기로 우리를 즐겁게 해주지 않으련?"

"그래. 먼저, 홀든은 연하늘색 단추 달린 셔츠를 입고 나왔어."

"연하늘색?"

"의심스러운 말투 집어치워. 그리고 나한테 꽃 한 송이를 선물했어."

"어디서 샀대?"

"그건 모르겠어."

올리브는 파일을 어디서 끊어야 적당할지 몰라서 음성을 여기저기 재생해봤다. 녹음은 올리브가 호텔 방에 휴대전화를 놔두고 나간 시점에서 아무 소리도 없이 1분이 흐른 후 끊겨 있었다. "뷔페에서 훔친 거 아냐?" 올리브는 무심하게 한마디 거들었다. "아래층에 분홍색 카네이션 꽂혀 있는 거 본 것 같은데."

"네가 받은 것도 분홍 카네이션이었어?"

"그럴지도."

안이 킬킬 웃었다. "야, 무지 로맨틱하다."

"닥쳐. 그런 다음, 데이트 초반에 어떤 일이 일어났어. 오직 나한테만 일어날 수 있는 재앙 같은 사건이. 우리 집안 전체가 과학에 미쳐 있어서 모든 학회에 참석하는 거 알지? 학회라면 하나도 빼놓지 않고 전부 다."

"설마. 거기서 너네 가족이랑 마주친 건…."

"맞아. 홀든이랑 레스토랑에 갔는데, 거기서 우리 엄마랑 아빠, 삼촌, 할아버지랑 마주쳤어. 근데 가족들이 자꾸 동석하자는 거야. 그래서 홀든하고의 첫 데이트가 망할 추수감사절 가족 모임이 돼버렸지."

올리브는 노트북에서 고개를 들고 안과 경악에 찬 눈빛을 주고받았다. "얼마나 끔찍했어?"

"잘 물어봤어. 왜냐하면 당황스럽게도 말이지, 끝내주게 좋았거든! 가족들이 홀든을 엄청 마음에 들어 하는 거야. 왜냐하면 홀든도 광기 넘치는 과학자인 데다 영업사원보다 웅대 스킬이 더 좋잖아. 그렇게 두 시간 만에 홀든이, 내가 민간기업에 연구직으로 취직하는 게 오히려 더 성공하는 거라고 우리 부모님을 설득했지 뭐냐. 농담 아니야. 오늘 아침에 엄마가 전화해서는 내가 드디어 철이 들어서 인생을 설계하기 시작했다는 둥 데이트 상대를 보면 알 수 있다는 둥 이러는 거 있지. 아빠도 같은 생각이래. 이게 믿어지냐? 아무튼. 저녁 식사 끝나고 아이스크림 사 먹고 다시 홀든의 호텔 방으로 가서 내일이 없는 것처럼 뒹굴었…."

"너 같은 여자애는 말이야. 유명하고 잘나가는 교수한테 몸을 줘야 길이 트인다는 걸 박사과정 초반에 일찍이 깨달았겠지. 애덤한테 줬잖아. 맞지? 같은 이유로 나한테도 줄 걸 우리 둘 다 알…."

올리브는 스페이스바를 부술 듯 두드려 음성파일 재생을 멈췄다. 흉곽 안에서 심장이 미친 듯이 두근거렸다. 처음에는 뭐가 뭔지 몰라서, 그다음엔 자신이 의도치 않게 뭘 녹음했는지 깨달아서, 마지막으로는 또다시 들은 그 말이 새록새록 불러일으킨 분노 때문이었다. 떨리는 손을 입에 댄 채, 머릿속에서 톰의 음성을 박박 지워버리려고 했다. 회복하려고 이틀 내내 얼마나 애썼는데, 금세 이렇게….

"방금 그거 뭐야?" 맬컴이 물었다.

"올?" 안의 조심스러운 목소리에, 혼자 있는 게 아니라는 사실이 퍼뜩 생각났다. 고개를 들어 보니 친구들이 일어나 앉아 있었다. 두 친구는 걱정과 충격으로 휘둥그레진 눈으로 올리브를 빤히 바라봤다.

올리브는 고개를 저었다. 설명하고 싶지 않았다. 아니, 그럴 기운이 없었다. "아무것도 아니야. 그냥⋯."

"어, 나 누군지 알아." 안이 옆에 와 앉으며 말했다. "저 목소리 누군지 알겠어. 우리가 저번에 갔던 특강에서 들은 목소리잖아." 안은 말을 멈추고 올리브의 표정을 살폈다. "톰 벤튼 맞지?"

"이게 무슨⋯." 맬컴이 벌떡 일어섰다. 조금 전보다 더 경악에 찬 목소리였다. 분노도 어려 있었다. "올, 톰 벤튼이 저딴 개소리 지껄이는 음성파일을 왜 가지고 있는 거야? 대체 무슨 일이 있었던 거야?"

올리브는 맬컴을 올려다봤고, 이어서 안을 바라봤다가 다시 맬컴에게로 시선을 옮겼다. 두 사람은 걱정과 충격이 어린 표정으로 올리브의 얼굴을 살피고 있었다. 언제 그랬는지도 모르게 안이 올리브의 손을 잡고 있었다. 강해져야 한다고, 현실적으로 생각해야 한다고, 마음을 마비시켜야 한다고 스스로에게 타일렀지만⋯.

"난⋯."

올리브는 분명 노력했다. 노력하지 않았다고 아무도 말할 수 없었다. 하지만 곧 얼굴이 일그러졌고, 지난 며칠의 여파가 해일처럼 덮쳐 불길처럼 몸을 휘감았다. 올리브는 엎드려 안의 무릎에 얼굴을 묻고 참았던 눈물을 터뜨렸다.

* * *

톰이 퍼부은 독설을 또 한 번 들을 생각이 추호도 없어서, 친구들에게 이어폰을 넘긴 뒤 욕실로 가 그들이 다 들을 때까지 물을 세차게 틀어놓았다. 10분도 안 걸렸지만, 내내 올리브는 흐느껴 울었다. 이윽고 욕실로 들어온 맬컴과 안이 올리브 옆 바닥에 주저앉았다. 안도 울고 있었다. 분함을 참지 못해 나온 눈물이 안의 뺨을 타고 뚝뚝 흘렀다.

적어도 눈물 받을 욕조가 있어서 다행이네. 올리브는 껴안고 있던 두루마리 화장지를 안에게 건넸다.

"세상에서 제일 역겹고, 벌레 같고, 수치스럽고, 쓰레기 같은 새끼네." 맬컴이 말했다. "지금 이 순간 심한 설사에 시달리고 있었으면 좋겠다. 생식기가 혹으로 뒤덮였으면 좋겠다. 세상에서 제일 거대한 치질 달고 평생 살았으면 좋겠다. 세상 최악의…."

안이 끼어들었다. "애덤도 알아?"

올리브는 고개를 저었다.

"말하는 게 좋을 것 같은데. 그래야 둘이서 벤튼 새끼 조져놓고, 학계에서 영원히 추방시키지."

"아니, 난… 말 못 해."

"올, 잘 들어. 톰이 한 짓은 성희롱이야. 애덤이 네 말을 안 믿어줄 리 없어. 너한테 녹음한 음성도 있잖아."

"상관없어."

"당연히 상관 있지!"

올리브가 손바닥으로 뺨의 눈물을 훔쳤다. "말하면 애덤은 더 이상 톰하고 협력 연구 안 하려고 할 텐데, 둘이 같이 진행하던 프로젝트가 애덤한테 굉장히 중요한 연구야. 그것 때문에 내년에 하버드로 가고 싶어 하기도 하고…."

안이 콧방귀를 뀌었다. "아니, 안 가고 싶어 할걸."

"아니야. 나한테 가고 싶다고 했…."

"올리브, 애덤이 너를 어떤 눈길로 보는지 내가 봤어. 그 사람 너한테 완전히 빠져 있어. 네가 안 가면 애덤이 보스턴으로 가고 싶어 할 리 없다고. 나도 그 쓰레기 자식의 연구실에 너를 보낼 리… 왜 그래?" 안이 의미심장한 눈빛을 주고받는 올리브와 맬컴을 번갈아 쳐다봤다. "왜 둘이서 그러고 보는 거야? 왜 둘만 아는 얘기가 있는 것처럼 굴어?"

맬컴이 한숨을 쉬며 콧잔등을 문질렀다. "안 되겠다, 안. 내 얘기 잘 들어. 그리고 미리 말하는데, 이거 내가 지어낸 얘기 아니야. 실제 상황이야." 그러더니 한 번 더 심호흡을 하고 이야기를 시작했다. "칼슨하고 올리브는 사귄 적 없어. 올리브가 더 이상 제러미한테 관심 없다고 네가 믿게 하려고 둘이 만나는 척한 거야. 애초부터 관심 없었지만. 칼슨은 무슨 득을 보겠다고 이 일에 가담했는지 모르겠고. 물어보질 않아서. 근데 가짜 연애극 벌이다가 올리브가 칼슨한테 감정이 생겼고, 그래서 칼슨한테도 거짓말을 하기 시작했어. 다른 사람을 사랑하는 척한 거지. 그러다가…." 그는 올리브를 곁눈질로 흘끔 봤다. "흠. 남 일에는 신경 끄고 싶지만, 어제 이 방의 두 침대 중 하나만 사용흔적이 있는 걸로 봐서 최근에… 둘 사이에 진전이 있었다고 거의 확신해."

뜨끔할 정도로 정확한 지적이라, 올리브는 무릎에 얼굴을 숨겼다. 동시에 안이 이렇게 말하는 걸 들었다. "이게 실제 상황일리 없어."

"실제 상황 맞아."

"아니, 아니. 이건 B급 영화야. 작품성이 떨어지는 영 어덜트 소설이거나. 아무도 안 읽을 정도로 형편없는 소설. 올리브, 맬컴한테 본업 유지하라고 말해줘. 소설가로는 꽝이니까."

올리브가 억지로 고개를 들어 보니 안의 얼굴에 여태껏 본 것 중 가장 깊은 주름이 패여 있었다. "전부 사실이야, 안. 거짓말해서 정말 미안해. 그러고 싶어서 그런 게 아니라…."

"애덤 칼슨하고 가짜로 데이트한 거 맞아?"

올리브가 고개를 끄덕였다.

"맙소사, 어쩐지 그 키스 어색하더라."

올리브는 방어하듯 두 손을 들어 보였다. "안, 정말 미안…."

"그 재수탱이 애덤 칼슨하고 만나는 척했다고?"

"그때는 괜찮은 아이디어라고 생각했지. 그리고…."

"내가 너 그 사람한테 키스하는 거 봤는데! 생물학부 주차장에서!"

"그건 네가 자꾸 하라고 해서…."

"그 사람 무릎에 앉기까지 했잖아!"

"그것도 네가 시켜서 그런 거지…. 말 나왔으니 말인데, 다시는 친구한테 그런 짓 시키지 마…."

"너 그 사람한테 선크림도 발라줬잖아! 최소 백 명이 지켜보는 데서!"

"그것도 누군가가 그러라고 등 떠밀어서 그랬지. 뭐 깨닫는 것 없니?"

안은 문득 자신의 행동에 경악한 듯, 고개를 세차게 흔들었다. "난 그냥… 둘이 같이 있는 게 너무 보기 좋아서 그랬지! 애덤이 너를 보는 눈길을 보면 너한테 푹 빠진 게 분명하니까. 그리고 그 반대도, 너도 지구상에 남자라고는 애덤밖에 없는 것처럼 굴잖아, 게다가 내가 보기엔 네가 애덤한테 더 적극적으로 표현하고 싶은데 늘 참는 것 같아서, 얼마든지 감정 표현해도 된다는 걸 알려주려고 그런 거지. 정말로 너를 도와주는 거라고 생각했어. 세상에, 애덤 칼슨하고 가짜로 데이트를 했다고?"

올리브가 한숨을 훅 내뱉었다. "거짓말해서 미안해. 나 미워하지 말아줘. 내가…."

"미워하다니, 뭔 소리야."

으응? "안… 미워해?"

"당연히 안 미워하지." 안이 발끈해서 받아쳤다. "오히려 네가 이렇게까지 하게 만든 나 자신이 아주 조금 밉다. 아니, 미운 것까진 아니고 그냥 나 자신한테 엄중하게 경고 먹일 정도. 그리고 나를 위해 그렇게까지 해주다니 너무 감동이다. 뭐, 방법이 약간 빗나갔고, 좀 황당하기도 하고, 상황이 쓸데없이 복잡해진 것 같지만. 그리고 네가 살아 숨 쉬는 로코 소설 제조기 같고…. 세상에, 올, 어쩜 이렇게 바보 같니. 그래도 사랑스러운 바보고, 이러니저러니 해도 우리 친구지만." 안은 믿기지 않는다는 듯 고개를 절레절레 저으면서도 올리브의 무릎을 한 번 꽉 쥐었다 놓고, 그러더니 맬컴을 흘끔 봤다. "잠깐. 너랑 로드리게스는 진짜로 사귀는 거 맞아? 아니면 로드리게스의 대자녀들이 부모를 잃었는데 가정법원에서 양육권 따내려고 둘이 사귀는 척하는 거야?"

"우리는 진짜야." 맬컴이 의기양양한 미소를 지으며 대꾸했다. "침대에 불붙을 정도로 하고 있는 걸."

"잘됐다. 아무튼, 올, 남은 얘긴 나중에 하자. 전부 다. 한동안은 21세기 들어 최고로 황당한 가짜 데이트 얘기만 줄창 하게 생겼네. 그래도 지금은 톰 얘기에만 집중하자고. 그리고… 너하고 애덤 사이가 진짜이든 아니든 내 의견은 똑같아. 애덤은 알고 싶어 할 거야. 나라도 알고 싶어 할걸. 올리브, 만약에 입장이 뒤바뀌었다면, 만약 네가 사실을 알면 뭔가 잃을 입장이고 애덤이 성희롱을 당했다면…."

"나 안 당했어."

"아니, 올리브. 성희롱 맞아." 안의 진심 어린 눈빛이 올리브의 시선을 단단히 붙들었고, 그 순간 올리브는 자신에게 일어난 일이 얼마나 심각한 사안인지 비로소 깨달았다. 톰이 얼마나 엄청난 짓을 저지른 건지.

올리브는 떨리는 숨을 들이쉰 후 대꾸했다. "만약 입장이 바뀌었다면, 난 알고 싶었을 거야. 근데 이건 달라."

"왜 다른데?"

왜냐하면 내가 애덤을 사랑하니까. 그리고 애덤은 나를 사랑하지 않으니까. 점점 심해지는 두통과 싸우며 생각을 정리하려고 관자놀이를 문질렀다. "애덤이 아끼는 것들을 포기하게 하고 싶지 않아. 애덤은 톰을 존경하고 동경해. 톰이 과거에 애덤을 보호해준 것도 알고. 그러니 애덤이 모르는 게 나을 거야."

"애덤이 어느 쪽을 원할지 알아낼 방법이 있다면 좋으련만." 맬컴이 불쑥 말했다.

올리브가 코를 한 번 훌쩍이고 동의했다. "그러게."

"애덤을 굉장히 잘 아는 사람이 있어서 우리가 물어볼 수 있다면 참 좋겠네." 맬컴이 이번엔 더 큰 소리로 말했다.

"그러게." 안도 똑같이 대꾸했다. "그럼 정말 좋겠다. 근데 없잖아, 그러니…."

"애덤과 거의 30년째 제일 가까운 친구인 남자랑 최근에 사귀기 시작한 사람이 지금 이 방에 있다면 참 좋겠네." 맬컴이 수

동공격성 가득한, 답답해 죽겠다는 투로 거의 외치다시피 했고,
안과 올리브가 휘둥그레진 눈으로 서로를 바라봤다.

"홀든!"

"네가 홀든한테 어쩌면 좋을지 물어보면 되겠다!"

맬컴이 헛웃음을 뱉었다. "너희 둘은 평소엔 똑똑한데 어쩔
땐 참 답답해."

올리브는 문득 뭔가를 떠올렸다. "홀든은 톰을 싫어해."

"응? 왜 싫어하는데?"

"나도 몰라." 올리브가 어깨를 으쓱했다. "애덤은 홀든의 성
격이 특이해서 그렇다지만, 내가 보기엔…."

"야, 내 남자 성격 완벽하거든."

"뒷이야기가 있지 않을까?"

안이 고개를 주억거렸다. "맬컴, 올리브가 지금 당장 홀든을
만나려면 어디로 가야 해?"

"나도 몰라. 대신." 맬컴이 의기양양한 웃음을 띠며 휴대전화
화면을 열었다. "나한테 홀든 전화번호가 있지."

* * *

홀든(맬컴이 휴대전화에 저장한 이름은 '홀든 복숭아엉덩이')
은 막 발표를 마친 참이었다. 올리브는 그 마지막 5분을 듣게
됐는데, 이해도 안 되고 공부할 생각도 없는 결정학에 관련된

내용이었다. 홀든이 언변이 뛰어나고 카리스마적 매력이 있는 것이 전혀 의외로 느껴지지 않았다. 질의응답까지 마치고 연단에 남은 그에게 다가갔다. 계단을 올라오는 올리브를 발견한 순간 홀든이 환히 웃었다. 진심으로 반가운 것 같았다.

"올리브, 내 남친의 룸메이트!"

"맞아요. 그렇게 되네요. 어, 발표 좋았어요." 올리브는 자신이 두 손을 쥐어짜고 있는 걸 알아채고 억지로 멈췄다. "여쭤볼게 있어서 왔는데…."

"혹시 네 번째 슬라이드의 핵산에 관한 질문이야? 왜냐하면 막 나오는 대로 지껄였거든. 우리 랩 박사생이 준비한 슬라이든데, 걔가 나보다 백배는 똑똑해."

"아뇨. 애덤에 관한 건데…."

홀든의 표정이 밝아졌다.

"아니, 엄밀히는 톰 벤튼에 관한 질문이에요."

그러자 홀든의 표정이 눈에 띄게 험악해졌다. "톰의 무엇이 궁금해서?"

그렇지. 정확히 톰의 무엇에 대해 질문해야 하지? 어떻게 그 이야기에 접근해야 할지 감이 안 잡혔다. 자신이 뭘 물어보려고 한 건지조차 불분명했다. 그간 있었던 일을 몽땅 털어놓고 제발 이 상황을 해결해달라고 사정할 수도 있겠지만, 그건 별로 좋은 생각이 아닌 것 같았다. 그래서 잠시 고민하다가 결국 이렇게 물었다. "애덤이 보스턴으로 갈 생각인 거 알고 계셨어요?"

"응." 홀든은 눈알을 굴리며 강연장의 높은 창을 가리켰다. 당장 폭우를 퍼부을 것처럼 시커먼 구름이 잔뜩 낀 하늘이 내다보였다. 이미 제법 차가워진 9월의 바람이 외로이 서 있는 히코리나무를 흔들어대고 있었다. "캘리포니아에서 여기로 이사 오는 걸 누가 마다하겠어?" 홀든이 비꼬는 투로 말했다.

올리브는 사계절이 있는 게 더 좋았지만 그 생각은 입 밖에 내지 않기로 했다. "홀든이 생각하기에… 애덤이 여기로 오면 만족해할 것 같아요?"

그러자 홀든이 전에 없이 진지한 눈으로 올리브를 한참 바라봤다. "올리브는 이미 애덤이 사귄 여자 중에 내 마음속 일등인데. 많지도 않았어. 지난 10년간 애덤이 컴퓨터 모델링 외에 관심을 준 대상은 올리브가 유일했으니까. 근데 방금 그 질문으로 올리브는 평생 1등 자리를 확보했다는 걸 알아둬." 그러더니 잠시 질문을 곱씹어보는 것 같았다. "애덤이 여기로 온다면 그럭저럭 만족하고 살 것 같아. 물론 애덤의 방식대로. 그러니까, 음울하고 만사에 시큰둥한 선에서. 하지만 나름 만족하긴 할 거야. 올리브도 여기 있다는 전제하에."

올리브는 콧방귀가 나올 뻔한 걸 가까스로 참았다.

"그리고 톰이 이상한 짓 안 한다면."

"왜 그런 말씀을 하세요? 톰에 대해서요. 그게… 캐물으려는 건 아닌데, 저번에도 톰이 스탠퍼드에 오면 조심하라고 하셨잖아요. 톰을… 싫어해서 그러시는 거예요?"

홀든이 무거운 한숨을 토해냈다. "싫어서 그런 건 아니야. 싫어하는 것 맞지만. 못 믿어서 그런다는 쪽이 더 맞겠지."

"왜요? 애덤이, 지도교수가 괴롭혔을 때 톰이 중재해준 얘기 해줬어요."

"바로 그것 때문에 못 믿겠다는 거야." 홀든은 이야기를 계속해도 좋을지, 또 어떻게 이어가면 좋을지 고민되는 듯 입술을 잘근잘근 씹었다. "톰이 중재해서 애덤을 곤경에서 구해준 적이 여러 번 있지 않느냐고 한다면, 맞아. 그건 부인할 수 없어. 근데 애초에 그런 상황이 어쩌다 생겼을까? 우리 지도교수가 비열한 인간이긴 해도 사사건건 개입하는 타입은 아니었어. 우리가 그 랩에 합류했을 무렵에는 전방위로 악명을 떨치느라 랩실에서 일어나는 사소한 일 따위는 알지도 못했다고. 바로 그래서 톰 같은 박사 후 연구원이나, 애덤이나 나 같은 박사과정생을 지도하면서 실질적으로 랩을 운영했던 거고. 그런데도 지도교수는 애덤이 저지르는 실수를 속속들이 알고 있었어. 몇 주에 한 번씩 들러서는 시약을 잘못 썼다거나 비커 깨뜨린 것 같은 사소한 실수를 가지고 애덤한테 너는 인간쓰레기라는 둥 모욕을 퍼부었고, 그러면 지도교수가 제일 신뢰하는 박사 후 연구원인 톰이 보란 듯이 나서서 애덤 편을 들어 분위기를 가라앉히곤 했어. 그 패턴이 소름 끼치게 구체적이었고, 항상 애덤이 껴 있었어. 애덤은 우리 중 가장 전도유망한 박사과정생이었는데. 누가 봐도 쟤는 성공하겠다 싶은 학생 있잖아. 처음에 나는 톰이 의도적으로 애덤의 미래를 망치려고 그러는 것 아닌가 의심했어. 그런데 최근 들어서 톰이 원한 건 혹시 전혀 다른 게 아니었을까 의심하게 됐지….”

“애덤한테 말해봤어요?”

“응. 근데 증거가 없었고, 애덤은… 올리브도 어떤지 알잖아. 친구라면 절대 배신하지 않을 성격이고, 톰에게 고마운 마음도 적잖이 작용했지.” 홀든은 어깨를 으쓱했다. “둘은 절친한 친구 사이가 됐고, 지금까지도 가까운 사이를 유지하고 있어.”

“그게 마음에 걸렸어요?”

“그것 자체는 별로. 내가 둘의 우정을 시기하는 걸로 들릴 수도 있겠지만, 사실 애덤은 지나치게 일만 파고들어서 친구가 많지 않았어. 그래서 다른 친구가 생긴 게 진심으로 기뻤지. 하지만 그게 톰이라면….”

올리브는 고개를 끄덕였다. 그렇다. 그게 톰이라면. “톰이 왜 그러는 걸까요? 이… 애덤을 향한 이해 불가한 보복 행위 말이에요.”

홀든은 한숨을 푹 내쉬었다. “바로 이래서 애덤이 내 걱정을 흘려들은 거야. 뚜렷한 이유가 없어 보이거든. 사실 나는 톰이 애덤을 미워한다고는 생각하지 않아. 아니면 적어도 그렇게 단순한 문제는 아니라고 생각해. 대신, 톰이 똑똑하고 굉장히 교활한 인간이라고 생각해. 아마 질투심이 작용했을 거고, 애덤을 이용하려는 욕심에다, 애덤을 자기 맘대로 조종하거나 자기 권한으로 휘두르려는 욕구도 있었을 거라고 봐. 애덤은 자기가 이룬 걸 과소평가하는 버릇이 있는데, 사실 그 녀석은 우리 세대가 배출한 최고의 과학자 중 한 명이거든. 그런 애덤을 제 손에 넣고 휘두른다? 그건 분명 특권이고, 보통 대단한 특권이 아니야."

"그렇군요." 올리브가 또 한 번 고개를 끄덕였다. 원래의 질문, 애초에 물어보려고 했던 질문이 서서히 형체를 잡아가고 있었다. "그걸 다 아는 상황에서 말이에요. 톰이 애덤에게 얼마나 중요한 사람인지 아는 입장에서, 만약… 톰이 실제로 어떤 사람인지 보여주는 증거가 있다면, 애덤에게 보여주시겠어요?"

속 깊은 사람답게 홀든은 그 증거가 뭐냐고, 또는 무엇의 증거냐고 묻지 않았다. 대신 생각에 잠긴, 살피는 눈으로 올리브를 뜯어보더니 신중하게 말을 골라 대답했다.

"그건 내가 대신 대답해줄 수 없어. 그래서는 안 될 것 같기도 하고." 그러더니 생각에 잠겨 연단을 손가락을 두드리다가 다시 입을 열었다. "대신 세 가지를 말해주고 싶어. 첫째는 올리브도 이미 알 법한 거야. 애덤은 다른 무엇이기에 앞서 과학자야. 그건 나도, 올리브도 마찬가지지. 그런데 과학적 결론이란 수집 가능한 모든 증거를 토대로 도출한 걸 말하잖아. 손에 넣기 쉬운 증거나 자신이 세운 가설에 부합하는 증거만을 토대로 내린 결론이 아니라. 그렇지 않아?"

올리브가 고개를 끄덕이자 홀든이 말을 계속했다.

"둘째는 올리브가 알고 있을지도 모르고 모를 수도 있는 문제인데, 학계 내 정치와 관련된 거야. 이건 격주로 한 번씩, 다섯 시간 넘게 계속되는 교직원 회의에 엉덩이 붙이고 앉아 있는 입장이 되어봐야 그나마 파악할 수 있는 거라서. 요는 이거야. 애덤과 톰의 협력 연구에서 이득을 더 볼 사람은 애덤이 아니라 톰이라는 것. 바로 그래서 둘이 따낸 지원금의 제1연구자가 애덤인 거고. 톰은… 말하자면, 대체가 가능해. 오해 마, 톰도 능력 있는 연구자인 건 사실이니까. 그렇지만 톰이 얻은 명성의 큰 부분은 우리 전 지도교수의 총아라는 데서 온 거거든. 톰은 이미 기름칠 잘 된 기계 같았던 우리 랩을 그대로 물려받아서 운영했어. 반면에 애덤은 혼자 힘으로 바닥부터 일궈서 자기 연구팀을 꾸렸고…. 그런데도 그 녀석은 자기 능력을 자꾸 과소평가한단 말이야. 어떻게 보면 다행이지, 안 그래도 재수 없는 녀석인데." 홀든이 헛기침하며 장난스럽게 말했다. "그런 녀석이 자아까지 비대하면 어떨지 상상이 가?"

올리브는 웃음을 터뜨렸다. 왜인지 울음 섞인 소리가 나왔다. 뺨을 훔친 손바닥에 물기가 묻어난 게 놀랍지 않았다. 소리 죽여 우는 게 올리브의 새로운 디폴트 상태가 된 모양이었다.

눈물 분수에도 아랑곳하지 않고 홀든이 말을 이어갔다. "마지막으로, 올리브가 아마 모르고 있을 얘기를 해줄게." 홀든은 여기서 잠시 머뭇거렸다. "애덤은 과거에도 다른 기관에서 스카우트 제의를 많이 받았어. 엄청 많이. 거액 연봉은 물론이고 온갖 특권에, 최고급 연구 시설과 기기의 무제한 사용권까지 제안받았지. 접근한 곳 중에 하버드도 있었어. 올해 찔러본 게 처음이 아니라는 얘기야. 그런데 애덤이 인터뷰에 응한 건 올해가 처음이야. 올리브가 톰의 랩에서 일하기로 결정한 걸 보고 그런 거야." 홀든은 올리브에게 다정한 미소를 지어 보이고는, 시선을 거두고 주섬주섬 자료를 챙겨 백팩에 넣기 시작했다. "내가 해준 얘기는 좋을 대로 받아들여, 올리브."

20장

가설: 나를 거스르는 자, 후회하게 되리라.

거짓말을 하는 수밖에 없었다.

한 번 더.

이 정도면 버릇이었다. 하버드 생물학과 행정실 총무에게 자신이 칼슨 박사 랩에 속한 박사과정생이며 당장 칼슨 박사를 만나 중요한 메시지를 전해야 한다고 장황한 거짓말을 꾸며내면서 올리브는 이번이 정말 마지막이라고 속으로 맹세했다. 계속하려니 스트레스가 너무 심했다. 그리고 너무 어려웠다. 심혈관 건강과 정신물리 건강에 무리를 줘가면서까지 할 가치가 없었다.

게다가 거짓말 솜씨도 형편없었다. 행정실 총무는 올리브가 쏟아낸 해명을 조금도 안 믿는 기색이었지만, 생물학부 교수진이 애덤을 어느 레스토랑으로 데려갔는지 정도는 말해줘도 된다고 판단한 모양이었다. 옐프(식당 정보와 이용자 평가를 보여주는 앱—옮긴이)에 따르면 우버 타고 10분만 가면 나오는 고급 레스토랑이었다. 올리브는 자신의 찢어진 청바지와 연보라색 컨

507

버스 운동화를 내려다보며, 레스토랑 측이 쫓아내지는 않을까 고민했다. 이어서 '애덤이 화내면 어떡하지' 하고 걱정했다. 자신이 판단 착오로 인생을 망치는 건 아닌지, 더불어 애덤의 인생을, 아예 우버 운전사의 인생까지 망쳐버리는 건 아닌지도 걱정됐다. 학회가 열린 호텔로 다시 돌아가고픈 충동이 강하게 든 순간 우버 택시가 인도 옆에 차를 댔고, 기사(앱에 실린 정보에 따르면, 새라 헬렌)가 미소 띤 얼굴로 올리브를 돌아봤다. "다 왔습니다."

"감사합니다." 조수석 문을 열고 나가려는데 다리가 움직이지 않았다.

"괜찮아요?" 새라 헬렌이 물었다.

"네. 그냥 좀⋯."

"차에 토할 거예요?"

올리브는 고개를 저었다. 그건 아니었다. 아니, 토할 수도 있었다. "그럴지도 몰라요."

"토하면 손님 평점 0점 줄 줄 알아요."

올리브는 고개를 끄덕인 후 좌석에서 미끄러져 내리려고 했다. 하지만 여전히 사지가 말을 안 들었다.

새러 헬렌이 미간을 찌푸렸다. "뭣 땜에 그래요?"

"그냥⋯." 갑자기 목이 메었다. "어떤 일을 해야 하는데요. 하고 싶지 않은 일이거든요."

새라 헬렌이 '흐음' 하고 대꾸했다. "일 관련된 거예요, 아니면 연애 관련된 거예요?"

"어… 둘 다요."

"으엑." 새라 헬렌이 콧잔등을 찡그렸다. "위험이 두 배네. 미룰 수 없어요?"

"아무래도요."

"남한테 대신 해달라고 부탁할 수 없어요?"

"없어요."

"이름 바꾸고, 지문 지져서 없애고, 증인보호 프로그램 들어간 다음 자취를 감출 수 있어요?"

"어, 그건 잘 모르겠어요. 어차피 미국 시민도 아니고."

"그러면 안 되겠네. '좆까' 하고 무시하고, 뒷일 감당하면 안 돼요?"

올리브는 눈을 감고 잠시 상상해봤다. 지금 하려는 걸 안 할 경우 정확히 어떤 결과가 뒤따를까? 우선, 톰은 여태 해오던 대로 계속 비열한 짓을 일삼을 것이다. 애덤은 자신이 이용당하는 것을 영영 모를 테고, 이대로 보스턴으로 가버릴 것이다. 올리브는 다시는 그와 이야기할 기회가 없을 것이고, 그럼 애덤이 올리브에게 어떤 사람이었는지는….

거짓으로만 남을 것이다.

수많은 거짓말 뒤에 추가된 또 하나의 거짓말. 올리브가 뱉은 수많은 거짓말, 얘기할 수 있었지만 끝내 하지 않은 수많은 진실. 전부 진실을 말하기 두려워서, 사랑하는 사람들을 쫓아버릴 게 두려워서 그런 거였다. 그들을 잃는 게 두려워서. 다시 혼자되기 싫어서.

거짓말이 잘 통하지 않는다는 건 이제 분명해졌다. 오히려 최근에는 역효과만 냈다. 그렇다면 다른 전략을 취할 때였다.

진실을 말하는 전략.

"아뇨. 그런 식으로 뒷일 감당하기는 싫어요."

그러자 새라 헬렌이 씩 웃었다. "그렇다면, 친구, 가서 하려던 걸 해요." 그러고는 버튼을 누르자 조수석 잠금장치가 딸깍 소리를 내며 풀렸다. "그리고 나 별점 5점 주는 것 잊지 마요. 공짜 상담도 해줬으니까."

이번에는 차에서 내리는 데 성공했다. 새라 헬렌에게 팁을 150퍼센트 주고 심호흡을 한 다음, 레스토랑으로 걸음을 옮겼다.

* * *

애덤은 바로 찾아냈다. 애덤이 몸집이 워낙 큰 데다 레스토랑은 별로 크지 않아서 애초에 그리 어려울 건 없었다. 게다가 그가 몹시 진지한 하버드 교수로 보이는 열 명 남짓의 무리와 동석한 것도 도움이 됐다. 그 자리에는 물론 톰도 있었다.

'내 인생 왜 이래.' 올리브는 속으로 중얼거리면서, 바빠서 정신없는 종업원을 슬쩍 지나쳐 애덤에게 다가갔다. 입고 온 밝은 빨간색 더플코트가 그의 시선을 잡아끌 거라고 짐작했고, 그다음엔 온갖 제스처를 동원해 그에게 휴대전화를 확인하라고 신호한 뒤 제발, 제발, 제발 저녁 식사 끝나면 5분만 시간을 내달라고 문자를 보낼 생각이었다. 오늘 저녁에 다 털어놓는 게 최선일 것 같았다. 내일이면 인터뷰 일정이 끝날 테니 애덤이 진실을 다 파악한 상태에서 결정을 내릴 수 있을 것 아닌가. 잘하면 이 계획이 통할 것도 같았다.

애덤이 젊고 예쁜 교수와 한창 대화 중에 올리브가 온 걸 알아챌 줄은 미처 예상하지 못했다. 그가 갑자기 하던 말을 멈추더니 눈을 휘둥그레 뜨고 입을 헤 벌릴 것도 미처 예상하지 못했다. 올리브를 빤히 보면서 "잠깐 실례하겠습니다"라고 중얼거리고는 자신에게 쏠린 호기심 어린 눈길을 다 무시하고 자리에서 일어설 줄도 몰랐다. 걱정 어린 표정으로 올리브가 서 있는 입구로 성큼성큼 걸어올 줄도 몰랐고.

"올리브, 괜찮아?" 애덤이 이렇게 물었고, 그 순간….

아. 저 목소리. 저 눈빛. 그리고 올리브가 무사하며 진짜 여기 와 있는 걸 만져서 확인하려는 듯 손을 들어 올리는 저 몸짓. 하지만 그는 올리브의 팔을 손으로 감아쥐기 직전에 머뭇거리다가 도로 팔을 떨어뜨렸다.

올리브는 마음이 찢어지는 것 같았다.

"난 괜찮아요." 올리브가 애써 웃음 지었다. "어… 인터뷰 방해해서 미안해요. 중요한 인터뷰인 거 알고, 애덤이 보스턴으로 오고 싶어 하는 것도 알아요. 또… 이게 경우에 어긋난 행동인 것도요. 근데 지금 아니면 기회가 없을 것 같고, 다시 용기를 낼 수 있을 것 같지도 않아서…" 말이 두서없이 나오는 걸 알아채고, 한 번 더 심호흡을 한 뒤 다시 시작했다. "할 얘기가 있어요. 얼마 전 일어난 일에 대한 거예요. 누군가가…."

"안녕, 올리브."

톰. 가만히 있을 리가 없지. "안녕하세요, 톰." 올리브는 애덤과 눈을 맞춘 채 톰은 쳐다보지도 않았다. 쳐다볼 가치도 없었다. "우리끼리 잠깐 얘기하게 비켜줄래요?"

곁눈으로 그의 음흉하고 가식적인 미소가 보였다. "올리브, 아무리 어리고 경우를 몰라도 그렇지, 애덤이 중요한 자리를 놓고 지금 인터뷰 중인데 갑자기 자리를 뜰 수는…."

"가." 애덤이 차갑고 낮은 음성으로 명령했다.

올리브는 눈을 질끈 감고 고개를 끄덕인 다음 한발 물러났다. 그래. 괜찮아. 싫으면 대화를 거부할 자격이 있지. "알았어요. 미안해요, 나는…."

"올리브 말고. 톰, 자리 좀 비켜줘."

앗. 아. 그렇다면야.

"어이." 톰이 재미있어하는 기색으로 대꾸했다. "면접 겸 식사 자리인데 이렇게 멋대로 뜨면 어떡…."

"가라고." 애덤이 한 번 더 말했다.

톰은 뻔뻔하게도 웃음을 터뜨렸다. "싫은데. 네가 나랑 같이 자리로 돌아간다면 가지. 우리, 연구 파트너잖아. 네가 고작 같이 자는 계집애 때문에 우리 학과 교수진 앞에서 무례하게 굴면 내 평판이 어떻게 되겠어. 당장 자리로 돌아가서…."

"너 같은 반반한 애는 일이 어떻게 돌아가는지 잘 알 거 아냐. 나 보라고 그렇게 짧은 치마 입은 거잖아. 부인할 생각 마. 다리 보기 좋은데? 애덤이 왜 너를 상대해주는지 알겠어."

애덤도 톰도 올리브가 휴대전화를 꺼내는 것을, 그리고 재생 버튼을 누르는 것을 미처 보지 못했다. 그래서 두 사람은 잠시 혼란스러워했다. 흘러나오는 말을 분명 듣긴 들었는데 어디서 나온 건지는 아직 파악을 못 하고 있었다. 녹음된 음성이 다시 재생되기 전까지는.

"올리브. 내가 너를 실력만 보고 우리 랩에 받아준 거라고 생각하는 건 아니겠지? 너 같은 여자애는 말이야. 유명하고 잘나가는 교수한테 몸을 줘야 길이 트인다는 걸 박사과정 초반에 일찍이 깨달았겠지. 애덤한테 줬잖아. 맞지? 같은 이유로 나한테도 줄 걸 우리 둘 다 알잖아."

"너 이게 무슨 짓…." 톰이 올리브의 손에서 휴대전화를 낚아채려고 한 발을 앞으로 뗐다. 그렇지만 멀리 가지는 못했다. 애덤이 그의 가슴팍을 손바닥으로 확 미는 바람에 뒤로 휘청휘청 물러났기 때문이다.

애덤은 여전히 톰을 보지 않고 있었다. 올리브를 보고 있지도 않았다. 올리브가 손에 든 휴대전화를 내려다보고 있었다. 뭔가 어둡고, 위험하고, 오싹하게 만드는 감정이 어린 얼굴로.

다른 때 같았으면 올리브도 그 표정에 주춤했을 것 같았다. 사실 지금도 약간 겁이 났다.

"아, 왜 이러셔. 그 형편없는 페이퍼가 수준 높고 과학적으로 중요해서 발표 주제로 채택됐다고 믿는 거야? 자기 자신을 굉장히 후하게 평가하네? 쓸모도 없고 구태의연한 주제를 가지고 발표하면서, 내내 바보처럼 말 더듬은 주제에."

"저 새끼였어." 애덤이 속삭였다. 들릴락 말락 할 정도로 나직하고, 착각을 부를 만큼 차분한 목소리였다. 눈빛도 전혀 읽을 수가 없었다. "톰이었어. 너를 울린 게."

올리브는 고개를 끄덕이는 것 말고는 다른 대꾸를 할 수 없었다. 아득히, 녹음된 톰의 음성이 주절주절 재생되고 있었다. 별 볼 일 없는 애라는 둥. 애덤이 올리브 말을 믿어줄 리 없다는 둥. 저속한 표현도 섞어가면서.

"뭐, 이런 경우가 다 있어." 톰이 다시 다가와 휴대전화를 뺏으려고 했다. "이년이 뭣 땜에 이러는지 몰라도 머리가 돈 게…."

순간 애덤이 번개처럼 움직였다. 너무 빨라서 올리브는 그가 움직이는 것도 보지 못했다. 계속 올리브 앞에 서 있었는데 어느 순간 그가 톰을 벽에 밀어붙이고 있었다.

"죽여버리겠어." 그가 짐승이 으르렁대듯 이 사이로 내뱉었다. "내가 사랑하는 여자 가지고 한마디만 더 하면. 아니, 쳐다보지도 말고 생각도 하지 마. 안 그럼 내가 죽여버릴 테니까."

"애덤…." 톰이 목 졸린 소리로 간신히 말했다.

"아니, 네가 그렇게 하든 말든 죽여버릴 거야."

사람들이 허둥지둥 달려오고 있었다. 여성 종업원과 웨이터 한 명, 그리고 애덤과 동석했던 교수들이 우르르 몰려왔다. 그들은 무리 지어 둘러서서 영문도 모른 채 호통을 치며 애덤을 톰에게서 떼어내려고 했다. 하지만 소용없었다. 올리브는 퍼뜩 애덤이 셰리의 트럭을 밀던 장면이 떠올랐고, 히스테리에 취한 기분으로 하마터면 웃음을 터뜨릴 뻔했다. 하지만 가까스로 참았다.

"애덤." 올리브가 조용히 불렀다. 워낙 소란스러워서 소리가 파묻힐 듯했지만, 그 작은 소리가 분노를 뚫고 그의 정신을 들게 했다. 고개를 돌려 올리브를 본 애덤의 눈 속에 형언하지 못할 온갖 감정이 담겨 있었다. "애덤, 그러지 마요." 올리브가 속삭였다. "그럴 가치도 없는 인간이에요."

그 한마디에 애덤은 한 발짝 물러나며 톰을 놔주었다. 나이 지긋한 점잖은 남자 한 명(아무래도 하버드 학장인 것 같았다)이 애덤을 호되게 나무라면서 해명하라고, 어디 감히 이 따위 행동을 보이냐고 호통을 쳐댔다. 애덤은 그를, 그리고 나머지 사람들도 전부 무시했다. 대신 올리브에게 곧장 다가와서….

양손으로 올리브의 얼굴을 감싸고 손가락은 올리브의 머리카락에 찔러 넣고서, 이마를 살며시 포갠 채 올리브를 꼭 끌어안았다. 그의 몸이 참 따스했고, 그리운 체취가 났다. 안전하고 집에 돌아온 것 같은 냄새. 양 엄지가 올리브의 뺨에 남은 눈물

자국을 어루만졌다. "미안해. 정말 미안해. 몰랐어. 미안해. 너무 미안해. 미안해."

"애덤 잘못이 아니잖아요." 올리브가 웅얼거렸지만 그는 듣지 못한 것 같았다.

"미안해. 정말⋯."

"칼슨 박사." 두 사람의 등 뒤에서 누군가가 쩌렁쩌렁 울리는 음성으로 호명했고, 올리브는 애덤의 몸이 굳는 걸 느꼈다. "이게 무슨 일인지 해명하시오."

하지만 애덤은 그는 신경도 안 쓰고 올리브를 가만히 안고만 있었다.

"칼슨 박사." 그가 다시 불렀다. "이런 행동은 용납할 수⋯."

"애덤." 올리브가 나직이 말했다. "대답해줘야 될 것 같아요."

애덤이 참고 있던 숨을 토했다. 그는 올리브의 이마에 여운이 남도록 긴 입맞춤을 한 후 마지못해 떨어졌다. 그제야 올리브는 제대로 그를 살펴볼 수 있었고, 그는 평소의 애덤으로 돌아와 있었다.

침착하고, 눈앞에 불이 보일 정도로 분노했지만, 가만히 있을 생각은 추호도 없어 보였다.

"나한테 녹음 파일 바로 보내줘." 그가 중얼거렸다. 올리브는 고개를 끄덕였고, 애덤은 두 사람에게 다가온 노신사를 돌아보았다. "드릴 말씀이 있습니다. 비공개로요. 학장님 사무실로 가는 게 어떻겠습니까?" 노신사는 충격받고 기분 상한 표정이었지만 뻣뻣하게 고개를 끄덕였다. 그의 뒤에서 톰이 난동을 피우고 있었다. 애덤의 턱에 힘이 들어갔다. "저 인간은 접근하지 못하게 해주세요." 그러더니 가기 전에 한 번 더 올리브를 돌아보고, 고개를 바짝 갖다 댄 채 낮은 소리로 말했다. 팔꿈치를 쥔 그의 손바닥에서 온기가 전해졌다.

"내가 알아서 해결할게." 그가 말했다. 단호함과 열의가 어린 눈빛이었다. 올리브는 이보다 더 안전한 기분을, 이보다 더 사랑받는 기분을 느껴본 적이 없었다. "다 해결한 다음 내가 그리로 갈게. 내가 지켜줄게."

21장

가설: 유통기한 지난 콘택트렌즈를 끼면 박테리아 감염이나
곰팡이균 감염이 일어날 것이고 그 영향은 오래도록 지속될 것이다.

"홀든이 너한테 메시지 보냈어."

올리브는 창에서 눈을 떼 맬컴을 돌아보았다. 맬컴은 경유지
인 샬럿에 착륙하자마자 휴대전화 비행기모드를 해제한 터였
다. "홀든이?"

"응. 정확히는 칼슨이 보낸 거지만."

그 말에 심장이 한 박자를 걸러뛰었다.

"휴대전화 충전기를 잃어버려서 문자를 보낼 수가 없는데,
홀든이랑 같이 SFO(샌프란시스코국제공항)로 오고 있대."

"아아." 고개를 끄덕이는데 안도감이 밀려왔다. 내내 연락이
없었던 게 이제야 이해가 됐다. 어젯밤 이후 전화도 문자도 없
기에 혹시 체포됐나, 보석금 마련하려면 저축한 것 다 털어야
하나 고민하던 차였다. 12달러 16센트가 전부지만. "어디서 경
유한대?"

"경유 안 한 대." 맬컴이 눈알을 굴리며 대꾸했다. "직항이야.
우리 착륙하고 10분 후에 SFO에 도착이래. 보스턴에서 지금

이륙인데. 이래서 부자가 좋구나."

"혹시 홀든한테서 무슨 얘기…."

맬컴이 고개를 저었다. "곧 이륙한대서 긴 얘긴 못 했는데, 우리가 SFO에서 기다리면 돼. 그때 만나면 애덤이 그간 있었던 일 다 얘기해주겠지."

"넌 그냥 홀든이랑 붙어있고 싶어서 안달 난 것 같은데?"

맬컴이 씩 웃으며 올리브의 어깨에 머리를 기댔다. "우리 칼라마타 올리브가 나를 너무 잘 아네."

떠나 있었던 기간이 일주일도 채 안 된다는 게 믿기지 않았다. 그 난리가 단 며칠에 걸쳐 일어났다니. 마라톤 뛰고 숨이 가빠 휘청대는 양 정신이 멍하고 혼란스러웠다. 너무 피곤하고, 그저 자고 싶었다. 허기져서 뭐라도 먹고 싶었다. 피가 거꾸로 솟을 만큼 화가 나서 톰이 응당 벌 받는 꼴을 두 눈으로 보고 싶었다. 마음이 불안해서 마치 손상된 신경처럼 조그만 자극에도 움찔거렸고, 누가 좀 안아줬으면 했다. 가능하면 애덤이.

샌프란시스코에 도착한 후 이제는 쓸모없어진 코트를 착착 개서 여행 가방에 넣은 후 가방 위에 앉았다. 맬컴이 다이어트 콜라를 사러 간 사이 휴대전화로 새 메시지를 확인했다. 아직 보스턴에 있는 안이 안부를 묻는 문자가 몇 통 와 있었고, 집주인에게서 건물 엘리베이터가 고장 났다고 알리는 문자도 한 통 있었다. 눈알을 굴리며 학교 계정으로 이메일에 로그인한 올리브는 '중요한 편지'로 분류된, 아직 열지 않은 메일 몇 통을 발견했다.

빨간 느낌표를 클릭해 한 통을 열어보았다.

받은 시각: 오늘 5:15 p. m.
보낸 사람: Anna-Wiley@berkely.edu
받는 사람: Asygul-Aslan@stanford.edu
참조: Olive_Smith@stanford.edu
제목: Re: 췌장암 진단법 연구 프로젝트

아이세굴, 나한테 연락 줘서 고마워요. 마침 운 좋게 SBD에서 올리브 스미스의 발표를 들었는데(같은 패널이었거든요) 스미스 양의 췌장암 조기진단 도구에 대한 연구가 참 인상적이었어요.
내년에 우리 랩에 온다면 무조건 환영입니다! 조만간 셋이서 전화로 자세한 얘기 나눌까요?

진심을 담아,
애나.

올리브는 놀라서 숨을 들이마셨다. 한 손으로 입을 막은 채 곧바로 다른 메일을 열었다.

받은 시각: 오늘 3:19 p. m.
보낸 사람: Robert-Gorgon@umn.edu

받는 사람: Aysegul-Aslan@stanford.edu,
Olive-Smith@stanford.edu

제목: 췌장암 진단법 연구 프로젝트

아슬란 박사, 스미스 양,
스미스 양의 췌장암 관련 연구가 상당히 흥미롭던데,
협력 연구할 기회가 있다면 두 팔 벌려 환영입니다.
줌 미팅 일정 잡아봅시다.

- R

메일 두 통이 더 있었다. 암 연구자에게서 온 것만 총 네 통
이고, 전부 아슬란 박사가 올리브를 소개하는 메일에 응답해 자
신의 랩에 기꺼이 올리브를 받고 싶다는 내용이었다. 올리브는
몰아치는 행복감에 어질어질해졌다.

"올, 내가 누구 만났게."

올리브는 벌떡 일어섰다. 앞에 맬컴이 홀든의 손을 잡고 서
있었고, 그 바로 뒤에는….

애덤이 있었다. 지친 표정이지만 여전히 잘생긴 그가 지난
24시간 올리브의 마음속에서 그랬듯 커다란 존재감을 발하며
서 있었다. 올리브를 똑바로 바라보면서. 어제 저녁 레스토랑에
서 그가 한 말이 떠올라 뺨이 확 달아올랐고, 흉곽이 조이면서
심장이 터질 듯 질주했다.

"좋은 생각이 있어." 홀든이 인사도 없이 다짜고짜 말했다. "우리 넷이 더블 데이트 하는 거야. 오늘 저녁."

애덤이 그를 무시하고 올리브에게 다가왔다. "오늘 기분이 어때?"

"좋아요." 며칠 만에 처음으로, 그 말은 진실이었다. 애덤이 여기 있으니까. 그리고 받은편지함에 반가운 메일들이 와 있으니까. "애덤은요?"

"좋아." 그가 희미한 미소를 띠고 대답했고, 올리브는 자신처럼 그도 진실을 말하고 있음을 왠지 알 수 있었다. 심장이 더 요동쳤다.

"중식 어때?" 홀든이 끼어들었다. "다들 중식 좋아해?"

"난 중식 괜찮아요." 맬컴이 중얼거렸지만, 더블 데이트는 별로 반기지 않는 눈치였다. 애덤과 마주 앉아 논문 프로포절 거부당한 트라우마를 되새기기 싫어서 그런 것 같았다.

"올리브는?"

"어… 중식 좋아해요."

"잘됐군. 애덤도 좋아하는데, 그럼…."

"외식 안 할 거야." 애덤이 불쑥 말했다.

홀든이 눈썹을 팔자로 접었다. "왜?"

"다른 일이 있어."

"예를 들면 뭐? 올리브도 같이 간다잖아."

"올리브 내버려둬. 피곤하다잖아. 그리고, 우리 바빠."

"내가 네 구글 캘린더 열어볼 수 있는 거 알지, 새꺄? 안 바쁜 거 다 알아. 나랑 놀기 싫으면 그냥 솔직하게 말해."

"너랑 놀기 싫어."

"피도 눈물도 없는 새끼. 나랑 파란만장한 한 주를 보내놓고. 게다가 오늘은 내 생일인데."

애덤이 움찔했다. "뭐? 잠깐만, 생일 아니잖아."

"생일 맞아."

"네 생일 4월 10일이잖아."

"과연 그럴까?"

애덤이 눈을 질끈 감고 이마를 벅벅 긁었다. "홀든, 우리 지난 25년간 하루도 빠짐없이 대화한 사이야. 네 생일이라고 파워레인저 테마 파티 열어서 참석한 것만 최소 다섯 번이고. 그중 마지막이 네가 열일곱 살 때였지."

맬컴이 터져 나온 웃음을 기침으로 가리려고 했다.

"네 생일이 며칠인지 내가 모를 리가 있냐."

"네가 매년 날짜 틀렸는데 내가 너무 착해서 봐준 거야." 그러더니 홀든은 애덤의 어깨를 꽉 잡았다. "그래서, 내 생일 기념으로 중식당 가는 거지?"

"타이 음식은 어때요?" 맬컴이 끼어들어, 애덤은 거기 없는 것처럼 홀든에게 말했다.

홀든이 징징대는 소리를 내면서 스탠퍼드대 근처에는 먹을 만한 라브 샐러드가 없네 어쩌네 불평하기 시작했다. 평소 같으면 올리브도 귀를 쫑긋 세웠겠지만 지금은….

애덤이 다시 올리브를 물끄러미 바라보고 있었다. 맬컴과 홀든의 머리 위로 한 뼘 솟은 애덤의 얼굴에는 미안함 반 짜증 반이 어려 있었고… 무엇보다 진하게 묻어난 건 친밀감이었다. 두 사람이 이미 주고받아본 어떤 것. 올리브는 안에서 뭔가가 사르르 녹는 것 같았고, 미소가 번지려는 걸 꾹 참았다.

갑자기, 빨리 저녁 먹으러 가고 싶어졌다.

"재미있을 것 같은데요." 홀든과 맬컴이 새로 생긴 햄버거집 가볼까 말까 하며 옥신각신하는 사이 올리브가 입 모양으로 애덤에게 말했다.

"1분 1초가 고통일 것 같은데." 애덤이 입술을 거의 떼지 않고 소리 없이 대꾸했고, 자포자기와 인내가 섞인, 그리고 놀랍도록 너무 애덤스러운 그 표정에 올리브는 웃음이 터졌다.

홀든과 맬컴이 입씨름을 멈추고 올리브를 돌아봤다. "왜?"

"아무것도 아니에요." 올리브가 대꾸했다. 애덤의 입꼬리도 올라가 있었다.

"왜 웃는 건데, 올?"

올리브가 둘러대려고 입을 여는데 애덤이 선수 쳤다.

"알았어. 우리도 갈게." 애덤과 올리브가 당연히 '우리'인 것처럼, 처음부터 가짜 관계가 아니었던 것처럼 태연하게 '우리'라고 했고, 올리브는 벅차서 숨이 막혔다. "대신 내년에 생일 관련한 모든 종류의 파티에 나는 열외인 거다. 아니다, 아예 내후년까지.

그리고 새로 생긴 햄버거집 가는 것도 거부권 행사하겠어."

홀든이 허공에 주먹을 찌르더니, 곧 미간을 찌푸렸다. "햄버거집은 왜 거부야?"

"왜냐하면," 애덤이 올리브의 시선을 붙든 채 대답했다. "햄버거는 맨발 씹는 것 같으니까."

* * *

"일단 시급한 문제부터 짚고 가자고." 홀든이 애피타이저를 씹으며 운을 뗐고, 올리브는 앉은 자리에서 긴장했다. 애덤과 먼저 얘기 나누기 전에 맬컴과 홀든 앞에서 톰 사건을 이야기하고 싶지 않았다.

그런데 그건 괜한 걱정이었다. "맬컴과 애덤이 서로 싫어하는 것 말이야."

부스 좌석 옆자리에서 애덤이 영문 모르는 표정으로 눈썹을 구겼다. 올리브 맞은편에 앉은 맬컴은 손바닥으로 얼굴을 가리며 곤란한 신음을 뱉었다.

"믿을 만한 정보원한테 들었는데," 홀든이 아랑곳하지 않고 계속했다. "애덤이 논문 프로포절 심사에서 맬컴의 실험이 '허술'하고 '연구 기금 낭비'라고 디스했고 맬컴은 엄청 기분이 상했다며. 있지, 애덤, 내가 맬컴한테 그날 네가 유독 지쳐서 그랬을 거라고 말해두긴 했는데. 아마 지도하는 학생 중 하나가 이메일에 분리부정사를 썼거나 아니면 유기농 루콜라 샐러드를 시켰는데 유기농이 아닌 게 나왔나 보다고. 거기에 대해 뭐 할 말 없어?"

"어어…." 애덤의 표정이 더 구겨졌고, 맬컴도 손바닥에 더 깊이 얼굴을 파묻었다. 홀든은 무언의 압력을 넣듯 몇 초간 대답을 기다렸고, 올리브는 휴대전화를 꺼내 이 교통사고 현장을 촬영할까 말까 망설이며 구경했다. "나는 그 프로포절 심사가 전혀 기억에 없어. 근데 내가 할 만한 말이기는 하다."

"좋아. 이제 맬컴한테 개인적 감정은 없었다고 해. 그래야 우리가 다 잊고 후련한 마음으로 볶음밥 먹지."

"아, 쪽팔려." 맬컴이 웅얼거렸다. "홀든, 제발 그러지 마요."

"난 볶음밥 안 먹을 건데." 애덤이 말했다. "그럼 우리 정상인들은 볶음밥 먹을 테니 너는 생 대나무나 씹어 먹어. 어쨌든 지금 당장은 내 남친이 자기 절친의 남친이자 내 절친이 자기를 괴롭힌다고 생각하고 있고 덕분에 더블 데이트 분위기 흐리고 있으니까 사과 부탁해."

애덤이 천천히 눈을 깜빡였다. "절친?"

"애덤." 홀든이 얼굴이 잔뜩 구겨진 맬컴을 엄지로 가리키며 재촉했다. "어서."

애덤은 무겁게 한숨을 쉬더니 맬컴을 바라봤다. "내가 뭐라고 말했고 어떤 행동을 했건 개인적 감정으로 그런 건 아니었어. 내가 좀 쓸데없이 못되게 구는 경향이 있대. 쌀쌀맞고."

올리브는 맬컴의 반응을 미처 보지 못했다. 왜냐하면 애덤을, 슬쩍 올라간 그의 입꼬리를 보느라 정신이 팔려 있었기 때문이다. 둘이 눈이 마주친 순간 그 입매는 미소 비슷한 것으로 변했다. 한순간, 그가 고개를 돌리기 전 그와 시선이 닿은 아주 잠깐 동안, 그곳에 두 사람만 존재하는 것 같았다. 그리고 두 사람이 공유하는, 과거라고 하기엔 애매한 과거와 둘만 아는 실없는 농담, 늦여름 햇살 아래 서로를 놀리던 시간만이.

"좋았어." 홀든이 정신이 번쩍 들 정도로 손뼉을 크게 쳤다. "애피타이저로 에그롤 괜찮지?"

함께 저녁을 먹기로 한 건 결국 좋은 결정이었다. 이 저녁, 이 테이블, 이 순간. 애덤 옆에 앉아 비를 머금은 흙냄새를 맡으며 아까 레스토랑에 들어올 때 갑자기 퍼부은 소나기가 그의 회색 면 헨리 셔츠에 남긴 짙은 빗방울 자국을 세는 것, 전부다. 물론 나중에 대화를 하긴 해야 했다. 톰에 대해, 그리고 다른 여러 가지에 대해 진지하게 이야기를 나눠야 했다. 하지만 지금은 예의 애덤과 올리브 사이와 다를 게 없었다. 마치 옷장 안에서 잃어버린 줄 알았던 제일 좋아하는 드레스를 발견해 걸쳐 입었는데 예전처럼 몸에 꼭 맞는 걸 알아차린 기분이었다.

"저는 에그롤 좋아요." 올리브는 애덤을 흘끔 봤다. 머리카락이 다시 자라 있었고, 그래서 다음 행동이 자연스럽게 나왔다. 손을 뻗어 빳빳하게 일어선 머리 가닥을 꾹 누른 것이다. "내가 맞혀볼게요. 애덤은 세상에 좋은 건 다 싫어하는 사람이니까 에

그롤도 싫어하죠?"

애덤이 입 모양으로 "입만 살아서는"이라고 말하는 찰나 웨이터가 나타나 물잔과 메뉴판을 내려놓았다. 정확히는 메뉴판 세 개였다. 홀든과 맬컴이 각자 하나씩 가져가는 걸 보고 올리브와 애덤은 무언의 메시지가 담긴, 재미있어하는 시선을 교환하면서 나머지 하나를 펼쳐 같이 들여다봤다. 딱 좋았다. 애덤이 채식 메뉴가 자기 쪽으로 오게, 각종 튀김류가 주를 이루는 메인 메뉴는 올리브 쪽으로 가게 메뉴판을 들었기 때문이다. 하필 또 그렇게 펼쳐진 걸 보고 올리브는 깔깔 웃었다.

애덤이 음료 메뉴를 검지로 톡톡 두드렸다. "이 악마의 자식이나 마실 것 같은 메뉴 좀 봐." 그가 중얼거렸다. 입술이 올리브의 귀에 닿을락 말락 했다. 뿜어져 나온 뜨거운 입김이 강한 에어컨 바람 속에 다정하고 기분 좋게 느껴졌다.

올리브는 씩 웃으며 받아쳤다. "맛있을 것 같구먼, 왜요."

"어이가 없네."

"어이없도록 마음에 든다고요?"

"아니거든."

"오늘부터 이 식당 매일 올래."

"아직 먹어보지도 않았잖아."

"먹어보나 마나 엄청 맛있겠죠."

"토할 것 같겠…."

누군가 헛기침으로 동석한 일행이 있음을 알렸다. 맬컴과 홀든이 둘을 빤히 보고 있었다. 맬컴은 수상쩍어하는 날카로운 눈초리였고, 홀든은 다 안다는 듯 미소를 머금고 있었다. "둘이 뭘 가지고 그러는 거야?"

"아." 올리브는 얼굴이 달아오르는 걸 느꼈다. "아무것도 아니에요. 그냥, 메뉴에 펌킨 스파이스 버블티가 있기에."

맬컴이 토하는 시늉을 했다. "우웩, 올리브. 이름만 들어도 쏠린다."

"됐거든."

"맛있을 것 같은데?" 홀든이 환히 웃으며 맬컴 쪽으로 몸을 기울였다. "우리 하나 시켜서 나눠 마시자."

"제정신이에요?"

올리브는 맬컴의 질린 표정에 웃음이 나오는 걸 꾹 참았다. "맬컴한테 펌킨 스파이스 얘기 꺼내지 마세요." 홀든에게는 속삭임을 가장한 다 들릴 만한 소리로 경고했다.

"아, 이럴 수가." 홀든이 충격 먹은 척 가슴을 움켜쥐었다.

"이건 심각한 문제라고요." 맬컴이 메뉴를 테이블에 탁 내려놓았다. "펌킨 스파이스는 사탄의 비듬이고, 세계 멸망의 전조예요. 무슨 엉덩이 맛이 난다고요. 섹스랑 상관없는 쪽으로." 옆자리에서 애덤이 맬컴의 웅변에 감명 받은 듯 천천히 고개를 끄덕였다. "펌킨 스파이스 라테 한 잔에 스키틀스 50개 분량의 설탕이 들어 있는 거 알아요? 펌킨은 전혀 안 들어 있고. 못 믿겠으면 검색해봐요."

애덤이 감탄 비슷한 것이 어린 표정으로 맬컴을 바라봤다. 홀든이 올리브와 눈을 맞추며 둘만 아는 얘기 나누듯 말했다. "우리 남친들, 공통점이 많네."

"그러네요. 무해한 식품군 하나를 통째로 혐오하는 게 무슨 자랑거리인 줄 아나 봐요."

"펌킨 스파이스는 무해하지 않아. 모든 식품에 침투하는 걸로 모자라 단독으로 지중해몽크물범을 멸종시킨, 방사능급으로 유해한 설탕 폭탄이라고. 그리고 홀든." 맬컴이 홀든을 손가락으로 가리켰다. "지금 선 넘을락 말락 한다는 거 알아둬요."

"뭐… 왜?"

"펌킨 스파이스에 대한 내 입장을 존중해주지 않는 사람이랑은 만날 수 없어요."

"솔직히 존중할 만한 입장이 아니잖…." 맬컴의 매서운 눈초리에 흠칫한 홀든이 두 손바닥을 들어 보였다. "그런 줄 몰랐어, 자기야."

"그 정돈 알고 있었어야지."

애덤이 재미있다는 표정으로 혀를 찼다. "그러게, 홀든. 좀 잘해봐." 그가 등받이에 깊이 기대앉자 그의 어깨가 올리브의 어깨에 닿았다. 홀든은 가운뎃손가락을 날렸다.

"애덤은 햄버거에 대한 올리브의 입장을 주지하고 있고 존중도 해주잖아요. 둘은 겨우…." 무슨 말을 하려고 했던 맬컴은 눈치 있게 그쯤에서 입을 다물었다. "어쨌든, 애덤도 아는데 홀든도 파악하고 있었어야죠."

"잠깐만, 애덤은 약 12초 전까지 세상에서 제일 못된 인간 아니었어?"

"호떡 뒤집는 거 구경하는 것 같네." 애덤이 중얼거렸다. 올리브가 손을 뻗어 그의 옆구리를 꼬집으려고 하자 애덤이 올리브의 손목을 덥석 잡아 막았다.

"못됐어," 올리브가 입 모양으로 말했다. 애덤이 못된 웃음을 지어 보이면서, 맬컴과 홀든을 좀 너무하다 싶게 의기양양한 눈길로 훑어봤다.

"왜 이래. 비교 대상이 안 된다고." 홀든이 말했다. "올리브랑 애덤은 사귄 지 한참 됐잖아. 우리는 일주일도 안 됐고."

"아니거든요." 맬컴이 삿대질까지 하며 지적했다. 애덤의 손은 아직도 올리브의 손목을 그러쥐고 있었다. "저 둘은 우리가 사귀기로 한, 한 달 전쯤부터 만나기 시작했다고요."

"아니야." 홀든이 우겼다. "애덤 저 녀석, 아주 오랫동안 올리브한테 빠져 있었어. 아마 은밀히 올리브의 식습관을 관찰하면서 데이터베이스를 한 열일곱 개는 구축해놓고 올리브가 선호하는 음식을 예측할 기계학습 알고리즘을 설계해서…."

올리브는 웃음을 터뜨렸다. "안 그랬어요." 그러고는 여전히 웃음기를 머금은 채로 물을 한 모금 마셨다. "우리도 바로 얼마 전부터 만나기 시작했어요. 가을학기 시작할 때쯤."

"그래, 근데 둘이 서로 안 지는 오래됐잖아." 홀든이 미간에 주름을 잡고서 대꾸했다. "올리브가 박사과정 시작하기 전 해에, 면접 보러 왔을 때 여기서 만났잖아. 애덤은 그때부터 계속 애태우고 있었고."

올리브는 고개를 저으며 깔깔 웃었고, 같이 웃으려고 애덤을 돌아보았다. 그런데 애덤은 이미 이쪽을 빤히 보고 있었고, 별로 웃긴 것 같지도 않았다. 대신… 지금까지와는 사뭇 다른 표정이었다. 걱정스러워 보이기도 하고, 아니면 미안해하거나 체념한 것 같기도 했다. 아니면 몹시 당황한 건가? 그 순간 레스토랑 안이 고요해졌다. 창을 가볍게 때리는 빗소리, 손님들이 웅성웅성 떠드는 소리, 식기 부딪히는 소리… 전부 아득히 물러났다. 바닥이 훅 기우는 듯, 아니면 진동하는 듯했고 에어컨 바람은 너무 차갑게 느껴졌다. 어느새 애덤의 손은 올리브의 손목을 잡지 않고 있었다.

올리브는 그날 화장실에서 있었던 일을 떠올렸다. 쓰라린 눈과 눈물 젖은 얼굴, 시약 냄새와 깨끗한 남성의 체취. 흐릿하게 보이는, 바로 앞에 서 있는 덩치 큰 남자의 시커먼 윤곽과 마음이 편안해지던, 웃음기 어린 중저음 목소리. 스물세 살, 천애에 혼자인데다 앞으로 뭘 하면 좋을지, 어디로 가야 할지, 무엇이 옳은 선택인지 감도 안 잡혔던 그때.

내 대답이 진학할 이유로 충분한가요?

최고의 이유예요.

그 순간 세상만사가 참 단순하게 느껴졌었다.

결국 그 사람이 애덤이었다. 올리브의 짐작이 맞았다.

잘못 짚은 건 애덤이 올리브를 기억하지 못하리라는 것이었다.

"그렇군요." 올리브가 말했다. 하지만 더는 웃고 있지 않았다.

애덤은 아직도 올리브의 시선을 붙들고 있었다. "그랬나 봐요."

22장

가설: A(거짓말하기)와 B(사실대로 말하기)를 놓고 선택권이 주어지면,
십중팔구 내가 선택할 것은…
됐다. 이제 그만하련다.

홀든이 풀어놓는 일화들이 상당히 다듬어진 버전이며 수년 간 갈고 닦은 개그가 가미됐음을 믿어 의심치 않지만, 그걸 알면서도 올리브는 옆구리를 부여잡고 깔깔 웃지 않을 수 없었다.

"어느 순간 쪼르륵 떨어지는 물줄기에 잠이 깼는데…."

그러자 애덤이 눈알을 굴렸다. "물줄기 아니고 물방울 정도였어."

"속으로 궁금했지. 왜 산장 안에 비가 내릴까. 그러다 깨달았어. 물줄기는 이층침대 위층에서 떨어지는 거고, 당시 열세 살쯤이었던 애덤이…."

"여섯 살이야. 나 그때 여섯 살이었고 넌 일곱 살이었잖아."

"침대에서 오줌을 쌌다는 걸. 오줌이 매트리스를 푹 적시고 나한테 떨어진 거야."

올리브는 손으로 입을 막았지만 즐거워하는 표정은 숨기지 못했다. 홀든이 새끼 달마시안이 애덤의 청바지를 뚫고 엉덩이를 깨문 일화나 애덤이 고등학교 졸업 앨범에 '남 울릴 것 같은 애'로 뽑힌 일화를 얘기해줬을 때도 숨기지 못했던 것처럼.

적어도 애덤은 민망해하지는 않았고, 홀든이 올리브를 향한 애덤의 오랜 짝사랑을 폭로했을 때만큼 크게 당황하지도 않았다. 그 이야기로… 많은 것이 설명되었다.

아니, 모든 것이.

"맙소사. 여섯 살 때라니." 맬컴이 고개를 절레절레 저으며 눈물을 훔쳤다.

"그때 아파서 그런 거였어."

"그래도요. 이불 적시기엔 좀 많은 나이 아네요?"

애덤이 말없이 노려보자 맬컴이 슬그머니 눈을 내리깔며 웅얼거렸다. "어, 충분히 그럴 만한 나이였네요."

계산대 옆에 포춘 쿠키가 든 커다란 대접이 놓여 있었다. 나가다가 그걸 발견한 올리브가 기쁨의 비명을 지르며 당장 쿠키 네 개를 집었다. 맬컴과 홀든에게 하나씩 나눠준 후 짓궂은 웃음을 띠며 애덤에게도 하나 내밀었다. "이런 거 싫어하죠?"

"안 싫어해." 그는 순순히 쿠키를 받아들었다. "스티로폼 맛이 나서 그렇지."

"영양가도 스티로폼이랑 비슷할걸요." 다 같이 차고 습한 초저녁 공기로 나가는데 맬컴이 중얼거렸다. 뜻밖에도 맬컴과 애덤이 서로의 공통점을 많이 발견하고 있었다.

비는 멎었지만 가로등 불 비친 길은 반들거렸고, 가벼운 바람에 나뭇잎이 사각거리며 빗방울을 흩뿌렸다. 레스토랑 안에서 몇 시간 있다가 밖에 나와 숨을 들이마시니 폐가 신선한 공기로 가득 찼다. 올리브는 소매를 걷다가 애덤의 배에 손이 스쳤다. 장난기 어린 미안한 얼굴로 올려다보자 그는 얼굴을 붉히며 시선을 피했다.

"자기 자신을 놀릴 줄 아는 자, 결코 웃을 거리가 동나지 않으리라.'" 홀든이 입에 쿠키를 쏙 넣고는, 안에서 꺼낸 포춘 메시지를 보며 눈을 끔뻑거렸다. "이거, 돌려 까는 거야?" 그가 발끈한 표정으로 일행을 둘러봤다. "지금 포춘 쿠키가 나를 조롱한 것 맞지?"

"그런 것 같은데요." 맬컴이 대꾸했다. "내 건 이래요. '남이 재밌게 해주길 기다리지 말고 스스로 그러는 건 어떨까?' 내 포춘도 홀든을 까는 것 같은데요?"

"왜 불량 포춘 쿠키만 집어 왔어?" 홀든이 애덤과 올리브를 가리키며 물었다. "둘은 뭐래?"

그러잖아도 올리브는 이미 포장을 뜯고 있었다. 쿠키 끄트머리를 깨물어 먹으면서 종이를 폈다. 별것 아닌데도 심장이 쿵쿵 뛰었다. "내 건 평범하네요." 올리브가 홀든에게 말했다.

"거짓말."

"아니에요."

"뭐라는데?"

"진실을 말하기에 너무 늦은 때란 없다.'" 어깨를 으쓱하고는 비닐 포장째 내다 버리려다가 마지막 순간에 마음을 바꿔

포춘이 쓰인 가느다란 종이는 바지 뒷주머니에 슥 넣었다.

"애덤, 네 것도 뜯어봐."

"에, 싫어."

"얼른."

"네 기분 맞춰주려고 종잇장 같은 과자를 먹지는 않겠어."

"넌 빵점짜리 친구야."

"너는 포춘쿠키 업계에 따르면 빵점짜리 남자친구라는데."

"이리 내요." 올리브가 끼어들어 애덤의 손에서 쿠키를 낚아챘다. "먹는 건 내가 할게요. 읽는 것도."

주차장은 애덤의 차와 맬컴의 차를 빼고는 텅 비어 있었다. 홀든은 공항에서 애덤의 차를 얻어 타고 왔지만, 집에는 맬컴과 같이 돌아가 강아지 플레밍을 산책시키고 밤을 함께 보낼 계획이었다.

"애덤 차 타고 갈 거지, 올?"

"그럴 필요 없어요. 10분만 걸으면 되거든요."

"여행 가방은 어쩌고?"

"별로 무겁지 않아요. 게다가…." 올리브는 말을 갑자기 멈추고 입술을 잘근잘근 씹으며 머리를 굴렸다. 이내 자신도 모르게 얼굴에 웃음이 번졌다. 조심스럽지만 동시에 굳은 결심이 담긴 미소였다. "생각해보니 애덤이 같이 걸어서 바래다주면 되겠네요. 괜찮죠?"

애덤은 알 수 없는 표정으로 말없이 서 있었다. 그러더니 조용히 "그럼" 하고 대꾸하고는 차 열쇠를 청바지 주머니에 도로 넣고 올리브의 더플백을 자기 어깨에 멨다.

"어디 살아?" 홀든이 몇 걸음 떨어지자 애덤이 물었다.

올리브는 집 방향을 가리켰다. "내 가방 들어도 괜찮겠어요? 그 나이면 좀만 무거운 것 들어도 등에 담 오던데."

애덤이 째려보자 올리브는 호탕하게 웃어젖혔고, 둘은 나란히 주차장을 빠져나왔다. 비에 젖은 콘크리트 길에 올리브가 신은 컨버스 운동화가 미끄러질 때마다 삑삑거리는 소리와 잠시 후 맬컴의 차가 두 사람 곁을 지나가는 소리 빼고는 사위가 고요했다.

"어이." 홀든이 조수석 창을 내리고 물었다. "그래서 애덤의 포춘 쿠키는 뭐래?"

"흐음." 올리브가 포춘이 적힌 종이를 보는 척하더니 대답했다. "별거 아네요. 그냥 '홀든 로드리게스 박사는 루저'래요." 맬컴이 액셀을 밟는 순간 홀든이 가운뎃손가락을 날렸고, 올리브는 깔깔 웃었다.

"진짜로 뭐라고 쓰여 있는데?" 둘만 남자 애덤이 물었다.

올리브는 구깃구깃해진 종이를 그에게 넘기고 그가 종이를 가로등 불에 비춰가며 읽는 동안 조용히 기다렸다. 그의 턱 근육이 움찔한 것도, 그가 종이를 자기 바지 주머니에 슥 넣은 것도 별로 놀랍지 않았다. 뭐라고 쓰여 있는지 이미 아니까.

'사랑에 얼마든지 몸을 던져라. 누군가가 잡아줄 것이다.'

"톰 얘기 해도 돼요?" 올리브가 물웅덩이를 비껴가며 말했다. "싫으면 안 해도 되는데요, 해도 괜찮다면…."

"해도 돼. 아니, 해야 하겠지." 애덤의 목젖이 울렁였다. "당연한 얘기지만, 하버드는 톰을 해고할 예정이야. 다른 징계 조치도 논의 중이고. 어제 밤늦게까지 회의가 계속됐어." 애덤은 올리브를 흘끔 봤다. "일찍 연락하지 못한 것도 그래서였어. 하버드 측 타이틀나인 담당자가 올리브한테 곧 연락할 거야."

잘됐군. "애덤이 따낸 연구 보조금은요?"

애덤의 턱이 굳었다. "모르겠어. 어떻게든 해야지. 아님 내버려두든가. 지금은 별로 신경도 안 쓰여."

뜻밖의 대답이었다. 하지만 다음 순간 그럴 만도 하다는 생각이 들었다. 동료로서 톰의 배신이 친구로서의 배신 만큼 깊은 상처를 남기지는 않았을 테니까. "미안해요, 애덤. 그래도 친구였잖아요."

"친구 아니었어." 애덤이 길 한복판에서 갑자기 걸음을 멈췄다. 그는 맑고 그윽한 갈색 눈동자를 올리브에게 고정하고 말했다. "나는 눈치도 못 채고 있었어, 올리브. 톰을 안다고 생각했는데…." 또 한 번 그의 목젖이 울렁거렸다. "그런 놈한테 올리브를 믿고 맡겨서는 안 되는 거였어. 미안해."

'믿고 맡기다'니. 올리브가 특별한 대상, 둘도 없이 소중한 사람인 듯한 투였다. 마치 세상에서 가장 아끼는 보물인 양. 올리브는 환희에 떨고 싶었고, 웃고 또 울고 싶었다. 벅차도록 행복한 동시에 마음이 어지러웠다.

"나는… 애덤이 나한테 화났을까봐 걱정했어요. 내가 모든 것을 망쳐서. 톰과의 관계도 그렇고, 또 어쩌면… 이제 보스턴에 못 가게 됐을 수도 있으니까."

그러자 애덤이 고개를 저었다. "상관없어. 그런 것 이젠 신경도 안 쓰여." 그는 오래도록 올리브의 시선을 붙들고서, 다른 할 말이 있지만 삼키는 듯 입만 열었다 닫았다. 하지만 끝내 말을 잇지 않았고, 그래서 올리브는 고개를 끄덕이고 돌아서서 다시 걸음을 뗐다.

"다른 랩이 구해진 것 같아요. 연구를 지속할 곳 말이에요. 더 가까운 데라서 내년에 여기 계속 살아도 될 것 같아요." 올리브는 머리칼을 귀 뒤로 넘기며 그를 향해 미소 지었다. 부인할 수 없을 정도로 이렇게 가까이 애덤이 있다는 게 다른 무엇으로도 대체할 수 없는 기쁨을 주었다. 그와 함께 있을 때마다 느껴지는 원초적이고 본능적인, 황홀한 행복감이 있었다. 갑자기 톰 얘기는 전혀 하고 싶지 않아졌다. "저녁 식사 즐거웠어요. 아, 그리고 애덤 말이 맞았어요."

"펌킨 구정물에 대해서?"

"아뇨, 펌킨 스파이스는 끝내주는 거 맞고요. 홀든 말이에요. 정말 얄밉던데요."

"친해지면 호감 생겨. 한 10년쯤 지나면."

"그래요?"

"아니, 사실은 안 그래."

"불쌍한 홀든." 올리브는 작게 헛웃음을 뱉었다. "그나저나, 애덤만 기억하고 있던 게 아니었어요."

애덤이 올리브를 슬쩍 쳐다봤다. "뭘 기억해?"

"우리 첫 만남이요. 내가 면접 보러 왔을 때 화장실에서 마주친 것."

순간 애덤의 걸음이 주춤한 것 같았다. 아닐지도 모르지만. 어쨌든, 다음 순간 그가 들이마신 숨이 약간 불안정한 건 분명했다.

"정말 기억하고 있었어?"

"그럼요. 그게 애덤이었다는 걸 알아채기까지 시간이 좀 걸렸지만. 왜 아무 말 안 했어요?" 지난 며칠간, 아니면 몇 주간, 심지어 몇 년간 애덤이 속으로 무슨 생각을 하고 있었을지 너무 궁금했다. 어느 정도는 짐작되기 시작했지만, 그래도… 본인 입으로 말해주지 않으면 어떤 건 영영 모를 것 같았다.

"왜냐하면 올리브가 처음 만나는 것처럼 인사했잖아." 이렇게 말하는데 그의 얼굴이 약간 빨개진 것 같았다. 아닐지도 모르고. 별 하나 없는 하늘과 흐릿한 노란 조명 아래서는 확실히 분간하기가 어려웠다. "게다가 그동안… 계속 올리브 생각을 하고 있었거든. 몇 년 동안. 그래서 혹시 들킬까봐…."

그 마음이 상상만 갈 뿐이었다. 두 사람은 그동안 복도에서 종종 마주쳤고, 학부 학술토론회와 세미나에서도 수없이 여러 번 마주쳤었다. 여태까지는 별생각 없었는데, 지금 보니… 지금 와서는 애덤이 그때 무슨 생각을 했을지 몹시 궁금했다.

몇 년째 그 대단한 여자 얘기를 내 귀가 닳도록 했는데, 같은 학부 소속이라고 마음에 걸려 했거든. 홀든은 이렇게 말했었다.

그 말을 듣고 많은 것을 멋대로 넘겨짚었다. 이제 보니 얼마나 크게 헛짚었는지.

"거짓말 안 해도 돼요." 올리브가 덤덤하게 말했다.

애덤이 어깨에 멘 더플백의 끈을 고쳐 맸다. "안 했어."

"한 거나 마찬가지죠. 숨기는 것도 일종의 거짓말이니까."

"그건 맞아. 혹시…." 애덤은 입을 꾹 다물었다가 말을 이었다. "그래서 화났어?"

"아뇨, 별로요. 그렇게 심한 거짓말도 아니잖아요."

"그래?"

올리브는 잠시 엄지손톱을 물어뜯었다. "나는 더 심한 거짓말도 했으니까요. 그리고 그때 만난 게 애덤이었다는 걸 안 후에도 우리 첫 만남 얘기를 꺼내지 않았으니까."

"그래도, 혹시 기분 상했다면…."

"기분 안 상했어요." 올리브가 조곤조곤하면서도 반박을 허하지 않는 투로 대꾸했다. 그리고 이해를 바라는 눈빛으로 애덤을 바라봤다. 이 마음을 어떻게 전달할지 고민하면서. 어떻게 보여줄지를. "그보다는… 다른 기분이 들어요." 올리브가 환히 웃었다. "우선 기쁘죠. 애덤이 그날 이후 나를 줄곧 기억하고 있었다니."

"그건…." 잠시 침묵이 흘렀다. "올리브는 굉장히 인상적인 여자니까."

"하. 아니거든요. 눈에도 안 띄는 애였죠. 그냥 그 해 박사과 정 같이 시작한 무리 중 한 명에 불과한 애." 올리브는 콧방귀를 뀌고 자기 발을 내려다봤다. 애덤이 긴 다리로 성큼성큼 걸어서 올리브는 잰걸음으로 따라잡아야 했다. "1년 차 때 얼마나 힘들 었는지 몰라요. 스트레스가 엄청났어요."

그러자 애덤이 놀란 얼굴로 쳐다봤다. "첫 세미나 발표 때 기 억나?"

"그럼요. 왜요?"

"엘리베이터 피치(엘리베이터 타고 이동하는 정도의 짧은 시간 에 요약해 전달하기—옮긴이) 했을 때 올리브는 그걸 터보 리프트 (우주선의 초고속 엘리베이터를 뜻하는 SF 용어—옮긴이) 피치라고 했어. 슬라이드에 〈스타트렉: 넥스트 제너레이션〉 영화 장면까 지 삽입했지."

"아, 맞아요. 내가 그랬지." 올리브가 나지막이 웃음을 터뜨 렸다. "애덤도 트레키(영화 시리즈 〈스타트렉〉의 팬—옮긴이)인 줄 몰랐는데요."

"한때 그런 시절이 있었지. 아무튼 그해 야유회에서 비가 왔 잖아. 그때 올리브가 누구네 집 애들이랑 몇 시간째 얼음땡 놀 이를 하고 있었거든. 애들이 엄청 따르더라. 나중에 애들을 올리브한테서 억지로 떼 내서 차에 태워야 했을 정도로."

"모스 박사님네 애들이었어요." 올리브가 호기심 어린 눈으로 애덤을 바라봤다. 가벼운 바람이 일어 그의 머리카락을 흐트러뜨렸지만 그는 개의치 않는 듯했다. "애덤은 애들을 안 좋아하는 줄 알았는데요? 아예 질색하는 줄 알았죠."

그러자 애덤이 한쪽 눈썹을 치켜올렸다. "애처럼 구는 스물다섯 살짜리를 싫어하는 거지. 실제 세 살짜리는 안 싫어해."

올리브가 미소 지었다. "애덤, 그때도 내가 누군지 알았다면…. 혹시 그래서 나랑 가짜로 데이트하기로 한 거예요?"

애덤이 대답할 말을 찾는 동안 수십 가지 표정이 그의 얼굴을 스치고 지나갔다. 그중 한 가지 감정도 해독할 수가 없었다. "그냥 올리브를 도와주고 싶었어."

"알아요. 그 말 믿어요." 올리브는 손가락으로 입을 문질렀다. "근데 그게 다예요?"

그러자 애덤이 입을 꾹 다물었다. 그러고는 깊은 숨을 내뱉었다. 그리고 눈을 지그시 감았는데, 치아와 영혼이 몽땅 뽑혀나가는 고문을 받는 표정이었다. 이윽고 그가 체념한 투로 대답했다. "아니."

"아니라고요." 올리브가 생각에 잠겨 중얼거렸다. "아, 우리집 다 왔어요." 그러면서 모퉁이의 높은 벽돌 건물을 가리켰다.

"그렇군." 애덤이 두리번거리며 집 주변을 살폈다. "가방 위층까지 들어줄까?"

"그건… 조금 이따가요. 할 말이 있어요. 그러기 전에."

"알았어."

애덤이 바로 앞에 와 섰고, 올리브는 그를 올려다봤다. 시원시원하고 친숙한 그 이목구비를. 두 사람 사이에 남은 건 상쾌한 밤바람과 애덤이 적당하다고 판단한 거리뿐이었다. 고집 세고 기분을 종잡을 수 없는 가짜 남자친구. 놀랍도록, 완벽할 만치 독특한 남자. 반가울 정도로 드문 유형의 남자. 올리브는 심장이 충만하다 못해 터질 것 같았다.

숨을 한 번 깊이 들이쉬었다. "무슨 말이냐면요, 애덤…. 내가 바보 같았다고요. 잘못 생각하기도 했고." 초조해서 머리카락 한 가닥을 배배 꼬다가 손을 명치께로 떨어뜨렸다. 진정해. 괜찮아. 말할 거야. 말하고야 말 거야. 지금 당장. "예를 들면 통계적 가설 검정 같은 거예요. 제1형 오류(연구자가 상정한 귀무가설이 실제로 참임에도 검정 결과가 그 사설을 기각하는 오류―옮긴이) 같은 거요. 무섭지 않아요?"

애덤이 미간을 접었다. 올리브가 대체 무슨 소리를 하려는 건지 감을 못 잡은 표정이었다. "제1형 오류?"

"긍정 오류요. 어떤 현상이 일어나지 않았는데 일어났다고 생각하는 것."

"그게 뭔지는 나도 아는데…."

"아, 그렇죠. 근데… 지난 몇 주간 제일 두려웠던 건 혹시 내가 어떤 상황을 잘못 읽었으면 어쩌나 하는 거였어요. 진실이 아닌 것을 스스로 진실로 믿게 만들었다면 어쩌나 한 거죠. 보고 싶다는 이유로 있지도 않은 걸 봤다면 어쩌나. 과학자한테는 최악의 악몽이죠, 안 그래요?"

"그렇지." 애덤의 눈썹꼬리가 내려갔다. "바로 그래서 분석할 때 유의 수준(가설 검정에서 가설을 기각할 때 그 설이 옳은데도 불구하고 틀린 것으로 치고 기각하는 확률의 허용 수준—옮긴이)을 설정하는…."

"근데 문제는, 제2형 오류(귀무가설이 사실은 거짓인데 그것을 기각하는 데 실패하는 오류—옮긴이)도 똑같이 나쁘다는 거예요."

올리브의 불안하면서 절박한 시선이 애덤의 눈을 붙들었다. 무서워서 죽을 것 같았다. 자신이 곧 내뱉을 말이 가져올 결과가 너무 무서웠다. 하지만 동시에 애덤이 드디어 알게 된다는 게 짜릿했다. 드디어 털어놓는다는 후련함이 있었다.

"맞아." 애덤이 혼란스러운 표정으로 천천히 대꾸했다. "부정 오류(존재하는 것을 없다고 진단하는 오류—옮긴이)도 똑같이 나쁘지."

"과학의 문제가 바로 그거예요. 우리는 긍정 오류가 치명적이라고 믿도록 귀에 못이 박히게 배우는데, 부정 오류도 똑같이 치명적이라고요."

올리브는 침을 꿀꺽 삼켰다. "바로 눈앞에 있는데 보지 못하는 것. 너무 많은 걸 보는 게 두려워서 의도적으로 자신을 눈멀게 하는 것."

"통계학과 대학원 과정의 교육 수준이 부적합하다는 얘기를 하는 거야?" 올리브는 어둠 속에 부는 차가운 밤바람에도 갑자기 얼굴이 확 달아오른 채, 날숨과 함께 헛웃음을 뱉었다. 눈에 눈물이 맺히기 시작했다. "그런지도 모르죠. 그것도 그런데… 내가 부적합했다는 얘기예요. 그런데 그렇기 싫다고요, 더 이상은."

"올리브." 애덤이 한 발짝, 아주 조금 더 다가왔다. 너무 가까워서 숨 막힐 정도는 아니지만 그의 온기가 느껴지기엔 충분한 거리였다. "괜찮은 거야?"

"그동안… 너무 많은 일이 있었어요, 애덤을 만나기 전에. 그래서 조금 사람이 이상해졌나 봐요. 평생 혼자되는 걸 두려워하면서 살았는데… 그 얘긴 원한다면 다 해줄게요. 근데 먼저, 내가 스스로 알아내야 돼요. 왜 거짓말 뒤에 숨는 게 아주 조금의 진실을 인정하는 것보다 낫다고 생각했는지. 근데 내 생각엔…."

한 번 더, 떨리는 숨을 깊게 들이마셨다. 눈물이 딱 한 방울 뺨을 타고 흘러내리는 게 느껴졌다. 그걸 본 애덤이 소리 없이 올리브의 이름을 불렀다.

"그렇게 살다 보니 나도 나름대로 특별한 사람이라는 걸 잊은 것 같아요. 나 자신을 잊고 만 거죠."

이번에 다가선 쪽은 올리브였다. 그의 셔츠 자락을 붙든 것도, 그 자락을 살짝 잡아당겨 꽉 붙잡은 것도, 그의 몸을 어루만지며 울면서 웃은 것도 올리브였다. "두 가지 말해주고 싶은 게 있어요, 애덤."

"내가 어떻게 해줄…."

"잠깐만요. 내가 말 끝내게 해줘요."

그건 애덤이 잘 못하는 거였다. 가만히 서 있는 것도, 올리브의 눈에 눈물이 점점 차오르는데 아무것도 하지 않는 것도. 옆에 두 주먹을 늘어뜨린 모습에서 그가 무력감을 느끼는 걸 알수 있었다. 그걸 보면서 올리브는… 꾹 참는 애덤을 더 사랑할수밖에 없었다. 마치 모든 생각을 올리브로 시작해 올리브로 끝내는 사람처럼 그윽하게 바라보며 서 있는 그를.

"첫째는 내가 애덤한테 거짓말을 했다는 거예요. 내 거짓말은 진실을 숨긴 정도가 아니에요."

"올리브…."

"진짜 거짓말이었죠. 심각한 거짓말. 멍청한 거짓말. 내가 다른 사람한테 감정이 있다고 애덤이 믿게 내버려둔… 아니다, 일부러 그렇게 믿게 만든 거예요. 실제로는… 아니었는데. 그런 적 없는데."

애덤이 한 손으로 올리브의 뺨을 감쌌다. "무슨 얘기를…."

"근데 그건 중요하지 않아요."

"올리브." 애덤이 올리브를 바짝 끌어당겨 이마에 입을 맞췄다. "상관없어. 뭐 때문에 울고 있는지 모르지만, 내가 다 해결해줄게. 내가 바로잡아놓을게. 내가…."

"애덤." 올리브가 울음기 어린 미소를 지으며 말을 잘랐다.

"그건 중요하지 않아요. 왜냐하면 둘째로 말해줄 게 진짜 중요하거든요."

이제 둘은 더 이상 다가설 수 없을 정도로 가까이 서 있었다. 애덤의 체취와 온기가 그대로 전달됐고, 얼굴을 감싼 그의 손 엄지가 올리브의 뺨을 살며시 쓸어 눈물을 닦아내주고 있었다.

"올리브." 애덤이 속삭였다. "그게 뭔데?"

올리브는 여전히 울고 있었지만 더없이 행복했다. 그래서 그냥 말해버렸다. 아마도 애덤이 지금껏 들은 것 중 최악의 악센트로.

"이크 하우 판 야우, 애덤."

결과: 잠재적 불일치 요소와 통계적 오류 그리고 실험자의 편향을 고려하며
수집된 데이터를 신중히 분석한 결과, 내가 사랑에 빠지면…
상황이 그리 나쁘게 흐르지는 않을 것이다.

10개월 후

"거기 서봐요. 정확히 거기 서 있었어요."

"내가?"

애덤은 못 이기는 척 순순히 따랐다. 어느 정도까지는. 특유의 '내가 참아준다'는 표정은 지난 1년 동안 올리브가 가장 좋아하는 표정이 되었다. "식수대 쪽으로 조금 더 가봐요. 됐어요." 자신의 작품을 감상하려고 한 발짝 물러선 올리브는 애덤에게 윙크해 보이고는 휴대전화를 꺼내 얼른 사진을 찍었다. 스크린세이버를 이걸로 바꿀까 잠시 고민했지만(현재 스크린세이버는 둘이 몇 주 전 조슈아트리국립공원에서 찍은 셀카로, 애덤은 태양을 향해 눈을 가늘게 뜨고 있고 올리브는 그의 뺨에 입을 맞추고 있는 사진이었다) 관두기로 했다.

올 여름은 하이킹 여행과 달콤한 아이스크림, 애덤의 집 발코니에서 나누는 한밤의 키스, 재미난 일화 쏟아놓으면서 깔깔 웃기, 올리브가 한때 사다리 딛고 올라가 침실 천장에 붙였던 것

보다 훨씬 밝은 별 올려다보기로 가득한 시간이었다. 이제 일주일도 채 안 있으면 버클리 대학에 있는 암 연구소로 첫 출근을 해야 하는데, 그러면 더 바쁘고 스케줄도 빡빡해지는 데다 장거리 출퇴근까지 해야 했다. 그런데도 어서 그날이 왔으면 했다.

"거기 좀 있어 봐요." 올리브가 명령했다. "못되고 쌀쌀맞은 표정 지어봐요. 그리고 하나 둘 셋 하면 '펌킨 스파이스' 해요."

애덤이 눈알을 굴렸다. "누가 오면 어쩌려고?"

올리브는 생물학부 건물 복도를 이쪽저쪽 둘러보았다. 조용하고 개미 한 마리 안 보였고, 저녁 시간이라 조도를 낮춘 조명에 애덤의 머리카락이 푸르스름해 보였다. 밤늦은 시각이었고, 아직 여름이고 게다가 주말이었다. 올 사람은 없었다. 온다 해도 올리브 스미스와 애덤 칼슨은 이제 뉴스거리도 아니었다. "누구요?"

"안이 나타날지도 모르잖아. 올리브가 그날의 마법을 재현하는 걸 도와주러."

"지금 제러미랑 있을걸요."

"제러미? 올리브가 사랑하는 개?"

올리브는 혀를 낼름한 뒤 휴대전화를 내려다봤다. 행복. 지금 느끼는 건 행복감이었다. 왜 행복한지는 자신도 몰랐다. 아니, 알고 있었다.

"좋아요. 1분 남았어요."

"정확한 시간을 어떻게 안다고 그래." 애덤이 무한한 인내와 너그러움이 묻어나는 투로 말했다. "분까지는 알 수 없잖아."

"틀렸어요. 그날 밤 내가 웨스턴 블롯 실험을 했거든요. 그날 의 랩 기록 찾아보고 언제, 어디에 있었는지, 오차 막대(그래프 상의 오차를 나타내는 선—옮긴이)까지 철저하게 재구성했다고 요. 이렇게 철저한 과학자가 세상에 어디 있어."

"흠." 애덤이 가슴팍에 팔짱을 끼며 받아쳤다. "그날 블로팅 실험 어떻게 됐는데?"

"그건 중요치 않아요." 올리브가 씩 웃었다. "그나저나, 여기 서 뭐 하고 있었어요?"

"무슨 소리야?"

"1년 전에요. 왜 한밤중에 복도를 어슬렁대고 있었냐고요."

"기억 안 나. 연구 마감 직전이었나 보지. 아니면 퇴근하던 참이었거나." 그는 어깨를 으쓱해 보이더니, 복도를 이리저리 살피다가 식수대를 발견했다. "목이 말랐는지도 모르고."

"그랬는지도 모르죠." 올리브가 한발 다가섰다. "아니면 속으 로 누가 키스해주기를 바라고 있었거나."

애덤이 즐겁다는 표정으로 올리브를 물끄러미 바라봤다. "그 랬을지도."

올리브가 한 발, 또 한 발, 마지막으로 한 발 더 다가갔다. 애 덤 앞에 선 딱 그 순간 올리브의 알람이 삑 울렸다. 1년 만에 또 다시 그의 개인 공간을 침범하고 있었다. 하지만 이번에는 올리 브가 까치발을 하고 그의 목에 두 팔을 둘렀을 때 애덤의 두 손이 올리브를 더 꽉 끌어당겼다.

1년이 흘렀다. 딱 1년. 이제 그의 몸은 올리브에게 너무 익숙했다. 어깨가 얼마나 넓고 턱의 수염이 얼마나 까끌까끌한지, 맨살에서 어떤 체취가 나는지 자동으로 떠오를 정도로. 심지어 눈가에 어린 웃음기마저 느껴졌다.

올리브는 자기 몸을 그가 온전히 떠받치게 더 기댔고, 입이 그의 귀 높이에 오도록 몸을 쭉 뻗었다. 그러고는 그의 귓바퀴에 입술을 대고 나지막이 속삭였다.

"칼슨 박사님, 내가 키스해도 될까요?"

아는 게 대학원에서의 삶뿐이라 대학원을 바탕으로 한 이야기를 씁니다. 대학원은 때때로 굉장히 폐쇄적이고 사람을 기진맥진하게 만들며 외부와 철저히 단절됩니다. 지난 10년간 나는 여러 훌륭한 (여성) 멘토를 만나 그들의 지지를 받았지만, 실력도 없이 허둥대기만 하는 실패자가 된 기분을 느낀 적도 여러 번 있었습니다. 경험해 본 사람은 다 알겠지만 그런 게 바로 대학원이지요. 엄청 스트레스 받고 늘 압력에 시달리고 경쟁적으로 노력해야 하는 곳. 대학원만의 방식으로 일과 삶의 균형을 박살 내고, 몸과 마음을 갉아먹는 걸로 모자라 연구자가 자신이 발표하는 페이퍼나 따오는 지원금 이상으로 인간으로서 가치 있다는 걸 잊게 만드는 곳.

내가 가장 좋아하는 것(로맨스 소설 쓰기)에 스템 학계라는 배경을 더하자 뜻밖에 치유 효과를 봤습니다. 물론 내 경험은 올리브의 경험과 달랐지만(아쉽게도 가짜 연애는 못 해봤습니다) 올리브의 모험에 내가 느낀 좌절과 기쁨, 실망을 마음껏 버무릴 수 있었습니다. 올리브와 똑같이 나도 지난 몇 년간 지독히 외로운 순간, 이를 악문 순간, 그럼에도 무력했던 순간, 겁에 질리거나 더없이 행복했던 순간, 궁지에 몰리거나 자격 없는 인간처럼 느껴진 순간, 오해를 산 순간, 열정에 불타오른 순간들이 있었습니다. 《사랑의 가설》을 쓰면서 그런 경험을 유머러스하게 비틀거나 내 멋대로 전개해볼 수 있었고, 그러면서 내가 겪은 일들을 다른 눈으로 볼 수 있었어요. 심지어 가볍게 웃어넘길 수도 있게 됐습니다! 그렇기에, 이렇게 말하면 안 될 걸 알지만, 이 책은 박사논문만큼 내게 의미 있습니다.

아니, 그건 사실이 아니네요. '훨씬' 의미 있으니까요.

익숙하지 않은 독자를 위해, 이 책에 몇 차례 등장한 용어를 간단히 설명하고자 합니다. 타이틀나인(Title IX)은 연방정부의 지원기금을 받는 모든 기관(즉 거의 모든 대학교)에서 성별을 이유로 한 그 어떤 형태의 차별도 금지하는 내용의 미국 연방법입니다. 적대적 연구 환경부터 괴롭힘 및 폭행에 이르기까지 모든 형태의 위반 행위에 대해 학교 측이 반드시 대응하고 조치를 취하도록 강제합니다. 이 법의 적용을 받는 학교에는 모두 타이틀나인 담당자가 있으며, 이 담당자가 항의 및 위반 사항을 접수하고 학교 공동체에 그들의 권리를 교육하게 되어있습니다. 타이틀나인은 과거에도 그랬고 지금도, 교육에 대한 평등한 접근권을 보장하고 학생 및 직원을 성별에 따른 차별로부터 보호하는 데 매우 중요한 역할을 하고 있습니다.

마지막으로, 소설 속에서 안이 언급한 스템 계열 여성 지원 단체들은 픽션이지만, 대부분의 대학에 비슷한 조직의 지부가 있습니다. 실제 스템 계열 여성에 대한 지원에 관심 있다면 awis.org를 방문해보기 바랍니다. 스템 계열 BIPOC 여성에 대한 지원은 sswoc.org를 참고하십시오.

먼저 조용히 호들갑 좀 떨겠습니다(이어지는 마음속 비명). 이 책이 세상에 나왔다니 믿을 수가 없군요. 진심으로 '으아아악'입니다.

둘째로, 이 말을 꼭 하고 싶습니다. 지난 2년간 약 2백 명의 지인들이 내 손을 꼭 잡아주지 않았더라면 이 책은 결코 태어나지 못했을 겁니다. (엔딩 크레딧 음악이 흐르며) 매우 두서없이, 다음 분들에게 심심한 감사를 전합니다.

나의 뛰어난 에이전트 타오 러(당신이 보낸 다이렉트메시지가 내 인생을 바꿔놓았어요, 아주 좋은 쪽으로). 늘 경이로운 나의 에디터(그런 에디터 말고) 새라 블루멘스톡. 나의 첫 베타 리더 리베카와 알래나(특히, 이 제목 떠올린 알래나에게 박수를!). 매서운 비판을 아끼지 않으면서도 주요 거점들은 사수해준 나의 그렘린 요정들. 대디 루시와 젠(내 원고 꼬박꼬박 읽어주고, 소셜 미디어에 홍보해주고, 필요할 때마다 위로해줘서 고마워요). 클레어, 코트, 줄리, 케이티, 캣, 켈리, 마거릿 그리고 내 '아내' 사빈(알리몬!)(그리고 나의 명예 그렘린들 제스와 셉, 트릭스도). 서로 징징대고 서로 위로해준 '워즈 아 하드(Words Are Hard)'의 친구들 실리아와 케이트, 새러, 빅토리아. 처음부터 나를 믿어준 나의 티엠챗 친구들, 코트, 대니, 크리스티, 케이트, 마르, 마리, 라켈. 오프라인에서 처음으로 이런 얘기를 편하게 주고받을 수 있게 해준 케이티. 초반에 몇 차례 다듬은 원고를 읽고 매번 아낌없이 피드백을 해준 마고 립슐츠와 제니 콘웨이. 적절한 순간에 마감을 상기시켜준 프랭키. 멋진 글로 영감을 준 사이. 적나라한 디테일을 거리낌 없이 주고받아준 버클리 출판사 동료 작가들. 편집과 관련하여 소중한 조언과 격려를 해준 섀런 이버트슨. 초고를 읽고 다듬는 데 도움 준 스테파니와 조던, 린지 메릴, 캣. 눈 튀어나오게 멋진 그림과 표지를 선사하고 펭귄 크리에이티브 작업실까지 구경시켜준 릴리스. 어떻게 독자들의 관심을 유발할지 조언해준 브리짓 오툴과 제시카 브룩. 보이지 않는 곳에서 내 원고를 한 권의 책으로 완성해준 버클리의 모든 관계자. 내가 이것저것 시도해보도록 결정적으로 영감을 준 라이언 존슨.

솔직히 말하면, 내가 평생 논문 외에 다른 글을 쓰게 될 줄은 몰랐습니다. 아마 온라인 플랫폼들에 멋진 글을 올리는, 그리고 직접 글을 쓰도록 격려해준, 팬픽션 작가들이 아니었으면 이렇게 소설을 쓰지 못했을 겁니다. 특히 〈스타트렉〉과 〈스타워즈〉 '레일로' 팬덤이 보내준 지지와 응원, 격려, 건설적 비판이 없었다면 나만의 픽션을 쓰지 못했을 겁니다. 내가 올린 픽션에 댓글 달고 '좋아요' 눌러준 모든 분, 다이렉트메시지로 응원해주고, 내 글에 영감을 받아 그림을 그리고 각종 이미지로 무드 보드를 만들어준 분들, 언제든 아낌없이 응원해주고 시간을 내 나의 글을 읽어준 모든 분에게 감사를 전합니다. 진심으로, 고맙습니다. 다 여러분 덕분입니다.

마지막으로, 아무리 봐도 마지막 순서로 밀릴 만한 사람인데, 스태판에게 한마디 하겠습니다. 당신이 내게 보여준 사랑과 인내에 심드렁한 감사 인사 보내. 이거 읽기만 해, 무늬만 힙스터 양반.

사랑의 가설

지은이 앨리 헤이즐우드
옮긴이 허형은
펴낸이 정규도
펴낸곳 황금시간

초판 1쇄 발행 2022년 12월 8일
초판 2쇄 발행 2023년 2월 28일

편집총괄 권명희
편집 조창원
디자인 날마다작업실

황금시간
Golden Time

주소 경기도 파주시 문발로 211
전화 (02)736-2031(내선 360)
팩스 (02)738-1713
인스타그램 @goldentimebook

출판등록 제406-2007-00002호
공급처 (주)다락원
구입 문의 전화 (02)736-2031(내선 250~252)
팩스 (02)732-2037

값 17,000원
ISBN 979-11-91602-35-7 (03840)